Gustav Meyrink

Goldmachergeschichten

Die Abenteuer des Polen Sendivogius
Der seltsame Gast
Der Mönch Laskaris

Gustav Meyrink: Goldmachergeschichten. Die Abenteuer des Polen Sendivogius / Der seltsame Gast / Der Mönch Laskaris

Erstdruck: Berlin, Scherl 1925

Neuausgabe mit einer Biographie des Autors
Herausgegeben von Karl-Maria Guth
Berlin 2016

Umschlaggestaltung von Thomas Schultz-Overhage

Gesetzt aus der Minion Pro, 11 pt

Verlag: Henricus - Edition Deutsche Klassik GmbH
Mörchinger Str. 33, 14169 Berlin, info@henricus-verlag.de
Druck: Libri Plureos GmbH, Friedensallee 273, 22763 Hamburg

ISBN 978-3-86199-708-5

Bibliografische Information der Deutschen Nationalbibliothek

Die Deutsche Nationalbibliothek verzeichnet diese Publikation in der Deutschen Nationalbibliografie; detaillierte bibliografische Daten sind im Internet über www.dnb.de abrufbar.

Inhalt

Die Abenteuer des Polen Sendivogius

An einem trüben Wintermorgen des Jahres 1603 saß in Straßburg der Goldschmied Güstenhöver nahe beim Fenster seiner Ladentüre über eine feine Goldschmiedearbeit gebeugt und schrak beim schrillen Läuten der Ladenglocke auf. Ihm gegenüber stand im dunklen, pelzverbrämten Mantel ein Kunde, den er nicht kannte und der sich in flüchtiger Weise nach allerhand Ringen und Geschmeiden umsah. Es schien ihm von den vorgelegten Waren das eine mehr, das andere weniger zu gefallen; er wählte und legte beiseite und begann unter dieser Tätigkeit alsbald ein Gespräch mit dem Goldschmied über Wert, Bedeutung und magische Kraft der Steine und der Metalle. Güstenhöver, mit dergleichen Wissen nach der Art seiner Fachgenossen jener Zeit wohlvertraut, ging gern auf dieses Gespräch mit dem Fremden ein, zumal da er aus mancher Äußerung des Mannes zu erkennen glaubte, dass dieser wohl Bescheid wüsste und ihm, als einem wohlerfahrenen Gesteinskundigen, noch allerhand Neues und Geheimnisvolles anzudeuten schien. Schließlich bemerkte der Gast wie beiläufig, es liege ihm daran, auf kurze Zeit eine stille und abgelegene Werkstatt zu finden, in der ihm Gelegenheit gegeben sei, ein chemisches Präparat anzufertigen; ob Güstenhöver nicht über ein derart eingerichtetes Laboratorium verfüge und ob er nicht geneigt sei, es ihm zu überlassen. Nun lag Güstenhövers Werkstatt in der Tat in den hinteren Räumen seines Hauses recht abgeschieden, mit einem einzigen Fenster gegen einen stillen Hof, von wo aus ein Einblick in diesen Raum einiger hoher und selbst im Winter mit dichtestem Ästeansatz bekrönter Kastanienbaum wegen fast unmöglich war. Bald wurde Güstenhöver mit dem Fremden einig, dass dieser auf acht Tage die Werkstatt beziehen könne, und zwar gegen ein mäßiges Entgelt. Güstenhöver bedang sich nur, dass der Fremde ihm über einige Fragen, die ihn seit lange beschäftigten und die gewisse Metallverbindungen betrafen, aus der Fülle seines Wissens Bescheid gebe. Der Unbekannte versprach, den Goldschmied voll zu befriedigen, zahlte die bedungene Miete sofort auf den Tisch und zog noch desselben Tage mit geringem Gepäck bei Güstenhöver ein, indem er keinen anderen Raum, auch nicht zum Schlafen, beanspruchte als eben nur die Werkstatt des Goldschmiedes.

Acht Tage lang sah Güstenhöver von seinem merkwürdigen Gaste so gut wie nichts. Die bescheidenen Mahlzeiten ließ er sich von ihm durch die Türe reichen. Am neunten Tage, nach dem offenbaren Abschluss der Operationen, trat der Fremde aus seiner Abgeschiedenheit hervor und verbrachte einen vollen Tag in der Wohnung des Goldschmiedes unter eifrigen Gesprächen mit ihm. Als er von dannen schied, verehrte er dem Goldschmied einen geringen Teil der Tinktur, die er in achttägiger Arbeit in dessen Werkstatt bereitet hatte. Auch nannte er ihm seinen Namen.

Er erklärte, Alexander Setonius zu heißen und von Geburt ein Schotte zu sein. In der Tat sprach er das Deutsche mit einem erkennbaren fremden Akzent, der auf englische Herkunft deutete. Weiter aber sagte Setonius zu dem Goldschmied, dass er unter Eingeweihten einen anderen Namen zu führen pflege; und da er nach liebenswürdiger Aufnahme im Hause seines Gastfreundes diesen selbst gerne unter seine Schüler und Freunde zähle, so möge auch ihm vertraut sein, dass dieser Adeptenname, unter dem er den Wissenden sich offenbare, »Cosmopolita« sei. Er habe auf langen Reisen im Orient das gesamte magische Wissen des Ostens studiert und sei nun vor wenigen Monaten zuerst in den Niederlanden wieder auf europäischem Boden gelandet. Die Arbeit, die er in diesen Tagen durch Gunst des Goldschmieds in der Stille vollendet habe, sei keine andere gewesen als die Zubereitung der echten Goldtinktur. Güstenhöver möge sich der Probe, die er ihm hiermit schenke, nach Belieben bedienen und sich an den Ergebnissen der Operation, die er damit vollziehe, reichlich schadlos halten für geleistete Dienste.

Mit diesen Worten erhob sich der Schotte und verließ bei einbrechender Dunkelheit das Haus Güstenhövers so unvermittelt und rasch, wie er es betreten hatte.

Güstenhöver, von den wunderbaren Abenteuern dieser Woche noch so verwirrt, besah sich die kleine Phiole, die Setonius ihm hinterlassen hatte. Sie enthielt eine purpurfarbene Flüssigkeit. Dazu hielt er einen kleinen Pergamentstreifen in Händen, auf dem der recht einfache Gang der Operation aufgezeichnet stand.

Noch zögernd, noch unsicher, ob er an Treue oder Betrug seines entwichenen Hausgastes glauben solle, begab sich der Goldschmied in sein abgelegenes Laboratorium und begann den Prozess nach der Vorschrift des Pergamentes. Er beschickte geschmolzenes Silber mit einem einzigen Tropfen der Tinktur, und das Ergebnis befriedigte ihn wider Erwarten. Das Gold, das er gewann, ergab auf dem Probierstein den vollkommensten Strich. Und es war nun klar, dass das Gastgeschenk des Fremden von königlicher Größe gewesen war. Denn bei genauestem Überschlag errechnete Güstenhöver ohne Mühe, dass er mit dem Inhalt der Phiole mehr als dreißig Pfund Silber bei gleichbleibender Kraft der Tinktur in Gold müsse umwandeln können.

Allein die herrliche Gabe trug dem Goldschmied nicht die schönen Früchte, die er sich erträumte. Da er ein wohlhabender Mann war, lockte ihn weniger der Reichtum, den ihm das Geschenk des Schotten in den Schoß warf, als vielmehr der Ehrgeiz des Adepten und die schwindeligen Vorstellungen, denen er sich hingab, wenn er sich erinnerte, dass Setonius ihn des Wissens eines Eingeweihten gewürdigt hatte.

Unverständiger Stolz und törichte Freude trieben in also, die Kunde seiner Wissenschaft und Auserwähltheit in kurzer Zeit einer Reihe von Personen zu offenbaren, die in Rat und Bürgerschaft zu Straßburg von Einfluss waren. Er gab in Gegenwart solcher Personen Proben seines Könnens und sonnte sich mit Eitelkeit in dem Staunen und Neid seiner Gäste. Sein Ruf als der eines wunderbaren Adepten durchflog die Stadt. Uneingedenk der klugen Warnung eines so fürstenkundigen Mannes, wie sie der Weise Tritheim in seinen Schriften oftmals wiederholt hatte, nämlich die Höfe der Mächtigen zu meiden und die edle Kunst in schützender Einsamkeit zu bergen, empfand Güstenhöver die größte Genugtuung in der scheelsichtigen Bewunderung aller derer, die das Gerücht von seiner Kunst herbeilockte und die sich durch Gunst oder vornehmen Namen zu empfehlen wussten. Und es schien ihm die Krone der Erfüllung, als ihm durch Vermittlung eines Straßburger Ratsherrn die Berufung nach Prag in die Hofhaltung Kaiser Rudolfs zukam. Sein unbesonnener Ehrgeiz ließ ihn nicht zögern, diesem Rufe zu folgen, und mit eitlem Pomp zog Güstenhöver aus seinem Hause und aus Straßburg, um niemals wiederzukehren.

In Prag angelangt, wurde er alsbald vor Kaiser Rudolf geführt, der, damals schon unzählige Male von angeblichen Adepten der königlichen Kunst enttäuscht und betrogen, die Gewohnheit angenommen hatte, in der Erprobung der ihm empfohlenen Alchimisten den kürzesten und strengsten Weg zu gehen.

Kaiser Rudolf maß mit düstrem Blick den Goldschmied, der, nun schon unfroher Ahnung voll, dem unerbittlichen Herrscher gegenüberstand, und befahl ihm, alsbald vor seinen Augen den Stein der Weisen zu bereiten und die Probe seines Wissens abzulegen. Vor der finsteren Entschlossenheit des allmächtigen Gebieters brach so Stolz wie Unbesonnenheit des Goldschmiedes zusammen. Aber als er in Seelenangst und

Reue dem Kaiser bekannte, dass er weder fähig sei, die Tinktur noch auch den gewünschten Stein zu bereiten, dass er vielmehr nur mit dem Inhalt der kleinen Phiole, die er dem Kaiser übergab, imstande sei, eine begrenzte Menge Goldes aus Silber zu schaffen, da biss der misstrauische Kaiser die Unterlippe und erklärte dem zitternden Adepten, dass er solcher Ausflüchte und Winkelzüge schon lange müde sei. Der Inhaber der echten Tinktur werde diese wohl kaum auf dem Misthaufen gefunden haben, noch auch werde ein solcher seinen Schatz an Schwätzer und Narren verschenken. Besitze also Güstenhöver in dieser Phiole die echte Tinktur, was sich durch eine alsbaldige Probe im Laboratorium des Kaisers erweisen werde, so nehme er den Besitzer auch für den Bereiter und befehle dem Goldschmied bei höchstem kaiserlichen Zorne die Wiederholung des Prozesses der Herstellung vor seinen eigenen kaiserlichen Augen.

Rudolf selbst führte Güstenhöver in das gewaltige Gewölbe seiner alchimistischen Küchen und zwang ihn, zubereitete Tinktur zu beschicken. Es war zur Erzielung des erwünschten Erfolges fast der ganze Rest des Phioleninhaltes vonnöten. Das Gold lag im Tiegel; des Kaisers Augen glänzten vor Befriedigung und Glück, gleichzeitig aber schimmerte auch aus ihnen die unbarmherzige Entschlossenheit der Besitzgier. Dringend befragt, zu welcher Stunde Güstenhöver bereit sei, die Erneuerung der Tinktur vorzunehmen, erklärte der Unglückliche nochmals, indem er sich vor dem Kaiser niederwarf, dass er zu der befohlenen Arbeit unfähig sei. Der Kaiser, dessen Zorn und Unglaube keine Grenzen fand, wandte sich ab und ließ den Goldschmied in seiner Verzweiflung liegen.

Als Güstenhöver in jäher Flucht aus der Küche zu entweichen suchte, sah er sich von Bewaffneten ergriffen. Er wurde in ein enges Gefängnis geführt, aus dem ihn keine Macht der Erde wieder befreien sollte, als die Mitteilung an den Kaiser, dass er bereit sei, diesem das Geheimnis zu offenbaren und die Bereitung der Tinktur im kaiserlichen Laboratorium vorzunehmen. Da er hierzu in der Tat nicht imstande war, so starb Güstenhöver in seinem Verlies nach einigen elend verbrachten Jahren.

Dies traurige Schicksal eines unbelehrbaren Eitlen wandte sich nach wenigen Jahre auch gegen jenen Mann selbst, der der eigentliche Urheber von Güstenhövers Untergang gewesen war.

Cosmopolita oder der Schotte Setonius zeigte seine Kunst bald hier und bald dort, indem er es liebte, wie bei Güstenhöver in geheimnisvoller Weise aufzutauchen und zu verschwinden.

So kam er gegen das Jahr 1605 auch nach Crossen in Sachsen, wohin ihn Kurfürst Christin II. unter den liebenswürdigsten Formen der Einladung gelockt hatte, um gleichfalls eine Probe seiner berühmten Kunst zu sehen. Der Alchimist, um allen Verdacht eines Betruges von sich abzuwenden, ließ durch einen seiner angeblichen Jünger oder Gehilfen vor den Augen des entzückten Fürsten einen Bleibarren mittels der roten Tinktur in Gold verwandeln.

Doch auch in Christians Seele erwachte jene düstere Gier, von der Kaiser Rudolf sein Leben lang verzehrt ward. Er durchschaute alsbald die Absicht seines Gastes, durch das Vorschicken seines Schülers sich selbst den Rücken freizuhalten. Er ließ sich daher, entschlossener und schlauer als die meisten kleinen Tyrannen seines Schlages, auf eine scheinbar wissenschaftliche Disputation über Möglichkeit und Wesen der königlichen Kunst mit dem Adepten gar nicht erst ein, sondern er verfügte durch eilige Aussendung von reitenden Boten die sofortige militärische Sperrung aller Grenzen seines Landes. Auf diese Weise begann er kurzerhand eine Art von Kesseltreiben gegen seinen Gast, der inzwischen von Ort zu Ort zog, stets in einem Briefwechsel mit dem Fürsten, der von der einen Seite von überschwänglichen Ergebenheitsbezeigungen, von der anderen Seite von schmeichelhaftesten Versprechungen fürstlicher Gunst und Gnade überfloss.

Als Setonius bemerkte, dass keiner seiner Kreuz- und Querzüge ihn aus der Falle zu befreien vermochte, in die er törichterweise gegangen war, stellte er sich dem Kurfürsten Christian in guter Haltung und wurde daraufhin immer noch in höflichen Formen, dennoch aber mit unverkennbarer Gewalt nach Dresden geführt. Dort wurde er zunächst in leidlich gutem Gewahrsam gehalten. Als aber der Kurfürst ihn wissen ließ, dass der Preis seiner Freilassung das kostbare Geheimnis der Adeptschaft sei, und als Setonius dem Kurfürsten darauf antworten ließ, er sei nicht geneigt, der gewaltsamen Erpressung sich gefügig zu zeigen, drohte Kurfürst Christian sofort mit der Folter und ewigem Gefängnis.

Dem Schwur getreu, nach welchem jeder, der in die wundersame Bereitung des Elixiers eingeweiht ist, von dem Geheimnis nichts verlauten lassen darf, ohne Leben und Seligkeit auf das Spiel zu setzen, verweigerte der unglückliche Adept jede Auskunft. Christian seinerseits scheute vor dem Vollzug seiner Drohungen nicht zurück. Dieser Fürst, der wegen seines Edelmutes und seiner vorbildlich deutsch-adeligen Gesinnung gerühmt war, ließ an dem hilflosen Manne, der nichts verbrochen hatte, als dass er ein Wissen vor Profanierung wahrte, das ihm selbst vielleicht unter Verhängung schwerster Strafen für Verrat anvertraut war, ein Gericht vollziehen, zu dem jede Voraussetzung eines Rechtes fehlte

In den Kasematten der Festung Königstein verhallten ungehört die Todesschreie des Adepten, der unter den Qualen der Tortur dennoch standhaft jedes Bekenntnis verweigerte. Kurfürst Christian ließ hierauf zwar die Fortsetzung der Prozedur einstellen, aber es bedurfte vieler Monate, um den nahezu Getöteten einigermaßen wiederherzustellen und seine Verstümmelungen zu heilen. Die schwere Haft blieb jedoch nach wie vor über ihn verhängt. Und Christian verfehlte nicht, durch ein raffiniertes System von Haftverschärfungen dem Adepten das Leben so unerträglich wie nur möglich zu machen, damit dieser endlich, zur Verzweiflung getrieben, bekenne.

Um diese Zeit erschien in Dresden ein polnischer Edelmann, der sich Michael Sendivogius nannte. Durch die Liebenswürdigkeit seines Betragens, die weltmännische Eleganz seines Auftretens und namentlich durch allerlei kurzweilige, erstaunliche Kunststücke, die er dem hohen Liebhaber chemischer Experimente vorzuführen wusste, erwarb er sich rasch die Gunst des Kurfürsten. Sendivogius hütete sich sorgfältig, seine Bewandertheit auf dem Gebiete der Alchimie in den geringsten Zusammenhang mit der hohen Kunst der Adepten zu bringen. Im Gegenteil, er verspottete und ironisierte dergleichen Bemühungen mit der eleganten Beredsamkeit eines aufgeklärten Geistes, und es schien ihm nur daran gelegen, dem Kurfürsten und seinem Hofe zu zeigen, auf Grund wie mannigfaltiger, noch unerforschter Gesetze und Eigentümlichkeiten der Elemente sich mancherlei Verbindungen und Trennungen unter den wahlverwandten Materien zur Darstellung verblüffender Effekte verwenden ließen. So soll Sendivogius bei dieser Gelegenheit zum Erstaunen seiner Zuschauer unter anderem ein schneeartiges, weißes Pulver erzeugt haben, bei dessen Berührung eine lebendig herbeigebrachte Forelle zu glashartem Stein erstarrte, die jedoch, langsam an erwärmter Luft wieder aufgetaut und wieder ins Wasser gelassen, neu belebt und mit munteren Bewegungen davonschwamm.

Auf solche und andere Weise gelang es Sendivogius, das Wohlgefallen des Kurfürsten zu befestigen; und es schien, als sei Christian II. selbst, dem sich aus vielen Unterhaltungen und mancherlei Scherzreden mit dem neugewonnenen Günstling der Gedanke ergab, es sei hier eine günstige Gelegenheit gegeben, die Halsstarrigkeit des gefangenen Adepten durch List zu überwinden.

Zu einem solchen Unternehmen zeigte sich Michael Sendivogius wie geschaffen; und als Kurfürst Christian ihm den Fall vortrug und Ärger und Besorgnis darüber erkenne ließ, wie es ihm am Ende doch noch gelingen möchte, das Geheimnis des Setonius zu gewinnen, zeigte Sendivogius eine ebenso spöttische wie abenteuerlustige Neugier zur Schau, diesem heroischen Adepten auf den Zahn zu fühlen und kurfürstlicher Gnaden, was an ihm liege, zum gewünschten Erfolge zu verhelfen.

Es wurde also Befehl erteilt, dem gewandten Günstling des Fürsten ungehindert bei Tag und bei Nacht Zutritt zu der jämmerlichen Zelle des Adepten zu gestatten.

Fast schien es dem Gefängniswärter, dem der Schotte anvertraut war, als ob das verglimmende Leben in dem gemarterten Manne neu angefacht werde in der häufigen Gesellschaft des jungen Edelmannes, der oft von Dresden herüberkam und offenbar mit tröstenden Worten die finsteren Schatten aufzuhellen wusste, die die hoffnungslose Seele des Gefangenen umdüsterten.

Anfangs hatte der kurfürstliche Befehl dahin gelautet, dass der persönliche Wächter des Setonius bei den Unterhaltungen mit anwesend sein solle. Sodann war an den Kommandanten der Feste Königstein geheimer Befehl gelangt, die Zusammenkünfte des Herrn von Sendivogius mit dem Gefangenen unter vier Augen vonstatten gehen zu lassen. Jedoch soll dieser in einen anderen geeigneten Raum gebracht werden von solcher Beschaffenheit, dass alles, was darinnen vorging, von drittem Orte aus geheim überwacht werden könne. Auch dieser Befehl ward ausgeführt, und der Kommandant der Feste selbst übernahm die ersten Male die Überwachung.

Es schien aber, als missfalle dem Freunde des Kurfürsten der Ort der Zusammenkünfte, und er erklärte bei Gelegenheit dem hohen Herrn, dass der an Enge und Dunkelheit gewöhnte Gefangene nicht mehr mit der gleichen Offenheit und Bereitschaft zu ihm spreche, seitdem ihm der neue Wohnraum zugewiesen sei.

Der misstrauische Kurfürst hatte sich inzwischen von dem Kommandanten der Feste berichten lassen, wie die Zusammenkünfte in dem scheinbar unbewachten Gefängnis verlaufen waren, und glaubte nun zu wissen, dass von Seiten seines Günstlings in der Tat mit Umsicht und Geschicklichkeit alles mögliche versucht worden war, um den gefangenen

Setonius umzustimmen und zur Nachgiebigkeit gegen den Kurfürsten zu bewegen. Die Vorstellungen, die ihm Sendivogius zu machen wusste und die er auch diesmal mit den leichten Scherzen eines ironischen Skeptikers zu würzen verstand, bestimmten endlich den Kurfürsten zu einem entscheidenden Versuch: Sendivogius sollte es verstattet werden, den kranken Adepten zum ersten Male aus den stickigen Kasematten wieder hinaus ins Freie, und zwar in die mannigfach überwucherten und gebüschbestandenen Schlossgräben der Festung zu führen. Sendivogius versprach sich von dieser überraschenden Gnade des Kurfürsten einen wohltätigen Einfluss auf die Seele des Adepten, und er sicherte dem Kurfürsten zu, dass, wenn überhaupt hinter der hartnäckigen Verschwiegenheit des Schotten ein Wissen verborgen liege, er es ihm bei diesem Anlass zu entreißen wissen werde.

Der Kurfürst gab Befehl, nach Eintreffen des polnischen Edelmannes auf der Festung diesem die Zeit von zwei Stunden einzuräumen, in welcher Frist es jenem verstattet sein solle, ohne alle Aufsicht und Geleite mit dem Gefangenen innerhalb des innern Wallkranzes allein zu spazieren. Der Befehl enthielt ferner ausdrückliche Instruktion darüber, wie der äußere Festungsrayon durch eine volle Kompanie der Besatzung, strengstens abzusperren und unter Beobachtung zu halten sei.

Trotzdem kehrte nach Ablauf der gesetzten Frist Michael Sendivogius mit dem Gefangenen nicht mehr zum Rapport bei dem Festungskommandanten zurück. Beide Männer waren verschwunden; die stundenlange Durchsuchung des Festungsgrabens wies keinerlei Spur, und die Besatzung, die zur Bewachung der Festungsmauern befohlen war, konnte Mann für Mann beschwören, dass während der kritischen Zeit keine Maus den bewachten Umkreis überschritten habe.

Vergebens sandte der betrogene Kurfürst einen großen Teil der Dresdner Garnison nach allen Richtungen aus, um die Verfolgung der Flüchtigen aufzunehmen. Seine Reiter und seine Flüche erreichten die Entflohenen nicht mehr.

Michael Sendivogius rettete seinen Schützling nach seiner Heimat Krakau. Jedoch diese Rettung war trotz allem zu spät erfolgt. Setonius starb nach wenigen Monaten an den Folgen der erlittenen Misshandlungen und der anstrengenden Flucht, die den Rest seiner Kräfte verbraucht hatte. Auch im Tode noch ließ Setonius sich durch die Bitten seines Retters nicht bewegen, diesem sein Geheimnis zu offenbaren. Nur den Schatz der die Verwandlung bewirkenden Tinktur hinterließ er sterbend

seinem Befreier. Allen Nachforschungen Kurfürst Christians zum Trotz
hatte er sie vor seiner Verhaftung heimlich verbergen und während der
Tage der Flucht aus ihrem Versteck wieder hervorholen können.

Mit dieser ererbten Kostbarkeit reiste nun der polnische Edelmann
von Krakau nach Prag, woselbst Kaiser Rudolf ihn ehrenvoll empfing
und mit eigener Hand mittels einer kleinen Probe der Tinktur, die ihm
der weltgewandte Liebhaber alchimistischer Kunststücke mit skeptisch
spöttischem Lächeln übergab, Metallverwandlungen ins Werk setzte, die
den Kaiser aufs höchste überraschten. Bei wiederholtem Befragen erklärte
der edle Pole dem Kaiser seine eigene Verblüffung, dass das rote Zeug
von irgendwelchem Werte sein könnte, das er scherzeshalber auf einem
Jahrmarkt zu Krakau einem Marktschreier für geringes Geld abgekauft
habe.

Der gewitzte und sonst so misstrauische Kaiser ließ sich von der klugen
Fröhlichkeit und dem adeligen Skeptizismus des Polen täuschen. Nachdem
ihm dieser angeblich den Rest seines Besitzes an diesem Marktschreier-
kram zum Geschenk verehrt hatte, ließ der Kaiser ihn mit Überreichung
einer anständigen Gegengabe in Gnaden seines Weges weiterziehen.

Vielleicht bestimmte die wankelmütige Seele des Kaiser Rudolfs auch
die Erinnerung an das Schicksal des armen Goldschmied Güstenhöver;
vielleicht hatte ihn die Weisheit zunehmenden Alters gelehrt, mit Menschen weniger grausam zu verfahren, die besaßen, was der Wunsch seines
Lebens blieb; am wahrscheinlichsten bleibt, dass er den weltgewandten
Sendivogius in der Tat für einen nur oberflächlichen und spielerischen
Liebhaber der Alchimie hielt und ihm kaum den Besitz, geschweige denn
die Erfindung des Elixiers zutraute.

Vergebens aber steht in unsichtbarer Schrift die Erfahrung über den
Eingang aller Fürstenhöfe gemeißelt: Besser als Herrengunst ist das Leben
in der Verborgenheit. In eigenwilliger Eitelkeit, in selbstgeschaffener,
ehrgeiziger Verblendung drängt sich die Menge der Ruhm- und Erfolg-
süchtigen vor diesen Eingängen und deutet immer wieder falsch die
Mahnung, weil sie nicht zu warnen, sondern nur zu jener dunklen Mit-
telmäßigkeit zurückzudeuten scheint, aus der die Ehrgeizigen zu dem
falschen Lichte fürstlicher Gnade streben.

So auch hob sich vor der Stadt Stuttgart in Württemberg umsonst der
eiserne Alchimistengalgen über das Land. Auch Sendivogius sah ihn
nicht, als er an seinem Fuße vorüber hoch zu Ross und von zwei wohl-
gekleideten Dienern gefolgt in Stuttgart einzog. In seiner innersten

Rocktasche wusste er die Phiole mit der köstlichen Tinktur wohlgeborgen. Der Inhalt war trotz des vorsichtigen Geschenkes an Kaiser Rudolf noch groß genug, um manche Barre Silber damit in Gold zu verwandeln und um manchen Anspruch des Ehrgeizes, des Hochmutes und des fröhlichen Lebens damit zu befriedigen. Der Erfolg seines Auftretens in Prag, das leichtsinnige Vergnügen an dem zweideutig ironischen Schimmer, den ihm die eigene scheinbare Ungläubigkeit und die weltmännische Behandlung der tragischen Geheimnisse verlieh, die für die meisten Menschen um das Wunder des Elixiers gelegt sind, verlockten ihn zu immer neuen Proben seines überraschenden und paradoxen Auftretens.

So auch erfüllte es ihn von neuem mit hoher Freude, als er den ehrenvollen Empfang gewahr ward, den ihm der Herzog von Württemberg zuteil werden ließ. Auch hier, wie in Prag, begann er damit, sein adeliges Auftreten mit den gefälligen Scherzen eines sarkastischen Zauberkünstlers und harmlosen Liebhabers natürlicher Experimente zu würzen. Es schien ihm ein fröhliches Vergnügen, den Herzog Friedrich und das Gedränge der Höflinge auf ergötzliche Weise zu unterhalten, und die alchimistische Küche im Schloss zu Stuttgart hallte wochenlang wider von dem Gelächter und Geschwätz der gepuderten Herren und Damen, denen Sendivogius ein Kunststück nach dem anderen vorführte.

Auf diese Weise gewann er hier, wie in Prag und einstmals in Dresden, alsbald die vorurteilsfreie Freundschaft des Herzogs. Nicht aber zugleich die Gunst und Freundschaft des Hofalchimisten, eines Edlen Herrn von Müllenfels, dem er Laboratorium und Sudelküche lachend auf den Kopf stellte. Der Herr von Müllenfels war ein Mann von seltenem und wenig durchsichtigem Wesen. Seine Geschichte bildet eine Episode für sich in den verworrenen Lebensläufen der goldsuchenden Adepten. Wunderbar hatte das Schicksal ihm gespielt. Er war von dunkler Herkunft. Sein Lebenslauf hatte aus der Tiefe schon mehrmals zu leidlichen Höhen empor- und wieder hinabgeführt in die Gesellschaft von Quacksalbern und Jahrmarktschreiern, die von Dorf zu Dorf und von Kirmes zu Kirmes ziehen. Aber Müllenfels war immerhin von seinem natürlichen Verstand und Witz bisher über alle Klippen hinweggeführt und immer wieder vor allzu gefährlichen Abstürzen behütet worden. So war es ihm, da er am rechten Ort sich zu bescheiden wusste, nach manchen Fahrten gelungen, endlich am Hofe zu Stuttgart ein ziemlich gefahrloses und dazu auskömmliches Brot zu gewinnen, indem er dem Herzog Friedrich nicht sowohl die Bereitung des Steines der Weisen oder der goldschaffenden Tinktur in Aussicht stellte, als auch vielmehr höchst nüchtern die Beschaffung und gewerbliche Ausnutzung von allerlei chemischen Substanzen, davon die Schatulle des Fürsten bescheidenen Nutzen zog.

Der Hofalchimist von Müllenfels war darum in den Augen des Herzogs nur ein kümmerlicher Ersatz für den Ehrgeiz von dem er wie die meisten seiner Standesgenossen jener Zeit besessen war: einen wahrhaften Adepten und Wissenden der Kunst zur Seite zu haben. Müllenfels seinerseits bewährte die vorsichtige Enge, Verschlossenheit und Nüchternheit seiner Natur durch die Art, wie er allen jenen angeblichen Berufsgenossen begegnete, die mehr als er selbst über die Geheimnisse der Alchimie zu wissen vorgaben.

So auch begegnete er dem polnischen Edelmanne, der nun mit so großem Pomp und Glanz auf dem Schloss zu Stuttgart eingekehrt war, mit äußerlich devotem Gruß und großer Süßigkeit auf den beredten Lippen, in seinem Innern aber mit ungehemmtem Neid und entschlossenem misstrauischem Hass.

Um so gefährlicher erschien ihm der unerwünschte Eintritt des eleganten Experimentators, als er nicht ohne Angst und ein gewisses Grauen an die Möglichkeit dachte, dass der erst seit kurzem durch seinen Einfluss zu bescheidenen Ansprüchen beruhigte Herzog sich zurückerinnern könnte an verflossene Versuche und Versprechungen, durch eigenes Experimentieren das Geheimnis des Steines der Weisen, dem er, Müllenfels, dicht auf den Fersen sei, enthüllen zu wollen.

Insgeheim verachtete der Edle von Müllenfels den Stein der Weisen und all dergleichen Quacksalberei aus Herzensgrund, und es schien ihm höchst unwichtig zu sein, ob er dieses angeblich ungeheure Geheimnis besitze oder nicht. Er hatte seinerzeit in Gegenwart so manches hohen Herrn lebendigen Hühnern die Füße abgeschnitten, diese zu Asche verbrannt und dabei geschickt aus seinen weiten Laborantenärmeln Goldblättlein in den Tiegel fallen lassen, die sich dann in der Asche als Goldkörner von probehaltiger Gediegenheit bewiesen. Er selbst hatte einst zu Prag im Angesicht der Kaiserlichen Majestät, des damals noch gutgläubigen Rudolf, Blei in den Tiegel geworfen, hatte dieses mit einem hohlen Stab umgerührt, in welchem übereinandergeschichtet winzige Goldblättchen verborgen waren, die nach Maßgabe des Umrührens allmählich in das schlechte Metall abrutschten, und hatte so das Blei mit goldenen Adern durchsetzt. Mit Mühe und Not war er damals dem noch tastenden gierigen Zugriff des Kaisers durch die Flucht entronnen. Dann hatte er an anderem Orte dem Herzog zu Braunschweig das listige Experiment mit dem Nagel gewiesen: ein grober Hufnagel diente dazu, in die siedende und zischende Masse beliebigen Metalls eingetaucht, sich in Gold zu verwandeln, so weit das eingetauchte Eisen sich in Gold zu verwandeln, so weit das eingetauchte Eisen sich mit der Tinktur berührte. Jener Hufnagel bestand zur unteren Hälfte aus Gold, zur oberen Hälfte aus Eisen, die beiden Metalle waren mit geringer Kunst aneinandergeschweißt und die goldene Spitze mit einem eisenfarbenen Firnis überzogen, der bei Berührung mit dem heißen Tiegelmetall wegschmolz.

Der Herzog von Braunschweig hatte den groben Betrug sofort durchschaut; und auch damals war dem Verwegenen das Glück günstig geblieben, da der Herzog laut lachend den Schwindler mit einer tüchtigen Tracht Prügel entlohnen ließ und von dannen jagte.

War nicht er, der Edle von Müllenfels, zuletzt selbst auf den neuen und eigenartigen Gedanken geraten, aus solchen betrügerischen Praktiken eine Art von unterhaltlicher und belehrender Spezialität zu machen und von nun ab zum Spaße an den Fürstenhöfen aufzutreten als Entlarver der Alchimisten, der lachend und vexierend den hohen Herrschaften alle die kleinsten Kunststücke und Methoden wies, deren sich die angeblichen Adepten bedienten? Hatte er nicht so die Gunst manches Fürsten und Herren gleichsam vom Rücken her gewonnen, indem er den so oft Geschädigten und Genasführten die Augen öffnete über die verschiednen Methoden, betrogen zu werden?

Schließlich war es Kaiser Rudolf selbst gewesen, der bei einem zweiten Besuche des Experimentators, bei welchem er dem Kaiser sein neues Programm vorführte und zum höchsten Ergötzen Rudolfs diesem die Gegengeheimnisse der königlichen Kunst, nämlich die Geheimnisse der Scharlatanerie, aufzeigte, dem bis dahin schlichten »Ignaz Müller« das unschätzbare Pergament verehrte, das ihn in einen Herrn von Müllenfels umwandelte. Kaiser Rudolf hatte bei jener Gelegenheit diesen Gnadenakt einer zweideutigen Laune mit den Worten begleitet: »Es ist besser, Wir tangieren mit Unserer Kaiserlichen Autorität einen Müller, indem Wir solcher Art ein schlechtes Metall in den Flitterglanz von unechtem Katzengold hüllen, als dass Uns ein Müller mit hochtrabenden Worten dazu verführet, inskünftig schlechtes Metall für Gold zu halten, wenn ein hohles Stäbchen es, kraft der Autorität eines Adepten, berührt hat.«

Längst hatte auf solche Weise der Edle Herr von Müllenfels die Gefahren seines dornigen Berufes hinter sich und fand nun in dem Auftauchen des neuen Konkurrenten den unerwünschtesten Anlass für den Herzog, allen solchen vergessenen Geschichten und Abenteuern womöglich wieder nachzufragen und ihn, Müllenfels, auf diese Weise mindestens zum Gegenstande des Gespöttes am herzoglichen Hofe zu machen.

Sendivogius hielt indessen den Augenblick für gekommen, den verblüffenden Erfolgen seines Auftretens bei Herzog Friedrich nun die Krone aufzusetzen, indem er in jetzt schon gewohnter Weise die Reihe seiner unterhaltenden und belustigenden Experimente plötzlich abschloss mit einer echten Probe der Goldverwandlung. Auch diesmal gedachte er die Sache so einzuleiten und zu führen, dass er selbst als ein ungläubiger Spötter gegenüber den Behauptungen von der Existenz und der Kraft des Steines von dem Eintritt des Erfolges am meisten überrascht erscheinen sollte. Er gedachte dann das effektvolle Tableau mit der geläufigen Geschichte zu beschließen, dass ihm da zufällig einige Tropfen von reiner Tinktur in die Hände gespielt worden seien, die irgendein reisender Quacksalber zu Krakau auf dem Markte ausgeboten habe.

In der Frühe des nächsten Tages kündigte daher Sendivogius dem Fürsten den Abschluss seiner Vorführungen an unter geheimnisvollen Hinweisen auf einen wahrscheinlich erstaunlichen Ablauf der Dinge. Am Abend war eine glänzende Versammlung in Müllenfels alchimistischer Küche vereinigt. Sendivogius bracht eine winzige Phiole zum Vorschein, die, gegen das Feuer gehalten, einen blutroten Schein ausstrahlte. Er bemerkte schon jetzt, dass ihm der Inhalt des kleinen Glases durch Zufall zu Händen gekommen sei und dass er leider über ein Mehreres hiervon nicht verfüge. Er habe damit sowieso schon den einen und anderen einleitenden Versuch gemacht und könne daher den Rest an diesem heutigen Abend nur auf einmal verschwenden, gleichgültig, mit welchem Erfolge er nun die illustre Versammlung erfreuen werde. Er seinerseits müsse eher auf eine Enttäuschung, als auf die Erfüllung etwaiger übertriebener Erwartungen ernstlich hinweisen. Unter solchen vexierenden Reden bereitete er alles in gewohnter Weise zur Metalltangierung. Müllenfels beobachtete scharf alle Handgriffe seines Konkurrenten und wusste genau von den üblichen Vorbereitungen der Goldmacher, um vorauszusehen, dass dieses Experiment auf den Versuch einer Transmutation abzielte. Alles verlief nach Plan des Polen. Zur äußersten Verblüffung der Versammlung und zum höchsten Erstaunen des Herzogs lag einige Minuten nach der Tangierung des Metalls mit dem Inhalt der Phiole eine goldfarbene Masse im Tiegel, die der anwesende Hofgoldschmied des Herzogs sofort untersuchte und für gediegenes Gold erklären musste.

Das gutgespielte Erstaunen des glücklichen Experimentators erschien dem scharfblickenden Herzog nicht echt. Mit geneigtem Haupte nahm er eine Zuflüsterung seines Hofalchimisten entgegen und nickte ein paar mal dazu mit abwesendem Gesichtsausdruck, Sendivogius seinerseits beobachtete diese kurze Zwiesprache mit bedenklicher Miene. Es flogen Blicke her- und hinüber; der herzog bemerkte den Schatten schlecht verstellter Sorge in dem Gesicht des Polen, der polnische Edelmann sah den falschen Glanz in den Augen des herabgebeugten Müllenfels und die nachdenklich gefaltete Stirn des Herzogs. Wohl raffte Sendivogius auf, in gewohnter Art den verblüffenden Erfolg seines Experiments vor seinen Zuhörern zu besprechen und deren Erstaunen im Erzählen einiger Anekdoten aufzulösen, die er im Zusammenhange mit dem Bericht über den Gewinn der Tinktur vorbrachte. Über der versammelten Hofgesellschaft lag eine unbestimmte, aber deutlich fühlbare Spannung. Es gelang Sendivogius nicht, ihrer Herr zu werden und jene scherzhafte Unbefangenheit wiederzugewinnen, die ihn bisher als Sieger aus der Situation immer hatte vorgehen lassen.

Kurz und mit rauer Stimme frug Herzog Friedrich den unfreiwilligen Adepten, ob der Inhalt der vorgewiesenen Phiole erschöpft sei; und als Sendivogius bejahte, ob der Besitz an dieser offenbar so köstlichen Tinktur mit der verbrauchten Menge in der Tat gänzlich erschöpft sei.

Sendivogius überbot sich in Versicherungen. Er überbot sich darin zu sehr. Selbst ein Unbefangener konnte aus den übereifrigen Worten des verwirrten polnischen Edelmannes entnehmen, dass an seinen Erklärungen irgend etwas nicht stimmen möchte.

Der Herzog hob unvermittelt die Sitzung auf und verabschiedete sich von seinen neunen Gastfreunde gemessener als sonst. Er verließ das Laboratorium, indem er den Edlen von Müllenfels an seine Seite winkte und den Schwarm der Höflinge ziemlich achtlos hinter sich ließ.

Am späten Abend desselben Tages schritt Sendivogius in den ihm zugewiesenen Gemächern des Stuttgarter Schlosses auf und ab. Gefühle des Stolzes und der befriedigten Eitelkeit über den huldreichen Empfang bei dem Fürsten und über den Erfolg, der ihm auch hier beschieden gewesen war, wechselten sich mit immer neu auftauchenden Bedenken über den Ablauf der Ereignisse des verflossenen Tages. Immer wieder sah er die süßlichen Mienen und die allzu diensteifrigen Gebärden des

Hofalchimisten und dessen hin und wieder schießenden, missgünstig beobachtenden Blicke vor sich; immer wieder tauchte vor seinem inneren Auge das Gesicht des Herzogs auf, wie es sich unter den Zuflüsterungen des Alchimisten verändert und verfinstert hatte.

Die Dämmerung senkte blaue Schatten über die dichten Laubgänge des Lustgartens, in die Sendivogius abwechselnden Blickes jetzt hinabschaute. Über den Baumwipfeln hob sich soeben die schmale Sichel des neuen Mondes, und als erster blickte der Abendstern ruhig über eine Lichtung im Fliedergebüsch. Mit der zunehmenden Dunkelheit wichen mehr und mehr die freundlichen Eindrücke der rauschenden Tage, die der Abenteurer am württembergischen Hofe bisher verbracht hatte. In seiner Seele stiegen nach und nach trübe Gedanken auf, und eine nie gekannte unerklärliche Schwermut bemächtigte sich des sonst so leichtgemuten Mannes. Plötzlich erhob sich vor seinem Geiste das Bild des bleichen, grausam verstümmelten Setonius mit jenem Ausdruck der Augen, mit dem er sterbend in seinen Armen gelegen hatte. Im gespenstigen Zwielicht der Stunde schien es ihm, als wolle sich das Bild jener Szene mit der ungeheuren Kraft einer gegenwärtigen Vision verkörpern. Es war ihm, als sehe er die abgezehrte Rechte des Setonius, an der, von der Folter ausgerissen, zwei Finger fehlten; wie damals in Krakau sah er sie warnend und drohend emporgehoben, und ihm war, als höre er deutlich und nahe in sein leibhaftiges Ohr geflüstert und nicht nur wie die innere Sprache der Erinnerung auf neue die Worte:

»Fluch und nochmals Fluch dem frevelnden und törichten Begehren der Menschen nach Gold und nach Macht. – Dreimal Fluch aber den gleisnerischen und heuchlerischen Tyrannen, die auf ihren Schlössern wie grausame Spinnen lauern, Honig auf den Lippen für den herbeigelockten Gast, Verderben und Mord im Herzen sinnend gegen den seine Freiheit Zurückbegehrenden!«

Tief unten in der lautlosen Finsternis des Garten schien sich allmählich aus den verdichteten Nebelmassen der Wiesen in immer bestimmteren Umrissen eine Gestalt zu bilden und emporzuwallen. Ein leiser Windzug hob das ziehende Gebilde nach oben. Wie Grabtücher schleppten die Nebelschwaden, aus denen eine abgezehrte Hand zu seinem Fenster emportastete. Plötzlich glaubte der von Entsetzen eiskalt angefasste Sendivogius aus unmittelbarer Nähe ein Flüstern an seinem Ohr zu vernehmen. Deutlich sprach zu ihm die geisterhafte Stimme: »Hüte dich! – Gedenke an Kurfürst Christian!«

In einem plötzlichen Windstoß wirbelte der Nebelstreif vorüber. Ein scharfer, kühler Schauer überlief das Gesicht des Polen. Seine Hände umfassten krampfhaft die Stäbe eines eisernen Gitters, in das er aus dem geöffneten Fenster griff, als er wie unwillkürlich eine abwehrende Bewegung gegen die Erscheinung machte.

Mit einem Male kam es ihm zu Bewusstsein, was er zuvor unbegreiflicherweise entweder nicht gesehen oder nicht beachtet hatte: dass diese Räume, die ihm zur Wohnung angewiesen waren, bei aller Pracht ihrer Ausstattung schwere Eisengitter vor den Fenstern trugen und darum kaum etwas anderes waren als ein Gefängnis. In seiner Seele wurde es auf einmal hell, und deutlich sah der Leichtsinnige die Fäden des verderblichen Netzes, in das er geraten war und das sich über ihn zusammenzuziehen drohte, wie es dies schon über so vielen getan hatte. In welcher Absicht konnte man ihn in diese entlegenen Gemächer des Schlosses geführt haben? Er beugte sich aus einem der fest vergitterten Fenster, soweit es die Bauchung der schönverzierten Stäbe gestattete, und bemerkte, dass diese Zimmer Bestandteile eines gewaltigen Turmes waren, der, an der äußersten Ecke des Schlosses gelegen, nur durch eine gedeckte Verbindungsbrücke mit dem Massiv des Schlosses in Verbindung stand. Und diese Verbindungsbrücke, so schloss er nun hellsichtig, war eben jener schmale Gang, innen mit prächtigen Gobelins, Ahnenbildern und zierlichen Wandtischen harmlos und freundlich verkleidet, durch den er bisher ahnungslos seinen Weg hin und her genommen hatte. Es fiel ihm nun auf, dass, wie er sich deutlich erinnerte, der Eintritt in jenem Gange von den schweren und eisenbeschlagenen Doppelflügeln zweier riesiger Türen flankiert war, die zwar während seines Aufenthaltes bisher immer weit aufgeschlagen, dem flüchtig Vorüberschreitenden immer nur ihre mit Jagdszenen reich bemalten Flächen zugekehrt hatten; von denen er aber nun mit einem Male zu wissen meinte, dass, wenn sie erst einmal auf Nut und Feder zusammengeführt sich geschlossen hatten, ein Verschluss des Ganges geschaffen war, welcher der Verschlusskappe einer Falle glich, aus der zu entrinnen der Kraft eines einzelnen unmöglich war. War er also jetzt schon ein Gefangener?

Hastig schritt er zur Tür und riss sie auf. Ein Windstoß, der das von ihm geöffnete Fenster seines Zimmers erklirren ließ, belehrte ihn darüber, dass die Türflügel des dunklen Ganges da draußen noch offen stehen mussten. Nichts regte sich. Nach kurzem Lauschen trat er zögernd auf den Gang hinaus. Er schritt an den Teppichen und Spiegeln entlang, und immer wieder tauchte rechts und links aus den Flächen des Glases schattenhaft sein eigenes, bleiches Bild. Als er fast schon das Ende des Ganges erreicht hatte, trat geräuschlos eine Gestalt aus einer verborgenen Nische, die ihn aufs äußerste erschreckte. Im nächsten Augenblick erkannte er einen der herzoglichen Lakaien, der mit respektvollster Verbeugung den Herrn nach seinen Wünschen zu fragen schien, gab ihm die Haltung zurück. Er murmelte daher nur einiges von Laune und Neugier, den Eindruck der Galerie zu so später Stunde und im Zwielicht des ersten Mondes zu genießen, und wandte sich, verwirrt in seinem Gemüte, wieder zurück.

Was war das? Wollte er fliehen? – Fliehen vor einem Bilde seiner erregten Phantasie? – Vor einem trügerischen Spuk, den die Nachtluft heraufgeführt und wieder verweht hatte? –

Gegen die unbestimmte Beklemmung und das leise Nagen der Furcht, das sein Herz erfasst hatte, kehrte jetzt der alte Leichtsinn wie auch der Ehrgeiz des spielerischen Wundertäters seine Einwendungen: Wenn er floh, büßte er nicht nur am Hofe des Herzogs Gold, Ehre und Ruhm, sondern auch fernerhin den stolzen Ruf eines wirklichen Adepten ein, der ihn so sehr kitzelte.

In sein Zimmer zurückgekehrt, durchmaß er aufs neue ruhelos die Gemächer, ohne einen festen Entschluss fassen zu können, bis der Morgen graute, das Leben im Schlosse wieder erwachte, und es auf alle Fälle zu spät war, jetzt noch unbemerkt aus dem Schlosse zu entweichen. Übernächtigt und müde warf er sich angekleidet auf sein Bett und mochte nur wenige Minuten in schwerem, unerquicklichem Halbschlaf verbracht haben, als ein lautes Pochen an der Türe ihn empor riss. Vor ihm stand ein Diener des Herzogs, der ihn zu dem Herrn beschied. Sendivogius folgte ihm mit dumpfem Kopfe und sah sich bald darauf von Herzog Friedrich in dessen Privatgemächern huldvollst empfangen. Nach liebenswürdigen Erkundigungen des Herzogs wegen des übernächtigten Aussehens seines Gastes und einigen nichtssagenden Höflichkeitsformeln verwickelte der Herzog den heimlichen Adepten – so nannte lächelnd seinen Gast und wehrte scherzend alle Einwendungen ab, die der betroffene Sendivogius dagegen erhob – in ein langwieriges und tiefsinniges Gespräch über die edle hermetische Kunst.

Herzog Friedrich erwies sich in alchimistischen Schriften und Rezepten wohlbewandert und in manchen geheimen Hinweisen unterrichteter, mit manchen problematischen Prozessen vertrauter als der unfreiwillige Adept selbst. Als daher Sendivogius auf manche Frage des Herzogs mehr aus Verlegenheit und Mangel besseren Wissens als aus Zurückhaltung und Geheimniskrämerei des Eingeweihten nur halbe und ausweichende Antworten gab, berührte der Herzog vertraulich die Schulter seines Gastfreundes und sagte zu ihm mit einem Lächeln, auf dessen Grunde Sendivogius den entsetzlichen Bannblick der Spinne zu sehen meinte, von der die Stimme des gestrigen Abends gesprochen hatte:

»Mein lieber Freund! Vielleicht sollte ich besser sagen, verehrter Meister der königlichen Kunst! Ihr werdet nie wieder einen Schüler haben, der Euch so lebenslange anhangt wie ich. Ich strebe nach der Gunst der Erleuchtung mit hohem Ernst seit vielen Jahren, und ich möchte glauben, da Schicksal, das so treuem Fleiße und Bemühen Genugtuung schuldig ist, habe Euch dazu erlesen, mir die Erfüllung meines Strebens zu bringen. Ihr werdet mir also, Großmeister welchen Ordens ihr auch sein möget, die Gunst der Einweihung nicht verwehren, sosehr Ihr vielleicht noch Proben meiner Würdigkeit fordern zu müssen glaubet. Ich werde diese Proben, bei meiner fürstlichen Ehre, bestehen. Ihr werdet mich erproben und würdig finden, so wie Ihr, da ich Euch erproben durfte, Euch, als einen würdigen Meister der Kunst erwiesen habt. So lasst uns also beisammenbleiben.«

Ganz vergebens, so fühlte Sendivogius es selbst, waren solcher Gesinnung des Herzogs gegenüber die erneuten halben Einwendungen und Ablehnungen. Der Herzog überhörte sie entweder oder er nahm sie hin als die unvermeidlichen Zeremonien des Adepten, der den Wissbegierigen nicht sofort und auf einmal in die Fülle der Geheimnisse einzuführen wünscht.

Nach der gemeinsamen Mittagstafel wurden für den Herzog und eine auserlesene Anzahl seiner vornehmsten Gäste, darunter auch für Sendivogius, die besten Pferde aus dem herzoglichen Marstall in herrlicher Aufzäumung vorgeführt. Die Herren stiegen auf, und hinaus ging es aus den engen Mauern der Stadt, durch Äcker, Dörfer und Wälder, bis zu den umbuschten Ufern des Neckars. Der Herzog hielt sich dauernd zur Seite des Polen, und es schien, als habe er all seine alchimistische Neugier vergessen oder zu Hause gelassen. Er zeigte sich beflissen, seinem Gaste den Reichtum der schwäbischen Landschaft zu beweisen und ihn auf eine herzliche Art darüber aufzuklären, wie behäbig und sorglos es sich in so schöner Umgebung und in der Freundschaft des Herrn all dieser Herrlichkeiten leben lasse. Sendivogius fühlte sein Herz von dem Druck der seltsamen nächtlichen Erscheinung erleichtert. Sein angeborener Frohmut und seine unersättliche Lust an ritterlichem Glanz und Leben rissen ihn fort. Bald erwies er sich wieder als Meister der Unterhaltung und des fröhlichen Witzes in der vornehmen Gesellschaft. Sein Lachen und das der Reiter übertönte den Galopp der Pferde. Bald, vom Herzog getrennt, sprengte er mit einigen Kavalieren einer Anhöhe entgegen, deren Gipfel ihn die lieblichste Fernsicht über das anmutige Land und über Stuttgart verhieß. Durch die weite Ebene des Neckars wogte wellengleich das Grün der Wiesen bis hinab zu den Mauern der Hauptstadt. Dort brannte heiß und glimmernd die Sonne auf den spitzen Giebeldächern, und jenseits reihten sich wieder Hügel an Hügel und stiegen zu dämmernder Ferne hinüber, bis alles im leisen Duft um das blaue Gebirge am Rande des Horizontes zusammenfloss.

Mitten aus dem dunklen Grün eines Waldes, unweit des Hügels, auf dem Sendivogius jetzt sein schäumendes Pferd anhielt, ragte ein seltsamer Gegenstand wie mit schwarzen Armen in den Himmel. Es war ein Ding wie ein riesiger Wegweiser, der auf der Spitze eines kleinen Sandberges zu stehen schien, in dessen Umkreis der Wald zurückwich. Sendivogius bemühte sich vergebens, die Bedeutung dieses seltsamen Bauwerkes zu erraten, dessen dünne Linie eher auf ein Metallgerüst als auf einen aus Balken etwa gezimmerten übermäßig großen Landweiser schließen ließ. Jetzt eben leuchtete die Sonne in den hohen Seitenarmen des Mastes auf, und diese glänzten und flimmerten rötlich golden, wie Kupfer.

»Edler Herr, was schaut Ihr so nachdenklich nach dem Goldberge?«

Die Stimme, die so fragte, war plötzlich hinter ihm und ihr Klang, obwohl tief und von würdiger Festigkeit, erregte doch eine seltsame Empfindung in dem Polen, so, als ob das böse Zischen eines Reptils daraus hervorgeklungen habe. Er wandte den Kopf nach dem Sprecher und sah den Hofalchimisten von Müllenfels, wie er sein Ross dicht an das eigene herandrängte. Alsbald fuhr der Edle von Müllenfels weichgedämpfteren Tones und gleichsam entschuldigend in seiner Rede fort:

»Ihr schaut da wohl nach dem Warnungszeichen, das unter allergnädigster Herr vor acht Jahren an jener Stellt aufrichten ließ, als er zum ersten Male sich genötigt sah, sich dessen zu bedienen. – Und so wisset Ihr ja wohl, was das ist?«

Noch näher neigte er sich zu Sendivogius hinüber, legte die Lippen fast an sein Ohr und tuschelte:

»Der vergoldete Galgen ist das, liebwerter Herr Junker, an dem zuerst Georg Honauer die Luft trat, der überaus bedauernswerte Schwarzkünstler und marktschreierische Geheimkundige der *quinta essentia*. – Ein beklagenswerter Tropf! Im flittergoldenen Kleide, der verhängnisvolle Tanzplatz seiner letzten Gavotte mit dem Tod, geschmückt mit dem Abschaum des betrügerischen Metalls, von welchem er selbst die nötige Menge gefertigt hatte, hing er da drüben, ein Bild zum Erbarmen. – Möge doch jeder leichtsinnige Prahlhans sich daran ein Beispiel nehmen, dass er auf württembergischen Boden nicht ebenso vergoldet zum Himmel auffahre!«

Mit diesen Worten setzte der Edle von Müllenfels seinem Pferde die Sporen ein und jagte in kurzer Wendung von dannen, dass der dunkelgrüne und silbergestickte langflatternde Mantel, den er stets umgeschlagen trug und den er für eine Ehrengabe des Herzogs von Braunschweig ausgab, sich im Winde bauschte. Sendivogius, sosehr er die Worte des Hofalchimisten für das erkannte, was sie waren, nämlich für eine erstmalig unbeherrschte Äußerung seiner Missgunst und des hämischen Neides seines Quasikollegen, fühlte doch im Angesicht des schwarzgoldenen Eisengerüstes, dessen Bedeutung er jetzt kannte, sich in die Erinnerung an das Schreckbild der verwichenen Nacht auf einmal peinlich zurückversetzt, und die Galgenstille über dem Walde da drüben, aus welcher das Wahrzeichen mit grausamem Glanze emporstieg, bewegte ihn mit unheimlichem Schauer. Zwar war der Unterschied zwischen ihm selbst, der die kostbare Tinktur in Wirklichkeit besaß und vorzüglich verwahrt und versteckt obendrein, wie er sich bewusst war, und jenem Honauer, als einem offenbar bloßen Betrüger, trostreich genug und allzu groß, als dass ihm Befürchtungen hätten aufsteigen können, ihn selbst bedrohe ein ähnliches Geschick. Aber wie sehr er sich auch bemühte, seine aufgeregte Phantasie zu beschwichtigen, es wollte ihm nicht mehr gelingen. Unmutig wandte er seinerseits den Blick, spornte sein Ross und glaubte mit dem Galgenberge zugleich seinen Einbildungen den Rücken zu kehren. Als er aber wieder zu dem Gefolge des Herzogs stieß und diesem selbst, der schon nach ihm gefragt hatte, wieder von Angesicht zu Angesicht begegnete, hatte sich in seiner Seele das Misstrauen schon bis zu dem Grade festgesetzt, dass er mit Bestimmtheit glaubte, in den Augen des Fürsten den Spinnenblick zu erkennen, der ihm in der Vision der vergangenen Nacht zuerst erschienen war.

Spät am Abend wandte sich die Reiterschar nach Stuttgart zurück. Noch waren Stunden rauschenden Vergnügens zu überstehen, an denen

Sendivogius, ganz entgegen seinen gewohnten Neigungen, keine Freude mehr empfand und deren Ende er mit mühsam bezähmter Ungeduld entgegenwartete. – Als er endlich zu später Stunde mit aufgeregten Sinnen wieder durch den stillen Gang zu seinen Gemächern schritt, befestigte sich in ihm die Gewissheit, dass er diesen Weg nicht mehr oft in die Freiheit des eigenen Entschlusses gehen werde. Er entzündete in seinem Schlafzimmer die Kerzen nicht. Er trat an das vergitterte Fenster und sah auf den Schlossgarten hinaus, dessen äußerste Baumwipfel wiederum von den blassen Streiflichtern des Mondes versilbert wurden. Die Nacht war um ein weniges heller als die vorhergegangene. Der Mond war im Zunehmen. Lange stand Sendivogius so, in heftige Gedanken und wild sich überstürzende Pläne versunken. Dann wandte er sich und legte sich, wiederum ohne die Kleidung abzulegen, auf das Bett. Er verschränkte die Arme hinter dem Kopf und starrte in den Betthimmel empor. Bald schien es ihm, als öffne sich eines der schweren Felder in der Vertäfelung dieses Betthimmels, und der Gang, der zu seinen Zimmern führte, wurde sichtbar. Er sah die Galerie in fahler Helle liegen und deutlich am entgegengesetzten Ende die schweren Türflügel mit den Jagddarstellungen geschlossen. Von dorther, so schien es ihm, drängten finstere, wildentschlossene Gesellen in sein Gemach. Im Viertellicht des Mondes sah er Dolche und Messer aufblitzen, und jener Lakai, der ihm gestern aus der Gangnische in den Weg getreten war, huschte gespenstisch aus den Gardinen hervor und forderte im Namen des Herzogs die Herausgabe des Elixiers. Dann sah er sich ergriffen, eine Falltür geöffnet, und fühlte sich hinabsinken in feuchte unterirdische Gewölbe, von deren Wänden die schrecklichsten Geräte herabbaumelten. Starke Fäuste griffen nach ihm, Stricke und Ketten wanden sich ihm um Arme und Beine, an denen er im nächsten Augenblick emporgezogen werden sollte, aber mit der letzten Kraft der Angst und der Verzweiflung riss er sich los und stieß einen gellenden Hilfeschrei in leise gebrochenem Echo von den gewölbten Decken seiner Zimmerflucht nachzuklingen. Sendivogius sprang vom Bett auf und fühlte alle seine Glieder von Fieberschauern geschüttelt und ein kalter Schweiß war auf seiner Stirn. Verwirrt schaute er um sich und lauschte lange. Dann, mit der Rückkehr der Besinnung, kehrte sein Entschluss und mit ihm die äußerste Tatkraft wieder, deren er sich fähig fühlte.

In äußerster Hast und dennoch mit Besonnenheit raffte er das Nötigste und Kostbarste von dem zusammen, was sein war. Noch einmal lauschte er lange und verharrte bei vollkommener Stille regungslos. Dann schlich er sich durch die Tür hinaus in die Galerie und versicherte sich auch dort der vollkommensten Nachtstille. Er kehrte in seine Zimmer zurück, und nach einer kurzen Prüfung, die er vom Fenster aus der näheren Umgebung des Schlosses widmete, konnte er der Tatsache gewiss sein, dass ein Schrei nicht beachtet worden war. Jetzt erst wandte er sich, ins Zimmer zurückgewandt, einer Ecke zu, kniete nieder und löste mit raschen Griffen durch Einstoß seines Messers in eine Ritze der Vertäfelung eine Füllung heraus, hinter der eine flache, dickwandige Phiole hervorfiel. Er barg sie an ledernen Riemen auf der bloßen Brust und legte dafür die kleine, geleerte Phiole, aus der er sein letztes Experiment vor dem Herzog bestritten hatte, recht auffällig auf den Nachttisch. Damit waren seine Zurüstungen beendigt. Noch einmal sah er sich um in diesen Räumen, auf denen, so schien es ihm, der Fluch zuvor hier gefangengehaltener »Gastfreunde« des Herzoghauses lastete. Er sah, ehe er wagte, die nächsten entscheidenden Schritte zu tun, durch die Flucht der offenen Zimmer, die er selbst bis zu dieser Nacht ahnungslos bewohnt hatte, einen schwankenden und dunklen Zug von Gestalten heran- und vorüberziehen, von denen der eine mit dem unsäglich glühenden Blick des langsamen Verhungerns, der andere mit emporgehobenen und verstümmelten Gliedern die Angst der Folter ihm noch einmal darstellen zu wollen schien. Und war das alles auch vielleicht nur ein Gespensterzug in der Imagination seines eigenen überreizten Gemütes, war auch vielleicht alles eine Fabel, was über die Grausamkeit des Herzogs gerüchteweise umging: keinesfalls war der Galgen eine Fabel, den er mit eigenen Augen gesehen hatte und der so drohend das Land überragte. Keine Täuschung außerdem war der unheilvolle Blick des Fürsten gewesen und keine Täuschung, das wusste Sendivogius gewiss, die warnende Stimme des toten Meisters, die ihm in der gestrigen Nacht ins Ohr gesprochen hatte! –

Ungewöhnlich lange dauerte es heute, ehe der Herzog seinem vertrauten Diener den Befehl gab, Sendivogius aus seinen Wohnräumen zu ihm herüberzurufen. Denn seit früher Morgenstunde schon war der Hofalchimist von Müllenfels im Privatkabinett seines Herrn, mit dem er offenbar sehr wichtige Dinge zu besprechen hatte. Als endlich der Fürst ins Vorzimmer hinausrief: »Sendivogius soll kommen!« schien seine Stimme dem alten Diener nachlässig und kalt und nicht mehr von dem ungeduldigen Verlangen erfüllt, wie noch gestern.

Nach geraumer Zeit kehrte der Bote zurück mit allen Zügen des Schreckens und kaum fähig, das Gemach des Fürsten zu betreten. Er blieb scheu und vorsichtig an der Schwelle stehen, als er berichtete: »Allergnädigster Herr, der Herr von Sendivogius ist in seinen Gemächern nicht zu finden. Alle Räume, insbesondere das Bett des Gastes, befinden sich in größter Unordnung, die Vertäfelung an einer Wand des Schlafzimmers ist aufgebrochen, und das Gitter vor dem Fenster des Salons ist durchsägt.«

Da sah Herzog Friedrich mit langem Blick seinen Hofalchimisten an und sagte dann mit spöttischem Lächeln:

»Hab' ich mir's doch gedacht! So lassen wir ihn also laufen, er findet auch anderswo seinen Galgen!«

Damit winkte er, und der Diener war entlassen. Der Herzog aber schloss sich mit Müllenfels zu einer weiteren stundenlangen Unterredung in seinem Kabinett ein.

Es war hoher Sommer, die heißen Strahlen der Sonne vermochten kaum durch das dichte Blätterdach des Waldes zu dringen. Es wehte daher auf den Pfaden, die sparsam die Buchenforste der Schwäbischen Alb durchkreuzten, eine angenehme Kühle. Auf einer kleinen Lichtung, die auf einer Seite von überhängenden Kalkfelsen abgeschlossen war, brannte ein helles Feuer, von wunderlichen Gestalten umlagert, die begierig auf die saftige Keule eines erlegten Hirsches schauten, die am eisernen Spieß briet, während hin und wieder ein wechselnder Ruf in fremder Sprache die Stille zerteilte. Aus der Ferne wurde mit gleichen Rufen geantwortet, so, als seine Posten aufgestellt, um die Lagernden vor unwillkommenen Überraschungen zu schützen.

Jetzt aber ertönte der Zuruf länger gezogen, und die kauernden Gestalten erhoben sich. Männer und Weiber in phantastisch bunter Gewandung liefen durcheinander. Auf dem Waldpfade, der in Zickzacklinien zu der Lichtung emporstieg, ließen sich eilige Tritte vernehmen, und ein bärtiger Mann erschien, der ein schweres Bündel auf der Schulter trug. Er blieb stehen und musterte schweigend die Leute, die am Feuer ihn zu erwarten schienen. Hinter ihm schaute ein kleiner dunkelbrauner Zigeunerbube blinzelnd hervor, und seine Gegenwart wie das verabredete Zeichen, das er hinter dem Rücken des Mannes den Seinigen gab, brachten Ruhe in die aufgeregte Schar zurück, die jetzt den Fremden neugierig umdrängte.

»Fürcht dich nit«, sagte der schwarzhaarige kleine Führer und suchte den Zögernden vorwärtszuschieben, »gute Leut, die dort – meine Leut.«

Sodann trat das Bürschlein zu den Seinen und berichtete mit schneller und unverständlicher Rede dem Zigeunerlager, wie er den Fremden im Walde umherirrend angetroffen habe und wie derselbe wünsche, so rasch wie möglich über die Landesgrenze zu kommen. Während das Geschnatter zwischen der Zigeunerbande und dem Buben noch immer erregt hin und her ging, trat sachte eine schlank gewachsene, verhältnismäßig hübsch gekleidete und saubere Dirne aus dem Kreise und drängte sich mit der wilden und zugleich scheuen Unschuld eines frommen Tieres witternd an den Fremden heran. Das Mädchen mochte wohl siebzehn Jahre zählen und schaute aus kirschschwarzen Augen mit sanfter Neugier dem Fremden ins Gesicht. Bald aber flammten diese sanften Augen mit fremdartiger Heftigkeit auf, und sie rief in der gebrochenen Sprache der echten Zigeuner dem Burschen zu: »Schweig du! Fiametta wird jetzt sagen, was Sterne dem Mann verkünden und was der Tag ihm bringt.«

Sie neigte sich ohne Umstände über die Rechte des Mannes, die dieser ihr widerstrebend ließ, und schaute lange mit glänzenden Blicken in die Innenfläche der Hand. Plötzlich verdüsterte sich ihr Gesicht, das jede Regung ihrer Seele offen zu spiegeln schien, und sie rief: »Wer will einen andern schimpfen und ihn Betrüger heißen, der soll ihm sagen: Du – Alchimist!«

Und als der Fremde dem Mädchen unwillkürlich und unwillig die Hand entzog, fügte sie rasch hinzu: »Hüte dich vor dem ›Roten Löwen‹, dem ›Grünen Drachen‹, der ›Weißen Taube‹!« Nun trat doch dem fremden Manne das Staunen in die Augen. Er richtete sich auf, und das Antlitz, das er zeigte, war das des Sendivogius. Er schaute scharfen Blickes über das Mädchen hin und schien einen Augenblick zu zögern. Dann winkte er der Dirne, mit ihm zur Seite zu treten, und alsbald gehorchte die Zigeunerin. Gedämpften Tones sprach er zu ihr: »Dirne, was weißt du von unseren Geheimnissen, und wer hat sie dich gelehrt?«

Die junge Zigeunerin antwortete ihm nicht sogleich. Auch sie sah ihm prüfend ins Gesicht, und es war, als suche sie nach dem Zeichen Die Blicke der beiden begegneten sich und hafteten. Dann schlug die Zigeunerdirne zum ersten Mal die Augen nieder, machte dann eine weitere Gebärde, als ob sie Luft und blitzendes Sonnenlicht, Wald und Erdboden umschreiben wolle, und sagte: »Die Geister mit uns reden – wir mit ihnen, gleiche mit gleichen. Erde offen für meinen Blick. – Himmel offen für meinen Blick. – Sterne ziehen oben mit Musik. – Wind redet Zukunft. – Der purpurne König will ertrinken in seinem Bad.«

Plötzlich ergriff das Mädchen eine wilde Begeisterung. Ihre Augen flackerten auf, ihr Körper dehnte sich, und ihre Arme griffen mit großer und schöner Gebärde ins ungewisse, als sie fortfuhr: »Nimmer wird er fassen die Jungfrau im Feuer. – Die Jungfrau bleibt in Liebe dem wahren Meister. – Hüte dich – Betrug! – ich sehe Reiter. Ich sehe Waffen. Ich sehe Harnisch in der Sonne, schnell, so schnell! – Ich sehe Gras fliegen unter Hufen. – Ich sehe Reiter deuten –«

Und plötzlich endete die Dirne jäh: »Sie suchen dich! – Sie suchen Schatz – da! – Da an deinem Halse. – Schatz bringt dir Verderben!«

Sendivogius erschrak heftig. Er wandte sich mit finsterem Blick nach allen Seiten, und seine Hand zuckte nach dem Dolche in seinem Gürtel. Ihm schien, als umringten die Verfolger ihn schon hier auf dieser Lichtung, und er war entschlossen, sich auf keinen Fall den Reitern des Herzogs zu ergeben, sondern lieber zu sterben und den Schatz an seiner Brust zuvor an den Felsen da drüben zu zerschmettern. Jedoch das Mädchen legte ihre braune Hand mit sachtem Druck auf seinen Arm und mahnte dringend:

»Hier, fremder Mann, hier Speise, hier Wasser, nimm und iss mit meinen Leuten. – Dort Quelle, dort Kraft. – Dann ich – ich wird dich führen zu altem Bau, zu Turm, ist uralt – ist älter als Wald – ist alt – wie Württemberg – gibt Dach – bringt Rettung – bis eiserne Wolke vorbei.«

Und mit einer lächelnden Anmut, die von Minute zu Minute dem eleganten Polen besser gefiel als die gezierte Schönheit so vieler Damen der adeligen Gesellschaft, ging das Zigeunermädchen dem Feuer zu, um welches die Bande sich schon wieder gelagert hatte. Der Hirschbraten war inzwischen gar geworden, ein wildbärtiger Bursche hatte ihn soeben kunstgerecht zerteilt und die Stücke auf Lattichblätter gelegt; und bereitwillig und gastfrei nahm die wilde Gesellschaft den polnischen Edelmann in ihren Kreis auf und bedeutete ihm mit dringlichen Zeichen, am Mahl teilzunehmen.

Unweit der südlichen Grenze Württembergs, dort, wo der Schwarzwald seine tiefgerissenen Täler nach Osten zur Hochebene der Baar und gegen die Tafelberge der Rauen Alb auslaufen lässt, lagen in einer Schlucht verborgen Wehrturm und zerfallene Trümmer einer Burg. Von den weitläufigen Wohngebäuden selbst war nichts mehr sichtbar als die nördliche Umfassungsmauer, an der sich eine Wand von dunkelgrünem Efeu emporrankte. Den äußersten, nach Westen vorspringenden Punkt

dieser Trümmer bildete eben jener feste und hohe Turm, dessen unterste
Fensteröffnung die Form von Schießscharten hatte, während nach oben
hin, allmählich sich vergrößernd, schmale und hohe Fensteröffnungen
sichtbar waren, die bis zum höchsten Mauerkranze hinauf sich wiederholten und dazu dienten, ein notdürftiges Licht auf die im Innern in
Windungen aufsteigende Treppe zu werfen. Dieser Turm besaß nur ein
einziges, in sich selber schon recht verfallenes, immerhin aber im ganzen
noch wohlerhaltenes Gemach, das zu einem sicheren, wenn auch nicht
behaglichen Aufenthalt notdürftig dienen konnte. Es befand sich im
Erdgeschoss und empfing sein Licht durch die Schießscharten, deren
schräge Richtung den Sonnenstrahlen zu keiner Tageszeit den Eingang
erlaubt, selbst wenn am höchsten Sommertag die Sonne fast senkrecht
am Himmel stand und ihr Licht Eingang in die Schlucht fand. Es muss
entweder ein sehr düsterer und von galliger Laune befallener Schlossherr
gewesen sein, der sich dieses kühle und düstere Waldtal zur Erbauung
seines Burgnestes auserwählt hatte, oder noch abschreckendere Beweg-
gründe müssen es gewesen sein, die Burg und Getürme auf jenem Erdfleck
hatten entstehen lassen. Auf jeden Fall konnte ein Bewohner des beschriebenen Turmgemaches sich kaum anders als wie ein Gefangener in tiefsten
Verliesen fühlen. So wie der Turm stand, verfinsterten die hohen
Schwarzwaldtannen die kümmerliche Helle des Tages bis aufs äußerste,
und das Auge dessen, der in diese Waldschlucht oder gar in das Innere
der Bergräume eintrat, bedurfte schon einige Zeit, ehe es sich an das
ewige Dämmerlicht der Umgebung zu gewöhnen vermochte. In einem
tiefen, spitzbogigen Mauerschnitt saß eine aus festem Eichenholz gezim-
merte und außen wie innen mit starkem Eisenblech gefütterte Tür. Sie
bildete den einzigen Zugang zu dieser Art Verlies, und ihre überaus
starken Bohlen waren wohlgeeignet selbst einem heftigen Aufprall der
Gewalt zu widerstehen.

Ein Ausdruck der Befriedigung und des stolzen Sicherheitsgefühlt
überflog das wettergebräunte Antlitz des flüchtigen Sendivojius, als er
an einem der längsten Tage des Jahres zu später Mittagsstunde vor diesem
Zufluchtsort angekommen war und er nun den Umkreis des Gemäuers
mit scharfen Blicken musterte.

»In Wahrheit, du hast mich recht wacker geleitet, Fiametta«, sagte er
munter zu seiner Führerin. »Wenn ich erst völlig in Sicherheit sein
werde, will ich dir lohnen, wie ich es nur immer vermag. Verbitte es dir
nicht«, fuhr er mit ungewöhnlich weicher Stimme fort, als die junge Zi-

geunerin eine hastig abwehrende Bewegung machte, »ein hübsches, goldenes Halsband, vielleicht mit roten Korallen besetzt, müsste deinen braunen Hals und dein schwarzes Haar nicht übel kleiden, und deine Augen stünden darüber mit doppelt so hellem Glanz.«

»Nicht Gold, nicht Geschenk!« rief Fiametta drängend und besorgt. »Hineingehen – Pforte schließen – starke Riegel. Drinnen, wie Habicht, wie Edelfalke – sicher im Nest! – Und wenn Raben schreien – wenn Eulen flattern – Falke im Nest ruhig blinzelt, im Nest –«

Noch während sie sprach, raschelte es fernher zwischen den Bäumen, und ein leises Klirren von Waffen war zu hören. Fiametta brach ab und lauschte. Mit wortlosem Ungestüm drängte sie Sendivogius gegen die Pforte des Turmes, und dieser, die nahe Gefahr ahnend, eilte mit hastigen Sätzen die Geröllstufen des äußeren Mauerringes hinan. Da, wenige Schritte vor dem rettenden Tor, glitten dunkle Gestalten zwischen den Baumstämmen hervor und warfen sich zwischen ihn und das rettende Asyl.

»Rette dich!« rief Fiametta nochmals mit gellender Stimme. Da ergriff auch sie von rückwärts eine Hand, und ihr Klageruf hallte schwächer zu Sendivogius hinüber: »Weh dir und mir und wehe ihm!«

»Freilich für diesmal ist es zu spät«, ertönte spottend die gedämpfte Stimme eines Mannes unter grüner Samtmaske hervor. Es schien der Anführer der Verfolger zu sein, der jetzt Fiametta am Handgelenk festhielt. Sendivogius, seinerseits an Hals, Schulter und Armen festgehalten, schaute zu Fiametta hinüber und sah sie in nutzlosem Ringen mit dem Bewaffneten, der vom Haupt bis zu den Füßen in einen schwarzen Mantel gehüllt war und dessen Gesicht sich vollständig hinter der grünen Maske verbarg. Inzwischen ließ dieser das Mädchen los und stieg zu Sendivogius herauf. Die Stimme klang dem Polen irgendwie bekannt und weckte in ihm unbestimmte widrige Erinnerung. Jedoch dämpfte die Maske den Ton und machte ihn fremd.

»Herr«, redete ihn der Maskierte an, »Ihr seht, wir sind in der Überzahl, ergebt Euch also dem Geschick, das Euch verhängt ist.«

Sendivogius machte einen ohnmächtigen Versuch, sich zu befreien. Es gelang ihm, den rechten Arm loszureißen und den Dolch in seinem Gürtel zu erreichen. Vielleicht wäre es ihm in diesem entscheidenden Augenblick gelungen, mit einer glücklichen Wendung, einem glücklichen Stoß sich zu befreien und entweder den Wald oder den schützenden Bau zu erreichen, hätte nicht unglücklicherweise Fiametta, die mit gespannter

Aufmerksamkeit den mit Blitzesschnelle abrollenden Vorgärgen folgte, in der Erwartung, dass Sendivogius sein Beginnen glücken werde, eine triumphierenden Schrei ausgestoßen. Sendivogius wurde durch diesen Schrei auf Sekundenlänge von der raschen Durchführung seiner Bewegungen abgehalten; er schaute zu Fiametta hinüber in der Meinung, dort drüben begebe sich etwas Neues, was seiner Rettung dienlich sein könnte. Dies kurze Zögern genügte, um seinen Bedrängern den Vorteil wiederzugeben. Sie stürzten sich jetzt von hinten auf den Polen, ergriffen ihn mit starken Fäusten, und während einer ihm die Waffe entrang, warfen die andern ihn trotz seines verzweifelten Widerstandes zu Boden und schnürten ihm Hände und Füße mit festen Riemen.

Fiametta, die von der ferne das Misslingen des letzten Rettungsversuches mit ansah, schrie wild auf. Sie rannte jetzt mit weiten Sätzen über die Steintrümmer herzu und riss mit ihren kleinen Händen am Mantel des verhüllten Mannes. Ihre Finger bogen sich zu Krallen, und indem sie mit aller Kraft den Arm des Vermummten zurückkriss, schrie sie:

»Dies dein Schutz? Dies dein Siegel! – Grüner Drache? – Dies dein Versprechen – du Retter? Du Helfer gegen den Herzog?! – Lass los – sofort lass los, oder ich töte dich!«

Ein höhnisches Lachen war die ganze Antwort, die der Vermummte gab. Gleichzeitig schüttelte er die Hände des Mädchens von sich ab mit solcher Kraft, dass es war, als schüttle er eine Flaumfeder von sich.

»Schweig, Dirne«, rief er, »was geht dich der fremde Mann an? Marsch und fort, und gehe deines Weges und danke Gott, wenn man dich ungehindert ziehen lässt! Und zudem, wer sagt dir, dass ich sein Leben will? Die Zwiesprache, die ich jetzt mit ihm zu halten gedenke, wird kurz sein, und wenn wir einig werden, mag er schon in einer Viertelstunde laufen, wohin er will. Sollen dann die Reiter, vor denen ich euch zu schützen versprach, holen, was übrigbleibt. Sein Wams oder sein Leben, das gilt mir gleich!«

»Oh, wer will einen andern schimpfen und ihm Schelm sagen und Betrüger, der soll ihm sagen: Du – Alchimist! Oh! – Hab' falsch gelesen – Hab' andern gemeint – Hab' dich nicht gekannt«, und Fiametta schloss, sprühend und spuckend wie eine Wildkatze: »Alchimist! – Alchimist du!«

Das raue Lachen des Mannes mit der grünen Maske erhitzte Fiametta zur äußersten Wut. Sie reckte sich empor, wilder noch, als sie es auf dem Versammlungsplatz der Zigeuner getan hatte. Während die Vision der heransprengenden Verfolger über sie kam. Drohend hob sie die Hand gegen den Mann im schwarzen Mantel, und ihre Stimme ging über in den Singsang der Beschwörung:

»Du hast verraten – verraten mich und ihn! – Auf Verrat folgt Verräterstrafe – wie Mondviertel auf Neumond! – Mondviertel auf Neumond, hörst du! – Gib Frieden! – Gib frei – Sonst schwarze Hirschzacken über dir – rot wie die Spritzen von deinem Blut!«

Der Vermummte zuckte zusammen. Mit rascher Bewegung trat er dicht vor sie hin.

»Zigeunerbrut«, grollte er, »willst du etwa verraten? – Kennst du mich?«

»Grüne Maske! – Grüner Drache! – Kenne dich nicht – aber will dich kenne, will dich suchen – im Kristall! – Im Feuer! – Unter den Stimmen!« schrie Fiametta dagegen.

Der Mann lachte aus vollem Halse: »Deinen Zauberspuk, kleine Hexe, fürchte ich nicht. Mach deinen Hokuspokus vor Bauern und anderen Dummköpfen! Glaubst du, ich hätte mich in diesen Handel begeben, ohne den Preis zu nehmen, den er mir wert ist?! Der da trägt am Halse, was ich brauche. Er soll froh sein, wenn ich seinen Hals von der Lederschlinge befreie. Bliebe ihm diese, so trüge er vielleicht bald noch eine zweite an der Gurgel, die oben über dem Goldberg am eisernen Arm baumelt!«

Fiamettas Augen wurden groß und starr. Es schien, als lausche sie in die Ferne und als sehe sie Dinge, die in den Abendwolken vorüberzogen: »Braune Schlinge! – Goldener Mantel! – Haube aus Katzengold! – Ho! – Hoch droben im Wind – hin und her – hin und her! – Eiserner Galgen! – Schwingender Mann! – Goldener Mantel – breit weht er im Wind!«

Die Zigeunerin lachte wild und höhnisch auf nach dieser visionären Rede. Der Mann im Mantel tat einen Sprung auf das Mädchen zu, und plötzlich blitzte in seiner Hand ein Dolchmesser. Fiametta wich zurück, und der Stoß ging in die Luft.

»Berühr' mich nicht! – Triff nicht! – Alles, was du tust, geht in die Luft! – Alles, was du tust – alle Wege, die du fährst – enden – in der Luft! – In der Luft!« –

»Schweig!« schrie jetzt der Vermummte zornig. »Schweig mit deinen Flüchen, oder ich durchbohre diesen da vor deinen Augen mit eigener Hand! Höre, was ich dir sage«, fuhr der Mann nach kurzer Pause des Nachdenkens fort, »ich weiß, braunes Gesindel, dass ihr eure Schwüre haltet, wenn ihr recht schwört. Schwör mir also bei Himmel und Erde, schwöre mir bei der Asche deiner Eltern, schwöre bei dem Luftgeist, dem Feuergeist und dem höchsten Geist über den Sternen, dass kein Laut über das, was du hier gesehen hast, deine Lippen verlassen wird! Schwöre, dass du niemals einem Menschen anvertrauen willst, was du von diesem Manne weißt. Schwöre, dass du nicht fluchen willst und nicht Rache suchen und nichts unternehmen gegen mich, es sei auf der Erde oder auf dem Wasser oder bei den Geistern! Schwörst du nicht gleich, so tue ich, was mich vielleicht reuen wird. Der Mann hier am Boden stirbt in dieser Minute, wenn du nicht schwörst, es sei mir nun sein Leben nützlich oder sein Tod!«

Eine bange Pause entstand. Sendivogius, der in seinen Fesseln bewegungslos auf das Moos niedergedrückt lag und kaum den Kopf bewegen konnte, sah und hörte die Vorgänge um ihn her mit überwachen Sinnen. In blitzschnellem Bilderzuge schwebten vor seiner Seele alle Möglichkeiten der Rettung vorüber. Nichts von alledem ließ sich verwirklichen. Eine kalte Ruhe kam über ihn, und plötzlich erinnerte er sich deutlich der prophetischen Worte Fiamettas, die sie im Walde auf der Rauen Alb zu ihm gesprochen hatte: Der »Rote Löwe« hing ihm am Halse. Noch war er sein Eigentum. Aber der Verlust der kostbaren Phiole, von der nur Verrat wissen konnte, dass er sie bei sich führte, schien unvermeidbar gewiss.

Der »Grüne Drache«, das wusste er nun, stand vor ihm und hatte ihn überwältigt. Die giftige grüne Samtmaske, es mochte darunter stecken wer wollte, barg einen Todfeind, und wie Fiametta es vorausgesagt hatte, es war vergebens, sich dem Schicksal zu entziehen. Sendivogius schloss mit dem Leben ab. Er sah keinen Grund, weswegen der »Grüne Drache« nicht zubeißen sollte. Mit gleichgültiger Klarheit erwog er jetzt nur noch dies eine, was es dann wohl mit der »Weißen Taube« auf sich haben möchte. War ihm der »Rote Löwe« und der »Grüne Drache« nicht erspart geblieben, so musste ja wohl vor dem Ende seines Lebens auch die »Weiße Taube« noch erscheinen. Freilich, auch sie drohte nach dem Spruch Fiamettas Gefahr und Verderben. Sendivogius ließ den Kopf zurückfallen und dachte nichts mehr. »Wohlan«, sagte Fiametta nach zögerndem Besinnen, »ich schwöre. – Aber wehe dir – Alchimist – wenn du blutig vom Ort gehst! – Ich Funke – Ich Flamme! – Ihr alle schwarz – ihr alle Asche – wenn der Mann blutet!«

»Leeres Zigeunergeschwätz!« brummte der Verlarvte. »Dummes Geschwätz, das nicht brennt und nicht schneidet!« Aber die Drohungen der Zigeunerin hatten in der unheimlichen Umgebung und in dem feierlichen Ton, in dem sie gesprochen waren, doch sichtlich einen widerwilligen Eindruck auf den Führer des Überfalls gemacht. Er lüpfte vorsichtig die Kappe und strich sich mit einem Tuch den Schweiß von der Stirn.

Als er das Tuch wieder vom Gesicht nahm, war Fiametta verschwunden. Erstaunt schaute der Vermummte in die Runde, lauschte und steckte mit unsicherer Gebärde das Dolchmesser wieder in den Gürtel. Dann wandte er sich und trat langsam auf Sendivogius zu.

»Nun, mein edler Herr«, sagte er, indem er dicht zu den Füßen des Daliegenden trat, »nun gebt also gutwillig die Phiole heraus, um derentwillen man Euch ein so unhöfliches Geleite aufzwingen möchte. Ich will Euch dienstbar sein und sie in sichere Obhut nehmen. Vielleicht, in nicht allzuferner Zeit, wollen wir an günstigem Ort mehr darüber reden. Denn ich hoffe, dass die königliche Kunst mir, ihrem dienstwilligen Schüler, die Pforten öffnen und das Wissen schenken wird.«

Der Vermummte schwieg. Die grüne Maske grinste ausdruckslos und teuflisch zu dem Gefesselten nieder. Der Pole heftete seinen Blick auf die schwarzen Augenlöcher der Maske und suchte den Blick, der funkelnd dahinter stand, zu enträtseln. So unheimlich und hässlich das Flimmern war, das da hervordrang, sonderbar, es schien ihm nicht der Basiliskenblick der großen Spinne zu sein, der ihn im Geiste seit jener Nachtvision auf dem Stuttgarter Schloss verfolgte. Der Blick war gemeiner und höhnischer, als der aus dem Höllenabgrund gewissenloser Tyrannei. Sendivogius rührte sich nicht. Seine streng gefaltete Stirn, seine festgeschlossen Lippen und der gerade Blick seiner Augen bewiesen genugsam, dass er entschlossen war, niemals freiwillig dasjenige auszuliefern, was seit langem den Kern und Zweck seines genusssüchtigen Lebens bildete.

»Ihr schweigt? Ihr wollt nicht?« fuhr der andere fort. »Nun, ganz nach Eurem Belieben. Es tut mir leid, dass Ihr Euch nur der Gewalt zu fügen gedenkt.«

Er winkte, und wieder warfen sich die Bewaffneten über den wehrlosen Alchimisten, zogen die schmerzenden Fesseln fester und öffneten gemächlich die Kleider des Alchimisten, ihn zu durchsuchen. Jeder Widerstand war unmöglich. Sendivogius schloss die Augen, und die Blässe ohnmächtiger Wut überflog sein Gesicht. Mit raschem Griff zog einer der Banditen die Phiole hervor, die, in eine silberne Kapsel gebettet, auf der Brust des Alchimisten lag.

Mit gierigem Griff entriss der Vermummte dem Banditen die kostbare Beute. Sofort wehrte er weiterer Misshandlung des Gefesselten und sagte streng: »Es ist genug. Wir an unserm Teil sind befriedigt. Lasset ihm Geld und was er sonst bei sich trägt, bei meinem Zorn. Tragt ihn jetzt da hinein und schließt die Tür hinter ihm zu.«

Sendivogius fühlte sich emporgehoben, fortgeschleppt und auf den Boden jenes Gemaches im Turm niedergelegt, das ihm zum Schutz und Schirm hatte dienen sollen. Dann schloss sich die Tür hinter ihm, und er sah sich allen und jämmerlich gefangen.

Wie lange er so gelegen hatte, wusste er kaum. Als der verräterische Überfall stattfand, neigte sich die Sonne bereits zum Untergang. Schnell folgte kühle Dämmerung. Als er allmählich wieder zum Bewusstsein kam, schimmerte nur noch ein schwacher Lichtstrahl durch die Schießscharten herab, und Sendivogius versuchte sine steif gewordenen Glieder zu regen; allein die Riemen, mit denen er gefesselt war, hinderten ihn selbst an der geringsten Bewegung. Vollkommen hilflos lag er da, und er sah neuem, qualvollem Verderben entgegen. Was sollte er tun? Vermochte ein lautes Rufen überhaupt durch diese meterdicken Mauern zu dringen, deren Festigkeit ihm vor kaum einer Stunde noch so erwünscht und willkommen erschienen war? Und wenn etwa zufällig des Weges Kommende ihn vernahmen, konnte nicht dadurch gerade sein Aufenthalt an seine Feinde verraten werden? Denn eines schien ihm nun deutlich genug: zwei Verfolger waren hinter ihm her, und es waren nicht die Reiter des Herzogs gewesen, die ihn hier beim rettenden Turm überrascht und geplündert hatten. Wohl aber glaubte er aus den Reden des Banditenführers richtig herausgehört zu haben, dass die herzoglichen Verfolger auf der gleichen Spur im Anzug waren. Vergebens bemühte er sich, eine Verbindung herzustellen zwischen den Erlebnissen dieser Stunde und der allein von ihm vorausgesehenen Gefahr auf württembergischem Boden. Nur eines stand mit vernichtender Gewissheit fest und überfiel ihn von Zeit zu Zeit mit Schauern ohnmächtiger Wut und tiefer Verzweiflung: dass er den Talisman nicht mehr besaß, dessen goldene Kraft die glänzenden Tore des großen Lebens und der Fürstengunst erschloss und ihm den Weg zu rauschenden Ehren und einzigartigem Ruhm bahnte, wie es seinem Geschmack zusagte. Ein Strom der bittersten Empfindungen sprengte ihm schier die Brust, und bei der Vorstellung seines vollen Missgeschicks brachen Tränen aus seinen Augen, und er weinte fassungslos zum erstenmal in seinem Leben. Es tat ihm seltsam wohl, die übermenschliche Erregung dieser Stunde in kindlichem Weinen zu lösen, und er begann allmählich ruhiger zu werden und die zerrissenen Gedanken auf einen einzigen Punkt zurückzusammeln: Wie diese Fesseln sprengen? Und wie hinaus aus diesem Gefängnis? Er richtete seine Augen forschend empor nach der Decke des Gemaches und bemerkte im tiefen Dämmer des letzten Tagesscheines eine dunklere Stelle, die sich im Viereck abhob. Sein an die Dunkelheit sich gewöhnender Blick erkannte schließlich mit Anstrengung, dass dies der Umriss einer Falltür war, die nach oben führen müsste. Dort oben also winkte vielleicht die Rettung und eine Möglichkeit zur Flucht. Dorthinauf musste er gelangen, dort führte die Falltür vermutlich zu irgendeiner Gelegenheit, ein Fenster oder die Plattform des Turmes zu erreichen. War er aber erst einmal da droben, wie sollte er hinab gelangen? Scharf fügte sich seinem Geiste Handlung zu Handlung, die zur Erreichung dieses Zieles nötig war, so dass er auf Minuten völlig vergaß, dass er, steif wie Holz, zu einem Bündel geschnürt, am Erdbogen lag. Als er sich wieder darauf besann, drohte ein neuer Verzweiflungsausbruch ihn von Sinnen zu bringen. Wütend warf er sich hin und her und wälzte sich planlos durch den ganzen Raum, als er plötzlich einen harten Gegenstand unter sich fühlte. Wieder wälzte er sich zur Seite und sah nun dicht vor seiner Hand ein geschlossenes Messer und daran befestigt einen Fetzen beschriebenes Papier. Wieder durchzuckte ihn Hoffnung und Ohnmacht zugleich. Denn was konnte ihm jetzt, da er weder Hand noch Fuß zu rühren vermochte, die Gabe nützen, die vielleicht vor kurzem, in Augenblicken seiner Bewusstlosigkeit, zu ihm hereingeworfen worden war? Wer überhaupt konnte ihn retten wollen? Fiametta? – Sie wohl allein. Aber hatte sie nicht schwören müssen, das Geheimnis seines Aufenthaltes zu wahren?

Sendivogius fühlte die Nutzlosigkeit solcher Überlegungen. Er spürte, dass sie nichts anderes waren als Ausgeburten seiner Überreiztheit und seiner zunehmende Schwäche. Er riss sich also mit Gewalt zu klarem Denken auf und überlegte, wie er zuerst der Fesseln ledig werden möchte, was jedem anderen Versuch zur Rettung vorausgehen musste.

Aufs neue wälzte er sich mit Mühe bis zu einem Vorsprung in der steinernen Wand, der mit seinen scharfen Kanten geeignet schien, wenigstens die erste Fessel zu zerschneiden, wenn man mit aller Macht die Riemen daran zu reiben begann. Es gelang ihm, sich so zu legen, dass die Fesseln, mit denen seine Hände verschnürt waren, die Schärfe des Steines erreichten. Nun rieb er langsam und ingrimmig, ob auch dabei

Haut und Fleisch seiner Hände an vielen Stellen sich gleichfalls blutig aufrissen. Als die Schmerzen anfingen, unerträglich zu werden, machte er eine äußerste, letzte Anstrengung, drehte seine zerschundenen Arme mit voller Macht im Armgelenk, und ein Riemen zerriss. Jetzt wälzte er sich zu der Stelle zurück, wo das Messer lag, es gelang ihm, es zu ergreifen, aber es brauchte ungemessene Zeit, die er zum Teil in rasch und immer häufiger vorüberdämmernden Ohnmachten verbrachte, bis es ihm gelang, die Klinge des Messers von der Schale zu trennen. Endlich schnitt er sich die Riemen auf, die seine Füße fesselten. Er erhob sich mühsam und taumelte kraftlos gegen die Wand. Ganz matt erhellt war noch der schmale Fensterschlitz, unter dem er zufällig zu stehen kam.

Mit dem Messer hatte er den Papierstreifen in Händen, und er begann das Gekritzel zu entziffern, das er darauf geschrieben fand. Es enthielt in ungelenken lateinischen Buchstaben nur die Worte: »Wache und lausche!«

Und Sendivogius lauschte mit angestrengten Sinnen, wenn er auch nichts anderes vernehmen konnte als das abendliche Rauschen der Bäume oder von Zeit zu Zeit den hellen Schrei des Bussards, der seine Kreise durch den Abendhimmel zog. Das Bewusstsein der Zeit begann dem Gefangenen zu schwinden. Vielleicht war der rettende Ruf schon längst erklungen, vielleicht hatte Ohnmacht oder Verzweiflungsausbruch ihn überhören lassen! Er begann kleine Steinchen vom Fußboden aufzulesen und sie durch die Öffnung des Fensterschlitzes hinauszuwerfen. Es war immerhin ein Lebenszeichen, und wenn ein Ohr nahe war, das Aufschlagen der Kiesel zu vernehmen, so mochte als ein Zeichen gelten, dass er wachte und wartete. Indessen hielt er bald wieder erschrocken ein: war es nicht unklug gehandelt, auch nur das geringste Lebenszeichen von sich zu geben? Waren nicht immer noch die Reiter Herzog Friedrichs hinter ihm her? Konnten sie nicht in jedem Augenblick den Ort seines Unglücks und seiner zweifelhaften Rettung zugleich erreichen und durch seine eigenes Gebaren zu ihrem Ziele geführt werden? In diesem Augenblick knisterte in der Tat draußen das dürre Fallgeäst der Tannen, und deutlich schritt ein Fuß an der Mauer entlang. Gleich darauf flüsterte eine Stimme von der Tür her: »Bist du wach, fremder Mann?«

»Ich bin's! Ich wache und warte! Wer bist du? Was bringst du?« rief Sendivogius leise dagegen.

»Freiheit!« sagte die Stimme in vertrautem Tone, und freudig überrascht erkannte Sendivogius an dem warm gedämpften, leicht bebenden Ton seine Zigeunerfreundin.

Fiametta fuhr fort: »Der ›Grüne Drache‹ hat Gift in meine Ohren getan. Treulose Räuber – treulose Worte – treulose Ohren! – Schwur macht Schweigen. – Aber ich dich retten! – Ich dich sicher führen! – Verderben von ›Rotem Löwen‹ vorüber – Verderben von ›Grünem Drachen‹ vorbei – Weiße Taube noch fern. – Höre und folge!«

»Fiametta!« rief der Pole mit einem leisen Schrei des Entzückens. »Wirst du öffnen, kann ich fort?« Aber er bekämpfte mit Gewalt seine Aufregung, als Fiametta ihn mit leisem Zuruf zur Vorsicht mahnte. Er lauschte aufmerksam den leisen Worten der Zigeunerin, die sich deutlich und dennoch wie in raschem Verwehen mit dem Rauschen des Abendwindes mischten, als sie in kurzen, singenden Absätzen fortfuhr:

»Zur Falltür empor, die droben ist – stoße sie auf – steige hindurch, mach hinter dir zu – dann wende dich links – altes Geröll – Haufen von altem Geröll – dort findest du – dort steige hinab. – Eile – Eile! – Der Sonnenwagen rollt hinter die Tannen. – Der Sonnenwagen rollt ins Tal. – Nacht ist nahe. – Nacht bring Reiter! – Mond am Himmel. – Du weit von hier. – Am Felsen drunten sitze ich und warte! – Tritt zurück – tritt zurück!«

Sendivogius wich unwillkürlich zur Seite. Es rauschte draußen etwas empor. Durch die Schießscharte glitt eine Stange herab, dann noch eine, dann aneinandergebunden eine Anzahl kurzer Stäbe. Der Gefangene sammelte das seltsame Gerät, und ein Ruf der freudigen Überraschung entfuhr seinen Lippen. Die Stäbe bildeten die Glieder einer hohen, festen Leiter, und schnell fügte er die Teile zusammen. Die Falltür fand sich in der Decke des Gemachs, und wenn nur eine Handbreit an der Höhe der Leiter fehlte, so musste es unmöglich bleiben, die schwere Türe aufzustemmen, weil Sendivogius von unten her ihre ganze Last auf die Schulter nehmen musste. Sein Herz pochte stürmisch, als er mit den Augen die Entfernung maß. Jetzt erstieg er die Sprossen, so rasch es seine noch erstarrten Glieder erlaubten, doch von einem neuen Ohnmachtschwindel gepackt, sank er zurück, und ein schweißiger Schauer überrieselte seinen Leib. Wieder näherte er sich der Schießscharte und rief leise: »Fiametta!« Er lauschte. Als er keine Antwort vernahm, raffte er abermals Steinchen zusammen und schleuderte sie durch die Öffnung. Indessen, er harrte vergebens. Nichts mehr vernahm er als das einförmige Nachtrauschen der Tannen. Eine furchtbare Angst ergriff ihn. Von neuem erklomm er die Leiter und stemmte seine kraftlose Schulter gegen die Falltür, die in ihren Fugen zwar erbebte, aber nicht wich.

Sendivogius schöpfte Atem, und ein schwacher Strahl der Hoffnung stärkte seine Sinne. Dies wusste er nun: die Höhe der Leiter reichte aus; und wenn er seine Kräfte sammeln konnte und die Falltür seinen Anstrengungen endlich nachgab, war er fürs erste jedenfalls dem Gefängnis entronnen und ein neues Hindernis zwischen ihn und die Hartnäckigkeit seiner Verfolger gelegt. Als er so, mit neuer Umsicht gewappnet, sich zu kurzem Ausruhen auf die Sprossen setzte und aus halber Höhe ins Geviert des Raumes hinabschaute, sah er erst, dass auch an der inneren Seite der Eingangspforte zum Turm schwerfällige, aber feste Vorrichtungen angebracht waren, um das Tor von innen zu verriegeln und damit einem Ansturm von außen wirksamen Widerstand entgegenzusetzen. Zwei klobige Eisenriegel, oben und unten an den Eichenbolzen befestigt, mussten, vorgeschoben, das Eindringen nahezu unmöglich machen.

Dazu kam ein schwerer eichener Riegelbalken, der sich in ein eisernes Traggestell heben ließ. Schnell, wie der Gedanke in ihm entstand, glitt Sendivogius von der Leiter herab, hob den Riegelbalken ins Scharnier und versuchte die Eisenriegel vorzudrücken. Es gelang nicht gleich, sie aus ihrer Verrostung zu lösen, und er musste einen Stein zu Hilfe nehmen, um damit die Riegelohren vorzutreiben. Der Klang der Steinschläge hallte bedenklich laut durch die Nacht. Indessen gelang die Arbeit zur Zufriedenheit.

Von neuem bestieg Sendivogius die Leiter. Die geringe Anstrengung hatte seine erschöpften Kräfte aufs neue fast wieder aufgebraucht. Kaum aber hatte er die Strickleiter wieder in halber Höhe erstiegen, da hielt er lauschend inne, denn Eisengeklirr und Stimmengemurmel wurden von draußen vernehmbar.

Der Gefangene fühlte vor Schreck seine Glieder erkalten. Deshalb also hatte die kluge Fiametta seine unbesonnenen Zeichen nicht mehr beantwortet! Und hatte er mit dem derben Schlag seines Steines die Häscher nicht herbeigezogen, so doch jedenfalls auf seinen Aufenthaltsort aufmerksam gemacht. Himmel, so nahe der Rettung, und nun vielleicht doch verloren! –

Alsbald hörte er, wie von draußen ein Schlüssel in das Schloss gesteckt und kreischend umgedreht wurde. Die schwerfällige Klinke hob sich. Allein die Tür gab dem Druck nicht nach. Die Eisenriegel und der Balken hielten fest. Nun begann draußen ein Rütteln und Stoßen mit Gewalt. Alle Fugen der Türe knackten, und ein Stein- und Staubgeriesel brach von der Mauer los. Mehr wartete der Gefangene nicht ab. Die äußerste Gefahr verlieh ihm eine Kraft, deren er vor Minuten noch nicht Herr gewesen war; hurtig erklomm er die Leiter vollends, und die gewaltige Aufregung, in der er sich befand, bezwang den Widerstand der Falltür. Sie hob sich unter dem verzweifelten Druck seiner Schulter einmal, zweimal und noch einmal wieder. Endlich sprang sie bei einem letzten verzweifelten Aufwand aller Schulterkraft mit lautem Krach empor, und eine Wolke von Erde, Laub und Steingeröll rasselte über den Kopf des Alchimisten hinab in die Tiefe.

Jetzt dröhnten heftige Schläge unten gegen die Eingangstür. Sendivogius, nach diesem Erfolg ganz von kühl entschlossener Besonnenheit erfüllt, zog langsam und vorsichtig die Leiter empor, sobald er oben festen Fuß gefasst hatte. Dann senkte er die schwere Klapptür mit äußerster Kraftanstrengung wieder sachte nieder und sah sich jetzt in dem Raume um, den er gewonnen hatte.

Zu sehen war da freilich nicht mehr viel. Glücklicherweise waren hier die beiden Fensteröffnungen größer, die das schwache Mondlicht in den Raum eintreten ließen. Er gewahrte, dass eine schmale, gewundene Treppe mit gefährlich verfallenen Stufen weiter empor führte. Eine bröckelige Mauer uralten Gemäuers sperrte ihm den Zugang zu den Stufen, und als er hastig begann, das Notwendigste davon mit den Händen hinwegzuräumen, ergriffen seine Hände auf einmal ein zusammengerolltes Tau von beträchtlicher Länge.

Nur einen Augenblick lang atmete er auf und lachte leise vor sich hin. Dann ergriff er das Tau an seinem Ende und begann die Treppe zu erklimmen. Nach manchem Abrutsch und gefährlichen Stolpern gelangte er zu der Plattform hinauf, zwischen deren verwitterter Zinnenbekrönung er selbst ungesehen hinabschauen konnte. Vorerst zog er so geräuschlos wie möglich das Tau in seiner ganzen Länge zu sich empor. Dann verschaffte er sich einen deutlichen Überblick über die Lage da drunten. Sein Schreck und sein Erstaunen waren groß, als er dort vor der eisenbeschlagenen Tür auf falbem Ross denselben tiefverhüllten Mann erblickte, der ihn so schmählich beraubt hatte. Mit lautem Zuruf ermunterte dieser die Männer, deren Kraft sich vergebens gegen die Riegel abmühte, die den Zugang zu dem Innern des Turmes versperrten. An der veränderten Stimme des Befehlshabers konnte er erkennen, dass dieser die Maske vor dem Gesicht nicht mehr trug. Auch sah er den bleichen Schimmer seines Gesichtes. Jedoch war die Dunkelheit zu weit vorgeschritten, als dass es noch möglich gewesen wäre, den Mann zu erkennen. Jetzt aber fasste ein Windstoß den Mantel des Reiters, der sich aufbauschte und einen Augenblick wie ein dunkler Flügel über dem Rücken des Pferdes erschien. Ein blasser Mondstrahl beleuchtete kurz das Tuch. Es war nicht mehr schwarz, wie zuvor, sondern von dunkelgrüner Farbe und am Rande mit silbernen Stickereien verziert; das Geschenk des Herzogs von Braunschweig. Das war also kein anderer als der württembergische Hofalchimist, der Edle von Müllenfels, wie Sendivogius ihn gesehen hatte als dieser ihm das unheilvolle Denkzeichen auf dem Goldberge wies. Der Verräter musste somit wohl zu den herzoglichen Reitern gestoßen und mit diesen umgekehrt sein!

Ein halb unterdrückter Ruf des Zornes entschlüpfte den Lippen des Lauschers, und er fluchte hinunter: »Erbärmlicher Hund! Könnte ich dich mit diesem Mauerstein zermalmen. Aber deine Stunde wird kommen, du räuberischer Wicht, dann rechnen wir ab!«

Nun näherte sich Sendivogius der entgegengesetzten Seite der Plattform und blickte spähend hinab. Wo der Turm sich mit der Mauer verband, zeigte sich die günstigste Gelegenheit zur Flucht, weil die vorspringende Ecke der Ruine ihn vor den Augen derjenigen schützen musste, die sich am Eingang noch immer vergeblich abmühten. Hinter der Mauer wucherte dichtes hohes Farnkraut, bergauf, bis zu der Anhöhe empor, wo der Wald sicheren Schutz gegen weitere Verfolgung bot.

Nur einen Moment lang hatte Sendivogius sich aufgerichtet und wollte eben hinter der Zinne des Turmes seine vorige Stellung wieder einnehmen, da teilten sich drüben die dichten Gebüsche, und aus ihrer Mitte schimmerte ein weißliches Gewand und das rote Kopftuch Fiamettas hervor. Sendivogius strengte sich an, mehr zu sehen und die Absicht Fiamettas zu erraten; allein die Erscheinung war verschwunden, und nur die grünen Wipfel des Gesträuches schwankten hin und her, wie vom Winde bewegt. Jetzt befestigte er das Seil an dem Turmkranz und glitt unhörbar daran hinab. Selbst wenn die Stürmenden am Eingang ihre Arbeit weniger geräuschvoll verrichtet hätten, wäre ihnen wohl kaum das leise Aufklatschen des Taues an die Mauer zu Ohren gedrungen.

Nun sank der Fliehende in die weiche Fülle der hohen Kräuter, die den Boden bedeckten, nun glitt er auf Händen und Füßen vorwärts, jener Stelle zu, wo Fiamettas Gewand ihm sichtbar geworden war. Er nahm sich nicht die Zeit, auch nur einmal das Haupt zurückzuwenden und nach etwaigen Verfolgern auszuschauen. Denn die fortdauernden Stöße gegen die eisenbeschlagene Türe da drüben waren ihm die sichersten Zeichen, dass seine Flucht bisher völlig unbemerkt vonstatten gegangen war. Das herabhängende Seil hatte er zudem mit aller Vorsicht an einer Baumwurzel festgeknotet, um zu verhüten, dass es, vom Abendwinde bewegt, durch sein Rascheln die Richtung der Flucht verrate.

Bald umfing ihn das niedrige Unterholz; wenige Augenblicke später durfte er es wagen, sich aufzurichten, und die nächsten Schritte schon führten ihn auf den schwach erleuchteten Pfad, der die beginnende Schlucht entlang abwärts führte. In raschen Sprüngen folgte er seinen Windungen, und schon nach wenigen Minuten prallte er fast unsanft gegen die vorspringende Felsplatte, auf der eine dunkle Gestalt sich erhob. Leichtfüßig sprang Fiametta von dem Stein und grüßte ihn leuchtenden Auges und mit unverständlichen Worten. In ihrer freudigen Erregung bediente sie sich der Zigeunersprache, ehe sie sich besann; dann aber fiel sie in heftiger Erregung vor ihm nieder, neigte ihr dunkles Haupt bis zu seinen Füßen und flüsterte: »Verzeihen! Kann der gute Herr verzeihen!«

Eine sonderbare Regung flammte von ihren Füßen her zum Herzen des leicht entzündbaren Polen empor. Noch schwebte Verhängnis und Verderben über ihm; er achtete dessen jetzt nur wenig. Mit freundlichem Griff zog er das Mädchen empor und streifte ihre Stirn mit einem heißen Kuss. Fiametta drängte sich weit zur Seite. Die Sanftmut ihrer Augen vereinigte sich mit der ihrer Stimme zu dringender Mahnung: »Fort von hier, edler Mann! – Keine Sicherheit! – Keine Ruhe – solange der Marder schleicht! – Drunten das Tal! – Draußen der Strom. – Drüben über dem Strom Sicherheit. – Drüben über dem Strom Freiheit!« –

Sie schritten Hand in Hand weiter. Fiametta weinte zugleich und schaute, unter Tränen lachend, zu ihm empor. Immer noch dröhnten die furchtlosen Schläge durch die Waldstille herab. »Der Fuchs kläfft. – Die Höhle ist leer«, kicherte sie. »Siehst du dort oben den schwarzen Rabenflug? – Raben wittern Beute. – Raben lieben Verräterfleisch. – Raben lügen nicht. – Lügner rufen die Raben. – Nicht mehr Zeit als Neumond zu Mondviertel. – Raben sind satt!«

Wilde Freude, sanftes Anschmiegen und immer neue Ausbrüche der Selbstbeschuldigung wechselten stürmisch in dem Betragen der Zigeunerin, als sie tiefer und tiefer an der Hand des Flüchtigen zu Tal stieg.

Es war ein recht mühevolles Wandern in der Nacht durch den dichten Wald, der fast jeden Ausblick zu dem helleren Himmel, geschweige denn eine Fernsicht unmöglich machte. Die beiden Wanderer sprachen wenig. Anfänglich hielt sie die Besorgnis zurück, durch unnötige Geräusche etwaige Verfolger aufmerksam zu machen. Denn es war klar, dass der Weg ihrer Flucht nach Westen führen musste, und die Verfolger mussten diese Spur wieder aufnehmen, sobald sie das Nest da droben erbrochen hatten und es leer fanden. Jedoch mit der steigenden Sicherheit wuchsen auch wieder die bitteren und schmerzlichen Empfindungen im Herzen des Polen, wenn er des Verlustes seiner kostbaren und wohl niemals mehr zu ersetzenden Habe gedachte. Diese nagenden Gefühle übertäubten sogar die tiefe Erschöpfung seiner Glieder, den Hunger und den Durst, und er erwog schon wieder, wie er dem Räuber die kostbare Beute abzuringen vermöchte, als die Zigeunerin plötzlich stillstand und aufmerksam die Bäume am Saume des Weges prüfte.

Die Hand des Alchimisten zuckte sofort wieder gefahrbereit nach seinem Gürtel, wo indessen keine Waffe mehr stak. Allein Fiametta schüttelte lächelnd den Kopf und sagte mit dem einschmeichelndsten Ton ihrer Stimme: »Die Sterne stehen hoch. – Die eiserne Wolke verzieht – keine Gefahr mehr. – Du müde. – Kraft für morgen und übermorgen. – Komm ins Haus der Unsern. – Iss und trink und schlafe. – Ich wache.«

Mit zärtlicher Gebärde und mit dem überredenden Ausdruck ihrer sanften Tieraugen nahm sie dem müden Mann jeden Widerstand von den Lippen. Fiametta schaute zu dem Nachthimmel empor, und es schien, als suche sie ihren Weg zu finden nach dem Stande der wenigen Gestirne, die auf der schmalen Bahn zwischen den Tannenwipfeln zu sehen waren. Bald wandte sie sich mit sicherer Entschlossenheit rechts ab vom Weg, wandte sich dann rückwärts bergauf und zog den vor Müdigkeit stolpernden Sendivogius durch Gestrüpp und Ranken aufwärts bis zu einer dunklen und gehäuften Masse großer Steine, die von einem Felssturz herzurühren schienen und regellos umherlagen.

Etwa in der Mitte dieses Felsenmeeres, durch das sich hindurchzufinden ohne kundige Führung ganz unmöglich gewesen wäre, zählte Fiametta die Blöcke. Bei dem siebenten einer Reihe hielt sie an und ahmte den Ruf des Waldkauzes nach, der dort überall in dem Gestein nistet.

Sendivogius sah jetzt voll Erstaunen den größten der Blöcke, wie von unsichtbarer Hand bewegt, sich zur Seite schieben. Es öffnete sich die Erde, und ein matter Schein drang empor. Ein unterirdischer Raum, mäßig groß, von einer Fackel im Hintergrunde schwach erleuchtet, lag vor ihnen. »Tritt ein«, sagte die Zigeunerin. »Gute Freunde dort. – Meine Leute.«

Zwei dunkle Gestalten tauchten zwischen den Felsen empor, und unter ihren Händen schloss sich allmählich und geräuschlos wieder die Höhle. Sendivogius, betäubt von den Eindrücken des ereignisreichen Tages, ließ sich willenlos führen und fühlte jetzt erst, wie sehr er der Ruhe bedürftig war. Er ließ sich auf einem Laublager erschöpft nieder. Auf einen Wink Fiamettas trugen die beiden Männer Brot und Wein herbei und reichten es dem Flüchtling dar.

Den fragenden Blicken ihres Schützlings begegneten Fiamettas dunkle Augen mit treuer Ergebenheit, lächelnd, aber ernst. »Der Wein ist gut«, sagte sie, »das Brot ist frisch, morgen bessere Herberge – reicherer Tisch. – Heute Nacht muss dies genügen. – Schlafe! – Freunde wachen.«

»Hast du nicht jenem Strauchdieb geschworen, von mir und dem Überfall zu schweigen, auch gegen die Deinen?« fragte Sendivogius voll Bewunderung. Fiametta lächelte. »Wohl«, entgegnete sie, »aber nicht geschworen, dich unter den Schutz der Meinen zu stellen. – Wir forschen nicht – woher und wohin – wenn ich befehle – gehorchen die draußen. – Ich von Königsstamm. – Ich befehle. – Alle Zigeuner dienen mir. – Ich Königin! – Ich habe diese dort geschickt – sie haben verstanden ohne Wort – wo Gefahr droht – sind die Meinen nahe. Jetzt beide hinaus – schweifen im Wald – wenn Verfolger nahen – führen sie irre.«

Fiametta war während ihrer Rede aufgesprungen, ihre Haltung war ins Großartige verändert, ihre Gebärden wahrhaft königlich befehlend, und mit äußerstem Erstaunen erriet Sendivogius Rang und Rolle seiner Retterin im Gang dieser Ereignisse. Er wollte weiterfragen, aber Fiametta neigte sich sanft zu ihm, legte zwei Finger auf den Mund und sagte: »Morgen.« Dann, nachdem sie, wie ihm zur Gesellschaft, etwas von den Speisen genommen hatte und sah, dass er zugriff und aß, verließ auch sie die Höhle, und bald darauf versank der müde Mann in einen tiefen und wohltätigen Schlummer.

In seinem Schlafgemach schritt Herzog Friedrich auf und nieder. Ungeduldig zog er von Zeit zu Zeit die Fenstervorhänge zurück und lauschte in die stille Nacht hinaus. Dann wieder beugte er sich auf die bestäubten Folianten, die aufgeschlagen auf dem runden Eichentisch inmitten des Zimmers lagen. Mitternacht war längst vorüber. Schon zum zweiten Male hatte er die Kerzen in den hohen Kandelabern mit eigener

Hand erneuert, da vernahm sein waches Ohr plötzlich galoppierende Hufschläge. Bald darauf ertönten Schritte im Flur, der Herzog blickte gespannt zur Tür, der Kammerdiener öffnet weit, und in fliegendem, bestaubtem Mantel traf Müllenfels ein.

»Seid Ihr endlich da!« rief ihm Herzog Friedrich entgegen. Sein von häufigem Nachtwachen bleiches Gesicht und seine in den Dünsten der Schmelztiegel geröteten Augen machten einen seltsamen Kontrast zu dem vollen und gebräunten Antlitz seines Laboranten. »Sprechet rasch, was bringt Ihr?«

Müllenfels stand ehrerbietig bei der Tür, während der Herzog sich erschöpft in einen Sessel fallen ließ. Er strich sich die Stirn und schien sich zu besinnen, als müsse er weit ausholen. Dann sah er den Herzog fest an und sagte: »Euer Gnaden, es ist umsonst. Ich habe versucht, was möglich war. Eure Reiter kamen zu spät. Wir haben ihn im Schwarzwald verloren.«

Der Herzog wandte sein müdes Gesicht zu Müllenfels empor und sagte nur: »Meinetwegen, lasset da. Ich tat es um Euretwillen. Ihr meintet ja, es sei uns von Nutzen. Ein Schwindler mehr in der Welt, was tut das?« Der tiefe Seufzer, mit dem er seine Rede beschloss, schien der spöttischen Entsagung zu widersprechen, die seine Worte ausdrückten. Langsam näherte sich Müllenfels dem Tisch des Herrn, beobachtete scharf die Züge des Herzogs und setzte Wort hinter Wort mit solchem Bedacht, dass er bei jeder Wendung des Fürsten einhalten oder ausweichen konnte.

»Edler Herr«, sagte er, »es ist wohl in der Tat so, es wäre verlorene Mühe, um eines Bramarbas und Schalksnarren willen sich Ungelegenheiten zu machen. Überdies sehet, gnädiger Herr, ich opferte lieber meine Zeit und meine Kräfte in der Vollendung jener Studien, von denen ich Euch seit langem sprach, als in nutzlosen Ritten hinter einem landfahrenden Marktschreier her. Ich habe Euch, wie Eure herzogliche Gnaden stets hochherzig anerkannt, über die Zeit des Forschens und Prüfens mit manchem nützlichen Ratschlag gedient und Eure hochfürstliche Schatulle bereichert mit den bescheidenen Erträgen meiner chemischen Wissenschaft. Ich habe inzwischen nicht unterlassen, dem großen Ziele mit allem Fleiß nachzustreben, das Euch vor Augen schwebt. Ihr wisset, die Erlangung jener wunderbaren, alle Kräfte der Natur in sich vereinigenden Essenz, von welcher die Meister der Kunst sprechen, schien mir immer gewiss. Ich habe die Tage und Wochen, in denen der großsprecherische

Pole Euch mit läppischen Kunststücken unterhielt, fleißig benutzt, und ich glaube, es ist mir gelungen, die letzten Tore des Geheimnisses aufzusprengen. Die königliche Tinktur, die *quinta essentia*, von der wenige Tropfen hinreichen, jedes gemeine Metall in Silber und Gold zu verwandeln, aber auch Menschen von langjährigem Siechtum zu befreien, die Schwäche des Alters zu heilen, langes Leben –«

»Ich bitt Euch sehr«, brauste der Herzog auf, »erspart mir das. Ich will diese Tiraden nicht mehr hören! Ihr scheinet mir in die blöde Geschwätzigkeit Eures ehemaligen Standes zurückzusinken, Herr Barbier! Zwei Nächte waret Ihr abwesend, um den Inhalt des wunderbaren Destillierkolbens zu prüfen, den Ihr zubereitet hattet. Drei Tage obendrein gab ich Euch Zeit, meinen Reitern den richtigen Weg zu weisen. Seid Ihr in dem einen so glücklich wie in dem andern geblieben? Saget in Gottes Namen, was ihr in Euren Retorten gefunden habt und ob das Werk geglückt ist.«

»Mein gnädigster Herr«, antwortete nun Müllenfels erhobenen Hauptes, »es ist geglückt.«

Feierlich zog der Alchimist eine breite Phiole von ungewöhnlicher Gestalt, die in einer silbernen Kapsel lag, hervor und schüttete daraus eine graue, körnige Substanz auf die flache Hand, die er dem Herzog vorwies: »Sehet mich bereit, Herr Herzog, die Probe hiermit zu machen, wann und wo Ihr es befehlet.«

Der Herzog sprang mit einem Ruck von seinem Sessel auf, dass der Stuhl polternd zur Erde fiel. »Müllenfels, ich rate Euch, täuscht mich nicht. Versuchet nicht, wessen Ihr nicht gewiss seid. Meine Laune ist am Ende, und der Zorn, dem jener Pole entging, würde Euch zerschmettern! Nochmals: sehet Euch vor.«

Statt aller Antwort näherte der Edle von Müllenfels sich der Tür des Schlafgemaches, öffnete sie und rief dem Kammerdiener zu: »Evarist, Seine Herzogliche Durchlaucht befehlen, dass Ihr sogleich das Kohlenfeuer anzündet und die Schmelztiegel bereithaltet in der gewohnten Weise.« Darauf wandte er sich zum Fürsten zurück und fügte mit tiefer Verneigung hinzu: »Darf ich herzogliche Gnaden bitten, selbst das Metall zu wählen, welches Sie verwandt zu sehen begehren.«

Der Herzog, noch immer ungläubig, folgte dem Alchimisten in die Küche hinüber, wo Evarist schon eifrig beschäftigt war. Dann wurde ein mäßig großer Tiegel zur Hälfte mit zerstücktem Blei gefüllt, das Herzog Friedrich selbst unter den dort aufgeschichteten Blöcken gewählt hatte, und nun stieg die Stille der Erwartung von Minute zu Minute, bis das Metall langsam in sich zu schmelzen begann und sich mit einer feinen Haut überzog. Jetzt öffnete Müllenfels seine Phiole, schüttete daraus ein winziges Quantum auf Wachs, knetete dieses und warf es auf die quellende Masse, streckte die Hand nach dem Stäbchen aus, das der Herzog selbst ihm darreichte, um die Mischung umzurühren. Jedoch bedurfte er dessen nicht. Von selbst überzog die ganze kochende Bleimasse ein tiefrot glänzendes Metall, das in wechselndem Farbenspiel erglänzte.

»Werft den Tiegel ins Wasser!« rief der Herzog. »Lasset es schnell erkalten. Ich warte nicht länger!«

Kaum wusste sich Herzog Friedrich vor Aufregung zu fassen, bis das abgekühlte Magma gelb und goldig ihm entgegenleuchtete. Mit zitternden Händen griff er hinein und eilte selbst, die Probe zu machen: Es war Gold, reines, bestes Gold – da war kein Zweifel mehr, wer auch immer dieses Pulver bereitet haben mochte.

Herzog Friedrich stand noch immer über dem Probierstein geneigt, mit gehaltenem Atem, mit klopfenden Pulsen und weitgeöffneten, fiebrig glänzenden Augen, als schaue er in das geheimnisvolle Reich im innersten Schoß der Erde, wo Gold- und Silberstufen aus den glühenden Essen der Unterwelt emporsteigen und blinkende Edelsteine in farbigem Feuer aufleuchten.

»Es ist wahr«, sagte er endlich stammelnd zu sich selbst, »es ist gewiss und wahr. Es öffnet sich mir die Pforte zu den verborgenen Schätzen der Erde, und mein ist der Zauber, mein ist die Kraft und mein ist –« Er schaute, wie aus einem Traum erwachend, jäh auf, sah Müllenfels an und flüsterte wie trunken: »Die Formel! Wie ist die Formel?«

Müllenfels trat mit sichtlichem Befremden einen Schritt zurück, und ein ungewisses Zucken überlief sein Gesicht. Herzog Friedrich sah das wohl und nahm die Bewegung seines Hofalchimisten mit raschem Lächeln hin. Seine lebhaften Züge verfinsterten sich und hellten sich wieder auf, und plötzlich streckte er dem Alchimisten mit herzlicher Bewegung die Hand entgegen, die dieser ehrfurchtsvoll an seine Lippen drückte und sprach mit liebenswürdiger Huld: »Die Formel ist Euer, ich weiß es Das Gold Eures Wissens und Eures Könnens hat sich bewährt wie keines je zuvor, und es war recht von mir, dass ich Euch vertraute. Da Ihr das Geheimnis nicht besaßet, behauptet Ihr auch nicht, es zu haben. Bescheiden wartet Ihr, versprachet bescheidenen Nutzen und gabet bescheidenen Nutzen. Zum erstenmal, da Ihr sagtet, hier ist das wunderbare Elixier, truget Ihr in Händen das Elixier, und Eure Arbeit hat ehrlich den Prozess vollendet. Ihr könnet mit stolzer Verachtung des prahlerischen Polen gedenken, dem ich nun gerne die Sprünge und Späße seines Lebens gönne.«

Müllenfels konnte ein jähes Erbleichen nicht verbergen. Aber der Herzog bemerkte es nicht, sondern fuhr mit gesteigerter Laune fort: »Was jener Sendivogius zu schaffen verhieß und nicht zu leisten imstande war anders, als mit irgendwo gestohlenen Proben der Tinktur, das habet Ihr vollbracht, und wie ich sehe, ist gleich die erste Frucht Eures Werkes bei weitem mehr, als jener Großsprecher je in seinem Leben gesehen hat. Da schon das erste Werk Euch so trefflich gelang, wie herrlich wird der Erfolg Eurer künftigen Arbeit sein! Ihr sollt die besten Gemächer in meinem Schlosse haben, und Ruhm und Ehre, soviel ich davon auf Eure Schultern legen kann, werden Euch zuteil werden. Mein Fürstenwort, dass ich Euch schützen werde gegen jede Unbill und jeden Zugriff aller Mächtigen auf Erden, solange ich lebe! Mit allen Kräften meines Landes bin ich Euch zu Diensten. Doch jetzt lasst uns zur Ruhe gehen, die Freude dieses Tages nach so vielen Widerwärtigkeiten ermüdet nicht minder wie jene.«

Ein unheimlicher Klang durchzitterte das Gemach, als der Herzog diese Worte sprach. In äußerster Betretenheit stammelte der so gnädig Entlassene unzusammenhängende Worte des Dankes, und der helle Schweiß perlte auf seiner Stirn, als er sich vornüberbeugte und nochmals beide entgegengestreckte Hände seines Herrn küsste. Noch einmal ertönte der singende Klang und hallte am Gewölbe hin.

»Was war das?« schreckte der Herzog auf und schaute suchend umher.

Müllenfels, im Ansturm schrecklichster Gedanken bis zur halben Bewusstlosigkeit verwirrt, taumelte mit entstellten Zügen auf, und ein blitzartiger Einfall ließ ihn ausrufen: »Gnädiger Herr, ich glaube – ein Glas zersprang. War es meine Phiole? Gestattet, dass ich meine Phiole wieder an mich nehme, es möchte sein, die Dünste der Küche möchten der feinen Essenz tödlich sein.«

Aber mit raschem Griff kam ihm der Herzog zuvor, nahm die Phiole des Adepten vom Herd und machte keine Anstalten, sie dem Eigentümer auszuliefern. Er besah sie vielmehr und sagte: »Beruhigt Euch, Müllenfels, die Phiole ist unverletzt, der Ton von gesprungenem Glas war vielleicht nur eine Täuschung. Ich werde die Phiole gut bewahren. Gute Nacht denn, oder bald besser: Guten Morgen!«

Damit ging der Herzog, in festgeschlossener Hand das Gefäß haltend, das die kostbare Beute der vorigen Nacht barg, voran und zur Tür hinaus, verschwand in seinem Schlafgemach und schob den Riegel vor. Der Hofalchimist aber lehnte beinahe ohnmächtig am Türpfosten der Küche, und seine Hände sanken beide schlaff am Körper nieder. Schauer auf Schauer bösester Ahnungen durchliefen den Leib des jämmerlichen Betrügers, und der Kammerdiener Evarist betrachtete mit heimlichem Kopfschütteln das Gebaren des doch soeben noch mit ehrenden Worten überschütteten Menschen.

Der Verhüllte im dunkelgrünen Mantel, der Edle Herr von Müllenfels, kehrte nicht zu jener Stelle zurück, wo er seine Leute zur Bewachung des Turmes zurückgelassen hatte. Wie wäre es ihm auch jetzt möglich gewesen, das Schloss zu Stuttgart zu meiden. Gleich dem unbarmherzigen Goldlicht der Sonne, blendend und erdrückend zu gleicher Zeit, sammelten sich die Lichtstrahlen fürstlicher Huld auf seinem Haupt, und immer deutlicher ward jetzt auch ihm, dass er in goldüberladenem Käfig ein Gefangener des Herzogs war. In Gegenwart des Herrn wusste er die bangen Sorgen zurückzudrängen und mit der Miene der Unbefangenheit und der neuerworbenen Adeptenwürde sich zu betragen. Und wenn er hinaustrat unter die Schar der Höflinge, die er nun als der erste Günstling des Herzogs bei weitem überragte, so lag in seiner Haltung und in seinem Betragen der freche Stolz des niedrig Geborenen. Müllenfels war entschlossen, die vielleicht nur kurze Spanne seines Glückes auf dem höchsten Gipfel des Erfolges wenigstens mit derbem Genuss auszukosten.

Bald aber wieder saß er in den Laboratorien seines fürstlichen Herrn und schaute mit tiefen Seufzern auf die angehäuften Massen unedlen Metalls, die der unersättliche Herzog noch verwandelt zu sehen wünschte, ohne dass die verfluchte Arbeit ihm selbst auch nur das geringste einzubringen verhieß. Denn so vorsichtig er auch im Verbrauch des köstlichen Schatzes vorging, sosehr er auch Stellung der Gestirne, Mondphasen und Planetenkonstellationen vorschützte, um das Werk zu verzögern, es stand ihm doch der Tag schon unerbittlich klar vor Augen, an dem der Inhalt der Phiole sich erschöpft haben musste. Was für ein dreifach mit Blindheit geschlagener Dummkopf war er doch gewesen, den für die Zeit seines Lebens Glück und Reichtum versprechenden Schatz nicht sich bewahrt und mit der Phiole die Grenzen Württembergs hinter sich gelassen zu haben! Dumme Eitelkeit, blinder Ehrgeiz, hoffnungsloses Rachebedürfnis hatten ihn wie böse Dämonen in die Höhle des Löwen nach Stuttgart zurückgeführt. Schal und unsinnig erschienen ihm mit einemmal die Ehrenbezeigungen und Bücklinge der Bedienten und des Hofgeschmeißes. Je weniger er eine Aussicht sah, sich den goldenen Fesseln zu entwinden, in desto verlockenderen Farben erschien ihm nun das Leben des stillen Privatmannes, der von den Erträgnissen eines so unscheinbaren Pulvers bequem seine Tage hätte verbringen können. Nun floss von all der Golderzeugung weitaus das meiste in die unersättlichen Kassen des Herzogs. Ihm aber blieb nichts als die Ehre und der lächerliche Ruhm, die wunderbare Tinktur bereitet zu haben, von der er doch nicht ein Stäubchen zu erzeugen vermochte. Aussichtslos schien es ihm, die kurze Frist, die er vor sich sah, darauf zu wenden, in eigener Arbeit den unerforschlichen Weg der Elixierbereitung zu suchen. Saß Müllenfels in solchen Gedanken allein, so sank seine breite und kräftige Gestalt zusammen wie die eines müden Greises.

In einem solchen Augenblick resignierten Hirnbrütens war es, dass plötzlich die Tür zum Laboratorium aufflog und der fürstliche Herr in voller Rüstung, das Schwert an der Seite und Marschallstab in Händen, gefolgt von der klirrenden Schar seiner Leibwache, eintrat. Der Herzog trat dicht vor den schwankend sich erhebenden Alchimisten und winkte mit der behandschuhten Hand. Aus dem anstoßenden Flur trat Meister Hans herein, langsamen Schrittes und im roten Mantel. Ein zweiter Wink des Fürsten bewirkte, dass die Türe des Laboratoriums sich schloss.

Herzog Friedrich öffnete wortlos einen Brief, den er aus seinem Koller zog, und seine Blicke verkündeten dem Hofalchimisten den Hereinbruch des Unheils.

»Da, lies Er«, sagte der Herzog kurz und warf seinem getreuen Adepten die Schrift fast ins Gesicht. Dann verschränkte er die Arme und wartete. Niemand im Raume wagte sich zu rühren. Man vernahm nur das Rauschen des Papiers in den bebenden Händen des plötzlich Angeklagten. Eine tiefe Blässe überzog sein Gesicht.

Dies war ein Handschreiben des Michael Sendivogius aus Straßburg an den Herzog Friedrich von Württemberg.

In langen und ausführlichen Darlegungen enthüllte die Beschwerdeschrift klar die Fäden jenes abscheulichen Anschlags, dessen Müllenfels sich schuldig gemacht hatte, und forderte Gerechtigkeit, Gerechtigkeit sowohl für des Herzogs Ehre als auch für die schmähliche Beraubung, die an ihm selbst vollzogen war.

»Nun, wird's bald? Was habt Ihr hierzu zu sagen?« unterbrach endlich der erzürnte Fürst die peinliche Stille. »Denket ja nicht, Euch mit Kreuz- und Quersprüngen aus dem Bau zu verziehen, Herr Fuchs! Mir scheint, Eure erbärmlichen Mienen zeugen wider Euch! Nicht ein Adept seid Ihr, nicht einmal ein Suchender. Ein verächtlicher Dieb, ein Straßenräuber seid Ihr! Ihr entweiht mit Eurer Gegenwart den Boden, auf dem Ihr steht. Wo ist das Eigentum jenes polnischen Edelmannes, meines verleumdeten Gastfreundes? Gebt mir sofort heraus, was von dieser Stunde ab Eure Hände nie mehr berühren soll. Gebt es sofort heraus!«

Vernichtet sank der unglückselige Ignaz Müller vor die Füße seines Gebieters. Allein Herzog Friedrich stieß ihn mit dem Fuße wild zurück. »Den Wissenden, den Eingeweihten, den Meister der königlichen Kunst habt Ihr verräterisch hinweggelockt! Euer dummer Neid, Eure ruchlose Verworfenheit hat all die glänzenden Erfolge und Aussichten vereitelt, deren Ruhm mein Haus verherrlicht hätte! Aber ich werde eine Strafe finden, verlasst Euch darauf, die solchem bübischen Tun gebührt. Zum letzten Male, wo ist der Schatz?«

Müllenfels erschöpfte sich vergebens in winselnden Versicherungen, dass alles, was von der köstlichen Tinktur in seine Hände gefallen war, im Besitze des Herzogs sei, dass die Phiole, die er am Abend der ersten Probe dem Herzog ausgeliefert habe, eben jene Phiole sei, die er mit Gewalt dem polnischen Adepten entrissen habe.

»Ihr wollt mich glauben machen«, spottete der Herzog, »dass das alles sei? Schämt Euch, ich bin besser unterrichtet.« Der Herzog wandte sich. »Meister Hans«, sagte er zum Scharfrichter, »verlasst uns jetzt. Ich werde dich rufen lassen, wenn ich deiner bedarf. Und auch ihr übrigen: geht!«

Mit dem Henker verließ die Leibwache das Laboratorium, und der Fürst blieb allein mit dem armen Sünder. Was dieser ihm bekannt hat und ob er ihm in Wahrheit den ganzen Schatz auslieferte oder nicht, hat niemand je erfahren. Aber in einer der nächsten Nächte, als der halbe Mond die Gegend beleuchtete, blickte er auf den Edlen von Müllenfels herab, der im flittergoldenen Kleide leise, wie eine Puppe sich im Nachtwind unterm Alchimistengalgen hin und wider drehte.

Sendivogius hatte jene Nacht in der Zigeunerhöhle in erquickendem Schlummer verbracht. Am frühen Morgen weckte ihn Fiametta und führte ihn sicheren Schrittes über ungebahnte Waldstrecken zur Ebene hinab, wo in der Ferne das Band des Rheines immer häufiger von Bergvorsprung zu Bergvorsprung zwischen den Tannen aufleuchtete. Nach halbtägiger Wanderung war das Rheintal erreicht. Auf dem letzten Vorberge, der mit bequemer Straße ins Breisgau hinausführte, blieben die beiden stehen. Es war ein klarer Sommertag, und die Fernsicht war offen bis zur blauen Kette der Vogesen. Ganz fern im grauen Dunste der Ebene ragte die zierliche Spitze des Münsters wie eine Nadel auf, in dessen Schutze Sendivogius sich sicher wusste. Der Weg von den letzten Abhängen des Schwarzwaldes quer durch die Rheinebene hinüber nach Straßburg war wohl nicht gefahrlos für einen, den der Haftbefehl des Herzogs von Württemberg verfolgte. Denn obwohl sein Gebiet seit langem verlassen war, bestand doch zwischen Württemberg und den vorderösterreichischen Landen des Breisgaus ein gegenseitiges Abkommen auf Auslieferung von Staatsverbrechern und nicht zuletzt von landfahrenden Alchimisten. Indessen schien der gewonnene Vorsprung groß genug, und vor allem lagen in der offenen Ebene die Wege klar gezeichnet, so dass es einem einzelnen immer noch leichter möglich war, von Ort zu Ort seine verschwiegene Straße zu nehmen, als einem immerhin höfisch gekleideten Herrn in der Begleitung einer Zigeunerdirne.

Fiametta schien dies wohl erwogen zu haben. Als sie daher ihren Gast soweit geleitet hatte, blieb sie stehen, und ihr verdunkelter Blick verkündigte Abschied.

»Dort ist die Grenze für mein Volk und mich«, sagte sie. »Du gehst allein – du findest den Weg – du siehst die Stadt – dort deine Freunde. Der ›Rote Löwe‹ hat dich gebissen – er ist fort. Der ›Grüne Drache‹ hat dich gestochen – er sucht dich umsonst. – Du stürmst hinauf zur Burg des Löwen mit dem geflügelten Wort – der Bote trägt den Brief – sein Ross fliegt mit dem Wind – der Pfeil trifft. – Schwarze Reiter ziehen – der Grünmantel geht in der Mitte – schreiender Rabenflug über ihm – das Kleinod ist nicht bei ihm. – Den ›Roten Löwen‹ fesselt das Hirschgeweih. – Du wirst ihn nicht mehr erlösen. – Wage nicht dein Leben – du wirst bleiben unter den Suchenden.«

Wieder steigerten sich die Worte der jungen Zigeunerin ins Prophetische, das fühlte Sendivogius wohl. Er griff mit beiden Händen nach dem Arm des Mädchens und schaute sie mit innigem Blick an.

»Willst du mir nicht folgen, Fiametta? Im nächsten Städtchen kleiden wir uns neu. Genug ist mir geblieben, um dich meinen Freunden in Straßburg ehrenvoll zuzuführen. Ich möchte dir dienen, wie du mir gedient hast, und dein Leben schöner machen, als es die Wälder vermögen. Dort drüben wartet deiner vielleicht Rache und Verhaftung.«

»Die Kinder Ägyptens verraten nicht ihr eigenes Blut«, unterbrach Fiametta den Polen mit stolzer Heftigkeit. »Die Kinder Ägyptens ehren ihre Fürstin. An ihrem Feuer ist mein Platz. – In ihrer Höhle meine Heimat. – Dem Christen, dem ich folge, bringt mein Wissen nur Verderben.« Ihre Worte klangen hart, aber ihre sanften Augen, die sich mit Tränen füllten, und ihr zuckender Mund straften sie Lügen.

Nochmals wandte sich Sendivogius mit einer zärtlichen Aufwallung des Gefühls dem Mädchen zu. »Wenn du auf den Arm der Deinigen so fest vertraust, weshalb riefest du sie nicht herbei, als der Frevler mich binden ließ und mir mein Eigentum entriss? Mein Eigentum hätte genügt, um dich und mich auf Lebenszeit zu schützen.«

»Der Wald ist unsere Heimat«, sagte Fiametta kopfschüttelnd. »Jener Böse würde uns den Schutzbrief des Herzogs genommen haben. Man treibt uns von Land zu Land, wo man uns verleumdet. Leisten wir Widerstand, so kommen Soldaten. Die Zigeuner sind euren Fürsten weniger als Hunde, die in den Ställen schlafen.«

»Wann also sehe ich dich wieder?« fragte Sendivogius dringend, der in ihren Augen las, dass trotz ihrer Zuneigung und ihres Trennungsschmerzes keine Überredung ihre Entschlüsse wankend machen konnte.

Mit einem warm-goldenen Blick umfasste das schöne braune Mädchen noch einmal die ganze Gestalt des schlanken Edelmannes, und leise, aber bestimmt sagte sie:

»Wenn die Zeit sich erfüllt. – Wenn du einsam bist. – Wenn du Änderung fühlst. – Wenn die ›Weiße Taube‹ vorübergeflogen ist! – Lebe wohl!«

Ihre Stimme drohte zu brechen. In jäher Bewegung beugte sie sich nochmals vor Sendivogius, fasste den Saum seines Rockes und drückte einen heftigen Kuss darauf. Dann wandte sie sich mit Geschwindigkeit und eilte in flüchtigem Lauf in den Bergwald zurück. Noch einmal blieb sie in einiger Entfernung stehen, wandte sich und rief:

»Die Sonne webe über dir und wandle deinen Sinn! Der Mond verletze dich nicht mit kaltem Schein – und raub dir nimmer den Frieden! – Leb wohl!«

Und ehe er etwas zu erwidern vermochte, ehe ein Entschluss ihn drängte, sie zurückzuhalten, war sie zwischen den Tannenstämmen verschwunden.

»Fiametta!« rief er noch einmal – aber nur das Echo trug den Namen gebrochen zu ihm zurück. Sendivogius wandte sich und schlug mit kräftigen Schritten den Weg talab ein. Ihm schien es, als ob ihn die untrügliche Prophezeiung der jungen Zigeunerin mit Zuversicht erfülle und ihm seinen Weg erleichtere. Auch konnte er am heutigen Tage jenen brennenden Schmerz nicht mehr mit derselben Lebhaftigkeit empfinden wie noch am gestrigen Abend, wenn er an den Verlust all seiner Lebenshoffnungen und Zukunftsträume zurückdachte.

Sendivogius erreichte Straßburg unbehelligt am Abend des dritten Tages. Er hatte dort in der Tat einflussreiche und wohlhabende Freunde, die ihm Aufnahme gewährten und ihm erlaubten, sich von den Mühen und Anstrengungen der verflossenen Wochen gründlich zu erholen. Nach wenigen Tagen reifte in ihm der Entschluss, sich unter Beratung eines Straßburger Rechtsgelehrten beschwerdeführend an den Herzog Friedrich von Württemberg zu wenden, insbesondere diesem die rechtswidrige Verfolgung und den empörenden Straßenraub vorzuhalten und angemessene Genugtuung zu fordern. Der Brief war sehr wohl erwogen, in vorsichtigen Wendungen abgefasst und ließ dem Herzog die Freiheit, sich auf eine ehrenvolle Art aus der hässlichen Affäre zu ziehen. Die Drohung, im Weigerungsfalle die Angelegenheit dem Kaiser zu Wien in geeigneter Weise vorzutragen, allwo Sendivogius noch immer in bestem Andenken stand, war klug und glimpflich eingefügt, und es war auf diese Art die letzte Möglichkeit einer Hoffnung für Michael Sendivogius gegeben, noch einmal in den Besitz der ihm geraubten Phiole zu gelangen.

Nach wenigen Wochen kam ihm zunächst die Kunde zu von der erfolgten Exekution an den räuberischen Hofalchimisten Müllenfels. Wieder einige Wochen danach erhielt er an seine Adresse in Straßburg ein herzogliches Schreiben. Als er dieses zerbrach, fiel sein erster Blick auf den Kopf des Briefbogens, in dessen Büttengrund eine fliegende Taube mit dem Ölzweig im Schnabel eingeprägt war.

Mochte dies Zeichen nun ein Symbol sein, dessen sich Herzog Friedrich auch sonst bediente, oder mochte das Bild der Taube von ihm diesmal erwählt worden sein, um seine gnädige Gesinnung und Absicht gegen Sendivogius zum Ausdruck zu bringen, genug, der Brief erging sich in den schmeichelhaftesten Ausdrücken für den gewesenen Gast am Stuttgarter Hofe; der Herzog beklagte darinnen aufs tiefste das Ungemach und das grausame Unrecht, das ihm durch Schuld des verbrecherischen Müllenfels zugestoßen war, und berichtete das Ergebnis der raschen Justiz, das zu des Sendivogius' Genugtuung an dem Übeltäter vollzogen worden sei.

Der Herzog unterließ nicht, ferner mit sanftem Vorwurf anzumerken, dass der polnische Edelmann nicht völlig ohne eigene Schuld sich den erlittenen Widerwärtigkeiten ausgesetzt habe, denn kein Anlass habe bestanden, das Stuttgarter Schloss und die herzlich gern gewährte Gastfreundschaft bei Nacht und Nebel zu verlassen. Indessen sei es dem Herzog ein Vergnügen, dem Eigentümer der köstlichen Tinktur diese wieder zurückzustellen, und er erwarte dringlichst, dass Sendivogius, unter Hintansetzung seines gerechten Grolles, nach Stuttgart zurückkehren werde, um sein Eigentum in Empfang zu nehmen. Es werde alsdann allein von ihm abhängen, ob er mit dem Herzog fürderhin zusammenbleiben und in erneuter Freundschaft den Genuss der chymischen Kunst mit ihm teilen wolle.

Sendivogius überlas den Brief unzählige Male. Bald schien es ihm, als sei die Gelegenheit handgreiflich nahegerückt, sein Eigentum auf die bequemste und natürlichste Weise von der Welt wieder in Empfang zu nehmen. Bald schien ihm die Reise nach Stuttgart selbstverständlich und die harmloseste Sache von der Welt. Bald wieder stiegen ihm aus den steilen Schriftzügen des Herzogs jene unauslöschlichen Nachtvisionen empor, und er sah den Basiliskenblick der Spinne, die ihr Opfer herbeizog und es wohl nicht zum zweiten Male aus dem Netze lassen würde. So schwankte er mit Entschluss und neuen Bedenken tagelang. Plötzlich aber befiel ihn in eine schlaflose Nacht das Gesicht jenes Nachmittags am Lagerfeuer der Zigeuner, und mit deutlicher Klarheit vernahm er wieder die Stimme Fiamettas, wie sie ihm zurief: »Hüte dich vor dem ›Roten Löwen‹ – vor dem ›Grünen Drachen‹ – und vor der ›Weißen Taube‹.«

Er sprang vom Bett auf und griff nach dem Briefbogen des Herzogs, der stets in seiner Nähe war. Die ›Weiße Taube‹ schwebte deutlich über den honigsüßen Worten des Fürsten. Da war kein Zweifel mehr an dem Sinne der Prophezeiung, und ganz unmöglich konnte Fiametta ahnen, dass der Herzog seine Briefe mit der Friedenstaube des Noah siegeln werde.

In dieser Stunde war der Entschluss des Sendivogius gefasst; und in dieser selben Stunde fiel von ihm ab, was an Ehr- und Ruhmgier, an leichtem Sinn und Vergnügungslust noch in ihm war. Nach wenigen Monaten verließ er Straßburg, ohne seine Freunde über das Ziel seiner neuen Reise zu unterrichten. Ihre Meinung, er habe seinen Weg zurück nach Stuttgart genommen, bestätigte sich nicht. Ein zweiter Brief des

Herzogs, der die Wiedererlangung des Elixiers dem vermeintlichen Adepten auf die verlockendste Weise in Aussicht stellte, erreichte den Adressaten nicht mehr.

Spärliche zeitgenössische Berichte erzählen davon, dass die Gestalt des Michael Sendivogius aus Krakau in den Jahren zwischen 1606 und 1610 an verschiedenen Orten da und dort nochmals aufgetaucht sei – niemals und nirgends mit dem Anspruch der Adeptschaft, sondern immer nur in der bescheidenen Absicht, gewisse eigentümliche Wahlverwandtschafen der Elemente zu demonstrieren und durch Vorführungen eigenartiger Metallfärbungen vor den Taschenspielerkunststücken der falschen Goldmacher zu warnen. Es mag sein, dass drückender Geldmangel den ernst und streng blickenden polnischen Edelmann dazu trieb, mit solchen Experimenten vor kleinen und großen Herren sich ein bescheidenes Gelegenheitseinkommen zu beschaffen. Endlich hörten auch diese Besuche des Alchimisten an den Höfen der kleinen Fürsten auf. Sein Name findet sich immer seltener genannt und verschwindet im Jahre 1616 völlig aus den erhaltenen Urkunden.

Ein einziger Bericht meldet, Sendivogius habe bei einem letzten Besuch auf der Burg eines oberrheinischen Freiherrn eine hochgewachsene und stolze Zigeunerin auf seinem Zimmer empfangen und sei mit dieser nächsten Tages in der Richtung gegen den Schwarzwald fortgezogen.

Auf der Höhe des Gebirges unweit Villingen standen die verfallenen Gebäude des verlassenen Meierhofes. Sendivogius erwarb diese Baulichkeiten um ein Geringes und zog dort ein, wie die Sage meldet, begleitet von einem Weib mit blauschwarzen Haaren und dunkelflammenden Augen, die ihm auf Schritt und Tritt folgte wie ein treuer Hund. Dort droben auf den Höhen des Schwarzwaldes in vollkommener Weltabgeschiedenheit ergab sich Sendivogius hinfort dem unablässigen Studium der hermetischen Wissenschaft. Kaum jemals suchte er einen Menschen auf oder betrat ein Wanderer seine Hütte. Es ist auch bezeichnend, dass die Sage von ihm nicht meldet, dass er die ***goldmachende Tinktur*** habe finden wollen. Sie meldet vielmehr, das Ziel seiner Arbeit und seiner Sehnsucht sei ***der Stein der Weisen*** gewesen, der dem, der ihn besitzt, den Frieden der Seele in diesem Leben und die Seligkeit der Engel in der anderen Welt verbürgt.

Der seltsame Gast

Kaiserin Maria Theresia von Österreich begann ihre Regierung unter den allerschwierigsten Verhältnissen. Bayern und Spanien waren offene, Frankreich und Preußen einstweilen noch ihre heimlichen Gegner; Sachsen stellte Ansprüche, und schließlich eröffnete Friedrich II. die Feindseligkeiten wider Erwarten als Erster mit seinem Einfall in Schlesien, das dann nebst den angrenzenden österreichischen Erblanden jahrelang der Schauplatz schwerer Kämpfe und wechselnden Kriegsglückes war. Als endlich 1745 der Friede zu Dresden zwischen Maria Theresia und Friedrich zustande kam, da waren nicht nur die Verluste an Land und Menschen für die Kaiserin überaus empfindlich, sondern es war auch das Reich, das sie schon von ihrem Vater, Kaiser Karl VI., im Zustande wirtschaftlichen Niedergangs übernommen hatte, nun in allen seinen Hilfsmitteln aufs äußerste erschöpft. Die Verwaltung war in größter Unordnung, und die Staatskassen waren leer.

Die mit der Neuorganisation der Wirtschaft und mit der Staatsschuldenverwaltung beauftragten Herren des Kaiserlichen Rates zerbrachen sich monatelang die gepuderten Köpfe über die Frage, wie da Abhilfe zu schaffen sei.

Auch Wilhelm von Haugwitz, der schon damals der Geheime Rat der Kaiserin und später lange Jahre hindurch ihr Erster Minister war, wusste trotz all seiner Gewandtheit nicht mehr, wie den sich überstürzenden Anforderungen an die Staatsfinanzen zu genügen sei.

Gewerbe und Ackerbau, Erziehungswesen wie militärische Reformbedürfnisse riefen allzu gleichzeitig um Hilfe. In dieser Zeit schier unübersehbarer Bedrängnisse meldete sich an einem Frühherbstnachmittag des Jahres 1746 der schon im Dienst des verstorbenen Kaisers ergraute kaiserliche Münzwardein Wenzel Hajek bei dem Grafen Haugwitz zu einer ausdrücklich in äußerst importanten Staatsangelegenheiten *immédiatement* erbetenen geheimen Audienz. Die höchst *étonnante* Affäre aber, die der ehrenergraute Herr Münzwardein Dero hochgräflichen Gnaden geneigtesten Ohren im Verlaufe dieser folgenreichen Audienz anvertraute, lässt sich in Kürze folgendermaßen wiedergeben:

Seit nun schon geraumer Weile, nämlich erstmals anfangs Junii hujus, letztmals aber heute, also am dritten Tage nach Quatember, sei in gemessenen Zeitabständen ein Mann von älterem, wohlanständigem Aussehen in der Kaiserlichen Münze erschienen mit dem Begehren, man möge ihm mitgebrachte, in einem verschabten Lederbeutel nicht mit eben sonderlicher Attention aufbewahrte und anher transferierte Klümpleins feinen Goldes in kurante Münz zu billigem Kaufsatze umwechseln. Vorgewiesenes Gold, in unregelmäßigen Formen und Größen geklumpt, doch allermeist von erbsen- bis walnussgroßem Aussehen, habe sich durchaus als solches vom allerfeinsten Strich erfunden und habe Kaiserliche Münze, unbeschadet gerechter Auswage, dabei allemal einen merklichen Gewinn getan, sonderlich in Ansehung fortschreitender Feingehaltsminderung der neugeprägten Taler ihrer Kaiserlichen Majestät. Am genannten heutigen Tage habe nun der sonderbare Gast zum dritten Male auf der Münz vorgesprochen, habe auch nach getanem Geschäft die Münz unbehelligt wieder verlassen. Es sei aber inmittels angestellter Recherchierung ohnschwer gelungen, Name und Stand des Geheimnisvollen alsbald zu eruieren, und heiße derselbe Ehrengott Friedrich. Seines Zeichens sei dieser ein Gasthalter und Badmeister zu Rodaun nächst hier bei Wien. Es sei auch in Summa das Gewicht bis anhero durch ihn an die Kaiserliche Münze gelieferten Feingoldes: zwei gute Pfund, acht Unzen und vier Grän. Und sei schwerlich zu denken, was Massen ein einfacher Badmeister zu solchen Schätzen auf gerechtem Wege sollte gekommen sein. Herr Wenzel Hajek, der Münzwardein, stellte nach derart pflichtschuldigst getanem Bericht hochgräflicher Weisheit alles weitere Verfügen in dieser kuriosen Affäre geziemend anheim; wolle aber nicht unerwähnt lassen, dass bei den mitunterrichteten Münzmeistern und -gesellen die einige Meinung sei, es möge dergleichen nicht mit gerechten Dingen zugehen, sondern es müsse der dubiose Goldbesitzer, wohl nicht ein Dieb und Galgenstrick, so gewiss ein Goldmacher sein und also wohl gar nicht mit des Teufels Hilfe zu seinen kostbaren Monatserträgnissen zu gelangen. Es sei dabei auch noch ein Umstand Erwähnens wohl wert und ihm, dem Wardein, sonderlich merkwürdig erschienen: Dass nämlich unter sotanen Goldklümpchen alle Male das eine und andere sich finde, darauf ein purpurfarbener Abschelf, einer winzigen Blüte vergleichbar, angetroffen werde, gleichsam zum Zeugnis jedes Mal gleicher Herkunft des Goldes. Sei ihm aber Natur und Wesen solcher rubinroter Anwucherungen unbekannt und lasse sich selbst mit dem Hämmerlein, unbeschadet des Goldes leicht abklopfen. Dieses etwa war der Bericht des Herrn Wenzel Hajek, den dieser dem Geheimen Rat an jenem verhängnisvollen Abend vortrug.

Graf Haugwitz bemerkte, nicht ohne einige Selbstgefälligkeit, mit Scharfsinn, dass dem guten Münzwardein eine dritte, und zwar die wahrscheinlichste Möglichkeit hinsichtlich des Geheimnisses entgangen war, welches den Badmeister aus Rodaun umgab. Dementsprechend hüllte er sich in eine sichtbare Wolke von Weisheit und verabschiedete den Münzwardein, indem er staatsmännische Absichten von besonderer Art erkennen ließ, in Gnaden.

Kaum war Hajek aus dem Palaste, als auch schon Graf Haugwitz zur Aufwartung bei seiner kaiserlichen Herrin sich die gewaltigste seiner italienischen Perücken überstülpte, hastig seinen Wagen bestieg und sich zur Hofburg fahren ließ. Da ihm dort das Vorrecht jederzeit unangemeldeten Zutritt zukam, so genügte sein Erscheinen, um die Kaiserin zu seinem alsbaldigen Empfang bereitzufinden.

Maria Theresia trug just ihr sechstes Kind, das vor kurzem geboren war, auf mütterlich wiegenden Armen, als Graf Haugwitz bei ihr eintrat. Sie empfing ihren Vertrauten in gnädigster Stimmung und streckte ihm lachend den Wickelprinzen zu einem Tätschelkusse entgegen. Franzl, ihr Gemahl, lag auf dem Teppich, wo er seinen schon etwas größeren Kindern als Reitpferd diente, und beide Majestäten, ohne sich in ihren Elternfreuden stören zu lassen, hörten mit wachsender Spannung seinen Bericht. Als aber Haugwitz bei Erwähnung eines möglicherweise aufgedeckten Falles von Goldmacherkunst angelangt war, da legte die Kaiserin ihren Säugling auf die geschweifte Boulekommode und rief: »Jesses Maria, Franzl, des wann so wär, ja da wären wir ja leicht aus allen Schwulitäten heraußen!«

Und Kaiser Franzl auf dem Fußboden nickte nachdenklich und sprach von unten herauf: »Nachender schon, Mairesl.«

Da wurden die Mienen ernst, und das Ergebnis dieser ungewöhnlich geheimen Staatsratssitzung stand nach wenigen Minuten fest: Der Badmeister Ehrengott Friedrich aus Rodaun sei in unauffälliger Vorladung, etwa wegen fälliger Akzise, nächster Tage auf ein geeignetes Amt zu bescheiden, von dort aus aber stehenden Fußes unter Vermeidung allen Aufhebens, in die Hofburg zu verbringen woselbst ich Graf Haugwitz unter Beisein der allerhöchsten Personen einem scharfen Verhör unterziehen solle.

Ganz zuletzt, als von Akzisen und Gefällen die Rede war, kraute sich Kaiser Franz ein um das andere Mal hinterm Ohr und sage nachdenklich: »Rodaun? Da ist mir doch so, als sei mir heuer schon einmal von Rodaun in Finanzsachen was untergekommen. Und was Angenehmes war es auch. Aber ich besinn mich jetzt nicht.«

Und weil der Kaiser Franz sich nicht besinnen konnte, so achteten die besorgen Staatsoberhäupter auch nicht weiter darauf.

Pünktlich am dritten Tage darauf erhielt der Badmeister Ehrengott Friedrich zu Rodaun einen Revisionsbefehl zur Kaiserlichen Akzise in Wien und stand auch tags darauf zur anberaumten Morgenstunde als ein harmloser Biedermann vor seiner Behörde. Aber anstatt, dass der mürrische Schreiber ihn zu der erwarteten kurzen Nachweisprüfung an die Schranke winkte, standen auf einmal, wie aus dem Boden gewachsen, zwei gewaltmäßige kaiserliche Leibgardisten neben ihm. Und der Schreiber sah auch gar nicht von seinem Pult auf, als die Soldaten den Badmeister zur Tür hinausführten. Es ging nun über mancherlei Gänge zu einem hinteren Auslass, wo schon ein geschlossener Wagen zu warten schien. Trotz seiner hochgeschwenkten Akzisenpapiere schoben die Gardisten den immer noch völlig Überraschten in die Kutsche und sich daneben. Und fort ging's in scharfem Trab weiß Gott wohin, so dachte der Arme in seinem verängstigten Gemüt. – Jedoch sein Erstaunen wuchs, und Hoffnung sowie Furcht mischten sich immer wirbeliger in seiner Brust, als er sich endlich, nachdem der Wagen hielt, beim Aussteigen einem hohen und edel getürmten Gemäuer von schlossartigem Ansehen gegenübersah.

So betrat der die Hofburg, ohne sie zu erkennen und ohne seines Ratens ein Ende zu finden; aber schließlich besah er sich Treppen und Hallen, die er mit seinen Begleitern durchmaß und bemerkte, dass diese schwerlich zu dunklen Verließen führen konnten. Auch ward er schließlich in ein schön geschmücktes Zimmer geschoben, wo er plötzlich allein blieb. Seines Wartens war hier nicht lange. Eine Gegentür sprang auf, und ein gewaltig dreinblickender Herr unter riesiger Staatsperücke winkte eigenhändig den Verwirrten heran. Und als der gute Badmeister, dem Befehl folgend, das anstoßende Zimmer betrat, sah er sich auf einmal den beiden höchsten Majestäten so nahe gegenüber, dass er, wie um sich selbst vor dem Überdrange dieses betäubenden Eindrucks zu schützen, in die Knie sank und zitternd sein Gesicht bedeckte.

Die Überraschung war gelungen, wie geplant; jedoch gewannen die drei hohen Verschworenen aus dem Eindruck, den sie auf den Badmeister machten, alsbald die Überzeugung, dass der ehrsame Bürger, der da vor ihnen kniete, weder ein Galgenstrick noch auch ein geheimniskundiger

Adept, sondern nichts als ein ehrsamer Wiener Kleinbürger sein könne. Sogleich gehegtes Vermuten also mit befriedigter Miene den Majestäten zunickend, trat Graf Haugwitz vor, hieß den Knienden sich erheben und fragte ihn mild und geradezu, in wessen Auftrag er denn das Gold in die Münze gebracht habe. Auch ermahnt er den rasch Begreifenden väterlich, im Angesicht der Majestät, als wie vor Gottes heiligem Sakrament, sich vollster Aufrichtigkeit zu befleißigen.

Ehrengott Friedrich, ebenso wenig ein Dummkopf wie befähigt, sich gewagter Rabulistik zu bedienen, begann alsbald gefasst einen treuherzigen, jedoch klug überlegten Bericht zu geben.

Das Gold, so sagte er, komme in Wahrheit aus dritter Hand und sei ihm nur zum Umtausch übergeben worden. Es sei aber der Besitzer ein gar feiner, wohlgetaner, ehrbarer und führtrefflicher Mann, durchaus von edler Art und sehr braver Gesinnung. Und könne er solches gegen jedermann gern bezeugen, da selber Herr seit allbereits fünf Monaten sein Logisgast in Rodaun sei und in dieser Zeit niemals und niemand Anlass zu irgendeiner Beschwerde gegeben habe. Möge ihm auch vergönnt sein, anzumerken, dass dieser Herr, welcher sich Sehfeld nenne, vorgewiesenermaßen ein kaiserliches Patent innehabe, darinnen ihm als einem Landeskind und instriösen Chymisten die Herstellung von allerlei Farbwerk, zur Tuchfärberei schicklich, privilegiert sei; wofür Herr Sehfeld alle Monat pünktlich zweitausendfünfhundert Gulden Abgabe an die Wiener Hofrentei, bishero also bereits über zwölftausend Gulden, abgeführt habe.

Hier unterbrach den Badmeister ein Ausruf aus allerhöchst kaiserlichem Munde. Kaiser Franz klopfte sich plötzlich den Schenkel und sagte: »Jetza b'sinn ich mi!«

Und auf einen fragenden Blick seiner Gemahlin hin fuhr er fort: ›Die Sache hat ihre Richtigkeit. Jenem Manne haben Wir vor einem halben Jahr durch Bittschrift nachgesuchte Gewerbeerlaubnis eines Chymisten zur Herstellung von allerlei Drogen bewilligt und fanden Uns zu solcher Gnade um so liebreicher bewogen, als Uns sein Gebieten einer Nutzsteuer in soeben richtig genanntem Betrage, nämlich von dreißigtausend Gulden jährlich, nicht unanständig schien.« Und hier war es der Kaiser, der der Kaiserin einen recht bedeutsamen Blick zuwarf. Denn solche bis dahin nie erhörte Gewerbesteuer eines einzelnen Mannes erreichte bei geringem schier ein Zehntel aller derzeitigen Industriesteuern in den gesamten österreichischen Erblanden.

Der Badmeister, dem keineswegs entgangen war, wie sehr der Name Sehfeld Eindruck auf die Majestäten gemacht hatte, fand sich in dieser aufhorchenden Achtung wie neu gestärkt und fuhr darum, aufgefordert, in seinem Bericht um vieles zuversichtlicher und wärmer fort:

Übrigens sei der Herr Sehfeld zeit seines Aufenthaltes in Rodaun fleißig und still in seinem zu oberst unter dem Dach des Hauses eingerichteten chymischen Laboratorio, niemandes Feind noch Last, vielmehr ein mannigfacher Wohltäter der Bedürftigen und Bedrängten und also nach Wandel und Wirkung ein Vorbild edelster, christlicher Tugend.

Hierbei nun dringlich gefragt, was denn aber Sehfeld in gemeldetem Laboratorio arbeite und ob denn Herstellung und Vertrieb von Farben schon solchen Schwung und Umfang angenommen habe, dass davon Herr Sehfeld monatlich pünktlich zweitausendfünfhundert Gulden absteuern könne? Und wieso denn endlich der Chymist für seine Drogen ungemünztes Gold und von welchem Handelsgenossen namentlich er solches eintausche? – Da erklärte Herr Ehrengott Friedrich allerdings ohne ferneres Zögern mit Aufrichtigkeit, dass ein solcher Handel mit Farben seines Wissens nicht stattgefunden habe; dass auch in jenem Laboratorio nie nichts anderes von Herrn Sehfeld hergestellt worden sei, denn lauteres Gold, und zwar aus Zinn unter Beigabe einer winzigen Menge eines grauen Pulvers in den Schmelztiegel.

Hier nun konnten sich die höchsten Herrschaften lebhaftester Bewegung und mehrerer Zwischenrufe nicht enthalten, welche alle aber Graf Haugwitz bald mit diplomatischem Lächeln zum Verstummen brachte, indem er den Badmeister höflich bat, doch alles, was er wisse, der Reihe nach und mit Sorgfalt zu erzählen. Zugleich schob der hohe Staatsmann mit eigenen Händen einen Sessel heran, darauf er leutseligst den Rodauner niederzusitzen nötigte, so dass sich der bezauberte Badmeister stracks als wie in den Schoß der kaiserlichen Familie selbst aufgenommen vorkam.

Und nun, hochklopfenden Herzens, berichtete er frisch von der Leber weg: »Herr Sehfeld, ein wohlerzogener Mann, an Jahren kaum höher als auf die Mitte der Dreißiger zu schätzen, das blühende gutblickende Angesicht von dunkelbraunen, natürlich gelockten Haaren umrahmt, der oberösterreichischen Mundart sich bedienend, von feinsten Sitten und aufmerksamem, ja liebreichem Betragen, sei gegen Ende des April zuerst in Rodaun gesehen worden; er habe, um das Bad zu gebrauchen, alsbald bei ihm Wohnung genommen und sehr die angenehme Lage und die wohltätige Stille des Ortes gegen ihn gerühmt. An solcher Anmut und Ruhe der Umgebung sei ihm, nächst seiner Gesundheit, auch bei vorhandenen chymistischen und anderen Arbeiten sehr gelegen, und wolle er daher gerne ein Längeres in diesem Hause verweilen. Da alle Mietbedingungen von dem neuen Gast ungesehen bewilligt wurden, so habe sich alsbald ein durch gutes Einvernehmen erfreuliches Zusammenleben ergeben.

Nun sei er, Friederich, leider seines Standes ein Witwer, und es führe ihm seine ältere Tochter Maria, eine Jungfrau bei zwanzig Jahren, tüchtig und gewandt Haus und Wirtschaft, indessen Theresa, sein jüngeres Kind, der Schwester mit Eifer zur Hand gehe. Denn es seine beide Mädchen, ohne Rühmens gesprochen, zwei brave Dinger und seiner verstorbenen Hausehre liebste Hinterlassenschaft. Herr Sehfeld aber habe in seinem stets munteren, doch immer ehrbaren Wesen gegen die Kinder deren Zuneigung in dem Maße gewonnen, dass sie mit allerlei Handreichungen schier von erster Stunde ab gerne zu Diensten waren. Jedoch habe während all der Zeit allein Maria Zutritt zu Stube und Laboratorium des Chymisten gehabt, um dort das Nötige zu besorgen; und habe Herr Sehfeld sich von jeder anderen Person allen Zutritt strenge verbeten. Maria habe lange zu den Veranstaltungen des Mieters gänzlich geschwiegen. Sie sei dann im Laufe des Spätfrühlings des öfteren mit ihrer Schwester auf Bitten Sehfelds an schönen Tagen in die umliegenden Waldungen gelaufen, um nach seinen Weisungen gewisse Würzkräuter zu suchen und zu sammeln. Möge solche wohl der Laborant chymischen Studien halber gebraucht haben.

Endlich nach Ablauf der ersten vier Wochen, als die Miete fällig war, habe Herr Sehfeld den Badmeister zu sich gerufen und ihm einen alten, unscheinbaren Lederbeutel voll rohen Goldes gewiesen mit dem Bedeuten, er möge solches für ihn zu Wien in der Münz gegen kurantes Geld eintauschen. Da habe er den Beutel an sich genommen, und selten Abends noch habe seine Tochter Maria ihm zwischen Lachen und Fürchten erzählt, wie sie wenige Tage zuvor in Abwesenheit Sehfelds zur Stöberarbeit in dessen Wohnräume emporgestiegen, beim Eintreten einen Tiegel habe stehen sehen, auf dessen Grunde eine Schicht gediegenen Goldes glänzte. Neugier habe sie getrieben, das Metall mit dem Messer zu prüfen; da sei unterweilen Sehfeld zur Tür hereingetreten und habe lächelnd ihr Unterfangen wahrgenommen. Habe auch unbefangen Anwesenheit und Herkunft des Goldes erklärt und ihr also frei gestanden, dass er ein Adept der hermetischen Kunst und des Goldmachens Meister sei; habe aber auf das herzlichste lachen müssen, als Maria ihn, banger Sorge voll, um die Mitwirkung der höllischen Mächte bei solchem Werke befrug; und habe er ihr erklärt, dass von derlei Ammengruseln keine Rede sei, sondern das Werk sich allein aus Kenntnis und Kraft der Natur vollende. Dabei habe er ein beinernes Büchslein hervorgezogen und ihr darinnen ein graues Pulver gewiesen, sagend, dies allein sei die Seele des Werkes; und sei solches nicht böse noch fromm, sondern das köstliche Geheimnis königlicher Wissenschaft, wie es freilich gemeinhin nur guten Menschen überkommen sei. Gestand ihr auch freundlich zu, ihr bei Nächstem die Verwandlung des Metalls vor eigenen Augen zu weisen.

Von der Zeit ab waren Maria und Sehfeld in ein neues Verhältnis zueinander getreten. Maria war nun vielmehr seine eifrige Laborantin, als bloß seine Stubenbesorgerin. Und unschwer ließ sich aus den weiteren Worten des Badmeisters entnehmen, dass zwischen dem tinkturkundigen Adepten und Herrn Friedrichs Tochter Maria mit der Zeit ein rechtes Zutrauen und so viel Freundlichkeit sich müsse angesponnen haben, als nur zwischen einem solch ehrbaren Herrn und einer so tugendhaften Jungfrau zu mutmaßen möglich sei.

Es sei nun aber etwas über einen Monat, so erzählte der Badmeister weiter, dass er selbst zum ersten Male, auf Wunsch seiner Tochter und ausdrücklicher Einladung des Herrn Sehfeld, Augenzeuge des geheimnisvollen Vorganges geworden sei, sintemalen seinem Kinde alles daran gelegen habe, ihn, ihren Vater, zur leiblichen Bestätigung dafür anzurufen, dass bei dem Werke des Freundes gewisslich nichts Unrechtes und der heiligen Religion Widerwärtiges mit unterlaufe. Könne er solches also Kaiserlichen Majestäten auch aufs Kruzifix zusichern, soweit sein Wissen und Werken reiche.

Der drei huldvoll und geduldreich lauschenden hohen Häupter hatte sich nun doch eine lebhafte Bewegung bemächtigt, und Maria Theresia rief erregt: »Was meinst, Franzl, den Teufel wollten wir wohl gering achten, so in dem Tiegel des Goldmachers steckt, da wir ja genugsam gelernt haben, uns mit dem Teufel herumzuschlagen, der in dem Potsdamer Fritz wohnt!«

Und Kaiser Franz, mit Rücksicht auf den Untertanen, der da bei ihm saß, erwiderte mit Haltung: »Ganz Eurer Liebden Meindung. Und müsste der Goldteufel wenigstens auf alle Fälle Eurer Apostolischen Majestät segenbringende Hand zu einem gehorsamen Mehrer des Reiches gezwungen werden.«

Wonach Graf Haugwitz sich räusperte und sich Erlaubnis zu der Frage an den Badmeister ausbat: Wie denn der Vorgang der Metallverwandlung gewesen sei?

Darauf Herr Friedrich erklärte, dass Sehfeld in seinem beinernen Büchslein, so er ständig auf dem Leibe trage, benebst dem schon vermeldeten grisen Pulver ein silbern Löffelein, knapp von eines Ohrlöffels Größe, aufbewahre. Damit habe er ein paar Stäubchen des Pulvers aufgenommen, selbe auf ein kleines, zwischen den Fingern breitgedrücktes Wachsblättlein abgestrichen, sodann das Wächslein eingefaltet und zum Kügelchen gedreht und solches endlich auf das inmittels überm Feuer flüssig gemachte Zinn geworfen. Alsbald habe da das Zinn zu schäumen und sich wild zu bewegen begonnen; es sei ein rötlicher, endlich ein tief purpurroter Schein als wie von einer Oxydation darüber geflogen, die ganze kochende Masse sei wie in Glut geraten, und nachdem in solchem Zustande des Metalls der Adept selbiges auf eine kalte Basaltschale ausgegossen, sei das Magma in rascher Abkühlung bald wieder zu rötlichem, dann gelbrötlichem, endlich zu rein goldfarbenem Glanze verblasst und das umgegossene Zinn habe als schieres Gold im Troge gelegen.

»Ob da kein Blendwerk, Taschenspielerei noch einige sonst denkbare Betrügerei dabei gewesen sein könne? Als da schon viele getan haben, so die Tiegel vertauschen, darinnen sie das Gold zuvor bereithalten, oder Gold unter das unedle Metall mischen, oder mit Stäbchen umrühren, die mit Gold gefüllt sind, und dergleichen mehr?«

Aber da erhob sich Ehrengott Friedrich stracks von seinem Stuhle, trat frei und keck vor die erstaunten Majestäten und rief: »Ich schwöre es bei dem Leibe Christ. Und wenn der liebe Gott vom Himmel herabkäme und spräche zu mir: Friedrich, du irrst, Sehfeld kann kein Gold machen, so wollte ich antworten: Du lieber Gott, es ist doch gleichwohl wahr und ich davon so gewisslich überzeugt, als dass du mich erschaffen hast!«

Da sahen die hohen Herrschaften einander höchst betroffen an, und Kaiser Franz sagte halblaut: »Sind auch dreißigtausend Gulden jährlich für Farbenmischen eine sehr unverhoffte Libation.«

»Aber«, sagte Maria Theresia plötzlich mit scharfem Ernst, »fürs Goldmachen sind sie eine allzu listige Abfindung, ja eine fast freche Hintergehung kaiserlicher Gerechtsame!«

Graf Haugwitz lächelte. Badmeister Friedrich erschrak an dem veränderten Ton. Jedoch es war zu spät. Plötzlich war die trauliche Unterhaltung mit Kaisers aus. Eiskalte Luft war im Raum. Haugwitz öffnete die Tür und winkte dem betroffenen Gast wie zuvor. Mit unbeholfenen Bücklingen zog sich dieser zur Tür und katzbuckelte sich dort seinen zwei Leibgardisten wieder in die Arme, die ihn hergebracht hatten. Sie nahmen ihn in Empfang, führten ihn durch endlose Gänge und über viele Treppen, und schließlich fand er sich in einem bescheidenen, wenn auch nicht unfreundlichen Raum. Darinnen deuteten ein wohlgedeckter Tisch und ein frischgezogenes Bett einladend auf längeren Aufenthalt hin. Die Tür fiel hinter ihm ins Schloss, zwei Riegel rasselten vor, und Herr Ehrengott Friedrich war mit einem Kruge Wein und reichlichem Imbiss allein gelassen.

Im Hause des Badmeisters Friedrich zu Rodaun hatte sich inzwischen ein anderer folgenreicher Handel, fast zugleich nach dem Abgange des Hausvaters, angesponnen. Und er hatte just zur selben Stunde, als Vater Friedrich sich in der Hofburg auf jenem behaglich zugerichteten Zimmer gefangen fand, gleichfalls mit einer Art von Verhaftung sein Ende genommen. Dabei war nur ein geringer Unterschied. Denn während dort der gefangene Vater bei allem Wohlsein von ziemlichen Zweifeln peinvoll in seinem Gemüte bewegt wurde, fühlte sich hier in Rodaun seine Tochter Maria trotz der Gefangenschaft, in die sie geriet, vielmehr auf einmal aller Zweifel ledig und recht gestärkt und beglückt in ihrem Herzen.

Der Gang der Ereignisse war hier dieser:

Kaum hatte in der Frühe der Badmeister sich auf den Weg nach Wien gemacht, um der amtlichen Vorladung des Akzise-Amtes zu genügen, so kam Sehfeld, gleichfalls zu einem Ausgange gestiefelt, die Treppe herab, klopfte im Vorbeigehen an das Stüblein der liebenswürdigen Haustöchter und bat Maria, bei ihm oben nach schon gewohnter Weise Tiegel und Kolben zu richten zu einem allbereits vorbereitetem Experiment. Sie möge dabei auch, fügte er beiläufig hinzu, seines beinernen Büchsleins Acht haben, das er oben unverwahrt habe stehen lassen, wie ihm jetzt eben erst zu Sinne komme. Und damit ging er hinaus.

Maria, da sie ohnedies nirgends im Hause mehr so gerne verweilte als in den Räumen des angenehmen Gastes, flog alsbald die Treppe hinauf. Aber Theresa, die schelmische Schwester, hing sich ihr an die Schürze und schmeichelte ihr ab, dass sie ihr an die Hand gehen dürfe. Unter mancherlei Neckereien besorgten die Schwestern so die Arbeit zusammen. Als aber Theresa das beinerne Büchslein, welches Herr Sehfeld noch niemals aus der Hand gegeben hatte, so achtlos auf den Tisch geworfen fand, bedrängte sie erst scherzend, bald jedoch stürmischer und unter Zuhilfenahme von allerhand Koboldereien die Schwester, ein Weniges von dem grauen Pulver auf das schon zubereitete Zinn zu werfen und also einmal das Goldmachen auf eigene Faust zu versuchen. Ungern, am Ende aber von Übermut und Neugierde der Schwester angesteckt, ging Maria auf das vorwitzige Unternehmen ein. Sie bereitete also in fliegender Eile alles Nötige, so, wie sie es dem Meister der Kunst abgesehen hatte, schürte das Feuer, stellte den Zinntiegel darauf und wartete, dass es koche. Endlich hob sich das flüssige Zinn, und der Augenblick schien gekommen. Maria schraubte das beinerne Büchslein auf, fand auch das silberne Löffelchen darinnen, bereitete Wachs zwischen den zitternden Fingern und streifte ein Weniges von dem Pulver darüber, knetete das Kügelchen und warf es auf das brodelnde Metall. Aber umsonst steckten sie die neugierigen Näschen über dem Tiegel zusammen, das Wachs schmolz und schwand in einem Nu, aber das Zinn blieb Zinn. Ein zweites Wachspräparat besserte die Sache keineswegs, und als die beiden Mägdlein gar ein ganzes Löffelchen voll von dem grauen Pulver geradewegs auf die Masse streuten wie Zucker auf einen Gugelhupf, da tat es in dem flüssigen Magma einen nicht geringen Knall, und das Zinn färbte sich mit einem Male pechschwarz. Mit einem hohen Schrei des Entsetzens fuhren die naseweisen Schwestern zurück, und im Begriff, in kopfloser Angst aus dem Zimmer zu stürzen, liefen sie dem soeben still ins Zimmer tretenden Sehfeld an die Brust. Nun waren Not und Beschämung doppelt groß. Aber Herr Sehfeld erwies sich liebreicher denn je, lachte herzlich zu dem kecken Unterfangen der angehenden Adeptinnen und erklärte, die Sache habe schon ihre Richtigkeit: Das Zinn verbrenne, wenn ihm unberufene Hand die Verwandlung zumute; und wo nicht die Hand des Meisters allein, da vermöge höchstens noch diejenige Hand den Zauber der Goldmacherei zu bewirken, die jener des Meisters lieb und wert und für immer anvertraut sei. Und, so fuhr er fort, indem er Marias Hand fest in der seinen hielt und sie gar sanft streichelte, und wenn diese zarte, liebe Hand sich solcher unauslaßlicher Vorbedingung zu aller Hexerei nur fügen wolle, so sei er gewiss, dass ihr noch zu dieser Stunde das hohe Gelingen nicht fehlen werde. Unter solchen und ähnlichen Scherzreden und gleichwohl nur schlecht versteckten zarten Andeutungen, die der tief erröteten Maria wunderlich angenehm zu Sinne gingen, hatte Sehfeld das beinerne Büchslein vom Tisch genommen, es wie spielend in seine Tasche gesteckt, und zog es nun wieder ebenso, wie beiläufig und in Gedanken, hervor. Er warf dabei zuerst auf Maria und dann auf das Büchslein einen bedeutenden Blick und sagte: »Was nie in unrechte Hände kommen darf, das müssen treue Hände wahren.« Und damit nahm er den Deckel ab, tat eine Spur des Pulvers auf Wachs und übergab das geschlossene Kügelchen dem Mädchen.

»Gehet nun, ihr beiden lieben Kinder«, sagte er lächelnd, »nehmet nicht mehr und nicht weniger als ein Lot Zinn und erhitzt das Metall in diesem Tiegel drunten bei euch in eurer eignen Küche. Es wird euch diesmal auch ohne mich die Kunst gelingen. Aber eines muss dabei zuvor versprochen sein: Ihr, liebe Jungfrau Maria, müsset aus dem gewonnenen Golde zwei Ringlein machen lassen zu Wien, eines für mich und eines – eines für die, die mir hold ist.«

Maria nahm das Wachs mit bebender Hand, schaute hell zu Sehfeld auf, und im nächsten Augenblick waren die zwei Schwestern wie gejagt zur Türe hinaus.

Noch denselben Mittag machten die beiden Mädchen mit Herzklopfen das neue Experiment, und alle bangen Zweifel schwanden in dem raschen Erfolg. Die Schwestern brachten schon nach einer Stunde, scheu beglückt, das gewonnene Gold ins Dachstüblein hinauf, und Sehfeld nickte erfreut. Dann aber bat er Therese, ihre Schwester Maria auf eine kleine Viertelstunde allein bei ihm zu lassen, da er ihr Wichtiges zu vertrauen habe. Therese, zwar ein wenig schmollend, doch klug begreifend, ging hinaus, und Sehfeld schloss sich mit Maria im Laboratorium ein.

Es war mehr als eine Viertelstunde vergangen, als Maria das Laboratorium wieder verließ. Und es war ein anderer Mensch, der aus der Türe hervorkam. Liebreicher und herzlicher zur Schwester als je, war und blieb sie doch von nun an still, ernst und wie geweiht von einer sonderlichen Festigkeit. Aus dem frohen Wiener Mädel war plötzlich ein starkwilliges Weib geworden, innerlich bereit und wie berührt vom Hauche des Schicksals.

Der Vater war zu Mittag nicht, wie erwartet, heimgekehrt. Das konnte nicht weiter auffallen, denn gerne pflegte der Badmeister in Wien mehrere Geschäfte zu verknüpfen, und so war seine Rückkunft nicht vor dem Abend wahrscheinlich.

Als daher am späten Nachmittag die beiden Mädchen zum Walde hinüberstreiften, um für Sehfeld, wie schon seit langem, allerlei Kräuter und Wurzeln zu sammeln, versahen sie sich nicht bei geringstem der Wendung, die den Ereignissen dieses Tages noch beschieden war. Theresa suchte ihre Schwester auf alle Weise um ihre lange Zwiesprache mit Sehfeld auszufragen. Umsonst. Nicht einmal so viel erfuhr sie, ob es denn zwischen Sehfeld und ihr zu einem richtigen Verspruch gekommen sei. Maria, die sich im Walde vor den ersten Heilkräutern, die sie fand niederwarf, sage nur mit dunkel zweideutiger Stimme: »Lieb's Theresel, auch uns Mädchen lässt der liebe Gott wachsen wie's Heilkraut. Mancher brave Mann geht aus, es zu suchen und find's auch; und ist ja gar bei weitem noch nicht ausgemacht, dass er's je wird brauchen mögen zum Goldmachen!«

Dies schien dem Theresl eine schier verwirrte Rede, und murrend ließ sie sich bei der Schwester nieder und stach Wurzeln.

Es dämmerte schon, als die beiden Schwestern in der Richtung gegen Wien wieder aus dem Wald traten. Es war ein ungewöhnlich warmer und klarer Spätsommerabend und Wochenende. Daher zogen jetzt, am Feierabend, die Burschen von Rodaun in Gruppen zum Ort hinaus, singend und zu jeglichem Mutwillen aufgelegt.

Die beiden Badmeistertöchter hatten Töpfe und Körbchen mit Tüchern bedeckt und eilten nun zwischen den Gärten dem väterlichen Hause zu, gewillt, möglichst ungesehen und unbehelligt dorthin zu gelangen. Aber es missriet ihnen. Plötzlich sahen sie sich umringt von den lärmenden Gesellen. Vergebens strebte Maria, sich aus den überall nach ihr ausstreckenden Armen zu befreien. Über dem Gezerre fiel ihr das Kopftuch in den Nacken, und im letzten Abendlichte erkannten die Burschen des Badmeisters Töchter. Theresa, in dem allgemein anhebenden Hallo auf einen Augenblick unbeachtet und katzengewandt, entrann. Aber Maria blieb festgehalten.

»Oho«, rief der Übermütigste aus der Schar, zudem des Gastwirtes zum »Goldenen Hirschen« Ältester, der dem Badmeister Friedrich wegen der Gastkonzession sowieso nicht grün war, »oho, Badmeisters Maria, woher sind da für Zauberdinge drinnen? Etwa Springwurz und Alraun? Oder grüngoldene Eidechsen und schwarzgelbe Salamander zum Auskochen und Salbenmachen?«

»Ich bitt euch«, sagte Maria mit verhaltener Angst. »Macht keinen Lärm! Bin ich denn eine fahrende Dirne, dass ihr mich hier so festhalten wollt? Mein Vater ist in Wien, und weil er spät außen blieb, sind wir ihm entgegengegangen.« Dabei sah sie sich nach Theresa um, fand sich aber allein.

»Nichts da«, riefen die Burschen durcheinander, »du kamst nicht von Hause, sondern aus dem Wald! Noch einmal: hast du nicht Zauberkräuter gesucht für den Hexenmeister, der bei euch wohnt? Oder hast du Irrlichter für ihn gefangen?«

Während dieser Worte hatte der Bursche sich hinter Maria geschlichen und riss ihr jetzt das Tuch vom Körbchen. Da war denn in der Tat die Kräutersuche offenbar.

»Um der allerheiligsten Jungfrau willen«, rief Maria, die nicht mehr wusste, wohin sie sich wenden vor den Augen ringsum, die ihr so lustig und doch so schreckhaft entgegenleuchteten, »wo soll ich denn gewesen sein? Freilich auch im Walde und Kräuter pflücken, wie sie der Vater zu Heilbädern braucht! Haltet doch ein, ihr unsinnigen Buben, ist denn mein Vater ein Hexenmeister?«

»Der freilich nicht«, schrien die Burschen mit hellem Lachen durcheinander, »aber sag' es uns doch auf der Stelle, Maria: Euer Hausgast, der Sehfeld, der ist einer! Und das mindeste, was er kann, das ist, dass er des Nachts aus dem Schornstein fliegt, nicht wahr, und mit dem Teufel zum Blocksberg fährt?«

»Goldmachen kann er«, schrillte eine hohe Bubenstimme dazwischen, »das weiß ich vom Seppl und vom Knecht, die Marias Vater den Beutel mit den goldenen Kieselsteinen hat sehen lassen!«

»Und so er Gold machen könnte«, rief Maria mit erwachendem Zorn in den Burschenlärm, »was wäre es anders als ein Zeichen seiner Hoheit und Weisheit weit über all euer dummes Gelächter hinaus?!«

»Gold! Gold!« riefen nun alle durcheinander. »Hast du was davon bei dir? Zeig' doch her von eurem Hexengold, wir wollen gleich sehen, ob es echt ist?!«

»Nicht Gold habe ich bei mir«, entgegnete die Geängstigte, »aber vielleicht eine Springwurzel aus seiner Hand, die euch blind und bucklig macht, wenn ich euch damit anrühre.«

Und durch den verzweifelten Entschluss, sich freien Weg zu schaffen, verwegen gemacht, griff sie aufs Geratewohl in ihren Korb und zog ein Kräuterbüschel hervor, das sie blindlings der zudringlichen Gesellschaft entgegenstreckte. Die Burschen, kindisch und abergläubisch bei all ihrem Spott, fuhren zurück, und Maria hätte nun nach Wunsch offene Bahn vor sich gehabt, hätte nicht in diesem selben Augenblick ein neues Ereignis ihr Fuß und Straße verstellt.

Von der nahebei einmündenden Wiener Landstraße her erscholl Pferdegetrappel. Zugleich erglänzte es in anhebendem Mondlicht von Helmen und Bandelieren, und ein kleiner Reitertrupp näherte sich rasch den Streitenden.

Die eben noch so übermütigen Burschen wollten sich zur Seite drücken, aber ein lauter Kommandoruf hielt sie fest, und ein strengblickender Offizier ritt in den Kreis.

»Was soll hier der Nachtschwärmerlärm? Was bedeutet das Geschrei von Gold und Springwurz, das mir deutlich zu Ohren drang?« fragte barsch der Offizier, dessen Pferd dicht vor der erschrockenen Maria tänzelte, aber auch dem Buben des Hirschwirts den Weg verrat.

»Da könntet Ihr es gar nicht besser getroffen haben, gestrenger Herr«, rief dieser frech, jedoch mehr aus Angst bestrebt, von der gefürchteten Scharwache loszukommen, als seiner feigen Angeberei bewusst, »hier dieses Mädel, Badmeister Friedrichs Tochter, hat uns gestanden, dass der Gast ihres Vaters Hause das Goldmachen verstehe. Und mit der Springwurz, die sie für ihn gräbt, will sie uns verhexen!«

Der Offizier tat einen Pfiff. Die Rumorwache trabte heran. Im nächsten Augenblick war die Gruppe umstellt. »Du bist des Badmeisters Friedrich Tochter, mein Kind?« frug nun der Offizier zu Maria herab. Diese, unfähig sich zu rühren, brachte kaum ein leises »Ja« hervor.

»Und wie nennt sich der Gast in deines Vaters Haus?«

»Sehfeld, gestrenger Herr!« antwortete sie.

»Und ein Hexenmeister ist er!« rief der Hirschwirtsohn.

»Halts Maul, Bürschel! Oder sollen wir dich mitnehmen zur peinlichen Frage, wo du deine Wissenschaft her hast?« drohte der Offizier. Da wurde es mucksmäuschenstille im Kreise der schon wieder kecker tuschelnden Burschen.

Zu Maria gewandt, sagte der Anführer in merklich sanfterem Tone: »Fürchte dich nicht, mein schönes Kind, dir geschieht nichts. So wenig wie deinem wackeren Vater. Führe uns nun aber zu eurem Haus. Wir haben eine Botschaft an den Herrn Sehfeld auszurichten.« Und als er das neue Erschrecken Marias wahrnahm, fuhr er fort: »Und auch diesem gilt es nur in Güte und in Ehren.«

Maria, nur wenig in ihrer Angst und Beklommenheit getröstet durch diese Ansprache des Offiziers, musste sich nun wohl fügen, an der Seite des Reiters dem Zuge voranzuschreiten, von dessen Weg sich indessen die sonst so neugierigen Rodauner Burschen merklich abrückten und bald lautlos in alle Winkel und Seitengäßlein verschwanden. So kam die Rumorwache allein und lautlos, von Maria geführt, bei des Badmeisters Hause an.

Das Haus lag in Dunkelheit. Nur oben unterm Dach strahlte ein Giebelfensterlein ein ruhiges Licht in die Nacht hinaus. Das war Sehfelds Arbeitszimmer, und Maria schaute angstvoll nach einem Zeichen empor.

In diesem Augenblick schlug das Gartenpfortchen, das mit der Hintertüre des Hauses durch einen kurzen Gartenweg verbunden war, und eine helle Mädchenstimme rief in unverkennbarer Angst: »Maria! Maria! Was haben dir die Buben getan?« Und mit einem heftigen Aufschrei und allen Gebärden des Schreckens und der Besorgnis flog ihr Theresa auf eine sehr natürliche Weise an die Brust.

Der Herr Offizier, beim ersten Ruf zu Misstrauen erregt, befahl seinen Leuten die sofortige Umzingelung des Hauses, damit nicht etwa durch den Schreckensruf gewarnte Hausinsassen den Weg ins Freie suchen möchten. Dann wandte er sich den beiden Mädchen zu und erfuhr mit kurzer Frage bald, dass Theresa, soeben selbst erst dem Schwarm der bösen Burschen entronnen, auf Umwegen nach Hause gerannt sei, ihr Kräuterkörbchen nur eben in der Küche abgestellt und sich in Angst um die Schwester soeben wieder auf den Weg habe machen wollen, um etwa mit Hilfe der Nachbarn dieser erneut beizustehen.

Dieses alles trug sie auf das natürlichste und wie von selber vor. Die Frage, ob Herr Sehfeld im Hause sei, wurde mit dem Hinweis auf das erleuchtete Giebelfenster bejaht; dagegen die weitere Frage mit fast erschrockenem, merklichem Bedauern verneint: »ob Theresa nicht inzwischen Herrn Sehfeld gesprochen und etwa gewarnt habe?«

»Gewarnt? Wovor? – Um Gottes willen! Soldaten! Ja, was sich denn begebe? Maria von der Rumorwache geleitet?! Da sie die Schwester doch nur von den Jungburschen belästigt geglaubt habe?!«

All das sprudelte in sichtlich immer neuem Erschrecken aus Theresa hervor, und der nicht ungütige Offizier hatte nun noch viel mehr die kindliche Theresa als vorher ihre Schwester Maria zu beruhigen. Seine Genugtuung, der großmütige Beschützer zweier unschuldiger, dabei so ungemein hübscher Mädchen zu sein, befestigte sich bei ihm völlig, als nun oben das Giebelfenster aufgestoßen wurde und eine ruhige Stimme herunter frug: »Jungfer Theresa, ist sie es, die da unten um Hilfe ruft? Was gibt es?«

Der Offizier bedeutete streng die beiden Mädchen, zu schweigen ritt vor, gab zugleich seinen Leuten ein Zeichen und rief hinauf, ob er die Ehre habe, mit Herrn Sehfeld zu sprechen, so werde er gerne den Tumult aufklären.

Indessen nun die Soldaten fast geräuschlos ins Haus eindrangen, gelang es dem umsichtigen Offizier leicht, seinen gesuchten Mann mit höflichen Reden oben am Fenster festzuhalten. Die Komplimente flogen wechselseitig empor und herunter, und der kostbare Gast blieb sichtlich ahnungslos. Da endlich sah der Reiter unten seine Soldaten hinter Sehfeld am hellen Fenster auftauchen, sah, wie Sehfeld sich überrascht umkehrte und sich von den eingedrungenen Mannschaften umgeben fand. Der Überfall war vollständig nach Wunsch gelungen. Der rare Vogel saß, unvorbereitet und unbeschädigt, in der Falle.

Jetzt sprang auch der Offizier vom Pferde, überließ die Schwestern, die, in stummer Angst sich umarmt haltend, eine schöne Gruppe des Erbarmens darstellten, sich selber und eilte ins Haus.

Oben fand er die Lage ganz nach Wunsch. Sehfeld stand sichtlich ratlos, wenn auch mit großer Würde und gefasst, inmitten der Soldaten, die ihn keinen unbeobachteten Blick, geschweige denn eine Bewegung oder einen Schritt tun ließen. Und siehe da, zwischen Tiegeln und Retorten, kaum versteckt, erspähte der Offizier alsbald das beinerne Büchslein, davon ihm in seiner Instruktion genauester Beschrieb gemacht worden war und ohne welches nach Wien zurückzukommen er sich nicht unterstehen sollte. Er griff danach und sah von der Seite her, wie Sehfeld merklich zusammenzuckte. Befriedigt schob er das bleischwere Ding in seine Tasche.

Alles übrige erledigte sich rasch und bei allergrößter Höflichkeit, doch mit militärischer Bestimmtheit und Kürze.

Wenige Minuten nun harrten unten die beiden Schwestern, umschlungen und zitternd, von zwei Posten am Fleck ihrer Begegnung festgehalten. Da kam es im Hause polternd die Stiege herab, und Sehfeld trat im Geleite des Offiziers und der Soldaten heraus.

Als er die beiden Mädchen ansichtig ward, blieb er stehen und schaute Maria aufrecht und fest in die Augen.

»Mit Vernunft, Herr Offizier«, sagte er, »ein paar Worte zu diesen erschrockenen und unschuldigen Kindern.« Und leicht und freimütig zu ihnen gewandt, fuhr er fort: »Ihr müsset nichts Schlimmes von mir denken, liebwerte Jungfern. Keine Büttelwache, wie ihr sehet, sondern ein sehr ehrenvolles Geleite entbietet mich von hier. Darum merket euch und saget so dem Vater und allen Ehrbaren, die nach mir fragen: die Meinung der hohen Herrschaften, so mich berufen, ist: sie haben mir diesen ehrenwerten Herrn Offizier gesandt, dass nicht in unrechte Hände käme, was treue Hände wahren.«

Diese Anrede dünkte den Anführer der Rumorwache allerdings ein wenig hochtrabend und kauderwelsch, indessen so ziemlich nach Art der geschraubten Sprechweise, wie sie bei Marktschreiern und Scharlatanen gewöhnlich. Er achtete also darum nicht weiter darauf und wehrte nur etwas verspätet und erstaunt dem Mädchen, das in sichtlich hoher Gemütsbewegung plötzlich vorsprang und dem stolzen Häftling die Hand küsste.

Mit diesem Dazwischentreten des Offiziers war jeder weiteren Zwiesprache ein Ende gesetzt, und kaum noch konnte Sehfeld im Weitergehen seinen Begleiter so laut fragen, dass die Mädchen hören mussten: »Und wie lange noch wird mein ehrbarer Wirt zu Wien in Haft bleiben?«

»Keine Stunde länger, mein Herr«, antwortete diese gemessen, »als Ihr selbst in Wien an Ort und Stelle sein werdet. Ist Euch also so sehr an Beruhigung und Wohlergehen Eurer Wirtsleute gelegen, so folget mit nun ohne weiteren Verzug. Könnet Ihr reite?« Sehfeld bejahte lächelnd und bestieg sogleich ein ihm vorgeführtes Pferd. Im Nu saß die Rumorwache im Sattel. Der Offizier winkte mit der Hand zu den Mädchen herab: »Lebet wohl, schöne Kinder. Morgen früh kehrt euer Vater heim. Vergesset den kleinen Schreck und seid getrost. Vorwärts!« Damit stob die Kavalkade von dannen.

Maria, auf Theresa gestützt, schaute den Dahinjagenden regungslos nach. Sie presste mit ihrer Hand die Schulter der Schwester mit so eisernem Druck, das diese heftigen Schmerz fühlte; doch hielt sie still. Erst nachdem der letzte Ton und Hufschlag schon geraume Zeit in der Nacht verhallt war und auch sonst kein Laut mehr die nächtliche Stille unterbrach, ließ Maria die Schwester los, und ihre Spannung löste sich. Sie tastete mit raschem Griff an ihren Busen. Dort fühlte sie zitternd, was Theresa ihr bei der ersten stürmischen Umarmung in den Ausschnitt ihres Kleides geworfen hatte. Sie schob es mit nachbebender Angst noch tiefe zwischen die jungen Brüste und führte die Schwester wortlos ins Haus.

Am folgenden Tag kam der Badmeister aus Wien zurück. Er warf den aufgestutzten Hut samt der fuchsigen Sonntagsperücke von sich, wischte sich umständlich die Glatze und rief:

»Das war ein schlimmer Gang auf die Kaiserliche Akzise, nimmer möchte ich solch einen noch einmal tun! – Es ist doch, als ob der Gottseibeiuns leibhaftig in dem verwünschten Golde säße! Jeden, der davon hört, jucken die Finger. Und hat einer von Gott die Gewalt dazu, so möchte er schon lieber die halbe Welt am Galgen sehen, als einen anderen im Besitze der Tinktur! Jedes mal, wenn der Herr Sehfeld das Zinn im Tiegel zergehen ließ und dann sein eingekügeltes Pulver darauf warf, dass das schlechte Metall aufwallte und im Purpurschein zum guten Golde ward, floss mir's über den Rücken wie Teufelskribbeln und heimliches Grauen! – Und Euch Mädeln am Ende nicht auch? Jetzt hat sich's gerächt!«

Und nun erzählte er seinen Töchtern unter vielen Anrufungen Gottes und der Heiligen sein Abenteuer zu Wien; unterließ auch nicht, seine Vertraulichkeit mit den Majestäten Heiligen Römischen Reiches recht gravitätisch ins Licht zu setzen, jedoch auch Willkür, Gewalttätigkeit und tückischen Abbruch der Audienz zu erwähnen, sowie dass er erst an diesem Morgen die Riegel seines sonst bequemen Quartiers habe schieben hören, worauf er denn, sonder Gruß noch Frühstück, recht wort-karg hinausgeleitet und außerhalb der Burg in einem dunklen Gassenwinkel abgesetzt worden sei. Es wundre ihn jetzt bloß, was für Kunde von dieser seltsamen Inquisition an Herrn Sehfeld gelangen werde.

Die beiden Mädchen hatten dem Gepolter und der Redelust des Vaters still und bleich zugehört, und er hatte ihr schweigendes Betragen auf den Schreck über die späte Heimkunft und seine Nachrichten gedeutet. Jetzt erst sagte Maria müde und mit einem finsteren Spott: »Eure Heimkehr, lieber Herr Vater, hat Herr Sehfeld bezahlt, den sie in dieser Nacht auf Euren so treuen Bericht hin nach Wien geholt haben!«

»Was«, rief Herr Friedrich, »der Herr Sehfeld ist fort? – Dass ich mir das nicht habe gleich denken können –!«

»Fort ist er mit der Rumorwache. Und so werden wir ihn wohl kaum so bald wiedersehen«, sagte Maria und schaute den Vater lange und traurig an, dass diesem recht unbehaglich zumute ward und er verlegen unter sich sah.

Dann erzählten Maria und abwechselnd auch Theresa dem Vater die Vorgänge des Abends und der Nacht und dass die Reiterschar schon lange wieder auf der Straße nach Wien galoppiert sei, bis des Badmeisters Knecht und Magd auf die Strümpfe kamen, um zu fragen, zu raten und Hilfe anzubieten. Die Geschichte mit dem Büchslein blieb unerwähnt.

Viele Tage vergingen. Von Sehfeld hörte man nichts mehr in Rodaun, und nur mancher Kranke, Sieche und Sorgenbeschwerte klagte im stillen bitter um die Abreise des immer hilfsbereiten und trostbringenden Fremden.

Auch der alte Badmeister Friedrich vermisste seinen guten Hausgast sehr, und dies um so peinlicher, als ihm mancher Gedanke und Vorwurf nicht aus dem Sinn wollte, dass er die Schuld trage, wenn Herr Sehfeld etwas in ernste Unangelegenheiten geraten sein sollte.

Indessen kam der Winter herbei, und jede Nachricht über Herr Sehfeld blieb aus. Badmeister Friedrich, durch Marias blasse Wangen und traurig veränderte Laune bewogen, versuchte mehrmals, in Wien Erkundigungen über den Verbleib seines Mieters einzuziehen. Aber alle Nachforschungen bleiben erfolglos. Von einem Adepten der Goldmacherkunst wusste niemand etwas, und selbst der Herr Münzwardein Hajek, zudem er Badmeister sich nochmals Zugang zu verschaffen wusste, schwur, wahrscheinlich aus ehrlichem Herzen, dass ihm weder der Name Sehfeld, noch irgendeine Maßnahme des kaiserlichen Hofes zu Ohren gekommen sei.

Ein neuer Frühling kam und verging. Neue Gäste, auch aus Wien, zogen in Rodaun ein wieder aus; aber so eifrig und verstohlen Maria die Badbesucher durchmusterte, keiner war darunter, der ihr durch Wort oder Wink etwas zu sagen gehabt hätte.

Mitten im Windet erschien plötzlich und unerwartet eine Untersuchungskommission, in deren Begleitung jener selbe Offizier der Rumorwache sich befand, der die Verhaftung geleitet hatte. Es wurde das Haus von oben bis unten zur äußersten Verwunderung des Badmeisters aufs genaueste durchsucht, und es war bei dem Reden und Raunen der Kommission immer wieder von einem beinernen Büchslein die Rede, welches sich, vielleicht in irgendeinem Versteck verborgen, im Laboratorium des Adepten noch müsse finden lassen. Auf scharfe Befragung erklärten aber die Hausinsassen, insonderheit Maria, dass wohl Herr Sehfeld ein solches Büchslein besessen, solches aber nie aus der Hand gegeben und zumeist bei sich am Körper getragen habe; es sei auch niemals den Hausinsassen zu Augen oder Ohren gekommen, dass von solchem Büchslein ein zweites Exemplar vorhanden gewesen sei.

Die Kommission zog unverrichteterdinge wieder ab.

Im Laufe des Winters schien Marias Mut trotzdem völlig gebrochen. Sie schlich durch Haus und Gasse, und kaum gelang es Theresa noch, durch mancherlei Geflüster am abendlichen Herd ihre Teilnahme zu erregen. Ihr letztes, allein noch wirksames Trostwort war und blieb: »Du hast noch Wort und Unterpfand, Maria, und eines von beiden wenigstens wird dem Verschwundenen immer kostbar sein.«

Abermals streute der Frühling seine Blüten aus, und die Vögel begannen aus dem neubelaubten Gebüsch hervor ihre ersten Lieder zu singen, da erwachte auch Maria plötzlich aus der Dumpfheit, mit der sie so lange sich vergebens gequält hatte. Ihre blassen Wangen färbten sich wieder, ihre Augen blickten zuversichtlicher, ja sie sang zuweilen vor sich hin mit kurzem, noch stockendem Anlauf, wie ein eben ins Nest heimgekehrter Zugvogel. Anfang März war ein ungarischer Baron auf wenige Tage nach Rodaun gekommen, um für sich und seine Familie ein Badequartier zum Frühsommer zu besehen. Er wohnte im ›Goldenen Hirsch‹. Beim Badmeister sprach er nur flüchtig ein, ließ sich ein paar Stuben zeigen, fand aber dies und das nicht kommod und empfahl sich wieder.

Der Badmeister und seine Tochter Maria geleiteten ihn die Treppe hinab und zur Haustüre. Da zog der Fremde plötzlich ein gefaltetes Papier aus der Tasche, gab es Maria und sagte: »Ich muss eilen, Jungfer, sei Sie doch so gut und geb Sie den Brief drüben im ›Goldenen Hirsch‹ ab. Ich sehe schon, dass bei Ihr nicht in unrechte Hände kommt, was treue Hände wahren.« Und damit war er draußen und ums Eck verschwunden. Der Vater entfaltete das offene Papier. Mitteilung an den Hirschwirt, dass der Unterzeichnete abreisen müsse und dass das Logiergeld auf dem Tisch der Stube liege, die er bewohnt habe.

»Ein Grobian«, schalt Herr Friedrich. »Genießt nichts und mietet nicht bei mir, logiert sich bei meinem ungutesten Gewerbefreund ein und bittet meine Tochter dazu noch um solch einen unnützen Botengang!« Maria nahm das Papier und lief, was sie konnte, zum »Goldenen Hirsch‹. Es schien, als habe sie noch nie einen Gang so gerne getan, und von Stund ab war ihre fröhliche Laune zurückgekehrt.

Kurz darauf setzte die Bewohner von Rodaun ein unerhörtes Ereignis in gewaltige Erregung.

An einem Maimorgen rollte eine kaiserliche Hofkutsche vor des Badmeisters Haus, und ein von zwei Lakaien umdienerter Herr unter gewaltiger italienischer Perücke ließ Herrn Friedrich an den Kutschenschlag bitten. Badmeister Friedrich eilte herbei und meinte, ihn müsste der Erdboden verschlingen, denn er stand vor Graf Haugwitz. Sehr huldvoll beugte der Graf sich zu dem Badmeister hinaus und führte vor neugierig versammelter Volksmenge mit diesem ein leises und eindringliches Gespräch. Badmeister Friedrich eilte darauf ins Haus zurück, die Kutsche wartete. Herr Friedrich erschien im besten Sonntagsstaat wieder, stieg zu dem hohen Herrn in den Wagen, und das Maiwunder rollte auf der Straße nach Wien davon. Maria aber stand mit Theresa nachwinkend auf der Hauststaffell und lachte.

In wenigen Minuten war es in Rodaun bis hinaus in die letzte Hütte des Steinklopfers bekannt, dass Kaiserin Maria Theresia den Badmeister Friedrich zu unmittelbarer Audienz zu sich auf die Burg befohlen habe.

Kaiserin Maria Theresia hatte sich in der Behandlung der Sehlfeldschen Angelegenheit vollkommen den Ratschlägen des Grafen Haugwitz überlassen. Dieser aber war bei aller Tatkraft und Geschäftsgewandtheit eine ironische Natur, die sich in der Gebärde des Menschenverächters oft mehr, als einem guten Diplomaten zuträglich ist, wohl gefiel. Sein hochfahrendes und dünkelhaftes Wesen hat seiner Herrin manche politische Niederlage eingetragen; und so ging es nun auch mit Ausbeutung und Nutznieß des glücklich eingefangenen Huhnes, welches die goldenen Eier legen sollte, gar nicht nach Wunsch und Erwarten.

Haugwitz hatte sich in dem Adepten entweder eines Schwindlers versehen, dessen Entlarvung in kurzem Prozesse zu erledigen war, oder eines eitlen, durch ein paar hingeworfene Gnadenbeweise leicht bestimmbaren Ehrgeizigen, wie dergleichen Geheimniskrämer und Hofalchimisten ja fast an jedem Fürstensitz von Zeit zu Zeit aufzutauchen pflegen. Dem gemäß wurde die Aushebung Sehfelds bei Nacht und Nebel kurzerhand durchgeführt und nach seiner Einlieferung auf der Hofburg sein erstes Verhör gleich auf den nächsten Tag angesetzt. Die beiden Majestäten wohnten dieser Vernehmung bei, aber sie verlief ganz anders als geplant.

Sehfeld war nach seiner Einlieferung zunächst einer genauen Leibesvisitation unterzogen worden, und es hatte sich in seinen Taschen ganz offen und ohne einen Versuch des Verbergens eine erstaunliche Menge des beschriebenen körnigen Goldes, sehr nachlässig in mehrere Schachteln und Beutel gefüllt, vorgefunden. Auch war von dem mit der Überrumpelung beauftragten Offizier, wie wir wissen, das beinerne Büchslein gefunden und eingeliefert worden, auf dessen Beibringung unter allen Umständen seine Instruktion mit dem höchsten Nachdruck bestanden hatte.

Als nun Sehfeld vor den Majestäten stand, leugnete er nicht einen Augenblick Eigentum und Herkunft des Goldes und des Büchsleins mit dem grauen Pulver, bekannte sich als Adepten und als einen Wissenden der königlichen Kunst, zugleich aber auch als den Inhaber kaiserlichen Patentes und als einen selten guten und pünktlichen Steuerzahler in kaiserlichen Erblanden.

Aber solcher Kleinigkeiten und Ausflüchte zu achten, war nicht die Meinung des Herrn Grafen Haugwitz, vielmehr stellte er dem Adepten kurzerhand anheim, entweder sofort im bereitstehenden Privatlaboratorium Seiner Majestät des Kaisers mit Hilfe seines die *materia prima* beherbergenden Büchsleins die Probe seiner Kunst abzulegen oder als Betrüger, Landstreicher und Hochverräter an den kaiserlichen Steuerregalien betrachtet und behandelt zu werden.

Sehfeld antwortete mit Würde. Seine Kunst habe er aus eigenem Fleiß, Studium und Gottes Gnade, sei also solche Rechtens sein Eigentum und ihm auf keine Weise abzwingbar noch zu entreißen, es sei denn durch seinen eigenen freien Willen und Beschluss. Da aber selbiges beinerne Büchslein, wie er wohl sehe, in Händen derer sei, die ihn, rauer wohl, als kaiserlicher Gnaden Meinung gewesen sein dürfte, hierher gebracht hätten, so sei offenbar mit wie ohne Zustimmung von seiner Seite die Gelegenheit ja allezeit frei, damit einen Versuch im kaiserlichen Laboratorium zu machen. Nur müsse er ein für allemal erklären, dass er unfreiwillig seine Hand dazu niemals reichen werde und er es allenfalls den hohen Experimentatoren überlassen müsse, was bei dem Unternehmen dann herauskäme.

Der Widerstand kam unerwartet. Er hätte wohl auch sofort den Verdacht auf ohnmächtige Scharlatanerie bei den Majestäten zur Gewissheit gemacht, wäre nicht immerhin als Gegenzeuge das aus den Beuteln und Taschen Sehfelds geschüttelte gute Gold in einem ansehnlichen Haufen auf einem Taburett zur Hand gelegen. Dazu kam das Zeugnis des Münzwardeins Hajek.

Kaiserin Maria Theresia griff in die Unterhaltung ein. Sie zeigte eine gnädige Miene und bat Sehfeld um freiwillige Preisgabe seines Geheimnisses, indem sie ihm in manchen lockenden Andeutungen der Dank des Hauses Habsburg versprach. Aber Sehfeld forderte als erste Vorbedingung alles weiteren Verhandelns und Beschließens seine bedingungslose Freilassung und dies unumwunden und stolz, dass Maria Theresias jähe Gemütsart daran den heftigsten Anstoß nahm. Was ihrem von Natur gerechten Sinne zu anderer Stunde wohl einsichtig gewesen wäre, das empfand sie in diesem Augenblick als einen Affront gegen ihre Majestät; und nach kurzem, sehr schroffem Wortwechsel, in welchem Sehfeld sich als Mann von großem Starrsinn erwies, ließ sie ihn in Gewahrsam abführen. Das dem Adepten abgenommene Gold wurde kraft kaiserlicher Machtvollkommenheit – daraus ja ohnedies alle Rechte der Untertanen flossen – zugunsten der kaiserlichen Schatulle konfisziert, und mit dem Büchslein begab sich Kaiser Franz noch selben Tages in sein chymistisches Laboratorium, um es seinem Leiblaboranten, Hofalchimisten und Geheimsekretär Jolifieff zur Erprobung zu übergeben.

Am späten Nachmittag schon konnte Kaiser Franz seiner von neugieriger Spannung hinlänglich geplagten allerhöchsten Gemahlin das Ergebnis des Experimentes mit ärgerlicher Miene erzählen: Jolifieff war genau nach den Angaben des Badmeisters vorgegangen, er hatte sogar mit des Kaisers eigenem Ohrlöffel ein wenig von dem bleischweren Pulver in Wachs eingeknetet und geschmolzenes Zinn damit beschickt. Ein leichtes Wallen des Zinnes sei erfolgt, sonst aber gar nichts. Sodann habe er, der Kaiser selbst, von Unmut und Ungeduld ergriffen, mit eigener Hand ein Mehreres von dem grauen Pulver auf das Zinn geschüttet, worauf es in dem Tiegel einen erschrecklichen Knall getan und das Zinn sich kohlschwarz verfärbt habe, so dass ihm, dem alchymiebeflissenen Kaiser, der Schreck noch jetzt in den Gliedern liege, an welchem Jolifieff schier verstorben, da ihm etzliches von dem heißen Metall ins Angesicht gespritzt sei und ihm die Haut übel verbrannt habe.

Kurz es hatte sich in allem genau dasselbe zugetragen, was wenige Zeit zuvor den beiden Badmeisterstöchtern in Sehfelds Laboratorium zugestoßen war.

Nun war Maria Theresias Zorn groß. An eine flunkerische Betrügerei Sehfelds zu glauben, hinderten sie die schon genannten Umstände. Sie meinte also der Ansicht ihres Gemahls beitreten zu müssen, dass Sehfeld sich nicht ohne Grund weigerte, bei der Operation mit Hand anzulegen, dass es bei dem missglückten Experiment somit an irgendeinem geheimen Handgriff versehen worden sei, welchen Sehfeld naturgemäß allein offenbaren könne. In gewissem Sinne war ja auch die Wirksamkeit des Pulvers, wenn auch in einer falschen Richtung, gleichsam erwiesen; denn die durchgängige Schwarzfärbung des Zinnes war jedenfalls Tatsache und in ihrer Art ebenso unerklärlich, wie es die erhoffte Verwandlung gewesen wäre.

Es blieb also nichts übrig, als den Pflock ein Weniges zurückzustecken und Sehfeld wieder vor die allerhöchste geheime Kommission zu laden und aufs neue mit ihm zu verhandeln.

Aber Sehfeld blieb verstockt. Er wiederholte, dass er nicht das geringste Versprechen geben wolle, bevor er nicht in bedingungsloser Freiheit über seinen Willen verfügen könne. Zu diesem Akte der Gerechtigkeit und der Gnade konnte sich aber die Kaiserin je weniger mehr entschließen, je länger die Unterhandlungen mit Sehfeld sich hinzögerten. Zu viel an Gewalttätigkeiten war schon geschehen und zu viel an versteckten wie offenen Drohungen, an Hinterlist und Brutalität seitens der Mächtigen war dazugekommen in der Absicht, Sehfeld sein Geheimnis zu entreißen, als dass jetzt noch die Weisheit oder auch das gute Gewissen der Majestät hätte hoffen mögen, ein freigelassener Sehfeld werde dem unbarmherzigen Katz-Maus-Spiel mehr Liebe und Vertrauen schenken als ein gefangener und gequälter. Das nun einmal schon derart nach Verdienst geweckte schlechte Gewissen der Tyrannei verbot somit den einzigen vorgeschlagenen Weg zur Verständigung, den Sehfeld zu betreten sich geneigt zeigte. Maria Theresias Jähzorn kam hinzu, und so endigte diese zweite Verhandlung mit der brutalen Androhung der Folter für den Adepten, falls er nicht »gestehe«.

Diesem unwürdigen Spiel der Macht mit dem verhöhnten Recht setzte Sehfeld die Unerschrockenheit einer großen Seele entgegen, und nachdem so die von Hagwitz wohl zuerst bloß als Einschüchterungstaktik gedachte Politik der Drohungen bei ihm nicht verfing, schien der folgerichtige Fortgang auf diesem Wege schier unvermeidbar, und aus der Drohung musste barbarischer Ernst werden, wenn die Haugwitzsche Diplomatie samt Maria Theresias zorniger Gebärde nicht in einen peinlichen Bankrott gewalttätigen Hochmuts auslaufen wollte.

Sehfeld erlitt zunächst eine Geißelung wegen Ungebühr in Haltung und Worten vor dem Angesicht der Apostolischen Majestät, sodann wurde die Folter angesetzt.

Jedoch kam es nicht zum Vollzug.

Am Hofe war der traurige und unwürdige Handel ruchbar geworden. Bald sprach ganz Wien von dem Rückfall in mittelalterliche Barbarei, dessen der Kaiserhof sich schuldig zu machen im Begriff sei. Haugwitz, an sich schon wenig beliebt, erfuhr als die treibende Kraft die schwersten Angriffe.

Ein Skandal drohte, seine Stellung war erschüttert. –

Der gutmütige Kaiser Franz, von Anfang an mit dem ganzen Verfahren wenig einverstanden und immer wieder bemüht, die Kaiserin an das weise Märchen von der geschlachteten Henne zu erinnern, die hoch die goldenen Eier hätte legen sollen, rückte jetzt deutlich von dem ganzen Handel ab, und Maria Theresia bemerkte noch zur rechten Zeit, dass die Verirrungen ihres gekränkten Stolzes sie allzu weit von dem wohlanständigen Wege eines aufgeklärten Despotismus abgelenkt hatten.

Kurz die Folterung Sehfelds unterblieb. Seiner Standhaftigkeit war aber auch fernerhin nicht das geringste abzuringen. Seine Freilassung nach so vielen Beweisen des Unrechtes und der Gewalttätigkeit kam trotzdem nicht in Frage. Also blieb nichts anderes übrig als Gefangenschaft, strenge Gefangenschaft, bis der Häftling müde gemacht wäre.

Maria Theresia, schon um den Skandal aus Wien zu entfernen, befahl die Überführung des Staatsgefangenen auf die Festung Temesvar in Ungarn. Auch dort stand ihm ein wohleingerichtetes Laboratorium zur Verfügung: der Befehl lautete, er solle dort Gold für die Kaiserin machen oder sein Leben als Arrestant beschließen.

Zwei Jahre lang saß Sehfeld auf der Festung in Temesvar. Kommandant der Festung war General von Engelshofen, ein alter kriegserprobter Haudegen und eine grundehrliche Haut. Der alte Herr hielt gleich viel von Gelehrten und Ungelehrten: nämlich gar nichts, sofern sie nicht des Kaisers Rock trugen. Insonderheit waren ihm die landerfahrenen Schwindler, Scharlatane und Alchymisten ein wahrer Gräuel, und soviel er von solchen Kerlen in seinem Leben überhaupt gehört hatte, hielt er sie alle für Söhne des Teufels. Denn an den Teufel glaubte der Herr General so gut wie an Gott und an sein Portepee. Empfing daher den geheimnisvollen Staatsgefangnen, dem der Ruf eines besonders widerspenstigen und halsstarrigen Adepten vorauseilte, mit geziemender Resolution, dem Teufelsbraten schon das Mütlein unterzutauchen und ihm die ehrenwerte Schwarte zu schaben.

In solcher grimmiger Zuversicht befahl er alsbald nach Einlieferung des Arrestanten vor sich, entschlossen, mit kurzem Federlesen zum Ziele zu kommen, das ihm seine Instruktion nannte: »Auf kaiserlichen Befehl bei Gutem oder Bösem den Delinquenten dahin zu bringen, dass er seine Geheimnisse bekenne und Kaiserliche Majestät durch ihn, als deren Vertreter, den vollkommenen Umfang seiner Operationes kundzumachen, sich ohne einigen Vorbehalt endlich resolviere.«

Aber schon diese erste Unterredung des alten Festungskommandanten mit dem kläglich misshandelten Sehfeld verlief anders, als der alte General gemeint hatte.

Der ehrliche Soldat erkannte trotz seines Widerstrebens in Sehfeld sehr bald den ebenso ehrlichen, anständigen und mutigen Mann, dem nichts und wieder nichts nachzusagen war, als dass er Dinge zu verstehen behauptete, die ein anderer nicht verstand. Dies aber auch ohne allen Hochmut und bramarbasierenden Ton, sondern im Gegenteil fast traurig, bescheiden und unter dem Zufügen, dass solche Wissenschaft oft vielmehr eine Last, denn ein Geschenk des Himmels bedeute. Der Herr von Engelshofen prüfte und versuchte seinen Häftling auf jede nur denkbare Weise: immer mehr fand er in ihm einen durch und durch braven und ehrenwerten Menschen, und immer mehr und mehr erschien ihm seine Instruktion samt allen Umständen, die den Adepten in seine Hände geliefert hatten, als ein schreiendes Unrecht, eine despotische Gewalttätigkeit und also ein dunkler Fleck auf dem leuchtenden und verehrten Bilde, das er sich von seiner allerhöchsten Herrin machte.

Je mehr der alte General an Sehfeld Gefallen fand und nun allgemach seinen Umgang aus ganz anderen Gründen aufsuchte, als um seiner Instruktion nachzukommen, desto unerträglicher ward es dem aufrechten Soldaten, seine Einsicht zu verbergen. Er redete schließlich Sehfeld wie einem alten, guten Freunde zu. Gab mehr, als es vielleicht sein Amt vertrug, alle Einwände preis, die das Verhalten des Wiener Hofes entschuldigen konnten, schimpfte gewaltig auf den intriganten Haugwitz, den bösen Geist Kaiserlicher Majestät, und bat am Ende nur noch als ein väterlicher Ratgeber, Sehfeld möge doch Recht wie Unrecht beiseite setzen, sein eigenes Glück und Unglück bedenken und der Kaiserin in Gottes Namen zu Willen sein. Sehfeld, dankbar und offen gegen den alten Mann wie ein Sohn, redete ebenso verständig und gelassen und stellte zuletzt dem General vor, dass die Preisgabe seines Geheimnisses gerade dort zum Unsegen, ja zu unabsehbarem Unheil gedeihen müsse, wo Habgier und Eigennutz, und sei es auch Habgier und Eigennutz einer Regierung, diese Preisgabe erpressen wolle.

Engelshofen, der die schlimme Geldwirtschaft zu Wien ein Leben lang an seinem eigenen Leib und Beutel zur Genüge erprobt hatte, konnte auch auf diesen Einwand nichts Ehrliches erwidern. Geld machen war ihm nicht viel besser als schachern; und es schien ihm nicht anständig, Apostolische Majestäten mit solchen Praktiken befasst zu sehen. Kurz das Ende zahlreicher solcher Gespräche war, dass der brave General von Engelshofen eines Tages kurz entschlossen sich zu persönlichem Rapport nach Wien meldete und bei seiner Kaiserin in Sachen Sehfeld Audienz erbat.

Die Nennung dieses Betreffs genügte, um dem General alsbald einen Befehl zu der gewünschten Berichterstattung zu erwirken. Er fuhr nach Wien und stellte seiner hohen Herrin sowie deren Gemahl in geheimer Audienz den Sachverhalt so energisch offen und ungeschminkt dar, dass er, wenn auch nicht sofort die Zustimmung Maria Theresias, doch die Meinung des Kaisers ganz für sich gewann. Es war wohl noch ein gewisses Schämen Kaiserlicher Majestäten zu überwinden; aber auch das wusste der prächtige Engelshofen zum Guten zu wenden. Kaiser Franz gab am Ende den Ausschlag, und Maria Theresia verfügte:

»*Primo:* Dem Chymisten Sehfeld, gebürtig aus Oberösterreich, sei um mancher Verdienste willen, als zum Exempel wegen seiner industriösen und bis dato fleißig verstreuten Herstellung von Färbereiartikeln, seine gegen Kaiserliche Majestät wider alle Gebühr und schuldige Pflicht bewiesene Renitenz aus allerhöchster Gnade huldreich verziehen, sintemalen zu supponieren, dass Inquisit einer rechten Einsicht in sein strafwürdiges Verhalten fast ermangelt habe.

Secundo: Es sei darum seine alsbaldige Freilassung aus der Feste Temesvar zu verfügen und seine Reise nach Wien zu erneuter, in Gnaden bewilligter Audienz vor Kaiserlicher Majestät unter ehrenvoller und sicherer Bedeckung zu bewerkstelligen.

Tertio: Sei der ehrbare Bürger Herr Ehrengott Friedrich zu Rodaun dazu erlesen und befohlen, dem Geleite des p. p. Sehfeld aus Temesvar nach Wien sich beizufügen, solle selber alsogleich sich auf den Weg nach Ungarn und Temesvar verfügen.

Quarto: Stelle Kaiserliche Majestät dem zu Gnaden restituierten Sehfeld aus sonderlicher Affektion und überfließender Gunst in Aussicht, dass er, Wohlverhaltens versichert, zu Wien ein eigenes, völlig und führtrefflich ausstaffiertes, chymisches Laboratorium sonder Sporteln und Spesen zu seiner Lust und Gelegenheit eingeräumt bekommen, darinnen er nach seinem Gefallen laborieren, digerieren und destillieren möge, nicht ohn einiges freiwilliges Intendieren auf allerhöchste Wünsche und opiones.

Quinto: So solle besagtem Sehfeld seine volle Freiheit überall zurückgegeben sein mit verständiger reservatio dahin, dass selbiger sich nicht außer Landes und kaiserlich königlich österreichischer Grenzen begebe.

Sexto: Sei ihm darum sowie aus sonderbarer Estimation seiner würdigen, gelehrten, liebwerten und kostbaren Person ein ständiges Ehrengeleite von zwei Kavalieren adjutiert, welch bei kaiserlicher Gnade und bei Leib und Leben für Schutz und Schirm des p. p. Sehfeld so Tag wie Nacht Sorge zu tragen verbunden sein sollten.«

Mit diesem Ukas versehen, reiste General Engelshofen in Begleitung des rasch aus Rodaun herbeigerufenen und durch Graf Haugwitz persönlich abgeholten Friedrich nach Temesvar zurück.

Dort war inzwischen schon Sehfelds Haft tunlichst gemildert worden. Er durfte sich unter Aufsicht in Festung und Stadt frei bewegen, und bald hatte er einen ungarischen Adeligen kennen gelernt, der soeben in Geschäften nach Wien aufzubrechen willens war. Den hatte er heimlich gebeten, den Abstecher nach Rodaun und in das Badmeisterhaus zu machen.

Sehfeld kam nach Wien. Sein Empfang war sehr ehrenvoll. Kaiser Franz persönlich führte ihn seiner neuen Arbeitsstätte zu, die innerhalb der Hofburg, den alchimistischen Küchen des kaiserlichen Liebhabers getrennt war. Denn Kaiser Franz vermied nun mit Zustimmung seiner Gemahlin jeden unbilligen Druck auf den standhaften Adepten und suchte jetzt durch Güte zu erreichen, was Gewalt nicht hatte erzwingen können.

Sehfeld begegnete seinen allerhöchsten Gönnern daher auch seinerseits auf eine ungleich gefälligere Art. Er versprach zunächst aus freien Stücken, seine Farbfabrikation gänzlich zugunsten kaiserlichen Monopols an den ihm überwiesenen Laboranten zu entdecken und sich selbst mit bescheidenem Nutznieß aus seinen Erfindungen zu begnügen. Sodann hatte die wohlberechnete Reisebegleitung des biederen Badewirts aus Rodaun ersichtlich kalmierend und wohltätig auf den Chymisten gewirkt: Herr Sehfeld gab zu verstehen, dass, nach gewissen Einschränkungen und bei Zusicherungen seitens des kaiserlichen Hofes betreffend Mengen und Verwendungsart des hergestellten Goldes, er sich wohl dahin bedenken und resolvieren wolle, mit seiner Kunst der Kaiserlichen Majestät dienstbar zu sein.

So nahmen die Dinge allseits und zusehends einen versöhnlichen Gang.

Wenige Tage nach seinem Aufenthalt auf der Burg wurden ihm auch seine beiden Begleiter vorgestellt und zu seinen Diensten überwiesen und dies in so höflichen, gnädigen und schmeichelhaften Formen, dass ein weniger kluger und unbestechlicher Charakter als Sehfeld kaum die Gefangenwärter in diesen Kavalieren wahrgenommen hätte.

Diese beiden Herren waren Offiziere von der kaiserlichen Hofwache und aus der allernächsten und vertrautesten Umgebung des Kaisers Franz genommen. Wesentlich des Kaisers Vorschlag, diese zwei lothringischen Edelleute, Spiel- und Waffengefährten des Kaisers von Jugend auf, durch zahllose Gnadenbeweise dem Herrscherhause aufs innigste verbunden, durch mannigfache Proben ihrer Anhänglichkeit und Treue sicher erprobt, dem Sehfeld zur Seite zu geben, hatte die misstrauische Maria Theresia zur Zustimmung bewogen, als der General von Engelshofen ihr eine Änderung in der Taktik Sehfeld gegenüber nahegelegt hatte.

Und diese beiden Offiziere waren nicht nur ein jeder aus bestem, altem Hause, sondern zudem auch reich begütert und unabhängige Magnaten und einer glänzenden Laufbahn am Kaiserhofe gewiss.

Sehfeld nahm seine zwei Ehrenfreunde alsbald mit ebenso vollendeter Courtoisie auf. Er dankte ihnen ihre wirkliche oder vorgespiegelte Teilnahme für die chymischen Wissenschaften mit Vorführung zahlreicher ergötzlicher und interessanter Versuche in seinem Laboratorium. An manchen dieser Vorführungen nahm auch Kaiser Franz und einmal sogar Maria Theresia teil, als es sich um die Transmutation von Quecksilber in gediegenes Silber handelte.

Bei dieser Gelegenheit kam es nochmals zu einer sehr ernsthaften du langen Unterredung zwischen der Kaiserin und dem Adepten. Maria Theresia bestand, obzwar in Güte, auf einer genaueren Erklärung Sehfelds, ob und wann er bei verbindlichem Termine eine wahre Probe seiner Kunst, nämlich die Verwandlung von Zinn in Gold, vor den Augen der Majestäten ablegen werde. Religiöse und moralische Einwendungen und Gegengründe schlug die Kaiserin mit großer Würde nieder und versprach Sehfeld ihrerseits durch Handschlag, in keinem Missbrauch der hohen Kunst und ihrer Übung jemals einwilligen zu wollen.

Daraufhin bestimmte Sehfeld ohne Zögern einen nicht allzu fernen Tag, bat aber die Kaiserin ausdrücklich, ihm zur Beschaffung einiger noch nötiger Ingredienzien, durch welche allererst die Operation perfekt werden könne, freien Urlaub von Wien zu gewähren. Sonderlich bedürfe er einer kurzen Reise in das erzreiche Böhmen, wo er Benötigtes zu finden hoffe. Die Kaiserin prüfte ihn scharfen Auges, fand aber sein Wesen wie immer offen, männlich und aufrecht. Sie nickte Gewährung und verließ das Laboratorium.

Selben Tages noch entwarf sie mit eigener Hand neue, bis zur Grausamkeit verschärfte Instruktionen für Sehfeld und seine beiden Ehrenwächter. Sie übergab diese genauen Weisungen den Kavalieren persönlich und hielt sich nun jeder Möglichkeit völlig versichert.

Schon anderen Tages reiste Sehfeld, mit guten Pferden versehen, in Begleitung seiner Edelgarden nach Böhmen ab. Der Ausritt aus Wien geschah in heiterster Weise, wie zu einem rechten Vergnügungsausflug. Sehfeld, der völlig unbewaffnet war, scherzte und spottete gutmütig mit seinen beiden Kavalieren, die mit Pistolen und Karabinern behängt erschienen, als gehe es in die böhmischen Wälder zum Räuberfang.

Der Wiener Torwart, an dem vorbei die drei Reiter die Stadt verließen, war der letzte Mensch, der diese Personen in Österreich gesehen hat.

Sehfeld und seine Begleiter sind niemals zurückgekehrt, und keine Nachforschung, kein noch so energisch, raffiniert und schließlich über ganz Europa geworfenes Netz der Spionage, von Graf Haugwitz persönlich gewoben und gelenkt, brachte Ausbeute und Kunde von den Verschollenen.

Im Hause des Badmeister Friedrich zu Rodaun begab sich während der wenigen Monate, in denen Sehfeld die neue Gunst des Wiener Hofes genoss, nichts besonders Auffallendes. Sehfeld war dort nie mehr wieder eingekehrt. Maria blieb alsbald nach jenem Besuch des ungarischen Barons sehr eingezogen und wurde für Nachbarn und Altersgenossinnen schier unsichtbar. Sie besorgte wie immer des Vaters Wirtschaft und saß wochenlang mit ihrer Schwester Theresa bei emsiger Näharbeit über ganzen Ballen weißen Leinens, die zu Wäsche verarbeitet wurden. Mit jedem Posttag gingen dann große Pakete an ein Geschäftshaus in Metz, das mit dergleichen Leinenwaren Handel trieb. Bald erfuhr man auch im »Goldenen Hirsch« öffentlich aus des Badmeisters Munde, dass das Kaufhaus in Metz einer entfernten Verwandten der verstorbenen Mutter seiner Kinder gehöre. Die Inhaberin der Firma, eine Witwe, sei im Begriff, Haus- und Kaufmannschaft ihrem Sohne zu übergeben, der von längeren Reisen im Ausland endlich heimgekehrt sei. Bald darauf fügte sich diesen Nachrichten die neue hinzu, das die Tante um Marias Besuch und Hilfe gebeten habe, dass also des Badmeisters Tochter wohl bald nach Metz übersiedeln werde. Herr Friedrich fügte schmunzelnd hinzu, dass der Vetter dort wohl auch eine Hausfrau benötige und dass Briefe schon das mögliche vorbereitet hätten. Dann, wenige Tage vor Sehfelds Flucht, reiste Maria in aller Stille ab. Die Tante in Metz und deren Sohn hatten sie dringend gerufen.

Am Abend vor ihrer Abreise grub Maria einen alten Busch von »brennender Liebe« aus dem Gartenbeet. Aus seinem Wurzelstock löste sie einen kleinen beingelben Gegenstand und barg ihn in ihrem Kleid. Dann setzte sie den Busch mit Sorgfalt an seinen alten Platz und brach sich ein Zweiglein mit den hängenden roten Herzen zu dankbarem Angedenken.

Schon am dritten Tage nach Ruchbarwerdung von Sehfelds und seiner Begleiter rätselhaftem Verschwinden kam eine Abteilung der Wiener Rumorwache nach Rodaun, diesmal unter Führung eines bewährten Polizeimeisters, der scharf wie ein Bluthund in des Badmeisters Hause umherspürte. Er fand aber nichts als die wenigen Briefe aus Metz, die alle Angaben des Badmeisters zu bestätigen schienen, und, damit alles gesagt sei: im Garten, welcher gleichfalls durchsucht wurde, einen welkenden Busch von »brennender Liebe«. Aber Theresa bestätigte, dass seit ein paar Tagen die Wühlmaus im Garten Schaden mache; und so zog die fliegende Untersuchungskommission ergebnislos wieder ab.

Und noch einmal geschah ein Aufsehen in dem kleinen Badeort. Das war, als mit Kaiser Franzens besonderem Auftrag und Vollmacht der namhafte Kameralist und Chemiker Heinrich Gottlob von Justi, derzeit ordentlicher Professor der Kameralistik am Theresianum in Wien, nach Rodaun kam, um sich von Herrn Friedrich, seiner Tochter Theresa und von jedem, der sonst noch glaubte, in der Angelegenheit Sehfeld etwas vorbringen zu können, alle Umstände und Einzelheiten des Sehfeldschen Gewerbes genau berichten zu lassen, zusichernd, dass ihn ausschließlich ein wissenschaftliches und in keiner Art ein polizeiliches oder fiskalisches Interesse leite, und dass aus gar keiner Mitteilung den Beteiligten irgend Nachteiliges erwachsen werde.

Der Professor von Justi verweilte lange in Sehfelds altem Laboratorium und hat die Summe seiner Beobachtungen im zweiten Bande seiner »Chymistischen Schriften« niedergelegt: Justi fand in Sehfelds Nachlass eine eingesprengten Schwefelkies enthaltende, zwölf Pfund schwere Stufe Kupferlasur, welche die Friedrichsche Familie für den Grundstoff der Sehfeldschen Tinktur treuherzig zu halten schien; doch bezweifelt er diese Annahme mit Recht und glaubt, dass das goldgetüpfelte Blau dieses Minerals ebenso wie die vertrockneten Kräuter, die achtlos in einer Ecke lagen, nur dazu dienten, die Neugierde der Friedrichschen Familie abzulenken und unbequemen Fragern die Darstellung einer kostbaren Farbe begreiflich zu machen. Justi bemerkte an anderer Stelle seiner Nachricht über den Fall Sehfeld: »Ich leugne gar nicht, dass unzählige Betrügereien im Punkte des Goldmachens gespielt worden sind; allein wenn in irgendeiner Sache starke und unzweifelhafte Beweise vorhanden sind, so ist es hierin; und man müsste allen historischen Glauben verwerfen, wenn man leugnen wollte, dass es von Zeit zu Zeit einige Leute gegeben hat, welche das Geheimnis, Gold zu machen, besessen haben.« Im übrigen reiste auch Professor von Justi unverrichteterdinge aus Rodaun wieder ab. Er ging kurze Zeit darauf als Dozent für Staatsökonomie und Naturwissenschaften an die Universität Göttingen.

Dies war der letzte Tag der Aufregungen in des Badmeisters Hause gewesen. – Bald folgte Theresa der Schwester nach Frankreich hinüber. Ein paar Jahre darauf verkaufte der immer heitere und stille Badmeister Friedrich Haus und Habe und verzog gleichfalls nach Westen. Rodaun hat ihn, die Seinen und den ehemaligen Hausgast Sehfeld bald vergessen.

Des Hirschwirts Sohn kam auf der Wanderschaft nach Paris. Nicht lange danach auf der Heimreise durch Metz. Es lockte ihn, Badmeisters Maria als behäbige Inhaberin eines Kaufhauses wiederzusehen und den groben Scherz von jenem Frühsommerabend, den er mit den Kameraden an Maria verübt hatte, zu entschuldigen. Er fand in der Stadt weder das Kaufhaus noch einen Menschen, der ihm hätte Auskunft geben können über irgendwelche Personen des Namens, den Badmeister Friedrich seinerzeit versichert hatte, Maria durch ihre Heirat sollte angenommen haben.

In der Apotheke der Frankeschen Stiftung in Halle war um das Jahr 1750 ein Gehilfe namens Reußing angestellt, der in seinen Mußestunden sich damit abgab, sich in der Chemie theoretisch und praktisch weiterzubilden und manchen Angaben früherer Alchimisten nachzugehen. Sein Eifer für die Kunst war in Halle wohlbekannt. Es begab sich nun eines Tages, dass ein Fremder die Apotheke betrat und beim Einkauf einiger Chemikalie mit Reußing in ein Gespräch über Chemie kam. Er fand den jungen Reußing überraschend unterrichtet und bekundete darüber Freude und Teilnahme. Der Fremde war im Gasthof zum »Blauen Hirsch« abgestiegen und teilte Reußing mit, dass auch er sich mit allerlei Studien beschäftigte, absonderlich solchen, die auf dem Gebiete der Chemie lägen.

Die Besuche des Fremden wiederholten sich von jenem Tage ab. Bald bemerkte Reußing, dass die Ursache dieser Besuche der Einkauf von

Chemikalien nicht wohl sein möchte, da er beobachtete, dass der Fremde beim Verlassen der Apotheke die jeweils gekauften Gegenstände auf der Gasse wegwarf; und so schien es offenbar, dass es dem Fremden mehr um die Unterhaltung mit dem wohlunterrichteten jungen Mann zu tun war als um seinen Einkauf.

Eines Sonntags vormittags war Reußing so sehr in die Lektüre eines alchimistischen Buches, in welchem von der Verwandlung des Quecksilbers in Silber die Rede war, vertieft, dass er das Läuten der Türglocke und den Eintritt des Fremden gänzlich überhörte, der plötzlich hinter ihm stand und ihm über die Schulter ins Buch sah. Reußing sprang auf und entschuldigte sich verwirrt mit dem Hinweis auf seine Lektüre, von der er behauptete, was dastehe, sei so dunkel und verworren, dass man trotz allen aufgewendeten Scharfsinns und aller Geduld keinen Sinn darin finden könne. Wenn schon die Alchimisten nicht verständlicher schreiben wollten, so hätten sie immer besser daran getan, ihre Scharteken ungeschrieben zu lassen. Da lachte der Fremde kurz auf und griff nach dem Buche. Er beschaute nachdenklich die aufgeschlagenen Seiten und meinte dann, indem er das Buch sachte wieder beiseitelegte, Reußing schmähe die Alchimisten wohl zu Unrecht; diese guten Leute seien so aufrichtig gewesen, als es die Sache nur immer zulasse; ja viele von ihnen hätten mehr offenbart, als erlaubt sei, und es komme nur darauf an, dass der Leser den rechten Verstand der Worte erfasse, dann sei die vorgeschriebene Arbeit weder sonderlich schwierig noch kostbar. Nach mancherlei Hin- und Widerreden, während deren Reußing sich hoch verschwur, diesen ganzen Kram und Schwindel beiseite werfen zu wollen, wenn ihm nicht bald der Schlüssel zu solchen Operationen sich offenbare, empfahl sich der Fremde wieder und lud Reußing ein, ihn eben darum doch in Bälde in seiner Wohnung besuchen zu wollen, wo man ungestört mehr über diese Sache sprechen könne als in einem öffentlichen Verkaufsraume.

Noch an dem gleichen Sonntag, zur Abendstunde, suchte Reußing den Fremden auf, der inzwischen seine Wohnung aus dem »Blauen Hirsch« in ein bescheidenes Zimmer beim Sägefeiler Wagner in der Klausstraße verlegt hatte. Er fand ihn auf seiner Stube unter Retorten und Tiegeln, von denen einige eine rubinrote Flüssigkeit zu enthalten schienen. Nach wenigen gleichgültigen Reden entnahm der Fremde einer inneren Tasche seines Rockes mit Sorgfalt eine kleine, beinerne Büchse. Er reichte sie Reußing verschlossen dar, und als dieser sie in die Hand nahm, zeigte er sich über ihr unerwartet schweres Gewicht betroffen, da, wie er bemerkte, selbst massives Blei nicht solche Schwere haben könnte. Der Fremde entgegnete Reußing: »Sie mögen vielleicht später einmal von besonderem Glück sprechen, dass Ihnen zu dieser Stunde dies Büchslein in der Hand gelegen hat. Es enthält ein Gradierglas, mit dem ich den einen und anderen Versuch angestellt habe. Doch ist mir zu ausführlichem Experimentieren, wie Sie bemerken, der Ort hier nicht geschickt. Nun haben Sie ja ein wohl eingerichtetes Laboratorium in der Apotheke und Sie können mir die Gefälligkeit erweisen, dies Pulver zu prüfen, das sie hier in dem Büchslein sehen.« Bei diesen Worten hatte er das beinerne Gefäß aufgeschraubt, und es erwies sich, dass der Inhalt ein graues, nicht glänzendes Pulver war, wovon der Fremde mit einem Ohrlöffelchen, das daneben stak, soviel herausnahm, als den dritten Teil der Löffelhöhlung ausmachte. Auf den Einwand Reußings, dass dieses doch jedenfalls zu wenig Pulver sei, um einen nennenswerten Versuch damit zu machen, entgegnete der Fremde, das sei noch viel zuviel, schüttete das Pulver wieder in die Büchse, wischte die an dem Löffelchen hängenden Stäubchen mit einer Baumwollflocke ab und drückte diese in Wachs, das er zur Kugel knetete. Das Wachskügelchen gab er dem verblüfften Reußing mit der Anweisung, es auf geschmolzenes Zinn zu werfen und das Metall nachher auszugießen. Lächelnd fügte er hinzu: »Gelegentlich geben Sie mir wohl Nachricht von dem Ausfall des Experiments.«

Darauf war von der Ausführung dieses Experimentes zunächst nicht weiter die Rede. Alsbald entspann sich ein lebhaftes Gespräch über die Probleme der hermetischen Kunst und über Wahrheit und Betrug in den Behauptungen der alten Alchimisten wegen der Möglichkeit und des Besitzes der transmutierenden Tinktur. Der immer wissbegierige Reußing folgte gern den Ausführungen des ungemein unterrichteten Fremden, der mit seltener Schärfe des Verstandes und Güte des Wesens eine tiefe und gründliche Bildung verband, andere Erd- und Himmelsstriche genau zu kennen schien und eine kleine und auserlesene Sammlung merkwürdiger Seltenheiten aus dem Reiche der Natur besaß.

Indem er die Gegenstände dieser Sammlung seinem Gaste unter anregenden Gesprächen ausbreitete, war es allmählich spät geworden; schon brannten die Kerzen dunkler in dem Gemache; und als nun Reußing, bei Gelegenheit der Erörterungen anderer Wunder der Natur, nochmals zurückkam auf seine Bedenken und seine Einwände gegen die Möglichkeit der Findung oder Herstellung des sogenannten Steines der Weisen, legte plötzlich der Fremde seine Hand leicht auf die Schulter des Eifernden und unterbrach ihn lächelnd mit der seltsamen Frage: »Für wie alt haltet Ihr mich?« Reußing sah ihn verwundert an, betrachtete das bräunliche Antlitz, musterte die vollen braunen Locken und den wohlgepflegten Bart und sagte dann nicht ohne Verlegenheit: »Was Ihr da fraget, scheint mir mit einem Male schwer zu bestimmen. Ich hätte Euch immer für einen Mann von dreißig bis vierzig Jahren halten mögen; da ich Euch nun genauer betrachte, fühle ich mich mit einem Male unsicher. Ihr habet das Aussehen eines uralten Mannes in jugendlicher Gestalt.« Da trat der Fremde aus der Helligkeit der Kerzen zurück und lachte seltsam: »Beinahe getroffen! Aber ich zähle meine Jahre nicht mehr, seitdem ich die Hundert überschritten habe.«

Reußing erschrak; er glaubte, der Mann vor ihm wolle ihn verspotten oder er rede irre. Allein der Unbekannte fuhr fort: »Das wundert Euch? Sehet, Ihr könnt das nicht begreifen; ebenso wenig vermögt Ihr den alchimistischen Prozess zu erfassen. Schauet noch einmal dieses Büchslein. Das graue Pulver darin ist nicht nur gut, unedles Metall in edles zu transmutieren; es taugt auch, die unedle *materia* des Leibes auf eine Zeit zu reinigen und gleichsam in die Unangreifbarkeit des Goldes zu verwandeln. Und das ist wahrlich ein noch viel edleres Werk als Goldmachen, danach sich viele gesehnt und nicht wenige Gut, Ehre, großen Namen und Beifall der Welt dahingegeben haben. Wisset, dass mich hier in Halle Geschäfte hielten, die zwei jungen Freunden galten. Diese haben unermesslichen Reichtum und Glanz der Mächtigen von sich geworfen, um des Elixieres teilhaftig zu werden, das soeben an einem verborgenen Ort im Osten ihre Verwandlung vollendet hat. Und ist solche Verwandlung nicht sowohl von außen wie vielmehr eine innere Umwandlung des Geblütes und der Seele, davon die, so ihrer teilhaftig werden, den Tod überwinden, ob sie gleich stürben, und der Seligkeiten eines Äons zur Stunde schon gewiss sind.«

Der Fremde schien Reußing mit dieser seiner Rede wie ins Übermenschliche emporgewachsen. Jetzt brach er ab, neigte sich wieder leicht und freundlich zu dem jungen Manne und fuhr, mit dem Tone liebenswürdiger Scherze in der Stimme, fort: »Da habt Ihr nun in einem: *tincturam* und *essentiam,* deren Vorhandensein Ihr so schön hinwegdisputiert habt. Tut nun aber, wie ich Euch geheißen. Vergesset nicht Euer Wachs auf das Zinn zu werfen, so werden vielleicht Eure Hände schaffen, was Eure Augen nicht glauben wollen. Und nun gute Nacht.« Damit schob er

Reußing zur Tür hinaus und schloss hinter ihm ab. Reußing eilte nach Hause und machte, noch verwirrt von den Eindrücken des Abends, alsbald Feuer unter dem Windofen im Laboratorium, schmolz einen etwa drei Lot schweren zinnernen Löffel und warf das erhaltene Wachskügelchen auf das fließende Metall. Sofort wallte das geschmolzene Zinn in glutrotem Schäumen auf, während das Feuer um den Tiegel in allen Farben des Regenbogens spielte. Nach einer Viertelstunde verloren sich diese Erscheinungen, das Metall verblich aus roter in goldgelbe Farbe; Reußing goss es aus und erkannte schon bei Licht, dass er drei Lot des reinsten, gediegenen Goldes vor sich hatte. Bei genauerer Untersuchung bemerkte er auf der Oberfläche der erkalteten Masse sternförmige Kristalle oder Blüten eines rubinroten Abschelfs. Ein auf dem Probierstein mit dem Metall gemachter Strich wurde in der Tat von Salpetersäure nicht angegriffen, von Königswasser jedoch hinweggenommen, was Reußings Erkenntnis bestätigte, dass er nicht etwa verfärbtes Silber, sondern echtes Gold vor sich habe. Reußing ließ sich nicht Zeit, dem Wunder länger nachzuträumen. Er eilte auf der Stelle in die Klausgasse zurück, um seinen wunderbaren Freund über das Ergebnis seines Experimentes zu unterrichten. Jedoch fand er das Haus in Dunkel gehüllt, und als ihm auf wiederholtes Pochen nicht geöffnet wurde, stand er von weiteren Versuchen ab, noch in der Nacht mit dem Fremden ein neues Gespräch zu eröffnen. Zu schicklicher Morgenzeit kehrte er zum zweiten Male zur Wohnung des Sägeschmieds Wagner zurück, fand aber die Stube des Fremden leer, wenn auch nicht verschlossen. Die Gläser und Retorten waren zerschlagen. Der Adept hatte seine schuldige Miete auf den Tisch gezählt und war ohne Abschied fortgegangen. Der Sägeschmied Wagner bestätigte Reußing, dass er den angenehmen Hausgast vor einer Stunde wie zu einem Spaziergang das Haus und die Straße habe verlassen sehen.

Niemand in Halle hat je den Namen des Reisenden erfahren, und Reußing kehrte kopfschüttelnd in seine Apotheke zurück. Desselben Tages noch trug er das Erzeugnis seiner Retorte zu dem Goldschmied Lemmerich in der Großen Ullrichstraße, der das Metall gleichfalls nach kurzer Prüfung für das beste Gold erklärte und es ihm für sechsunddreißig Taler abkaufte. Lemmerich munterte auch mit einem sonderbaren Seitenblick den Verkäufer auf, doch recht bald wiederzukommen, falls er weitere solche Kundschaft brauche. Zugleich musterte er mit besonderem Wohlgefallen jene roten Blüten, die auf dem Golde verstreut waren. Der Mann schien Erfahrung zu haben; es schien ihm schon mehrfach solches

Gold zum Kaufe überlassen worden zu sein, und da er selbst ein Liebhaber von allerhand chemischen Experimenten war, so mochte ihm, sei es durch Zufall, sei es aufgrund eines erhaltenen Winkes, der Umstand bekannt zu sein, dass solch rotgesterntes Gold bei nochmaligem Umschmelzen mit Silber einen ferneren Zuwachs an Gold versprach.

Nach Beendigung seiner Lehrjahre in der Frankeschen Apotheke zu Halle ließ sich Reußing als Apotheker in dem Gewölbe von Löbejün in Halle nieder und verheiratete später seine Tochter an den bekannten Berg- und Salinendirektor Dr. von Leyser, Direktor der Naturforschenden Gesellschaft in Halle, welcher diesen Vorfall nebst allen Nebenumständen im ersten Bande seiner »Beiträge zur Beförderung der Naturkunde« vom Jahre 1774 mitgeteilt hat; dort auch nicht ohne Scharfsinn anmerkt, dass die Gleichheit der Umstände in der Beschaffenheit des Goldes, wie es aus den Tiegeln des Sehfeldschen Laboratoriums zu Rodaun und aus dem Tiegel Reußings hervorgegangen war, mit Recht darauf schließen lasse, dass der große Unbekannte von Halle, mit dem Reußing zusammengetroffen war, mit äußerster Wahrscheinlichkeit kein anderer als der verschollene Sehfeld gewesen sein müsse.

Der Mönch Laskaris

Friedrich III., der pracht- und verschwendungsliebende letzte Kurfürst von Brandenburg und erste König von Preußen, hatte im Jahre 1701 den Kurhut mit der Krone vertauscht. Die Folgen dieses Schrittes waren zuerst durchaus nicht so erfreulich, wie sie der ehrgeizige Fürst sich träumte. Verstärkte Anforderungen an Staat und Armee erschöpften rasch den Wohlstand, den sein Vorgänger, der Große Kurfürst, in seinen letzten Regierungsjahren durch vorsichtige Wirtschaft seinem Lande und seinen Kassen gewonnen hatte.

Insbesondere wirkte sich die plötzliche Umwandlung der Verhältnisse in der Hauptstadt empfindlich aus. Der Stolz der Berliner, in ihren Mauern jetzt eine königliche und nicht bloß mehr kurfürstliche Residenz zu beherbergen, musste von ihnen sehr bald bezahlt werden mit der Last immer höher und höher geschraubter Abgaben und Steuern. So war denn bald in dem noch halb ländlichen Berlin reicher Stoff für die Bürgerschaft und die hochweisen Stadtväter vorhanden, die neue Lage der Hauptstadt und des Landes nach Art der Pariser und anderer aufgeklärter, zu politischer Mündigkeit erwachter Großstädter mit scharfer Zunge zu kritisieren.

Es waren damals neben den kleinen Kutscherkneipen und Bierschenken vor allem die wenigen Apotheken der Stadt, in denen sich die diskutierenden Bürger von Reputation zu politischem Klatsch und zu tiefsinnigen Erörterungen der Staatsangelegenheiten zusammenfanden.

Die besuchteste dieser Apotheken war die »Zum Elefanten«, deren Inhaber, der würdige und gelehrte Apotheker Zorn, den Ruf eines überaus weltkundigen und klugen Mannes genoss. Denn er hatte in seiner Jugend weite Reisen außer Landes gemacht, hatte zu Bologna und Prag, zu Sevilla und Paris in den Laboratorien manches berühmten Lehrers und Chemikers gearbeitet und war als ein gereifter und erfahrener Mann in großer Wohlhabenheit in seine Heimatstadt Berlin zurückgekehrt. Er hatte die altrenommierte Apotheke »Zum Elefanten« erworben und darin als erstes eine Niederlage der neuesten Kolonialartikel, vor allem des besten holländischen Kaffees, eröffnet.

Vor der Tür des stattlichen Ladenraumes stand ein hölzerner Neger mit einer Krone von Tabakblättern auf dem wolligen Kopf und bot mit der einen Hand Kanaster und Fidibusse dar, während er mit der anderen

Hand eine Kaffeestaude hielt. Denn damals gehörten diese Genüsse noch zu den Regalien der Apotheker.

Trat man in den geräumigen Verkaufsladen, so fand man sich zunächst eher in einer Art von Gastzimmer, als in der üblichen Umgebung hoher Topf- und Gläsergestelle, wie wir uns eine Apotheke zu denken pflegen. In der Mitte dieses Zimmers stand ein breiter Tisch, auf dem die tönernen Kaffeetässchen und die kleinen Aquavitgläser zum Gebrauch der Gäste herumstanden, und ein junger Mann von angenehmen Manieren bediente von Zeit zu Zeit die Gäste mit neuem Zuschank selbstbereiteten Kaffees, kräftiger Hausliköre und Fruchtschnäpse.

Der Apothekergehilfe, der solcherart das Amt eines Laboranten und Verkäufers mit dem eines Kellners verband, war etwa zwanzig Jahre alt, schlank, groß gewachsen und von auffallend schönen Gesichtszügen, denen die lebhaften, braunen Augen, darinnen ein feuriger und immer wachsamer Glanz war, besondere Bedeutung verliehen. Er war mit seinem freundlichen Wesen und seinem geweckten Geist nicht nur dem Apothekenbesitzer Zorn, sondern auch dessen Gästen ein fast unentbehrlicher Helfer geworden, seitdem er vor nunmehr drei Jahren aus seiner Geburtsstadt Schleiz hierher gelangt war, um bei dem Meister Zorn die Apothekerkunst zu erlernen. Friedrich, wie er gerufen wurde, zeigte sich zu allen verlangten Handreichungen, Botengängen und sonstigen Dienstleistungen immer geschickt und bereit; besonders aber erwies er sich im Laboratorium wegen seines raschen, anstelligen und klugen Zugreifens seinem Herrn wertvoll.

An einem Herbstabend des Jahres 1702 war der Gastraum der Apotheke »Zum Elefanten« mit würdigen Politikern aus der Nachbarschaft vollbesetzt und von Lärm, Tabaksrauch und Kaffeeduft erfüllt.

»Na, hör Er mal«, rief soeben ein breitbehäbiger, vollwangiger Spießbürger, seines Zeichens indessen ein Tuchhändler und ehrengeachtetes Ratsmitglied der Bürgerschaft, Herrn Zorn, dem Apotheker zu, indem er ihm mit der flachen Hand vertraulich auf die Schulter schlug.

»Hör Er mal, werter Herr, mitreden kann Er hierbei eigentlich nicht! – Drücken Ihn wohl die schweren Sorgen auch, die man uns armen Bürger- und Handelsherren auferlegt hat?«

»Und warum sollten sie es etwa nicht?« fragte Herr Zorn zurück. »Glaubt er vielleicht, Herr Nachbar, dass ich meine Mixturen und Pillen aus der Luft greife und aus der hohlen Hand zusammenmischen kann?«

Die Gruppe der umstehenden Bürger lachte; jedoch der Tuchhändler ließ sich nicht irremachen. Er zwinkerte verschmitzt mit den Augen den versammelten Mitbürgern zu und sagte zum Apotheker:

»Ja, ja, Eure Mixturen, lieber, Freund, das wissen wir: die kosten freilich ein schweres Geld! Wer sollte das besser wissen als wir, die wir sie Euch bezahlen müssen! Freilich, von solchem Einkommen, mag es so hoch sein, wie es will, gehen auch Euch nur um so höhere Abgaben an die Finanzkasse verloren. Doch so war das nicht gemeint.«

Und indem sich der weise Stadtvater mit komischer Wichtigkeit an den nächsten Umkreis der Gäste wandte, fuhr er mit erhobenem Daumen fort:

»Ich meine nur, wenn eben der gelehrte Herr ›Zum Elefanten‹ seinen ›faulen Heinz‹ nicht hätte, den feuerspeienden Chymistenofen unter dem großmächtigen Blasebalg dort hinten im Laboratorium! Aber der sprudelt ihm ja wohl wie ein Brünnlein Mosis die blanken Gold- und Silberbäche nur so hervor! Und da möchte er dann noch mit uns armen Bürgern seufzen wegen der teuren Ehre, die uns königlich gewordenen Steuerzahlern im vorigen Jahr widerfahren ist!«

»Glaubt ihm doch nur ja nicht«, entgegnete der Apotheker mit sauersüßem Lächeln und in sichtlich unbehaglicher Stimmung, »mit dem ›faulen Heinz‹ ist es nun einmal nichts! Ich hab's euch oft gesagt und sag es wieder: es ist ein trügerisches und törichtes Wesen um die Alchemie, und ein jeder tut am besten, sein Eigentum nicht nutzlos in den gefräßigen Tiegeln zu verpuffen.«

Eine Bewegung ging durch die gedrängte Gruppe der lachenden Mitbürger. Diese machten mit devoter Höflichkeit jetzt einem Herrn Platz, der vom Ladeneingang her, wo er soeben eingetreten, geradewegs auf den Apotheker zuschritt und mit dunkler, befehlsgewohnter Stimme zu Herrn Zorn sagte:

»Das lügt Ihr, Meister!«

Die erstaunten Blicke der Gäste sahen auf einen Mann, dessen Gestalt selbst in dem gegenwärtigen Berlin, in dem die Zahl der durchreisenden Fremden aus aller Herren Ländern in täglichem Wachsen begriffen war, auffallen musste.

Der Fremde war über Mittelgröße und erschien durch seine straffe, stolze Haltung noch ansehnlicher von Wuchs, als er war. Er trug das dunkellockige Haupt frei von Puder und Zopf. Unter der bleichen Stirne blitzten die dunklen Augen des Südländers. Die kühn geschwungene

Nase, der feine Mund, der überaus wohlgebildete Körper mit den über-
schlanken Händen und zierlich geformten Füßen, all das bestätigte den
Eindruck eines sehr vornehmen Mannes von adeliger Abstammung.

Die überraschend kühlen Worte, mit denen der fremde Herr den
Apotheker so schroff begrüßt hatte, waren dennoch nicht im Tone der
Beleidigung gesprochen und seltsamerweise auch von den Zuhörern nicht
so aufgenommen worden. Sie hatten vielmehr feierlich geklungen und
hatten den Kreis der Bürger zum Verstummen gebracht. Herr Zorn seinerseits verbarg sein Unbehagen hinter einer ehrfürchtigen Verbeugung.
Indessen fuhr der Fremde, indem er sich nicht sowohl an den Apotheker
wie mit einer flüchtigen Handbewegung auch an den Kreis der Gäste zu
wenden schien, in seiner Rede in sehr viel verbindlicherem Tone fort:

»Schmähet doch nicht, werter Meister, die geheimnisvolle Kraft, zu
deren Ergründung Euch nur der Schlüssel fehlt. Die Kunst, meine Herren,
ist überall und ewig, wie die Welt. Allein nicht jedem Auge und nicht
jeder Hand eröffnet sich die geweihte Pforte. Eurem Bemühen, Herr
Apotheker, erschließt sie sich vielleicht niemals, – denn das will erbeten
sein. Wollen die Herren, so viele ihrer gegenwärtig sind, morgen zur
selben Zeit vielleicht wieder anwesend sein. Dann solltet ihr alle wissen
und schauen. Eurem Urteile, werteste Herren, mag es überlassen bleiben,
ob ihr dann glauben werdet.«

Der fremde Gast schritt nach diesen Worten, auf die er offenbar keine
Antwort erwartete, unverzüglich an Herrn Zorn vorbei und auf die dem
Eingang gegenüberliegende Tür zu, hinter der die Arbeitsräume der
Apotheke lagen. Herr Zorn beeilte sich, mit diensteifriger Gebärde jene
Tür vor ihm aufzureißen. Der Fremde schritt, ohne sich aufzuhalten,
hindurch und verschwand in dem Heiligtum der Apotheke. Die Augen
der Gäste folgten der hohen Erscheinung verblüfft und nicht ohne eine
gewisse Scheu.

Friedrich, der Laborant, eilte dem vornehmen Gaste nach, und man
konnte durch die unbedeckte Glastür hindurch sehen, wie er eifrig bemüht
war, die Wünsche des fremden Herrn zu erfragen und dessen Befehle
mit äußerster Gewandtheit zu vollziehen.

Draußen im Gästezimmer nahm der Tuchhändler zuerst wieder das
Wort. »Ei«, sagte er, »das ist ein wunderlicher Herr! Er scheint nach
Sprache, Aussehen und Kleidung fremd. Ist das ein polnischer Edelmann?«

»Weiß nicht«, entgegnete der Apotheker in schlecht verhehlter Befan-
genheit. »Ein Pole ist er nicht. Der Herr stammt aus Griechenland, soviel

ich von ihm erfahren konnte. Er scheint schon mancherlei vorgestellt zu haben. Als ich ihn vor langen Jahren in Padua kennen lernte, trug er die Kutte eines Mönches. Er scheint die Verwandlungen zu lieben.«

Ein anderer Bürger rief mit breitem Lachen dazwischen: »Also, wohl auch solch ein chymistischer Bruder?« Und ein Dritter, der seine halbkugelige, silberne Uhr aus der Hosentasche zog, bemerkte: »Gleich ist es sechs Uhr, und so werden wir denn morgen zu dieser Stunde Wissende des Geheimnisses sein.«

Während dieser Reden war die Aufmerksamkeit der Anwesenden ununterbrochen auf die Glastür gerichtet. Man konnte manches von dem sehen, was dahinter vorging. Jedoch war nur ein Ab- und Zugehen des Laboranten Friedrich zu erkennen; der fremde Herr saß in einer Ecke des Apothekenraumes verborgen, und nur seine weisenden Hände schienen Befehle zu geben. Nach kurzer Zeit trat der Grieche wieder aus dem Laboratorium hervor, wandte sich zu Herrn Zorn und sagte mit leicht hingeworfenem Ton, der dennoch keinen Widerspruch zu dulden schien:

»Erlaubet, werter Meister, dass morgen früh ein Tiegel bereit sei mit der nötigen Menge an Metall; wobei ich es Euch überlasse, zu wählen, welches Ihr wollt. Ich werde morgen früh zur selben Stunde wie heute wiederkommen und Euch die Lust an so oberflächlichen Scherzen und Tadeleien zu nehmen, wie Ihr beliebt habt.«

Mit kurzem Gruß schritt der Fremde wieder durch die Reihe der Gäste hindurch und verließ die Apotheke. Eine Flut neugieriger Fragen stürzte über den Apotheker und auch über Friedrich herein. Meister Zorn entzog sich dem mit ein paar mürrischen, fast finster vorgebrachten Bemerkungen über das geflissentlich herausfordernde und theatralische Betragen der angeblichen Adepten. Friedrich seinerseits schwieg lächelnd zu allen Anreden der würdigen Herren und schenkte Kaffee und Liköre bereitwillig wie zuvor und immer aufmerksam, aber in seinen Augen lag ein schwärmerischer Glanz.

Wer sich in den Geist jener Zeiten zu versetzen vermag, der wird es begreiflich finden, dass der Laden des Apothekers die Menge der Gäste, die sich am nächsten Nachmittag bei ihm versammelten, kaum fassen konnte und dass Meister Zorn selbst wie sein Laborant vollauf zu tun hatten, um das durcheinanderlärmende Begehren nach Kaffee und stärkenden Lebenswassern zu befriedigen.

Allein der Fremde betrat mit dem Glockenschlag der sechsten Stunde nicht, wie erwartet, die Apotheke. Minute um Minute verging, die Bürger wurden ungeduldig, denn zu Hause warteten die Ehefrauen mit dem Abendbrot. Es schien, als wolle der hochfahrende Fremde von gestern sein Versprechen uneingelöst lassen, und die ehrsamen Bürger empfanden bereits eine Regung jenes gehässigen Missvergnügens, das die Seelen der Neugierigen zu ergreifen pflegt, wenn ihre noch so unberechtigte Schaulust nicht befriedigt wird. Um so ärgerlicher waren sie, als es nun schien, als hätten sie den zu Hause harrenden Ehefrauen nichts von alledem heimzubringen, was sie ihnen tagsüber mit geheimnisvoller Wichtigkeit schon angekündigt hatten.

Gegen einhalb sieben Uhr trat Friedrich lächelnd zu seinem Lehrherrn und flüsterte diesem unter Hinweis auf die wachsende Unzufriedenheit bei den Gästen etwas ins Ohr. Zwar schüttelte Herr Zorn verneinend das Haupt, allein der Laborant drang lebhafter in ihn, und es schien, als wolle er ihn zu einer Mitteilung überreden. Endlich sagte der Apotheker mit einem unwirschen Seufzer: »Also, denn in Gottes Namen, tu, was du nicht lassen magst. Aber ich bitte mir aus: Schreib es nicht mir zu, wenn dich der Fluch trifft, der nun einmal auf allem zu ruhen scheint, was mit der hermetischen Kunst zusammenhängt!«

Und indem er sich zu den überraschten Gästen wandte, fuhr er fort: »Tretet zur Seite, ihr Herren, wenn es euch beliebt. Zu lange schon harren wir des Griechen, der, wie ich ihn kenne, jetzt schon vielleicht weit hinweg ist von Berlin. Das ist so die Art der reisenden Adepten. Es sind Geheimnistuer und wunderliche Leute. Um die Mittagszeit brachte mir ein Bote die versiegelten Päcklein. Der Grieche, der, wie ich euch sagen will, sich Laskaris nennt, ließ mir melden, ich möge mit dem Inhalt dieser Sendung die versprochene Probe machen, einerlei, ob in seiner Anwesenheit oder nicht. So lasset denn meinen Laboranten versuchen, was die Kraft des unscheinbaren Pulvers vermag, das ich hier in dieser kleinen Tüte bemerke.«

Herr Zorn hatte unter seinem Reden das Siegel erbrochen und aus einer reichlichen Anzahl von Umhüllungen ein kleines Täschlein hervorgezogen, wie es die Apotheker zur Abfüllung zu benutzen pflegen, hatte es an einem Ende abgerissen und zeigte nun den neugierig herandrängenden Gästen zwischen dem aufgespreizten Papier das kleine Quantum einer grauen, körnigen Substanz.

Feierliche und erwartungsvolle Stille traten ein. Friedrich öffnete die Tür zum Laboratorium, und in stummem Zuge betraten die Bürger die Arbeitsstätte der Apotheke. Über einer Kohlenpfanne stand der Schmelztiegel mit schon erhitztem Quecksilber. Der junge Laborant tat mit raschen und kundigen Griffen alles Nötige und trat zurück, als das Quecksilber ins Sieden kam.

»Ein Weniges von dieser Substanz in Wachs gehüllt«, so erklärte nun Apotheker Zorn, »soll nach den Worten des Herrn Laskaris genügen, um dieses Metall in gediegenes Gold zu verwandeln.«

Während er so sprach und Friedrich die Tat den Worten folgen ließ, hefteten sich die Blicke der Anwesenden unverwandt auf die schimmernde Masse, die jetzt mit leichtem Zischen zerrann: wohl konnten sie mit ihren Augen den ganzen Prozess verfolgen, der jetzt eintrat, aber er blieb ihnen, den Uneingeweihten und in der Chemie Unerfahrenen, darum nicht minder unerklärlich.

Und nun geschah, was so viele Nachrichten und Zeugnisse immer wieder bestätigt haben: das Quecksilber verfärbte sich tiefdunkelrot. Es sprudelte inmitten des Metalls lebhaft auf.

Ein violettes, dann bläuliches, von Blau zu grün und dann zu Gelb übergehendes Farbenspiel überlief den Tiegel und seinen Inhalt, und bald sah man die vom Feuer genommene Masse aus rötlicher Färbung zu gelbem Glanze verblassen. Als nun Friedrich den Tiegelinhalt auf die gewöhnliche Reibschale der Apotheke ausgoss, erwies sich das Metall goldgelb durchfärbt, und als es in Wasser sich zischend ausgekühlt hatte, wird Probierstein, Salzsäure, Schwefelsäure und Königswasser herbeigebracht, und Probe nach Probe ergab, dass das erzeugte Metall nichts anderes sein konnte als bestes Gold.

Kaum hatte die anwesende Zuschauerschaft die Wahrheit und Richtigkeit der Sache ganz und gar erfasst, da stürmte plötzlich der ganze Haufe dicker und wohlhäbiger Bürger auseinander und stob nach allen Richtungen aus der Apotheke. Jeder wollte der erste sein, der das unerhörte Erlebnis nach Hause und in die Öffentlichkeit trug, und bald verbreitete sich durch alle Straßen und Gassen Berlins die neue Kunde von dem Goldmacherwunder in der Elefanten-Apotheke.

Nicht später, als die Nachricht die niedriggebauten Vorstadthäuser des aufblühenden Berlin erreicht hatte, war sie in den Gemächern König Friedrichs bekannt.

Der Apotheker blieb mit seinem Laboranten allein. Beide Arme auf die Lehnen seines Sorgenstuhles gestützt, in den er sich niedergelassen hatte, saß Herr Zorn in tiefes Sinnen versunken und blickte ab und zu immer wieder auf das gleißende Metall hinüber, während die blitzenden Augen des Laboranten vor unaussprechlicher Freude strahlten.

»Törichter Johann Friedrich, lieber, unerfahrener Geselle«, sagte endlich der Apotheker und entriss sich mit Gewalt den wenig fröhlichen Gedanken, die immer wieder auf ihn einzustürmen schienen, »glaubst du am Ende auch, ich triumphiere mit dir über diesen offenbaren Sieg der geheimen Wissenschaft? Glaubst du, meine Eitelkeit sei groß genug, um Genugtuung zu empfinden über den Wunderlärm, den jetzt da die würdigen Nachbarn verüben? Ich vermag das nicht. Im Gegenteil, ich vermag nicht schwerer Sorgen Herr zu werden. Hab’ ich nicht meinerseits das mögliche seit vielen Jahren versucht, hab’ ich nicht ein gut Teil meines Vermögens und meines Einkommens durch den Schornstein gejagt, um nach den strengen Gesetzen der Natur und den Regeln meiner Kunst dieses Resultat zu erzielen, das hier vor uns liegt? Und habe ich darinnen je den geringsten Erfolg gesehen? Lieber junger Freund, ich sagte dir oftmals, auf meinem Grabstein müsse einst stehen, was auf dem Epitaphium des weiland Herrn von der Sulzburg in der Stadt Nürnberg seit mehr als vierhundert Jahren zu lesen ist: »Er hat lange gealchemeyt und viel verthan.« Und so sage ich heute noch: Es ist nicht wahr, was ich gesehen habe. Es ist eitel Blendwerk. Die Metalle wechseln nicht. Es ist nicht anders, nur der böse Geist fährt hinein und webt den falschen Schein vor unsern Blicken. Was ist eine Kunst, die dem Wissen sich nicht fügt!«

Der Laborant lächelte den Meister mit ungläubigen Augen an. Wie war ihm selbst so froh und stolz zumute, dass er gewürdigt worden war, das große Werk zu sehen und selbst dabei Hand anlegen zu dürfen. Mit leisem Bedauern, dem ein Unterton von geringschätzigem Hochmut nicht fehlte, sah er seinen Herrn von der Seite an und antwortete; »Was meine Augen sehen und was Probierstein und Säure bestätigt haben, sollen mir mehr wert sein als alle Rechenkunst und noch so scharf beweisbares Nichtwissen. Die Wahrheit liegt hoch vor Euch, verehrter Meister! Was soll ich da in neidischer Selbstsucht verdammen, was ich selber noch nicht kann?«

Der finster aufhorchende Apotheker las deutlich die Gedanken hinter der jugendlichen Stirn seines Lehrlings, die viel weiter gingen als dessen

Worte. Eine zornige Bitterkeit erfüllte sein Herz. Rau und unfreundlich wie nie fuhr er seinen Laboranten an: »Wunder glaubst du gesehen zu haben, und du dünkst dich wohl selbst schon ein Wundertäter zu sein, weil du den Tiegel geputzt und das Feuer angezündet hast für das Werk eines anderen? Du irrst! Das Wunder, das in dem Tiegel liegt, ich sage es dir, ist Teufelsbetrug, trotz Salz und Stein! Ein ehrlicher Mann lässt seine Hand davon! – Und ich sage es dir, zieh deinen Fuß zurück aus dem gefährlichen Netz, das dich umgarnen will, wie es mich in meinen jungen Jahren umgarnt hat. Ich glaube jetzt wohl: Dieser Laskaris ist keineswegs um meinetwillen hierher gekommen. Er hat mich seinerzeit zu Padua verführt, da er mir dort im Gewande eines Minoritenmönches diesen selben Spuk vor Augen führte und mich trieb, meine Zeit und meine Kraft hinfort dem vergeblichen Werk zu opfern. Und jetzt ergreift es dich! Und ich sage dir, die Krankheit wird dich verderben, ehe das Mannesalter deine Wangen bräunt.« Meister Zorn sprang vom Stuhle auf und trat auf seinen Laboranten zu. Er fasste ihn mit beiden Händen bei den Schultern und sagte mit Nachdruck: »Mein lieber Johann Friedrich Bötticher, ich habe deinem würdigen Vater zu Schleiz versprochen, einen tüchtigen Apotheker und ehrlichen Mann aus dir zu machen. Ich habe deinem braven Vater verschwiegen, dass ich selbst dem Blendwerk der Alchemie nachgejagt habe. Bei Gott, das tut mir leid! Und um deines braven Vaters willen höre, was ich dir zum letzten Male sage: Was mir in all den Jahren half, der Verwirrung und Zerstörung Herr zu bleiben, die über diesem verfluchten Werke liegt, das fehlt dir: die besonnene Seele. Darum lass ab, bleibe bei ehrbarem Gewerbe und werde ein tüchtiger Apotheker, der dem Wohl seiner Mitmenschen dient und nicht seiner eignen Ehrsucht und Habgier.«

Damit ging Meister Zorn hinaus, ließ den spöttisch blickenden Laboranten allein. Dieser griff mit rascher Hand nach dem vom Hausherrn achtlos beiseite liegengelassenen Täschchen, in welchem noch ein ansehnlicher Rest des grauen Pulvers war, wie er sich mit raschem Blick überzeugte.

Am kommenden Morgen ließ sich Bötticher in der Apotheke nicht blicken. Der junge Mann saß vielmehr auf der kleinen Kammer, die er seit seinem Eintritt in die Apotheke »Zum Elefanten« in der Nachbarschaft bewohnte, und gab sich den verführerischen Vorstellungen von künftiger Macht, Ehre und unsterblichem Ruhme hin, die der Besitz des kleinen Täschleins in ihm erweckte.

Desselben Tages schon bereitete sich das Gerücht von den Vorgängen in der Apotheke »Zum Elefanten« genügend aus, um fast zu jeder Minute die Türglocke an Meister Zorns Haus zum Klingeln aufzuregen. Herr Zorn wies aber die Gäste, die nach Wahrheit und Wiederholung des aufregenden Ereignisses fragten, mit ebenso unermüdlicher Geduld wie entschiedener und immer wiederholter Deutlichkeit ab: nicht er, sondern ein Fremder, der längst die Stadt verlassen habe, sei Urheber des Experimentes gewesen und nicht er, sondern sein Laborant Johann Friedrich Bötticher sei offenbar in Besitz des zweideutigen Geschenkes, dem er, der Apotheker, auch gar nicht weiter nachfragen wolle. Er wünsche mit der leidigen Angelegenheit, die ihm nichts als Unruhe und Verdruss ins Haus zu bringen drohe, nichts mehr zu haben, und nicht ohne einen gewissen Missmut fügte er hinzu: Wenn schon die Neugierigen noch weitere Aufklärung wünschten, so müssten sie sich schon um die Ecke in jenes Haus bemühen, in welchem sein Laborant seine Wohnung habe, da dieser ganz sichtlich einen weit größeren Spaß an solchen Sachen habe als er und darüber selbst Pflicht und Dienst vergesse.

In der Tat empfing der junge Bötticher noch im Laufe dieses Tages den mehrfachen Besuch selbst ansehnlicher und einflussreicher Bürger der Stadt und auch einiger Herren von Adel. Auf rasch zugerichtetem Herde, den er sich seit langem schon in seiner Kammer eingerichtet hatte, wiederholte er vor den Augen der Neugierigen den Prozess der Quecksilberverwandlung, und mit der größten Genugtuung konnte er sich zum Beschlusse des Tages der Gewissheit versichert halten, dass Bewunderung wie Neid einer ganzen Stadt, von der Apotheke »Zum Elefanten« abgelenkt, sich nun auf sein unternehmungslustiges Haupt versammelte. Wie eine Traumwolke umschattete sein stolzes Bewusstsein die Einbildungskraft, dass er sich selbst kaum mehr erkannte; und er, der anfangs auf die ununterrichtete Frage manches Besuchers nach der Herkunft des Pulvers und ob er dessen Verfertiger sei, nur mit einem zweideutigen Lächeln geantwortet hatte, wagte nun immer entschiedener und unverschämter als der Urheber jener wunderbaren Substanz aufzutreten.

Noch ein weiterer Tag des Staunens und des Bewunderns von seiten der Gaffer, die ihm Tür und Zimmer belagerten, und der junge Bötticher wusste sich nicht mehr zu fassen vor Stolz und Glück über die Macht, die nun in seine Hand gelegt war. Hinaus wollte er in die große Welt, deren Genuss ihm der Grieche Laskaris schon so wünschenswert dargestellt hatte, als er an jenem Spätnachmittag während der vorbereitenden Anordnungen allein mit ihm in dem Laboratorium der Apotheke verweilte. Nun waren ihm die goldenen Schwingen gewachsen, die ihn über die engen Grenzen dieser Stadt hinwegtragen sollten, zuallererst nach dem wunderbaren Süden, wo in unbestimmter Ferne die eigentliche Heimat der Adepten in märchenhafter Schönheit und mit dem unklaren Zauber des Orients nach der Meinung seiner Einbildungskraft blühte.

Mitten in die Begeisterungsträume des sinkenden Abends dröhnte ein sehr prosaisches Klopfen an die Tür des angehenden Adepten.

Bötticher fuhr beinahe unwillig auf, doch die schon erlernten wichtigtuerischen Falten über den Augenbrauen glätteten sich augenblicklich wieder, und die im Grunde guten Kinderaugen des jungen Mannes blickten freundlich. Denn der, der seiner ungemeinen Körperlänge wegen fast gebückt über die Schwelle trat, war der Doktor Pasch, Böttichers bester Freund.

»Willkommen«, rief der junge Mensch dem Älteren entgegen und fasste mit herzlicher Verehrung nach dessen Hand, »schon längst wollte ich zu Euch gehen und in mancherlei Dingen Euren Zuspruch und Euren Rat erbitten. Jetzt sehe ich Euch zu meine größten Freude bei mir. Lieber Pasch, was habe ich nicht alles erlebt, seitdem ich Euch zuletzt sah, und wie viel habe ich Euch zu erzählen.«

In überstürzter Eile begann er seinen Bericht, und Pasch, der das meiste davon schon wusste, hörte geduldig zu. Nur wenn die Flut der Rede allzu stürmisch und allzu hohen Fluges einherzusegeln begann, hob er warnend den Finger. Als Bötticher schwieg, schaute Doktor Pasch mit langem gedankenvollen Blick dem jungen Freund in die Augen. Dann räusperte er sich mehrmals und wippte mit den gespreizten Händen auf der Lehne seines Stuhles auf und ab: »Friedrich, mir scheint, du hast eine rechte Dummheit gemacht«, sagte er dann in gedehntem Tone.

Bötticher fühlte sich betroffen und befremdet. Die freudig belebte Röte seines Gesichtes schwand, und mit kühlem Zögern fragte er: »Lieber Doktor, es scheint, Ihr tadelt mich?«

»Ich muss wohl«, entgegnete Pasch. »Hast du denn gar nicht bedacht. Welche Folgen dein unbesonnenes Handeln nach sich ziehen kann? Steht dir denn die Geschichte so vieler, denen die Alchemie zum Verderben geworden ist, umsonst aufgezeichnet? Wozu dient uns die Erfahrung, wenn wir nicht von ihr lernen wollen. Du selbst konntest dir nicht genug tun, dein bedenkliches Geheimnis zu verbreiten, und doch weißt du, dass der König hier in Berlin weilt und dass ihm die Kunde von diesem Goldwunder alsbald zugetragen werden musste. Nun ist unser neugebackener König um nichts so sehr besorgt, als um den Aufschluss frischer Geldquellen für seinen erschöpften Staatsschatz. Meinst du nicht, dass er zuallererst von den unversiegbaren Quellen deines Reichtums Nutznieß ziehen möchte? Hast du dir nicht überlegt, dass seine Macht groß genug ist, um dein angebliches Geheimnis dir in Güte oder mit Gewalt abzukaufen?« Eine unbegreifliche Wolke der Verblendung, ein schwindelerregendes Gefühl des Stolzes hob die Brust und umnebelte die Augen des Jünglings. Leuchtenden Blickes trat er vor den sitzenden Pasch und rief: »Was erwartet man von mir, was soll ich leisten?«

»Friedrich Johannes«, rief der andere und sprang erregt von seinem Stuhle auf, »gib mir die Hand und schau mir in die Augen und dann wiederhole bei deiner Seele Seligkeit: Kannst du das Elixier bereiten ohne fremde Hilfe? – Bist du der Herr des Geheimnisses? – Du schlägst die Augen nieder, deine Hand zittert?«

Doktor Pasch stieß die Hand seines Freundes fast unwillig von sich: »Und weißt du auch, was deiner harrt, wenn Kunst und Pulver nicht dir gehört? Niemand wird die glauben, wenn du zu spät dein Unvermögen bekennst. Man wird dich in sicheren Verwahr nehmen, man wird keinen Menschen zu dir lassen, und wenn du dann den ganzen Prozess zur Bereitung des Steines nicht mit mathematischer Gewissheit und mit nachprüfbarem Erfolge darzulegen weißt, so wird man dich hängen als Betrüger.«

Bötticher, durch solche Worte aus den höchsten Himmeln seiner Träume und seiner Begeisterung gerissen, wankte und hielt sich mit Mühe am Tisch aufrecht. Bleichen Gesichtes und ratlos wie ein Kind starrte er hilfesuchend den älteren Freund an. Der aber fuhr fort, indem er ihn mit rascher Überredung zu einem männlichen Entschluss zu drängen suchte:

»Du bist kein Adept. König Friedrich aber glaubt es jetzt schon, und wenn der nächste Morgen dich noch in Berlin findet, begrüßest du die Abendsonne durch das Fenster seines sicheren Kerkers. Du musst fort, sogleich weit fort von hier und darfst an keinem Orte deines künftigen Aufenthaltes ahnen lassen, welcher Verdacht auf dir ruht. Das Gefängnis, das sich hinter einem mutmaßlichen Adepten der goldbereitenden Kunst erst einmal geschlossen, wird bei seinen Lebzeiten gemeinhin nicht mehr aufgetan. Denn das Nichtkönnen wie das Können reizt die Habgier der

Mächtigen zu Misstrauen und unbelehrbarem Starrsinn. Ich wünschte, du hättest jenen fremden Griechen nie gesehen, dessen Gabe in kurzem das Netz spinnen muss, das sich unzerreißbar um deinen Nacken legt.«

Die Worte des Freundes erschütterten den unerfahrenen jungen Menschen aufs äußerste. Jetzt flehte er weinend den Doktor an, ihm zu helfen und ihn zu retten. Ohne viel weitere Worte zu verlieren, begann der Doktor Pasch die geringen Habseligkeiten des jungen Apothekers aus Kasten und Kommoden hervorzuräumen und Taschen und Felleisen zu füllen. Der bedrängte Bötticher vollendete das Geschäft und bat seinen Freund, noch einige kleine Angelegenheiten für ihn zu ordnen, die sich durch ein paar Gänge in den Straßen der Nachbarschaft erledigen ließen.

Mit Einbruch der Nacht bestieg Bötticher ein von Doktor Pasch besorgtes Kurierpferd und ritt zum nächstbesten Tore Berlins hinaus.

Schon in der Früh des nächsten Tages erschien ein Lakai des Königs bei dem Inhaber der Wohnung, in der Bötticher eingemietet hatte, mit dem Befehl König Friedrichs I. den Apothekergehilfen Johann Friedrich Bötticher zu sofortiger Audienz vor das Angesicht des Königs zu bringen.

Jedoch der Vogel war schon ausgeflogen, und die Botschaft des Königs fiel in ein leeres Nest.

*　*
*

Der Generalgouverneur von Kursachsen, Fürst Egon von Fürstenberg, saß in seinem Gemach und blätterte eifrig in den Depeschen, die den Marmortisch bedeckten, an dem er arbeitete. Jetzt lehnte er sich nachdenklich in seinen Sessel zurück und schloss diplomatisch bedeutsam die Lippen gegeneinander.

Eine geraume Zeit saß er so mit geschlossenen Augen. Dann endlich streckte er die krankhaft schmale und weiße Hand nach der silbernen Klingel aus, durch deren Klang er einen jungen Mann hereinrief, der im Nebenzimmer seiner Befehle harrte.

»Ist er in Wittenberg bekannt, Gelneck?« fragte der Gouverneur, dessen Augen wieder auf der letzterbrochenen Depesche hafteten.

»Zu Befehl, fürstliche Gnaden«, entgegnete der Gefragte mit einer tiefen, respektvollen Verneigung. »Der Bruder meiner Mutter, Herr Jeremias Pasch, ist allda Bürgermeister.«

»So«, nickte der Fürst in sichtlicher Befriedigung. »Ist sein Oheim verheiratet?«

Hochrot färbten sich die Wangen des Angesprochenen, und seine kleinen Augen glimmerten unangenehm, als er erwiderte: »Mein Oheim war mit einem Fräulein von Wildung vermählt. Jetzt ist er Witwer und hat niemand um sich als eine Nichte, die ihm das Hauswesen führt.«

»Er meint also, Gelneck, dass Euer Oheim, der Bürgermeister, imstande ist, wenn ich es wünsche, jemand bei sich aufzunehmen?« forschte der Gouverneur, der, noch immer in Gedanken vertieft, die Depesche bald aufnahm und überflog, bald wieder auf den Tisch niederlegte; und ohne eine Antwort abzuwarten, fuhr er fort:

»Lasse Er sich ein gutes Pferd satteln, Gelneck. Reite Er ohne Verzug hinüber nach Wittenberg. Je eher Er dort anlangt, desto besser. Es hält sich dort seit gestern ein fremder junger Mann auf. Man teilt mir mit: ein Flüchtling aus Preußen. Sein Name ist Friedrich Johannes Bötticher. Schreibe Er sich diesen Namen auf! – Seinem Oheim meinen Gruß mit dem Befehl, diesen Bötticher aufzusuchen und ihn zu sich einzuladen. Es ist durchaus nötig, dass er es tut. Lieb wäre es mir auch, wenn er ihn ein wenig unter Aufsicht nähme, doch so, dass der Eingeladene davon nichts bemerkt. – Ich gebe Ihm sechs Tage, Gelneck, um die Angelegenheit in Ordnung zu bringen. Ich verlasse mich auf Ihn. Geh' Er nun.«

Seine fürstliche Gnaden reichte huldvoll die Hand zum Kusse dar, der junge Mann neigte sich ehrerbietig darüber. Dann verließ er das Arbeitszimmer.

Mit gesenktem Haupte saß der hohe Herr wieder mit geschlossenen Augen, als sich leise eine Tür öffnete, derjenigen entgegengesetzt, durch die Gelneck sich entfernt hatte. Eine hochgewachsene, schlanke und jungendliche Frauengestalt erschien im Zimmer, die den Fürsten mit einem sehr freien und selbstsicheren Lächeln betrachtete. Die lebhaften, scharf und dünn gezogenen Linien ihres Gesichtes gewannen davon eine eigentümliche Anmut; verschwand dieses Lächeln aber, so war das Hervortreten eines eigentümlich raubvogelartigen Zuges in diesem Antlitz nicht zu verkennen. Da der Fürst ihr Kommen überhört zu haben schien, sagte sie endlich:

»Seid Ihr gar so sehr beschäftigt, allergnädigster Herr, dass Ihr da in Sorgen tief versunken sitzt und Jahr und Tag zu verschlafen scheint gleich dem guten Kaiser Rotbart im Kyffhäuser?«

Der Gouverneur wandte sich bei diesen im allersüßesten Tone gesprochenen Worten rasch um und entgegnete sanft: »Tritt näher, Elisabeth. Setz dich ein wenig zu mir.«

Die junge Dame beeilte sich, der gnädigen Erlaubnis zu folgen, jedoch hatte sie einige Mühe, den breiten, silbergrauen, mit Wolken von rosafarbener Seide überbauschten Reifrock in den Sessel zu zwängen.

»Es ist schrecklich«, sagte sie zwitschernd, »immer und immer wie der Kanarienvogel im Bauer zu leben.« Dann lehnte sie sich zärtlich über des Fürsten Sessel herüber und fuhr fort: »Die Neugier plagt mich, allergnädigster Vater, sagt mir doch: ich sah Gelneck soeben über den Hof eilen zum Marstall hinüber, und sah, wie man ihm eines deiner besten Pferde herausführte.« – Sie stockte ein weniges; dann, indem sie zum Nebengemach zurückdeutete, dessen Tür hinter ihr offen geblieben war, fügte sie mit Schelmerei hinzu: »Ich will's nur gleich gestehen: auf dem Altan da draußen hörte ich jedes Eurer Worte, und deshalb kam ich. Es ist so unerträglich langweilig hier in Dresden, seitdem der König seine Hofhaltung nach Polen verlegt hat.«

Der Gouverneur machte eine ungeduldige abweisende Handbewegung. Die junge Dame begann jedoch sofort von neuem:

»Was bedeutet Euch jener preußische Flüchtling, dass Ihr meint, Euren vertrautesten Diener sechs ganze Tage lang entbehren zu können? Ist dieser interessante Fremde vielleicht ein Franzose? Ein Pole? Ein Schwede?«

»Die Sache liegt viel einfacher und harmloser, als du denkst«, entgegnete der Fürst. »Wir wussten nichts von der Flucht dieses jungen Menschen aus Berlin. Wir wussten nicht von seinem Aufenthalt in Wittenberg, und wir wussten überhaupt nichts von diesem unbedeuteten Burschen. Jedoch dieses Schreiben hier aus der Berliner Geheimkanzlei enthält eine so dringende Aufforderung, noch dazu in einem so unverkennbar befehlenden Tone, in einem Tone, den Kurbrandenburg bis jetzt noch nicht gewagt hat gegen Kursachsen anzuschlagen, wir möchten geneigtest und unverzüglich den genau beschriebenen jungen Mann ausliefern, dass es scheint, als sollte ich mir doch den über unsere Grenzen zugeflogenen Goldfinken erst einmal näher betrachten, ehe ich ihn seinem neugebackenen König zurückgebe. Dieser Bötticher.« –

Der Fürst streckte sich in seinem Sessel und fuhr mehrmals mit gespreiztem Daumen und Zeigefinger über seine Nase weg: »Dieser Bötticher ist nämlich ein Adept und soll den Stein der Weisen besitzen.«

»Sagt man das in Brandenburg?« rief Elisabeth.

»Man sagt so etwas nicht. Man liest es zwischen den Zeilen«, entgegnete lächelnd der Gouverneur, und er lehnte sich lässig in seinen Stuhl zurück: »Aber ich bin entschlossen, ihn nicht auszuliefern, bis ich Befehle aus Warschau habe. Noch heute will ich dorthin berichten, und inzwischen werde ich den Befehl Seiner Majestät des Herrn Königs von Preußen abzuwarten wissen.«

»Weshalb lasset Ihr den Mann nicht nach Dresden kommen, Herr Vater?« sagte die junge Dame lebhaft. »Ich möchte ihn sehr gerne sehen. Diese Adepten, so erzählt man, bezeichne ein stolzes, selbstbewusstes und fremdartiges Aussehen und Auftreten; dergleichen macht mir Freude.«

Die Züge des Fürsten verfinsterten sich plötzlich. »Schweig!« rief er mit Heftigkeit. »Ich weiß, wen du meinst, und nur mit Unwillen gedenke ich jenes Mannes, von dessen Kunst ich sicheres Zeugnis besaß und dem meine Hand schon fast am Kragen war, als er verschwand. So wird es diesmal nicht mehr gehen. Das wird mir zum zweiten Male nicht passieren!«

Elisabeth warf einen schmelzenden Blick zur Decke, dann senkte sie die Stirn tief und beobachtete von unten her den Vater. Ein seltsames Licht sprühte aus ihren runden Vogelaugen, aber sie sagte nichts.

*　*
*

Die Tage, die Gelneck zur Ausführung seines Auftrages zur Verfügung standen, waren verflossen, und er kehrte zurück, munter, lebhaft devot wie immer, freilich ein wenig zerzaust von dem Wind, der ihn und sein Ross in der sächsischen Heide umspielt hatte, die stolzen Federn seines Baretts ein wenig verzerrt vom Regen und seine Kleider und Stulpstiefel beschmutzt. Doch das alles achtete er gering, auch stand es ihm als einem schneidigen Reiter nicht schlecht zu Gesicht. Übrigens hatte er selbst den kostbaren Adepten mit eigenen Augen gesehen, hatte ihn selbst in des Oheims Haus eingeführt und die anbefohlene genaue Überwachung seiner Muhme Barbara strengstens ans Herz gelegt. Dass der junge Fremde somit gut aufgehoben war, das wusste er gewiss.

Barbara von Wildung vertrat in dem Hause des Bürgermeisters Pasch die fehlende Hausfrau. Da sie der Frühverstorbenen nahe verwandt war, hatte der Witwer die Jungfrau zu sich genommen und fand in ihr eine aufmerksame und gewandte Pflegerin, die sich mit glücklichem Takt in alle seine Launen zu schicken wusste. Barbara und Hans Gelneck waren die nächstberechtigten Erben des sehr reichen Bürgermeisters und dieser nicht gleichgültige Beweggrund mochte in Vetter Hans den Entschluss geweckt und befestigt haben, Barbara dereinst zu seiner Gemahlin zu machen.

Keine leichte Aufgabe hatte der ehrgeizige Jüngling sich damit gestellt. Was er in diesem Augenblick zu erringen schien, ging im nächsten wieder verloren, sobald des Bürgermeisters Stirn sich zu irgendeiner der Taten Hansens runzelte oder glättete, sobald ein lobendes oder ein kühles Wort über den Neffen über seine Lippen kam. Denn ausschließlich die Meinung des Bürgermeisters war das Wetterglas, nach dessen Sinken oder Steigen Jungfer Barbara ihr Verhalten einrichtete. Und wie befremdend eine solche Liebe einer Jungfrau zu ihrem voraussichtlichen Gemahl auch scheinen mochte, das diplomatische Wesen seiner Muhme, weit entfernt Hans Gelnecks Herz zu erkälten, übte vielmehr einen wunderlichen Reiz auf ihn aus, der ihn zu immer neuen Anstrengungen spornte, die wirklichen und eingebildeten Hindernisse seiner Verlobung mit ihr zu besiegen.

Er zögerte daher nicht, seiner zärtlichen Muhme in kurzer, ausdrucksvoller Rede alles dasjenige anzudeuten, was er wie sein fürstlicher Herr »zwischen den Zeilen« dieser abenteuerlichen Angelegenheit las, auch die Hoffnungen, die er auf das Gelingen der fein angesponnenen Pläne baute. Er unterließ auch nicht, mit einiger Selbstgefälligkeit von den unverkennbaren Beweisen huldvollsten Wohlwollens zu sprechen, mit denen die schöne Elisabeth von Fürstenberg ihn hin und wieder beehre, und er deutete an, dass Fürstengunst vieles, Fürstinnengunst noch viel mehr für die Laufbahn eines jungen Diplomaten bedeute.

Dass seine Gönnerin Elisabeth einst vor seinen eigenen Augen dem Griechen Laskaris noch ganz andere Blicke zugeworfen, ihn, dem unbedeuteten Hans, selbst sogar einst heimlich ein Briefchen zugesteckt hatte, das er dem interessanten Griechen übermitteln musste, das verschwieg er weislich. Denn Barbara lächelte sehr sonderbar zu allen diesen Dingen, was ihn ein wenig außer Fassung brachte.

Indessen gab er sich alle Mühe, Barbara seinen Vorteil ans Herz zu legen, und er verflocht den ihrigen so geschickt damit, wie es ihm nur möglich war. Es stand zu hoffen, dass die Muhme, aus deren schönen Augen der helle Verstand hervorleuchtete und um deren Mund immer ein unbestimmtes Lächeln schwebte, vollkommen begriff, um was es sich handelte. Auch schien zuletzt das Objekt der nächsten erfolgreichen diplomatischen Operationen, nämlich der junge Adept aus Berlin, ein ungemein leicht zu behandelndes Werkzeug aller dieser Pläne zu sein. Der junge Bötticher sprach mit kindlicher Offenheit von allen seinen Angelegenheiten, hatte selbst im Angesichte des Bürgermeisters und einem kleinen Kreise von Freunden wieder einmal eine der geheimnisvollen Verwandlungen ausgeführt, um seine Dankbarkeit für Aufnahme und Schutz im Hause des Bürgermeisters zu bekunden, und was sein Verhältnis zum schönen Geschlecht betraf, so wagte der gute Friedrich kaum einem Frauenzimmer gerade in die Augen zu schauen, errötete vielmehr gleich einem Mädchen, sobald Muhme Barbara sich mit freundlichem Blick oder Wort zu ihm wandte.

* *
*

Der Fürst Egon von Fürstenberg saß in seinem Kabinett und arbeitete eifrig an einem ausführlichen, eigenhändigen Bericht für den damals in Polen politisch schwer bedrohten König August II.

Die steile Falte über der Stirnwurzel des Gouverneurs bedeutete einen Teil der schweren Sorgen an, die auch sein Gemüt belasteten; denn sein eigensinniger Herr verweigerte standhaft die erbetene Gnade, seinem getreuen Sachsenlande den Anblick des Herrschers wieder zu gönnen, wo jedenfalls der Kurfürstenstuhl für ihn auf sichererem Grunde stand als der Königsthron unter den widerspenstigen, polnischen Schlachzizen.

Doch selbst bei dem großen Verlust des so heiß begehrten, mit gewaltigem Opfer erkauften polnischen Diadems, und trotz der Gefahr, sich Brandenburg-Preußen zum Feinde zu machen, verweigerte nun der König entschieden die Auslieferung des beiden Herrschern aus gleichen Gründen der Geldnot so wichtigen Adepten. Und als jetzt der von Wittenberg zurückgekehrte Gelneck dem Fürsten gemeldet wurde, empfing ihn der Gouverneur mit der gnädigsten Herablassung. Aufmerksam hörte er den Bericht, seine Stirn erheiterte sich, seine grauen Vogelaugen blickten unter den schweren Lidern wohlgefällig, und um die perfiden Lippen zuckte es wie Schadenfreude.

Als Gelneck geendet hatte, schwieg der Fürst eine kurze Zeit und schloss nach seiner Gewohnheit die Augen. Seine Hand spielte mit dem silbernen Crayon, als er sagte: »Unser gnädigster Herr hat recht. Dieser junge Mann hier« – er schaute müde zu Hans Gelneck hinauf – »scheint der Aufmerksamkeit seiner Majestät wert. Seine Majestät bitten mich, ihm zu sagen, dass sein Wohlgefallen auf ihm ruhe und dass er geneigt sei, ihn für den diplomatischen Dienst im Auge zu behalten. Ich hoffe, der Bürgermeister zu Wittenberg, sein Oheim, wird unseren Befehlen pünktlich nachkommen.«

Schwindelig vor Glück verließ Hans Gelneck das Kabinett. Die Angelegenheit Johann Friedrich Böttichers ruhte nur scheinbar für kurze Zeit.

Neue und drohende Forderungen Preußens liefen ein, und sie ließen sogar befürchten, dass Wittenberg durch einen Handstreich preußischer Truppen genommen werden solle. Die Besatzung des gefährdeten Platzes wurde verstärkt, Bötticher unter schärfere Überwachung gestellt, deren es indessen bei dem gutgläubigen Jüngling nicht bedurfte. Denn abgesehen davon, dass er sich einbildete, die sächsische Staatsmaschine arbeite in hochherziger Selbstlosigkeit für gar nichts anderes als nur für den Schutz und das Recht seiner Person, begann auch der Umgang mit Jungfrau Barbara allbereits einen starken Zauber auf ihn auszuüben, der ihn so mächtig in ganz neue und unerhörte Erlebnisse verstrickte, dass bei ihm kein weiterer Gedanke an Flucht aufkommen konnte, selbst wenn er geahnt hätte, dass ihm auch auf sächsischem Boden Unfreundliches begegnen könne. In kaum bewusster, rasch auflodernder erster Liebe lebte Johannes Friedrich nur dem Augenblick; denn was kümmerte ihn das Morgen, wo das Heute ihn mit immer neuen Entzückungen überraschte und mit den lieblichsten Bildern umschwebte.

Mitten in das fröhliche Aufkeimen seiner ersten Liebe, in das Hangen und Bangen um einen Blick und Händedruck Barbaras blitzte eines Tages das Verhängnis in Gestalt eines summarischen Befehls, den angeblichen Adepten unverzüglich und unter starker Bedeckung nach Dresden zu senden. Nun erst begann es sich zu zeigen, wie gut das Mühmchen die Intentionen ihres lieben Vetters Hans zu treffen gewusst hatte.

Gleich wie aus eigenem Antrieb beschloss der Bürgermeister, den ihm anvertrauten Staatsgefangenen persönlich in die Hände des einflussreichen Generalgouverneurs zu übergeben. Ganz natürlich schien es, dass Barbara von Wildung ihn auf dieser Reise begleitete, denn es galt nicht nur dem Wohlbefinden des Bürgermeisters zu dienen, sondern auch die Gelegenheit zum Besuche mancher Verwandter in der Hauptstadt auszunützen, deren Gunst ihr und dem Bürgermeister mancherlei Vorteil versprach. So erhob auch der jugendliche Adept gegen seine Überführung keinen Einspruch; denn einesteils blieb er auf der Reise der Nähe Barbaras gewiss, andererseits erging er sich schon wieder in ausschweifenden Träumereien und erwartete in seiner Harmlosigkeit nichts sehnlicher als den Augenblick, da er das Wunder seines Besitzes vor König und Fürst vorweisen durfte. Es kam hinzu, dass dem Befehl recht lockende Versprechungen für den Willigen angefügt waren, und so streckte Bötticher schon die Hände aus nach dem reichen Kranz, den kühle Berechnung ihm in schimmernder Ferne zeigte. Er strebte vorwärts, indessen sich hinter ihm alle Auswege schlossen; je näher er Dresden kam, desto enger und unerbittlicher zog sich über ihm das Netz zusammen, vor dem ihn Apotheker Zorn und Doktor Pasch vergebens gewarnt hatten.

* *
*

König August war noch immer in Polen, wo die schwedischen Truppen ihn von einer Stadt zur andern manövrierten. Er fühlte mit wachsender Deutlichkeit den polnischen Thron in seinen Grundfesten wanken. Jedoch er vermochte nicht, dem Titel der Macht zu entsagen, für deren nutzlose Verteidigung sächsisches Blut in Strömen floss. Vergebens hatte er den starrköpfigen Feind durch alle Mittel zu beugen und den hochmütigen Adel durch maßlose Versprechungen kirre zu machen versucht. Und der ihre holdesten Reize entfaltenden Aurora von Königsmark blieb andererseits das felsenharte Herz des schwedischen Karl verschlossen, als August sie zu Unterhandlungen ins schwedische Lager entsandte. König Karl verweigerte der schlauen und verführerischen Mätresse grob und deutlich die Audienz und ließ sie bedeuten, dass ihr Aufenthalt in seinem Feldlager nicht einmal einen schwedischen Musketier aufzuregen vermöge.

Jetzt hatte August sie auf einige Zeit nach Dresden zurückgeschickt, und die Spötter wollten wissen, dass die königliche Geliebte auf dem Altar, auf welchen blinde Leidenschaft sie gestellt hatte, sich ebenso wackelig zu fühlen beginne, wie ihr Anbeter auf dem polnischen Thron.

Vielleicht um diesem voreiligen Gerücht wirksam zu begegnen oder auch um des Königs Sache vor den Augen seiner Freunde günstiger darzustellen, als sie war, feierte die Gräfin Tag für Tag glänzende Feste, wie sie außer dem französischen Hofe damals nur zu Dresden gesehen wurden. In strahlendem Kerzenschmuck schimmerten die Zimmerfluchten der prächtigen Wohnung, die der Gräfin zugewiesen war. Stundenlang rollten Equipagen, reichgekleidete Diener ließen die Sänften ihrer Herren vor dem hohen Portal des Schlosses halten, und ein ununterbrochener Zug verschwenderisch schön- und reichgekleideter Masken wogte die breite Treppe hinauf und erfüllte die weiten Säle.

Es war am zehnten Tage, nachdem die befohlene kleine Gesellschaft aus Wittenberg in Dresden eingetroffen war. Zum dritten Male wiederholte sich das Maskenfest in dem Königsmarckschen Palais. Wieder waren alle Räume des Hauses von hellstem Kerzenglanz erfüllt, und das Maskenfest erreichte schon vor Mitternacht den Höhepunkt des Glanzes und des Gewühls.

Aus den bunten Wogen der Quadrillen tauchte eine seltsame, zu Beginn des Festes noch nicht gesehene Gestalt empor. An Gang und Haltung glaubte man erkennen zu können, dass der Träger der Maske von männlichem Geschlechte sein müsse, jedoch das weitere schwarze Gewand mit den großen herabhängenden Flügeln auf dem Rücken, verhüllte die Formen des menschlichen Körpers, die darunter staken, vollständig, und der abenteuerliche Kopfputz mit den langen Mäuseohren um das widerwärtige Vampirgesicht, das mit dünnen, grauen Haaren bewachsen schien, konnte ebenso gut das zarte Antlitz einer Frau wie das stachelige Gesicht eines Kriegsmannes verhüllen.

»Was für eine hässliche Dämmergestalt!« sagte halblaut eine singende Stimme im Rücken der plump einherschwankenden Fledermaus. »Seht doch, seht, wie sie ihre Arme spreitet, wie die Flügelklauen schlottern!«

Die Stimme gehörte einer Maske in griechischer Tracht, deren malerisches Kostüm die herrlichen Formen der Gestalt in der vorteilhaftesten Weise hervortreten ließ.

Die Griechin lehnte an einem Pfeiler des Saales, von welchem sich rankendes Gesträuch und Blumengirlanden herabsenkten. Der Wirbelwind des Tanzes ließ Zweige und Blüten leise hin und her wehen, und es schien, als wollten sich die Ranken der lieblichen Erscheinung ums Haupt schlingen. In geringer Entfernung beobachtete ein Mönch dies flüchtige Bild gleichfalls mit Wohlgefallen. Die Augen des Mönches brannten durch eine dunkelbraune Seidenmaske mit auffallendem Feuer.

»Ergötzt es euch?« begann die Griechin wieder mit über die Schulter zurückgewendetem Haupte zu anderen Masken zusagen, die sich herandrängten. »Ich werde euch unterweisen. Jene strahlende Polin dort mit der kostbaren Diamantagraffe am Reiherbusch, das ist unsere allzeit liebenswürdige Gastgeberin selbst.«

In diesem Augenblick schwenkte die abscheuliche Fledermaus sich mit ausgebreiteten Flughäuten herum, bewegte die Flügel auf und nieder und starrte die Griechin aus hohlen Augenöffnungen an, dass ein plötzlicher Schauer ungewisser Ahnung über die schöne Frau lief. Im nächsten

Moment wälzte sich ein bunter Maskenknäuel heran, und die Dame war fortgerissen von dem unwiderstehlichen Zug der Menge. Jetzt stand die Fledermaus an der Säule.

Der Mönch, inzwischen durch das Gedränge näher herangeschoben, glaubte einen leisen Seufzer hinter der hohlen Kopfform der Fledermaus zu vernehmen. Er schaute verwundert und mit scharf forschendem Blick in das hässliche Gesicht, jedoch die Fledermaus griff plötzlich nach seiner rechten Hand, und der Mönch bemerkte, dass die Hand, die die seine hielt klein und zart war.

»Hui, hui«, sagte die Fledermaus leise, »du bist ein sehr einsamer, sehr verlassener Jüngling – ich sehe es an den Linien hier.«

»Kannst du prophezeien?« fragte der Mönch und lachte freundlich. Am Ton seiner Stimme erwies es sich, dass er in der Tat noch recht jung war.

»Ich schaue die Zukunft wie in einem Spiegel«, sprach die Maske geheimnisvoll und blickte um sich. »Du willst hinauf – hüte dich – das Schicksal ist neidisch. – Es reißt unsere stolzesten Träume oft aus ihrem heitersten Fluge, denn sie sind leer, und mit ihnen stürzen wir und werden zerschmettert.«

Die Hand des Mönches zitterte. Seine verstohlenen Blicke flogen jetzt hinüber zu einer in Gold und Silber glänzenden Gestalt, die ihm zu winken schien, und er riss sich ungestüm los. Ehe die Fledermaus ihn zurückhalten konnte, war er verschwunden.

»Hui, hui!« raunte die Fledermaus im Vorüberflattern einem grauen Pilger zu, der von einer der Fensterbrüstungen aus den Mönch mit regem Interesse zu überwachen schien und nun mit rascher Wendung im Begriff war, dem Davoneilenden nachzufolgen. »Deine Pilgerschaft, graue Seele, dient nicht deinem ewigen Heil! Möchten die Leidensstationen dich läutern, an denen du vorbei musst!« Der Pilger wandte sich heftig. In raschem Zorn griff er nach der Fledermaus, aber diese entzog sich ihm gewandt und enteilte. Der Pilger, der den Mönch nicht aus dem Auge ließ, streifte diesen jetzt halbseits vom Rücken her und flüsterte ins Ohr:

»Mönch, kennst du die Fabel vom Fuchs, der mit dem Löwen zusammen gejagt?«

Auch der Mönch fuhr herum und suchte den Pilger zu fassen. Mit einem kräftigen Stoß befreite sich dieser, entwich dem Zugriff und verschwand im Strudel der tanzenden Paare.

In einem anderen Saale, mitten im dichtesten Maskenschwarm, hielt die Griechin aufatmend still und griff sich ans Herz. Die Begegnung mit der Fledermaus hatte sie tief beunruhigt. War ihr Botschaft nahe von dem, zu dessen Ehre sie das griechische Gewand gewählt hatte? Und wenn ja – warum näherte sie sich ihr in so hässlicher Gestalt? – Da berührte leise eine Hand die ihrige, und als sie, schreckhaft und empfindlich geworden, den Arm zurückzog, wurde ihr ein gefaltetes Papier zwischen die Finger geschoben. Der Überbringer war nicht mehr zu sehen.

Hastig öffnete die Dame und las: »Kommt zu dem Springbrunnen, sobald Ihr nur könnt!« Höchst überrascht blickte die Dame scheu um sich her, ob kein Späher Papier und Schrift gesehen habe. Dann glitt die geschmeidige Gestalt der Griechin langsam durch die Säle hin, entschlüpfte gewandt dem Mönch, der ihr wieder entgegen kam und ihr zu folgen suchte, und lenkte endlich ein entlegenes Seitengemach, das mit der Reihe der Tanzsäle nur durch einen matt erhellten Glanz verbunden war.

Hier stand unter immergrünen Palmen eine Venusstatue in der Haltung einer Badenden über einer Muschelschale, über die in dreifacher Stufung sanftes Wassergeriesel sprudelte.

Unentschlossen blieb die Griechin an dem Becken stehen und lauschte. Da regte es sich in dem dichten Pflanzenaufbau, der im Halbkreis den Brunnen und die Liebesgöttin umgab, und eine hochgewachsene, dunkle, männliche Gestalt trat hervor, schwach beleuchtet von der blauen Deckelampe.

»Seid Ihr endlich da?« fragte eine leise Stimme.

»Und wer soll ich denn sein?« entgegnete die Griechin munter, da ihre gute Laune wiederkehrte.

»Dieser Ton verrät Euch, Elisabeth, daran erkenne ich Euch!« flüsterte die Stimme; die Hand des Mannes fasste die ihre zog sie gewaltsam näher und tiefer ins Gebüsch.

»Gnädigster Herr!« stammelte Elisabeth von Fürstenberg, aufs grausamste überrascht und erschrocken. »Jedermann wähnt Euch fern, und höchst seltsam scheint es mir, dass Ihr hier seid.«

»Einige Geschäfte von Wichtigkeit führen mich her«, sagte König August. »Indessen, was mir das Wichtigste ist, ich wünsche Euch zu sprechen.«

»O Majestät«, erwiderte die Schöne und senkte unter der Maske die blitzenden Augen zu Boden. Sie harrte und schwieg.

Leidenschaftlich ergriff jetzt der König ihre Hand und flüsterte heiße und verführerische Worte in ihr Ohr, denen sie sich, verwirrt nur mit schwachem Widerstreben entzog.

König August war nicht gewohnt, seine Wünsche auf langen Umwegen zum Herzen seiner Freundinnen zu schicken. Fast schien es daher, als fordere er nach kurzem Bitten eine Zusage von ihr. Auch wenn Elisabeths Weigerungen so unsicher und das plötzliche silberne Kichern ihrer Schämigkeit so kokett, dass an dem Ausgang des Handels nicht zu zweifeln war. Aber jetzt nahen Schritte, und Elisabeth wollte entfliehen. Jedoch der König hielt das Mädchen zurück und wiederholte mit einem Flehen, durch das schon das Drohen der Majestät klang: »Du wirst also kommen, Elisabeth?«

Sie neigte rasch das Haupt und erwiderte den Druck der königlichen Hand. August wich zurück in den Schatten der Gebüsche, und Elisabeth verließ unsicheren Schrittes das Gemach, über dessen Schwelle soeben ein Maskenpaar eintrat. Hinter diesem huschte ein Schatten vorüber: die schwarze Fledermaus. Fürstin Elisabeth floh ins Helle hinaus.

Im großen Mittelsaale wogte unvermindert die geräuschvolle Luft. Abgesondert lehnte der Mönch in einer der Fensternischen und seine suchenden Blicke schweiften immer wieder über die Menge, ohne zu finden, wonach er ausschaute. Da wieder trafen Flüsterlaute an sein Ohr:

»Versenkt Euch nicht allzu tief, junger Meister, in den dunklen Abgrund jener Augen, der schon bessere Schwimmer verschlungen hat.«

Erschrocken wandte sich der Mönch um und sah die hässliche Fledermaus abermals drohend ihre schweren Flügel gegen ihn schüttelnd.

Habt Ihr Euch den Pilger zum Kammerherrn erlesen?« piepste jetzt die Fledermaus. »Er folgt Euch ja auf Schritt und Tritt, und weicht er einmal, weil ihm noch mehr obliegt, so nimmt ein anderer seine Stelle ein. Ihr habt sehr töricht gehandelt, Herr Bötticher. Doch seid getrost, die Hilfe ist nahe.«

Ehe der Erstaunte einer Erwiderung fähig war, flatterte die Fledermaus hinweg; aber dicht hinter sich sah er nun plötzlich wieder den Pilger stehen, und schwer fiel ihm der Gedanke aufs Herz, dass ihm diese Maske fast bei jeder Wendung, die er tat, gegenüberstand.

Sollte er auch von hier wieder fliehen, wo sich ihm das große Leben lieblicher auftrat als sonst irgendwo in der Welt? Ließ sich der Aufenthalt in Wittenberg im Hause des Bürgermeisters denn auch nur von Ferne vergleichen mit dem Glanz und dem Zauberduft, der ihm hier alle Sinne erfüllte? Und war nicht seinem Einzug in Dresden nicht alsbald nach dem Empfang beim Fürsten Fürstenberg auf die schmeichelhafteste Weise die Einladung zu den Festen der Gräfin von Königsmarck, der allmächtigsten Freundin des Königs gefolgt?

War ihm nicht zur selben Stunde, als der dem Fürsten zu Fürstenberg seine Aufwartung machte, und ihn eine Probe seiner Kunst sehen ließ. Auch Elisabeth, hoch und fern, wie eine königliche Frau entgegengetreten und hatte in den wenigen Minuten der Begegnung sein Herz zu neuer Leidenschaft entzündet? Was war auch, verglichen mit der Fürstentochter, die ihn so hold und begierig angeblickt hatte, das immerhin anmutige Bärbchen von Widung?

Langsam verrauschte das Fest, und aus dem Gewoge der Tänze ebbte allmählich ein leerer Raum in der des großen Saales. Die Masken drängten von allen Seiten diesem neuen Mittelpunkte zu, aus dem es mit lautem und fröhlichem Lachen hervortönte und sichtlich ein besonderes Geschehen andeutete.

Bötticher, von der schaulustigen Menge vorwärts gedrängt, vermochte allmählich diesem Kreise näher zu rücken. Es schien, als führe dort die Fledermaus mit den wunderlichen Bewegungen einen seltsamen Reigen auf: mit klatschendem Flügelschlage und zwitscherndem Pfeife sauste sie dahin und dorthin, hob und senkte sich, kroch am Boden umher und erweckte durch diesen phantastischen Solotanz die Fröhlichkeit der schon halb betrunkenen Gäste zu lautem Jubel. An dem einen Ende des freigelassenen Raumes stand die pompöse Gestalt der Gräfin Königsmarck und schaute majestätisch lächelnd zu. An ihre Seite trat jetzt Elisabeth von Fürstenberg, die des Gedränges halber nicht mehr imstande gewesen war, den Saal zu verlassen, wie sie versprochen hatte.

Der Tanz der Fledermaus schien beendet. Aus den weiten Falten ihres Gewandes zog sie jetzt zwei kunstvoll gearbeitete Kästchen hervor, deren zierliche Schlüssel an seidenen Bändern schwebten, und überreichte die Kassetten mit einer Kniebeugung den beiden überraschten Frauen. Dann zog sie sich zurück, und ein Regen duftiger Blüten und Sträußlein flog aus ihren Ärmeln und Flügeln plötzlich auf die Umstehenden nieder, die sich begierig darüber hinwarfen, um sich ein Andenken an dieses seltsame Zwischenspiel des Festes zu sichern. Im Nu war dadurch das Gewühl ärger geworden denn je, und unbeachtet entschlüpfte die Fledermaus, wand sich durch mehrere Zimmer und huschte durch den dämmerigen Gang in jenes Zimmer hinüber, in dem der Springbrunnen noch leise unter der Venusstatue plätscherte.

Inzwischen hatte Aurora von Königsmarck das Kästchen geöffnet, und neugierig richteten sich die Blicke der Nächststehenden auf den Inhalt. Unter einer reichgestickten, äußerst zart gearbeiteten seidenen Decke lag in täuschender Nachbildung aus Wachs zierlich geformt, ihr Ebenbild, gehüllt in das Gewand der büßenden Magdalena. Über dem umschleierten Haupte aber zeigte sich ein schwebender Kranz, der auf dem Grunde des Kastens befestigt war und die spottende Inschrift trug: »Früh gesündigt, Tages Reue, abends Buße.«

»Man fasse den Unverschämten!« rief die Gräfin zornentbrannt und riss sich zugleich die Samtmaske vom Gesicht. »Ich befehle die Verhaftung im Namen des Königs!«

»Wer ruft den König?« fragte eine mächtige Gestalt mit blitzenden Augen und trat mit breiter Kraft aus dem Maskengewühl hervor durch die freie Gasse, die sich bei dem Klang der wohlbekannten Stimme sofort öffnete.

Einen Augenblick war es, als lähme beim Anblick König Augusts die Überraschung die gewandte Zunge der beleidigten Dame. Doch schnell gefasst berichtete sie in anklagender Eile, was man ihr getan, und bat mit Tränen in den schönen Augen um Genugtuung. Sie wusste, dass diese Tränen den König noch immer besiegt hatten.

August wandte sich kurz und scharf zu Elisabeth: »Ihr auch?« ruft er ihr zu, die bebend vor ihm stand. »Es freut mich, mein Fräulein, Euch *hier* zu sehen. Euer Vater grüßt Euch von Herzen! Doch zeigt mir nun gütigst, was die verwegene Maske Euch gebracht hat.«

Damit nahm August misstrauisch lächelnd und seine jähe Eifersucht kaum verbergend das Kästchen aus Elisabeths Händen, um es zu öffnen, und selbst die Gräfin vermochte trotz der erlittenen Kränkung ihre Augen nicht davon abzuwenden. Auch hier deckte eine silbergestickte Hülle von schwarzem Samt den Inhalt. Als der König diese hinwegschob, entschlüpfte den Umstehenden ein Schreckensruf. Der König erbleichte.

In dem Kästchen stand ein überaus feingearbeiteter Sarg mit glänzenden Silberbeschlägen, zu Häupten ruhte zierlich die Fürstenkrone.

»Beim Herkules«, rief der König wild, »das ist zu viel für einen Scherz!«

Heftig nahm er den Deckel des Sarges ab. Drinnen lag eine weiße duftende Rose, deren Kelch die scharfe Schneide eines wunderkleinen, mit äußerster Kunst gearbeiteten Dolches durchschnitt. Um den Blütenstil schlang sich ein grün und goldenes Band mit seltsamen Zeichen bemalt: die Rautenfarben des Hauses Wettin.

Elisabeth von Fürstenberg wäre ohnmächtig zu Boden gesunken, wenn nicht die Gräfin Königsmarck und einige herzueilende Masken sie gestützt hätten. Die Ohnmacht des Mädchens schien tief, und sie wurde hinweggetragen.

In der allgemeinen Verwirrung, die hierbei entstand, hörte man doch den donnernden Befehl des Königs, den Übeltäter sofort zu ergreifen und vor sein Angesicht zu führen. Ein Zuruf aus dem Maskengewühle belehrte darüber, dass die Fledermaus zuletzt auf dem Weg nach dem Brunnenzimmer gesehen worden sei. So drängte denn der ganze Schwarm in voller Hast nach jenem Gemache hin, wo die Liebesgöttin still sich in dem blumenumgürteten Wasser spiegelte, denn dieses Gemach hatte nur den einen Ausgang, der in den Hauptgang zurückmündete. Und wahrhaftig! Dort, in der finstersten Ecke des Raumes hockte die Gestalt des Unholds, vergebens bemüht, sich hinter dem Gebüsche zu verbergen! Die Flügel hingen dem Untier schlaff am Leibe herab, und hundert Hände streckten sich aus, den Verbrecher ans Licht und vor die Füße des Königs zu ziehen. Indessen leistete die Maske Widerstand. Plötzlich aber gab sie nach und stürzte zu Boden. Die Fledermausflügel klapperten leblos über einem faltenreichen, flach ausgebreiteten Gewand zusammen, das sich auf der Erde bauschte. Die Fledermaus war mit einem Bande an einigen Oleanderstämmen befestigt gewesen – das lebende Wesen, das sich des flüchtig aufgesteiften Taftes zu so boshaften Zwecken bedient hatte, war verschwunden.

Das Gebot des Königs, sofort alle Ausgänge zu schließen und die Anwesenden einer rücksichtslosen Untersuchung zu unterziehen, war zwecklos. Es war nichts Verdächtiges zu entdecken, und alsbald, nachdem der König die Erlaubnis erteilt hatte, zogen sich die Gäste zurück und verließen das unheimlich gestörte Fest.

Elisabeth von Fürstenberg war in tiefer Ohnmacht zum Hause ihres Vaters zurückgetragen worden. Dort befiel sie ein hitziges Fieber, an dem sie monatelang daniederlag.

* *
*

Kurz vor diesem Ereignis hatte der Generalgouverneur von Fürstenberg dem jungen Bötticher die Ehre eines Besuches gewährt. Der junge Mann hatte in Gegenwart des Fürsten Proben mit verschiedenen Metallen vornehmen müssen, wobei denn jedes Mal das Ergebnis aufs wunderbarste den höchsten Erwartungen des Fürsten entsprach. Von dieser Stunde ab wurde dem vermuteten Adepten eine schöne und sehr bequeme Wohnung im Dresdner Stadtschloss selbst eingeräumt, ein Hofwagen zu seiner Verfügung gestellt und eine ganze Schar von Lakaien zu seiner Bedienung befohlen. Wenn er über die Bedeutung seiner fürstlichen Unterkunft und über den Nebenauftrag hinwegsah, der jedem seiner Bedienten eingeschärft war, wenn er also nicht bemerken wollte, dass er in einem geräumigen Gefängnis unter der Bewachung harmlos gekleideter Gefängniswärter saß, so konnte sich der leichtsinnige junge Mann kaum ein sorgloseres und prächtigeres Leben wünschen und denken als das, das er vorerst führen durfte.

Fürstenberg selbst machte sich indessen trotz Kriegslärms und unsicheren Verbindungsstraßen sofort auf, seinem königlichen Herrn die erfreuliche Kunde selbst zu überbringen. Er hatte sich zu diesem Ende von Bötticher ein winziges Quantum des grauen Pulvers ausgebeten und reiste damit nach Warschau. Dort wurden in des Königs Gegenwart neue Versuche angestellt, jedoch sie misslangen. Zwar erwies sich das von dem Gouverneur mitgebrachte Adeptengold in allen Proben als gediegenes Metall, aber die Silbermünzen, die August mit eigenen Händen zu verwandeln wünschte, blieben unverändert. Indessen trösteten sich die hohen Herren damit, dass die Schuld des Misslingens an der mangelhaften Durchführung des Prozesses liegen möge. Um den Adepten persönlich zu sprechen und ihn mit aller Schärfe zu prüfen, verließ der König heimlich auf kurze Zeit sein Warschauer Winterquartier. Er ließ an seiner Stelle den Generalgouverneur zurück; vielleicht auch war ihm dessen Gegenwart, ungeachtet seiner Treue und Ergebenheit, in Dresden nicht ganz erwünscht. Denn der Fürst wachte streng über die Ehre seines Hauses und fühlte keinerlei Versuchung, seine schöne Tochter auf gleicher Stufe mit Aurora von Königsmarck zu erblicken.

Es bedurfte indessen seiner Nähe nicht; das unholde Geschenk der rätselhaften Maske, das nicht nur Elisabeth, sondern auch den König erschüttert hatte, durchkreuzte sattsam die Pläne des liebebedürftigen Herrschers, und alle ferneren Bemühungen von seiner Seite um Elisabeth geschahen nur mit halber Energie, erkalteten rasch und wurden endlich gänzlich abgebrochen, als es den Anschein nahm, Elisabeth werde ihrem Nervenfieber erliegen.

Desto eifriger wandte sich der König dem anderen Zwecke seiner
Reise zu. Denn er bedurfte zu dem blutigen Streit um die polnische
Krone immer neuer und womöglich unerschöpflicher Mittel, genau so,
wie England sie dem in seiner Genügsamkeit doppelt furchtbaren
Schwedenkönig Karl XII. stets gefällig anbot.

Nun sollte der junge Adept, so spröde dieser auch tat und die Enthül-
lung seines Geheimnisses von einem Tag zum andern verschob, ihn mit
einem Male von seinen Sorgen befreien. Auch als der König, von neuen
Nachrichten gedrängt, unerwartet rasch und vor Erfüllung seines Wunsches Dresden wieder verlassen musste, gelangten noch aus der Ferne
die verbindlichsten königlichen Handschreiben an den kostbaren neuen
Untertanen, um ihm endlich mit Güte zu entlocken, was er so beharrlich
verschwieg.

Jedoch jeder dieser Gnadenbeweise verschärfte den Ernst und die
herandrohende Gegenwart einer tragischen Entscheidung, vor die sich
Friedrich Bötticher gestellt fand. Er begann jetzt immer deutlicher den
Abgrund zu sehen, der sich vor ihm öffnete und an dessen Rand er schon
stand. In kindlicher Sorglosigkeit und gedankenloser Unbefangenheit
hatte er allmählich den kargen Schatz vergeudet, den der Grieche Laskaris
einst zu Berlin in seine Hand gelegt hatte. Und mit Verzweiflung im
Herzen sann er jetzt weniger darüber nach, wie er allenfalls den zusam-
mengeschmolzenen Vorrat seines Elixieres ergänzen, als darüber, wie er
Mittel finden könne, sich aus dieser goldenen Gefangenschaft zu befreien.
Er musste bemerken, dass mit jedem Huldschreiben des Königs seine
Bewegungsfreiheit sich verminderte, und die wundervolle Mischung von
Abenteuer und eitler Ehrbefriedigung nahm allgemach einen bitteren
Geschmack an.

*　*
*

Aurora von Königsmarck lag in ihren Gemächern auf einem Ruhebett
und stützte nachdenklich das Haupt in ihre Hand. Das große Abenteuer
ihres Lebens schien einem frühen und unerwünschten Ende sich entge-
genzuneigen, und recht sorgenvolle Gedanken stiegen in dem Herzen
des schönen Weibes auf. Fast hätte sie darüber vergessen, dass sie am
heutigen Tage in geheimnisvoller Weise von einem Unbekannten um
die Gunst einer Unterredung angefleht worden war. Der Fremde war ihr
mit seiner athletisch gebauten Gestalt, seinem männlich gebräunten

Antlitz und seinem freien und offenen Blick im ersten Augenblick sehr wohlgefallen. Auch hatte es sie überrascht und befriedigt, dass er durch Abnahme der Maske und ehrerbietiges Betragen die fürstliche Hoheit in ihr so zwanglos geehrt hatte, worauf sie so eifersüchtig Wert legte. Was mochte dieser Mann wollen? Sie wies ihn damals mit seiner Bitte nicht zurück, wie sie es sonst wohl getan haben würde, sondern hatte ihm mit hoheitsvollem Blick Gewährung genickt.

Als sie jetzt mitten hinein in ihren tiefen Grübeleien zufällig seiner gedachte, stieg sein Bild wieder deutlich vor ihr auf, und wieder befiel sie die Frage, woher der Unbekannte wohl kommen möge. Für ein verliebtes Abenteuer war sein Blick zu ernst gewesen, für eine Kränkung, wie sie ihr jüngst zuteil geworden war, erschien er ihr zu ehrenhaft und stolz.

Nun war der Tag, ja sogar wohl die Stunde gekommen, die er sich zur Audienz erbeten hatte.

In diesem Augenblick bewegte sich leise der Vorhang an der Tür ihres Boudoirs, ihre vertraute Zofe erschien und meldete einen Besucher, der den ergangenen Befehlen zum Trotz erklärte, von der Gräfin zu dieser Stunde erwartet zu werden.

Die Gräfin sprang auf. »Fides«, sagte sie, »nimm deinen gewohnten Platz ein. Der Mann soll empfangen werden. Wenn ich ihm trauen darf, werde ich dir das Zeichen geben, dann gehst du und schließest sorgfältig das Vorzimmer.«

»Nach Euren Befehlen, Herrin«, erwiderte das Mädchen, neigte sich und entschlüpfte.

Nach wenigen Augenblicken erfüllte den Eingang der zierlichen Tür die gleiche hohe Gestalt, die der Gräfin auf dem Balle entgegengetreten war. Der Mann näherte sich mit freiem Stolz der gefeiertesten Schönheit ihrer Zeit. Wie verführerisch und mächtig ihm auch die Reize der immer siegreichen Frau ins Auge leuchten mussten, es schien doch der Gräfin, die ihn aus gesenkten Augenlidern hervor beobachtete, als wisse er sich recht wacker zu bezwingen.

Mit ehrfurchtsvollem Gruße sagte er leise, aber bestimmt: »Vergebt, erlauchte Frau, mein Bericht duldet keine Zeugen.«

»Redet ohne Scheu«, entgegnete die Gräfin mit holdseligem Lächeln, »wir sind allein.«

Der Fremde zögerte und sah ihr mit großem und festem Blick in die Augen. Die Gräfin sah sich genötigt, die ihren ein wenig niederzuschlagen, und eine leichte Röte stieg ihr vom Hals auf. Indessen dehnte der Gast die Pause nicht länger; es schien, als zucke er unmerklich die Achseln, und begann dann mit gedämpfter Stimme:

»Es wird Euch nicht unbekannt sein, erhabene Frau, dass die Mauern des kurfürstlichen Schlosses einen – Gefangenen bergen, der in törichtem Übermut sich mit dem Namen eine wirklichen Adepten zu schmücken wagt.«

»Sprecht Ihr von Meister Bötticher, mein Herr?« unterbrach ihn die Gräfin schnell. »Und im übrigen: wer seid Ihr und woher kommt Ihr?«

Der raschen Frage folgte die ruhige und feste Antwort: »Ich komme aus Berlin, und ich bin ein Freund Friedrich Böttichers.«

»Ah –«, entgegnete Aurora mit einem Lächeln, das den Preußen vom Wirbel bis zur Zehe in Verachtung hüllen sollte, »ah – nun, ich begreife.«

»Wolle die hohe Frau geruhen, mich zu Ende zu hören«, fuhr der Fremde fort.

Er hob mit ungemindertem Stolz und mit kühler Miene das braungelockte Haupt, und sein Blick ruhte inzwischen mit stets gleicher Klarheit auf dem Antlitz der Gräfin: »Ich fühle und verstehe, Erlauchteste, vollkommen den Sinn Eurer Worte. Ihr haltet mich für einen Abgesandten. Ein solcher bin ich allerdings, doch anders, als Ihr denkt. Wollt Ihr meine Beglaubigung prüfen?«

Er hielt der Gräfin ein Papier entgegen, dessen Unterschrift sie mit raschem Blick überflog. »Wie!?« rief sie. »Euch sendet – Laskaris? Ihr kommt von ihm? Wo saht ihr ihn? Was vertraute er Euch? Was kümmert ihn die Sache dieses Bötticher?!«

»Sehr viel, gnädige Frau«, entgegnete der Fremde. »Ihr sowohl wie Seine Majestät und Fürst Fürstenberg sind im Irrtum, wenn sie meinen, Bötticher habe den Stein der Weisen gefunden. Der leichtfertige Jüngling betrog sich selbst und in seinem Wahn, man muss es sagen, auch den Meister. Laskaris ist es gewesen, der ihm, nicht einmal direkt, das kostbare Pulver mitgeteilt hat, durch dessen Wirkung Bötticher schon in Berlin, dann in Wittenberg und endlich hier den Prozess der Verwandlung durchgeführt hat. Er selbst vermag das Elixier nicht zu bereiten, von dem er heute kaum noch ein Stäubchen besitzt, und er wird es auch niemals können. Ihr wisst so gut wie ich, gnädige Gräfin, welches Los den Betrüger erwartet. Ihn, den er durch eine gewisse Mitschuld dem Untergang entgegentaumeln sieht, ihn zu retten, kam Laskaris noch einmal unerkannt zu uns. Er suchte einen Mann, der Selbstverleugnung genug besäße, diesen Gang für einen leichtsinnigen jungen Mann, der aber sonst nichts Böses getan hat und um den es schade wäre, zu tun.«

Während der Fremde so sprach, hatte sich die Gräfin aufgerichtet. Dann erhob sie sich, verließ das Gemach, kehrte aber bald wieder zurück und nahm ihre vorige reizvolle Lage wieder ein. Hierauf begann sie:

»Und Ihr also wart es, der sich zur Ausführung dieses Auftrages erbot. Habt Ihr auch bedacht, was Ihr wagt und wie man mit Euch verfahren wird, wenn dieser Plan sich entdeckt.«

»Erlauchte Frau«, entgegnete der Fremde, »wer allzu viel bedenkt, wird nie zum Ziele gelangen. Durch mich wünscht Laskaris dem allerdurchlauchtigsten Kurfürsten –«

»Von wem sprecht Ihr?« unterbrach die Gräfin mit strengem Blick und hob drohend den Finger.

»Ich bitte sehr um Vergebung«, sagte der Fremde, der das leise Zucken eines Lächelns nicht ganz zu unterdrücken vermochte, »ich bitte um Vergebung, ich spreche von Seiner Majestät dem König.« – »Laskaris bietet durch Schrift und Bürgschaft Seiner Majestät dem König achtmalhunderttausend Dukaten gemünzten Goldes, wenn Seine Majestät geneigt wäre, den vorwitzigen Jüngling zu entlassen.«

Er hatte nicht nötig, die Wirkung seiner Worte durch weitere Mittel der Überredung zu unterstützen. Wie die goldene Wolke einst den Herrn der Götter herabtrug in den Schoß Danaes und Schloss und Riegel weiblicher Tugend siegreich sprengte, so wich auch hier jegliches Bedenken der alles überwindenden Überredung des Goldes. Aurora von Königsmarck sprang vom Diwan auf und vergaß ganz die Erhabenheit der Bewegungen, die sie sich schuldete. In größter Erregung trat sie dicht zu dem Fremden und fasste mit derbem Griff nach seiner Hand: »Wie habt ihr gesagt?« rief sie, und der warme Hauch ihres Mundes traf sein Gesicht. »Um des Himmels willen, tut dem König nicht einen solchen Vorschlag! Nichts würde ihn mehr und unerbittlicher bestimmen, auf seinen Willen zu beharren, als das Bekenntnis, dass Bötticher achthunderttausend Dukaten wert ist! Wisset Ihr schon, dass August den jungen Mann inzwischen in den Adelsstand erhoben hat und dass soeben das Patent ausgefertigt wird?«

Der Fremde zuckte verächtlich die Schulter. »Es ist immer nur der Unterschied von Gold und Eisen«, sagte er, »man hängt mit einem Adelsprädikat nicht bequemer am Galgen als mit einem bürgerlichen Namen. Indessen, hohe Frau, bedenkt es wohl: das Geld liegt bereit. Eine

Bank in Amsterdam ist zur Auszahlung angewiesen. Wer es auch sein mag, der den Kerker des Unbesonnenen aufschließt und ihn in Freiheit setzt – diesem, nur diesem selbstverständlich kommt der Lohn zu.«

Die Gräfin, in deren beweglichem Gesicht sich schon ein Entschluss malte, raffte sich nochmals zur Hoheit auf und trat einen sachten Schritt zurück: »Nochmals, mein Herr: wer seid Ihr und wie heißt Ihr?«

»Pasch«, sagte der Fremde sehr ruhig, »mein Name ist Doktor Pasch.« – »Pasch«, wiederholte Aurora sinnend, »wo hörte ich schon diesen Namen? Ah – ich erinnere mich. Seid Ihr ein Verwandter des Bürgermeisters zu Wittenberg, in dessen Hause dieser Bötticher sich aufhielt?«

»Ich bin seines Bruders Sohn«, erwiderte Doktor Pasch, »doch ist mir von einem Aufenthalt Böttichers im Hause meines Oheims nichts bekannt.«

»So kennt Ihr auch den Geheimschreiber des Fürsten von Fürstenberg?« fuhr die Dame fort, und Pasch bemerkte nicht ohne peinlichen Schrecken, wie ihre glühende Erregung einem immer kühleren Nachdenken Platz zu machen schien.

»Wen meint Ihr?« frug Pasch vorsichtig.

»Ich spreche von Hans Gelneck. Er ist ein Vetter oder Schwestersohn dieses Bürgermeisters Pasch. – Wenn Ihr, mein Herr, mit diesem über die Sache schon gesprochen habt, so sagt es frei heraus. Ich muss das wissen, ehe ich in irgendeinem Sinne handle und handeln darf.«

»Nein«, sagte Pasch mit überzeugender Aufrichtigkeit in Stimme und Blick. »ich kenne den Herrn Gelneck nicht von Angesicht, sonst würde ich mich selbstverständlich zunächst durch ihn an Euch, Frau Gräfin, gewendet haben.«

Die Gräfin lächelte: »Vielleicht war der Weg besser, den Ihr gegangen seid. Ich warne Euch sehr«, fügte sie hinzu, »mit diesem Gelneck eine Verbindung anzuknüpfen. Diesen Geheimschreiber – diesen recht ehrgeizigen jungen Mann plagt die Sehnsucht nach der Laufbahn des großen Herrn. Er ist bereit, jedermanns Rücken zur Stufe seines Aufstiegs zu machen. Es dürfte ihm auch wenig verschlagen, wenn dieser Rücken einem toten Mann angehört. Ihr seht, es ist ein einigermaßen trügerischer Boden, auf dem Ihr wandelt. Ich möchte Euch empfehlen, hier in Dresden niemand zu trauen. Ich meinerseits will Euch raten – ich werde versuchen, Euch zu helfen. Geht jetzt, ich habe vielerlei zu bedenken.« Die Gräfin entließ ihn mit einer Handbewegung, hielt ihn aber nochmals auf: »Wünscht Ihr Euren Freund zu sehen? Der Offizier, der die Wache kommandiert und der auch Böttichers Dienerschaft unterstellt ist, gehört zum Kreis meiner Freunde, und ich bin seiner Ergebenheit gewiss. Nehmt diesen Ring« – sie zog einen einfachen Reif, auf dem ein eirunder Saphir saß, vom Finger – »lasst Euch melden und sagt, Ihr wünschet den Adepten zu sprechen. Macht es klug und bringt den Ring zurück, wenn Ihr morgen, sagen wir um diese selbe Stunde, wieder bei mir seid.« Die Gräfin neigte das Haupt, und Doktor Pasch war entlassen.

Nach Handkuss und tiefer Verbeugung verließ der Doktor das Palais der Gräfin in zuversichtlichster Stimmung.

Allein an diesem Hofe zu Dresden hegte ein jeder seine besonderen Geheimnisse.

In der Nacht, die dieser Unterredung folgte, schlich sich Gelneck leise aus der Stube der Kammerzofe, und Fides hielt ihn noch an der Türe in zärtlicher Umarmung fest.

»Ich habe dir sehr Großes und Wichtiges anvertraut«, flüsterte sie. »Wenn dir deine Absicht gelingt, ist unser Glück gemacht.«

»Ich weiß, dass ich es dir verdanke«, entgegnete er mit einem Kuss, »sei weiterhin wachsam, geliebtes Mädchen, berichte mir alles, was du ferner von diesem hochverräterischen Plan erforschen kannst. Du sagst die Wahrheit. Unser Glück hängt davon ab. Du siehst es ja auch, deine Gebieterin vermag sich nicht mehr lange auf der Höhe zu behaupten, auf die sie die Leidenschaft des Königs gehoben hat. In wenigen Monaten, denk' ich, ist es vorbei mit der Mätresse, und August der Unersättliche wird dem Hause Fürstenberg die Ehre erweisen. Wir müssen uns unabhängig machen, denn mit dem Glückswechsel geht es hier in Dresden allzu rasch.« Damit küsste er die Zofe von neuem mit leidenschaftlichem Feuer und löschte so alle Bedenken, die in dem Mädchen vielleicht noch aufsteigen konnten.

Fides schaute dem Geheimschreiber nach, wie er durch die mondscheinerhellte Gasse lief, und schloss dann Fenster und Türe. Sie hielt jetzt die Türklinke in der Hand, auf deren Druck der kurze Gang sich öffnete, der sie in das Boudoir ihrer Herrin führen würde.

Ihre stürmischen Gedanken wurden laut und sie flüsterte: »Was würde sie mir dafür bieten? – Geld, nichts als Geld und immer wieder Geld. – Was ist mir an dem schmutzigen Glanz dieser Residenz gelegen? – Er gibt mir seine Liebe, er wird mich heimführen ins Elternhaus droben an der Elbe, und das Geld, das ich ihm verschaffen werde, wird genügen zu einer fröhlichen Zukunft auf eigener, reicher Scholle zwischen unschuldigen Blumen und Tieren.«

Sie zog die Hand von der Türklinke zurück und entkleidete sich unter träumerischem Lächeln.

So sind die Frauenzimmer! – dachte Gelneck, als er fröstelnd unter seinem enggeschlungenen Mantel nach Hause schritt. Die dumme Gans hält ihr Glück in beiden Händen und wirft es für ein paar Küsse und einige hölzerne Redensarten weg, dass man sich des mühelosen Sieges wegen fast schämen möchte.

Und als Hans Gelneck seinerseits Haus und Bett erreicht hatte, warf er sich gähnend in die Kissen, und sein letztes Wort vor dem Einschlafen war: »Nein, solch ein Schaf!«

* *
*

Schon dehnten sich die Schatten des Abends. In der Tiefe der Bergschlucht rauschte das Waldwasser mit starkem Brausen und aus der Ferne zogen die Krähen ihrem Nest im Tannendickicht zu. Nur auf den höchsten Punkten des Gebirges verweilte noch ein Strahl der letzten Sonne, bis auch er sich verlor und die weichen Ketten der Abendwolken, purpurgesäumt, den goldfarbenen Westhimmel emporschifften.

Mit einem sanft sich einschmiegenden Sattel streckte sich der Kamm des Gebirges. Inmitten dieser Senkung erhob sich ein starker Wehrturm mit dürftig ringsum ungesetztem Wohnbau. Schon seit Jahrzehnten diente dieses Gemäuer dem »Schwarzen Ignaz« zum sicheren Aufenthalt.

Wer von außen sich dem Tore näherte, den empfing zunächst raues Hundegeheul, denn Markus, der grobzottige Wolfshund lag tagaus, tagein auf dem bemoosten Torstein und äugte scharf und immer wachsam den Pfad hinab, der aus dem Steiltale zu der Burg her, auufführte. Es war nicht zu raten, das eisenbeschlagene Tor zu betreten, bevor nicht der Pfiff des »Schwarzen Ignaz« den gewaltigen Markus in die Torstube zurückgerufen hatte. War der Weg frei, so betrat der Besucher einen mäßig großen, kiesbestreuten Hof, um den sich von drei Seiten die noch immer mächtige Mauer zog, während links beim Ziehbrunnen ein dichtes Gebüsch den jähen Absturz verhüllte, mit dem die schroffen Felsen viele Klafter tief unten im Waldboden ankerten. Weder Auf- noch Abstieg war von dieser Seite her selbst dem kühnsten Kletterer möglich.

Efeu und wilder Wein rankten an dem Strauchwerk empor, Gesträuch umklammerte die uralten Eichen, die sich um den Burghof drängten; hier und da nickten aus den breiten Rissen des Gemäuers kräftige Birken hervor, und ganze Gehänge von gelbem Ginster überbuschten die geborstenen Wände. Tiefbraunes Gestein, von Moos und Flechten behangen, ließ oft schwer erraten, ob der natürliche Fels oder gemauerte Bastionen zutage traten.

An die Mauer schloss sich eine zweistöckige, bedeckte Galerie, die mit dem Turm in Verbindung stand. Stieg man über eine hölzerne, offene Treppe, die sich an die Mauer lehnte, hinauf zum zweiten Stock dieser Galerie, die loggienartig offen gebaut war, so fand man an den Wänden schlechtgemalte Ahnenbilder längst ausgestorbener Geschlechter. Der alte Ignaz hatte sie einst vor Zerstörung gerettet, aus einer Art von Aberglauben, damit die Geister der Abgeschiedenen freundlich zu bannen. Die Türe, die aus der Galerie in den Turm hineinführte, war gleichfalls wehrhaft und nur mit riesigen Schlüsseln zu öffnen. Der Turm enthielt in dieser Höhe nichts als eine breite Wendeltreppe, die nach abwärts ins Erdgeschoss zurückführte, wo eine Anzahl hochgewölbter Zimmer den Grundriss des Turmes einnahm. Es war darunter eine Küche, die mit dem seltsamsten Alchimistengerät bis hinauf zu den Rändern des weitgebauten Kamins und bis zu allen Gesimsen der gewölbetragenden Pfeiler angefüllt war. Mehr als die halbe Höhe der Fenster war mit Mauerwerk verschlossen, so dass kein spähender Blick von außen ins Innere dieses Heiligtums dringen konnte.

In dieser Abendstunde glühte kein Kohlenfeuer auf dem riesigen Herd. Schmelztiegel und Glaskolben lagen müßig unter einer wochenlang angehäuften dünnen Staubschicht. Auf einem Schemel vor dem Blasebalg saß der »Schwarze Ignaz« und sprach mit einem anderen Manne in städtischer Tracht, der ausgestreckt auf einer hölzernen Bank lag und versonnen dem leisen Schwanken des Haifisches zusah, der oben vom Deckengewölbe herabhing. Man hätte denken mögen, das dämmerige Bild der mittelalterlichen Alchimistenküche mit der Staffage dieser beiden Männer sei für die Ewigkeit erstarrt und nichts als ein plastisches Bild romantischer Phantasie.

Unbeweglich, wie ein graues Steinbild, saß der Alte. Das Lächeln in den Zügen des Hingelagerten war leblos stehen geblieben, wie es zu geschehen pflegt, wenn ein Gedanke oder ein Gefühl, flüchtig aus dem

Herzen aufgestiegen, über anderen, schwereren Überlegungen vergessen wird.

Endlich knarrte des »Schwarzen Ignaz« Stimme von dem Schemel herüber: »Haltet Ihr's für gewiss, Herr, dass Euer Freund entkam?«

Der Liegende erschrak, als habe er vergessen, dass jemand neben ihm war, der das Vermögen der Sprache besaß. Mit sichtlichem Zwang sammelte er die zerstreuten Sinne und entgegnete:

»Guter Ignaz, der ist nicht mein Freund, den ich erwarte.« – »Nicht Euer Freund?« erwiderte der Alte gedehnt und strich sich den grauen struppigen Bart. »Mit Verlaub, weshalb bringt Ihr ihn dann hierher?«

Ein Seufzer antwortete ihm. Mit einem Ruck erhob sich der andere und sagte halb für sich im Tone nachdenklichen Ernstes:

»Was ist denn mit meinen Freunden? Wer sind meine Freunde? Die ich kenne, sind es und sind es nicht. Wenn mir die Pflanze ihre verborgenen Kräfte weist, wenn der Stein sein Geheimnis öffnet, bin ich den Gefährten der Herr und Meister. Mit mehr Demut, als mir lieb ist, erkennen sie es an. Weiß einer von ihnen, welches Schicksal der Himmel auf meine Schultern gelegt hat? Sie lassen sich am Wunder genügen. Sie tragen es mit Rühmen und mit heimlichen Wünschen im Herzen auf den Markt hinaus und drängen sich zu den Stufen der Throne. Glücklich noch, wenn sie bleiben wie Kinder. Begierig strecken sie ihre Hände nach dem Füllhorn des unbeständigen Glückes aus; Fürstengnade scheint ihnen mehr als die Würde des inneren Lebens. Am Ende vergeuden sie als Mittel, was der Zweck sein sollte, wie ich sie immer gelehrt habe. Muss ich nicht, wenn ihr törichter Ehrgeiz sie in Gefahren stürzt, ihnen immer wieder die rettende Hand reichen? Muss ich nicht immer wieder die Bande lösen, die ihre eigene Eitelkeit herbeiwünscht und aussucht, bis die Ehrenketten sich in Halseisen verwandeln und sie zu ersticken drohen? In hundert Gestalten und im Notfall selbst als Fledermaus muss ich zu ihrer Rettung herbeifliegen! Muss ich nicht, selbst ihrem Undank und ihrer unverbesserlichen Irrtümer zum Trotz –«

Die Worte des Sprechers unterbrach das wütende Gebell des Wolfshundes. Beide Männer standen auf und horchten.

»Ich denke, dein Wächter meldet sie an«, sprach der Fremde, und der »Schwarze Ignaz« stieg zu einer Fensterluke auf kurzer Standleiter empor. Noch immer heulte draußen Markus und versuchte sich von seiner Kette loszureißen. Der »Schwarze Ignaz« öffnete das Fenster und tat einen Pfiff. Der Hund verstummte.

Jetzt eilte der Kastellan hinaus und nahm Markus ins Torhaus. Im selben Augenblick erschienen die Wanderer unter dem Hoftor, und hinter ihnen schloss Ignaz die gewaltig schwankenden Flügel und legte den Riegel vor. Als Ignaz mit den Angekommenen über den Hof schritt, erschien am Oberlichtfenster des Turmgemaches das Gesicht des Fremden, und eine wohlbekannte Stimme rief zu den Nahenden hinüber:

»So seid Ihr also für diesmal noch entronnen? Don Caétano?«

»Mit der Madonna und Eurer Hilfe, Herr!« rief Don Caétano dagegen und blieb tiefaufatmend stehen, denn der Pfad zum Burgberg war steil und mühsam.

»Aber die Geschichte lief nicht ohne Mühe und Kampf ab, und ich entkam nicht ohne das übliche Musketengebell. Ich höre noch das Blei, das mir um die Ohren sauste! Doch solch wackere Burschen, wie Ihr sie mir gesandt habt, teurer Meister, vermögen viel, und mit ihrem Beistand bin ich hier.«

Ignaz öffnete die äußere Turmpforte, und Caétano trat mit seinem Begleiter ein. Ein kräftiges Händeschütteln der Männer beschloss die Begrüßung, und noch einmal rief Don Caétano: »Großer Meister, edler Freund Laskaris, das werde ich Euch gedenken!«

Laskaris wies mit lächelnder Gebärde auf den »Schwarzen Ignaz« und indem er vertraulich die Schulter des alten Mannes berührte, sagte er:

»Danket ihm, er hat das größere Verdienst. – Doch tretet nun näher, Ihr werdet der Labung bedürfen und müde sein. Es ist lange her, seit ich Euch zuletzt gesehen habe, und Ihr werdet wohl auch viel zu erzählen wissen.«

Er wollte voranschreiten, Don Caétano aber hielt ihn am Ärmel zurück und flüsterte ihm zu: »Ein Wort, Laskaris! Dem Wirte hier ist doch zu trauen? Oder wie? – Kennt Ihr ihn genau?«

Der Grieche wandte sich halb und entgegnete mit leisem Spott: »Wie mich selber, Don Caétano. Kommt nur.«

Don Caétano ließ zögernd die Hand von dem silbernen Griff eines spanischen Dolches, der in seinem Wamse stak. Immer noch misstrauisch, sah er, wie der »Schwarze Ignaz« die Turmpforte wieder verschloss.

In einem Zimmer neben dem Laboratorium stand auf schwärzlichem Eichentisch das Mahl schon bereitet. Zinnerne Krüge, mit Ungarnwein gefüllt, entsandten einen starken Duft und als Ignaz den Deckel der irdenen Schüssel hob, stieß der Dampf von einer saftigen Hirschkeule empor. Weißes und schwarzes Brot lag verteilt. Im übrigen bot das dürftige Tafelzeug keine besonderen Reize für Augen und Gaumen. Messer und Gabeln waren von Eisen und von langem Gebrauch abgenutzt, die wenigen Löffel waren von Blech und die irdenen Teller vielfach beschädigt und gebrochen. Man legt hier auf den Schein der Welt offenbar geflissentlich keinen Wert. Dessen ungeachtet ließen sich die Gäste zu behaglicher Mahlzeit am Tische nieder. Bald danach zog sich Ignaz mit dem Begleiter Don Caétanos aus dem Speisezimmer zurück, und Meister und Schüler blieben allein.

Eine Weile schwiegen beide, und oft hob Don Caétano den Zinnbecher mit dem hitzigen Ungarnwein und schob ihn schweigend wieder auf die Tischplatte zurück. Endlich ward ihm die Stille drückend, und da ihm auch der Wein schon die Schläfen erhitzte, lehnte er sich nun mit Behagen in seinen Sessel zurück und begann mit etwas gewaltsamer Selbstgefälligkeit von seinen Abenteuern zu erzählen:

»Wer hätte denken mögen, dass solche Ehren und Auszeichnungen meiner warteten, als ich Euch vor acht Jahren zu Neapel verließ, teurer Laskaris. Durch Italien und Frankreich bin ich gezogen, über die Pyrenäen führten mich nicht immer ungefährliche Wege hinab in das immer noch bewunderungswürdige Spanien, in dem einst der wissende Orient in Europa auf Vorposten stand. Wir wissen, über welche Schätze an Gold und Wissen die Mauren geboten, und uns ist überliefert, welche großen Meister in den unterirdischen Schulen das Geheimnis des Magisteriums erforschten und lehrten. Diese Schulen sind nicht alle untergegangen. Ich versichere Euch, Laskaris, in Spanien ist die Adeptschaft nie verlorengegangen. Auch mir gelang es, dort das Geheimnis unserer Kunst wiederzufinden und den Gang des Prozesses zu entschleiern. – Ich« - die Stimme Don Caétanos klang für einen Augenblick belegt, und mit einem gewissen Anlauf überwand er sein Zögern –, »ich verwandelte zu Madrid vor den Augen der Majestäten und ihrer Granden sowohl Silber als auch Zinn in schweres Gold.«

»Ach, was Ihr nicht sagt!« unterbrach Laskaris die prahlerische Rede. »Tatet Ihr das wirklich?«

Vor dem durchdringenden Blick des Griechen vermochten die unruhig schweifenden Augen des Süditalieners nicht standzuhalten. Er tat einen kräftigen Schluck aus seinem Becher und stieß diesen heftig auf den Tisch zurück:

»Laskaris, wollt Ihr mich Lügen strafen? Ich sag' Euch Hunderte sind meine Zeugen. Kurfürst Max Emanuel berief mich nach Brüssel, weil der Ruhm meines Wissens alsbald bis zu ihm drang. Ich verließ Spanien und ward zu Brüssel empfangen wie ein Fürst.«

»Er machte Euch«, unterbrach Laskaris den neuen Redeschwung sehr trocken, »unverzüglich zum Kommandeur eines Regimentes, zum Gouverneur seiner Hauptstadt; ja, er ernannte Euch sogar zum Feldmarschall. – Aber, ich denke, es bekam Euch schlecht. Man muss gestehen, Ihr seid ein recht wunderlicher Heiliger! Als Ihr in der apulischen Campagna statt des Marschallstabes noch den Hirtenstecken führtet –«

Der Italiener unterbrach in nachlässiger Haltung und mit einer großartigen Gebärde seinen Meister; er tat, als verstehe er den Hohn nicht, und mit einer Miene voll Gleichgültigkeit und gefühllosen Hochmuts fuhr er dazwischen: »Nicht jedem ist es verliehen, sich vorsichtig in der Mitte der Bahn zu halten. Mein Gestirn geht aufwärts, und wer dürfte sich anmaßen vorherzusagen, wie hoch am Himmel es noch steigen wird!«

»Freilich, freilich!« spottete der Grieche halblaut. »Als die Tinktur erschöpft war, die ich Euch mit auf den Weg gab, da saßet Ihr ein wenig auf dem trockenen. Der Kurfürst, soviel ich gehört habe, geriet in nicht geringe Wut; denn es war nun an ihm, Saatgut auf Saatgut herauszurücken, wo er nur Ernte um Ernte einzuheimsen gedacht hatte! – Ich meine, Don Caétano, Ihr wäret wohl in Kürze auf der höchsten Höhe Eurer Laufbahn angekommen, wenn meine Boten Euch nicht noch zur rechten Zeit aus der Schlinge gehoben hätten, die bestimmt war, Euer Sternbild und Euch am Himmel zu vermählen! – Bedenkt doch immer, es bleibt ein gefährliches Spiel, das Spiel mit dem eisernen Meilenzeiger!«

Mit kaum verhaltenem Grimm und indem er sich bemühte, den Ausdruck seiner Züge, den Klang seiner Stimme zu mäßigen, hob Don Caétano nach erneutem Trunk wieder an: »Ihr müsst ja nicht glauben, dass ich vergessen hätte, was ich Euch zu verdanken habe, Laskaris – und eben jetzt vielleicht bedarf ich Eurer aufs dringendste. Denn Kaiser Leopold hat mich unlängst nach Wien eingeladen, und ich hoffe, lieber Laskaris, Ihr werdet mich nicht umsonst bitten lassen.«

Der Italiener legte mit plumper Vertraulichkeit seine Hand auf die des Griechen und schaute ihm mit halbtrunkenen Blicken ebenso frech wie mit einem Ausdruck hündischen Bettelns ins Gesicht.

Laskaris stand von der Tafel auf und sagte kalt und streng: »Ich verstehe Euch nicht. Ich habe Euren Wunsch dahin verstanden, dass Ihr einige Tage an diesem stillen Zufluchtsorte Euch von den Folgen Eurer

Dummdreistigkeit erholen wollt. Dieser Wunsch ist Euch erfüllt, und es wird mir ein Vergnügen gewähren, zwischen Euch und dem andern, den ich erwarte, alle Abstufungen einer überreizten Einbildungskraft spielen zu sehen.«

»Von was für einem andern sprecht Ihr?« rief Don Caétano betroffen.

»Ich spreche von Herrn von Bötticher aus Dresden«, erwiderte Laskaris, in dessen Stirn unwillkürlich eine leise Röte stieg. »Auch er ist in dem Wahn befangen, zu dem heiligen Werk berufen zu sein, weil ihm der Auftrag wurde, die ungläubige Trägheit der Menschen aufzurütteln. Ihn jedenfalls entschuldigt das Feuer seiner unbesonnenen Jugend.«

Der Italiener fuhr mit der Hand nach seinem Dolch, indessen seine Augen Neid, Hass und Furcht zugleich sprühten. »Lasst stecken«, sagte Laskaris verächtlich. »Und im übrigen höret mein letztes Wort: Ihr waret vielleicht ein guter Ziegenhirt, Ihr seid mutmaßlich auch ein tüchtiger Bandit, besonders wenn Ihr den Rücken desjenigen sehet, auf den Ihr's abgesehen habt; aber gewiss seid Ihr ein jämmerlicher Alchimist und ein Verräter des Werks, Don Dominico Manuel Caétano, Conte de Ruggiero!«

Der Grieche lachte beleidigend, und dieses Lachen versetzte Don Caétano in fast wahnsinnige Wut. Er knirschte mit den Zähnen und warf einen Blick auf den Spötter, der jeden andern aufs tiefste erschreckt haben müsste; Laskaris jedoch schaute dem Italiener mit sanftem Hochmut in die Augen und fuhr fort:

»Eure Art zu empfinden und Euch zu äußern ist durchaus würdig jener gefährlichen Umgebung und gewagter Verhältnisse, in denen Ihr Euch wohlbefindet. Legt diese abenteuerhafte Wildheit ab und gestattet, dass ich Euch einen Rat gebe, sonst werdet Ihr es niemals zu etwas bringen: Seht Euch immer den Mann an, mit dem Ihr zu tun habt, und richtet danach Euer Betragen! Das ist das mindeste, was selbst Euch die Klugheit gebietet. – Doch es ist spät, und unser Schlafgemach hat der ›Schwarze Ignaz‹ längst bereit. Kommt also, Don Caétano, solange Ihr hier verweilt, müsst Ihr den Schlafraum mit mir teilen. Im Turm ist kein anderes Zimmer zur Verfügung.«

Wieder schaute Laskaris dem gefährlichen Schlafkameraden mit unverhülltem Spott ins Gesicht. Dann ergriff er eine der Kerzen, die auf dem Tische brannten, und leuchtete seinem Gast die enge Treppe hinan.

Das Zimmer, das sie betraten, war achteckig und schien die ganze Weite des Turmes einzunehmen. Tief in der Mauer lag das Fenster, zu beiden Seiten ragte je eines der mächtigen Betten empor, deren Gestell aus Eichenholz gefertigt war und die wegen der schweren Vorhänge, die sich von oben her darüber wölbten, jedes gleichsam ein Zimmer für sich bildeten. In der Mitte des Raumes schwebte von der Decke herab eine silberne Ampel, von einem Haken getragen, deren Licht indessen nur eine dämmrige Helle verbreitete.

Don Caétano warf unruhige und spähende Blicke umher, als sie schweigend ihre Mäntel abzulegen begannen. Endlich sagte er unruhig: »Herr, ich möchte lieber im Burghof oder, noch besser, im freien Walde übernachten, als an einem Ort, dessen Ausgänge ich nicht kenne! Wenn es Euch also gefällig wäre –«

»Oh«, entgegnete der Grieche mit sorglosem Lächeln, »unsere ganze Erde ist solch ein Ort, dessen Ausgänge wir nicht kennen, und man schläft doch ganz behaglich darauf! – Wenn es Euch aber zu beruhigen vermag, so soll Euch zur Mitteilung dienen, dass für Abenteurer, die Bedenkliches im Schilde führen, dieses Fenster hier einen ganz bequemen Weg zum Entschlüpfen bietet. Es ist nur leicht verschlossen, und zur Not kann man von da aus in den Burghof hinabspringen, wo dann freilich die Mauer und das verschlossene Tor dem weiteren Entkommen einiger- maßen hinderlich sind.«

»Die Mauer« – Don Caétano dehnte das Wort mit nachdenklicher Überlegung. »Wenn ich nicht irre, so sah ich im Zwielicht des Abends, als ich in den Hof eintrat, nur drei Seiten von der Ringmauer umgeben. Wo aber der Ziehbrunnen steht und das Gebüsch die Aussicht versperrt – da scheint die Mauer wohl abgetragen oder so tief zerstört, dass sie hinter dem Gebüsch verschwindet.«

»Allerdings scheint es so«, entgegnete Laskaris trocken; dann nahm er wie von ungefähr eine kleine gebauchte Flasche, die mit einer seltsam leuchtenden Masse gefüllt schien, aus seiner Brusttasche und legte sie zu oberst auf die Kleidungsstücke, mit denen er inzwischen den Sessel an seinem Bett beim Entkleiden bedeckt hatte. Auch Don Caétano hatte begonnen, sich langsam seiner Kleider zu entledigen. Er pfiff dazu leise vor sich hin und tat so, als beachte er seinen Stubengenossen nicht weiter. Jedoch war ihm keine der Bewegungen des Griechen entgangen, und er sah mit einem wahren Tigerblick blitzschnell auf jenes geheimnisvolle Glasgefäß hin, dessen Form und dessen Inhalt ihm nur zu wohlbekannt waren. Diese Phiole zu besitzen, war der Inbegriff seiner gierigsten Wünsche, und kein Frevel konnte ihn abschrecken, in dessen Besitz zu gelangen, wenn sich dazu die Möglichkeit bot.

Don Caétano saß jetzt auf dem Rand seines Himmelbettes; die schweren Seidenvorhänge warfen einen tiefen Schatten auf seine Gestalt; mit einer fast lächerlichen Unbegabtheit in der Verstellung nahm er den Ton öliger Treuherzigkeit an und sagte:

»Und wenn es nur nötig würde – denn wer mag voraus zu wissen, wie seltsam die Ereignisse im Leben zu spielen vermögen –, wenn es nun vielleicht nötig würde, dass einer von uns Abenteurern eben durch jenes Fenster unerwartet rasch seinen Ausgang nehmen müsste – wäre es nicht immerhin ein recht gewagter Sprung? Denn mich dünkt – ich glaube mich zu erinnern, dass der Hof mit scharfen Kieselsteinen gepflastert ist.«

»Zum Teufel, Herr!« rief jetzt Laskaris ungeduldig, indem er sich mit einem ordentlichen Krach in sein Bett warf. »Seht Ihr denn nicht die schweren gedrehten Schnüre an den Vorhängen Eures Bettes? Nun also!«

Schon begann offenbar die Müdigkeit den Griechen zu überwältigen; denn mit zögerndem Gähnen, eine raschen Schlaf nur noch mühsam bekämpfend, fuhr er stockend fort: »Die Schnüre sind stark genug, drei solcher Hasen zu tragen – wie Ihr – einer – seid. – Und nun schlaft wohl und stört mich nicht länger.«

Hörbar warf sich Laskaris in den Kissen auf die Seite, und Stimme wie Gestalt verschwanden in der Hülle der weichen Federbetten.

Das olivenfarbige Gesicht des Italieners starrte noch scharf gespannt aus seinen Bettgardinen hervor. Es erschien mit dem Ausdruck bohrenden Nachdenkens wie zu Stein erstarrt. Endlich löschte auch er seine Kerze und streckte sich lautlos auf seinem Lager. –

Reichlich eine Stunde oder mehr mochte verflossen sein, als es sich im Bett des Italieners regte. Der Abenteurer stützte sich vorsichtig auf und flüsterte: »Vernahmt Ihr nichts, Herr?« –

Nichts antwortete als das Rauschen des Nachtwindes draußen. In der Stille waren deutlich die ruhigen Atemzüge aus dem anderen Bett herüber zu vernehmen.

»Schlaft Ihr, Herr?« fragte etwas lauter der Italiener; und zum dritten Male, vorsichtig, aber mit verschärftem Tonfall: »Vernahmt Ihr nicht auch, Laskaris –«

Jedoch der Grieche warf sich mit schlaftrunkenem Murmeln auf die andere Seite, und sehr bald kehrte das ruhige Atmen des tief und traumlos Schlafenden zurück.

Lautlos schlüpfte jetzt Don Caétano aus den Vorhangfalten seines Bettes, huschte zum Fenster hinüber, öffnete es mit geübter Geräuschlosigkeit und schaute vorgebeugt zu dem dunklen Hof hinab. Es war eine finstere Nacht, und schon auf kurze Entfernung war die Dunkelheit undurchdringlich. Tiefe Stille umfing Turm und Gemäuer. Es schien sich in der Tat alles so zu verhalten, wie Laskaris gesagt hatte. Caétano lehnte den Fensterflügel leise wieder an, ohne ihn zu schließen, löste schnell und mit geschickter Hand die starke Schnur, von der die Vorhänge seines Lagers zusammengehalten wurden, eilte zum Fenster zurück und schlang das eine Ende des seidenen Stricks um das Fensterkreuz, dessen Stärke er zuvor sehr genau erprobte.

Hierauf schlich er leise und gewandt wie ein Raubtier zu dem Bett seines Stubengenossen, maß die Lage des Schlummernden mit geübten Augen, löschte die Lampe, die von der Decke herabschwankte, mit sicher gezieltem starken Pusten und führte dann sofort mit Blitzesschnelle einen – zwei – drei Stöße unter dem gelüpften Vorhang durch nach der Brust des Schlafenden. Caétano war gewiss, dass seine Klinge niemals fehlte!

Alsbald auch zog ein leises Stöhnen durch das Gemach – darauf folgte Todesstille.

»Maledetto!« rief der Italiener in halblautem Triumph. »Der Bandit wäre gerächt!«

Er prüfte den Dolch in seiner Hand. Er war feucht und klebrig von Blut. Mehr festzustellen war in der tiefen Finsternis nicht möglich und auch unnötig. Übung und ausgezeichneter Ortssinn ließen den Italiener kaum sekundenlang umhertasten, bis seine Hand die Phiole berührte, die er inbrünstig an sein Herz und an seine Lippen presste. Er steckte den Dolch in die Scheide, ergriff Mantel und Hut und schwang sich zum Fenster hinaus. Mit Hilfe des Seiles erreichte er geräuschlos den Hof. Kaum aber berührten seine Füße den Boden, als auch schon Markus ein wütend heulendes Gebell erhob, und eben noch gelang es dem Fliehenden, quer über den Hof zu eilen, sich hinter den Ziehbrunnen zu ducken und mit einem kräftigen Sprung sich in das Gebüsch zu stürzen, als auch schon Fackelglanz aus den unteren Toröffnungen hervorleuchtete und der »Schwarze Ignaz« mit seinem Gefährten herauseilte.

* *
*

In derselben Nacht schritt Friedrich Johannes Bötticher, jetzt durch kurfürstlich sächsische Gnade zum Junker von Bötticher gemacht, in seinen Appartements zu Dresden geängstigt auf und ab.

Wie sehr hatte sich der junge Mann verändert, nicht nur äußerlich, sondern auch in seinem Innern! Tiefe Blässe deckte die jugendlichen Wangen, die von jenem bitteren Zug durchfurcht waren, den frühe Enttäuschung und unbarmherzige Erfahrungen zu zeichnen pflegen.

Als er von Berlin entwich, sprosste ihm kaum der erste Flaum um Mund und Kinn, und seine freundlichen und immer zur Begeisterung bereiten Kinderaugen strahlten groß geöffnet in feuchtem Glanze. Nun aber loderte unter der sorgenvollen Stirn mit den eingefallenen Schläfen ein unstetes und seltsam düsteres Feuer.

Es war jetzt soweit. Er sollte fliehen. Diese Nacht war dazu bestimmt, und es ging um Tod oder Befreiung. Aber auch die wiedergewonnene Freiheit konnte ihm keine Freude mehr bringen, denn nur sein Leib würde seinen Rettern folgen an den Zufluchtsort, den ihre Sorgfalt ihm bereitet hielt. Seine Seele, seine Wünsche, sein ganzer Wille blieben gefesselt! Nicht umsonst hatte der junge Mensch von den beiden gefährlichen Taumelkelchen des Lebens gekostet:

Hier lagen sie vor ihm, seine huldvollen Schreiben des polnischen Königs, in denen ihm verheißen wurde, was ein gnädiger Fürst nur zu verleihen vermag an reichem Lohn, Titeln und schwindelhohen Ehrenstellen. Und da in seiner Brusttasche steckten die zwei rosenfarbenen Billette, die ihm noch in diesen Tagen von der erhabensten Erscheinung, die seine Jünglingsphantasie kaum zu träumen gewagt hätte, zugekommen waren. Die junge Fürstin Elisabeth hatte sie, kaum genesen, geschrieben, und dem kleinen Apothekergesellen Bötticher schien die Hand nicht mehr unerreichbar zu sein, die einer Fürstin angehörte, wenn er bedachte, das sein königlicher Herr ihn zu jeder Höhe erheben konnte und zu erheben bereit war, wenn nur er selbst ihn dafür mit dem Geheimnis des grauen Pulvers beschenken konnte!

»Was kümmert mich Kerker, was Gefahr des Lebens, wenn ich das Mittel fände, das Mittel, da mich am Ende über Gefahr und Schicksal erhöht! – Gebt mir das Mittel«, rief er voll Verzweiflung in sich hinein, »gebt mir das Mittel, o all ihr irdischen und himmlischen Mächte, die ihr mich hierher geführt habt, gebt mir das Wunderelixier! Und ich bin glücklich!«

Indessen eben die magischen Worte fehlten ihm, ohne deren Kraft und Wirkung schlechtes Metall nichts anderes war und werden konnte als eben eine glanzlos schlechte Masse, ohne welche auch die köstlichsten Gefühle nicht wagen durften, das Glück der Erfüllung zu greifen.

Alle Vorbereitungen zur Flucht waren aufs beste getroffen. Die Wache war gewonnen, hier im Schloss wie draußen am Stadttor. Ein schnelles Pferd, war ihm gesagt, harre seiner in der kleinen Nebengasse, die fast unter seinen Fenstern hinlief. Um Mitternacht sollte Doktor Pasch das Zeichen geben, wenn das Aufblitzen einer roten Flamme in Böttichers Zimmer ihm verkündete, dass der Gefangene allein und unbeobachtet sei. In einem kleinen Schälchen am Fenster lag das Pulver zur Entzündung bereit, das die bengalische Flamme zu liefern hatte. Dann sollte noch in der Nacht elbaufwärts der Weg nach Böhmen führen, dorthin, wo im Waldgebirge der »Schwarze Ignaz« als Hüter des festen Turmes ihrer harrte.

Beklommen drückte Friedrich die gerungenen Hände immer wieder auf die schweratmende Brust und schaute hinüber zu dem Häusergewirr, aus dem der fürstenbergische Palast sich in die Nacht emporhob.

»Elisabeth, Elisabeth, – o Elisabeth, Stern meiner Träume, Stern meines Lebens, ich soll dich verlassen! Dunklere Nacht, als die mich jetzt von dir trennt, wird mich umgeben, wo ich dich nicht finde, und kein freundlicher Strahl des Glücks wird mehr auf dem einsamen Pfade dem Heimatlosen leuchten, wenn ich dich verloren habe! Wann, ach wann wird mein Auge dich, du Göttliche, du Unerreichbare, du Liebliche, wiedersehen, und wann wird mein Fuß die Schwelle wieder berühren dürfen, an der du gestanden hast, als mein Mund den kühlen Duft deiner Hand berührte!«

So klagte, wimmerte und knirschte der junge Bötticher in sich hinein, und seine Hände gruben sich bald in die Fülle seiner braunen Locken, bald in die Stäbe des Fensterkreuzes, an dessen kalte Scheiben er seine Stirn presste und zum fürstenbergischen Palast hinüberstarrte. Jetzt endlich rasselte ein Wagen unter seinem Fenster vorbei. Bötticher deutete das auf den Beginn des Unternehmens. Schon war er im Begriff, das Leuchtpulver zu entzünden, da klirrten Schritte im Vorplatz heran, und das Ohr des erschreckten Lauschers vernahm deutlich das Aufstoßen der Musketen auf dem Estrich. Dann flog die Tür weit auf, Waffen blitzten herein, und ein Offizier betrat die Schwelle. Es war eine sehr kräftige und kriegerische Gestalt, die sich mit straffem, militärischem Gruß knapp vor dem Herrn von Bötticher verneigte. Unter dem Eisenhut hervor traf den entsetzten Jüngling ein begütigender Blick.

»Herr Johannes Friedrich von Bötticher«, sagte der Offizier mit sehr höflicher Stimme, »im Namen unseres gnädigen Landesherrn ersuche ich, mir zu folgen!«

Starr sah der Gefangene nach ihm hin, und der Offizier musste zweimal seine Aufforderung wiederholen, ehe diese offenbar verstanden wurde.

»Wollt Ihr mich morden?« stieß Bötticher endlich tonlos hervor, und ein flüchtiger Schwächeanfall zwang ihn, sich an den Kamin zu lehnen. »Führt Ihr mich zum Tode?«

Der Offizier zuckte kaum merklich die Achseln. Mit unverminderter Höflichkeit antwortete er: »Mein Auftrag enthält nicht mehr, als ich mitzuteilen schon die Ehre hatte. Ich habe nur den Willen des Königs zu vollziehen. Wolle der Herr also gutwillig folgen, ich möchte nur ungern Gewalt gebrauchen.«

Bötticher raffte sich auf. Der Offizier schritt ihm voran durch den Vorsaal, wo eine doppelte Reihe von Musketieren stand, die gemessenen Schrittes den Zug wieder abschloss. Am Fuße der Treppe und des Haustors hielt ein Wagen, und Bötticher war gezwungen, ihn zu besteigen. Zu ihm setzte sich der Offizier, auf dem Kutschbock und dem Rücktritt des Wagens nahmen je zwei Soldaten Platz, und so ging es in schwerfälligem Trab durch die mitternächtige Stadt zum Tor hinaus, die Landstraße entlang, elbaufwärts, desselben Weges, den Bötticher zur selben Stunde, nur in ganz anderem Geleite, nehmen sollte. In erster grauender Morgenstunde bog die Kutsche von dieser Straße ab und fuhr hinüber zur Feste Königstein. –

Ein feiner Staubregen, mehr ein dicker Nebel, rieselte herab, und das Hintergässchen, das an Böttichers Wohnung vorbeistrich, lag öde und finster. Kaum mochte eine halbe Stunde nach Böttichers Abfahrt verflossen sein, als langsam und vorsichtig zwei Männer, unkenntlich in ihre Mäntel gehüllt, sich der Wohnung Böttichers näherten. Nun hielten sie lauschend an, schauten zu den dunklen Fenstern empor, und der eine sagte:

»Seid Ihr auch sicher, dass alles so vorbereitet ist, wie ich es gefordert habe?«

»Alles, Herr!« entgegnete der andere und sah misstrauisch umher. »ich wünschte, es wäre schon alles hinter uns. Deutet es mir nicht übel, wenn ich wunderliche Gedanken zu hegen scheine. Denn manches sehe und beobachte ich, wovon Ihr Euch nichts träumen lasst: Kurz gesagt, Herr, die Sterne sind Eurem Unternehmen nicht günstig; schiebt die Sache auf!«

»Habt Ihr Verdacht geschöpft?« flüsterte jener und blickte trotz der Finsternis dem zaudernden Warner aufmerksam ins Gesicht. »Ist irgend ein Grund vorhanden, um an einem glücklichen Ausgang zu zweifeln? Ich bitte Euch, rückt frei mit der Sprache heraus.«

»Grund?« fragte der Mann mit ungewissem Tone dagegen und schüttelte den Kopf. »Einen Grund weiß ich nicht; aber eine Art von Vorgefühl lässt mich fürchten, es möchte Euch reuen, wenn Ihr unzeitig gehandelt hättet. Mein Rat ist: wartet bis morgen oder bis übermorgen; nur heute geht nicht an das gefährliche Wagstück, das Euch Freiheit und Leben kosten kann.«

Lächelnd sagte der andere: »Wie oft schon habe ich Euch nachgegeben, und auch jetzt wieder zögert Ihr? Was müsste die Gräfin, was soll Laskaris von uns denken, wenn wir im entscheidenden Augenblick feig zurückweichen wollten? Geht also lieber und seht Euch nach unseren Pferden um und macht mich nicht kleinmütig.«

Der Mann brummte etwas Unverständliches und verschwand um die Ecke der Gasse. Nachdenklich verfolgte der Zurückgebliebene ihn mit den Blicken; dann war wieder tiefe Stille. Das Fenster des gefangenen Bötticher, aus dem das verabredete Zeichen hervorblitzen sollte, war das dritte in der Reihe. Es war trotz der Dunkelheit leicht abzuzählen, und der Lauscher richtete nun seine Beobachtungen hierauf. Er hatte nur wenige Augenblicke seine Aufmerksamkeit dem Fenster gewidmet, als der rote Blitz emporflammte. Rasch legte er die Finger an die Lippen, und ein leiser Pfiff erklang. Bald darauf bemerkte er, wie man versuchte, das Fenster zu öffnen, aber das Gitter schien den Anstrengungen von innen nicht sogleich nachzugeben, und ein Ton drang herab, als ob eine Feile oder Stahlsäge durch Eisen gehe. Die Aufmerksamkeit des Untenstehenden richtete sich gespannt auf den Fortgang dieses Geräusches. Melancholisch tropfte der Regen, und ein Nachtwind kam mit hohen Stößen die enge Gasse herab. So kam es, dass der Lauscher die gedämpften Schritte nicht vernahm, die sich von beiden Seiten her näherten.

Jetzt aber hörte er sie, blickte verwirrt umher, nach einem schützenden Hausvorsprung, nach einer Türöffnung – aber nichts als glatte Mauern zeigten sich ringsum, und nicht die geringste Türlaibung bot Schatten und Schutz. Der Lärm der Schritte wurde rasch lauter, und jetzt rückte es an in militärischem Doppelschritt, ein dunkler Kordon, die ganze Breite der Gasse füllend, bis der Ratlose die beiden Absperrungskolonnen fast mit den Händen berühren konnte. Von beiden Seiten erschallte das Kommando: »Halt!« Vor der front der Bewaffneten kreuzten sich die Strahlen mehrerer Blendlaternen, und der Umzingelte stand im vollen Licht.

»Er ist der Doktor Pasch aus Preußen?« rief ein Offizier ihn an. »Der bin ich«, tönte es zurück, und Pasch richtete sich in seiner ganzen Größe unerschrocken auf. »Was will man von mir?«

»Im Namen des Königs! Er ist mein Arrestant!« sagte der Offizier barsch, und Doktor Pasch fühlte seine Arme von derben Soldatenhänden gepackt. Mit einer leichten Wendung entzog sich Pasch den eisernen Griffen und sagte mit ruhiger Stimme zu dem Hauptmann: »Ich bin ein Fremder und königlich preußischer Untertan. Mit welchem Recht werde ich verhaftet?«

Nichts als ein höhnisches Lachen war die Antwort; er wurde aufs neue gepackt, überwältigt und stand nun mit auf dem Rücken gebundenen Händen. Dann trieben ihn die Soldaten mit Kolbenstößen vor sich her bis zur nächsten Straßenecke. Ein Wagen rasselte heran; Pasch wurde gewaltsam hineingeschoben und die Türe sorgfältig verschlossen. Ein Reitertrupp umringte die Kutsche. An die Spitze des Zuges setzte sich der Führer der beiden Streifenkolonnen und gab den Befehl zum Abmarsch. Laut und deutlich hörte Doktor Pasch den Hauptmann einem seiner Leutnants zurufen: »Wir müssen vor dem Morgengrauen auf dem Sonnenstein eintreffen, also scharfer Trab!« Und kaum war dieser Befehl erteilt, als die Kutsche mit schwerfälligen Sprüngen über das holprige Pflaster dahinzustolpern begann und unter dem Hufschlag der Pferde die Funken stoben.

Dieser zweite Gefangenentransport folgte dem ersten auf derselben Straße in einem Zeitabstand von kaum einer halben Stunde.

* *
*

Vergeblich hatte der »Schwarze Ignaz« mit seinen Gefährten den Hof nach allen Richtungen durchspäht, als das Geheul des Wolfshundes die Flucht Don Caétanos meldete. Jetzt erst nahm er sich Zeit, Markus von der Kette zu lösen, und mit gesträubten Rückenhaaren stürzte der Hund zum Ziehbrunnen. Nach kurzem Stöbern verbellte er das verdächtige

Gebüsch, durch das der Italiener verschwunden war. Die Männer traten herzu, und der »Schwarze Ignaz« sagte: »Da drinnen muss etwas stecken; aber wer es auch sei, der sich hier im Weißdorn verbirgt, er hat sich keinen angenehmen Schlupfwinkel ausgesucht. Es genügt vollkommen, dass wir Markus hier die Wache überlassen; heraus kommt da keiner, und hinunter über die Felsen entkommt nicht einmal ein Wiesel. Zum Überfluss mag einer von euch bei Markus bleiben. Inzwischen will ich nach dem Herrn sehen, es sollte mich wundern, wenn er nicht aufgewacht wäre über dem Lärm, den mein Grauer gemacht hat.« Mit diesen Worten klopfte er dem immer noch knurrenden Markus die Flanke und ging hinweg.

Wider alles Erwarten folgte ihm der zottige Hund mit eigentümlichem Winseln, sprang dann voraus und schaute aufmerksam zum Fenster empor. Dem Alten fiel das Benehmen des Hundes auf, und er folgte ihm. Da erblickte er das Seil, das aus dem Schlafzimmer des Herrn herabhing. – Was bedeutet das? Ignaz erschrak, wandte sich zur Galerie und sprang hastig die Treppe hinauf. Über die Galerie erreichte er die Turmtüre, die er rasch aufschloss. Er gelangte von hier aus durch eine geheime Tapetentüre zu dem Schlafzimmer, und als er eintrat, überblickte er im Schein der Blendlaterne, die er trug, rasch die zerwühlten beiden Lagerstätten, bemerkte, dass die Ampel erloschen war, und beschaute die am Boden verstreuten Kleidungsstücke.

»Heilige Mutter Gottes«, rief er, »was ist hier geschehen?! Blutflecken an der Kleidung des Herrn –«

»Ignaz!« – ließ sich plötzlich eine unwirkliche Stimme vernehmen, die geisterhaft aus der Wand hervorzudringen schien. »Schließe Tür und Fenster, wenn du so gut sein willst, und komm dann zu mir!«

Jetzt wusste Ignaz Bescheid. Er hatte die Stimme seines Herrn gehört und wusste, wo dieser war. Er tat zunächst, wie ihm befohlen war, und ging dann auf das Bett zu, in dem Laskaris geschlafen hatte. Er bemerkte aufs neue die große Unordnung, die hier durch rasches und gewalttätiges Geschehen entstanden sein musste. Mit einem erschreckten Aufschrei fand er Kissen und Leintuch des Bettes zerfetzt und mit Blut überspritzt, zugleich auch eine Blutlache auf der Matratze und die Überreste einer zerschnittenen Schweinsblase. Im nächsten Augenblick sah er das Tafelwerk der inneren Mauer, gegen die das Bett gerückt stand, rolltürartig zurückgeschoben und die ihm bekannte Geheimnische offen. Der alte Ignaz stieg über das Bett hinweg und fand da drinnen seinen Herrn, ge-ruhig eine holländische Tabakspfeife schmauchend und in ziemlich unvollständiger Bekleidung an dem kleinen Tisch sitzend, auf dem ein erwärmender Grog dampfte.

Laskaris lächelte ihm entgegen und sagte: »Ein etwas kühler Aufenthalt, nicht wahr, Ignaz, zu dieser fortgeschrittenen Jahreszeit! Aber immer noch besser als in der heißen Nähe südländischer Leidenschaft! Rasch, erwärme dich mit einem Glas Punsch und lass dir die späte Störung erklären.«

Ignaz rief sofort: »Wo in aller Welt, lieber Herr, ließet Ihr Euren Gefährten? Was ist mit dem Manne geschehen? Und was bedeutet das Blut?!«

»Er ist fort«, entgegnete Laskaris, »ich fürchte sogar, er ist sehr weit von hier. – Nachdem er sich meiner Phiole bemächtigt und die Lampe gelöscht hatte, entfloh er durchs Fenster, und da ihm kein Ort sicher genug ist, dessen Ausgänge er nicht kennt, so hege ich Besorgnis, dass er selbst diese unsere Liebe Erde inzwischen verlassen haben könnte, deren Ausgänge von so zweifelhafter Art sind. Wir werden morgen früh sehen, was unter dem Fenster übrig von ihm ist. Inzwischen, armer Ignaz, hast du ja wohl gemerkt, wie schwer sich sein Banditenmesser an deinem treu behüteten Gut und dem stolz deiner Truhen versündigt hat!« mit wehmütigem Lächeln deutete Laskaris hinaus auf das zerfetzte Linnen des Bettes. Ignaz hob mit zitternden Händen das Punschglas, stürzte den heißen Inhalt in einem Zug hinunter, schüttelte sich, es wäre schwer zu sagen gewesen, ob infolge der angenehmen inneren Erwärmung oder aus neu aufgruselndem Entsetzen und rief: »Ihr lieben Heiligen! Und solch einen Mordbuben, solch einen Wäscheverderber und Schweinsblasenstecher ließet Ihr entkommen?! Ihr wusstet doch, dass Eure Klingelzüge am Bett uns lautlos herbeizurufen vermocht hätten? Er wäre uns nicht entgangen! Allein, mich bedünkt, er ist noch nicht so weit fort, als Ihr meint. Ich glaube, er steckt vielmehr in unserer nächsten Nähe, nämlich im Gebüsch hinter dem Ziehbrunnen. Markus wird dort bis zum Morgen Wache halten. Wenn es Euch aber recht ist, so werden wir sofort das Gebüsch durchsuchen.«

Der »schwarze Ignaz« eilte zur Tür, jedoch ein Zuruf seines Herrn hielt ich zurück. »Es hat keine Eile, Ignaz, ich denke, lebt er dann, so flattert er wie der Vogel am Bande des Vogelstellers!« spottete Laskaris. »Aber das gebührt ihm, Gott weiß es, hätte ich nur einen Tropfen rechtschaffenen Blutes in ihm verspürt, ich hätte ihm so nicht mitgespielt.

Übrigens bin ich mit deinen Anordnungen ganz einverstanden, und es soll dabei bleiben. Markus und einer von euch wird den Ziehbrunnen schon gut bewachen. Es muss jetzt weit über Mitternacht hinaus sein, und ich möchte jetzt wirklich gerne schlafen gehen. Nimm also die Schnur vom Fenster, zünde die Ampel wieder an und mach' mir ein sauberes Bett zurecht.«

Der alte Ignaz beeilte sich, die Befehle seines Herrn zu befolgen, räumte rasch die beschädigte und beschmutzte Bettwäsche fort, kam alsbald mit neuem Linnenzeug zurück und richtete die Lagerstatt wieder auf. Sodann stieg Laskaris durch die Wandvertäfelung wieder herein, und das fehlende Stück der Wand schob sich an seinen Ort zurück.

Aus der Behaglichkeit seines Bettes hervor fragte Laskaris noch den Alten: »Die Türe des Turmes ist doch gut geschlossen, Ignaz?« – »Alles ist fest«, erwiderte dieser. »Schlafet in Gottes Namen, nur wenn Ihr könnt, lieber Herr –«

»Wenn ich was kann?« fragte der Adept lachend dagegen.

»– so bringt uns nie wieder einen solchen Schelm ins Haus!« fuhr es dem »Schwarzen Ignaz« über die Lippen. »Da wäre mir ja schon jeder Buschklepper im Walde draußen eine angenehmere Begegnung!«

Laskaris dehnte sich behaglich in den Kissen. Indem er sich bis an die Nase in die Daunendecke vergrub, rief er noch dem alten Diener zu: »In wenigen Tagen erwarte ich zwei, die du gut behüten musst vor jedem Buschklepper, denn ich fürchte, dass ihnen unbarmherzige Verfolger scharf auf den Fersen sein werden.«

Fast hätte Ignaz sich bekreuzt bei dieser Rede seines Herrn, und er schwur sich im stillen die teuersten Eide, die Angekündigten auf eine solche Weise zu bewachen, dass sie keinen Schaden bringen könnten in der Art, wie etwa der flüchtige Graf von Ruggiero ihn anzurichten gewillt gewesen war. Mit verhaltenem Unwillen und Kopfschütteln verließ er das Zimmer, schloss die Türe sanft zu und flüsterte: »Ich wollte, das ganze Schmarotzergeschmeiß bräche sich das Genick, wie ich denn gern hoffe, der tückische Italiener werde morgen früh am Fuße des Burgfelsens zu finden sein!«

Wenige Minuten darauf lag Laskaris in tiefem Schlummer vergraben.

* *
*

Elisabeth von Fürstenberg saß an einem schönen Herbstmorgen zum ersten Male wieder auf dem Altan, der es ihr so gut ermöglichte, die Gespräche zu vernehmen, die in ihres Vaters Kabinett stattfanden. Die Morgensonne wehte goldene Lichter um ihr bleiches, durch die überstandene Krankheit eigenartig verschöntes Gesicht. Sie lehnte das Haupt müde an die Wangen eines hohen Sessels, und ihre überzarten Hände spielten nachlässig mit den Schleifen ihres Morgengewandes.

Da ertönte von drinnen die bekannte silberne Klingel des Vaters, und Elisabeth sah den Geheimschreiber eintreten.

Inzwischen schien sich Elisabeth wenig um das zu kümmern, was von dem Gespräch zu ihr drang. Bald aber berührte ihr Ohr ein Wort gleich einem elektrischen Schlage, das sie zur Zusammenraffung aller ihrer Sinne zwang.

»Herr von Gelneck«, hörte sie den Fürsten sagen, »des Königs Majestät hat sich in Ansehung Eurer treuen und aufopfernden Dienste gewogen befunden, Euch zu seinem Geheimen Rate zu ernennen. Nehmt meinen Glückwunsch, so ungern ich Euch entlasse, denn ich weiß in der Tat kaum, wie ich Euch ersetzen soll.«

Was der so angenehm Überraschte in seinem Dankgefühl stammelte, entging der Lauscherin. Gelneck schien lange und eifrig zu sprechen. Der Fürst saß mit geschlossenen Augen und hörte unbewegt zu. Mit einem Male fuhr er aus seinem Stuhl empor und unterbrach den Geheimschreiber mit ungewohnter Lebhaftigkeit:

»Wie sagt Ihr? Er war es? – Jener Abenteurer sollte es wagen, nochmals hier zu erscheinen, wo er kaum mit dem Leben davonkommen wird, wenn man ihn erkennt? Ihr müsst Euch irren – es ist nicht möglich!«

Wieder ergriff Gelneck das Wort, stand aber so, dass Elisabeth trotz geschärftester Aufmerksamkeit ihn nicht verstehen konnte. Schon erhob sich Elisabeth, um etwaigen Enthüllungen zuvorzukommen, von denen sie Gefahr befürchten mochte; allein die Schwäche ihrer Glieder war zu groß, und sie sank wider Willen in ihren Sessel zurück. Sie bedeckte den Mund mit ihrem stark parfümierten Tüchlein und hauchte vor sich hin: »Dieser Elende! – Oh, ich fürchtete es schon längst, er weiß alles! Und dieser Streber versteht es meisterhaft, seine Geheimnisse zu gutem Preise zu verkaufen!«

Infolge der Bewegung, die sie ergriffen hatte, war ihr die Erwiderung des Fürsten entgangen. Sie beugte sich von neuem lauschend vor, es schien aber da drinnen eine längere Gesprächspause eingetreten zu sein.

Noch weiter beugte sie sich vor: Nein, sie irrte – Gelneck hatte das Kabinett verlassen. Jetzt sah sie, wie der Fürst sich erhob, sich wandte, und zu dem Altan herüberschritt. Elisabeth lehnte sich teilnahmslos in ihrem Stuhl zurück.

»Elisabeth!« sagte der Gouverneur in scharfem Ton, den er aber augenblicklich mäßigte, als er die durchsichtige Blässe auf den Wangen seiner Tochter sah, und bedeutend sanfter fuhr er fort: »Unsere Vettern in der Pfalz haben mir Boten gesandt mit freundlichsten Grüßen und mit einer Einladung für dich. Es würde mir lieb sein, wenn du sie anzunehmen vermöchtest. Wer weiß, wie das unsichere Kriegsglück sich plötzlich wenden kann und Sachsen zum Schauplatz unerfreulicher Ereignisse machen könnte.«

»Ist denn jetzt die Pfalz um so vieles sicherer?« sagte Elisabeth, und sie bemühte sich vergebens, ein hörbares Beben ihrer Stimme zu bemeistern. »Ich möchte Euch bitten, Herr Vater, wenn Ihr nicht sehen wollt, dass ich mir den Tod holen soll – lasset mich hier, unter Eurer Obhut. – Euer persönlicher Schutz genügt mir.«

Fürst Fürstenberg erwiderte nichts. Er schob sich einen Sessel neben den Stuhl Elisabeths, ließ sich wortlos nieder, schloss nach seiner Gewohnheit die Augen und ließ die Daumen umeinander kreisen. So saß er lange, und Elisabeth wusste, dass dies ausdruckslose Gesicht ihres Vaters stets das sicherste Zeichen dafür war, dass tief und scharf kombinierendes Nachdenken den Fürsten abwesend machte. Elisabeth war unbehaglich zumute. Mehr als einmal zuckten ihre ausgebleichten Hände nervös nach der Seitenlehne des Stuhles und nach dem Arm des Vaters. Die hellblauen, scharf blickenden Vogelaugen, die sie vom Vater geerbt hatte, überflogen scheu prüfend die undurchdringlichen Gesichtszüge des Gouverneurs. Sie wagte trotzdem nicht, seine Gedankengänge zu stören.

Viele Minuten vergingen in lautloser Stille; endlich hob der Fürst die schweren Augenlider, so dass ein schmaler Spalt sich zu Elisabeth hinüber öffnete, darunter ein träger Blick sie streifte. Der Fürst sagte leise:

»Seit gestern ist Bötticher zurück von dem Königstein. – Er hat versprochen, sich dem Willen Seiner Majestät endlich zu fügen. – Er tut wohl daran, sich dareinzufinden, dass die Macht Seiner Majestät das Recht hat, von ihm zu fordern, was sie will. Wer ein Geheimnis bewahrt, das den Staatsinteressen zuwiderläuft, belastet sich unnötig mit gefährlichem Reisegepäck.«

»Das ist ein Satz, dessen Richtigkeit Euer neugebackener Junker von Gelneck zu erweisen sich rechte Mühe gegeben hat«, sagte Elisabeth schwach und mit einem bitteren Lächeln um die Mundwinkel. »Schade nur, dass Eure väterliche Weisheit so mannigfacher Auslegung zugänglich ist.«

»Elisabeth!« drohte der Gouverneur mit erhobenem Zeigefinger und mit scharfem Blick; indessen fuhr er sehr gehalten fort: »Seit ich fern war, ist hier vieles geschehen, was meiner Vergebung und was des Vergessens bedarf. Ich will, dass es vergessen werde. Deshalb, ma chère, wirst du nach der Pfalz gehen und dort deine extravaganten Launen gleichfalls vergessen lernen, und ich wünsche, dass Herr von Gelneck dich geleite.«

Damit erhob sich der Fürst, küsste flüchtig die Hand seiner Tochter und schritt hinaus.

Elisabeth seufzte tief. Ihre hageren Hände zerdrückten in zorniger Erregung das dufttragende Tüchlein, das zugleich dazu dienen musste, einige Tränen aus ihren Augen zu nehmen. Wenige Augenblicke danach sah sie drunten den verhassten Geheimschreiber stolz erhobenen Hauptes und einigermaßen geckenhaften Schrittes den Palast verlassen. Sie knüllte ihr Tüchlein in der Faust, und ihre Stimme zischte: »Dieser Geck! Ein Glück, dass ich weiß, welches seine Karten sind und um welchen Preis er spielt. Und bei Gott! Er soll die Partie nicht gewinnen!«

Am Abend desselben Tages saß der neue Geheime Rat von Gelneck in dem kleinen, abgelegenen Zimmer, in welchem er bisher die bescheidene Laufbahn eines Geheimschreibers in fürstenbergischen Diensten verfolgt hatte, und die Ehre, mit der König August den hoffnungsvollen Intriganten zu belohnen wusste, bestürmte den jungen Mann mit berauschenden Vorstellungen.

So entging ihm eine leise Regung im Vorzimmer und ein schüchternes Pochen an seiner Tür. Als diese sich leise öffnete, fuhr Gelneck aus süßesten Zukunftsträumen empor, und es lag ein harter Missklang in seinen Worten, als er ausrief: »Ach, du bist es Fides! – Nun, ich freue mich, dich zu sehen.«

Mit affektierter Höflichkeit bot er dem Mädchen, das ihm an die Brust fliegen wollte, den gesteiften Arm und führte sie zu einem Sessel.

Fides erblasste; ihre braunen Augen blickten erschrocken und füllten sich sofort mit Tränen. Stockend begann sie: »Ich habe von deinem Glück, von deiner wunderbaren Erhöhung schon gehört. Meiner Gräfin entschlüpften darüber einige wenige recht zornige Worte. Du musst wissen, sie misstraut dir. Es wird nicht lange mehr dauern, und dieses Misstrauen ereilt auch mich – es wird also Zeit, meinst du nicht auch, Hans, dass du mich unter deinen Schutz nimmst – oder besser – dass wir gehen.«

»Was kann dir die Gräfin schaden?« rief Gelneck mit gleichgültigem Spott. »Ihre Tage in Dresden sind gezählt. Ihr Absturz wäre schon Ereignis, wenn nicht – immerhin, das tut nichts zur Sache! Ich hörte, der König erwäge, sie einem Nonnenkloster zu übergeben, damit man dort den Versuch mache, ihr die Sünden abzuwaschen.«

Er lachte kurz und böse. Dieses Lachen, kalt, herzlos und überheblich, drang fremd und erschreckend zum Herzen des Mädchens. Ihre Mienen verrieten ihr Gefühl.

Gelneck lenkte ein: »Mein gutes Kind, du hast unrecht getan, zu dieser Stunde zu mir zu kommen. Du bis unvorsichtig, wir sind hier durchaus nicht sicher vor Störungen. Es würde ein äußerst nachteiliges Licht auf mich werfen, wenn dich jemand auf dem Wege hierher beobachtet hätte. Es ist besser, du gehst jetzt nach Hause zurück. Ich werde zu dir kommen, morgen – übermorgen – kurz, sobald ich Zeit habe.«

Fides stand auf. Ihr Wesen war plötzlich in einer Art verändert, dass dem Herrn Geheimen Rat unbehaglich zumute ward.

»Nein«, sagte Fides, »o nein! – Ich habe nun schon umsonst drei lange Nächte auf dich gewartet. Du wirst auch weder heute noch morgen kommen. Ich bin nicht so töricht, wie der Herr Geheime Rat vielleicht denkt. Ich bin nicht gewillt, mich quälen zu lassen.«

Gelneck setzte jetzt die Miene des Gekränkten auf und trat mit theatralischer Gebärde einen Schritt zurück. Fides sah es, und die Angst drang ihr aus dem Herzen zur Kehle empor.

»Hans, lieber Hans, sprich doch zu mir wie sonst. Lass mich die Stimme wieder hören, die zu mir von Glück und Frieden und stiller Zufriedenheit sprach. Sprich wieder zu mir wie damals, als ich in deiner Nähe nichts fühlte und nichts sah als dich und deinen guten Blick. – Sprich«, fuhr sie in zunehmender Leidenschaft fort und ergriff hastig seinen Arm, »und sag mir, dass du halten willst, was du mir versprochen hast! – Um deinetwillen hab’ ich die Gräfin betrogen, habe gehorcht, gelogen und verraten! Um deinetwillen habe ich meine Herrin, die zu mir nur immer gut und mütterlich war, betrogen! Ich habe ihr Vertrauen getäuscht – soll ich damit bestraft werden, dass auch mein Vertrauen getäuscht wird?! Ich flehe dich an: Zieh mich empor aus dem Schmutz, in den du mich gestoßen hast! Reinige mich von der Schande durch die Liebe, die du mir hundertmal geschworen hast! – Ich will nicht mehr bitten, ich fordere meine Ehre von der deinigen!« – Gelneck versuchte aufzubrausen und sich die Beleidigungen zu verbitten, die seine Liebe nur töten können. Da er aber sah, dass aus den sanften Augen des Mädchens eine verzweifelte Entschlossenheit hervorleuchtete, der alles mögliche zuzutrauen war, fand er es alsbald geraten, die eingeschlagene Taktik zu ändern.

»Gutes Kind«, sagte er in sanftem überredendem Tone, »so wenig vermagst du die Ausdrücke deiner blinden Aufregung durch Überlegungen zu zügeln, wie sie aus den Verhältnissen unmittelbar selbst sich ergeben müssen! Wie vermöchte ich dein Geschick in diesem Augenblick mit dem meinigen in eine öffentliche Beziehung zu setzen! Welchen Gefahren würde dein Mangel an Selbstbeherrschung mich aussetzen! – Und auch dich, natürlich auch dich«, fügte er hinzu, als er die Wirkung seiner Worte auf Fides bemerkte.

»Oh«, rief die arme Fides erschrocken, »niemals soll ein Zucken meiner Wimpern, niemals soll auch nur ein einziges Wort von mir dich verraten! – Sage mir nur, dass du nicht nur dich, sondern auch mich aus den Gefahren dieser von Heimtücke und Hinterlist aller Art übersponnenen Residenz retten willst!«

»Wohlan«, sagte Gelneck, indem er sich zu einer Liebkosung zwang und die tränenfeuchten Haare aus dem fieberheißen Gesicht der Zofe strich, »so höre also zu und sammle deine zerstreuten Sinne. Auch mir wird es sehr schwer, mich fürs erste von dir zu trennen; aber wie eine Eingebung des Himmels kommt mir ein rettender Gedanke. Die Ansprüche, die mein neuer Stand an mich stellt, sind groß, und ich werde ihnen nicht anders begegnen können, als« – Gelneck seufzte –, »als durch eine reiche Vermählung. – Erschrick nicht, mein Kind, höre mich weiter! Welche Dame es auch sein möge, deren Wahl mir die Klugheit gebietet, so soll sie doch von keiner anderen umgeben sein, als von dir! – Du staunst? Liebes Kind, ich bin entzückt von dieser Vorstellung. Du sollst ihr alles sein, Kammerfrau, Vertraute – bemerkst du nicht, wie herrlich sich unsere Liebe in diesen Plan einfügt?«

Eine Schwäche, die vor den Augen des Mädchens alles umher in einen tollen Wirbel riss, erlaubte dem ausgezeichneten Diplomaten, bis zu diesem Punkte seine Ansichten zu entwickeln. Jetzt aber erschrak er zum andern Male, und heftiger als zuvor, an der Veränderung, die er an Fides wahrnahm. Umsonst bemerkte er, dass er für heute zu weit gegangen war, und suchte einzulenken:

»Mein Plan ist hiermit natürlich nicht zu Ende. Sobald meine Stellung genügend befestigt sein wird, werden sich die Wege finden, dich selbst in geeigneter Weise eines gesellschaftlichen Ranges teilhaftig zu machen. Dann mag es den Gewohnheiten der großen Welt anheimgegeben sein, unsere Geschicke so zu lenken, dass deine zukünftige Gebieterin auf meine Hand verzichtet und diese für die deine frei wird –«

Jetzt schnellte Fides empor wie eine Schlange, die vom Fuße eines unvorsichtigen Wanderers getreten wurde. Furchtbar war die Verwandlung ihres ausdrucksvollen Gesichtes und erschreckte selbst den gefühllosen Gelneck.

»Rühr' mich nicht noch einmal an«, sagte sie mit leiser Stimme. Ihre Augen glühten. »Berühre mich nicht! – Wenn ich dich ansehe, weiß ich, wie die Hölle aussieht. – Wenn ich diesem Geheimen Rat begegne, weiß ich, wie es ist, wenn man einem ehrlosen und feigen Verräter in die Quere kommt! Verflucht bin ich schon, ich weiß es, verflucht ist, wer deinen Worten traut! Aber verflucht ist jeder Mörder – warum nicht du, der meine unsterbliche Seele ermordet hat?! Du wirst die Folgen dieses Fluches zu spüren bekommen, Geheimes Rätlein, bevor der Morgen heraufkommt, und du kannst dich vorbereiten auf die Rache, die der Zorn meiner betrogenen Herrin dir bereitet.«

»So geh nur gleich, törichte Dirne«, unterbrach sie Gelneck mit hochmütigem Hohn. »Geh nur, bitte, und säe deine Saat, wie dir die Liebe gebietet! – Bei der Gräfin willst du mich verklagen? Sie wird die Lauscherin, die Spionin, die Verräterin zu schätzen wissen! Mich, den Geheimen Rat von Gelneck, den Vertrauten Seiner Majestät, wird sie schon zu behandeln wissen wie einen Feind, mit dem man rechnet!«

»Es ist genug«, sagte das unglückliche Mädchen mit unerwarteter Würde. »Es mag sein, der Herr Geheime Rat von Gelneck behält recht. Sein Rock mach ihn klug, und ich weiß, man ist in solcher Uniform sehr häufig wohlgeborgen vor seiner eigenen Schlechtigkeit. Es mag darum sein, wie es will, ich entgehe dem Schicksal nicht, das ich verdient habe. Für dich aber, Hans Gelneck, ist dies mein letztes Wort: ein Mädchen, das geliebt hat wie ich, weiß allein, wie ich dich jetzt hasse. Lasse mich ergreifen und unschädlich machen, sobald du kannst, denn mein Hass wird dich, so Gott will, vernichten, so früh er es vermag. Und hast du mich getötet, so triumphiere nicht zu sehr, denn wenn mir eine unsterbliche Seele gehört, so will ich nach meinem Tode nichts anderes, nicht Fegefeuer noch Seligkeit, als zuerst deinen Untergang. Hier und drüben gehört die meine Rache! Strebe, erraffe, steige, heirate! Verdorren soll dein Stamm, bevor er die erste Blüte treibt! Und wenn du abstürzest von der Höhe, die du auf allen vieren erkrochen hast, so verschließe dir der Himmel seine Gnade – hier und drüben!«

Fides verschwand aus dem Zimmer früher, als der Klang ihrer Stimme verhallt war.

Gelneck stand inmitten des Raumes und sah mit einem erstarrten Grinsen vor sich hin. Endlich hob seine Schultern ein verächtliches Zucken, und mit einem bösen Lächeln wandte er sich zu seinem Schreibtisch. Er ließ sich davor nieder und ergriff die Feder, aber er vermochte nicht, sich eines Schauers zu erwehren. Die Hand, die einen raschen Plan zur Unschädlichmachung der Kammerzofe entwerfen sollte, versagte, und eine unerklärliche, unwiderstehliche Gewalt des Entsetzens überdrang ihn. Die Flüche und Verwünschungen des Mädchens zitterten, bis zu seinen Lebenstiefen hinab, in ihm nach. Es bedurfte schon geraumer Zeit, bis er die Härte seines Gemütes, die kalte Entschlossenheit seines Verstandes wiederfand, und ohne die Feder eingetaucht zu haben, erhob er sich mühsam und ging zu Bett.

*   *
*

Es war an einem schwülen Frühsommertag des Jahres 1704, als Mann und Ross, von der Reise erschöpft, das Leipziger Tor der kleinen Stadt Wittenberg erreichten und über die alte Zugbrücke in die gerade und freundliche Hauptstraße einlenkten.

Vor dem Gasthof »Zum grünen Rautenkranz« hielt der Reiter an, warf die Zügel dem herbeieilenden Hausknecht zu und forderte ein Zimmer, um sich den Reisestaub abzuwaschen. Sonst pflegte der Wirt diesen Gast mit schallendem Handschlag zu empfangen; heut aber stand er vor dem Steinportal seines Hauses mit ehrerbietig gelüpftem Käppchen, dienerte und sprach: »Gestrenger Herr Geheimer Rat, Euer Oheim, der Bürgermeister, ist, Eurer Nachfrage zu dienen, wohl und munter. Munterer sogar als damals, wo meinem geringen Hause die Ehre widerfuhr, Euch zum ersten Male aufzunehmen.«

Dazu lächelte der Mann und schlug immerhin in einem Augenblick, in dem er sich unbeobachtet sah, mit einem seltsamen Ausdruck seine Augen gen Himmel empor.

Der Herr Geheime Rat von Gelneck nickte nur vornehm mit dem Kopf und stieg die steinerne Treppe hinan, durch den kühlen Gastflur hinauf in das ihm vom vorauseilenden Kellner bezeichnete Gemach.

Als er nach geraumer Weile wieder heraustrat und vor dem Gasthof »Zum grünen Rautenkranz« stand, sah er sehr stattlich drein. Er prüfte das Wetter mit der Hand und schritt dann mit hoher Würde die Straße entlang, bis auf den Markt, wo des Bürgermeisters Haus in seinem schönsten Schmucke prangte, denn es war neu gestrichen und gemalt. Ein riesengroßer Rosenstrauch, sehr natürlich mit seinem Stamm und vielverzweigten Geäst aufsteigend und sich über die ganze vordere Hausfläche ausbreitend, war dargestellt und machte auf den Ankömmling, dem diese herrliche Bemalung neu war, den angenehmsten Eindruck. In den Rosenzweigen waren die Allianzwappen des bürgermeisterlichen Hauses zierlich verteilt, und am größten und schönsten leuchtete dem entzückten Geheimrat das eigene, neu verliehene Adelswappen entgegen.

Als der messingne Klopfer ertönte, wurde alsbald geöffnet, und eine braune Dirne erschien, den Fremden einzulassen. Der Bürgermeister war drüben auf dem Rathaus, doch wurde er schon längst zurückerwartet. Jungfer Barbara von Wildung hatte in dem großen Baumgarten vor dem Hause Schutz vor der Sonne gesucht. Als er ihr gemeldet war und sie ihn zu sich in den Garten bitten ließ, kam dieser Umstand dem Gast wie gerufen; er ging also mit raschen Schritten durch die Diele und den Laubengang hinaus und sah sich im Garten um.

»Mitten unter den herrlichsten Blumen und Bäumen finde ich Euch«, rief Herr von Gelneck der Jungfrau entgegen, »und sie alle, wie ich sehe, wetteifern in ihrer stolzen Sommerpracht vergebens mit dem Glanze Eurer Schönheit, teuerste Muhme! Ja, Euer Liebreiz, überstrahlt sogar die köstlichen Rosen, und es bleibt diesen Kindern Floras nichts übrig, als jeden Morgen die hoffnungslosen Tränen ihrer Niederlage zu weinen, wenn Ihr Euren Garten betretet.«

»Sind dies die neuesten Formen der Begrüßung, wie man sie jetzt von Frankreich herüber in die Pfalz importiert hat?« lautete die spitze Gegen- rede Barbaras. »Wahrhaftig, Vetter, Ihr beschämt uns württembergische Pfahlbürgerinnen mit so überaus schön gedrechselten Reden. Wir sind ganz außerstande, dergleichen von ähnlicher Kunst hervorzubringen.

Schade nur, dass ich hier auf meiner Gänseblümchenwiese allein genieße, was einen ganzen Hof satt machen könnte.«

»Dafür ist es eben auch nur für Euch allein bestimmt, was mich mein ehrliches Herz zu sagen antreibt«, erwiderte Gelneck, ohne der Stacheln achten zu wollen, mit denen jedes Wort von Barbaras Rosenlippen besetzt zu sein schien. »Mehr noch, gütigste Muhme! Wollte ich meiner Zunge freien Lauf lassen, so, wie mein Herz es befiehlt, Ihr würdet erstaunen über die Flut zärtlicher und uneigennütziger Empfindungen, die ich für Euch ergießen möchte.«

»Ich weiß, ich weiß«, unterbrach Barbara von Wildung diese neue, mit absichtlicher Zweideutigkeit ironisch gefärbte Rede und neigte das Haupt mit süß spottendem Lächeln. »Ich weiß in der Tat, dass Euer Herz zuweilen zärtlicher Empfindungen fähig ist. Aber wollet mir doch, sehr hoher und gestrenger Herr, sagen – verträgt sich solche jugendliche Schwäche mit der Würde Eures Standes, von dessen Erhabenheit uns wunderbare Gerüche zugekommen sind?«

Gelneck sonnte sich in dem Wortgeplänkel mit großer Selbstzufriedenheit. »Ach«, entgegnete er, »es ist wahr, der König wendet mir seine Gnade in ungewöhnlichem Maße zu. Er erhob mich vor wenigen Tagen erst in den Freiherrenstand und ergänzte meinen Titel zu dem eines Wirklichen Geheimen Rates. Alles lässt mich hoffen, dass damit der Weg noch nicht beendigt ist, den Seine Majestät für mich voraussieht. Jedoch, was bedeuten zuletzt die äußeren Ehrungen der Welt? Was mich zu Euch führt, liebwerte Muhme Barbara, ist nicht, Euch den Jugendfreund unter der Bürde der Ämter und ihrer Ehren vorzuführen. Was sind alle diese Ehren anderes als, wenn es hoch kommt, bescheidene Zweige, die ich zu einem einzigen Kranze zusammenzuflechten gedenke, um ihn Euch, holde Barbara, zu Füßen zu legen! – Ihr schweigt – Ihr errötet –? O teuerste Freundin meiner Jugendtage!«

Indem er so sprach, streckte sein Arm sich aus, um das Kleinod zu umfangen, an das so wichtige und reiche Besitzungen geknüpft waren, und eine ehrliche Freude des Sieges leuchtete aus seinen Augen.

Aber Jungfrau Barbara wich geschickt aus und sprach sehr sanft:

»Hoher Herr, Ihr treibt Euren Scherz mit mir. Wie sollte Eure Wahl auf mich arme Waise gefallen sein, da Ihr doch die Wahl habt unter den reichsten Familien des Landes – die stolze und schöne Elisabeth von Fürstenberg nicht ausgenommen! Wie solltet Ihr, dem alle Herzen sich in heimlichem Pochen zuwenden – von der stolzen Gräfin an, die unseren allergnädigsten Kurfürsten in den Banden zarter Liebe hält, bis hinab zu der Kammermagd, der drallen, ländlich gefundenen Fides –, wie solltet Ihr da Euch hingezogen fühlen, ich sage es nochmals, zu dem armen, verbindungslosen Mädchen, zu der Protestantin aus zwar edlem, aber mit mir erlöschendem Stamme? Sehet, ich, der letzte Spross dieses Hauses, habe nichts von ihm ererbt als den schlichten Wahlspruch unseres Wappens, das in Krieg und Frieden unverletzt blieb. Ihr wisset, der Wahlspruch derer von Wildung lautet: *Die Ehre über alles.* Was möchte Euch diese abgelebte Devise, das einzige Erbstück, über das ich unumschränkt verfüge, wie ich wiederhole, wohl nützen? Ich denke wirklich, mein sehr vornehmer Herr und Vetter«, fuhr Barbara unbarmherzig fort, ohne auf die Blässe achten zu wollen, die des Mannes Wangen mit gelblichem Schein überlief, »Ihr kehret am besten an den Hof zurück, wo so viele beglückenswerte Schöne Eurer Huld ungeduldig harren; mir aber lasset das bescheidene Los, das ich mir erwählt habe und das in wenigen Tagen mit dem heiligem Segen der Kirche besiegelt werden soll. – Denn sehet, soeben betritt Euer Oheim dort den Garten; gehet ihm entgegen, mein Herr, und wünschet ihm Glück zu seinem Verlobungsfeste mit mir.«

Das war zu viel selbst für den gewandten und schwer zu verwundenen Gelneck.

Während Barbara an ihm vorüberschwebte, dem Bürgermeister entgegen, den sie traulich begrüßte, gewann der Enttäuschte nur mühsam die nötige Fassung, um einen Glückwunsch zu stammeln, der nun ebenso gedrechselt herauskam wie die Ansprache des Werbers an das Fräulein, nur dass der Drechsler im Herzen des Sprechers nicht mehr Siegeszuversicht, sondern Katzenjammer hieß. Der Herr Oheim verstand es, die schlechte Verfassung, in der er den hochmögenden Neffen fand, auf die Anstrengungen der Reise zu schieben. Erst nach einer qualvollen Stunde gelang es Gelneck, sich der zeremoniellen Visite zu entwinden; wie vom bösen Feinde getrieben, eilte er nach dem Gasthof zurück, ließ sich ein frisches Pferd geben, befahl dem Diener, das seinige nachzuführen, und jagte mit donnerndem Hufschlag durch das Leipziger Tor wieder hinaus.

Dies war die erste Flucherfüllung, die sich an die Verwünschungen der betrogenen Fides knüpfte.

* *
*

An dem Weg, der von dem Städtchen Pirna in gewundener Linie hinaufführt zu der Feste Sonnenstein, saß ein junges schwarzgekleidetes Mädchen unter der Bank vor einem Muttergottesbilde. Indem sie voll Andacht mit der Heiligen beschäftigt war, vernahm ihr leichtempfängliches Ohr Schritte. Sie streckte den Kopf vor und bemerkte einen Soldaten von der Besatzung, der die täglichen Bedürfnisse an Tabak und sonstigen Luxusgegenständen für seinen Offizier in Pirna einzuholen pflegte. Es war das dritte- oder viertemal, dass der Offiziersbursche die fromme Wallfahrerin vor dem Bildstock antraf.

»Gott zum Gruß«, sagte der Soldat und setzte den leeren Besorgungskorb bedächtig auf das Ende der Steinbank.

»Dank Euch«, entgegnete die Jungfrau, der ein neckischer Windhauch das rote Kopftuch lüftete.

Die feurigen Augen des Mannes, dessen gebogene Nase und dunkelstraffes Haar sarmatische Abkunft verrieten, schauten in das lieblichste Angesicht, das er je gesehen zu haben vermeinte.

»Ihr habt ein Gelübde getan, Jungfer?« begann er. »Aber ich möchte Euch warnen, so jung und schön, wie Ihr seid, ist es gefährlich auf dieser Bank allzu lange und allzu oft auszuruhen. Denn selbst die Nähe der allerheiligsten Jungfrau vermag hier am Sonnenstein nichts über die begehrlichen Augen meiner Kameraden.«

»Oh, Ihr erschreckt mich!« rief das Mädchen und erschrak dazu in der Tat auf eine sehr zierliche Weise. Aber Ihr, Ihr, Herr Soldat, würdet mich schützen?« fügte sie mit naiver Vertraulichkeit hinzu.

»Mit meinem Leben, wenn es sein müsste!« stotterte der Mann in freudiger Überraschung. »Euretwegen, schönes Kind, würde ich jedem die Gurgel abdrehen, auf den Ihr deutet!« Ein unaussprechlich süßes Lächeln belohnte den Ausdruck solcher Ergebenheit, und die Pilgerin fuhr fort:

»Wie möget ihr denken, ich könnte Euch einen Menschen zum Erwürgen anbefehlen? – Aber auch sonst sind die Männer mit dem Versprechen, einem armen Kinde zu helfen, gern bereit; jedoch kommt es darauf an, so sieht man sich meistens betrogen.«

»Das solltet Ihr nicht von mir sagen dürfen!« erhitzte sich der leidenschaftliche Halbasiate, der das Deutsche untermischt mit Brocken seiner polnischen Heimat sprach.

»Was bewegt Euch? Was führt Euch immer wieder zu dieser Bank?« fuhr der Soldat in drängendem Ton fort. »Sprecht frei, gutes Kind! Mir könnt Ihr vertrauen. Die heilige Jungfrau soll mich zu sich nehmen, wenn ich es nicht ehrlich mit Euch meine.« Und der polnische Söldner sah ihr dabei so zärtlich, feurig und zugleich mit so unerschrockener Bravheit in die Augen, dass sie endlich zögernd begann:

»Freilich ist es ein Gelübde, das mich zum Besuche dieses Gnadenbildes verpflichtet. Da droben schmachtet ein Gefangener, dessen Freiheit der Wunsch meines Lebens ist.«

Sie hielt inne, wie um die Wirkung ihrer Worte abzuwarten. Der Mann auf der Bank machte ein finsteres Gesicht, und mit soldatischer Grobheit fragte er: »Euer Liebhaber vielleicht?«

»Nein«, rief das Mädchen, »was denkt Ihr! Der Gefangene auf dem Sonnenstein, für dessen Freiheit mein Leben feil ist, kennt mich kaum, und mit seiner Liebe habe ich nichts zu tun.« Zugleich rückte sie zu dem trotzigen Mann sachte hinüber, und er fühlte alsbald ihre bedrohliche Nähe, obwohl er ihr noch halb den Rücken wandte. Inzwischen hob sie die rechte Hand leise zu seiner Schulter empor und fuhr fort:

»Hört mich an. Der Gefangene, den ich meine, ist ein Ausländer. Er ist ein Preuße. Das kann Euch vollkommen gleichgültig sein. Aber Ihr seid ein Pole, das sehe ich Euch an. Preußen und Polen haben gar nichts miteinander zu tun. Wenn Ihr mir also helfen würdet, so übet Ihr als Pole in Hinsicht auf einen Gefangenen, der ein Preuße ist, nichts Unrechtes aus. Sehet, ein elender Bub betrog mich mit gleisnerischen Worten, dass ich, ohne es zu ahnen, ein Spiel mischte, das einen wackeren, unschuldigen Mann in vielleicht lebenslängliche Kerkerhaft begrub. Als ich dieses furchtbaren Verhängnisses inne ward, schwur ich einen Eid, einen heiligen, unumstößlichen Eid, dass ich in meinem ganzen Leben nur dem Manne angehören wolle, der mir seine Hilfe darböte, um diese schwere Schuld zu sühnen. Ist nur einmal der Gefangene frei, dann vermöchte auch ich einem solchen treuen Helfer weit von hier und außer aller Gefahr eine sichere Zuflucht und Zukunft zu gewähren, wo er in sorglosem Genusse nicht geringer Güter mit mir, als seiner dankbaren Ehefrau leben könnte, solange es Gott gefällt.«

Erschöpft von dem heftigen Überdrang dieser leidenschaftlichen Rede, lehnte sich das hübsche Mädchen noch fester gegen die Brust des Polen, und ihr warmer Körper ließ den rasch entflammten Mann in allen Gliedern elektrische Wellen empfinden. Jäh wandte sich der Soldat und schloss das kaum widerstrebende und leise aufseufzende Ding in seine kräftigen Arme. Er sah ihr errötendes, zu ihm auflächelndes Antlitz und bedeckte es mit stürmischen Küssen.

»So sollst du mein werden«, rief er, »und wenn die ganze Hölle dagegen aufsteht. Die Mutter Gottes von Czenstochau helfe mir! Sprich, wer ist er, den du retten musst, ehe du dein Gelübde erfüllen kannst?«

Sie lächelte aufs neue. »Doktor Pasch«, hauchte sie. »Ist das der, der dem Goldzauberer forthelfen wollte?« fragte der Pole eifrig.

»Eben dieser«, flüsterte das Mädchen.

»Bei den sieben Schwestern Mariä«, rief der Pole, »das ist ein wunderbares Zusammentreffen. Ich hab' den braven Herrn oft im Gefängnishof gesehen, wenn er an die Luft geführt wird. Der Mann hat mir gefallen! – So grenadiermässig stattlich und so stolz, und so ein elendes Ende! – Hier hast du meine Hand darauf, ich werde sehen, was sich machen lässt. Wie heißest du, mein Schatz?«

»Fides«, sagte das Mädchen »Und ich heiße Michael, Michael Sandor«, entgegnete der Pole. »Die zwei Namen geben zusammen einen guten Klang. Jetzt muss ich weiter zur Stadt, denn mein Offizier schaut auf die Uhr. Wo treffe ich dich wieder und wann?«

»Hier«, erwiderte sie. »Ich warte immer, bis du kommst.«

Nochmals ein hitziger Kuss, und der Pole entfernte sich eilig den Weg hinab, der nach Pirna führt.

* *
*

Don Caétano hatte in jener denkwürdigen Nacht auf eine wunderbar beflügelte Weise den Grund der Talschlucht erreicht, die sich am Fuße der steilen Burgfelsen mit dichten Moospolstern dehnte, und Wunder über Wunder, er war unverletzt davongekommen.

»Was den Galgen zieren soll, muss mit unbeschädigtem Genick zur Stelle sein«, sagte der »Schwarze Ignaz«, der am nächsten Morgen vergebens den gefährlichen Absturz durchspähte und dem Markus den Ort des unsanften Aufpralls im zerwühlten Moos unverkennbar nachwies. Verdrießlich kehrte Ignaz in den Turm zurück, um seinem Herrn die Flucht des Verbrechers zu melden.

Als der Flüchtige nach tagelanger, mühseliger Wanderung durch die Schluchten des Böhmischen Waldes, gespeist und zurechtgewiesen von Holzfällern, das ebene Land erreicht hatte, begann er sogleich in der ersten größeren Stadt, die er betrat, die Zauberkraft der Phiole zu prüfen.

Der Erfolg sicherte ihn ja nicht nur gegen Mangel, sondern gab ihm die reichlichsten Mittel, um zu Prag in einem glänzenden Aufzuge zu erscheinen. – Zu Leitmeritz in der Apotheke »Zum schwarzen Mohren« kehrte der Abenteurer an und erbat sich als reisender Chemiker und Verfertiger von Wunderpillen die Erlaubnis, in dem Laboratorium des Besitzers einige Rezepte ausführen zu dürfen.

Dass reisende Quacksalber mit solchem Ansinnen bei den Apothekern kleinerer Städte vorsprachen, war in jener Zeit nichts Ungewöhnliches, und es bestanden für derartige zeitweise Mietungen von chemischen Küchen seitens der Drogisten und Apotheker geradezu feste Taxen.

Es war darum auch der Inhaber der Apotheke »Zum schwarzen Mohren« in Leitmeritz keineswegs sonderlich überrascht von der Einkehr des durchreisenden Fremden bei ihm. Er nannte seine Tagesgebühr, und da sein Laboratorium gerade nicht gebraucht wurde, konnte Caétano sofort seine Versuche beginnen, zu deren Durchführung er sowieso nur einen Tag der Küchenbenutzung sich erbeten hatte.

Das Experiment hinter verschlossenen Türen verlief sehr eigentümlich.

Caétano hatte bei seiner Flucht aus Brüssel nur einen geringen Geldbetrag zu sich zu stecken vermocht. Auch sein kurzer Aufenthalt bei Laskaris war nicht dazu geeignet gewesen, seinen Barbestand an Geldmitteln aufzubessern. Er entnahm also seinem schmalen Beutel zwei kursächsische Speziestaler und schmolz das schlechte Polensilber im Tiegel. Gewohnt, im Gebrauche des grauen Pulvers, das ihm Laskaris einst zur Verfügung gestellt hatte, subtil zu verfahren, entnahm er nun der neuerworbenen Phiole eine nur geringe Menge ihres Inhalts. Er war immerhin erstaunt, ein Pulver von anderer Beschaffenheit vor sich zu sehen, als er es bisher gekannt hatte. Der Inhalt des Glases war von glimmerartiger Beschaffenheit, und die winzigen Plättchen zeigten einen purpurn irisierenden, metallartigen Glanz. Diese ungewohnte Beschaffenheit des Steines bewirkte jenes sonderbare purpurne Leuchten, das dem Abenteurer schon in der Schlafkammer des Laskaris aufgefallen war. Indessen hoffte er, dass diese Farbe, als die des echten »roten Löwen«, von noch größerer Wirksamkeit sein möchte als das graue Pulver.

Er bediente sich übrigens der Versuchsportion nach den Vorschriften des Prozesses und fand an dessen Ende im Tiegel eine Masse von merkwürdiger Beschaffenheit. Unter schlackenartig zusammengebackenem Ruß, der sich nur schwer abkratzen ließ, entdeckte er eine verhältnismäßig geringe Menge guten Goldes. Der Wert seiner geopferten Taler hatte sich auf diese Weise kaum vervierfacht. Jedoch schrieb er den eigentümlich mangelhaften Erfolg der höchst unreellen und dadurch ungünstigen Silbermischung der polnischen Taler zu, mit denen zu experimentieren er genötigt gewesen war.

Ohne sich darum weitere Gedanken zu machen, verkaufte er das gewonnene Gold und stattete sich von dem Erlös leidlich neu aus. Zugleich ließ er es nicht daran fehlen, das Gerücht von seinem Auftreten und seinen neuen Wundertaten auf geschickte Weise nach Prag vorauseilen zu lassen, wohin er sich schon am nächsten Tage auf den Weg machte.

Kaiser Leopold hatte inzwischen Prag verlassen, und der Graf Ruggiero folgte ihm daher auf dem Fuße nach Wien. Der Kaiser empfing ihn dort auf das leutseligste.

Leider aber zog fast zugleich mit dem Abenteurer ein anderer, im Verwandlungsprozess niemals fehlgreifender Alchimist in die Kaiserburg ein, der es unternahm, die kostbare Substanz des Monarchen selbst zu jenen ursprünglichen Bestandteilen zurückzuführen, aus denen der Schöpfer aller Dinge ihn genommen hatte.

Kaiser Leopold erlag der Transmutation des Todes, und Don Caétano, der seinen neuen Schauplatz wieder als Graf Ruggiero beschritten hatte, sah seine hochstrebenden Pläne vorerst in Nichts zerrinnen.

Glücklicherweise war der Verblichene nicht der einzige Fürst, der am Schmelztiegel sich von den Beschwerden des Lebens zu erholen suchte.

Es lebte damals zu Wien Kurfürst Johann Wilhelm von der Pfalz, der den verwaisten Adepten mit der Großmut eigennütziger Hoffnungen aufnahm.

Mit hochtönenden Worten versprach der Herr Graf, goldene Berge aus den verachtetsten Metallen zu schaffen. Zu Beginn seines Zauberwerkes ließ er sich zunächst gegen zweitausend Dukaten von seinem hohen Beschützer auszahlen, wofür er binnen sechs Wochen zweiundsiebzig Millionen Taler besten Goldes hervorzubringen versprach.

Als aber die letzte Woche anbrach und der Graf Ruggiero sich dazu herbeiließ, mit seinen Prozessen zu beginnen, entdeckte er zu seiner peinlichsten Überraschung, dass der purpur leuchtende Inhalt der Phiole sehr viel an Glanz eingebüßt hatte und viel geneigter war, sich selber in Ruß zu verwandeln, als Blei in Gold zu transmutieren. Er faßte sich daher, nach einer Nacht der fürchterlichsten Flüche und Verwünschungen, kurz und entwich in der Dämmerstunde des darauffolgenden Tages aus Wien.

Bei der großen Eile vergaß er, dem Kurfürsten seine Dukaten wieder zuzustellen.

Dieser glänzende Komet am Alchimistenhimmel des achtzehnten Jahrhunderts schwang sich, ungeachtet der bedenklich entkräfteten Phiole, im Vertrauen auf die Leichtgläubigkeit des menschlichen Geschlechtes und auf die Habgier der Fürsten auf den Flügeln seines Ruhmes von Hof zu Hof und zog endlich im Jahre 1705 unter dem Namen eines Grafen Caétano – da der Graf Ruggiero immerhin etwas anrüchig geworden war – in die Hauptstadt des Königs von Preußen ein.

Ehe er indessen dorthin gelangte, trug sich eine andere, nicht minder wichtige Begebenheit zu.

Aus sicherer Entfernung zwar, doch mit geschickten Händen leitete Laskaris die Befreiung des Doktor Pasch aus der Feste Sonnenstein, wobei die unversöhnliche Fides die allerbesten Dienste leistete. Sie hatte vermöge der Beziehungen ihrer Herrin, der Gräfin Königsmarck, zu einem flüchtigen Auftreten des Griechen in Dresden ihrerseits Laskaris vor einigen Jahren persönlich gesehen. Die Laune des sonderbaren Griechen hatte damals sie flüchtig zu bemerken geruht, und einige freundliche Beweise väterlicher Zuneigung hatten das Herz der Kammerzofe aus gutbürgerlichem Hause dem interessanten Wundermanne zugewendet. Als dann Gelneck ihr Herz gewann und sich dadurch auch ihres Tuns bemächtigte, war jene freundliche Begegnung aus ihrer Erinnerung weggelöscht. Als aber jetzt Laskaris sich durch Mittelsmänner bei ihr in Erinnerung brachte, knüpfte sie mit größter Bereitwilligkeit die Verbindung aufs neue an, zumal, wie man sie erkennen ließ, ihre Hilfe dazu dienen sollte, die Rettung des wackeren Mannes aus dem Sonnenstein zu fördern.

Die lange vorbereitete und ersehnte Gelegenheit war endlich da, als der Gardist Michael Sandor an der Reihe war, den entscheidenden Posten auf Feste Sonnenstein zu beziehen, von dem die Möglichkeit einer Flucht des Doktor Pasch abhing.

Dunkel und stürmisch war diese Nacht, nicht unähnlich jener, in der der Doktor gefangen worden war. Gegen Mitternacht sanken die Regenschauer immer dichter herab, und in wilden Stößen heulte der Herbstwind. Mit angstvollem Blick suchte Michael, der schon vor einer Stunde die Wache angetreten hatte, aus dem schützenden Torgang der Kasematte hervor das Massiv des Gefangenengebäudes mit den Augen ab. Endlich sah er eine dunkle, schwankende Gestalt sich dort herabbewegen. Doch das Seil, an welchem Doktor Pasch herniederschwebte, mochte unter der

Unbill des tagelangen schlechten Wetters, wo es in ungeschütztem Versteck gelegen hatte, morsch geworden sein. Es entglitt plötzlich den Händen des Herabkletternden, dieser stürzte auf die innere Umwallung, deren schlüpfrige Glätte seinen erstarrten Gliedmaßen keinen Anhalt gewährte, und jetzt fiel ein anscheinend lebloser Körper zu den Füßen des entsetzten Soldaten nieder.

Aber Michael verlor keinen Augenblick. Mit Riesenkraft hob er die vor ihm liegende Gestalt auf, schlich am Torweg und an der vollbesetzten Wachstube vorbei, in der noch das Wachkommando beim Würfelspiel lärmte, und erreichte glücklich das sogenannte Offizierspförtchen, das durch einen abkürzenden Kasemattengang ins Freie führte und dessen Schlüssel er mit verwegenster Schlauheit an sich zu bringen gewusst hatte. Draußen empfing ihn ein handfester Helfer, den der »Schwarze Ignaz« gesandt hatte. Fides, gleichfalls in männlicher Kleidung, harrte bei den Pferden. Es war unmöglich zu entscheiden, ob der Gefangene noch lebe oder nicht. Sie hüllten ihn also rasch in mitgebrachte Decken, luden ihn auf das stärkste unter den Pferden und wandten sich mit tunlichster Beschleunigung dem Gebirge zu. Denn nur in den verborgenen Steiltälern und Wäldern des böhmischen Grenzlandes konnten sie hoffen, unentdeckt zu bleiben, und so geschah es. Die veränderte Richtung, die sie eingeschlagen hatten, entfernte sie auf das glücklichste von ihren Verfolgern.

Als die Wachen des Sonnensteins abgelöst wurden, entdeckte man sofort das Fehlen des wichtigsten Postens, und nach einer kurzen Durchsuchung der Festungswerke zeigte sich, dass die jedem Nichtoffizier unzugängliche kleine Pforte offen stand. Alsbald krachte der gefürchtete Kanonenschuss, welcher der erschrockenen Bürgerschaft in Pirna die Desertion eines Soldaten kundtat. Man wusste, dass nun unverzüglich nach allen Seiten die schwer bewaffneten Kuriere hinausjagten, und manches Stoßgebet erhob sich in die Nacht, denn das Schicksal eines wieder eingebrachten Deserteurs war erbarmungswert und grausam.

Noch vor Tagesgrauen wurde auch die Flucht des preußischen Gefangenen festgestellt, und ein neuer Reitertrupp folgte dem ersten mit strengsten Befehlen, die Ausreißer zu ereilen, es koste, was es wolle, ehe sie die Landesgrenze überschreiten konnten, und sie tot oder lebend zurückzubringen.

Indessen zogen die Flüchtigen ungehindert weiter, wenn auch das Tempo, in dem sie vorwärts kamen, wider alle Berechnung langsam war.

Schon zwischen den ersten Felsblöcken des schützenden Gebirgswaldes hielten sie an.

»Wir müssen absteigen«, unterbrach der Abgesandte des Griechen das peinliche Schweigen. »Wenn der Doktor noch lebt, ist es Zeit, zu untersuchen, wie es mit ihm steht. Auch ist es ratsam, die Pferde zu schonen. Folgt mir also, Herr Soldat, und achtet genau auf jede Wendung, die ich nehme, damit die ermüdeten Tiere nicht fehltreten. Wir werden ihrer hoffentlich noch bedürfen.«

Mit diesen Worten schwang sich der Knecht aus dem böhmischen Turm vom Sattel und wandte sich dem Beipferd zu, das noch immer den regungslosen Körper des Geretteten trug. Er leitete es vorsichtig in eine schmale Talsenkung, die allmählich bis auf den Grund eines versteckten Felsenkessels führte. An einem mächtig überhängenden Steinblock, der eine Art von trockenem Unterschlupf bildete, hielt er an und hob mit Hilfe des Polen Doktor Pasch vom Rücken des Pferdes. Dann raffte er in der stockfinsteren Regennacht einiges Gestrüpp zusammen, das unter dem Felsen lag, und entzündete ein recht armseliges Feuer, bei dessen Schein er den Leblosen zu entkleiden und an allen Stellen seines Körpers kunstgerecht zu untersuchen begann.

Er fand keine der Glieder gebrochen, sondern führte den bedenklichen Zustand des Ohnmächtigen auf eine innere Verletzung zurück, die er sich bei dem Falle zugezogen haben mochte. Unverweilt ließ er sich aus der Satteltasche seines Pferdes ein Lederfutteral von Fides herabreichen, das ein Fläschchen mit dunkelgelber Flüssigkeit enthielt. Mit ihr befeuchtete er die Schläfen des Scheintoten, öffnete den festgeschlossenen Mund und flößte ihm einige Tropfen der Arznei ein, die gleichfalls aus der unfehlbaren Küche des Laskaris hervorgegangen war.

Die Wirkung des Trankes und der Einreibung war beinahe plötzlich. Pasch stöhnte schwer auf, jedoch seine Augen blieben geschlossen, und eine schwarze Blutmasse drang aus den bläulich verfärbten Lippen. Sanft emporgehoben von dem Arm seines Helfers, reinigte sich die Mundhöhle des Verletzten beinahe von selbst; erleichtert sank der Kranke zurück und fiel alsbald in schweren Schlaf, während ihn Michael und Fides lautlos und angstvoll beobachteten.

Als der Horizont sich mit einem dämmernden Lichtstreif zu gürten begann, ließ der Regen nach. Die Morgensonne tauchte rötlich empor aus den zerrissenen, immer noch düsteren Wolkenmassen, und ihre ersten

Strahlen schimmerten hoffnungserweckend auf den Spitzen der alten Tannen, die aus der Schlucht aufragten.

Fides hatte mit Besorgnis die zunehmende Helle betrachtet, die den Verfolgern, sobald sie sich dem Gebirge zuwendeten, mit Leichtigkeit den Weg verraten konnten. Jetzt mochte sie nicht länger schweigen und flüsterte:

»Höret, Wenzel, sind wir nicht noch immer in gefährlicher Nähe des Sonnensteines? Es wäre wohl Zeit, aufzubrechen!«

Der Knecht Wenzel warf einen flüchtigen Blick auf die Sprecherin.

»Habt Ihr einen guten Ortssinn?« fragte er kurz. Und als Fides lebhaft bejahte, fuhr er fort: »Ich darf den Kranken nicht verlassen, aber es ist zu wünschen, dass vorerst einmal die Pferde in Sicherheit gebracht werden. Gebt nun wohl acht auf das, was ich Euch sage: Ihr müsset genau denselben Weg mit den Pferden zurückgehen, den wir gekommen sind. Der Hohlweg, der bis zum Rande der Schlucht hinaufführt, ist nicht zu verfehlen. Dort wendet Ihr Euch scharf nach Südosten und umschreitet diesen Felsenkessel hier in einem Halbkreis; Ihr werdet dann ein Föhrenwäldchen finden. An diesem Gehölz entlang gehet weiter. Nach ungefähr einer Stunde schließt sich daran ein Bestand von hohen und starken Laubbäumen. Dort achtet genau, dass Ihr die hohe, vielhundertjährige Eiche findet, deren dürrer Wipfel über die anderen Stämme und Baumkronen wie ein Landzeichen emporragt. Der Weiser, den Ihr am Stamme reingeschnitten findet, führt Euch von Baum zu Baum, bald rechts, bald links, tief in das Dickicht hinein, zu einer verfallenen Hütte. Ihr müsset das Zeichen, das wie ein Halbmond geformt ist, genau beachten, dass Ihr Euch nicht verirrt. Saget dem Köhler, den Ihr dort finden werdet, der Wenzel bitte um eine Tragbahre und er warte im kleinen Kessel. Im übrigen vertraut Euch unbesorgt dem Manne und seiner Leitung an und tut genau, was er Euch sagt. Eilet so rasch Ihr könnt, Ihr habt recht, die steigende Sonne lockt uns die Verfolger auf den Hals. Seid Ihr erst dort, wohin ich Euch sende, so gleicht die Spur, die wir hinterlassen auf ein Haar der Spur des Fisches im Wasser.«

* *
*

König Friedrich I. von Preußen ruhte in seinem Armsessel und lauschte aufmerksam der Erzählung eines hochgewachsenen, bleichen Mannes, der vor ihm stand.

»Setz Er sich, lieber Pasch«, unterbrach der König den Vortrag des Doktors, »ich sehe, Er fühlt sich noch recht angegriffen.«

Der Erzähler dankte dem König mit leichter Verbeugung und ließ sich, sichtlich ermüdet, auf einen Stuhl nieder. Er fuhr fort:

»Ich erwachte aus meiner Ohnmacht durch die Strahlen der Sonne, vielleicht auch infolge einer würzigen Essenz, die meine Begleiter mir an die Schläfen rieben. Ich fand mich auf einer Bahre von zwei Männern getragen. Diese Männer hielten an, als sie mein Erwachen bemerkten. Auf meine verwirrten Fragen wandte sich der Führer zu mir um, und ich erkannte in ihm augenblicklich den Böhmen wieder, den mir Laskaris zu Böttichers Befreiung seinerzeit zugeschickt hatte. ›Dank der heiligen Jungfrau, dass Ihr lebt‹, rief er mir zu. ›Wir bringen Euch bald in bessere Pflege, haltet Euch nur ruhig und traget Euer Missgeschick mit Geduld. Ihr werdet über alles Warum und Wohin, das Euch jetzt sichtlich die Sinne noch betäubt, sehr bald alles Nötige erfahren, sobald wir nur erst an Ort und Stelle sind. Für jetzt beruhigt Euch und lasset Euch genügen, dass Ihr lebt, dass Ihr aus der Festung heraus und gerettet seid und dass Ihr zu guten Freunden kommt. Geben Euch Mühe, tief zu atmen, die würzige Waldluft wird Euch stärken.‹

Mit diesen Worten hoben sie wieder die Bahre und zogen mit mir weiter. Nach mancherlei Kreuz- und Querzügen, denen ich nur mit halbem Bewusstsein und geringer Aufmerksamkeit folgte, erreichten wir eine Hütte, wie sie die Köhler zu errichten pflegen, und dort traten mir die zwei braven Menschen entgegen, deren entschlossener Hilfe ich die Freiheit verdanke: der Pole Michael Sandor und die tapfere Fides Breitenbach, die ehemalige Kammerzofe der Gräfin Königsmarck, die Tochter wohlbegüterter Eltern, die einen großen Hof und ein ansehnliches Gasthaus an der Elbe bei Schandau bewirtschaften. Der böhmische Wenzel gestattete uns indessen keine Minute Zeit zum Austausch von Begrüßungen und Danksagungen. Wie es geschah, weiß ich nicht – die Hütte begann sich plötzlich im rechten Winkel um sich selbst zu drehen und zeigte eine geräumige Öffnung, in die ich mit Hilfe starker Seile hinabgelassen wurde. Dann folgten die anderen an einer Strickleiter hinab, und ich sah, auf meiner Bahre aufwärtsblickend, wie das Holzhäuschen durch eine abermalige Drehung sich über uns wie Deckel schloss.

Im Lichte zweier Blendlaternen bewegte sich der Zug durch einen mäßig hohen und trockenen Gang weiter fort. Der nicht allzu lange Weg mündete in eine geräumige Tropfsteinhöhle, in der sich zu meinem Erstaunen schon unsere Pferde befanden. Diesen klopfte Michael Sandor lachend die breiten Hälse, hing ihnen Hafersäcke um und erklärte uns, dies sei unser kostbarstes Besitztum für die weitere Flucht. Sobald ich mich so weit erholt haben würde, um mich im Sattel halten zu können, sollte der Weg fortgesetzt werden.«

Pasch hielt erschöpft inne, und auf einen Wink des Königs erschien ein Lakai mit gutem Wein. Lächelnd rückte der König seinen Stuhl zu dem des Doktors und stieß mit ihm auf baldige Genesung an. Der feurige Tokaier ließ eine schwache Röte in dem Gesicht des Doktors aufsteigen.

Friedrich hob freundlich drohend den Finger und sagte: »Er nippt ja nur wie eine Jungfer. Tue Er immerhin einen herzhaften Zug, der Wein sollte ihm gut tun. Der Große Kurfürst bekam ihn zum Dank für Hilfe in der Ungarnschlacht gegen die Türken!«

Pasch legte die Hand auf seine Brust, aus der der Atem mit leisem Rasseln stieg: »Majestät, ich darf so viel nicht trinken. Ein ganzes Glas des starken Weines würde mein Blut zu sehr erhitzen. Ich fürchte, es würde sich gewaltsam Bahn machen wie in jener Schreckensnacht nach meinem Sturz.«

»Dann red' er heut nicht mehr«, unterbrach der König schnell und legte seine Hand liebreich auf den Arm des Doktors. »Er mag mir morgen den Schluss seiner Erzählungen mitteilen.«

Doktor Pasch sah seinen König mit sonderbaren Augen an. Er sagte leise: »Das Morgen ist für einen Mann wie mich eine allzu unsichere Zukunft. Es ist besser, heute zu reden, weil mein Zustand zu keiner Stunde Gewissheit gibt, ob ich nicht morgen ein stiller Mann bin. Wollen Majestät also die Gnade haben, zu Ende zu hören, so bitte ich um die Erlaubnis, fortfahren zu dürfen.«

Der König nickte erschrocken, und sein Gesicht zeigte ehrliche Rührung.

»Es war ein recht wohlangelegter Felsenkeller«, fuhr Doktor Pasch fort, »in dem wir uns befanden. Ein schmaler Spalt ließ das Licht des Tages gedämpft hereinfallen. Von außen war unsere Zufluchtsstätte, wie man mir sagte, vollkommen unzugänglich, denn über und unter uns stieg die Felswand schroff empor, so dass unsere Höhle in mittlerer Höhe der Wand ins Freie mündete.

Wochen vergingen hier in diesem Aufenthalt. Meine spärlichen Kräfte kehrten sehr langsam zurück. Laskaris schickte Arznei über Arznei, doch das Zerstörte kann auch seine Tinktur nicht wieder gesund machen. Ich glaube, es war Wunders genug, dass ich mich bis zu dem Grade erholt habe, wie Ihr mich heute vor Euch seht.

Endlich erachtete mich der böhmische Wenzel für tüchtig genug, aufs Pferd gehoben, in langsamen Tagereisen den Böhmischen Wald zu erreichen. Niemand verfolgte uns mehr; der Kurfürst von Sachsen hatte dem Gerücht Glauben geschenkt, das zu ihm gedrungen war: wir seien nach Böhmen entkommen. Wir durchzogen das Böhmische Gebirge mit Gemächlichkeit. Einige Tage nahm mich Laskaris in einem alten Burgsitz freundlich auf, den er sich mitten im Wald für seinen besonderen Zweck dort zurechtgemacht zu haben scheint. An der schlesischen Grenze trennten sich Michael und Fides von mir, und unter dem Geleit des treuen Wenzel erreichte ich Eurer Majestät Lande, und nach einigen Tagesreisen Berlin, wo mich Wenzel dem Schutz meines allergnädigsten Königs unterstellt wusste. Die ausgezeichnete Arznei, deren stärkende Kraft mein fliehendes Leben bis heute gefristet hat, ließ er mir zurück, und ich fühle an jedem Tage die schmerzhaften Krisen meiner zerrissenen Lunge durch deren Gebrauch bedeutend gelindert, wenngleich selbst Laskaris mir nicht zu verheimlichen vermochte, dass meine Lebenstage gezählt sind und dass es gegen solche Verletzungen, wie ich sie in mir trage, kein Heilkraut gibt.«

Doktor Pasch lehnte sich sichtlich erschöpft in seinem Stuhl zurück. Auch der König schwieg tiefbewegt. Nach einer nachdenklichen Pause hob der König noch einmal den Kopf und fragte zu Doktor Pasch hinüber:

»Nun sag' er mir für heute noch eins, wertester Doktor. Hält er diesen Bötticher für einen Adepten oder nicht? Und wie denkt Er als ein verständiger Mann über die *Quinta essentia*?«

Den hell auf ihn gerichteten fragenden Augen des Monarchen begegnete Doktor Pasch mit ebenso klarem, weit ausschauendem Blick:

»Diese *Quinta essentia*, Majestät, ist ein Trugbild menschlicher Einbildungskraft, von Habsucht und Eitelkeit mit den lebendigsten Farben ausgestattet und von der betrügerischen Sage absichtlich genug mit Wundergeschichten aller Art umkleidet. Wer daran glaubt, tut nicht besser als der, den die Fabelgestalten des Homerus dazu verleiten, große Reisen zu unternehmen, um das Land des Polyphem oder die Inseln der Sirenen zu suchen.

Es ist unwahr, dass die Kraft eines Pulvers die Urbestandteile der Natur umzugestalten vermag, deren Unveränderlichkeit feststeht. Es ist daher unwahr, dass irgendeine der berühmtgewordenen Transmutationen wirklich stattgefunden haben. Daher vermag auch Bötticher selbstverständlich nichts auf dem Felde dieser eingebildeten Kunst.«

»Und Laskaris?« unterbrach der König lebhaft.

Doktor Pasch lächelte undurchdringlich: »Selbst die in der Tat wunderbar kräftigende Essenz, die ich aus der Hand des geheimnisvollen Laskaris empfing, beruht nur auf einer Zusammensetzung von heilsamen Kräutern, wie sie in den Gebirgen wachsen und die von den Umwohnern seit alters als bewährte Mittel gegen bestimmte Übel angewendet werden. Ich leugne natürlich nicht, dass es Laskaris gelungen sein mag, durch Auswahl, Zusammensetzung und kräftigsten Auszug, dessen Rezept sein Geheimnis sein mag, eine Tinktur von ungewöhnlicher Wirkungskraft herzustellen. Indessen wäre es lächerlich, von einem solchen Lebenselixier zu erwarten, dass es zerstörte Organe ersetzen oder regenerieren könne. Und so wenig diese Tropfen meine zerfressenen Lungen in gesunde zu verwandeln vermögen, so wenig vermögen sie Blei in Gold zu transmutieren. Befehlen Majestät einen Versuch mit diesem purpurroten Elixier in meiner Hand? Ich bürge mit den wenigen Tagen, die mir noch übrig sind, dass sie kein Quecksilber zu Gold verwandeln werden.«

Doktor Pasch hielt dem König die kleine Phiole mit wehmütigem Lachen entgegen.

»Behüte Gott«, rief der König überrascht und darum in augenblicklicher Verwirrung abwehrend, »dass ich Ihm entziehen sollte, was sein Leben stärkt, um meine Neugier zu befriedigen, die Er kindisch nennt.«

Jedoch war den Mienen des Königs deutlich anzumerken, dass er nur widerstrebend seinen heimlichen Glauben preiszugeben vermochte. Er fragte daher aufs neue und mit einem gewissen Zögern:

»So hält Er also auch nichts von dem Wundermann, der sich uns vorzustellen wünscht und der seit einigen Tagen in unserer Hauptstadt angelangt ist, von diesem angeblichen Grafen Caétano?«

»Nein, Majestät!« entgegnete Pasch geradezu. »Dieser Italiener ist ein abgefeimter Betrüger, wie ich von vornherein anzunehmen geneigt wäre, wie mir aber zu allem Überflusse der böhmische Wenzel erzählt hat, der ihn und seine zweifelhafte Vergangenheit zu kennen behauptet.«

»Nun, nun«, rief der König, und ein leichter Schatten des Missmutes überfiel seine Stirn, »wir werden ja sehen! Er muss doch zeigen dürfen, was er kann!«

Doktor Pasch' Miene wurde von neuem undurchsichtig. Er vermied eine Entgegnung. –

Der Winter hatte das Land mit weißen Flocken bedeckt und manche Hoffnung zu Grabe getragen.

Auf dem Berliner Friedhof war ein Stein errichtet, dessen goldene Inschrift meldete, dass hier der Doktor Pasch seine letzte Ruhestätte gefunden hatte.

In der Geheimkanzlei König Friedrichs aber schloss der Geheimschreiber Schmitt den dünnen Faszikel mit einer kunstvollen Schnörkel ab, auf dessen Deckel stand:

»In Sachen Graf Caétano, apulischen Viehknechts, Erzbetrügers und Erzschelmen. *Causa finita.*«

* *
*

Die schöne Elisabeth von Fürstenberg war zu Besuch auf dem Stammgut des alten Geschlechtes der Grafen von Erbach im Odenwald eingetroffen. Fürst Egon von Fürstenberg, ihr Vater, wünschte sie dort mit Eberhard, dem ältesten Sohne des regierenden Reichsgrafen, zu vermählen. Doch trug Elisabeth kein Verlangen, sich dem erwählten Gatten zu verbinden. Vielleicht lebte in ihrer Erinnerung noch allzu frisch das Andenken an jene Ballnacht und jenes Geschenk, das die Maske mit den Fledermausflügeln ihr dargereicht hatte. Neue und dringende Anmahnungen ihres Vaters versetzten sie immer wieder in eine bittere Stimmung, und sie schaute aus dem Fenster ihres Zimmers unmutig hinab in den wirbelnden Winterschnee, der den engen Schlosshof zu Erbach zu füllen begann und dessen Spiel mit ihrem eigenen, unstet durcheinanderwirbelnden Gedanken in seltsam beruhigendem Einklang war.

Ein Diener des Grafen Erbach unterbrach das Grübeln der jungen Fürstin. Sie erbleichte, als sie ein Kästchen in seinen Händen erblickte, das auf das genaueste jenem anderen glich, das ihr im Palast der Gräfin Königsmarck die Todesdrohung gebracht hatte. Als der schweigsame Lakai es sachte auf ein Tischchen niedersetzte und mit halblauter Meldung hinzufügte: ein fremder Kurier habe es zu sofortiger Ablieferung an die Fürstin übergeben, besaß sie kaum noch Kraft genug, den Diener durch ein Zeichen zu entlassen. Dann schlug sie beide Hände vors Gesicht und überließ sich einem fassungslosen Ausbruch eines ihr selbst unverständlichen Schmerzes.

Endlich folgte den Tränen eine Aufwallung trotzigster Entschlossenheit. Sie ergriff das Kästchen, um es zu öffnen. Sie sah ein zierliches Schloss, jedoch der Schlüssel fehlte. Elisabeth erinnerte sich, dass der kleine Schlüssel, der an dem ersten Geschenk gehangen hatte, noch in ihrer Verwahrung sich befand, und suchte ihn hervor. Ihre Vermutung betrog sie nicht, der Schlüssel passte auch zu dem neuen Geschenk. Mit unruhigen Händen öffnete sie, und ein glänzendes Geschmeide, mit seltenen Steinen besetzt, funkelte ihr entgegen. Ein zusammengerollter Brief, den eine goldgrün gedrehte seidene Schnur umspannte, versprach Aufklärung. Sie entfaltete das Papier zitternd, und je mehr sie dessen Inhalt begriff, desto höher röteten sich ihre Wangen, desto seltsamer leuchtete ihr noch von Tränen befangener Blick.

Sie warf sich in ihrem Sessel zurück. »Nein, nein«, rief sie aus und ballte das Papier in ihrer Hand, »ich liebe ihn noch, immer noch, aber es ist doch ganz unmöglich, dass ich ihm folge! Was ist das für eine Wahl, vor die er mich stellt! Wie eine fahrende Dirne soll ich um Mitternacht am Schlosstor da drunten auf ihn warten, soll mit ihm fliehen, soll ins ungewisse hinaus, soll die phantastische Reise in seine unbekannte Heimat wagen, soll auf weiß Gott welchen ziegenbewohnten griechischen Inseln die Beherrscherin schmutziger und zerlumpter Schafhirten werden und soll ihm aufs Wort glauben, dass sein Blut, dem meinen ebenbürtig und noch um vieles älter, mir auch künftig fürstlichen Rang gewährleistet!?! ... Elisabeth von Fürstenberg als Königin kleinasiatischer Banditen! – Wer ist er denn? – Hat er mir je mit deutlichen Worten berichtet, woher er stammt, an welcher Grenze dieser unbekannten Welt seine Herrschaft beginnt und an welche Seeklippe sie endigt? Nannte er mir je einen anderen Namen als den Willkürnamen eines Abenteurers? Er nennt sich einen Fürsten Laskaris – jedoch aus welchem Hause? Er nennt sich einen Abkömmlich griechischer Kaiser, jedoch mit welchem Recht? Was ihn kühn macht, fürchte ich, ist weniger der zuverlässige Adel seiner Abkunft als meine Schwäche, die er kennt. – Und besinne ich mich, mache ich auch nur noch den Einwand einer einzigen Frage, entschließe ich mich nicht bis zur dritten Mitternacht, so ist ihm der Wille meines Vaters Gesetz, und er verspricht, aus meinem Leben gänzlich zu verschwinden! Er wünscht dann dem Grafen Erbach Glück zur fürstenbergischen Gemahlin!« – So klagte, zürnte und zweifelte die schöne Elisabeth und fand weder Rat noch Entschluss.

Zur selben Zeit begaben sich zu Dresden sehr wunderliche Dinge.

Dort hatte ein neuer Sendbote des mächtigen Griechen, der nicht nur alle geheimen Kräfte der Natur, sondern auch die entschlossensten und fähigsten Diener zu beherrschen schien, eine neue Flucht Böttichers vorbereitet, und diesmal sollte und musste sie gelingen. Die verlockende Aussicht auf königlich reichen Gewinn verblendete selbst den klug berechnenden Gelneck, der zögernd seine Mitwirkung in dem neuen Entführungsdrama zugesagt hatte, weil er sich nach allen Seiten hin für gedeckt und sicher hielt.

Der Tag brach an, der zur Ausführung des ungemein geistreich entworfenen Planes bestimmt war: jedoch ein ungünstiges Gestirn beschien das Schicksal des jungen Alchimisten. Ein geheimnisvoller Warner benachrichtigte König August wenige Stunden zuvor den dem Verlust, der ihn bedrohte, und vereitelte so das Unternehmen. Gelneck wusste zwar den Anschuldigungen, die sich gegen ihn richteten, mit eiserner Stirn und Erklärungen, die die Sache für ihn günstig darzustellen mussten, zu begegnen, jedoch er vermochte es trotzdem nicht, den einmal erweckten Verdacht aus der Seele seines überaus misstrauischen Herrn wieder zu verdrängen.

König August, der so manchen ernüchternden Blick hinter die Schleier getan haben mochte, die das wahre Wesen seines Geheimen Rates verbargen, entließ kurze Zeit darauf den ehemaligen Günstling in Gnaden. Das geringe Jahresgehalt, das ihm ausgesetzt blieb, wurde in jenen unruhigen Zeitläuften nur unregelmäßig und kümmerlich bezahlt, und der intrigante Streber erachtete es für angemessen, aus dem unfruchtbar gewordenen Dresdner Kreise zu verschwinden, um an weitentferntem Orte eine neue Laufbahn zu beginnen.

Nur einmal bei den abenteuerlichen Umschwingungen seines Schicksals traf er nochmals auf bekannte Züge inmitten des wunderbaren Getriebes, das man den Lauf der Welt zu nennen pflegt.

Es war in einer norddeutschen Stadt, in einem Augenblick seines Lebens, da die launische Schicksalsgöttin das Rad seines Glückes bis auf den tiefsten Punkt inneren und äußeren Elends in den Kot hinabgedrückt hatte, als er der ehemaligen Freundin, der Gattin des Michael Sandor, begegnete. Der Pole durchzog mit seiner Gemahlin die Länder als ein ausgesandter Apostel der gewaltigen Scheidekunst, deren wahrer Beherrscher nach seiner Gewohnheit ihn freigebig mit dem wunderwirkenden Pulver ausgestattet hatte.

Niemand hätte in dem reichgekleideten, vornehmen Mann, der sich Baron Dierbach nannte und das Patent eines Obersten der österreichischen Armee vorzuweisen vermochte, den ehemaligen Soldaten von der Feste Sonnenstein wiedererkannt, der einst, mit dem Speisekorb seines Offiziers beladen, zwischen Pirna und der Festung Botengänge getan hatte. Auch Fides hatte es verstanden, die im höfischen Dienst zu Dresden erlernten Formen der großen Welt auf eine nicht unsympathische Art und Weise mit der ehrbaren Gesinnung und den zuverlässigen Grundsätzen ihres gutbürgerlichen Elternhauses zu verbinden. Sie erschien als Baronin Dierbach äußerlich wohl als große Dame von Welt, verleugnete jedoch niemals ihre Herkunft, bezauberte durch die Anmut und die echte Bescheidenheit ihres Wesens ihre eigenen Diener nicht weniger als die hohen Herren, mit denen sie in Berührung kam, und war dazu allezeit die treue Kameradin ihres Mannes geblieben.

Wie tief musste der stolze Geheimrat von Gelneck gesunken sein, dass er die volle Börse, die Fides im Vorübergehen ihm zuwarf, wie ein Almosen aufhob und mit den abgeschabten Manieren des entgleisten Höflings ihr die Hände küsste, während ein verzeihender Widerwille das Gesicht der schönen jungen Frau überzuckte. In ihre Augen traten bei dieser Begegnung zwei Tränen, die für immer, soviel an ihnen lag, die ferneren Wirkungen ihres einstmaligen Fluches fortschwemmten.

* *
*

Der unglückliche Bötticher ergab sich nach dem Misslingen dieses letzten Fluchtversuches in sein Schicksal. Der aufgebrachte Kurfürst ließ sich nur mit Mühe davon abhalten, gegen seinen Gefangenen mit Körperstrafen vorzugehen. Bötticher bewies in diesen kritischen Tagen zum ersten Male Klugheit und männliche Haltung. Er trat dem in seiner Ungnade wie in seiner Gnade gleich maßlosen und gefürchteten August dem Starken mit Würde entgegen und betonte, dass nicht er es gewesen sei, der seiner Majestät mit unerfüllbaren Anerbietungen Zeit und Geld gestohlen habe; soweit er sich entsinne, sei es der Herr Generalgouverneur von Fürstenberg gewesen, der ihn wider Recht und Billigkeit als einen Landflüchtigen, der sich im Schutze der Landeshoheit Seiner Majestät geborgen gemeint habe, zu Wittenberg kurzerhand habe ausheben lassen. Seine Überführung nach Dresden sei unter Anwendung von Gewalt erfolgt; und unter Anwendung von Gewalt und Drohungen seien ihm die

Experimente mit dem Reste einer geheimnisvollen Substanz abgedrungen worden, die er selbst nicht hergestellt habe und deren Bereitung er nicht kenne. Niemals habe er das Gegenteil behauptet, niemals habe er Seine Majestät durch lügnerische Versprechungen hingehalten und geschädigt. Das einzige Versprechen, dessen er sich schuldig halte, sei der jungendliche Leichtsinn, mit dem er gehandelt habe, und zwar sowohl in Verwendung der gefährlichen Gabe, die ihm geworden sei, als auch die Rücksicht seiner Vertrauensseligkeit gegenüber Treulosigkeiten der Behörden.

Von König August barsch befragt, aus wessen Hand ihm jenes graue Pulver gekommen sei, erklärte Bötticher wahrheitsgemäß, dass er Name und Herkunft jenes Mannes nicht kenne, der in der Apotheke »Zum Elefanten« in Berlin mit ihm während einer einzigen Stunde Wahrheit und Durchführung des Prozesses besprochen habe. Er könne dazu nur so viel sagen, dass jener Unbekannte ein Ausländer und nach den Andeutungen des Apothekers Zorn mutmaßlich ein Grieche gewesen sei.

Bei Erwähnung dieses Umstandes überfiel das Gesicht des Königs eine tiefe Röte, und es war ungewiss, ob es Zorn oder Betretenheit war, was ihn die Unterlippe nagen ließ. Jedenfalls war er von diesem Augenblick ab milder und gnädiger gegen Bötticher als je zuvor.

Bötticher erfasste rasch die günstige Wendung des Augenblicks, Er setzte nun dem König in besonnen Worten auseinander, wessen er sich fähig halte und welche Versprechungen er seinem Herrn machen könne. Er bestritt keineswegs, eine gute Schule der Alchimie durchgemacht zu haben und von jenem Griechen mit Winken versehen worden zu sein, die es ihm nicht ausgeschlossen erscheinen ließen, durch selbständige Arbeit den Weg des Prozesses vielleicht noch zu finden. Wenn also Seine Majestät darauf bestehe, ihn fernerhin zu seinen Diensten zu halten, so erbitte er sich die Frist von zwei Jahren, ein mit allen notwendigen Einrichtungen und Materialien wohlausgestattetes Laboratorium und ungestörte Freiheit des Arbeitens. Versprechen könne und wolle er nichts als Treue und Fleiß und die Aufwendung allen Scharfsinns, um den König durch Erreichung des erhofften Zieles zu befriedigen.

König August hörte diese Worte seines gewesenen Hofalchimisten mit nachdenklicher Miene. Er sah lange zu Boden, warf dann einen seiner durchdringenden Blicke auf Bötticher, winkte kurz und verließ das Kabinett, in dem die Audienz stattgefunden hatte.

Bötticher wurde nicht ins Gefängnis, sondern in seine vorige schöne Wohnung zurückgeführt und harrte dort der königlichen Entscheidung.

Der Grieche Laskaris beschloss nach einer langen und sorgfältigen Überlegung mit seinen Getreuen, seinen Schützling Bötticher einstweilen den Gefahren neuer Befreiungsversuche nicht mehr auszusetzen. Er wusste, dass das System der Bewachung, am sächsischen Hofe sowieso zur größten Vollkommenheit ausgebildet, für die nächste Zeit selbst ihm jede Möglichkeit des Eingreifens unratsam machen werde.

Er schlug daher einen anderen Weg ein, der, wenn auch nicht so rasch, zuletzt doch zum Ziele zu führen versprach.

Zur selben Zeit, als König August in Dresden die Maßnahmen erwog, die er nun in der Angelegenheit des jugendlichen Geheimrats von Bötticher ergreifen wolle, ritt aus dem Böhmer Wald ein neuer Bote über die sächsische Grenze, der einen eigenhändigen Brief des Griechen wohlverwahrt im Sattelknopf trug. Der Reiter vermied die Stadt Dresden. Er wandte sich nach Meißen und stieg dort in einem bescheidenen Gasthof ab.

Zwei Tage darauf erbat sich der Graf Ehrenfried von Tschirnhausen, Schlossherr auf Kieslinkswalde, geheime Audienz bei König August.

Der Graf war dem Herrscher besonders wert wegen der außerordentliche glücklichen Industrieunternehmungen, die er, größtenteils zum Nutzen des sächsischen Staates, mit größtem Geschick und bestem Erfolg begründet hatte. Tschirnhausen hatte vor Kurzem die dritte Glashütte in sächsischen Landen eröffnet, und seine vorzüglich eingerichtete Mühle zum Schleifen großer Brennspiegel, wie sie in solcher Güte selbst in Holland nicht hergestellt werden konnten, versprochen, Gewerbefleiß und guten Ruf des Landes aufs glücklichste zu fördern.

Tschirnhausen galt zu alledem als ein tiefgründiger Kenner der Alchimie und genoss in dieser Hinsicht das unbedingte Vertrauen des Königs. Er war selbstverständlich mit der Angelegenheit des Goldmachers Bötticher des öfteren schon befasst worden, und der Graf war es gewesen, der den König schon zu mehreren Malen zur Mäßigung veranlasst hatte. Er durchschaute von Anfang an die Rolle, die der unselige Bötticher übernommen hatte. Er war es zuletzt auch gewesen, der den König davon überzeugte, dass der junge Apotheker keinesfalls im Besitze des großen Geheimnisses sein könne. Es kam hinzu, dass Tschirnhausen bei dem kurzen Besuche des geheimnisvollen Griechen in Dresden mit diesem mehrere Tage auf seinem Schlosse Kieslinkswalde verweilt und also Grund zu seiner Andeutung hatte, dass er Können und die Absichten des geheimnisvollen Griechen ziemlich durchschaue. Man konnte nicht behaupten, dass der Graf in seiner Mitteilung je allzu deutlich geworden wäre. Auch er bediente sich des bequemen Mittels vornehm ironischer Zweideutigkeit und wusste geschickt den Glauben von sich fernzuhalten, dass er ein überzeugter Schüler der königlichen Kunst, geschweige denn ihr wissender Adept sei.

Graf Tschirnhausen also erschien in Dresden beim König und erwirkte im Laufe einer stundenlangen, vertraulichen Besprechung von Seiner Majestät die Verfügung, dass der Geheimrat von Bötticher zu entlassen und unter die persönliche und verantwortliche Obhut des Grafen Tschirnhausen zu stellen sei.

Dieser Befehl brachte die glücklichste Wendung im Leben des unfreiwilligen Adepten, die diesem noch beschieden war. Er verließ Dresden und sein glänzendes Gefängnis in Begleitung des Grafen wenige Tage darauf; und nun hielt den frühgereiften und vorzeitig gealterten Mann auch keine Sehnsucht des Herzens mehr in der ihm verhasst gewordenen Stadt. Elisabeth von Fürstenberg hatte ja längst die sächsische Hauptstadt, und wie es schien, für immer verlassen.

Bötticher fand in dem Stadthaus des Grafen zu Meißen behagliche Unterkunft. Schwur und Handschlag nicht nur, sondern bald auch persönliche Anhänglichkeit und Dankbarkeit für den Grafen, der sich dem schicksalsgeprüften Bötticher als ein wahrhaft fürsorglicher Vater erwies, banden ihn freiwillig an dieses Haus, in welchem er hinfort frei und unbewacht ein und aus ging. Monatelang arbeitete er mit dem Grafen gemeinsam in dem trefflich ausgestatten und von König August freigiebig mit allen angeforderten Hilfsmitteln versehenen Laboratorium. Nach Jahresfrist erhielt er sogar von Landesherrn die ausdrückliche Erlaubnis, den Grafen auf sein Landgut Kieslinkswalde zu begleiten und dort in der Stille und Behaglichkeit eines wohltätigen Landaufenthaltes ungleich mit seiner Arbeit die Wiederherstellung seiner angegriffenen Gesundheit zu fördern.

Indessen führten alle Experimente und gemeinsame Bemühungen Böttichers und seines freundlichen Gastgebers nicht zum Ziel. Ein Jahr der bedungenen Frist war schon verstrichen, und die kaum gewonnene Gemütsruhe des jungen Hofalchimisten drohte neuer Verwirrung und Sorge um die Zukunft zu erliegen. Die wechselnde Laune Königs August hatte schon mehrfach Botschaft an Tschirnhausen gelangen lassen, die mit Ungeduld und erneutem Groll nach dem Erfolg der unter so begünstigten Umständen wieder aufgenommenen Arbeiten sich erkundigte.

Drohend stand dem Staatsgefangenen ein erneuter Ausbruch des Misstrauens und des Zornes der Majestät vor Augen, und das Ende von alledem war ungewiss und zermürbte infolge der andauernden Angstvorstellungen vollends die Lebenskraft des Unglücklichen.

Es war genau ein Jahr seit der Abreise Böttichers aus Dresden verflossen, und die letzten Arbeitstage in der Küche des Schlosses zu Kieslinkswalde hatten wieder mit einem Misserfolg und zugleich mit einem gesundheitlichen Zusammenbruch Böttichers geendigt. Da trat am folgenden Morgen der Graf Tschirnhausen an das Bett seines Gastes und weckte den Übermüdeten mit freundlichem Lächeln. Als Bötticher emporfuhr, sah er hinter dem Grafen einen bestaubten Mann stehen, der soeben von einem scharfen Ritte aus großer Ferne gekommen zu sein schien. Der Graf hielt in der Hand ein kleines Täschchen aus Pergament von derselben Art wie jenes, das der Grieche Laskaris in der Apotheke Zorns zu Berlin hinterlassen hatte. Tschirnhausen sagte: »Dies sendet Ihnen Laskaris, der nicht nur mein Freund, sondern auch der Ihrige ist.«

Bötticher griff mit gieriger Hast nach dem Beutelchen, über dessen Inhalt kein Zweifel sein konnte. Aber wie er nun das ersehnte kostbare Pulver in seiner Hand wog, hielt er, im Begriff, den Rand der Tüte abzureißen, plötzlich, wie von einer Eingebung betroffen, inne. Eine tiefe Trauer, er wusste nicht weshalb, stieg in seinem Innern auf, Tränen traten ihm schwer und langsam in die Augen, und er schüttelte leise den Kopf. Dann sah er zu seinem Beschützer auf und sagte: »Was soll mir der Schatz, dessen rechtmäßiger Besitzer ich doch niemals sein werde? Ich halte ein Geheimnis in meiner Hand, dessen Wesen mir darum nicht weniger verschlossen bleibt. Ich habe keine Freude mehr an dem Spiel mit dem Wissen anderer. Ich habe gefehlt, als ich meine Bewunderung für die erhabenen Geheimnisse der Natur mit meiner eigenen Natur und Eitelkeit vermengte. Mein Schicksal hat mich belehrt und mich zu der Weisheit erzogen, deren diese meine Natur vielleicht allein fähig ist: den Wert wahrhafter Bescheidenheit zu erkennen.« Mit diesen Worten reichte er dem Grafen die kleine Pergamenttasche uneröffnet zurück und weigerte sich entgegen allen Vorstellungen des Grafen mit Entschiedenheit, sich des Pulvers, sei es zu welchem Zweck auch immer, zu bedienen.

Graf Tschirnhausen ließ sich von den Einwänden seines jungen Freundes überzeugen und erkannte mit Rührung die tiefen Wendung, die sich im Wesen seines Schützlings vollzogen hatte. Er lobte ihn zuletzt herzlich wegen seines Entschlusses und gab auch seinerseits dem Boten das Päcklein uneröffnet zurück.

Mit einem Briefe von der Hand des Grafen, in dem dieser dem Griechen alle Umstände und Gründe der Ablehnung seiner Gabe freundschaftlich auseinander setzte, ritt der Abgesandte wieder von dannen.

Von diesem Tage an war das vertrauliche Verhältnis zwischen dem alten Grafen und dem jungen Bötticher zu treuester Freundschaft befestigt.

Es mag dahingestellt bleiben, ob Böttichers Ablehnung der wunderbaren Gabe, deren Wert für ihn ja immerhin nach Lage der Dinge recht zweifelhaft war, ausschließlich verursacht war durch die demütige Einsicht in seine Unwürdigkeit. Der weitere Verlauf der Dinge lässt die Vermutung zu, dass Bötticher, nicht ohne eigenen Ehrgeiz und natürlichem Stolz, die Hoffnung nicht verloren hatte, auf eigenen Wegen zu einem selbsterarbeiteten Ziele zu gelangen.

In dem heißen Bemühen, aus der Bedrängnis einen Ausweg zu finden, in die ihn die Ansprüche des Königs versetzten, hatte Bötticher schon zu Dresden nach allen Richtungen hin seine Aufmerksamkeit und sowohl Erwägungen wie Versuche gelenkt, und es war ihm so auch nicht unbekannt geblieben, dass die im Bett der Elbe lagernden Kiesgeschiebe ebenso wie die den Elbstrand unterhalb Dresdens bildende Tonerde in mutmaßlich nicht geringem Grade goldhaltig sei. Schon in Meißen hatte er neben der Küche des Grafen eine vorläufige Wäscherei eingerichtet gehabt und hatte im Elbsand Schlämmversuche vorgenommen. Er kehrte nun mit dem Herbst nach Meißen zurück, entschlossen, auch die kaolinhaltigen Tonerde jener Gegend einer Probe zu unterziehen. Mit dem Beginn des Winters wurden die Anlagen im Hause des Grafen, die der Goldwäscherei dienten, nicht unbeträchtlich erweitert. Auch der nüchterne Sinn des Schlossherrn war solchen berechenbaren Erfolg versprechenden Versuchen geneigter als den zweifelhaften Arbeiten am alchimistischen Feuer.

Mit Eifer also wurde die neue Arbeit aufgenommen, und es gelang in der Tat, aus der Kieselerde Gold »zu machen«. Jedoch blieb das Ergebnis unbefriedigend im Vergleich zu der aufgewendeten Mühe und zu der Höhe der Gestehungskosten.

Bötticher wandte nun alle Mühe und allen Scharfsinn darauf, das Verfahren dieser Art von Goldgewinnung möglichst zu vereinfachen und zu verbilligen. Er geriet daher unter anderem auch auf den Gedanken der Ausschmelzung des Goldes, die ihm den großen Apparat der Wäscherei zu ersparen versprach. Tschirnhausen ging auf alle Vorschläge seines

Gehilfen mit Vergnügen ein, da dessen geniale Erfindungs- und Kombinationsgabe desto deutlicher zutage trat, je mehr er sich endlich von den Fesseln alchimistischer Vorurteile frei machte und dem ureignen Schwung seiner Begabung und seiner Einfälle zu folgen begann.

Noch vor Weihnachten war der Schmelzofen nach den Angaben Böttichers vollendet, und es begannen zunächst die Versuche mit der Meißner Kaolinerde.

Tschirnhausen war in diesen Tagen in Dresden abwesend und fand über den Ansprüchen des Hoflebens erst am Tage nach Neujahr wieder die Zeit, nach seinem fleißigen Mitarbeiter in Meißen zu sehen. Als er sein Haus betrat, kam ihm Bötticher, im Innersten bewegt und sichtlich seiner flackernden Erregung kaum mächtig, schon auf der Treppe entgegen. Auf geäußerte Verwunderung und Frage des Grafen antwortete er nur mit einem kräftigen Händedruck und führte den Hausherrn stumm zu den Werkstätten, die im Hinterhause untergebracht waren. Dort wies er dem Grafen eine Anzahl kleiner Schalen von rötlich brauner Färbung, ausgezeichnetem Brand und feinster Glasur.

Der Graf nahm verwundert die zierlichen Dinger in die Hand und wusste zunächst nicht, was er von der Sache halten sollte. Aber Bötticher, vor Erregung kaum der Sprache mächtig, griff nach einer der kostbaren chinesischen Tassen, die der Graf aus Holland mitgebracht und in einer Vitrine seines Arbeitszimmers aufgestellt hatte. Bötticher hatte das Exemplar schon zuvor herbeigeholt, und Tschirnhausen verglich nun die chinesische Schale mit dem Erzeugnis von Böttichers Hand. Es erwies sich, dass, von der verschiedenen Färbung abgesehen, Böttichers Produkt an Zartheit der Materie, rosenblattartiger Dünne der Wandung und namentlich an durchscheinender Klarheit der Gefäßwandung dem chinesischen Originale kaum etwas nachgab. Bötticher hingegen ergriff mit gepressten Lippen eines seiner Schälchen und zerschlug es mit sachtem Aufschlag an einem Basalttiegel. Wertlos zeigte er die Bruchflächen dem Grafen. Tschirnhausens Erstaunen wich allmählich aufdämmerndem Verständnis. Er sah von den Scherben zu Bötticher und von Bötticher wieder auf die Scherben und sagte dann mit hochgezogenen Augenbrauen und vor aufquellender Bewegung tonloser Stimme nur das eine Wort: »Porzellan!« – »Porzellan!« wiederholte Bötticher krampfte seine Hand um ein zweites Schälchen, das mit glashellem Klang in seiner Hand zerklirrte.

Tschirnhausen gab keine Antwort, sondern vertiefte sich in eine genaue Prüfung des neuen Produktes. Aber er mochte die Probe anstellen, wie er wollte, das hellbraune Material, das aus Böttichers Brennofen hervorgegangen war, zeigte alle Eigenschaften des echten Porzellans.

Um zu ermessen, welche Bedeutung diese Erfindung Böttichers gerade in jenen Jahren besaß, muss man sich vergegenwärtigen, dass wenige Jahrzehnte zuvor die große Mode der Porzellanliebhaberei über England und Holland nach Europa gekommen war. Die Wertschätzung und Bewunderung der wunderbaren Erzeugnisse uralter chinesischer Porzellanfabrikation galt geradezu für ein Zeichen der Bildung und des vornehmen Geschmacks. Diese Wertschätzung stieg von Jahr zu Jahr, je hoffnungsloser sich die Versuche erwiesen, die man in Italien, in Frankreich, zu Wien, wie drüben zu Mannheim in der Pfalz machte, um das Geheimnis des chinesischen Porzellans zu ergründen und die plumpe Steingutindustrie, die man in Hülle und Fülle besaß, zur Porzellanerzeugung zu veredeln. Der Wettstreit unter den fürstlichen Manufakturen fast aller europäischer Länder, zuerst den Ruhm der Entdeckung des chinesischen Geheimnisses zu erwerben, hatte schon Unsummen Geldes verschlungen, und es zeigte sich nicht die geringste Hoffnung, der Lösung des Problems näherzukommen.

Chinesische Porzellanschalen wurden daher bald buchstäblich mit Gold aufgewogen. Die wenigen ostasiatischen Händler, die gelegentlich englische und holländische Häfen mit Kisten ihres kostbaren Gutes besuchten, bewahrten mit der unerschütterlichen Schweigsamkeit des Ostens das einträgliche Geheimnis, sofern sie ihrerseits überhaupt in dessen Besitz waren.

Bötticher wie Tschirnhausen waren sich daher zum Beschlusse dieses Schicksalstages vollkommen klar darüber, dass es gelungen war, auf sächsischem Bode eine Transmutation zu vollbringen, die in Wahrheit viel kostbarer und bedeutsamer war, als die vollendetste Umwandlung von Quecksilber in Gold es gewesen wäre.

Porzellan *war* Gold! – Mehr als Gold.

Tschirnhausen meldete daher zum ersten Neujahrsfeiertage König August mit einem kurzen Billet: »Eure Majestät Geheimer Rat von Bötticher hat das vortrefflichste Goldmacherrezept gefunden, das es gibt.«

Vierundzwanzig Stunden später erschien Bötticher in Begleitung seines Beschützers im Königlichen Schlosses zu Dresden und hielt Vortrag.

Der König hörte den Bericht schweigend an und zog sich mit Tschirnhausen zu einer kurzen Besprechung in eine Nische seines Kabinetts zurück. Es gelang Tschirnhausen, dem scharfsichtigen Herrn die

Tragweite dieser Angelegenheit mit wenigen Worten vollends klarzumachen. August war der Mann dazu, die Sache rasch und voll zu erfassen. Mit dem Ausdruck hoher Befriedigung in seinen Mienen trat er aus der Fensternische wieder hervor und reichte seinem Hofalchimisten beide Hände hin.

Bötticher erlebte die Stunde seiner höchsten Rechtfertigung, seines tiefsten Stolzes und des ehrlich verdienten Glückes größter königlicher Gnade. August bestätigte ihn durch Kabinettsorder zum Direktor aller künftiger Porzellanfabriken in den sächsischen Landen.

Es blieb nicht bei leeren Titulaturen. Die Tatkraft und das wirklich großzügige Vertrauen, das König August nun zufolge der Ratschläge des Grafen Tschirnhausen Bötticher entgegentrug, ließen in wenigen Monaten bedeutende Fabrikationsanlagen bei Meißen entstehen. Bötticher übernahm ungesäumt die Leitung des neuen Unternehmens, und die erstaunte Welt nahm schon nach kurzer Zeit die ersten Erzeugnisse der neuen Porzellanmanufaktur entgegen.

Sachsen gewann und behielt den Ruhm, das leidenschaftlich umstrittene Geheimnis des Porzellans zuerst entdeckt zu haben und in Meißen das erste europäische Porzellan zu erzeugen. Die Produkte der Meißner Manufaktur erzielten, schon um der Kuriosität willen, die sie darstellten, anfangs fast höhere Preise, als die echten chinesischen Porzellane. Wenn auch die Zeit der ersten Sensation vorüberging und die Bewertung der sächsischen Produkte einer gewissen Revision unterlag, so war doch andererseits Bötticher vom ersten Tage seiner Berufung an die Spitze des Industrieunternehmens an mit der ganzen Energie seines Erfindergenies darauf bedacht, die anstößige hellbraune Färbung seiner Erzeugnisse zu beseitigen und mit der Gewinnung der milchweißen oder milchblauen Töne der chinesischen Porzellane den letzten Schritt zur Gleichwertigkeit mit diesen zu tun.

Auch dieser Erfolg war ihm noch bis zu einem gewissen Grade beschieden. Es gelang ihm, sein Porzellan bis zu gelblichen und bläulichweißen Tönungen aufzuklären.

Böttichers Stellung in Sachsen schien gefestigt. Seine Verbindungen mit dem Grafen Tschirnhausen waren durch die Erfindung des Porzellans und durch deren industrielle Verwertung nur noch enger geworden. Dennoch gewann der frühgealterte Mann Gesundheit und Lebensfreude nicht mehr zurück. Auch jetzt war bei aller äußeren Ehrung und bei aller Würde seiner amtlichen Stellung nichts geändert an dem Zustand heimlicher Unfreiheit, die ihn auf sächsischem Boden festhielt. Der Porzellanmacher war für König August nicht weniger wertvoll und unersetzlich als der Goldmacher. Es bestand daher für den Herrscher kein Anlass, sein Verhalten gegenüber dem ehemaligen Hofalchimisten zu verändern; das peinigende Misstrauen des selbstsüchtigen Monarchen hatte im Gegenteil neue, aufs beste begründete Nahrung gefunden. Bötticher blieb, was die Freiheit seiner Entschlüsse und seiner Bewegung anging, nach wie vor sächsischer Staatsgefangener. Was ihn freiwillig an Sachsen und die Hauptstadt hätte fesseln können, war für alle Zeit entschwunden und verloren. Bald erreichte ihn die Nachricht von der Verehelichung der Fürstin Elisabeth von Fürstenberg mit dem Erbgrafen Friedrich Karl von Erbach.

Der Traum seiner überschäumenden Jünglingsjahre war ausgeträumt.

Auch der Brief, den er kurz nach seiner Ernennung zum Direktor der sächsischen Porzellanindustrie erhalten hatte und der ihm Glückwünsche und die weisheitsvollen Tröstungen des großen Adepten Laskaris überbrachte, entlockte ihm nur ein trübes Lächeln.

Gewiss durfte Laskaris sich schmeicheln, der bittere Urheber des großen Lebenserfolges geworden zu sein, dessen sich der ehemalige kleine Apothekergehilfe des Herrn Zorn in Berlin mit Stolz rühmen durfte; gewiss war so Laskaris zum Begründer des unsterblichen Ruhmes geworden, der den Namen Johann Friedrich Bötticher dem Gedächtnis der Menschheit überlieferte; aber konnte Laskaris dem kranken Manne die schöne Unbefangenheit der Jugend, die verlorenen Jahre der Gefangenschaft wieder ersetzen? Konnte er die Bitternisse seiner Seele, die brutalen Misshandlungen und die Zerstörung seiner Gesundheit wieder gutmachen, die alle zusammengenommen das Leben des hochgeehrten Manufakturdirektors zu vorzeitigem Ende verurteilten? Der geheimnisvolle Grieche mochte glauben, durch das launische Ausstreuen der Gaben seiner geheimnisvollen Kunst den Glauben und die Sehnsucht der Menschen nach einem höheren Wissen wachzuhalten, und er mochte die unfreiwilligen Apostel seiner Weisheit dazu missbrauchen; das Verdienst, durch die schicksalhafte Verflechtung seiner erteilten Aufträge mit den verzweifelten Anstrengungen der ins Netz habgieriger Fürsten gegangenen Beauftragten, diesen Netzen sich wieder zu entziehen und der daraus allenfalls geborenen glücklichen Fügungen, kam ihm nicht zu. –

Bötticher konnte den Verlust seiner persönlichen Freiheit nicht verwinden. König August musste davon Kenntnis erhalten haben. Denn nach

Jahren verhältnismäßiger Unbelästigtheit sah sich allmählich der Manufakturdirektor wieder unter schärferer Aufsicht genommen.

Tschirnhausen starb 1708. Damit war der beste Freund und der stärkste Rückhalt, den Bötticher in Sachsen besaß, ihm geraubt. Er gewann einen solchen Freund nicht wieder. In den nächsten Jahren erreichten ihn mehrfach geheime Botschaften aus Berlin, von wo aus König Friedrich mit Eifersucht und Indignation die Erfolge der sächsischen Porzellanindustrie verfolgte. Der König konnte es nicht verwinden, dass ein Untertan seines Landes, vom sächsischen Hofe ihm hinterlistig weggefangen, den ihm allein rechtmäßig zustehenden Ruhm und Gewinn seiner großartigen Entdeckung einem auch politisch mit Missgunst beobachteten Nachbarstaate überlassen musste. Die alten Rivalitäten zwischen Preußen und Sachsen verschärften sich durch diesen Tatbestand nicht unwesentlich.

Mehrmals hatte Bötticher, durch Erfahrungen gewitzigt und wenig geneigt, seine gebrechliche Gesundheit nochmals gefährlichen Unternehmungen auszusetzen, die Beantwortung der preußischen Briefe teils abgelehnt, teils unverfängliche, ausweichende und im ganzen ablehnende Antworten gegeben.

Im Frühjahr des Jahres 1716 aber erhielt er unter gutem Vorwand und in unverdächtiger Weise den Besuch eines vertrauten Abgesandten des preußischen Königs, der ihm derartig vorteilhafte Anerbietungen zu machen und die Bedenken Böttichers derartig zu entkräften wusste, dass dieser schwankend wurde. Ihn lockte vor allem die Aussicht auf den Wiedergewinn der mit verzehrender Sehnsucht erhofften Freiheit. Die Bedingungen des Königs von Preußen waren derart, dass Bötticher, als Administrator der gesamten preußischen Ton- und Porzellanindustrie mit dem Range eines Ministers, mit Aufenthaltswahl nach freiem Belieben und mit Zubilligung beliebiger Studienreisen ins Ausland, verpflichtet werden sollte. Ein alter Traum Böttichers, die Manufakturen von Faenca und Florenz kennenzulernen, schien dadurch der Erfüllung nahegerückt.

Bötticher besaß die Unvorsichtigkeit, die Verhandlungen mit König Friedrich schriftlich fortzusetzen. Die Korrespondenz wurde entdeckt und Bötticher auf der Stelle gefänglich eingezogen. Es stand ihm nun kein einflussreicher Freund mehr zur Verfügung, der das Ohr des Königs besessen hätte. Der alte Groll und die misstrauische Habgier des Königs konnten sich ungehindert auswirken. Er wurde nach Dresden übergeführt, verblieb dort wenige Wochen unter strenger Bewachung und erhielt in den ersten Märztagen 1719 die Mitteilung, dass seine Einschließung auf der Feste Sonnenstein beschlossen sei. Aber er erlebte diese zweite Überführung in sein ehemaliges Gefängnis nicht mehr. Am 13. März starb er in seinem Gefängnis zu Dresden, nachdem er kaum sein fünfunddreißigstes Lebensjahr vollendet hatte.

Von den vielen schmachvollen Flecken auf dem Charakter Königs August des Starken, die im Gedächtnis der Geschichte aufbewahrt sind, ist einer der hässlichsten sein Betragen gegen den unglücklichen Erfinder des Porzellans.

Johann Friedrich Bötticher, der einzige Alchimist, der seinen Tyrannen, ohne ihm zuvor in betrügerischer Weise Geld und Vorschuss abgeschwindelt zu haben und ohne mit unerfüllbaren Versprechungen Jahre und Jahre lang seinen Herrn an der Nase herumgeführt zu haben, unendlich reich gemacht hat, beendigte sein brutal misshandeltes Leben, früh an Körper und Seele gebrochen, weil er den Verlust der persönlichen Freiheit auf die Dauer nicht zu ertragen vermochte. Mit gleisnerischen Titeln und Würden überschüttet, starb er, seit seinem zweiundzwanzigsten Lebensjahre ein Gefangener.

* *
*

Einige Jahre vor dem Tode des weltberühmt gewordenen, ehemaligen Laboranten Meisters Zorn zog an einem Wintermorgen an der Apotheke »Zum Elefanten« in Berlin ein unheimlicher Aufzug vorüber und wankte in der Richtung des Brandenburger Tores aus dem Stadtbereich.

Meister Zorn, dessen Angesicht nicht nur die Zeit, sondern vielmehr noch Sorge und Unzufriedenheit mit sich selbst mit tiefen Furchen gezeichnet hatte (denn seine Alchimistenküche wirbelte noch immer vergebens die Überschüsse seines Gewerbes in Rauchgestalt zum Schornstein hinaus), stand unter der Tür und schaute zusammen mit seinen Stammgästen, die vor Neugierde die Hälse reckten, unverwandten Blickes auf den Mann im goldflitterbesetzten Gewande, der in einem Zuge von Bewaffneten und Henkersknechten vorbeischritt.

»Ja, ja!« rief er und streckte seine säureverbrannte Hand den Dahinziehenden nach. »Gehet nur und trommelt euer neues Opfer zum Galgen hinaus! Die Torheit der Menschen höret nimmer auf, und auf diesem Boden sind Radegast, dem Wendengott, nicht mehr Menschenopfer dargebracht worden, als hier noch der Urwald rauschte, wie jetzt dem Götzen der Alchimie, dem Stein der Weisen, jährlich neue fallen! Und wie der Wendengott seine Schlachtopfer in feurigem Bauche aufnahm, so würgt dein Geist, du höllischer Trismegistus, alle, die sich dir nahen, sei es heute oder morgen.«

»Herr Nachbar«, fragte nähertretend der dick gewordene Tuchhändler, »verdrieß es Ihn denn gar so sehr, dass einem Betrüger sein Recht geschieht?«

Meister Zorn erwiderte mit bösem Lächeln: »Dem gönne ich es nicht weniger als jedem anderen. Soll es mich aber nicht betrüben, wenn ich denkende Wesen, Gottes Ebenbilder, so ohne alle Vernunft sich ins Unglück stürzen sehe? – Ich habe auch den Friedrich nicht vergessen in all den Jahren, seitdem er nach Wittenberg entwich!«

»Oh!« rief der Dicke verwundert aus. »Wie mag Er nur den großen Herrn Bötticher zu Dresden mit jenem armen Sünder dort vergleichen wollen? – Dieser Caétano, oder wir er sonst heißen mag, ist ein Gauner, der unserm gnädigsten König und Herrn die ungeheuerlichsten Lügen glaubte vormachen zu können. Hat er sich nicht als einen päpstlichen Grafen ausgegeben und hat sich hohe Ehren dafür erweisen lassen und nicht minder so hohe Vorschüsse darauf, dass er dem König binnen zwei Monaten für sechs Millionen Taler Silber aus schlechtem Blei hervorzuzaubern versprach? Und suchte er nicht, sich vor den Folgen solcher schwindelhaften Anmaßung unter Mitnahme unserer sauren Spargroschen, die wir Steuerzahler dem Fürsten abliefern müssen, durch die Flucht zu salvieren? Nun sie ihn wieder gefangen haben und der Schurke einmal durchaus nichts von dem leisten kann, was er versprochen hat, so ist er jetzt mit Recht vergoldet worden, und im Festungshofe zu Küstrin kann er ein paar Wochen lang den Galgen von seinem Fenster aus bewundern, an dem er hangen wird, wenn er bis dahin den Stein der Weisen nicht findet.«

»Den hat noch niemand gefunden«, sagte der Apotheker zu sich selbst. »Dieser nicht und auch der Friedrich nicht!«

»Nun«, wandte der Tuchhändler ein, »Friedrich Johannes Bötticher oder, mit Respekt zu sagen, der Herr Geheime Rat von Bötticher ist doch ein großer Herr geworden. Man hat zwar freilich nie davon gehört, dass er in der Folge habe noch einmal Gold machen können, so wie er es uns hier gezeigt hat. Aber meiner Base Schwiegersohn zu Dresden hat mir's in einem Brief geschrieben, dass dem jungen Alchimisten eine über die Maßen wichtige Entdeckung gelungen sei. Ihm soll sich das Geheimnis der gelben Chinesen offenbart haben, mit dessen Hilfe die Zopfträger das köstliche Porzellan gewinnen. Und ist ein solches Geheimnis, wie mich dünkt, völlig ebenbürtig dem Geheimnis unserer Adepten. Denn man kauft zu Amsterdam eine Teeschale derer Chinesen nicht ums Geld wie andere Ware, sondern man leget sie auf eine Goldwaage und gibt ihr Gewicht in gutem Golde für Zahlung. Da mag denn freilich Euer ehemaliger Lehrling, Meister Zorn, bald ein großer Mann werden! – Auch glaube ich gerne, dass dem kursächsischen Afterkönig das Herz im Leibe mag gelacht haben, als ihm statt Goldes solche Köstlichkeit aus den Tiegeln Eures tüchtigen Lehrlings entgegenleuchtete. Jetzt bauen sie in Sachsen eine Fabrik, und der Herr von Bötticher ist der Direktor davon und wird bald ganz Europa ausbeuten mit seinem neuen Porzellan.

»Mag sein«, brummte missmutig der Apotheker, »dass sie ihm die Kette, die sie um den Fuß geschmiedet haben, ein wenig vergolden. Bei alledem bleibt er dennoch ein Gefangener in den Krallen des starken August, und ich an meinem Orte will lieber niemals einen Gewinn aus meiner Küche ziehen, als an seiner Stelle sein.«

»Er muss über alles seine Lauge gießen!« versetzte der dicke Tuchhändler ärgerlich, kehrte dem Apotheker den Rücken und schritt mit den Herrn Gevattern seiner Haustüre zu, denn von dem Zug des Delinquenten im flittergoldenen Kleide war nichts mehr zu sehen, und die Trommeln waren verklungen.

*   *
*

Es war in den Morgenstunden des 19. Juli 1716, als in dem Palaste des Generalfeldzeugmeisters Grafen von Rappach, des Kommandanten von Wien, sich eine erlauchte Versammlung zusammenfand. Anwesend waren: der preußische Gesandte Staatsrat Ernst; der brandenburgisch-kulmbachische Gesandte Geheimer Rat Wolf; zwei Grafen von Metternich und endlich der österreichische Vizekanzler Graf Josef von Würben-Freudenthal als Stellvertreter seines kaiserlichen Herrn Karl VI., dem ein Unbekannter im Namen des griechischen Fürsten Laskaris ein geringes Pergamentpäcklein zum Angebinde übermittelt hatte. Der beigelegte kurze Brief enthielt knappe Anweisung über die Verwendung inliegenden grauen Pulvers. Auf der Tafel, an welcher der fürstlich schwarzburgische Hofrat Pantzer saß und dem das Amt eines Protokollführers bei diesem merkwürdigen Akte übertragen war, lag das winzige Pergamentpäcklein, das der Gegenstand der sofort einzuleitenden Untersuchung sein sollte.

Hofrat Pantzer riss mit Sorgfalt die Tüte auf und überreichte dem Feldzeugmeister den Inhalt, nachdem er ihn auf ein kleines Silbertablett ausgeschüttet hatte. Es waren einige Körnlein grauer Substanz, einem feinen Salze vergleichbar, die sorgfältig an ein dünnes Wachsplättchen geklebt waren.

Eine Handvoll Kupfermünzen, wie sie im Wiener Armenhause ausgeteilt zu werden pflegten, wurden geschmolzen, das Wachs daraufgelegt und das Metall alsdann in Wasser abgelöscht Der Prozess hatte das Kupfer in vierzehnlötiges Silber verwandelt. Eine Wiederholung des Experimentes ergab das gleiche Resultat.

Die Tinktur hatte nicht allein ihre veredelnde Kraft an dem Metalle bewährt, sondern auch dessen Gewicht um den achten Teil erhöht.

Der wichtige Vorgang wurde genau protokolliert, und von den anwesenden Herren wurde dieses Protokoll unterschrieben und siebenfach gesiegelt.

Auch diesmal war es die einzige Absicht des rätselhaften Laskaris gewesen, den bloßen Beweis von der Möglichkeit der Elementarverwandlung zu erbringen. – Das Gerücht von dem aufsehenerregenden Ereignis durchflog schnell genug die deutschen Fürstenhöfe und darüber hinaus halb Europa.

Im folgenden Jahre empfing der Landgraf von Hessen auf gleich mysteriöse Weise ein ähnliches Päckchen, das diesmal in winzigen Gaben Proben einer roten und einer weißen, trockenen Tinktur enthielt.

In seinem Laboratorium versuchte der alchimiebeflissene Fürst beide Substanzen nacheinander mit dem glücklichsten Erfolg. Von dem Golde, das er aus Blei gewann, ließ er Dukaten und von dem Silber jene hessischen Speziestaler prägen, deren Umschrift lautete: »*Sic Deo placuit in tribulationibus*« – ein Stoßseufzer, wie er beim Anblick leerer Staatsschatullen einem so wirksamen Zauberstein gegenüber nur allzu gerechtfertigt erscheint.

*   *
*

Das Todesjahr Johann Friedrich Böttichers brachte einen heißen Sommer.

An einem schwülen Juliabend verließ die regierende Gräfin zu Erbach das hochgewölbte Hoftor des Schlosses und erging sich am Ufer des breiten Erlbaches, der, von Weiden umsäumt, in schönen Windungen Park und Wiesen durchlief. Der gepflegte Wald erstreckte sich bis dicht unter die Mauern des Schlosses; und wo er aus den Schatten der Buchen auf einen breiten Rasenplatz hervortrat, teilte er sich vor einer Eichengruppe, die er, eine kleine Insel bildend, von beiden Seiten umfloss. Auf diesem Bauminselchen erhob sich ein rundtempelartiges Denkmal mit kupferbelegtem Dach auf ionischen Säulen. Die Zwischenräume zwischen den Säulen waren mit kunstvoll geschmiedetem und vergoldetem Gitter abgeschlossen.

In der Richtung auf dieses Denkmal zu lenkte die Gräfin ihre Schritte, als sie plötzlich, von dem Geräusch brechender Zweige überrascht, stehenblieb. Dicht vor ihr teilte sich das Gebüsch, und mit einem gewandten Sprunge erreichte ein Mann den Kiesweg, dessen Anblick unter solchen Umständen für die Gräfin befremdend genug war.

Der Mann, von mehr als Mittelgröße, schlanken und geschmeidigen Wuchses, schien aufs beste gekleidet, und seine Bewegungen waren auch in diesem Augenblick, obschon hastig, nicht ohne edlen Anstand. Sichtlich war der Fremde in peinlicher Flucht begriffen; sein feiner Tuchrock, die hellseidenen Strümpfe und die schnallenbesetzten Schuhe waren mit Tannennadeln behangen und mit Sumpfwasser bespritz; sein dunkel wallendes Haupthaar schien vom Durchkriechen durch allerlei Gestrüpp zerzaust, und seine Hand zerknüllte ein blutbeflecktes Taschentuch, das notdürftig eine Risswunde bedecken sollte.

Der Mann bemerkte in seinem raschen Lauf die Dame nicht. Da ihr aber unwillkürlich ein kurzer Schreckensruf entfuhr, wandte sich der Flüchtige, erblickte sie, stutzte, schien sich zu besinnen und wandte sich dann, einer Eingebung folgend, mäßigte seinen Schritt, trat auf die Gräfin zu und begrüßte sie mit vollendet höfischer Verbeugung.

»Ich habe Grund zu der Vermutung, hochedle Frau«, bat er leise, aber dringend, »die regierende Gräfin zu Erbach vor mir zu sehen. Ich bitte gräfliche Gnaden vielmals um Verzeihung, wenn die Ungebührlichkeit meines Erscheinens und Betragens Sie erschreckt haben sollte. Ich wage trotzdem die Kühnheit, hohe Frau, Euch um Euern besonderen Schutz zu bitten. Ich befinde mich in der widersinnigen Lage, plötzlicher ungerechtfertigter Verfolgung ausgesetzt zu sein, und ich sehe Gefahr, erschossen, mindestens aber einer sehr widrigen und unerwünschten Auseinandersetzung ausgeliefert zu werden. Ich stelle mich unter den Schutz Eurer hochgräflichen Gnaden.«

Die dunklen und fast befehlend blickenden Augen des Fremden, seine edlen Züge, die weiße, auffallend zarte Hand, die er nach der zierlichen

Gepflogenheit der Zeit an seine Brust legte, und nicht zuletzt der eigentümlich einschmeichelnde, überredende und dennoch einen Widerspruch kaum duldende Tonfall seiner Stimme machten auf die Gräfin einen sehr lebhaften Eindruck. Ohne sich zu besinnen, streckte sie ihre Rechte nach dem nahen Tempelbau auf der Weideninsel aus und sagte: »Wenn Sie meines Schutzes bedürfen, mein Herr, eilen Sie dorthinein, Sie finden die Gittertüre offen, die Sie hinter sich schließen mögen.«

Der Fremde verbeugte sich nochmals tief und begab sich mit raschen Schritten an den angewiesenen Zufluchtsort, den er über eine leichte Brücke erreichte.

In demselben Augenblick brachen die Verfolger zwischen den Bäumen hervor, sahen sich wilden Blickes ringsum und bemerkten eben noch das Verschwinden dessen, dessen Spuren sie gefolgt waren, in dem kleinen Inseltempel. Im Begriff, ihm unverzüglich dahin zu folgen, vertrat ihnen die Gräfin den Weg. Sie sah, dass sie zwei Jäger der benachbarten Gutsherrschaft, des Freiherrn von Reichling, vor sich hatte. Zwei mächtige Bluthunde waren in ihrer Begleitung, die jetzt mit wütendem Gekläff die Brücke, die über den Erlbach führte, verbellten.

Beim Anblick der Gräfin Erbach, die ihnen von Ansehen wohlbekannt war, hielten die beiden Forstleute inne und grüßten nach ihrer atemlosen Jagd nur recht mangelhaft die Dame.

»Wollen Euer Gnaden vergeben«, keuchte der eine der Jäger, »hat nicht soeben ein Mann diesen Weg überquert und nahm er nicht die Richtung zu jenem Bauwerk dort!«

»Wer seid ihr?« herrschte die Gräfin die beiden Diener des Freiherrn an. »Und was sucht ihr hier auf Erbachschem Grund?«

»Wir verfolgen einen Wilddieb, gnädige Frau!« rief der andere und trat mit seiner Jagdflinte so nahe an die Herrin heran, dass diese unwillkürlich zurückwich- Es mochte sein, dass dieser Mann nicht wusste, wen er vor sich hatte, denn er wagte mit ziemlich rauer Stimmer hinzuzufügen: »Wollte uns ohne Umstände sagen, wo der Bursche steckt, sonst wären wir genötigt –« Er konnte seinen Satz nicht vollenden, denn sein Kamerad riss ihn heftig am Rockärmel zurück und bedeutete ihm zu schweigen.

Die Gräfin hob zornig das Haupt und sagte mit Hoheit: »Ich gebiete euch, unverzüglich aus meinem Besitz zu weichen.«

»Erlaubt«, begann jener, dessen ehrerbietige Anrede erkennen ließ, dass er besser als sein Kamerad wusste, wen er vor sich hatte, aber die

Gräfin schnitt ihm die Rede ab, erhob gebieterisch die Hand und rief in strengem Ton:

»Ihr seid im Gebiet des Grafen Erbach mit Waffen in der Hand von mir betroffen worden, und eure Hunde belästigen mein Ohr. Verlasst sofort diesen Grund und Boden, wenn euch daran gelegen ist, meiner Güte den Erlass schwerer Bestrafung zu verdanken. Ich befehle euch, dass ihr sofort eure Hunde zurückruft, die mit ihrem Gebell jenen Aufenthalt der Toten dort entweihen, und wehe euch, wenn ich euch wieder begegne, wo ihr kein Recht habt zu jagen oder zu verfolgen.« Zugleich ergriff die Gräfin eine kleine silberne Pfeife, die ihr am Halse hing, und gab damit ein schrilles Signal. Der Pfiff war kaum verklungen, als vom Schloss herbeieilende Dienerschaft sichtbar wurde.

Hätten die Jäger es noch wagen wollen, den Worten der Gräfin irgendwelchen Widerstand entgegenzusetzen, so sahen sie jetzt die Unmöglichkeit ein, gegen die Zahl der herbeilaufenden Diener irgendetwas auszurichten; sie pfiffen daher mit Mühe ihre Hunde zurück und verschwanden nach gestammelten Entschuldigungen und verschiedentlichen Bücklingen in die Richtung, aus der sie gekommen waren. Noch vor ihren Augen verließ der verfolgte Mann den Rundtempel und betrat wieder das Brücklein, das die Insel mit der Wiese verband. Ein winkender Befehl der Gräfin genügte, um den Fremden, geleitet von den zwei stärksten Männern der Dienerschaft, in Richtung auf das Schloss sich entfernen zu lassen. Langsam folgte die Schlossherrin, und die dichter einfallende Dämmerung legte ihre Abendnebel über die Ufer des Erlbachs in so ungestörte Stille, als ob hier nie Lärm und Gebell eine aufregende Minute lang getobt hätten.

Am nächsten Morgen wurde der fremde Gast, der Abend und Nacht in sicherem, aber höflich angewiesenem und bequem ausgestattetem Gewahrsam verbracht hatte, in das Kabinett der Gräfin Anna Sophie von Erbach, der Gemahlin des derzeitigen regierenden Grafen Friedrich Karl, befohlen. Anna Sophie vertraute durchaus ihrem klaren Verstand und dem sicheren Urteil ihres vortrefflichen Herzens und war gewiss, den sonderbaren Fall dieser Verfolgung in kurzem Verhör aufzuklären.

Als ein Diener die Türe öffnete und den Fremden auf die Schwelle des kleinen, behaglich eingerichteten Gemaches treten ließ, heftete die Gräfin einen langen, durchdringenden Blick auf diesen, der diesen Blick mit einer ehrfurchtsvollen Neigung seines Hauptes erwiderte.

Der Fremde stand im Lichte der Morgensonne voll beleuchtet, und die Züge seines geistvollen Gesichtes erschienen noch schärfer und bestimmter geprägt, als der gestrige Abend erkennen ließ. Über der kühngeschwungenen Nase wölbte sich die hohe, von tiefgegrabenen Linien durchfurchte Stirn. Die Augen blickten feurig und streng, wie gestern, und den feingeschlossenen Mund umspielte ein Lächeln, das fast hochmütig zu nennen gewesen wäre, wenn ihm nicht zugleich ein Ausdruck freundlicher Bereitschaft beigemischt gewesen wäre, ein gutes Wort mit guten Worten zu erwidern.

Die Gräfin sah in länger an, als ihr selbst zum Bewusstsein kam. Sie schrak wie aus tiefen Gedanken empor, als sie sagte: »Wo sah ich Euch schon?«

Auch der Fremde schaute ernst und nachdenklich die Dame an – jedoch ihm fehlte die Erinnerung, und er erwiderte: »Meine Wege, gnädigste Frau, waren vielverschlungen und mein Schicksal ruhelos. Vielleicht täuscht eine Ähnlichkeit, vielleicht –«

Die Gräfin warf ungeduldig ihr schönes Haupt zurück: »Nein, nein«, rief sie, »auch die Stimme klingt mir bekannt – doch setzt Euch, mein Herr, hier in meiner Nähe, auf diesen Stuhl.« Der Fremde war ihr nun ganz nahe. Sie prüfte nochmals sein Gesicht. Endlich begann sie zögernd: »Und weshalb verfolgten Euch die Diener des Freiherrn von Reichling? Was habt Ihr getan?«

Der Fremde lächelte. »Darf ich erwarten, gnädigste Frau, dass Ihr meinen Worten Glauben schenken werdet, so unwahrscheinlich auch klingen mag, was ich zu erzählen habe?

Ich wandte mich in diese Gegend zu einem flüchtigen Besuch, um – jedoch der Grund tut nichts zur Sache. Jedenfalls, der gestrige Tag war heiß, und meine Wanderung am Ende ein wenig ermüdend. Ich lagerte mich daher im Walde, ohne mich vorzusehen, auf welches Herrn Gebiet ich mich befand. Es ist dies mein Vergnügen. Ich habe manche Nacht im Walde und unter dem freien Sternenhimmel zugebracht. Ich hatte mir soeben nach meiner Gewohnheit ein kleines Feuer aus zusammengetragenem Reisig angezündet, weniger in der überflüssigen Absicht, mich zu erwärmen, als deshalb, weil ich gern in die lodernden Flammen blicke, die meine Gedanken anregen, als ein junger Bursche von ganz munterem Ansehen zu mir herantrat, dem ein feister Rehbock von den breiten Schultern herabhing.

›Heda, Waldkamerad‹, rief er mich an, ›ist da noch ein Platz an Eurem Feuer? Das wäre mir gelegen. Ich teile auch meinen Braten mit Euch.‹

›So ist uns beiden geholfen‹, entgegnete ich und lud ihn ein, Platz zu nehmen, denn die Laune überkam mich, wieder einmal, wie in den rauen Waldbergen des Balkan, eine weidgerechte Mahlzeit zu halten. Der flinke Bursche, mit einem Ausdruck von offener Ehrlichkeit im Gesicht, der mich nichts Arges vermuten ließ, warf seine Last ab und löste mit geschickten Handgriffen eine saftige Keule von seiner Jagdbeute. Während er die Bratgabeln spitzte und alles zur Herrichtung seiner einfachen Küche tat, erzählte er mir, wie er, der Sohn eines reichen Freibauern dieser Gegend, mein Feuer habe durch die Bäume schimmern sehen und wie ihn just eine ähnliche Lust überkommen habe, im freien Walde bei einbrechender Nacht ein anspruchloses Jägermahl zu halten. Dazu nahm er die tüchtige Feldflasche vom Gurt, die sich mit anständigem Wein gefüllt zeigte, und der Zinnbecher wechselte von Mund zu Mund.

Plötzlich geschah der Überfall. Die beiden fremden Jäger stürzten sich mit dem Rufe: ›Herbei, da haben wir die Wilderer! Steht! Ergebet euch!‹ über uns her. Mit überraschender Gewandtheit sprang mein liebenswürdiger Gastgeber und Feuergast vom Moospolster auf, und ich weiß nicht, wie es zuging, im nächsten Augenblick überließ er mich und den Rest seiner Beute der misslichsten Verantwortung. Ich überblickte unschwer meine peinliche Lage, ich sah die Unmöglichkeit, mich widerwärtigen Weiterungen nach Möglichkeit zu entziehen, kurz nach einen flüchtigen, durch Zufälle begünstigtem Ringen mit den Jägern entfloh ich gleichfalls. – Hinter mir her krachten die Büchsen, ich hatte noch das Vergnügen, das Blei um meine Ohren surren zu hören, doch wurde ich nicht getroffen. Schon war ich erschöpft und verzweifelt, mit Anstand aus diesem Abenteuer zu kommen, als mich der günstigste Zufall Euch in den Weg warf, hohe Frau, der ich meine vorläufige Rettung und die so außerordentlich gastfreie und liebenswürdige Aufnahme in diesem Schlosse verdanke.«

Der Gräfin stieg die Röte ins Gesicht, als der Fremde mit so lebhaften Dankesworten mit so lebhaften Dankesworten und zugleich so feinem Lächeln für die Aufnahme dankte, die doch auf Befehl von ihr sehr nahe an die Form einer eben noch leidlichen Gefangensetzung heranreichte. Sie überging diesen Punkt mit einem stummen Neigen des Kopfes und sagte:

»Nicht mir allein, mein Herr, verdankt Ihr den angenehmen Ablauf Eures Abenteuers und Eure rasche Rettung. Jenes Denkmal im Park, dessen eisernes Gitter Euch vor Euren Verfolgern im kritischen Augenblick beschützte, bedeckt die Grabstätte eines erlauchten Paares von dem Stamme meines Gemahls. Die Toten haben Euch Schutz gewährt.«

Mit einem unwiderstehlichen Ausbruch wandte der Fremde sein lauschend zugekehrtes Haupt und mit gedämpfter Stimme fragte er: »Und welche erlauchten Glieder der gräflichen Familie sind dies, denen ich nach Euren Worten Schutz und Rettung verdanke?«

Die Gräfin, seltsam berührt, vermochte sich dem Zauber dieser Frage oder, richtiger, dieses sonderbaren Fragers nicht zu entziehen. Sie fing, ganz gegen ihre Gewohnheit und Art, beinahe wie abwesend, zu erzählen an:

»Dort ruhen Graf Eberhard und Gräfin Elisabeth von Erbach nach kurzer, wie wir denken müssen, glücklicher Ehe. Gräfin Elisabeth starb zuerst. Sie schien schon vor ihrer Ehe von einem schleichenden Fieber verzehrt, und wir haben sie leider niemals anders als bleich und ernst gesehen. Graf Eberhard hat lange um ihre Hand geworben. Als sie ihm endlich geschenkt ward, schien er der Erfüllung seiner Lebenswünsche nahe. Das Glück war nicht in dem Grade mit ihm, wie er erhofft hatte. Nach meiner Muhme Tod begann er zu kränkeln. Der Verlust traf ihn schwer. Er vermochte nicht lange ihn zu überdauern. Er hat die Gräfin Elisabeth in Erfüllung eines ihrer letzten Wünsche auf der Eicheninsel beigesetzt und ihr jenes Denkmal errichtet, das Ihr gesehen habt. Bald fügte er seinen letzten Anordnungen den Wunsch hinzu, nach seinem Tode gleichfalls dort beigesetzt und mit seiner Gemahlin wieder vereinigt zu werden. Seit mehr als Jahresfrist schlummert das erlauchte Paar in gemeinsamem Frieden auf der Eicheninsel.« –

Der Fremde frug sehr aufmerksam und gedämpften Tones: »So sprecht Ihr also von Gräfin Elisabeth, der Tochter des Fürsten Egon von Fürstenberg?«

»Gewiss«, antwortete die Gräfin erstaunt. »Kanntet Ihr die Gräfin Elisabeth?«

Das Gesicht des Gastes überlief ein sonderbar abwesendes Lächeln. Er richtete seine Augen groß und gerade auf die Gastherrin und sagte, indessen sein Mund rasch eines verräterischen Zuckens Herr ward: »Ob ich die Fürstin kannte? – Ja – Elisabeth von Fürstenberg habe ich gekannt.«

Gräfin Anna Sophie sprang von ihrem Stuhl auf. Sie trat nahe an ihren Gast heran, ergriff seine Hand und sagte: »So hat mein Gefühl mich nicht getäuscht, und nun weiß ich auch, wer Ihr seid. Wir sind uns in Dresden begegnet. Man hegte dort große Erwartungen von Eurer Wissenschaft, Erwartungen, die Ihr zunichte machtet durch Euer plötzliches Verschwinden.«

Der Gast erhob sich und beugte sich zum Handkuss auf die Hand der Gräfin herab.

Die Gräfin fügte rasch hinzu: »Ihr seid der griechische Adept, Ihr seid der, den sie den Fürsten Laskaris nennen.«

Indem er ernst zu der Gräfin aufsah, sagte der Angeredete: »Ich will nicht leugnen, dass ich's bin. Mein Gang hierher galt der Jugendfreundin. Ich wusste, dass sie tot ist, und ich wollte an ihrem Grab Abschied nehmen. Ich hätte mir eine solch wundersame Fügung des Schicksals nicht träumen lassen, dass noch die Tote meine Beschützerin sein werde, wie es die Lebende war. Mein Verschwinden aus Dresden war ihr Werk. Sie war es, die mich rechtzeitig von den hinterlistigen Anschlägen des Kurfürsten benachrichtigte. – Der Gang hierher sollte der letzte Weg sein, den ich auf deutschem Boden gehe. – Ich wollte ihr an ihrem Grabe sagen, dass ich meinen Frieden mit ihr gemacht habe. Das Band, das uns einmal vor Jahren zu vereinigen versprach, zerriss nicht allein durch ihre Schuld. Ich durfte hoffen, dass sie glücklich geworden sei. – Ihr werdet mir, erlauchte Frau, weitere Erklärungen nun gerne erlassen. Meine Absicht, die mich hierher führte, ist erfüllt. Ich danke Euch den angenehmen Ausgang eines Abenteuers, das um ein Haar eine lächerliche und peinliche Wendung hätte nehmen können. Ich danke Euch auch die Gastfreundschaft einer angenehm verbrachten Nacht unter Eurem hochgräflichen Dache. Es ist nicht meine Art, hohe Frau, ein aufrichtiges Gefühl der Dankbarkeit nur mit Worten zu beweisen. Gestattet darum, dass ich diese letzte Gelegenheit auf deutschem Boden dazu benutze, um Euch von der Kraft und Wahrheit der heiligen Geheimnisse einen Begriff zu geben, in deren Besitz zu sein ich mich nicht unwürdig rühme. Möge solcherart ein Andenken an einen der wenigen wahren Adepten, die zu dieser Zeit gelebt haben, Euch und Eurer Familie hinterlassen bleiben. Weist mir ein leeres Zimmer an, wo neugierige Blicke mich nicht zu belauschen vermögen. Stellet mir die wenigen Gerätschaften aus der alchimistischen Küche Eures Gemahls zur Verfügung, die ich selbst bezeichnen werde. Ich weiß, dass ja auch die Grafen von Erbach den alchimistischen Studien ergeben sind.« –

Wiederum zuckte über das Gesicht des Adepten ein mildes, jetzt freilich fast ein höhnisches Lächeln.

»Überlasset mir dann Euer gesamtes Silbergeschirr, das Ihr in das mir bestimmte Zimmer in beliebigen Mengen verbringen lassen wollet. Und dann gestattet, dass ich die Nacht hindurch bis zum Anbruch des Morgens mich in dem Raume einschließe.«

Gräfin Anna Sophie ließ nur sekundenlang einen Schatten des Misstrauens durch ihre Seele gehen. Doch selbst dieses kaum merkliche Zögern entging dem klaren Blick des Adepten nicht. Sein Lächeln untermalte sich mit einem nur fühlbaren, unfasslichen Ausdruck der Geringschätzung und versiegte sofort wieder in ruhigem Ernst. Er sagte leise: »Ich bitte Euch um die Gnade, Frau Gräfin, es wird Euch nicht gereuen.«

Zum zweiten Male errötete die Gräfin an diesem Vormittag beschämt, und sie führte ihren Gast in ein geräumiges Turmzimmer, wo er alles so fand, wie er es wünschte. Im Laboratorium des Grafen waren die Geräte rasch bestimmt, die dorthin gebracht werden sollten. Und nun trugen die Diener den reichen Brautschatz der Gräfin von Erbach herbei. Und da diese ihrer Beschämung keinen anderen Ausgleich wusste, als dass sie zum Zeichen ihres vollen Vertrauens das gesamte Silberzeug des Schlosses bis zum letzten Löffel dem Adepten zu überliefern befahl, so häuften sich die Silbergeräte auf Tischen, Stühlen und auf dem Fußboden des großen Zimmers, dass kaum noch ein Platz frei blieb. Darauf schloss Laskaris die Tür hinter sich und begann sein Werk.

Am frühen Morgen des nächsten Tages erwachte die Gräfin Erbach aus angenehmen Träumen, und mit einem gütigen Lächeln begegnete sie ihrer Kammerzofe und jedem, der an diesem Morgen in ihre Nähe kam. Mit Absicht bezwang sie jede Anwandlung von Neugier und unterließ jede Andeutung eines Wunsches, den Adepten aus seiner vermutlich spät gewonnenen Nachtruhe zu wecken. Es verging Stunde auf Stunde, und der Mittag nahte heran, als die Gräfin, von leiser Unruhe allmählich doch ergriffen, mit sich kämpfte, nun endlich den Befehl zu geben, an der Tür des Zimmers anzuklopfen, in welchem der Adept sich befand. In diesem Augenblick gewahrte sie zu ihrer Überraschung den Schlüssel zum Turmzimmer, darinnen der Gast verweilen musste, auf einem Tischchen, das neben ihrem Bette stand. Niemand hatte den Schlüssel dorthin gelegt, wie Kammerzofe und Diener versicherten. Der Schlüssel musste also dort schon bei ihrem Erwachen gelegen haben, und es war nur wunderlich, dass sie ihn übersehen hatte. Jetzt aber ergriff sie ihn nicht ohne Hast und begab sich selbst in Begleitung zweier Lakaien, von widerstreitenden Gefühlen, Befürchtungen und Zweifeln bewegt, zu dem Turmzimmer. Sie fand die Tür verschlossen und klopfte an. Auch auf mehrfaches Klopfen erfolgte keine Antwort. Nun öffnete sie mit eigener Hand die Tür und blieb in äußerstem Erstaunen auf der Schwelle des Zimmers stehen, denn drinnen leuchtete es vom Fußboden herauf und von allen Tischen und Schränken herab in goldener Pracht. Und da sie nun herzutrat und die schweren Schüsseln, die noch gestern von minderem Gewicht und silbern gewesen waren, eine nach der andern zaghaft berührte, und alles, aber auch alles, und zwar nach den mannigfachsten Proben, als echtes, lauteres Gold sich erwies, wusste sie ihres Staunens, ja eines erschütterndes Gefühl der Unwürdigkeit, eine so mehr als kaiserliche Gabe verdient zu haben, kaum Herr zu werden.

Der Grieche Laskaris hatte ein wahrhaft herrliches Denkmal seiner uneigennützigen Kunst dem Stammhause der Grafen zu Erbach hinterlassen, in welchem Elisabeth von Fürstenberg die letzte Jahre ihres Lebens gelebt hatte. Man suchte im Schloss und in dessen Umgebung umsonst nach ihm. Er war und blieb spurlos verschwunden. (In Europa hörte man seitdem nichts mehr von ihm. – Nun und wie steht's mit der »Aufwertung«? würden heutzutage die Neidischen fragen.)

Der Herr Graf Friedrich Karl von Erbach aber, der Gemahl der Gräfin Anna Sophie, sobald er von der denkwürdigen Verwandlung des Silberschatzes zu Heidelberg Kenntnis erhielt, wo er beim Pfalzgrafen zu Besuch war, forderte gebieterisch die Hälfte des goldenen Geschirres, da es auf seinem Grund und Boden entstanden sei. Da indessen die Gräfin solchem Verlangen nicht zu willfahren geneigt war, kam es zu einem langen und skandalösen Prozess zwischen den Ehegatten, bis schließlich beide Parteien das schiedsrichterliche Gutachten der Leipziger Juristenfakultät einholten.

Da gab es denn unter den ehrwürdigen Perücken der Hochweisen ein langandauerndes Stirnrunzeln, Bedenken und Resolvieren, und die Tabaksdosen kreisten viele Sitzungen lang um den Fakultätstisch und unter den die Gerechtigkeit erschnüffelnden Professoren hin, bis endlich nach mehreren Jahren der Entscheid getroffen war und protokolliert werden konnte, was Rechtens sei:

»Dass nämlich sotanes Silbergeschirr, weil es vor der Ehe Gräfin befunden, derselben *jure facto* allein zugehören möge.«

Alle weiteren Einsprüche des Grafen fruchteten nichts mehr, und das Andenken an den Adepten erhielt sich somit auf die allerklarste Weise in der Familie derer von Frankenstein und nicht bei dem Erbachschen Hause.

*   *
*

In der alchimistischen Küche des verfallenen Schlosses im Böhmer Wald glühte ein mäßiges Kohlenfeuer unter den schweren gläsernen Destillierkolben. Um die wohlverwahrten Fenster des Turmes sauste der Spätherbststurm. Neben der Herdstelle lag ein Mann auf den Knien, der in das Feuer blies und sorgsam darauf achtete, dass die Flamme gleichmäßig brannte. Jetzt richtete er sein Gesicht empor, und der Feuerstein beleuchtete seine Züge. Zugleich umspielte von oben her ein huschender Sonnenstrahl sein ergrautes Haar. Das Antlitz des Mannes war von Furchen durchrissen, wie sie lebenslanges Grübeln, hartnäckige Arbeit und weitschweifende, selten erfüllte Hoffnung zu graben pflegen und wie sie für das Gesicht eines Alchimisten zu allen Zeiten so bezeichnend waren. Von vielen Nachtwachen waren die Augen entzündet und blau umrändert, und die pergamentartig gelbe und vertrocknete Haut erzählte von Entsagungen und den Anstrengungen eines unbeugsamen Willens.

»Herr«, begann er den einzigen Arbeitsgenossen anzureden, der neben ihm in der Küche stand und dessen schlanke Gestalt auffallend jugendlich erschien neben der gebeugten Erscheinung des Laboranten, »werter Meister, sollte es nicht geratener sein, mit der Arbeit so fortzufahren, wie Ihr sonst zu tun pflegtet?«

Mit untergeschlagenen Armen stand der Angeredete; dann streckte er die rechte Hand, deren Mittelfinger ein schwerer Diamantring zierte, nach dem Inhalt des Glaskolbens aus, und an der lässigen Eleganz der Bewegung allein schon wäre Laskaris zu erkennen gewesen, wenn das unsichere Abendlicht in der Küche seine Züge selbst noch tiefer im Schatten gelassen hätte.

»Die *terra adamica* will dir nicht recht einleuchten, wie ich sehe«, sagte er mit dem gewöhnlichen, lächelnden Spott, »es verhält sich damit aber wie mit den anderen Stoffen, die wir versucht haben. Wir werden den Merkur der Weisen daraus gewinnen, den alles verschlingenden grünen Drachen, zu dem sich das Philosophengold gesellt, damit die Materie getötet werde. Fürchte nichts, die Mischung wird uns gelingen.

Achte du nur genau auf das Feuer, damit es brüte, nicht entzünde. Die drei Tage meiner Wacht sind jetzt um, Antonio, und es ist Zeit, dass der alte Ignaz meine Stelle einnimmt. Du kennst genau deine Pflicht, und du wirst ihm gehorchen wir mir. Wenn du seinen Befehlen mit der gleichen Treue und Genauigkeit nachkommst wie den meinigen, so wird das herrliche Werk sich bald vollenden, und dein Lohn wird nicht ausbleiben.«

»Herr Laskaris«, erwiderte Antonio, der seine Arme mit einer etwas gezierten Gebärde der Verehrung über der Brust kreuzte wie ein Orientale, »wohin meine Augen mich gehen heißen, dahin eilt mein Gedanke voraus.«

In diesem Augenblick öffnete der Schwarze Ignaz die Tür zum Laboratorium und trat ein.

»Es ist meine Stunde«, sagte er, zu Laskaris gewandt.

Der Grieche reichte ihm die Hand, und Antonio trat herzu.

»Ich habe dir nochmals einen Italiener zugeführt«, sagte Laskaris lächelnd zum Schwarzen Ignaz, »sie haben nun einmal die geschickte Hand da drunten, den besten Eifer und, wo es sein muss, die gewandteste Art im Umgang mit den Menschen. Antonio ist eine ehrliche Seele, sein Wille im Suchen nach dem Geheimnis ist durch viele Jahrzehnte erprobt, und zu Betrügereien wird er niemals die Hand reichen. Ich hoffe, der Ernst seines Bemühens, dessen Schmerzen ich erkannt habe, zeigt sich würdig der Hilfe, die ich ihm endlich zu gewähren versprach.«

Der alte Ignaz gab keine Antwort. Er musterte mit stummem Blick den unterwürfig wartenden Antonio und zuckte die Achseln. Dann reichte er dem Italiener die Hand und schüttelte sie mit so derbem Druck, dass der alte Alchimist über die entschlossene Meinung seines nunmehrigen Mitarbeiters nicht im Zweifel sein konnte.

Laskaris wandte sich zum Gehen. Der Schwarze Ignaz geleitete ihn zur Tür und brummte dort den Griechen an: »Weiber, Kinder und alte Narren verderben das Werk der Sonne, habe ich immer gehört.«

Laskaris winkte begütigend mit der Hand: »Ertrag ihn nur eine Weile, er wird seine Zunge unter Verschluss halten, und er wird es lernen, bedächtig zu handeln und die Kunst der Geduld zu üben, sobald der Ernst und die Gefahr des Prozesses zum Bewusstsein gekommen sein werden.«

Der Adept strich durch die Galerie, an der Mauer mit den Ahnenbildern entlang, schaute zum Abendhimmel empor und prüfte die atmosphärischen Zeichen der Stunde. Dann ging er wieder langsam zurück und begab sich in sein Schlafzimmer im Turm, aus dem einst Don Caétano nach seiner vermeintlichen Mordtat entwichen war.

Auf dem Tisch lagen alte, im Laufe von Jahrhunderten bräunlich vergilbte Pergamentrollen und dickleibige Folianten. Der Adept ließ sich in seinem Lehnstuhl nieder, stütze das Haupt in die Hand und versenkte sich in das seltsame Wirrsal gotischer Kursivschrift und geheimnisvoller Siegel und Figuren. Er las mit tiefem Ernst, aber nach und nach begann ein wissendes Lächeln seine geschlossenen Lippen zu umspielen.

»Nimm römisches Vitriol«, sprach er halblaut vor sich hin, »kalziniere ihn mit schwachem Feuer, destilliere ihn dann, und das flüssige Caput wird Merkurium ergeben. Destilliere Caput mit Wasser, dampfe es ab, so bleibt eine weiße Erde. Diese vermische mit dem Merkur und digeriere sie eine Woche lang immer wieder, bis eine Probe des Rückstandes auf glühendem Blech schnell verraucht. Anfänglich wird es grau sein, dann schwarz, endlich aber weiß. Starke Flamme entwickelt hieraus die *Terra foliata*. Mische diese mit dem Merkurium, bis sie zerfließen kann wie heißes Wachs. Ein Teil der *Terra foliata präparata* mit zehn Teilen flüssigen Goldes schafft dir den Stein der Weisen.«

Laskaris schnippte mit den Fingern geringschätzig über das Pergament hinweg: »Irrtum überall! – Es genügt zu lesen, um zu wissen dass auch du, großer Meister Agrippa, nichts gewusst hast! – Wie hast du so schön den weißen Schwan beschrieben, aber niemals sahest du ihn fliegen, und so starbst du im Elend.«

Indem pochte es leise an die Tür. Der Adept erhob sich und öffnete. Draußen stand der Schwarze Ignaz:

»Kommt sofort noch einmal herunter«, sagte er hastig, »es zeigen sich wunderbare Dinge im Kolben, und ich fürchte, er möchte zerspringen.«

»Unmöglich!« rief Laskaris betroffen. »Das *Ovum philosophicum* ist in einer holsteinischen Glashütte gefertigt, genau in der vorgeschriebenen Form und Dicke der Wandungen, und die gleichmäßige Güte des Glases ist erprobt. Es kann nicht brechen, wenn das Feuer gleichmäßig brennt und die Glut nicht zu stark wird.«

Indessen waren sie die Treppe hinabgestiegen und betraten nach wenigen Augenblicken die Küche, in der Antonio allein zurückgeblieben war. Dieser stürzte den Eintretenden in wilder Erregung entgegen.

»Seht, o seht doch, großer Meister!« Seine Stimme zitterte, seine Worte überjagten sich, und seine Augen funkelten in wahrer Wut der Erwartung. »Seht, welche Wundergebilde in dem Kolben steigen und schwinden und wiederkehren und wechseln! Eine Insel ist entstanden aus dem grauen Bodensatz der Materie, und darüber schwebt ein rötliches Gewölk, in dem es wie von Sternen und Kometen aufstrahlt, blitzt und leuchtet!«

»Um aller Heiligen willen, willst du schweigen!« fuhr Ignaz dem Laboranten flüsternd in die Rede, während er unwillkürlich dermaßen drohend die Faust erhob, dass jener erschrocken verstummte und zurückwich.

Jetzt traten die beiden näher. Sie sahen mit eigenen Augen, was Antonio geschildert hatte. Mitten in der grauen Masse, die den Kolben nur zum Teil füllte, hatte sich eine Art Land gebildet, eine schwimmende Insel mit scharf gesäumten, vielfach gebuchteten Rändern, Die Wölbung der Glaswände ließ jede Gestalt und Linie vielfach vergrößert erscheinen. Über der Insel brodelte eine dunkelrote Wolke, in der es arbeitete, als ob Tag und Nacht miteinander kämpften. Jetzt senkte sie sich herab und löste sich in einen warmen, kurzen Regen auf, unter dessen Sprühen »das Land« sich mit einem grünen Schein wie mit einem winzigen Rasen zu überziehen begann. Das feine, moosige Gebilde vergrößerte sich in den Berechnungen des Glases zu dichten Gräsern, Stauden und einer Art von zierlichen Palmen. Jetzt flogen Funken von intensiv wechselnder Farbenglut hin und wieder, und es sah aus, als flatterten Vögel zwischen den Kronen der Bäume umher, von so wunderbarem Farbenschmelz, dass dagegen die schönsten Kolibris südamerikanischer Urwälder grau und unscheinbar hätten genannt werden müssen. Setzten sich aber diese Funken auf Halmen und Zweigen nieder, so war es, als verwandelten sie sich alsbald in ebenso herrliche Blüten, die aufsprossen, sich funkelnd entfalteten und den Besuch der winzigen Wundervögel erhielten.

Nun wiederum erhob sich aus dem grünen Teppich ein duftfeiner weißer Nebel, der, wie in leisem Zugwind bewegt, emporstieg, und aus dem sich Regenbogen über Regenbogen entwickelte. Wieder funkelte es aus dem Grünen empor wie geöffnete Drusen von Edelsteinen, und leuchtende Funkensalamander schossen darüber hin. Sterngewinde entwickelten sich über den vielfarbig durchkreuzten Regenbögen, und scharfe Blitze zuckten dazwischen. Zuweilen sank plötzlich das ganze wogende Gebilde zurück in wolkiges Grau, aus dem sich dann aber in unerschöpflichem Wechsel neue, strahlende Gebilde entwickelten, während allmählich ein immer stärker und bestimmter beharrender rosiger Schimmer, der Morgenröte gleich, in dem Kolben aufzuglühen begann.

Obwohl nur allmählich diese Wunder vor den Blicken der drei Männer sich darstellten, war es doch den in das Schauen Versunkenen, als vergingen unter dem Farbenspiel nicht Stunden, sondern Minuten. Inzwischen war die Nacht hereingebrochen.

Jetzt endlich unterbrach Laskaris die große Stille.

»Ist uns dreien nicht ein großes Schicksal in glücklicher Geburtsstunde zuteil geworden?« flüsterte er mit flammenden Blicken den beiden Genossen zu. »Wer unter den Unzähligen, die der königlichen Kunst sich ergaben, konnte sich gleicher Gunst der erschlossenen Gesichte und Wunder der Natur rühmen?«

Das Antlitz des alten Ignaz leuchtete in stiller Verklärung. Antonio aber, dessen unersättliche Wissensgier und ungeduldig drängendes Verlangen ihm keine Ruhe gönnten, machte sich jetzt mit hastigen, doch sicheren Griffen wieder am Feuer zu schaffen und eilte dann mit einem Sprung in einen Winkel des Laboratoriums, wo er einen Pergamentstreifen ergriff, den er für Laskaris beiseitegelegt hatte.

»Herr«, sagte auch er nun mit gedämpfter Stimme und reichte die Schrift mit stolzer Freude dem Adepten hin, »nehmt dies und lest; ich fand es vorhin beim Ausräumen der Feuerstelle unter einer gehobenen Fliese des Ofensockels. Die Schriftzeichen sind mir fremd, enthält das Blatt nicht etwas Wichtiges und Großes?«

»Du hast die Feuerstelle ausgeräumt mitten unterm Prozeß?« sagte Laskaris mit geringerer Gelassenheit als gewöhnlich. »Das ist schlimmer als Leichtsinn! Hüte dich für Übereifer und Vorwitz.«

Damit griff er mechanisch nach dem Pergament und betrachtete flüchtig die Schriftzeichen, obwohl seine höchste Aufmerksamkeit dem Werke galt, dessen Vollendung näher und näher rückte. Allein der flüchtige Blick, mit dem er die Schrift prüfte, befestigte sich jetzt mit düsterem Ausdruck auf dem Pergament: »Du hast das aus dem Ofen dorten genommen?« fragte er zischend.

Der gescholtene Antonio erschrak über den Ton dieser Stimme. Mit solch eisiger Strenge war ihm der Grieche noch nie begegnet. Stockend fragte er: »Hab ich übel getan, Herr?«

Der Adept antwortete nicht sogleich; es war, als versage ihm die Sprache. Endlich wandte er sich an den Schwarzen Ignaz und sagte mit ungewöhnlicher Trauer: »In dieser Stunde sollte nicht gesprochen werden. In dieser Stunde sollte kein widriger Gedanke, kein Anhauch eines feindseligen Geistes die Seele derer berühren, die ihre Hände am Werk haben. Geschrei, wie Hennengegacker beim Eierlegen, hat uns hier begrüßt, und schlimme Gedanken, böse Zeichen legen sich in unsere Hand. Antonio hat den abgeschiedenen Geist eines Verzweifelten heraufbeschworen, den lebenslange, vergebliche Arbeit Fluch über Fluch ausstoßen ließ. Der Fetzen hier ist aus einer der Schriften des alten Thomas Garzon gerissen, und es verschlägt jetzt nichts mehr, laut zu lesen, was darauf steht:

›Die Alchimie ist eine falsche und irrige Kunst, deren Bekenner Elend, deren Instrumente unnütz, deren Unkosten schädlich, Mühe vergeblich, Begierde und Hoffnung betrüglich, alle Verheißungen aber lügenhaft sind; und endlich ist der ganze Narrenpolder nichts anderes denn eine Vorbereitung zum Hospital und Armenhaus. Denn diese armen Tröpfe, mit Pech besudelt, mit Ölen gesalbt, im Rauch gebraten, im Feuer verbrannt, im Schlafen bemühet, im Wachen geschwächt, haben ihre Zeit, Hab und Intelligentiam, Mühe und Arbeit elendiglich und vergebens aufgewendet und zugebracht.‹

»Wie gefällt dir diese Predigt, guter Ignaz?«

Der Alte lachte spöttisch: »Führet mir den Lügner vor, so will ich ihm seine Unverschämtheit zurückgeben!«

Laskaris trat einen Schritt zurück: »Will sich denn das ganze Unheil erfüllen?! – Das fehlte noch, alter Freund, dass Ihr den Abgeschiedenen anruft wie zu einer Beschwörung!«

Der Schwarze Ignaz zeigte sich sichtlich erschrocken und murmelte etwas zwischen Entschuldigung und Anrufung der Mutter Gottes und der Heiligen.

Antonio stand wortlos, mit offenem Munde und gespanntem Lauschen dabei und bekreuzigte sich jetzt, ohne recht zu wissen warum.

Laskaris fuhr fort: »Die Schrift ist älter als zweihundert Jahre, und wir müssen schon dulden, dass sie mit derben und bitteren Worten eine Wahrheit ausspricht, die älter ist als wir.«

»Wahrheit?« widersetzte sich Ignaz. »Ja, lieber Herr, achtet Ihr denn das als wahr, was auf diesem Fetzen steht?«

»Wahrheit wechselt ihr Angesicht für jeden, der sie anschaut«, sagte Laskaris, und schwere Trauer trat in seine Mienen. »Doch lassen wir die Toten!«

Er zerknüllte das Pergament in seiner Hand und trat mit neuer Aufmerksamkeit zu den Destillierapparaten. »Seht, meine Freunde, wie herrlich jetzt der königliche Adler seine Schwingen entfaltet! Seht die goldene Sonne durch die Masse fluten! Wir wollen nun vorsichtig den

Verschluss des Kolbens lockern, damit nach und nach die äußere Luft hineindringe.«

Antonio sprang eifrig hinzu. Laskaris legte mit hartem Zugriff seine Hand an die Schulter des Laboranten: »Nicht zu jäh, alter Praktikus! Wollt Ihr den Gefangenen mit Gewalt freilassen, dass er seine Kraft entfaltet wie der Riese über der Flasche? Es ist sowieso nicht allzu weit von dem, dass unsere Mühe verloren gehen könnte!«

Der Schwarze Ignaz schob den zitternden Antonio wortlos beiseite. Mit kundigem Blick und fester Hand ging er ans Werk. Antonio wischte sich den Schweiß mit vor Aufregung zitternden Händen. Jetzt senkte sich von dem gelockerten Verschlusse her ein milchiger Nebel und umschloss den festen Kern auf dem Grunde des Kolbens wie mit zartgewobenen spinnenfeinen Tüchern. Das Leuchten im Kolben hatte sein Spiel beendigt. Die Arbeit ruhte, weil nun dreimal die Sonne auf- und niedersteigen musste, ehe im Magma die letzten groben Widerstände zur Auflösung bereit waren.

Es war am Abend des nächstfolgenden Tages. Die Sichel des jungen Mondes stand scharf geschnitten am östlichen Himmel. Durchsichtige Dämpfe, die der scheidenden Abendsonne nachzogen, brodelten aus dem tiefen Moosteppich des Waldes hervor und verzogen zwischen den Wipfeln der Eichen wie irrende Gespenster. Dicht am Fuße des Burgberges, dort, wo die Felswand senkrecht zur Talmulde abstürzte, war eine versumpfte Wiese, mit Herbstzeitlosen bedeckt, zwischen denen silberweiße, bärtige Blumen auf dünnen Stängeln schwankten.

Auf diese Waldlichtung trat Laskaris mit dem Schwarzen Ignaz hinaus. Sie trugen seltsam mit Kreuzzeichen gekerbte Messer mit silbernen Klingen in den Händen und ein ehernes Gefäß, das die Blüten aufzunehmen bestimmt war, die sie hier zu sammeln gedachten. Laskaris blieb auf der Wiese stehen und schaute nach dem Himmel. Dann, als wollten die beiden Männer die Geister der Nacht ihrem Werke geneigt machen, sprachen sie mit zeremoniellen Gebärden dunkle Worte nach allen vier Himmelsrichtungen. Jetzt begannen sie mit den zubereiteten Messern die weißen Blumen abzuschneiden, deren silbriger Glanz in dem blassen Mondlicht wunderlich leuchtete. Allein die unsichtbaren Mächte, denen die Zauberformeln gegolten haben mochten, waren dem nächtlichen Beginnen nicht günstig.

Ein pfeifender Windstoß erhob sich plötzlich und beugte die über die Felsen aufragenden Bäume, dass sie herabzubrechen drohten, warf in einem Nu die geballten Nebelwolken gegen den Nachthimmel empor, dass dieser plötzlich mit einer grauen Decke sich verhüllte, und wischte den Mond vom Himmel. Dennoch fuhren die beiden Männer im Sammeln des Silberkrautes fort, nur eiliger denn zuvor, und sie füllten das Gefäß damit bis zum Rande. Schon wandten sie sich, aufatmend, denn ihre Arbeit war getan. Sie eilten rasch den gewundenen Pfad am Fuße des Felsens entlang, der im Bogen aufwärts zum Burgtor führte. Schon sahen sie über den Mauern das Dach jetzt Stockwerk um Stockwerk des Turmes emportauchen, und endlich schimmerte ihnen das Licht aus der Turmküche entgegen, in der Antonio zur bloßen Bewachung des ruhenden Werkes zurückgelassen war, lediglich damit beauftragt, für die Gleichmäßigkeit des schwachen Feuers Sorge zu tragen.

Plötzlich, noch ehe sie den Toreingang betraten, erdröhnte ein dumpfer Schlag über ihren Häuptern. Die Erde schien zu zittern, und aus dem Turm stieg eine Feuergarbe auf. Der laute Schreckensschrei der beiden Alchimisten mischte sich in das angstvolle Gejaule des herankriechenden Markus. Laskaris fasste sich zuerst. Unbekümmert, ob der Alte ihm folge oder nicht, sprang er in schlanken Sätzen über den Hof und eilte die Treppe zur Galerie empor. Aber da lag das Mauerwerk zu Trümmern gehäuft, und die Galerie war ungangbar. Von allen Seiten knisterten und bröckelten Mauerteile herab, und der Rückzug in die freie Weite des Hofes war nicht ohne Gefahr. Nach kurzem Umblick erwies es sich, dass nur der Turm noch in eiserner Festigkeit zwischen den zerrissenen Mauern der Nebengebäude stand, und seine tiefgemauerten, schwarzen Fensterhöhlen schienen wie mitleidig herabzublicken auf den wachsenden, hellen Feuerschein, der sich ringsum verbreitete.

Der herbeigeeilte Schwarze Ignaz stieß jetzt an einen Körper, der mitten unter Mauertrümmern auf dem Pflaster nahe bei dem aufgesprengten Tor des Turmes lag. Er beugte sich nieder, und ein kurzer Zuruf unterrichtete Laskaris von dem traurigen Fund: der alte Ignaz zog an beiden Armen Antonio hervor, der bewusstlos, mit schweren Brandwunden bedeckt, von Rauch geschwärzt und von Gestein und Gebälk jämmerlich zerschunden, in seinen Armen hing.

Laskaris trat hinzu und sagte leise: »So ist es gekommen, wie ich fürchtete. Der ›Rote Löwe‹ hat sich befreit, der Knecht, der ihn bewachen sollte, hat den Schlaf der Ungeduld geschlafen.« Der Schwarze Ignaz stöhnte ingrimmig auf.

Laskaris antwortete, und schon wieder klang der sanfte Spott aus seiner Stimme: »Es ist zwecklos, zu beklagen, was unabwendbar war. Lass uns jetzt lieber nach dem vorwitzigen Adepten schauen. Er scheint mir nur betäubt zu sein. Nimm dich seiner an, ich möchte indessen gehen und die Reste meines Schatzes retten.«

Laskaris wandte sich und stieg über Schutt und rauchende Trümmer hinweg zum Turm. Er erreichte die Küche, deren Decke wie vom Blitz gespalten war. Das geborstene Gewölbe hing locker und gefahrdrohend über seinem Haupte. Er bahnte sich einen Weg zum Herd und fand nur noch wenige Splitter des gewaltigen Kolbens, indessen feinster Glasstaub den Herd bedeckte. Von dem Inhalt schien nichts mehr übrig zu sein. Jedoch fand der Adept bei genauerer Umschau, dass seltsam gleißende, rotgoldene Tropfen überall am zerstörten Mauerwerk hafteten, und er begann nun, diese Tropfen mit Sorgfalt in einen unbeschädigten Steintiegel zu sammeln.

Inzwischen trug Ignaz den bewusstlosen Antonio hinauf ins Turmzimmer, das fast unbeschädigt geblieben war, und gab sich alle Mühe, den aufs Bett gelegten Italiener ins Leben zurückzurufen. Zwischendurch heulte der Wind in die Trümmer des Laboratoriums, und das von dem plötzlichen Sturm am Himmel hochgetriebene Gewölk entlud sich unter Blitz und Donner mit großen Tropfen. Ein furchtbarer Platzregen löschte das brennende Gebälk der Nebengebäude.

Als Laskaris mit großer Anstrengung und nicht ohne andauernde Lebensgefahr das Einsammeln jener letzten Überreste des ›Roten Löwen‹ beendigt hatte, verließ er die Küche arg beschmutzten Gewandes und tief ermüdet. Bleich und gealtert, wie ihn der Schwarze Ignaz nie gesehen hatte, betrat er das Turmzimmer, wo es inzwischen den Bemühungen des alten Mannes gelungen war, den festgeschlossen Mund des Antonio zu öffnen. Laskaris strich ihm einige Tropfen einer stark duftenden Essenz auf die Lippen, die er aus dem Wandschrank des Zimmers entnahm.

Antonio atmete tief auf und erwachte aus seiner Ohnmacht. Seine Augen schweiften unstet umher, bis sie auf dem Antlitz des Griechen haften blieben, der in der Mitte des Zimmers stand und den die flackernde Glut des Kaminfeuers scharf beleuchtete. Es schien, als ob die Bilder der Ereignisse in rascher Folge durch die Seele des alten Jüngers der hermetischen Kunst hinglitten; plötzlich fuhr er von dem Lager empor, schaute wild um sich, griff sich ans Herz und rief:

»Wasser ins Feuer! Wasser, Wasser herbei! – Die Flammen steigen, sie zerreißen den Kolben!«

Der Schwarze Ignaz sah mit bedeutsamem Blick den Adepten an, und dieser nickte und verstand.

Jetzt aber sprang Antonio mit einem einzigen Satz aus dem Bett und fiel vor Laskaris in die Knie nieder. Er schrie und wimmerte unverständliche Worte durcheinander, aus denen immer nur wieder Selbstanklagen und flehende Bitten hervorbrachen, ihn strafen und züchtigen zu wollen nach Belieben, ihm aber zu verzeihen und ihn nicht zu verstoßen. Der Schwarze Ignaz wusste seinen Zorn und Widerwillen kaum zu bändigen. Noch einmal brach seine ganze Empörung hervor. Er riss den Knienden an der Schulter zurück und donnerte ihn an:

»Armseliger Mixturenschmierer, der du bist! Gehe zu deiner Apotheke nach Padua zurück und bleibe der Pillendreher, der du warst und wozu du geboren bist! Die Kunst umwinseln und dann verraten und zuletzt wieder die verbrannten Finger zu dem betrogenen Meister heulend emporstrecken, das ist die rechte Schmierantenart! Wag’ es nicht noch einmal, das gute Herz dieses Mannes zu beschwatzen, denn du bist ein Stümper von Geburt und wirst dein Leben wie deine Sudelarbeit als ein Stümper beenden!«

Allein Laskaris streckte schützend seine Hand über den gebrochenen, alten Alchimisten aus und sagte still: »Er ist mein.« In diesen Worten lag ein so eigentümlich hoheitsvoller Ausdruck, dass der Schwarze Ignaz unwillkürlich inne hielt. Laskaris frug den Knienden ruhig: »Erzähle, wie es geschah.«

Antonio, den in der Nähe des großen Adepten ein wunderbares Gefühl der Geborgenheit überkam, begann mit zerrissenen Worten:

»Als Ihr hinabgestiegen waret an diesem Abend und ich, nach Eurem Befehl, allein in der Küche zurückblieb, betreute ich den Kolben gewissenhaft nach der Vorschrift. Ich versah mich keines besonderen neuen Ereignisses, denn Ihr habt mir gesagt und ich wusste es, dass das Werk für die Dauer von drei mal vierundzwanzig Stunden ruhen wolle. Vorsichtig legte ich neue Holzkohle zum Feuer, dass die Wärme auf dem Herd sich nicht verringere. Da plötzlich vernahm mein Ohr ein seltsames Tönen, und nach kurzem Lauschen war es gewiss, dass die Klänge, die dem Wehen von Äolsharfen glichen, aus dem Glaskolben hervordrangen. Dies währte kurze Zeit; ich hatte mich, um der wunderbaren Musik besser zu lauschen, nahe an die leicht verschlossene Öffnung des Glases herangeneigt; da sah ich aus dem goldfarbenen Gewölk, das über der Masse wieder sich zu entwickeln anhub, ein Gebilde aufsteigen, wie es das Destilliergefäß zuvor nie gezeigt hatte. Es schien sich wie eine reife, herrlich gefärbte Blume spalten zu wollen – das Gebilde wölbte sich dann und formte sich zu einem Throne, dessen Säulen und Flächen wie aus Edelsteinen und dem Geflecht einander durchwebender, farbiger Strahlen gefügt schienen. Jetzt brausten Nebel durcheinander, als wollten sie die Wände zertrümmern, die ihren wilden Reigen einschlossen, und es schien mir, als hörte ich von allen Seiten scharfes Trompetengeschmetter; dann ging das Toben langsam in unbeschreiblich süße Melodien über. Im Kolben verschwammen Formen und Farben, die Nebel gewannen die Überhand, und eine unsagbare Angst und Sehnsucht stieg in mir auf, es möchte das zauberhafte Schauspiel wieder in sich zusammensinken. Da zwang mich eine Gewalt, die ich nicht zu erklären weiß, mit beiden Händen in die Kohlen zu fassen und das Feuer durch Zugabe neuer Nahrung schärfer zu entfachen. Die Wirkung davon war auch ganz nach Wunsch. Kaum loderte das Feuer mit verstärkter Glut, als auch im Kolben das farbige Wesen von neuem aufstieg und in rascher Folge unbeschreibliche Bilder und Erscheinungen in flüchtigem Zauberfluge sich übereinander drängten.

Endlich enthüllte sich aus leise flutenden Schleiern eine königliche Jünglingsgestalt in rot leuchtendem, goldverbrämten Gewande. Diese Gestalt reckte ihre weiße Hand in das schwimmende Gewölk empor, und plötzlich erblickte ich eine zarte Jungfrau durch das Gewölk hinabsteigen und sich auf eine traumhafte Art dem Jüngling vermählen. Indem ich solches vor inneren Sinnen wieder zu sehen meine, versagt doch Erinnerung und Wort. Es ist mir jetzt, als sei mir all dies nicht mehr wachend begegnet, sondern in einem unentwirrbar seltsamen und unwirklichen Traum erschienen. – Und so wird es wohl auch sein. Mich dürkt, ich bin am Feuer eingeschlafen, denn meiner Erinnerung fügt sich nun auch deutlich ein Augenblick, indem ich zu mir sagte: ›Nun bist du tot, und dies sind die Wege und Stufen und Erscheinungen, die zur Erlösung führen.‹

So kann ich nicht mehr sagen, was ich gesehen, was ich getan und was ich geträumt habe. Ich weiß auch nicht mehr, ob es ein Traum war, dass ich plötzlich in mir den Befehl vernahm, es sei Zeit, den Verschluss zu öffnen.

Mir träumte dann, eine feurige Lohe umgebe mich vom Haupt bis zu
den Füßen. Ich hörte ein fernes Läuten wie von ungeheuren Kirchen-
glocken, das Donnern zufallender Eisentore und die Kälte der Welten-
nacht verlöschten mir Traum und Gefühl. Ich weiß nicht mehr, Herr,
was ich getan und was ich geträumt habe.«

Eine tiefe Stille erfüllte das Zimmer, als Antonio schwieg. Selbst der
Schwarze Ignaz schien seinen Zorn vergessen zu haben und lauschte begierig den Worten des unglücklichen Alchimisten.

Laskaris schaute mit tiefen Sinnen vor sich hin. Endlich sagte Antonio
leise: »Ist es denn nicht möglich, Meister, dass wir noch einmal das Werk
beginnen und dass uns dann ein besserer Erfolg beschieden ist?«

Der Adept schüttelte verneinend das Haupt.

»Es ist ein törichter Glaube zu wähnen, ein verlorener Weg könne
zum zweiten Male gegangen werden. Der Weg der Adeptschaft, alter
Mann, ist *ein Weg für Wachende*, nicht für Träumer. Wer auf diesem
Wege dem Schlafe verfällt, ist bedauernswerter als der, der den Weg
niemals betrat. Es nützt dich nichts, Antonio, umzukehren. Schreite durch
deinen Traum hindurch, bis dir die Vermählung des Königs mit der
Jungfrau aus deinem Traumgedächtnis wieder entschwunden ist! –
Ich sage dir: *Bevor du nicht all dies und mehr, bevor du nicht mich
und dieses Turmgemach und alles, was dir hier begegnet ist, für immer
vergessen hast, tut sich dir die Pforte und der Weg nicht mehr auf, danach
du strebst!«*

Mit einem herzzerreißenden Jammerton schaute das gelbe, gefurchte
Greisengesicht Antonios zu dem ruhigblickenden Meister empor. Aber
Laskaris legte freundlich seine Hand auf das schüttere Haupthaar des
alten Mannes und fuhr fort:

»Ein altes Gesetz, älter als die Welt, gebietet: Nicht mitzuteilen, was
nur erlebt und erfahren werden kann, weder den Ungeweihten noch den
Angenommenen. Nicht über Gebühr zu lieben und zu nutzen das Verliehene. Denselben Pfad nicht zweimal wandeln. – Verfehlung gegen das
Gesetz stürzt desto tiefer, je höher der Frevler gestiegen ist. Das muss
auch dir genügen, Antonio, und deine Angst und dein verzweifelter
Kummer sind kürzer und vergänglicher, als du zu ermessen vermagst.
Bedenke deine grauen Haare und dein müdes Herz, Antonio. Du wirst
rascher vergessen, was vergessen werden muss, als du jetzt denkst. Du
wirst dich befreien aus dem Traum, in den du verfallen bist, und wirst,
entlastet von der Bürde deiner Leidenschaften, deiner Schuld und deines

Schlafes, zum Eingang wiederkehren, zu dem die unverlierbare Stimme dich treibt. – Jetzt steh' auf, suche dich zu fassen und denke an deine Genesung.«

Antonio sah dem Meister starr ins Gesicht. Langsam, Ruck um Ruck, schien das Verständnis für den Sinn der Worte sich ihm zu öffnen, die der Meister sprach. Ein ungeheuer andringender Wechsel stürmischer Empfindungen warf den alten Mann zur Erde nieder und ließ ihn mit gerungenen Händen zu Laskaris emporflehen.

Aber langsam beruhigte sich der Schmerz in seinen Zügen. Das Flehen und Weinen um eine Milderung des Spruches begann zu versiegen. Das greisenhafte Gesicht des alten Alchimisten sammelte sich und erstarrte auf eine kurze Zeit in lauschendem Nachdenken. Endlich erhob er sich, zwar müde und zerschlagen, doch mit ruhigem Anstand und ganz verändertem Ausdruck. Er ergriff die Hand des Adepten und führte sie leise und inbrünstig an seine Lippen. Dann sagte er gefasst und mit ernstem Nachdruck:

»Ich habe Euch verstanden, Fürst Laskaris, und ich ahne, dass Ihr mir die volle Wahrheit gesagt habt. Indem Ihr mir meinen Wunsch versagen musstet, gabet Ihr mir vielleicht mehr, als ich erbeten habe. Die Frist, die mir noch bleibt, bis ich vergessen darf, sei dem Andenken an Eure gütige Weisheit gewidmet. Die Stimme, die nicht aufhören wird zu mahnen, mag sich verstärken an dem Echo Eurer Worte in mir. – Das Unheil dieser Nacht, so glaube ich zu fühlen, wird mir die Zeit des Wartens gnädig verkürzen. Ich fühle mich recht unwohl.«

Bei diesen Worten befiel den alten Mann ein Zittern, und er schien einer neuen Ohnmacht nahe. Der Schwarze Ignaz, zusammen mit Laskaris, fing den Taumelnden auf und legte ihn auf das Bett zurück.

Sanft streifte der Adept die seinen Arm umklammernde Hand des Ohnmächtigen von sich und verließ das Schlafgemach. Der Schwarze Ignaz setzte sich an den Bettrand und beobachtete das blutlose Gesicht des Schlafenden.

Es war, als hebe die abgelebte Brust nochmals ein tiefer Seufzer, und eine scharfe Falte trat über die Nasenwurzel des Ohnmächtigen. Dann aber lösten sich seine angespannten Züge in einem schönen, tief beruhigten Lächeln, wie es seit Kindertagen das Gesicht des wissensbegierigen Alchimisten niemals mehr berührt hatte.

Biographie

1868 *19. Januar:* Als Gustav Meyer wird Meyrink in Wien geboren. Er ist das uneheliche Kind der bayrischen Hofschauspielerin Maria Meyer und des württembergischen Staatsministers Friedrich Karl Gottlob Varnbüler von und zu Hemmingen.
Aufgrund der wechselnden Engagements der Mutter wächst Meyrink in München, Hamburg und Prag auf, wo er jeweils das Gymnasium besucht.
In Prag macht er sein Abitur und besucht anschließend die Handelsakademie.

1889 Zusammen mit einem Neffen Christian Morgensterns gründet Meyrink in Prag ein Bankhaus. Er ist Mitglied in mehreren spiritistischen Zirkeln. Diese Faszination für das Okkulte sowie seine Exzentrik machen Meyrink schnell zu einer ambivalenten Prager Berühmtheit.

1901 Ludwig Thoma veranlasst die Veröffentlichung von Meyrinks Erzählung »Der heiße Soldat« in der satirischen Wochenschrift »Simplicissimus«. Dies legt den Grundstein für Meyrinks literarische Laufbahn.
In den nächsten sieben Jahren schreibt Meyrink regelmäßig erfolgreiche Beiträge für das Blatt.

1902 Zu Unrecht wird Meyrink unter Verdacht der Geldunterschlagung zu drei Monaten Haft verurteilt. Auch hat er mehrere Prozesse wegen Ehrenbeleidigung hinter sich.
Er kann sich zwar rehabilitieren, doch sein geschäftliches und soziales Ansehen sind zerstört.
Meyrink verlässt daraufhin Prag.

1904 Er wird in Wien Redakteur der satirischen Zeitschrift »Der liebe Augustin«.

1906 Umzug nach München.

1907 Die Erzählsammlung »Wachsfigurenkabinett« erscheint.

1910 Um seine finanziellen Probleme zu lösen übersetzt Meyrink etliche Werke von Charles Dickens und veröffentlicht diese in »Ausgewählte Romane und Geschichten«.

1911 Meyrink siedelt nach Starnberg über.

1912/13 Gemeinsam mit Alexander Roda Roda versucht sich Meyrink an mehreren Komödien, die jedoch keinen Erfolg bringen.

1913 In drei Bänden werden seine satirischen Erzählungen unter dem Titel »Des deutschen Spießers Wunderhorn« veröffentlicht.

1915 Meyrink veröffentlicht seinen ersten Roman »Der Golem«. Das Buch wird sein größter Erfolg und erreicht innerhalb von zwei Jahren eine Auflage von 145.000 Stück.

1916 In Österreich wird die Sammlung »Des deutschen Spießers Wunderhorn« wegen ihrer bissigen Satire verboten.
»Das grüne Gesicht« (Roman).

1917 Der bayrische König erteilt ihm das Recht, sich nach einem Vorfahren offiziell Meyrink zu nennen.
Seine »Gesammelten Werke« erscheinen, es fehlen jedoch einige seiner umstrittenen Satiren.
»Walpurgisnacht« (Roman).

1921 Sein Roman »Der weiße Dominikaner« erscheint.

1927 Der Protestant Meyrink tritt zum Buddhismus über.

1932 *4. Dezember:* Meyrink stirbt in Starnberg.

Erzählungen aus dem Biedermeier

Biedermeier - das klingt in heutigen Ohren nach langweiligem Spießertum, nach geschmacklosen rosa Teetässchen in Wohnzimmern, die aussehen wie Puppenstuben und in denen es irgendwie nach »Omma« riecht.

Zu Recht. Aber nicht nur.

Biedermeier ist auch die Zeit einer zarten Literatur der Flucht ins Idyll, des Rückzuges ins private Glück und der Tugenden. Die Menschen im Europa nach Napoleon hatten die Nase voll von großen neuen Ideen, das aufstrebende Bürgertum forderte und entwickelte eine eigene Kunst und Kultur für sich, die unabhängig von feudaler Großmannssucht bestehen sollte.

Georg Büchner Lenz **Karl Gutzkow** Wally, die Zweiflerin **Annette von Droste-Hülshoff** Die Judenbuche **Friedrich Hebbel** Matteo **Jeremias Gotthelf** Elsi, die seltsame Magd **Georg Weerth** Fragment eines Romans **Franz Grillparzer** Der arme Spielmann **Eduard Mörike** Mozart auf der Reise nach Prag **Berthold Auerbach** Der Viereckig oder die amerikanische Kiste

ISBN 978-3-8430-1884-5, 444 Seiten, 29,80 €

Erzählungen aus dem Biedermeier II

Annette von Droste-Hülshoff Ledwina **Franz Grillparzer** Das Kloster bei Sendomir **Friedrich Hebbel** Schnock **Eduard Mörike** Der Schatz **Georg Weerth** Leben und Taten des berühmten Ritters Schnapphahnski **Jeremias Gotthelf** Das Erdbeerimareili **Berthold Auerbach** Lucifer

ISBN 978-3-8430-1885-2, 440 Seiten, 29,80 €

Erzählungen aus dem Biedermeier III

Eduard Mörike Lucie Gelmeroth **Annette von Droste-Hülshoff** Westfälische Schilderungen **Annette von Droste-Hülshoff** Bei uns zulande auf dem Lande **Berthold Auerbach** Brosi und Moni **Jeremias Gotthelf** Die schwarze Spinne **Friedrich Hebbel** Anna **Friedrich Hebbel** Die Kuh **Jeremias Gotthelf** Barthli der Korber **Berthold Auerbach** Barfüßele

ISBN 978-3-8430-1886-9, 452 Seiten, 29,80 €

There is no soundtrack

Manchester University Press

rethinking
art's histories

SERIES EDITORS   Amelia G. Jones, Marsha Meskimmon

Rethinking Art's Histories aims to open out art history from its most basic structures by foregrounding work that challenges the conventional periodisation and geographical subfields of traditional art history, and addressing a wide range of visual cultural forms from the early modern period to the present.

These books will acknowledge the impact of recent scholarship on our understanding of the complex temporalities and cartographies that have emerged through centuries of world-wide trade, political colonisation and the diasporic movement of people and ideas across national and continental borders.

There is no soundtrack

Rethinking art, media, and the audio-visual contract

Ming-Yuen S. Ma

Manchester University Press

Published by Manchester University Press
Oxford Road, Manchester M13 9PL
www.manchesteruniversitypress.co.uk

British Library Cataloguing-in-Publication Data
A catalogue record for this book is available from the British Library

ISBN   978 1 5261 4212 2   hardback
ISBN   978 1 5261 6384 4   paperback

First published 2020
Paperback published 2022

Typeset
by New Best-set Typesetters Ltd

For Professor Ma Chung Hɔ-Kei

Contents

List of figures

Acknowledgments

I remember a department meeting that took place when I was an assistant professor. One of the senior faculty complained about the quality of the sound in our students' media projects. They said, 'we should teach more sound classes'. Then they, and everyone else at the meeting, turned and looked at me – I was the junior member in the department, and its only faculty of color. I responded: 'Sure, I'll teach a new class on sound.' It has been many years since that meeting, and by now I have designed and taught an entire array of courses on sound theory and history. But I trace the genesis of my interest in studying sound and eventually writing this book back to that meeting. I would like to start this book by thanking my then colleagues for their inadvertent setting of my research agenda for more than a decade since. Not long after I began researching and teaching about sound, my colleague Tran T. Kim-Trang asked me to write about her experimental video *Blindness Series* (1992–2006). This resulted in a series of essays which were my first scholarly work on sound. Although these essays are not a part of this book, I am nonetheless indebted to Tran for inspiring my interest in the relationship between sound culture and experimental media art. The students who took my courses in sound studies during the years when this book was conceptualized and written similarly contributed to many ideas that are discussed in the following chapters. I am grateful for their enthusiasm about the subject and their ever inquisitive and brilliant minds that helped shape my thinking on sound.

There are many who advised, commented, evaluated, and inspired what became *There is no soundtrack*. I offer my gratitude to all of you; and apologize for any unintentional yet inevitable omissions. I would like to thank Amelia Jones and Marsha Meskimmon, co-editors of the 'Rethinking Art's Histories' series, who invited the book to be a part of the series before it was even completed. I deeply appreciate your support and advice. I thank the editors and staff at Manchester University Press: Emma Brennan, Alun Richards, Claudette Johnson, Deborah Smith, and others for your diligent editorial, production, and promotional work on the book. Apollonia Galvan provided valuable research and editorial assistance. To my readers named (Jonathan Sterne,

Caleb Kelly) and anonymous: this book benefited tremendously from your interdisciplinary expertise, constructive criticism, and thoughtful suggestions. I would like to also thank the media artists: William Anastasi, Ale Bachlechner, Phyllis Baldino, Natalie Bookchin, Dove Bradshaw, Richard Chartier, Lewis deSoto, Jeanne C. Finley, Bill Fontana, Richard Garet, John Grzinich, Micol Hebron, Nelson Henricks, Kurt Hentschlager, Janna Holmstedt, Rashmi Kaleka, Christine Sun Kim, Jacob Kirkegaard, Paul Kos, David Linton, Francisco López, Mary Lucier, Jason Lujan, Elana Mann, pali meursault, Christof Migone, Haroon Mirza, Carsten Nicolai, Camille Norment, Yann Novak, Steve Peters, Steve Roden, John Sanborn, Peter Sarkisian, Robin Rimbaud (Scanner), Julia Scher, Anne Katrine Senstad, Jennifer Steinkamp, Ultra-red, Katie Vida, Stephen Vitiello, Hong-Kai Wang, Peter Weibel, Monika Weiss, Jana Winderen, Paul Wong, and Pamela Z who took time to discuss their art practice with me, often transnationally and across different time zones. Many of them also provided suggestions and contacts for other artists. The staff at Edouard Malingue Gallery, Lisson Gallery, Luhring Augustine Gallery, Marian Goodman Gallery, Paula Cooper Gallery, Skarstedt Gallery, Sperone Westwater Gallery, Tanya Bonakdar Gallery, as well as the many studio managers, assistants, and other staff of the artists who helped with scheduling, queries, and organizational details – I apologize that I do not have the space to thank you individually. Chris Harris, Head of Exhibition Production and Sarah Tutton, Senior Curator at Australian Centre for the Moving Image (ACMI); Chris Christion, Gallery Manager at the Claremont Graduate School Art Galleries; Peter Gould, former Assistant Director in Exhibition Design and Production at the Hammer Museum; Daniela Lieja Quintanar, Curator and Andrew Magno Freire, Exhibition and Operations Manager at LACE (Los Angeles Contemporary Exhibitions); Ulanda Blair, Curator of Moving Images and Kieran Champion, Senior Manager of Installations and Displays at M+ Museum; Ciara Ennis, Director/Curator and Angelica Perez-Aguirre, Exhibition Preparator at Pitzer College Art Galleries; Rebecca McGrew, Senior Curator and Gary Murphy, Preparator at Pomona College Museum of Art also took time out of their busy schedules to talk to me about the acoustic architecture, exhibition design, and preparatory practices at their respective institutions. The collective experience and experiential knowledge of these media artists and arts professionals was vital to my research for Chapter 3 of this book, and generally influenced the project as a whole. Stuart Comer, Chief Curator, Barbara London, former Associate Curator, and Erica Papernik, Curatorial Assistant at the Department of Media and Performance Art, The Museum of Modern Art; Sarah Russin, Executive Director at LACE; Nelson Tsui, my former student and now Art Technician at M+ generously lent their expertise, knowledge, and institutional access. Additionally, Alfred Cramer, Robert Crouch, Jennifer Doyle, Mike D'Errico, Ryan Engley, Richard Fung,

Sherin Gurguis, Elizabeth Hamilton, Kristy H.A. Kang, Lori Kido Lopez, Laura Marks, Amitis Motevalli, Vincent Pham, Nathallie Rachlin, Dont Rhine, Juliana Snapper, and Holly Willis all helped or advised me in a myriad of different ways. Thank you!

There is no soundtrack is supported by the Creative Capital | Andy Warhol Foundation Arts Writers Grant Program, as well as Pitzer College's Research and Awards, Scholar-in-Residence, and Summer Research Assistantship programs. The Intercollegiate Media Studies and Asian American Studies departments at the Claremont Colleges also provided invaluable institutional resources and comradery.

Lastly, I spent much of the time during the research, conception, writing, and editing of this book with my mother, Professor Ma Chung Ho-Kei, who was diagnosed with early onset Alzheimer's disease, first in London and then in Hong Kong. As the disease progressed, my mother, who was known for her loud commanding voice, gradually stopped speaking and remembering. As much as the pages of this book are filled with sounds, they are also infused with her silence. For this reason, this book is dedicated to my mother and her memories.

Prologue: film without images

Let's begin with a simple question: if film is understood to be an audio-visual medium, when there are no images in a film, is it still a film? This question is evocative of the famous philosophical thought experiment: if a tree falls in the forest and no one hears it, has it still produced a sound? Interestingly, both these questions are concerned with sound and hearing.

There is no soundtrack is a book that pays close attention to auditory perception, while challenging dominant cultural assumptions about audio-visual relationships in media. When I ask whether a film without images can still be considered a film, I am also questioning visuality itself. Specifically, why is visuality almost always assumed to be the primary conveyor of meaning, while a film's soundtrack is, at best, the supporting player? An afterthought? This book asks these questions, and extends its examination and redefinition of audio-visual relationships in media into the larger contexts of cinema, media, and art through specific case studies in experimental media art. In this prologue, I begin my examination with three works: *Zen for Film* (1962–64) by Nam June Paik, *Blue* (1993) by Derek Jarman, and *The Murder of Crows* (2008), a project by the collaborative partnership of Janet Cardiff and George Bures Miller. My discussion of these case studies introduces many of the book's main questions and debates and serves as an exemplar of its ethos. These three works were all created and exhibited outside of what is conventionally understood as the cinema. Yet they are all connected to it materially, formally, narratively, and contextually. In my discussion that follows, sound emerges as a central concern. These films without images are defined by their soundtracks even when – in one of the cases – there is no sound. In demonstrating radical new ways of how sound and image can relate to each other, these films without images begin to challenge, expand, and redefine audio-visuality. They tell us something new and exciting about how we perceive, experience, and understand film, cinema, media, and art through our sensorium. They set the terms of how sound will be understood in relation to visuality, as well as the other senses, in *There is no soundtrack*.

Zen for Film

Korean American media artist Nam June Paik made *Zen for Film*, his first
work in film, in the early 1960s, during his involvement with the international
avant-garde movement Fluxus (Figure 1). At this time, Paik was transitioning
from his training in music composition to a performance and media art career.
It precedes his influential work in video that earned him the moniker 'father
of video art'.[1] In 1964, Jonas Mekes mentioned Paik's film in his 'Movie Journal'
column for *The Village Voice*. In the article, titled 'Spiritualization of the Image',
Mekes calls for a 'cinema of our mind', in which 'we give up all movies and
we become movies'.[2] He probably saw *Zen for Film* at one of its early screenings
in a six-week series of Fluxus 'concerts' in New York City. Like other Fluxus
works, *Zen for Film* is significantly different from how film is conventionally
understood to be: it is a 16 mm clear film leader that, as artist and media critic
Herman Asselberghs describes it, has 'no script, no narrative, no sets, no
actors, no sound, no camera, no montage'.[3] In other words, it has none of the
cinematic elements expected in a film. However, in its material properties, *Zen
for Film* is very much a film: it exists as a strip of celluloid that has to be shown
with a film projector and screen. Its physical requirements for screening – light
for the projection and a physical space to project in – are also filmic. Additionally, its materiality as a film is evident in the dust and scratches that accumulate

on the individual prints, each inscribed by its own history of screenings and handling. Conversely, the running time – an aspect very much regulated by the film and television industries today – is unspecified in *Zen for Film*, and its screenings have ranged from 8 to 20 minutes to an hour.[4] According to Asselberghs, how long the film is shown may have something to do with the presence of Paik himself at the screening. In an often-reproduced film still, Paik can be seen standing directly in front of the projection, casting his shadow on the white screen, an action that would not be tolerated in a conventional cinema.[5] Although Paik presented *Zen for Film* at screenings and film festivals in the 1960s, recent presentations of the work have been as an art object or gallery-based installation with the projector visible and the film showing on a loop, which further complicates the question of its duration. Furthermore, digital versions of the work can now be found streaming online, and a number of contemporary artists have produced re-makes of it both digitally and in celluloid.[6]

The clear film leader of *Zen for Film* does not have an optical or magnetic track for sound, and it has no designated soundtrack. The sound that the machinery of the projector makes accompanies each screening of this supposedly 'silent' film. *Zen for Film* is often discussed as Paik's homage to the composer John Cage. Paik first met Cage at the Darmstadt International Summer Course for New Music in Germany, where Cage was the guest artist during the summer of 1958. Cage influenced Paik to develop what he calls 'action music', and was the subject and inspiration for a number of Paik's compositions and performances from this period, including *Homage to John Cage: Music for Audiotapes and Piano* (1959) and *Etude for Pianoforte* (1960).[7] However, it is Cage's famous composition *4'33"* (1952) that *Zen for Film* is most often compared to, as a musical inspiration for its filmic silence.[8] According to media scholar Douglas Kahn: Cage's influence on contemporary music, art, and culture lies in his 'shifting the production of music from the site of utterance to that of audition'.[9] In *4'33"*, where no conventional musical note is produced during the 4-minute and 33-second performance, all sound becomes music. This musicalization of sounds, as Kahn calls it, is based not on the musical performance but on listening. So *4'33"* is not, in fact, a work about silence, as it is often understood to be, but rather a performance that amplifies the impossibility of absolute silence because music is all sound and listening makes it always sound.[10] Following Kahn's argument that Cage's *4'33"* effectuates a kind of 'panaurality', can Paik's filmic homage be considered a 'pancinematic' representation? That is to say, the blank screen projected by *Zen for Film* is all image, while its absence of a designated soundtrack opens up the film to all the sounds that occur during a screening. However, as French filmmaker Robert Bresson writes: 'THE SOUNDTRACK INVENTED SILENCE', and film sound theorist Michel Chion points out that true silence is very rare in films.[11] Additionally, Kahn points out that Cagean silence is 'dependent from the very beginning in silencing'.[12] He writes: 'When [Cage] hears music everywhere, other phenomena go unheard. When he celebrates noise, he also promulgates noise abatement. When he speaks of silence, he also speaks of silencing.'[13] What other silences and silencing can be heard in *Zen for Film*?

Blue

British filmmaker Derek Jarman's *Blue* is another film without images; or rather, it consists of a single image: a blue screen that is accompanied by a complex and multilayered soundtrack (Figure 2). Completed months before Jarman's death from AIDS-related complications and premiered at the Venice Biennale in 1993, *Blue* was also released that same year in theaters as a feature-length 35-mm film.[14] *Blue*'s film score was composed by long-time Jarman collaborator Simon Fisher Turner, with contributions by Brian Eno, Coil, Miranda Sex Garden, Momus, and other musicians. Voiceover narration was read by John Quentin, Nigel Terry, Tilda Swinton, and Jarman himself and mixed with location sound and sound effects.[15] While *Blue* is often discussed as an art film or essay film, its origin within Jarman's oeuvre is heterogeneous,

0.2   Derek Jarman, *Blue*, 1993. DVD projection, 79 min., looped.

intersectional, and often times non-filmic.[16] Music scholar Tim Lawrence writes: '*Blue* is a plural last work. In its refusal of closure, the meanings of AIDS are kept in flux, recognized to be beyond adequate representation … *Blue* is also plural in form: it is simultaneously a film, a painting, a radio play, a soundtrack, a gay autobiography, and a book.'[17] In fact, after its premiere as a film, it was broadcast on television (by Channel 4, one of its funders) and simulcast on radio (by BBC Radio 3) in the United Kingdom. When Jarman himself first mentioned the idea for a blue film in 1989, it was as a television program on the French artist Yves Klein, whose International Klein Blue (IKB) is one of the consistent formal elements in the project, and is reproduced as its blue screen.[18] In addition to Klein and IKB, this project, named *Blueprint* or *Bliss* during the late 1980s and early 1990s, was organized around other evolving, eclectic ideas, such as a sound recording of the actor Matt Dillon's heartbeat.[19] In 1991, Jarman and Swinton performed *Symphonie Monotone* at an AIDS benefit screening of Jarman's earlier film *The Garden* (1990). In this pre-screening performance, Jarman and Swinton recited quotations from various writers on the theme of 'blue' on stage while creating resonating sounds by running their wet fingers on the rim of wine glasses, Fisher Turner and a group of live musicians playing 'gentle, almost hippie-style music' as accompaniment, and Jody Graber, a young boy actor in *The Garden*, periodically ran out into the audience and handed them blue and gold painted pebbles.[20] Different versions of this performance were also staged in Bari, Ghent, Rome, Berlin, and Tokyo.[21] In addition to the film's multimedia trajectory, even its blue screen has had different material iterations. A 35-mm close-up image of one of Klein's IKB paintings at the Tate Gallery was projected during *Symphonie Monotone*.[22] Subsequent performances utilized imageless blue film leader and blue gel for the projection, while a blue postcard could be requested by mail to accompany the Radio 3 broadcast. During the early 1990s, Jarman made lab-generated blue film reels (most likely colored leader) to fundraise for the project. On the other hand, the blue screen in the 35-mm print seemed to have been first generated electronically as a video image, and then transferred to 35-mm film for theatrical release.[23] Today, *Blue* is most commonly distributed as a DVD. Like *Zen for Film*, there are also various authorized and unauthorized copies of the film streaming online, where their digital inscription is layered on top of the materiality of the film print used in the transfer to DVD.[24]

The openness and medium instability of the blue screen lend many possible readings to the imagery in *Blue*: an homage, a visual pun, a condition of visual deficiency called the Ganzfield Effect, an autobiographical reflection of a person with HIV/AIDS, a queer audio-visuality beyond the hegemonic confines of 'the scopic viability of modern gay identity', and a few others.[25] This openness also relocates *Blue*'s discursive power to its soundtrack, and especially to its voiceover narration. According to Fisher Turner, its soundtrack was structured around the recorded narration and dialogue.[26] Without any image–sound synchronization or a visible diegetic space, *Blue* is free of cinematic realism's representational codes. Its soundscape is described by film scholar Steven Dillon as a space of 'fluid and instantaneous movement between radically disconnected points'.[27] The narrators in *Blue* are similarly undefined visually and spatially, yet quite specific vocally.[28] Their disembodiment lends their voice an authority that feminist film theorist Mary Ann Doane attributes to a 'radical otherness' that exists outside of conventional diegetic space.[29] The role that these voices perform in *Blue* recall the figure of the *montreur d'images* (picture lecturer) in early cinema. According to Chion, the *montreur d'images'* voice has the power to conjure images, a power inherited by the modern filmic device of the voiceover.[30] In *Blue*, the openness of the blue screen amplifies this conjuring power of the voice, especially when it is supported by the film's sound effects, musical score, and location sound that evoke the ocean, wind, hospital ward, night club, café, and other scenarios mentioned in the voiceover narration. In addition to the contrasting audio-visual relationship between its cinematic soundtrack and minimalist, painterly image, *Blue*'s textual and performative origins, its autobiographical abstraction, and its multiplatform existence as radio play, book, film, digital stream, and installation make it difficult to ascertain whether it is a film in the cinematic or materialist sense. Even Jarman himself seems puzzled on how *Blue* became a film.[31] Film theorist Peter Wollen writes: 'Speaking about *Blue*, Jarman once remarked, "I always said I would end up painting again. And I suppose in a sense that's what I'm doing."'[32] So perhaps the productive question to ask here is not whether *Blue*, a film without images, is still a film, but rather: when did it become a film?

The Murder of Crows

Canadian artists Janet Cardiff and George Bures Miller collaborated on *The Murder of Crows*, an installation that premiered at the Biennale of Sydney in 2008 (Figure 3). The work, which is broadcast on ninety-eight to one hundred speakers, is composed of about eight hundred digital audiotracks, controlled by a computer and played through the speakers arranged in and around the audience to form its soundscape.[33] The generic black speakers are placed on the floor, on folding chairs, mounted on stands, and hung from the ceiling of a given exhibition space. The work's only visual cinematic flourish is in the antique gramophone horn, re-purposed as the speaker broadcasting Cardiff's narration. The horn sits on an equally battered red folding card table, often spot-lit theatrically, in the middle of the installation space.[34] Otherwise, *The Murder of Crows* contains no visual images, save for the dramatic architecture that housed several versions of the installation.[35] The 30-minute

Janet Cardiff and George Bures Miller, *The Murder of Crows*, 2008. Installation view,   **0.3**
Nationalgalerie im Hamburger Bahrhof, Staatliche Museen zu Berlin, Germany, 2009.
98-channel audio installation including speakers, table, and chairs. Dimensions
variable.

work is structured around accounts of three dreams narrated by Cardiff and incorporates an eclectic array of musical interludes ranging from traditional Tibetan prayers, to a Russian marching choir, to an aria about a severed leg, to a lullaby sung by Cardiff to her adopted Nepalese daughter.[36] The musical score includes compositions by Freida Abtan, Aleksandr Aleksandrov, Orion Miller, Tilman Ritter, and Cardiff Miller, and the orchestral score is played by the Deutsches Film Orchester Babelsberg, conducted by Günter Joseck, with contributions by other musicians. In addition to the musical score, *The Murder of Crow*'s soundtrack also incorporates sound effects of doors creaking, machinery cranking, winds howling, ocean waves, heavy breathing and choking sounds, and of course the sound of crows that its title suggests.[37] According to Miller, the soundscape in the work is ambisonic (full-sphere surround sound) supplemented by directional sound played through specific speakers.[38] Cardiff Miller described the effect they wanted to achieve in the work as a sonic realization of Francisco de Goya's etching *The Sleep of Reason Produces Monsters* (1797–99), in which Cardiff's voice recounting the dreams through the antique gramophone horn is like the dreamer in Goya's etching, while the various other sounds that swirl and swoop around it are like the owls and bats, rendering Cardiff's voice 'helpless to escape from her apocalyptic dreams'.[39]

Perhaps, as a sound installation devoid of visualized media images, *The Murder of Crows* best fits the idea of a film without images – if we assume imagery in a film or media art work to be only visual. Although its soundtrack is fragmentary and dream-like when it is looped and played continuously in the installation, the work has a definite beginning and an end, similar to a film narrative. Indeed, *The Murder of Crows* is consistently discussed in overtly cinematic terms.[40] Cardiff herself describes their work as a form of 'physical cinema', and the artists frequently use terms including 'scripting' and 'narrative' when recounting their creative process.[41] Cardiff Miller also cites Jarman's *Blue* as an important influence on *The Murder of Crows*.[42] Marion Lignana Rosenberg describes the effect of the installation on some of its audience members in a manner that is similar to that evoked by a scene from a horror film or thriller:

> Thought quickly gives way to panic as footsteps sound in the shadows and a door creaks open. Necks crane and eyes dart about as audience members strain to make out where the sounds are coming from, but the immediate material sources they are looking for aren't there. It's all just sound, traveling among the loudspeakers and ricocheting within the inky, cavernous hall.[43]

Writing about Cardiff Miller's media walks, Lutz Koepnick argues that these works, which combine mediated representation with real-time experience, often in the same space, challenge the cinematic apparatus's 'rhythm, itinerary, and narrative forward drive' to open up the audience/walker's experience to 'the copresence of incommensurable memories, narratives, and temporal dynamics'.[44] I believe that some aspects of his argument can also be applied to *The Murder of Crows*, even though it is an installation and not a walk. Cardiff's voice guides the audience through a fragmentary journey that occurs more in the mental realm than in any specific landscape. *The Murder of Crows'* structure is fluid like the narrative in *Blue*. Also similar to Jarman's film is the *montreur d'images* function of Cardiff's voice to conjure up images in the audience's mind. However, in this installation there are no blue screens to project onto. Cardiff Miller's prominent use of music and sound effects in the installation also extends beyond the discursive power of the human voice and into the power of music and sound effects.[45] Miller suggests in an interview that the 'big symphonic music and huge soundscapes' in *The Murder of Crows* create full-body perceptual experiences that are not limited to the ear or the eye alone.[46] The artists cite Cardiff's solo work *The Forty Part Motet* (2001), a sound installation based on an existing choral work, as a direct precedent in their oeuvre.[47] With its narrative fragments and dramatic sound effects, its use of different musical interludes as well as musical forms including 'aria', 'march', and 'lullaby' as structuring elements, perhaps *The Murder of Crows* can best be understood as a hybrid of a concert and a film. The installation itself is reminiscent of an orchestra pit, but devoid of instruments. Its soundscape, while cinematic, only constitutes part of the diegesis. Since the visual imagery in the installation – with the exception of the antique gramophone horn and folding card table – are so decidedly un-cinematic, the other audience members in the space might be the best option for any projections into the fantasy world of cinema. The installation space visually combines both audience and performer into one, while the soundtrack provides fragmentary flights of fancy. Walking among the array of speakers in *The Murder of Crows* is like walking into a film; but, as Cardiff describes it, it is a film that is solely a soundtrack.[48]

Within the history of cinema, the idea of a film without images is not a new one. In 1930, German avant-garde filmmaker Walter Ruttmann created *The Weekend (Wochenende)*, an 11-minute work in which recordings of machinery, automobiles and trains, a typewriter, snippets of conversations, animal calls, music, and other sounds are collaged together to form a sonic representation of a worker's weekend. Commissioned in 1928 by the Berlin Radio Hour (*Berliner Funk-Stunde*) for broadcast on radio and screened at the Second Congress of Independent Film in Brussels as well as other film venues, *The Weekend* may be one of the first films without images. In fact, it was produced on film, which allowed for a longer running time than what was possible using contemporaneous phonographic technology.[49] Although *The Weekend* was commissioned for the radio, Ruttmann thought of it very much as 'his film', and considered the work as a counterpoint to the 'silent' cinema that was produced at the time.[50] Described as a 'blind film', *The Weekend*'s sound collage anticipates similarly cinematic narratives in *The Murder of Crows* and *Blue*.[51] These 'cinemas for the ears' show that sound has different but equally persuasive representational powers that can influence perception and 'conjure' worlds in the diegetic sense.[52] Conversely, *The Weekend*'s filmic materiality is echoed in *Zen for Film* and *Blue*, both of which have displayed their media inscription as films, even in their non-filmic iterations. A number of media scholars also argue that *The Weekend* anticipated Pierre Schaeffer's *musique concrète* by more than a decade.[53] *The Weekend*'s conception as both a theatrical film and radio play, and its influence on a later avant-garde music practice, point to a multiplicity shared by all three of this prologue's case studies. All of these works originated as one or more forms of media, and then became (and continue to become) other media. Their transforming media platforms show an inherent instability in these works in terms of their medium specificity. The production, exhibition, and distribution of these experimental media art works demonstrate their dynamic and evolving interaction with various institutions that support, display, broadcast, collect, study, and conserve them.

The exhibition histories of these three case studies show a shift from filmic venues (cinemas, theaters, film festivals) to art spaces (museums, galleries).

Curator Chrissie Iles points out that the institution of the cinema itself is changing, and 'has become an exaggeratedly immersive space. Everything is heightened, especially the sound …'[54] Iles as well as other media scholars and curators have also argued that contemporary media installations have become increasingly 'cinematic'.[55] So has the gallery space become the new cinema? If so, what roles do sound and sound technologies play in this transformation? Do these films without (visual) images tell us something about film, cinema, media, or art that visualized films cannot? Perhaps they offer lessons on visuality that can only be taught in its absence? Writing about the work of Cardiff Miller, Tina Rigby Hanssen suggests that the technologization of perception in their work creates situations 'where we have difficulty in drawing a clear distinction between the so-called "normal" acoustic environment and the pre-recorded sounds in it', and thus while 'we are immersed in sound, [we are] at the same time separated by media'.[56] Others hear a criticality in these films without images, and have used terms including 'anti-film' and 'a/visuality' to theorize it.[57] Wollen writes: 'For Jarman, *Blue* was a protest against what we have learned to call, after Guy Debord, "the society of the spectacle". As Debord himself might have put it, *Blue* was intended as '"the negation of the spectacle", a spectacle that had first surrounded and then colonized the art world.'[58] While I agree that these experimental media art works highlight some of the problems with visuality, I also hesitate to attribute an inherent criticality to all sound in media because of them. Is sound more 'open' and less ideological than image, or are we simply less adept at detecting, analyzing, and deconstructing mediation in sound recording and reproduction within media and art scholarship? Film historian Rick Altman and sound studies scholar Jonathan Sterne's discussions of the idea of fidelity in sound reproduction show how easily sound recording was accepted as a reproduction of a sonic reality, as opposed to a representational technology like photography.[59] Also, some of the qualities attributed to this supposed criticality of sound, including its immersiveness, interiority, connectivity, and presence are beginning to sound like what Sterne calls the 'audiovisual litany' – an idealization of sound and hearing that is ultimately derived from the longstanding spirit/letter distinction in Christian spiritualism.[60] In other words, from religious dogma. Any attempt to merely replace the visual with the aural runs the risk of idealization and oversimplification.

In his book *The Audible Past*, Sterne argues that 'the audiovisual litany renders the history of the senses a zero-sum game, where the dominance of one sense by necessity leads to the decline of another sense'.[61] As films without images, *Zen for Film*, *Blue*, and *The Murder of Crows* suggest new, non-ocularcentric audio-visual relationships that can engage with the human sensorium as a whole, without playing the zero-sum game of the audio-visual litany. These case studies also begin to elucidate my choice to study sound in experimental media art in this book. In his discussion of *Blue*'s representation of AIDS, Lawrence emphasizes Jarman's choice to create what he calls 'a plural last work', so that '[i]n its refusal of closure, the meanings of AIDS are kept in flux, recognized to be beyond adequate representation. Non-closure also maintains hope, the possibility that the story is not yet over and that a different, more optimistic end will be available in the future.'[62] In her study of the Paik's archive, media art conservator Hanna Hölling highlights a similar openness in *Zen for Film*, which presents a challenge to conventional approaches in art conservation:

> As an object, projection, and process, *Zen for Film* has a complexity that transcends suppositions in Western museology and conservation about the identity of works of art. The goal with *Zen for Film* must be continuation rather than conservation and an acknowledgement that changeability is intrinsic to, and irreducible essence of, an artwork.[63]

Hölling and Lawrence's observations on the plurality and refusal of closure in experimental media art identify these works as sites where the ideas of genre, medium specificity, and institutional identity are already unstable, shifting, challenged, and expanded. They, in turn, open up ideas of cinema, media, and art to change and indeterminacy – much more so than a conventional film, painting, sculpture, or musical composition would. My discussion of *Zen for Film*, *Blue*, and *The Murder of Crows* opens up these works to considerations of their formal and material qualities, as well as to the cultural, social, and political issues they explore or evoke. Did Paik's Asian and American identity influence the critical reception and positioning of his work, including *Zen for Film*, which title references one of the dominant religions in the region? Or was Paik a shrewd art world operator in his self-orientalizing through nomenclature?[64] How much did Jarman's sexuality, queer politics, and his experience with the AIDS/HIV pandemic influence his choice of the minimalist blue screen in his last film? And did the post 9–11 global realities infuse a sense of dread and the prevalence of violence in *The Murder of Crows*?[65] These questions extend the discussion both in this prologue and in the book that follows beyond cinema, media, and art while grounding my exploration in the context of sound, of experimental media art, and of the institutions that shape and are in turn shaped by them.

Notes

1 I quickly found the following example by doing a casual Google search under 'the father of video art': Maura Judkis, 'Nam June Paik at the Smithsonian American Art Museum opens Dec. 13', *Washington Post Online* (December 12, 2012) www.washingtonpost.com/blogs/going-out-guide/post/

father-of-video-art-nam-june-paik-gets-american-art-museum-exhibit-photos/2012/12/12/c16fa980–448b-11e2–8e70-e1993528222d_blog.html?utm_term=.2d54e1b93a3a; Leah Binkovitz, 'The Wit and Genius of the Father of Video Art Nam June Paik', *The Smithsonian Website* (December 12, 2012) www.smithsonianmag.com/smithsonian-institution/photos-the-wit-and-genius-of-the-father-of-video-art-nam-june-paik-158168352/; Johnny Magdaleno, 'Nam June Paik Was The De Facto Father of Video Art', *Vice online* (January 30, 2014) https://creators.vice.com/en_us/article/53wpdk/the-creators-project-remembers-the-father-of-video-art (all accessed on 22 May, 2018). Some, including video artist Martha Rosler and media and art critic Martha Gever, have critiqued this tendency of myth-making and the oversimplification of the heterogeneous origins of video art. See Martha Rosler, 'Video: Shedding the Utopian Moment', in Doug Hall and Sally Jo Fifer (eds) *Illuminating Video: An Essential Guide to Video Art* (San Francisco: Aperture/BAVC, 1990), pp. 31–50; and Martha Gever, 'Pomp and Circumstances: The Coronation of Nam June Paik', *Afterimage*, 10:3 (October 1982): pp. 12–16.

2 Jonas Mekes, 'Spiritualization of the Image' first published in *Village Voice* (June 25, 1964), collected in *Movie Journal: The Rise of a New American Cinema 1959–1971* (New York: Collier Books, 1972), p. 145.

3 Herman Asselberghs and Jasmine Van Pee, 'Beyond the Appearance of Image-lessness: Preliminary Notes on Zen for Film's Enchanted Materialism', *Afterall: A Journal of Art, Context, Inquiry*, 22 (Autumn/Winter 2009): p. 5. Also see Hanna Hölling, *Paik's Virtual Archive: Time, Change, and Material in Media Art* (Berkeley: University of California Press, 2017), p. 112.

4 Craig Dworkin, *No Medium* (Cambridge, MA: MIT Press, 2013), pp. 89–90.

5 Asselberghs and Van Pee, 'Beyond the Appearance of Imagelessness', p. 6. The film still is also reproduced in many other publications, including John G. Hanhardt and Nam June Paik, *The Worlds of Nam June Paik* (New York: Solomon R. Guggenheim Museum, 2000), p. 74, and on the internet.

6 Online versions I found include: https://vimeo.com/11271804, www.youtube.com/watch?v=yN6MUgDUv6A, www.ubu.com/film/paik_zen.html

Most of these are unauthorized uploads, and are put up and removed without warning.

Cory Archangel's *Structural Film* (2007) is the digital re-make of Paik's film, which is transferred back to 16 mm (www.youtube.com/watch?feature=player_detailpage&v=d5z1gl4XVSg#t=267s).

In Mungo Thomson's *The Varieties of Experience* (2008), the artist used an old print of *Zen for Film* to create an inverted version in 16 mm and prints collected in photo book (all websites accessed May 22, 2018). Also see Hanna Hölling's discussion of the different exhibition formats of the work she included in the exhibition 'Revisions – Zen for Film' at the Bard Graduate Center Focus Gallery from September 17, 2015 to February 21, 2016. She discusses the exhibition in Ch. 4 of her book *Paik's Virtual Archive*.

7 Joan Rothfuss, *Topless Cellist: The Improbable Life of Charlotte Moorman* (Cambridge, MA: MIT Press, 2014), pp. 82–84.

8　Even Cage himself made this comparison, once on a panel at the Whitney Museum, and also when he wrote about Paik's film for the volume *Cinema Now*. See 'On The Work of Nam June Paik', pp. 21–24, and 'On Nam June Paik's "Zen for Film" [1962–64]' p. 117, both in Toni Stooss and Thomas Kellein (eds) *Nam June Paik: Video Time – Video Space* (New York: Harry H. Abrams, Inc., 1993).

9　Douglas Kahn, *Noise, Water, Meat: A History of Sound in the Arts* (Cambridge, MA: MIT Press, 1999), p. 158.

10　Ibid., pp. 158–159. There is also the oft-repeated (including by Cage himself) story about Cage's experiences at Harvard University's anechoic chamber, where he heard the sounds of his own body. See Kahn, *Noise, Water, Meat*, pp. 189–191.

11　Robert Bresson, *Notes on The Cinematograph* (trans.) Jonathan Griffin (New York: New York Review of Books, 1975), p. 28. Capitalization in original text. Michel Chion, *Audio-Vision: Sound on Screen* (trans.) Claudia Gorbman (New York: Columbia University Press, 1994), pp. 56–58.

12　Kahn, *Noise, Water, Meat*, p. 159.

13　Ibid., p. 163.

14　This is interesting in and of itself because the Venice Biennale is one of the most prestigious international art events, but not necessarily one for an international film premiere, even for an art film. Most art films would premiere at international film festivals including the Berlin International Film Festival (www.berlinale.de/en/HomePage.html) or International Film Festival Rotterdam (www.iffr.com/). Also see www.labiennale.org/.

15　In addition to listing Fisher Turner as the composer, and Jarman, Quentin, Swinton, and Terry as the narrators, the film's credits also list Marvin Black as the sound designer, and the following musicians: John Balance, Gini Ball, Marvin Black, Peter Christopherson, Marcus Dravius, Brian Eno, Tony Hinnigan, Danny Hyde, Jan Latham Koenig, Marden Hill and the King of Luxembourg, Miranda Sex Garden, Momus, Vini Reilly, Kate St. John, Richard Watson, and Hugh Webb. Fisher Turner mentioned in an interview that Nigel Holland also worked on the soundtrack, but his name does not appear in the credits. See Andy Kimpton-Nye, 'Simon Fisher Turner on Derek Jarman', *400 Blows* (August 19, 2003): n.p. www.400blows.co.uk/inter_turner.shtml (accessed May 31, 2018).

16　See, for example, Timothy Corrigan, *The Essay Film: From Montaigne, After Marker* (Oxford: Oxford University Press, 2011), pp. 98–103. The terms 'heterogeneity' and 'intersection' are from Rick Altman, 'General Introduction: Cinema as Event', in Rick Altman (ed.) *Sound Theory, Sound Practice* (New York: Routledge, 1992), pp. 6–8.

17　Tim Lawrence, 'AIDS, the Problem of Representation, and Plurality in Derek Jarman's *Blue*', *Social Text*, 52/53 (Autumn–Winter 1997): p. 260.

18　Derek Jarman, *Modern Nature: The Journals of Derek Jarman* (London: Century, 1991), p. 82. Also see Peter Wollen, 'Blue', *New Left Review*, 6 (November/December 2000): pp. 120–133.

19 Kimpton-Nye, 'Simon Fisher Turner on Derek Jarman', n.p.

20 In the 'Last Supper' sequence of Derek Jarman's *The Garden* (1990) there is a similar performance that is scored with resonating sound that also features prominently in *Blue*. See Michael O'Pray, *Derek Jarman Dreams of England* (London: British Film Institute, 1996), p. 201. The title of the performance is a reference to Yves Klein's composition *Symphonie Monoton-Silence* (1947).

21 O'Pray, *Derek Jarman Dreams of England*, pp. 201–202; Jim Ellis, *Derek Jarman's Angelic Conversations* (Minneapolis: University of Minnesota Press, 2009), p. 234.

22 O'Pray, *Derek Jarman Dreams of England*, p. 201.

23 Ibid., pp. 201, 206.

24 Here are a few examples I found during a quick online search on May 31, 2018: www.youtube.com/watch?v=0SfuFBgHVSk, www.youtube.com/watch?v=yVX8DZ_CZXg, www.youtube.com/watch?v=Ad4ii2M9IVw, www.youtube.com/watch?v=qE_R9BM5ASc

25 A number of critics and scholars, including Corrigan, Ellis, Lawrence, and Wollen interpreted the blue screen as a statement or metaphor for Jarman's loss of sight due to CMV, an AIDS-related opportunistic infection of the retina. Peter Schwenger discussed the Ganzfield Effect in *Fantasm and Fiction: On Textual Envisioning* (Stanford: Stanford University Press, 1999), p. 133. The quote is from Jacques Khalip, '"The Archeology of Sound": Derek Jarman's *Blue* and Queer Audiovisuality in the Time of AIDS', *Difference: A Journal of Feminist Cultural Studies*, 21:4 (September 2010): pp. 77–78.

26 Kimpton-Nye, 'Simon Fisher Turner on Derek Jarman', n.p. The text of the voiceover narration was published in Jarman's book *Chroma* (Minneapolis: University of Minnesota Press, 2010) in a chapter titled 'Into the Blue'.

27 Steven Dillon, *Derek Jarman and Lyric Film: The Mirror and The Sea* (Austin: University of Texas Press, 2004), p. 236.

28 This relates to what Roland Barthes calls the 'grain' of their voice. See Barthes, 'The Grain of the Voice', in Simon Frith and Andrew Goodwin (eds) *On Record: Rock, Pop, and the Written Word* (New York: Pantheon Books, 1990), pp. 293–300. While we never see their bodies, the voices in *Blue* also come across as distinctively British, upper or middle class, predominantly male, presumed to be white, and often exhibit traits of dramatic voice training. For example, Nigel Terry appeared extensively with the Royal Shakespearean Company during his career.

29 Mary Ann Doane, 'The Voice in the Cinema: The Articulation of Body and Space', in Elisabeth Weis and John Belton (eds) *Film Sound: Theory and Practice* (New York: Columbia University Press, 1985), p. 168.

30 Michel Chion, *The Voice in Cinema*, (trans.) Claudia Gorbman (New York: Columbia University Press, 1999), pp. 49–50.

31 '"I thought that it would turn out to be an interesting experimental film," Jarman says, "but it's bizarre that the film just became a film, rather than an experimental film ...".' Simon Garfield, 'Derek Jarman: Into the Blue', *The Independent* (August 13, 1993) www.independent.co.uk/life-style/derek-

jarman-into-the-blue-he-is-not-living-with-aids-he-says-but-dying-with-it-but-he-works-on-his-1461014.html (accessed May 31, 2018).

32 Wollen, 'Blue', pp. 126–127.

33 For the premiere of the work in Sydney, see Dan Hill, 'Journal: *The Murder of Crows*, Janet Cardiff and George Bures Miller, Biennale of Sydney 2008', *City of Sound* blog (September 5, 2008) www.cityofsound.com/blog/2008/09/the-murder-of-c.html. For the exhibition at the Armory in New York, see Karen Rosenberg, 'A Funereal Presence Swoops in to Roost and Caw: "The Murder of Crows" at Park Avenue Armory', *New York Times* online (August 9, 2012) www.nytimes.com/2012/08/10/arts/design/art-review-the-murder-of-crows-at-park-avenue-armory.html (both accessed June 13, 2018).

34 For an example of the use of theatrical lighting in the installation, see the exhibition at the Park Avenue Armory (August 3–September 9, 2012) in New York City.

35 The work was installed at Pier 2/3 in Sydney, the Hamburger Bahnhof in Berlin, and the Park Avenue Armory.

36 Cardiff and Miller are a married couple in addition to being artistic collaborators. Both continue to produce work as individual artists, such as Cardiff's *The Forty Part Motet* (2001) discussed in Chapter 3 of this book. Cardiff and Miller have discussed their experience of living in Katmandu while trying to adopt their daughter and how *The Murder of Crows* came out of that period in their lives. Some of its sound elements, including the Tibetan prayer, were recorded in Katmandu, and the first versions of the script were also drafted while the couple lived there. See 'Janet Cardiff and George Bures Miller Interviewed by Catherine Crowston', in Janet Cardiff and George Bures Miller, *The Murder of Crows* (Ostfildern, Germany: Hatje Cantz Verlag, 2011), pp. 60–66; John Wray, 'Janet Cardiff, George Bures Miller and the Power of Sound', *New York Times* online (July 26, 2012) www.nytimes.com/2012/07/29/magazine/janet-cardiff-george-bures-miller-and-the-power-of-sound.html?_r=2&pagewanted=all (accessed October 4, 2016).

37 The work's sound designer is Titus Maderlechner. See full credits for *The Murder of Crows* on Cardiff and Miller's website: www.cardiffmiller.com/artworks/inst/murder_of_crows.html (accessed June 13, 2018).

38 Cardiff and Miller, 'Janet Cardiff and George Bures Miller Interviewed by Catherine Crowston', p. 54.

39 From the description on Cardiff and Miller's website. www.cardiffmiller.com/artworks/inst/murder_of_crows.html (accessed 13 June, 2018).

40 In addition to all the sources relevant to Cardiff and Miller mentioned in these notes, see also Josette Féral's chapter 'How to Define Presence Effects: The Work of Janet Cardiff', in Gabriella Giannachi, Nick Kaye, and Michael Shanks (eds) *Archaeologies of Presence: Art, Performances and The Persistence of Being* (New York: Routledge, 2012), pp. 29–49.

41 Ibid., 60, 72, 78. Cardiff quoted in Miriam Schaub, *Janet Cardiff: The Walk Book* (Cologne: Verlag Der Buchhandlung Walther Konig, 2005), pp. 100.

42 Cardiff and Miller, 'Janet Cardiff and George Bures Miller Interviewed by Catherine Crowston', p. 72.

43 Marion Lignana Rosenberg, 'Cardiff and Miller's "The Murder of Crows": A Haunting Case of Cinema Through Sound Alone,' *Politico* (August 7, 2012) www.politico.com/states/new-york/city-hall/story/2012/08/cardiff-and-millers-the-murder-of-crows-a-haunting-case-of-cinema-through-sound-alone-067223 (accessed June 14, 2018).

44 Lutz Koepnick, *On Slowness: Toward an Aesthetic of the Contemporary* (New York: Columbia University Press, 2014), pp. 152–153.

45 'The soundscape penetrates listeners' psyches and guts, calling forth inner visions as disturbing as they are vague and shapeless', from Rosenberg, 'Cardiff and Miller's "The Murder of Crows"'.

46 Cardiff and Miller, 'Janet Cardiff and George Bures Miller Interviewed by Catherine Crowston', p. 56.

47 Ibid., p. 64. The connection is also mentioned on *Big Bear Blogs Berlin*, in a post titled 'Janet Cardiff and George Bures Miller' (March 30, 2009) https://blogsberlin.wordpress.com/2009/03/30/janet-cardiff-and-george-bures-miller/ (accessed June 14, 2018).

48 Cardiff and Miller 'Janet Cardiff and George Bures Miller Interviewed by Catherine Crowston', p. 72.

49 There are a number of dates associated with the production of *The Weekend*: 1928, 1929, and 1930. See program notes for the 2015 Transparent Tape Music Festival (http://sfsound.org/tape/ruttmann.html), Nicolas Villodre, 'Wochenende/Week End', *Objectif Cinema* (www.objectif-cinema.com/spip.php?article3644), and Dieter Daniels, 'Absolute Sounding Images: Abstract Film and Radio Drama of The 1920s as Complimentary Forms of Media Art', in Holly Rogers and Jeremy Barham (eds) *The Music and Sound of Experimental Film* (Oxford: Oxford University Press, 2017), pp. 23–44 (all websites accessed June 18, 2018). For his choice to use film for the production of *The Weekend*, see Walter Ruttmann, 'Neue Gestaltung von Tonfilm und Funk. Programm einer photographischen Hörkunst', *Film-Kurier Berlin* 255 (October 26, 1929). See excerpts online: www.medienkunstnetz.de/quellentext/40/ (quotes in Daniels, 'Absolute Sounding Images', p. 36) (accessed July 8, 2016). Daniels also documents some of the early screenings of the work while discussing the relationship between the radio and avant-garde cinema in Germany during that time in his book chapter.

50 Of course, silent cinema is anything but – Chion famously calls it 'deaf' cinema (Chion, *The Voice in Cinema*, pp. 6–7) and Altman's extensive and meticulous historical research in *Silent Film Sound* (New York: Columbia University Press, 2004) documents a myriad of sound practices in film during the so-called 'silent era'.

51 Ruttman quoted in Nora M. Alter, 'Screening Out Sound: Arnheim and Cinema's Silence', in Scott Higgins (ed.) *Arnheim for Film and Media Studies* (New York: Routledge, 2011), p. 83. Jean Lenauer also used the term 'blind films' in an article for *Pour Vous* (July 24, 1930; source: Villodre).

52 Ruttman quoted in Esther Leslie, *Hollywood Flatlands: Animation, Critical Theory and the Avant-Garde* (London: Verso, 2002), p. 66.

53 See Justin Remes, *Motion(less) Pictures: The Cinema of Stasis* (New York: Columbia University Press, 2015), pp. 76–77; Daniels, 'Absolute Sounding Images', p. 37; and program notes for the 2015 Transparent Tape Music Festival.

54 George Baker, Matthew Buckingham, Chrissie Iles, Hal Foster, Anthony McCall, and Malcolm Turvey 'Round Table: The Projected Image in Contemporary Art', *October*, 104 (Spring 2003): p. 88.

55 Michael Rush, 'Installation and the New Cinematics', in Ming-Yuen S. Ma and Erika Suderburg (eds) *Resolutions 3: Global Networks of Video* (Minneapolis: University of Minnesota Press, 2012), pp. 112–120; Chrissie Iles, 'Film and Video Space', in Erika Suderburg (ed.) *Space, Site, Intervention: Situating Installation Art* (Minneapolis: University of Minnesota Press, 2000), pp. 252–262.

56 Tina Rigby Hanssen, 'The Whispering Voice: Materiality, Aural Qualities and The Reconstruction of Memories in The Works of Janet Cardiff and George Bures Miller', *Music, Sound, and The Moving Image*, 4:1 (Spring 2010): pp. 50, 52.

57 See Asselberghs and Van Pee, 'Beyond the Appearance of Imagelessness', p. 11 and Khalip, '"The Archeology of Sound"', p. 86.

58 Wollen, 'Blue', p. 127.

59 Altman, 'Material Heterogeneity of Recorded Sound', in *Sound Theory, Sound Practice*, pp. 15–31. Jonathan's Sterne's chapter 'The Social Genesis of Sound Fidelity' is in his book *The Audible Past: Cultural Origins of Sound Reproduction* (Durham, NC: Duke University Press, 2003), pp. 215–286.

60 See Sterne, *The Audible Past*, pp. 14–19. In addition to the Iles and Hanssen quotes already cited in FN 54 and 56, a few more examples of the language I am referring to include Ellis, *Derek Jarman's Angelic Conversations*, p. 241; 'The Archeology of Sound', p. 92; Féral, 'How to Define Presence Effects', p. 22; Koepnick, *On Slowness* pp. 152–153, 156; and many others.

61 Sterne, *The Audible Past*, p. 16.

62 Lawrence, 'AIDS, the Problem of Representation, and Plurality in Derek Jarman's *Blue*', p. 260.

63 Hölling, *Paik's Virtual Archive*, p. 75.

64 For more discussion on this question, see Charles Park, 'A Poor Man from A Poor Country: Nam June Paik, TV Buddha, and the Techno Orientalist Lens', in David S. Roh, Betsy Huang, Greta A. Niu (eds) *Techno-Orientalism: Imagining Asia in Speculative Fiction, History, and Media* (New Brunswick: Rutgers University Press, 2015), pp. 209–220.

65 Cardiff and Miller mentioned the connection between *The Murder of Crows* and the post 9–11 world in 'Janet Cardiff and George Bures Miller Interviewed by Catherine Crowston', p. 62; Paul David Young, 'Theatrical Sound: Q+A with Janet Cardiff and George Bures Miller', *Art in America* (August 23, 2012) www.artinamericamagazine.com/news-features/interviews/janet-cardiff-george-bures-miller/ (accessed June 21, 2018) and other interviews. The program for the work at the Biennale of Sydney also alluded to the connection. Program text quoted in Hill, *City of Sound* blog.

Introduction: rethinking the audio-visual contract

In the introduction to *The Audible Past*, published in 2003, Jonathan Sterne points out that, within the human sciences, visual culture has become institutionalized through a wide array of disciplines, ranging from film, video, photography, architecture, gaming, and new media to performance studies, in which visuality plays a major role in key theories, debates, and methodologies. Yet, at the time there were scarce efforts to theorize a sound culture. Sterne calls this imbalance a 'visual hegemony'.[1] Now, more than ten years later, sound studies is a rapidly growing field to which many scholars from different disciplines, including art, music, cultural studies, history, philosophy, anthropology, architecture, and the natural sciences contribute. However, there remain significant gaps and absences within the formation of sound studies. *There is no soundtrack* aims to address two of these areas specifically and in juxtaposition: first, its exploration on sound in experimental media art points to a comparative lack of such scholarship in art history, art criticism, and in cinema and media studies. Second, it diversifies the deafening homogeneity of existing discourses and practices regarding sound in art through careful audition and amplification of marginalized auralities on race, gender, sexuality, indigeneity, colonialism, nationalism, imperialism, violence, and the politics of space.

There is no soundtrack is not a book about sound art. Rather, this is a book about sound in art, and also sound in media. This book is an in-depth exercise in acoustic praxis: to think through sound. It analyzes how audio and visual elements interact and produce meaning in post-1960 performance, installation, sculpture, drawing, video art, avant-garde film, media projection, field recording, and community-based art practice – what I henceforth collectively term 'experimental media art' – that represent sound and image through a variety of media technologies. Key ideas and concepts in the rapidly growing field of sound studies, including silence, voice, noise, listening, and the soundscape, provide the theoretical and historical framework for these analyses. Additional foci include discourses on subjectivity, ethnography, autobiography, racism, historical research, institutional critique, site-specificity, time, and duration. In making these connections, *There is no soundtrack* argues that experimental media art produces audio-visual relationships that challenge and destabilize the visualist disciplines of art history, contemporary art criticism, cinema, and media studies as well as the larger area of the human sciences. The book positions itself to join a growing body of interdisciplinary scholarship that is collectively sonifying the study of culture.

Sounding visuality

Political economist Jacques Attali proclaims at the beginning of *Noise*, his treatise on music as a herald for social change: 'For twenty-five centuries, Western knowledge has tried to look upon the world. It has failed to understand that the world is not for the beholding. It is for hearing.'[2] Similarly, Douglas Kahn begins his study of sound, modernism, and the arts – *Noise, Water, Meat* – thusly:

> Sound saturates the arts of this century, and its importance becomes evident if we can hear past the presumption of mute visuality within art history, past the matter of music that excludes references to the world, past the voice that is already its own source of existence, past the phonetic task-mastering of writing, and past what we might see as hearing. None of the arts is entirely mute, many are usually soundful despite their apparent silence …[3]

These scholars, and indeed many others, echo Sterne's earlier point on the visual hegemony within the human sciences. Some have pointed out how this ocularcentrism has permeated even our everyday language, in which scopic words and phrases including 'to shed light on', 'enlightening', 'illumination', 'insight', and more equate knowledge and understanding with seeing.[4] Don Ihde traces this tendency of what he calls 'visualism' within histories of intellectual thought and schools of philosophy. He writes:

> This visualism may be taken as a symptomatology of the history of thought. The use and often metaphorical development of vision becomes a variable that can be traced through various periods and high points of intellectual history to show how thinking under the influence of this variable takes shape.[5]

For some, this ocularcentrism can be traced back to the Enlightenment or, more commonly, to 'the dawn of the modern era [which] was accompanied by the vigorous privileging of vision'.[6] Meanwhile, Sterne, Kahn, as well as Karin Bijsterveld, James Lastra, and Emily Thompson have shown through their historical research in the areas of technology, art, public policy, media, and architecture that sound and the auditory in fact played defining roles in the development of modernism in industrialization, urban life, media networks, capitalism, and other areas. The work of these sound scholars challenges the idea that vision and visuality define modernity.[7]

Sterne points out in *The Audible Past* that 'while writers interested in visual media have for some time gestured toward a conceptualization of *visual culture*, no such parallel construct – *sound culture* or, simply, *sound studies* – has broadly informed work on hearing or the other senses'.[8] Almost ten years later, in 2012, as the editor of *The Sound Studies Reader*, Sterne cited Michele Hilmes's observation that 'the study of sound, hailed as an "emerging field" for the last hundred years [1905–2005] exhibits a strong tendency to remain that way, always emerging, never emerged'.[9] Whether still or always emerging, and despite the fact that Hilmes's discussion is in part a review of Sterne's own scholarship that contributed towards the establishment of sound studies as a field, by 2012, Sterne could and did refer to sound studies as a growing and rapidly consolidating field, when he used terms including 'sound students' and 'sonic imagination' to describe its participants and their intellectual activities. He continues that:

> Today, there is a boom in writings on sound by authors in the humanities and social sciences, whose works is distinguished by self-consciousness of its place in a larger interdisciplinary discussion of sound. Dozens of monographs on one or another aspect of sonic culture have appeared since the early 1990s, alongside countless journal articles, book chapters, and a growing list of anthologies.[10]

Despite this 'boom', and the new journals, blogs, and websites; special issues, panels, and caucuses or special interest groups that have popped up, sound studies as a field is still much, much smaller and far less established than visual studies, not to mention that all this happened in a relatively short period of less than fifty years.[11] In her discussion, Hilmes continues to suggest that 'perhaps it doesn't matter to enough people in enough disciplines that the study of sound consolidate and declare itself. Perhaps sound study is doomed to a position on the margins of various fields of scholarship, whispering unobtrusively in the background while the main action occurs elsewhere.'[12] For some, sound's position in the background, outside of the spotlight of visuality, is one critical advantage. After considering Hilmes's discussion, John Mowitt asks: 'how might sound studies refresh the way we think about what it means to … articulate cultural practices and their sociohistorical contexts – not how we situate sounds but how sounds situate situating? How do sounds stir us to recognize situating as a problem?'[13] Yet others, including Steve Goodman, Dominic Pettman, and Nina Sun Eidsheim, have already begun to question the validity of a *sound* studies, problematizing an anthropocentric understanding of sound and listening; and proposing more expansive nomenclature and parameters that could encompass vibrations not perceptible to humans as well as 'alien' environments such as deep sea microbial ecologies.[14]

Attali follows his proclamation above with this urging: 'Today, our sight has dimmed; it no longer sees our future, having constructed a present made of abstraction, nonsense, and silence. Now we must learn to judge a society more by its sounds, by its art, and by its festivals, than by its statistics.'[15] Ihde points out that a turn to the auditory is not simply a 'changing of variables' vis-à-vis visualism, but rather:

> It begins as a deliberate decentering of a dominant tradition in order to discover what may be missing as a result of the traditional double reduction of vision as the main variable and metaphor. This deliberate change of emphasis from the visual to the auditory dimension at first symbolizes a hope to find material for a recovery of the richness of primary experience that is now forgotten or covered over in the too tightly interpreted visualist traditions.[16]

Thus, Ihde reminds us that the move to the sonic is tactical, and as such 'its ultimate aim is not to replace vision as such with listening as such. Its more profound aim is to move from the present with all its taken-for-granted beliefs about vision and experience and step by step, to move toward a radically different understanding of experience, one which has its roots in a phenomenology of auditory experience.'[17] I believe the emergence of sound studies as a consolidating field is an indication that we are presently in the midst of such a process. Since, as Ihde argues, a critique of visualism does not equate an antivisualist stance, it follows then that my goal in *There is no soundtrack* is not to argue for replacing images with sound as the primary conveyer of meaning in experimental media art (although I do discuss a number of case studies in which this is exactly what is happening) but to shift the discourse and methodology on how we study experimental media art from its taken-for-granted visualism, and to move towards a radically different understanding of how sound and image can relate to each other in their production of meaning. Therefore, I also concur with Michael Bull and Les Back that: 'Thinking with our ears offers an opportunity to augment our critical imaginations, to comprehend our world and our encounters with it according to multiple registers of feeling.'[18] Almost fifteen years ago, when they edited one of the first anthologies on sound studies, they cited Joachim-Ernst Berendt's concept of a 'democracy of the senses' as a goal to 'broaden the senses of sense.'[19] Now, with the visual hegemony slightly de-stabilized, I continue with this broader goal in mind for *There is no soundtrack*. Working with experimental media art, I set out to examine how human sensory perceptions influence and transform each other within what French film sound theorist and composer Michel Chion calls the 'audiovisual contract.'[20]

Rethinking the audiovisual

Within the field of cinema and media studies, visual hegemony can be observed in the plethora of ocularcentric discourses on, for example, representations of race, gender, and sexuality, and in the primacy of scopic theories, including psychoanalysis and semiotics, that serve as important founding concepts of the field and are still taught in many of its introductory courses. When sound is addressed in media pedagogy, it is often as an afterthought, such as when a professor would devote two weeks in a semester-long introduction to film studies class to the discussion of sound: one to the so-called 'coming of sound' and the other to the genre of the musical film. The legacy of sound in cinema and media scholarship is as a specialized subfield that has largely remained isolated and disconnected from its larger debates and discussions until very recently. Existing media scholarship on sound has been focused on radio, early cinema and sound technology, voice and dialogue, and film music. Experimental media art, while they sometimes share some of the formal and other concerns of narrative film, utilize tactics and strategies that are radically different. This includes how sound is conceived and realized in relationship to the image, as well as to the other senses. While studies of narrative film sound are still scarce when compared to the schools of thought and ongoing debates around cinema and visuality, the study of sound in experimental media art is virtually non-existent.[21] The little existing scholarship is on the work of United States and European avant-garde filmmakers who are almost all white men. There has never been, for example, a study of sound in experimental media art produced by queers of color or Third World women filmmakers – to name two obvious omissions.

In regards to the function of sound in narrative cinema, Chion goes as far as declaring, rhetorically, that 'There is no soundtrack', arguing that 'the sounds of a film, taken separately from the image, do not form an internally coherent entity on equal footing with the image track'.[22] Chion argues that the relationship between a filmic image and its accompanying sound is more important to the production of meaning in that context than that very same sound clip's relationship to the other sounds on the same film's soundtrack. And he further points out that 'there is no auditory container for film sounds, nothing analogous to this visual container of the images that is the frame'.[23] Chion further develops his thinking on audio and visual relationships in a set of theories he collectively calls 'the audiovisual contract'.[24] In his book *Audio-Vision*, he defines it as such: 'The audiovisual relationship is not natural but rather a sort of symbolic pact to which the audio-spectator agrees when she or he considers the elements of sound and image to be participating in one and the same entity or world.'[25] What is interesting about Chion's definition, for the present discussion, is that it is a critique. He further elucidates on the 'unnaturalness' of cinematic realism in terms of the relationship between sound and image:

> The objective of this book is to demonstrate the reality of audiovisual combination – that one perception influences the other and transforms it. We never see the same thing when we also hear; we don't hear the same thing when we see as well. We must therefore get beyond preoccupations such as identifying so-called redundancy between the two domains and debating inter-relations between forces (the famous question asked in the seventies, 'Which is more important, sound or image?').[26]

Chion's critique of the realist assumptions within the audiovisual contract opens up its terms for renegotiation. He writes: 'For we should keep in mind that the audiovisual contract never creates a total fusion of the elements of sound and image; it still allows the two to subsist separately while in combination. The audiovisual contract actually remains a juxtaposition at the same time as it creates a combination.'[27] As a delineated agreement, a contract is negotiated, and thus can be amended, rethought, even challenged or nullified. *There is no soundtrack* sets out to renegotiate this contract and to rethink audiovisuality. It takes Chion's rhetorical statement and flips it, arguing that, conversely, in experimental media art sound is not necessarily dependent on its accompanying visual image to acquire or produce meaning because many of the conventions in the narrative cinema that Chion studies are simply not in operation, or if they are, they are not the only or dominant system of signification at work. Furthermore, the specific case studies discussed in this book show that in experimental media art the soundtrack often actively determines or significantly alters the meaning of an image. Thus, in the context of this book, Chion's rhetorical declaration becomes a paradoxical one, because in experimental media art, such as the three 'films without images' discussed in the prologue, one could argue that there is *only* the soundtrack, and that the soundtrack *is* the work.

As Chion implies in his definition above, for many film audiences the audiovisual contract operates on an unconscious level, in that the conventions governing the relationship between sound and image, such as synchronization, are assumed to be 'real' or 'natural'. The term Chion uses is 'synchresis': a combination of 'synchronization' and 'synthesis'.[28] He also uses the term 'coupling' in some of his later writing to further emphasize the power of this contract, in which a film's sound and image can no longer be conceived as separate entities once they are normatively coupled (synchronized in a realist fashion). As much as Chion de-naturalizes the relationship between sound and image in his definition of the audiovisual contract, he also reinforces the primacy of this 'coupling' in relation to other senses. He writes in his later book *Sound*: '… it is audiovisual technology that isolates and systematizes the putting into relation of sound and image in a closed context, cut off from other sensations (thermal, tactile, olfactory, etc.) and founded on the frame of the visual'.[29] Here, Chion reaffirms the ocularcentrism of the visual hegemony in the context of film while he uplifts the soundtrack by denying its autonomy from the image. He also bypasses that famous question on the importance of sound or image by merging the two into what he calls the 'audiovisual'. This coupling or merging of the two senses echoes what Sterne calls the 'audiovisual litany' – a set of commonly held misconceptions that essentialize the differences between hearing and seeing into binary oppositions, based on Christian religious dogma. According to Sterne, the audiovisual litany 'idealizes hearing (and by extension, speech) as manifesting a kind of pure interiority', and 'it alternately denigrates and elevates vision: as a fallen sense, vision takes us out of the world. But it also bathes us in the clear light of reason.'[30] Chion's audiovisual contract similarly excludes the consideration of other senses in favor of an exclusive coupling.

Chion's implied critique of cinematic realism was brought to the fore in the 1980s and 1990s. During this period, feminist film scholars working within the theoretical framework of Freudian and Lacanian psychoanalysis developed a critique of audiovisuality that focused on the representation of the female voice in narrative cinema.[31] This critique, centering on what Kaja Silverman calls 'sonic *vraisemblable*' (a resemblance of reality), deconstructs the gender politics embedded within Hollywood narrative conventions, such as the 'tight' synchronization of an actor's lip movements with the voice speaking dialogue to produce a realist representation. In the next chapter, this feminist analysis of the audiovisual contract provides an important theoretical framework and critical intervention in my discussion of disembodied voices in film and in performance. The discussion of haptics in Gilles Deleuze and Félix Guattari's *A Thousand Plateaus*, which scholars including Laura Marks and Brian Massumi have applied to the discussion of cinema and media, provides another possibility in considering the full sensorium in the audiovisual contract.[32] In her book *Touch*, Marks writes:

> Haptic *perception* is usually defined as the combination of tactile, kinesthetic, and proprioceptive functions, the way we experience touch both on the surface of and inside our bodies. In haptic *visuality*, the eyes themselves function like organs of touch. Haptic visuality, a term contrasted to optical visuality, draws from other forms of sense experience, primarily touch and kinesthetic. Because haptic visuality draws on other senses, the viewer's body is more obviously involved in the process of seeing than is in the case with optical visuality.[33]

According to Deleuze and Guattari, haptic space 'may be as much visual or auditory as tactile'.[34] Marks's theory of haptic visuality re-connects the eye to other sensory perceptions, including touch. And Steven Connor likens the spread of sound in a gallery space to a gas or odor, aligning the perception of sound in art to the sense of smell.[35] In my renegotiation of Chion's contract, not only do I denaturalize cinematic realist tropes to open up its terms to radical and unnatural relationships between sound and image, I also seek to decouple audiovisuality to allow for the senses of touch, taste, smell, and other forms of perception to 'enter the picture', so to speak. By inserting the hyphen in between 'audio-visual', I am not advocating for re-isolating the senses, nor for the replacing the visual with the auditory as the primary conveyor of meaning in experimental media art, but rather I want to discursively re-open a space for the full consideration of the human sensorium that is informed by the auditory. My renegotiation opens up the terms of Chion's audiovisual contract to new relationships between sound and image. This revised audio-visual contract rethinks Chion's critique of audiovisual realism in narrative cinema, not just to challenge the visual hegemony, but also to broaden the hegemonies of form, content, and perception in media.

Sound, discipline, diversity

As Sterne, Hilmes, and others have observed, there is a recent emergence, perhaps even consolidation, of an interdisciplinary, multigenerational, scholar and practitioner community dedicated to the sonic imagination. *There is no soundtrack* joins this collective discourse in speaking to scholars, artists, curators, and other cultural practitioners working in areas across sound, media, communications, visual art, art history, experimental music, performance, and cultural studies. Additionally, the artists and media I discuss in this book are of interest to scholars and students in related disciplines, including gender and feminist studies, queer studies, ethnic studies, postcolonial studies, urban studies, environmental analysis, and architecture. However, while this book's larger effort is to make meaningful connections among previously disconnected bodies of scholarship on sound, media, and art to build new, more complex and reverberating frameworks within the interdisciplinary emergence of sound studies, *There is no soundtrack* also addresses existing gaps and deaf spots within specific disciplines. Within art history and art criticism, 'visual art' has been used as a catch-all term for practices including performance, happenings, installation, and other forms that rely on sound as much as images to convey meaning. Curator and media art scholar Caleb Kelly notes that 'As far back as 1990, Kahn named the twentieth century "the deaf century", pointing to a history of art investigation that almost negated sound as a component of so-called visual arts.'[36] Composer and writer G. Douglas Barrett further points out: 'Even from the outset, sound art had been complicated by the basic categorical difficulty of construing sound – at once a phenomenon, material, and sense – as an artistic medium.'[37] And despite musicologist Brian Kane's observation that 'the *theory of sound art* is currently a cottage industry', sound art as a genre or category has continually troubled art history and art criticism.[38] In a now oft-quoted critique from 2000, artist Max Neuhaus problematizes the term 'sound art', and declares: 'In art, the medium is not often the message.'[39]

This parsing of whether sound art should fall under art or music, and in what configurations, has generated a significant amount of debate within a specific group of scholars, critics, and practitioners – Kane's 'cottage industry'. Barrett calls it sound art's 'legitimation crisis'.[40] In his discussion of Seth Kim-Cohen and Salome Voegelin's respective theories of sound art, Kane concludes:

> If there is such a thing as sound art, 'the message' must be grounded in the sounds … A theory of sound art must take account of sound art as *an art of sounds*, where sounds are heard in all their sociality. A theory of sound art is ultimately justified by its ability to support the description and production of soundworks at the level where individual sounds matter. Perhaps the only way to avoid a theory of sound art that simply reiterates the demands of art theory, or music theory (for that matter), is to require that it meet the only set of demands that matter – those adequate to the unavoidable, unruly, unfashionable thing that we used to call 'the work'.[41]

Even though I asserted earlier that *There is no soundtrack* is not a book about sound art, in it I often engage with artists and art works that have fallen under this banner, either through self-identification or critical/art historical categorization. I agree with Kane that my focus here should be on the works and the artists, and I am heeding Kelly's argument that 'we do not need to create a special category for sound in art as it is always and forever present. What we do need to do is to become more aware of the environment in which art is displayed and the simple fact that we perceive our art, and the world in which we are in, through all our senses.'[42] In the last two chapters of the book, I further examine this argument in a set of spatialized acoustic explorations centered on media installation and performance. Additionally, *There is no soundtrack* echoes Barrett's call to strengthen the dialogue between the fields of musicology, sound studies, art history and theory, to which I add cinema and media studies.[43] Lastly, *There is no soundtrack* both builds on and expands from the existing scholarship on sound art by Kane, Kelly, Kim-Cohen, Neuhaus, Voegelin as well as Jim Drobnick, Paul Hegarty, Brandon LaBelle, Dan Lander and Micah Lexier, Alan Licht, Irene Noy, Peter Weibel, and other authors in two significant ways: first, it broadens the scope of inquiry to sound in art and media, and thus covers a broader array of media art practices; and second, it amplifies discussions of race, gender, sexuality, and other political identities intersectionally within a field that is currently dominated by white males, both as authors and in terms of subject matter, discourse, recognition, and research agenda.

In her book *Emergency Noises*, art historian Noy argues that the sonic materialist approach to a sound art theory, while giving a new 'body of meaning' which liberates sound art from 'the burden of the system of representation', also means that 'the prevalence of the system of representation and controversial gender bias that were such insistent features of the twentieth century turns this into a problematic stance'.[44] She continues:

> Furthermore, the debate about the gendered senses, which emerged at the same time as Sound Art's formation during the last decade of the twentieth century, did not infiltrate even into the theoretical parameters of the field. Sound Art continued to be unquestionably situated within the 'high arts' which traditionally devalued practices by female artists.[45]

Extending Noy's specific argument, this patriarchal – and I would also add Eurocentric – paradigm of sound art scholarship finds more than a few resonating bodies within the larger field of sound studies. As Gustavus Stadler points out on the *Sounding Out!* blog in 2015, significant iterations of sound studies' formation are overwhelmingly white and often male.[46] At this beginning stage of its institutionalization, and perhaps because of it, the exact boundaries of the field are still contested in a number of areas – among them race, gender, sexuality, and, more broadly, diversity. At best, we have the example of Kahn's explanation that his focus on the period from late nineteenth century to the mid-twentieth century in *Noise, Water, Meat* 'produces an imbalance weighted on the side of Euro-American males'.[47] Yet, the lack of diversity within sound studies and sound art theory is not merely a question of balance and representation. Modernist ocularcentrism supports and amplifies other hegemonic ideologies, including colonialism. In her study of the history of aurality in Colombia, ethnomusicologist Ana Maria Ochoa Gautier discusses what philosopher Santiago Castro-Gómez calls 'the rise of epistemic coloniality', arguing that ocularcentrism and an emphasis on the gaze is crucial to the development of the ideological basis for the colonialist expansion of European and American powers in the global south.[48] While this visualist correlation between 'colonialism as power and colonialism as knowledge' is beginning to be identified, theorized, and critiqued, sound and listening, on the other hand, is found to have equally fraught relationships with racism, sexism, and other systems of domination.[49] Jennifer Stoever writes in *The Sonic Color Line* that 'Sound has been entangled with vision since the conception of modern ideas of race and it has often operated at the leading edge of the visual to produce racialized identity formations'.[50] Furthermore, she also identifies a historic aggregate of dominant listening practices and 'a modality of racial discernment', that she calls the 'listening ear', that is often faded into essentialist notions of 'listening' or 'aurality' in scholarship on sound, without critical intervention.[51] Stadler concurs that: 'if the field [of sound studies] remains fixated on sound as a category that exists in itself, outside of its perception by specifically marked subjects and bodies within history, no such change [as acknowledging the overwhelming whiteness of scholars in the field] is likely to occur'.[52]

While Noy, Stoever, Stadler, and others' valid critique of the lack of diversity in sound studies and sound art theory should be acknowledged, it is equally important to identify existing scholarship that contributes to the discourse of diversity in sound, from which a more comprehensive and systematic critical discourse can be built. To date, discourses on difference and diversity in relation to sound, listening, and orality have concentrated on a few areas within sound studies: first, in the fields of anthropology, ethnography, and ethnomusicology where researchers including Steve Feld and Charles Hirschkind conduct investigations into non-Western acoustemologies and listening practices, broadening ideas of how culture, religion, the environment, and other factors can influence human perception. This scholarship often incorporates a critique of colonialism and how it aligns with a Eurocentric understanding of cultural difference and the senses. Second, feminist film scholars, including Silverman, Mary Ann Doane, Amy Lawrence, and others produced an important body of work in the 1990s and early 2000s, which joined with a parallel body of scholarship centering on female vocality in music during this time. Pioneered by feminist musicologists, these studies of female voice and subjectivity in diverse musical forms, ranging from opera to the blues, soon expanded into the examination of diverse vocalities, including Shakespearean plays and classical mythology, as well as joining with the aforementioned work in feminist film theory to form an interdisciplinary discourse on voice among United States and some European feminists during this period. These theories and criticisms, centered on female voices and built around Freudian and Lacanian psychoanalysis's emphasis on the subconscious, drives, fantasies, and trauma, have informed a broader rethinking about complexities and contradictions in the process of subject formation. Third, ethnic, queer, postcolonial studies, and other fields (in addition to feminism) that emerged or consolidated in the United States during the late 1960s and 1970s have collectively nurtured diverse scholars working in a range of disciplines who study race, gender, sexuality, class, and other minoritarian identities in popular sound cultures. In particular, the interdisciplinary research in black popular sound culture – including works by Stoever and Weheliye as well as Daphne Brooks, Angela Davis, Kodwo Eshun, Paul Gilroy, Fred Moten, Tricia Rose, and others – stands out as a model for other communities and groups. In Chapter 3, I draw from this rich field in my discussion of sonic protests against lynching.

As much as the discourse on diversity is established in the aforementioned areas, and seems to be growing in new ones, a broader awareness of race, gender, sexuality, class, disability, and other politicized identities in sound has yet to emerge within the field on a pervasive level.[53] This condition actually echoes early developments in sound studies itself, which Sterne observed in 2003: 'While sound may interest individual scholars in these areas, it is still too often considered a parochial or specialized concern.'[54] What sound studies, and by extension sound art theory, need at this point in their development are intersectional analyses that challenge the persistent fixation on sound as a category that exists in and of itself; that demonstrate awareness of the complex power dynamics between subject, scholar, and knowledge; and that work to expand the scope and parameters of the field beyond simple additive or balancing strategies. This is also about where, when, and how the boundaries of what constitutes sound or sound art scholarship are drawn. David Novak and Matt Sakakeeny, the co-editors of the volume *Keywords in Sound*, caution in their introduction that 'The generalizability of sound, in its most imprecise uses, can sidestep the effects of institutional histories and the structuring influence of entrenched debates' and runs 'the risk of ignoring the historical particularity of sonic categories [which] is the misrecognition of sound's specific cultural formations.'[55] To which Stoever responds:

> To this description, ironically, I say, "*Exactly!*" One way to read [*The Sonic Color Line*] is as an extended, historically and theoretically grounded argument for such 'sidesteps' in and *as* sound studies, methodological moves made not to avoid contending with established music history, but rather as a strategy of critical sonar to navigate the epistemological terrain that 'music' – as a culturally specific, politically charged, and 'entrenched' category of value – can obscure.[56]

While Stoever can sidestep established music history and draw from existing scholarship on black popular culture, music, and oral traditions as well as critical race theory in her book, such an established discourse or body of work do not exist for experimental media art. Therefore, while I highlight its absence through contrasting case studies in *There is no soundtrack*, I also continue to engage with and comment on the founding texts in the field through my discussion of 'the work', and I do so fully cognizant of the fact that these texts are all written by white males. In short, I sidestep when I can, and when that move is needed, but always while keeping a steady footing within the field. Depending on the subject at hand, *There is no soundtrack* draws its theoretical framework and methodologies from both within and outside sound studies to initiate dialogue and exchange between currently disconnected bodies of knowledge and perspectives. The strategy here is continual but critical engagement. Its goal is to destabilize and loosen up the calcifying effects of institutional entrenchment, which has had a long history of excluding diverse and unorthodox voices.

Methodology, structure, rubric

If sound studies and sound art theory do acknowledge their overwhelming whiteness and cisgender maleness, how may their scholars and practitioners listen *differently*, and to what sounds? Do media artists from diverse backgrounds have unique voices and points of audition that are not represented by white male artists, nor perceived and understood by scholars and critics who are only attuned to hegemonic iterations of sound as art and as media? In his book *Phonographies*, Weheliye argues that acoustic praxis occupies a privileged place when it comes to articulations of black subjectivity:

> In the history of twentieth-century black cultural production, the 'new positions of enunciation and identification' identified by [Stuart] Hall have been most forcefully articulated in and through sound. Sound occupies a privileged place precisely because it manages to augment an inferior black subjectivity – a subjectivity created by racist ideologies and practices in the field of vision – establishing venues for the constitution of the new modes of existence called for by Hall.[57]

There is no soundtrack is, in part, an experiment to test out Weheliye's call to listen differently and to voices and sounds that are systematically silenced, muted, or distorted within dominant aural regimes. It examines whether his argument can be applied to other peoples of color, as well as to similarly marginalized groups in terms of gender, sexuality, class, nationality, indigeneity, and more. Does sound, as he argues, occupy a privileged place in articulating these 'new positions of enunciation and identification'? While experimental media art is not specifically raced or gendered, nor only associated with marginalized populations, it is nonetheless a rich field in which I find many compelling examples of artists grappling with difficult and challenging subjects that address issues concerning marginalization, injustice, decolonization, and liberation. In this book, I align these primary subjects to Marks's term 'intercultural cinema', which she defines in *The Skin of the Film* as multicultural, characterized by experimental styles, and as 'the emerging expression of a group of people who share the political issues of displacement and hybridity'.[58] Taking my cue from her scholarship, I draw from an overlapping group of contemporary artists experimenting with audio-visuality, and I strive to listen for their sonic agency, which LaBelle defines as:

> a means of enabling new conceptualizations of the public sphere and expressions of emancipatory practices – to consider how particular subjects and

bodies, individuals and collectives creatively negotiate systems of domination, gaining momentum and guidance through listening and being heard, sounding and unsounding particular acoustics of assembly and resistance.[59]

However, while *There is no soundtrack* is committed to a diverse representation of experimental media art, it is not solely devoted to discussions of diversity. I do not believe efforts to create an oppositional or essentialist stance within sound studies and sound art theory, while they are still developing fields, is either productive or realistic. Discussions of diversity emerge organically in the book from my examination of specific artists, their subject, methodology, and philosophy, as well as from my consideration of the institutions that exhibit, fund, collect, disseminate, preserve, and critique their work. In other words, listening for diversity is an integral part of my acoustic praxis. Furthermore, I want to push the boundaries of how diversity is understood. For example, I would argue that to think about the ocularcentric disciplines of art history, art criticism, and media and cinema studies through sound expands and diversifies their conceptual, theoretical, historical, as well as methodological parameters in ways that are different from a study about artists of color working in sound. And both are equally important to this present study.

Therefore, while *There is no soundtrack* is interdisciplinary in its conception, it is also crucially based on first-hand experience, observation, and interaction with media artists and art works. In this approach I am following art historian Amelia Jones's methodology of 'exchange' and 'engagement'. In her book *Body Art*, Jones highlights her experience of the works she studies in readings that are 'highly invested and meant to be provocative', where she subjectively discusses her embodied responses while considering the larger theoretical and socio-political frameworks that have shaped the historical reception and cultural interpretation of the work.[60] In *There is no soundtrack*, I similarly emphasize my own acoustic praxis in conjunction with seeing and other senses to generate embodied and emplaced exchanges with the works I am studying. Additionally, Kahn's interdisciplinary methodology in *Noise, Water, Meat*, as well as his emphasis on sound in the arts, are also influential to my approach in this book. Specifically, Kahn's definition of techniques, as 'derived from the concerns of working artists' in ways that are 'not servants to meanings, content, reception, and social situation but are instead already infused with these very properties as artists finesse the material – conceptual, social, political, aesthetic, and poetical – in the seemingly most significant moments wrought within a work' very much informs my own methodology.[61] However, the time period Kahn covers in his book – from the European avant-garde movements of the late nineteenth century to the mid-twentieth century, and then the American avant-garde of the 1950s and 1960s – is earlier than the period that I cover in *There is no soundtrack*. Another significant departure is the role of time-based media. Due to its historical framework, *Noise, Water, Meat* is more focused on phonography and touches on sound in early cinema, while the contemporary media art that *There is no soundtrack* explores is digital, and the ideas of cinema and the cinematic are pervasive in the book in different iterations. Last, I aim to shift *Noise, Water, Meat*'s professed imbalance through my focus on the works and practices of postcolonial, feminist, queer, indigenous, and artists of color – sometimes all of the above and more – but not to the exclusion of white male artists whose works are relevant to my discussion.

From cinema and media studies, Rick Altman's event-based approach to studying sound, which he outlines in his introduction to *Sound Theory, Sound Practice*, has influenced my approach in *There is no soundtrack*, especially in Chapter 3. In his theorization of 'cinema as event', he critiques the then prevailing methodology of text-based analysis as an ocularcentric practice predicated on the act of reading.[62] Instead, he argues for event-based analyses, in which a film sound event is both a source and product that is shaped by, and in turn shapes, a myriad of cultural, political, aesthetic, community, and individual forces that are much larger than the singular text of a film or its soundtrack. In my event-based analyses of sound in experimental media art, I listen to the many auralities that contribute to each individual sounding as what Altman calls 'a point of exchange', but at the same time, I continue to perform close readings of specific works when they are needed.[63] In addition to Marks's scholarship on haptic media in *The Skin of the Film* and *Touch*, *There is no soundtrack* is also indebted to works by Jennifer Doyle and José Esteban Muñoz. Although these scholars are not specifically studying sound per se, Marks's work on intercultural media, Doyle's discussion of queer feminism in her book *Sex Objects*, and Muñoz's focus on queers of color in his book *Disidentifications* offer useful models for how I engage with experimental media art to create dialectical relationships between subjective experiences of individual works and larger ideological frameworks, where the specific configuration of a media artwork can support, challenge, complicate, or transform a theoretical premise, and vice versa.[64] Last, these scholars' wide-ranging and diverse case studies in terms of race, gender, sexuality, class, nationality, and other cultural political issues in art and media also serve as inspiration for my own selection in *There is no soundtrack*.

There is no soundtrack is organized into this introduction and four chapters bookended by a prologue and an epilogue. While my larger praxis is grounded in connecting historical studies and cultural theories with direct, embodied experiences, each chapter in the book has its own specific method, and sometimes more than one. Below, I propose three rubrics: (1) Sound; (2) Media; and (3) Diversity and Difference through which *There is no soundtrack* can be read:

1 Sound

Read through the rubric of sound studies, this book tackles many of the discipline's central questions and debates: beginning with an examination of voice and subjectivity, it moves through theories of noise, and concludes with spatial investigations of acoustic architecture and the soundscape utilizing multiple methodologies. The prologue and epilogue, which are more open-ended and impressionistic than the chapters, are meant to be generative provocations that open and close the book. Since *There is no soundtrack* is concerned with sound as media, discourses on listening, perception, and sound reproduction consistently inform its development, providing important historical context and information throughout. The prologue (*Films Without Images*) begins by asking a fundamental question: 'If a film has no images, is it still a film?' which establishes *There is no soundtrack* as an investigation of radical audio-visual relationships. Through three case studies in which visuality seems to be absent, this opening discussion begins to shift the ocularcentric understanding of film, and opens the possibility of its perception through listening as well as other senses. This introduction's rethinking of Chion's audiovisual contract serves as the book's central question and critical framework, informing all successive discussions. Topic-specific discussions begin with two chapters investigating the voice, first as subjectivity and then as noise. Chapter 1's (*Radical otherness: voiceover, autoethnography, performativity*) discussion is organized around the discursive as well as bodily understanding of the voice within Western intellectual traditions, through which it examines the voice's disembodiment facilitated by media technology. Specifically, the voice that is split from the image in documentary and ethnographic filmmaking becomes what Doane calls the 'radical other'. This chapter argues that the disembodied voice's radical otherness has the potential to empower silenced or misrepresented subjects and reclaim their vocal power within these filmic traditions. However, this reclaimed voice is neither discursive nor normative. Instead, it is re-embodied through performative, improvisatory, and vibrational strategies, not only to the body of the speaker, but also to the collective bodies of its auditors to form communal, relational, and unique identifications. Chapter 2 (*History, noise, violence: Christian Marclay's Guitar Drag*) continues to explore theories of vibration in an experimental historical investigation modeled after the acoustic phenomena of resonance and reverberation. It is centered around artist Christian Marclay's video *Guitar Drag* (2000), in which the final vocalization of James Byrd, Jr., an African American man murdered by white supremacists in a contemporary lynching, finds resonance in the noise of an electric guitar being destroyed. The violence of this noise, understood through critical and theoretical points of resonance – including Attali, Davis, Novak, Stoever, and Weheliye as well as Jean François Augoyard and Henry Torgue, Adriana Cavarero, Veit Erlmann, Greg Hainge, Luigi Russolo, Michael Sappol, Mark M. Smith, Marie Thompson, and Steve Waksman – triggers reverberations in other histories. In this acoustic model of historical research, racialized violence is understood as a force that courses through these seemingly unrelated events, objects, and movements, powering them to vibrate in unison. This chapter's listening praxis re-imagines the linear, visualist approach of historical investigation into a multidimensional, spatialized model, in which previously speculative connections are made stronger and more plausible through the force of their resonance.

There is no soundtrack continues its progression from a subjective and anthropocentric understanding of sound to collective, spatialized, and environmental acoustics in its final two chapters. Chapter 3 (*Media soundscapes: listening to media installation and performance*) is an event-based study structured around the rubrics of theory and history, empirical research, direct listening and observation, and institutional practices. In this chapter, these rubrics are tested against a survey of over two hundred contemporary artists working in media installation and performance globally, four recent exhibitions in the United States, as well as a preliminary look and listen into the institutional and material conditions that enable the exhibition and presentation of such works in museums, galleries, and alternative art spaces internationally. The results from this chapter's manifold methodology suggest a broader understanding of sound in media installation and performance is needed in any future research agenda. Chapter 4 (*Sounding a politics of place: acoustic communities, aesthetic colonization, and sound imperialism*) expands the scope of the book's exploration of acoustic space into the soundscape beyond the walls of museums and galleries. This chapter juxtaposes James Clifford's idea of an 'ethnographic ear' with contemporary media artworks that engage with a politics of space. These transductive exchanges investigate sites ranging from the Costa Rican rainforest, to a working class community in northwest Pasadena, to radio airwaves, and works through composer R. Murray Schafer's soundscape theories and Bull's study of the urban users of mobile music players, such as iPods, along with anthropological studies of sensory and spatial perception in diverse cultures to propose new ways of understanding sound through space, and vice versa. Feld points out that: 'space indexes the distribution of sound, and time indexes the motion of sounds. Yet acoustic time is always spatialized …' In an echo of the prologue, the book closes with an open-ended series of questions and provocations. The epilogue (*Notes on acoustic time*) is inspired by Susan Sontag's essay 'Notes on "Camp"' and uses a similar notation form to remix *There is no soundtrack*'s major discussions and debates, and also to introduce new artists and works and generate topics and areas of research for future investigation.

2 Media

In addition to sound and sound studies, *There is no soundtrack* can also be read in a trajectory contextualized through cinema and media studies. Under this rubric, the book's discussion of experimental media art moves from a focus on the cinema to discussions of the cinematic, and roughly from two-dimensional into three-dimensional media spaces, with significant detours. This movement reflects the migration since the mid-1990s of experimental media art, including video art, installation, and performance, away from media venues such as film festivals and cinemas into the visual(ist) art institutions of museums and galleries. Furthermore, the shape of this trajectory reflects my design of the book's structure to focus more on single-channel media in the beginning, then progressing to multichannel installations, mediated performances, and community-based and site-specific projects towards the end. However, this progression is by no means uni-directional or irreversible, thus the detours. Beginning with the prologue, the inclusion of *The Murder of Crows* (2008), a sound installation that exhibits many cinematic qualities, with the more conventionally filmic *Zen for Film* and *Blue* complicates any assertions of medium specificity. Likewise, in Chapter 1 the discussion of live performances by Paul D. Miller (DJ Spooky-That Subliminal Kid) and Tanya Tagaq, alongside experimental documentaries and essay films including Chantal Akerman's *News from Home* (1976), Chris Marker's *Sans Soleil* (1982), and Trinh T. Minh-ha's *Surname Viet Given Name Nam* (1989), expands my investigation of voiceover beyond its filmic context into a broader exploration of vocal embodiment. In fact, it is exactly the voice of what performance studies scholar Muñoz calls the 'native I' in Miller and Tagaq's performance, as contemporary iterations of picture lecturing, that serve to reintegrate voice and body. This chapter additionally engages with many theories of voice in media, including Chion's all-powerful acousmêtre, feminist theories on women's voices in film, histories of vocal disembodiment in media including ventriloquism and the *montreur d'images* (picture lecturer), as well as the use of voiceover in autoethnography. Chapter 2's resonant model of historical research is similarly sounded through with theories of noise that create reverberations between racialized violence, anti-lynching protest, the practice of dissection, and the development of modern sound reproduction. Marclay's *Guitar Drag*, as the chapter's central sound object, hybridizes video art with media performance and installation. Its preferred exhibition format as a single-channel media projection shown in a discrete space continues to shift the book's focus into exploration of media spaces.

Guitar Drag's exhibition requirements of low-light (for the projection) and soundproofing (for its soundtrack of overwhelming noise) anticipates the final two chapters, in which the study of the soundscape becomes the central focus. The architectural and technological demands of contemporary media installations and performance are wide-ranging, heterogeneous, and markedly different from the spatial and acoustic designs of cinemas and other screening spaces. Chapter 3 compares the historical research of Altman, Lastra, and Thompson on narrative film sound practices and the design and construction of performance spaces (concert halls and cinemas) with empirical research on the current sound practice of media artists. The analyses of recent art exhibitions which foregrounds sound and acoustics provide the site-specific and institutional frameworks for the aforementioned research. Chapter 4 then moves outside the architecture of museum and gallery spaces, and into urban, natural, as well as virtual environments. Structured around a series of investigations of specific soundscapes – the rainforest, an urban park, radio airwaves, a low-income and predominantly immigrant neighborhood, as well as hybrid composite soundscapes created through live sound transmissions – this chapter proposes transductive ethnography, in which media artists including Maryanne Amacher, Bill Fontana, Francisco López. Rafael Lozano-Hemmer, Elana Mann, and the collective Ultra-red act as translators of space, as a paradigm for sounding out new spatial politics that are mediated, site-specific, ecologically constituted, and community occupied. As Feld points out, time and space are mutually reinforced in acoustics, therefore this new politics of space is also temporal. In the epilogue, the complex reverberations between linear and non-linear notions and expressions of time, duration, history, memory, and subjectivity draft new audio-visual contracts through explorations into sonic imagination.

3 Diversity and difference

There is no soundtrack engages both organically and intentionally with discussions of diversity within sound studies and in art and media theories on sound. As such, its focus on issues including racialized violence, colonialism, autoethnography, institutional critique, representational politics, social justice, and community studies is neither accidental nor unsystematic. In the prologue, discussion of Derek Jarman's *Blue* and Nam June Paik's *Zen for Film* raises questions of representation concerning race, sexuality, culture, religion, and nationality – setting the premise for the book that follows. In Chapter 2, the discussion of autoethnography as a critical, performative media form – what Catherine Russell calls an 'ideal form of anti-documentary' – is central to the theorization of anticolonial subject positions by Muñoz as well as by Françoise Lionnet and Mary Louise Pratt. Autoethnography also grounds my examination of how female, indigenous, and other voices silenced or muted in the history of documentary and ethnographic filmmaking can be re-embodied through self-distancing, mediation, and multiplicity, as well as in culturally specific performances such as musical 'funning' and throat singing. This discussion is additionally informed by feminist critique of cinematic realism and discussions of orality and media technology in African American studies. The history of racialized violence in the United States is at the center of Chapter 2, where *Guitar Drag*'s re-performance of the racist murder of Byrd creates reverberations with black popular cultural forms including sonic anti-lynching protests, black feminist analysis, historical research into ante and post-bellum soundscapes, and more. This comparative analysis continues into the less obvious histories of medicine and dissection, and finds a disturbing resonance in severed ears used in the construction of the ear phonautograph — an early prototype of the telephone and phonograph invented by Alexander Graham Bell and Clarence Blake. This chapter shows that such reverberant histories of violence are often enacted on the bodies and communities that are nameless, marginalized, and objectified.

Chapter 3's ethnographic study of contemporary artists working in media installation and performance documents the demographics of this transnational population, their diverse approach to working with sound, and listens to the institutional politics of the museums and galleries that exhibit their work. This chapter's deep and heterogeneous audition begins to sound out the underlying power relationships, practices, and ideologies that structure the contemporary art world, influencing all levels of activities from market value to collector interest, and from curatorial decisions to critical attention. This investigation of space and power takes a more territorial turn in Chapter 4, where questions of ecology and community are examined through both theory and history. While acoustic ecology, founded on Schafer's soundscape theories, advocates for the preservation of 'natural' soundscapes and the control of industrial noise, experimental media art projects discussed in this chapter listen to and amplify silenced or marginalized voices. As much as the progressive encroachment of industrial noise into contemporary life can be understood through the metaphor of imperialism, some of the very places most affected by histories of imperialist invasion and colonial expansion are, in turn, repositories of radically different cultural approaches to sonic emplacement. Although sometimes contentious, the critical dialogue between theory and practice in this chapter is ultimately generative, suggesting a newer, more sensorially balanced understanding of ecological preservation, environmental justice, noise pollution, public space, and community organizing. The diverse ideas, theories, as well as art and media works, on acoustic time discussed in the epilogue similarly stretch, loop, and recalibrate what Jean-Francois Lyotard calls 'capitalist time'. While reckoning with questions including whether modern sound technology played a role in time's colonization, *There is no soundtrack* concludes by opening up an important new dimension to review and consider anew its discussion on sound, image, space, and perception.

Although *There is no soundtrack* can certainly be read from cover to cover, the structure of the book does not necessitate such a reading: there is no chronological order, nor is there a linear thesis to be followed. Rather, the build-up of its central argument – that listening to experimental media art prompts a rethinking of the audio-visual contract – is cumulative. The chapters can be read according to how I have arranged them, or they can be read out of sequence, depending on the reader's specific interest in each subject or case study. This is also an acknowledgment of how *There is no soundtrack* will most likely be used in the classroom – where an instructor can assign the entire book as a monograph, rearrange the chapters according to their syllabus, or assign one of the chapters as a part of a larger set of readings under specific class topics. Practicality and user-friendliness aside, my structuring strategy follows what filmmaker and cultural theorist Trinh T. Minh-ha calls 'bold omissions and minute depictions'. In her book *When the Moon Waxes Red*, Trinh argues for 'the ability to imply, rather than to expose something in its entirety; to suggest and evoke, rather than to delineate laboriously'. Her use of this principle resonates with Chinese landscape painter Shih-T'ao's principle of *yugen*, which can be translated as 'subtle profundity' or 'deep reserve'. Within the aesthetics of Chinese landscape painting, *yugen* signifies a desire 'to imagine the depth of content within them and to feel infinite reverberations, something that is not possible with detail painted minutely and distinctly'.[65] It is my intention to sound out and amplify such reverberations. Stoever's explanation of the structure of her book is also influential to my organizing principal here. She writes: 'By design, *The Sonic Color Line* presents neither a seamless history of listening nor an encyclopedic taxonomy; it rather takes a cultural materialist approach to a series of resonant events …'.[66] *There is no soundtrack* similarly presents specific case studies that are emblematic to the rethinking of audio-visuality. Additionally, I find echoes of *There is no soundtrack* in Noy's collage analogy: 'Collage-as-method, the process of taking apart and reassembling' and 'of taking apart the established patterns of understanding' so that 'the result is not a smooth surface, but a rough construction'.[67] Likewise, the structure of this book is neither seamless, nor does it make any encyclopedic or taxonomical claims on either experimental media art or sound studies, since neither can be accomplished in a single volume.

In the introduction of a previous publication, I argued that the sequence of chapters in a book is usually only one of many ways by which readers can navigate 'intersecting and overlapping criteria' creating open-ended and traversing structures:

> we seek to expand, reconfigure, and disintegrate categories, in turn creating new gaps and fissures that open sites of inquiry and, perhaps, anticipate future volumes compiled under new sets of circumstances. Readers are encouraged to follow the path we have chosen, but in the spirit of video's unruly origins and ever-morphing application, we also challenge them to find their own paths, read against the grain, and discover their own rubrics.[68]

Although the subject of that previous book was video, and *There is no soundtrack* is about sound and experimental media art, there is much overlap between the two in terms of scholarship, practice, history, and community. Therefore, I reiterate that argument here as an invitation to all readers: even though I have already proposed three different ways to read this book, I remain convinced that there are many more trajectories possible. I encourage all of you to sound out your own course, and explore these possibilities through transductive study and deliberative echolocation.

Notes

1 The term is from a quote in Sterne's book from Alan Burdick. For Sterne's discussion of this predicament, see *The Audible Past: Cultural Origins of Sound Reproduction* (Durham, NC: Duke University Press, 2003), pp. 2–4.

2 Jacques Attali, *Noise: The Political Economy of Music* (trans.) Brian Massumi (Minneapolis: University of Minnesota Press, 1985), p. 3.

3 Douglas Kahn, *Noise, Water, Meat: A History of Sound in the Arts* (Cambridge, MA: MIT Press, 2001), p. 2.

4 See, for example, Michael Bull and Les Back, 'Introduction: Into Sound', in Michael Bull and Les Back (eds) *The Auditory Culture Reader* (Oxford: Berg, 2003), pp. 1–18.

5 Don Ihde, *Listening and Voice: Phenomenologies of Sound* (Albany: State University of New York Press, 2007, Second edition), p. 6. Ihde discusses visualism in pp. 6–10.

6 Martin Jay, *Downcast Eyes: The Denigration of Vision in Twentieth Century French Thought* (Berkeley: University of California Press, 1993), p. 69. Also see Leigh Eric Schmidt, 'Hearing Loss', in *The Auditory Culture Reader*, pp. 41–59.

7 Sterne's *The Audible Past* and Kahn's *Noise, Water, Meat* both read the modern era against its ocularcentrism, in the areas of sound reproduction technology and avant-garde art, respectively. Also see Karin Bijsterveld, *Mechanical Sound: Technology, Culture, and Public Problems of Noise in the Twentieth Century* (Cambridge, MA: MIT Press, 2008); James Lastra, *Sound Technology and The American Cinema* (New York: Columbia University Press, 2000); and

Emily Thompson, *The Soundscape of Modernity: Architectural Acoustics and The Culture of Listening in American, 1900–1933* (Cambridge, MA: MIT Press, 2004).

8 Sterne, *The Audible Past*, p. 3.

9 Michele Hilmes, 'Is There a Field Called Sound Cultural Studies? And Does It Matter?' *American Quarterly*, 57:1 (March 2005): p. 249.

10 Sterne, 'Sonic Imaginations', in Jonathan Sterne (ed.) *The Sound Studies Reader* (New York: Routledge, 2012), pp. 1–2.

11 A good point of comparison is in graduate studies programs. While graduate programs in sound studies are beginning to emerge (especially in the area of combining theory and practice, including the sound department at the School of the Art Institute in Chicago, which was founded in 1972, making it one of the longest running graduate programs on sound in art) visual studies and visual culture have many more and longer established Masters and PhD programs.

12 Hilmes, 'Is There a Field Called Sound Cultural Studies?', p. 249.

13 John Mowitt, *Sounds: The Ambient Humanities* (Berkeley: University of California Press, 2015), p. 13.

14 See Steve Goodman, *Sonic Warfare: Sound, Affect, and the Ecology of Fear* (Cambridge, MA: MIT Press, 2010); Dominic Pettman, *Sonic Intimacy: Voice, Species, Technics (Or, How to Listen to the World)* (Stanford: Stanford University Press, 2017); and Nina Sun Eidsheim, *Sensing Sound: Singing and Listening as Vibrational Practice* (Durham, NC: Duke University Press, 2015); as well as Stefan Helmreich, *Alien Ocean: Anthropological Voyages in Microbial Seas* (Berkeley: University of California Press, 2009); and *Sounding the Limits of Life: Essays in the Anthropology of Biology and Beyond* (Princeton: Princeton University Press, 2016).

15 Attali, *Noise*, p. 3.

16 Ihde, *Listening and Voice*, p. 13.

17 Ibid., p. 15.

18 Bull and Back, 'Introduction: Into Sound', p. 2.

19 Joachim-Ernst Berendt, *The Third Ear: On Listening to the World* (New York: Henry Holt, 1985), p. 32; Bull and Back, 'Introduction: Into Sound', p. 2.

20 Chion, *Audio-Vision: Sound on Screen*, p. 222.

21 I have come across the following articles and book chapters in my research to date: Stan Brakhage, 'The Silent Sound Sense', *Film Culture*, 21 (Summer 1960): pp. 65–67; Fred Camper, 'Sound and Silence', in Elisabeth Weis and John Belton (eds) *Film Sound: Theory and Practice* (New York: Columbia University Press, 1985), pp. 369–381; Melissa Ragona, 'Paul Sharits's Cinematics of Sound', in Jay Beck and Tony Grajeda (eds) *Lowering the Boom: Critical Studies in Film Sound* (Urbana: University of Illinois Press, 2008), pp. 171–182; and of course Silverman's discussion of feminist avant-garde films and Lawrence's discussion of *Surname Viet Given Name Nam*, mentioned above. Other recent publications include Paul Hegarty's *Rumour and Radiation* (Bloomsbury, 2015) and *The Music and Sound of Experimental Film* edited by Holly Rogers and Jeremy Barham (New York: Oxford University Press, 2017). Both of these focus

on specific forms – video art and experimental film, respectively – while I examine the broader category of experimental media art in this volume.

22 Chion, *Audio-Vision*, pp. 39–40.

23 Ibid., p. 68.

24 Chion outlines his major film sound theories in his book *Audio-Vision*, from the ideas he developed in the previous three books: *La Voix au Cinéma* (1984), *Le Son au Cinéma* (1985), and *La Toile trouée* (1988). The first part of *Audio-Vision* has the section title 'The Audiovisual Contract', and he defines the concept in the Glossary. (See the next footnote.)

25 Chion, *Audio-Vision*, p. 222.

26 Ibid., p. xxvi.

27 Ibid., p. 188.

28 Ibid., pp. 63–63, 224.

29 Chion, *Sound: An Acoulogical Treatise* (trans.) James A. Steintrager (Durham, NC: Duke University Press, 2016), p. 150.

30 Sterne, *The Audible Past*, p. 15. See his discussion of the audiovisual litany in pp. 10–19.

31 See Kaja Silverman, *The Acoustic Mirror: The Female Voice in Psychoanalysis and Cinema* (Bloomington: Indiana University Press, 1988).

32 Gilles Deleuze and Feliz Guattari, *A Thousand Plateaus: Capitalism and Schizophrenia* (trans.) Brian Massumi (Minneapolis: University of Minnesota Press, 1987).

33 Laura U. Marks, *Touch: Sensuous Theory and Multisensory Media* (Minneapolis: University of Minnesota Press, 2002), pp. 2–3. Emphasis in original.

34 Deleuze and Guattari, *A Thousand Plateaus*, p. 493.

35 Steven Connor, 'Ears Have Walls: On Hearing Art', in Caleb Kelly (ed.) *Sound* (London: White Chapel Gallery; Cambridge, MA: MIT Press, 2011), pp. 129–130.

36 Kahn quoted in Caleb Kelly, *Gallery Sound* (New York: Bloomsbury Academic, 2017), p. 7. Also see the introduction to Caleb Kelly, *Cracked Media: The Sound of Malfunction* (Cambridge, MA: MIT Press, 2009).

37 G. Douglas Barrett, *After Sound: Toward A Critical Music* (New York: Bloomsbury Academic, 2016), pp. 4–5.

38 Brian Kane, 'Musicophobia, or Sound Art and the Demands of Art Theory', Nonsite.org, No. 8 (2013) January 20, 2013. https://nonsite.org/article/musicophobia-or-sound-art-and-the-demands-of-art-theory (accessed July 16, 2018).

39 According to Neuhaus's website, the essay 'Sound Art?' was first published as an introduction to the exhibition *Volume: Bed of Sound* at P.S.1 Contemporary Art Center in New York (July 2000). See www.max-neuhaus.info/bibliography/ (accessed July 28, 2018). It has been cited by Barrett (*After Sound*, 2016), Kane ('Musicophobia', 2013), Kelly (*Gallery Sound*, 2017), as well as by Seth Kim-Cohen (*Against Ambience and Other Essays*, New York: Bloomsbury Academic, 2016). It is also collected in the *Sound* anthology edited by Kelly.

40 Barrett, *After Sound*, p. 4.

41 Kane, 'Musicophobia', (accessed July 16, 2018).

42 Kelly, *Gallery Sound*, p. 7.

43 Barrett, *After Sound*, p. 9.

44 Irene Noy, *Emergency Noises: Sound Art and Gender* (Oxford: Peter Lang, 2017), pp. 14–15.

45 Ibid., pp. 66–67.

46 Gustavus Stadler, 'On Whiteness and Sound Studies', *Sounding Out!* (July 6, 2015) https://soundstudiesblog.com/2015/07/06/on-whiteness-and-sound-studies/ (accessed August 2, 2018).

47 Kahn, *Noise, Water, Meat*, pp. 13–14.

48 See Ana Maria Ochoa Gautier, *Aurality: Listening and Knowledge in Nineteenth-Century Colombia* (Durham, NC: Duke University Press, 2014), pp. 13–18.

49 Ibid., p. 13.

50 Jennifer Lynn Stoever, *The Sonic Color Line: Race and The Cultural Politics of Listening* (New York: NYU Press, 2016), p. 7.

51 Ibid., p. 13.

52 Stadler, 'On Whiteness and Sound Studies'.

53 Sterne pointed out to the author that there is a growing discourse in sound and indigeneity that have been developing on the *Sounding Out!* blog. See https://soundstudiesblog.com/category/indigenous-studies/ (accessed 8 February, 2108).

54 Sterne, *The Audible Past*, p. 4.

55 See David Novak and Matt Sakakeeny, 'Introduction', in David Novak and Matt Sakakeeny (eds) *Keywords in Sound* (Durham, NC: Duke University Press, 2015), p. 6.

56 Stoever, *The Sonic Color Line*, p. 18.

57 Alexander G. Weheliye, *Phonographies: Grooves in Sonic Afro-Modernity* (Durham, NC: Duke University Press, 2005), p. 50.

58 Laura U. Marks, *The Skin of the Film: Intercultural Cinema, Embodiment, and the Senses* (Minneapolis: University of Minnesota Press, 2000), p. 2. She uses the term 'intercultural cinema' in *The Skin of the Film*, and 'artists' media' as well as 'experimental media' in *Touch* almost interchangeably to describe works that I call experimental media art in this book. See their introductions. (*The Skin of the Film*, pp. 1–23; *Touch*, pp. ix–xxii.)

59 Brandon LaBelle, *Sonic Agency: Sound and Emergent Forms of Resistance* (London: Goldsmiths Press, 2018), p. 4.

60 Amelia Jones, *Body Art: Performing the Subject* (Minneapolis: University of Minnesota Press, 1998), p. 9.

61 Kahn, *Noise, Water, Meat*, pp. 14–15.

62 Altman, 'Cinema as Event', pp. 1–14.

63 Altman actually provides helpful diagrams to illustrate these rather complex interchanges. See *Sound Theory, Sound Practice*, pp. 3–4.

64 Jennifer Doyle, *Sex Objects: Art and The Dialectics of Desire* (Minneapolis: University of Minnesota Press, 2006); Jose Esteban Muñoz, *Disidentifications:*

Queers of Color and The Performance of Politics (Minneapolis: University of Minnesota Press, 1999).

65 Trinh T. Minh-ha, 'Bold Omissions and Minute Depictions', in Trinh T. Minh-ha *When The Moon Waxes Red: Representation, Gender, and Cultural Politics* (New York: Routledge, 1991), p. 162; source of the term, FN19.

66 Stoever, *The Sonic Color Line*, p. 6.

67 Noy, *Emergency Noises*, p. 20.

68 Ming-Yuen S. Ma and Erika Suderburg, 'Another Resolution: On Global Video', in Ming-Yuen S. Ma and Erika Suderburg (eds) *Resolutions 3: Global Networks of Video* (Minneapolis: University of Minnesota Press, 2012), pp. xix–xx.

1

Radical otherness: voiceover, autoethnography, performativity

Our voices say something about us. To express ourselves, we speak, yell, cry, whisper, sing, murmur, scream, and otherwise vocalize; usually to someone like ourselves – another human – or to more than one person. Sometimes, we vocalize to other living beings, as well as to machines. In *Keywords for Sound*, anthropologist Amanda Wiedman identifies two powerful ideas from the Western metaphysical and linguistic traditions about voice: one is voice as an expression of subjecthood, 'from which springs the familiar idea that the voice expresses self and identity and that agency consists in having a voice', and the other is 'material vocality', or voice as a bodily function or practice which is pre- or post-linguistic, and in some cases outside of any system of signification all together.[1] These two ideas have informed how voice is understood in the fields of philosophy, linguistics, semiotics, psychoanalysis, as well as in music, performance, and media theory within European and American intellectual discourse. Ideas of vocality are central to Ferdinand de Saussure's study of language, Marshall McLuhan and Walter Ong's respective theories of communication, and the philosophical investigations of Edmund Husserl and Don Ihde focusing on the phenomenon of human perception, to name a few influential trajectories.[2] Jacques Derrida, in his critique of Husserl's model of phenomenology, is equally focused on the voice. His critique is centered on what Derrida calls the 'metaphysics of presence', where he argues that speaking – long considered to be a fundamental act of human subjective communication – is, in fact, an act of 'pure auto-affection' that is built on a set of differences. For Derrida, this auto-affection, a function of 'hearing oneself speak' (*s'entencre parler*), is also fundamental to any assertions of subjecthood: 'This auto-affection is no doubt the possibility for what is called *subjectivity* or the *for-itself*, but, without it, no world *as such* would appear.'[3]

Michel Chion observes that in cinema, 'there are voices, and then everything else'.[4] In his concepts of vococentrism and verbocentrism, Chion asserts that the human voice speaking dialogue is likely the most important sound heard in the majority of commercially released films today.[5] Yet, this primacy of the human voice in film sound, which Chion likens to a musical instrument performing a solo in an orchestra, for which the ambient and other sounds on the soundtrack are 'merely the accompaniment', is equally invested in the tight synchronization of sound (voice) and image (actor) in film.[6] Filmic voices that are not anchored, or *nailed*, as Marguerite Duras puts it, to a visible body are often considered uncanny or comedic; 'un-natural', thus a technical problem or mistake.[7] One of Hollywood cinema's truisms on the voiceover is that it is 'the last resort of the incompetent' because the codes of narrative realism demand that the voice be rigged to a body.[8] However, what Mary Ann Doane calls 'radical otherness' endows the disembodied voice in non-narrative cinema with a certain authority: the authority to speak with discursive power.[9] The so-called 'voice of god' narrator, most often heard in documentary and propaganda films, is a common articulation of this discursive power. For French film critic Pascal Bonitzer, the disembodiment of the voice renders it 'beyond criticism', therefore its power is 'a usurpation'.[10] This usurpation of the power is quite literal in ethnographic films, in which the images of non-Western peoples and cultures depicted are defined by the 'voice of god' – usually signified as white and male – speaking over them. The discursive power of the voice is stolen from the subject of these films, whose silence parallels the exploitation and depletion of natural resources, human labor, and political and cultural sovereignty by the larger projects of colonialism and imperialism. Can this vocal power be reclaimed, or is the disembodied voice's radical otherness the purview of the hegemonic subject only? If the others speak, what will they say?[11] And how will their voices sound? This chapter explores the power of the disembodied voice in media, with a focus on non-fiction films and film-based performances referencing ethnography and documentary. These works draw from pre- and early cinematic practices, autoethnographic performance, and contemporary sound-mixing as well as processing technologies to displace, deconstruct, and eventually reclaim the power of the subjective voice. In their vocal performances of self, these experimental media works create meaning through both the discursivity and materiality of the voice, and suggest ways of exceeding this and other normative dichotomies, including self and other, male and female, white and of color, colonizer and colonized, individual and collective. In the process, they open up a space of resistance in their vocality.

Voice in media: disembodiment and synchronization

The symbolism of the voice and its accompanying discourses are key to discussions of subjectivity and difference. Slogans and speeches from racial civil rights movements are peppered with terms such as 'speaking the truth' and 'reclaiming our voices'. Liberationist writing, poetry, and songs are often collected in volumes titled 'The Voice of …', as are activist projects in radio, film, video, and other media. Frantz Fanon works through psychoanalytic theories and postcolonial discourse to explore the power of voice as both a tool of domination as well as a path to liberation. In his writing, Fanon explores the psychic dimensions to unlearning the colonizer's imposed language and values, and the cultivation and reclamation of the native tongue.[12] This process produces a subject incorporating attributes from both the colonizer and the colonized: a hybrid voice. This hybrid voice is evident in contemporary cultural productions ranging from the poetry of Gloria Anzaldúa to the drag performances by Vaginal Davis to the collection of Asian American writing *Aiiieeeee!* – itself a vocalization.[13] Mladen Dolar, in his discussion of Derrida's idea of 'hearing oneself speak', relates it to Jacques Lacan's theory of subject formation in the 'mirror phase'. He writes: 'the auto-affective voice of self-presence and self-mastery was constantly opposed by its reverse side, the intractable voice of the other, the voice one could not control'.[14] French feminists, including Hélène Cixous and Luce Irigaray, theorize a form of feminine writing (*écriture féminine*) that incorporates women's vocality, referencing key ideas in Freudian and Lacanian psychoanalysis while resisting their patriarchal paradigms. Some of these ideas became very influential in the interdisciplinary work done by feminists in the United States and Europe from the 1980s to the early 2000s, a pivotal period during which discussions of gender and sexuality were introduced into the study of the voice in film and media, theater, and classical mythology, as well as diverse musical forms ranging from opera to the blues.[15]

While vocal expression is key to articulations of identity and subjectivity in media, the technologies that facilitate media representations of the voice have also separated that voice from the human body. In his study of ventriloquism, *Dumbstruck*, cultural theorist Steven Connor traces practices of disembodying the human voice back to Greek and Roman oracles while noting its transformation through media technology: 'modern acoustic technologies, which allow the transmission, reception, and multiplication of voices at a distance, produce new configurations of the imaginary space of the body and the socio-cultural space of its utterance'.[16] Chion, in turn, found more recent precedents of the disembodied voice in theater, opera, and pre-cinematic media presentations, including magic lantern shows and lectures incorporating projected images. Rick Altman's detailed investigation in *Silent Film Sound* shows an even more wide-ranging and heterogeneous array of practices in early cinema that utilized live and pre-recorded sound, music, special effects, animation, intertitles, and other text captions to represent the human voice.[17] For some, this separation of voice from the body through media technology is a disturbing phenomenon. R. Murray Schafer coined the term 'schizophonia' to refer to 'the split between an original sound and its electroacoustic reproduction', implicating the phenomenon as 'aberrational' due to the separation of a sound from its origin or source.[18] Dolar and Doane both discuss the 'uncanniness' of the disembodied voice in media, evocative of the unease with the ancient performances of magic and divination discussed by Connor. Doane writes: 'There is always something uncanny about a voice which emanates from a source outside the frame', and that '[as] soon as the sound is detached from its source, no longer anchored by a represented body, its potential work as a signifier is revealed'.[19] For Chion, the 'voice left to wander the surface of the screen' is where 'the real and specific power of the cinema comes into play'.[20] His specific interest in disembodied voices led Chion to theorize the acousmêtre: a disembodied vocal subject in cinema that is all powerful, supernatural, or extraordinary, and usually malevolent. He traces the power of the acousmêtre to a primal scene of an infant hearing its mother's voice in the 'uterine darkness' of her womb, before its first glimpse of the mother's image. His characterization of this 'umbilical web' is claustrophobic and horrific, and is distinct from other discourses on the maternal voice in relation to subject formation.[21] Chion's detailed analysis of the mother's voice in *Psycho* (1960, dir. Alfred Hitchcock) fully fleshes out the horror of the disembodied maternal voice by characterizing the total control of Norman (played by Anthony Perkins) by his dead mother's voice at the end of the film as 'possession by spirits, or ventriloquism'.[22] Kaja Silverman critiques Chion's origins myth of the powerful and malevolent acousmêtre as a dystopic fantasy symptomatic of male paranoia and castration. For Silverman, Chion's fear of entrapment and impotence is indicative of 'an ambivalence that attests to the divided nature of subjectivity' when 'viewed from the site of the preconscious/conscious system'.[23]

Silverman's scholarship on the female voice broadens into other discussions in her book *The Acoustic Mirror*. In it, she argues that the convention – standardized since the late 1920s and early 1930s – of closely synchronizing the lip movements of the actor on screen to the recorded voice on the soundtrack, usually speaking dialogue, is an 'impression of reality' that cinema creates in order to participate in its culture's 'dominant fiction'.[24] She calls this 'sonic *vraisemblable*', where 'the voice has been called upon to make good the absence upon which cinema is founded'.[25] According to Silverman, Hollywood's sonic *vraisemblable*, codified in its standards and conventions, 'stresses unity and anthropomorphism. It subordinates the auditory to the visual track, nonhuman sounds to the human voice, and "noise" to speech. It also contains the human voice within the fiction or diegesis.'[26] Silverman further points out that sonic *vraisemblable* is sexually differentiated, it is 'a complex system of displacements which locate the male voice at the point of apparent textual origin, while establishing the diegetic containment of the female voice'.[27] In *The Acoustic Mirror*, she argues that the stress points in Hollywood cinema, where the impression of reality through sound begins to unravel, are symptoms – not unlike the involuntary speech or actions a patient exhibits under psychoanalysis – that are indicative of the cultural illusion or fantasies covering up, repressing, or disavowing the instability and loss inherent in the process of subject formation.[28] And these illusions and fantasies are usually enacted upon the bodies of women in film.

Power and the disembodied voice

In his book *The Voice in Cinema*, Chion traces the origins of cinematic voices to theater (for synchronized voice), opera, melodrama, and vaudeville (for singing voice), and magic lantern shows as well as illustrated lectures (for voiceover).[29] Commenting on the figure of the picture lecturer (*montreur d'images*), Chion traces its power to 'conjure' images and meanings to the primal scene in the womb: 'Since the dawn of time, *voices have presented images*, made order of things in the world, brought things to life and named them.'[30] Brandon LaBelle broadened this conjuring power he calls the 'vocal imagination' beyond the cinema in his book *Lexicon of the Mouth*:

> From reflections on cinema, Chion is led into the primary powers of voicing. Fundamentally, the voice conjures which it speaks; it may animate the inanimate, lending great power to the vocal imagination to affect 'the order of things'. In giving narrative, the voice may also capture the flow of life's movements, to direct our attention toward certain outcomes. To speak gives realization to particular freedoms – to embody the promise found in having a say. Yet it may also, through the same potential, arrest or injure the freedom of others.[31]

For LaBelle, to speak is to assume power as well as the ability to exercise that power over others. This power of elocution is certainly evident in Altman's historical investigation into the practice of picture lecturers, especially those known as *conférenciers*, who were quasi-academic figures and respected as educators, scientists, and explorers.[32] *Conférenciers* are considered by Altman to be among the first documentary filmmakers, when they produced short film sequences to incorporate into their lecture programs.[33] According to Altman, the power in these lecturers and the images they present is that of redefinition:

> As cinema develops from an extension of photography's documentary function toward a narrative art dependent instead on the ability to establish an alternate world or diegesis through editing, the process of lecturing takes on a new and important function. Instead of simply repeating what the images say, the lecturer has the power to make the audience perceive something other than what the images actually show. The power of the lecturers lies not so much in their ability to *explain* the visual, but in the power to *redefine* the images according to an alternate set of values.[34]

For Doane, the use of voiceover in documentary imbues the speaker with a specific kind of power. While in narrative films, 'the use of the voice-off always entails a risk – that of exposing the material heterogeneity of the cinema', in documentary film the disembodied voice does not have to 'affirm the homogeneity and dominance of diegetic space'; therefore, its 'radical otherness with respect to the diegesis' imbues the documentary voiceover with its power:[35]

> As a form of direct address, it speaks without mediation to the audience, bypassing the 'characters' and establishing a complicity between itself and the spectator – together they understand and thus place the image. It is precisely because the voice is not localizable, because it cannot be yoked to a body, that it is capable of interpreting the image, producing its truth. Disembodied, lacking any specification in space or time, the voiceover is, as Bonitzer points out, beyond criticism – it censors the questions 'Who is speaking?', 'Where?', 'In what time?', and 'For Whom?'[36]

To this point, Bonitzer writes in *Cahiers du Cinéma*: 'Because it rises from the field of the Other, the voice-off is assumed to know: this is the essence of its power … The power of the voice is a stolen power, a usurpation.'[37]

In documentary and ethnography, whose voice has usurped this power? And whose vocal power has been stolen? According to historian and cultural studies scholar James Clifford, the practice of anthropology during the era of Franz Boas was dominated by 'the allegory of salvage' of non-Western cultures that were seen as dying or vanishing.[38] The fact that these conditions were often direct or indirect effects of colonialism and imperialism by North American and European powers is not often acknowledged within this discourse. These non-Western cultures – the other – is thus spoken for in Boasian anthropology by American and European voices that have usurped its otherness into the power of narration, dissection, definition, and commentary. Literary scholar Françoise Lionnet calls this practice 'a transcription that is also a way of speaking for the other culture, a kind of ventriloquism'.[39] For Lionnet, Zora Neale Hurston, whom Boas trained to salvage her own African American culture, performs an intervention to this usurping of her vocal power in her autoethnography *Dust Tracks on a Road*. Lionett defines autoethnography as 'the defining of one's subjective ethnicity as mediated through language, history, and ethnographical analysis' – 'a kind of "figural anthropology" of the self'.[40] As an autoethnography, *Dust Tracks on a Road* 'is an orphan text that attempts to create its own genealogy by simultaneously appealing to and debunking the cultural traditions it helps to redefine'.[41] Most importantly, it 'opens up a space of resistance between the individual (<u>auto-</u>) and the collective (<u>-ethno-</u>) where the writing (<u>-graphy</u>) of singularity cannot be foreclosed'.[42] Building on Lionnet's work, Mary Louise Pratt specifically links autoethnography to the post/colonial condition, where colonized subjects fashion self-representation through partial collaboration with and appropriation of the colonizer's terms. She writes: 'If ethnographic texts are a means by which Europeans represent to themselves to (usually subjugated) others, autoethnographic texts are texts the others construct in response to or in dialogue with those metropolitan representations.'[43] According to her theorization, the autoethnographic text is not only hybridized in its production, combining attributes of the colonizer and colonized, its reception is also heterogeneous, generating different reading (and listening) experiences depending on one's positionality within a colorial power structure.

Media scholar Catherine Russell specifically links autoethnography to media production. She argues that as a form of what Clifford terms 'self-fashioning', autoethnography eradicates the distinctions between textual authority and profilmic reality, which can lead to a total breakdown of colonialist precepts of ethnography, making autoethnography as media an 'ideal form of antidocumentary'.[44] Furthermore, the media works she studies incorporate cultural discourses including ethnicity, nationality, sexuality, race, and class into the ethnographic form, rendering its subject 'destabilized and incoherent'.[45] In other words, media autoethnography has the potential to challenge and displace colonial discourses' impression of reality that is deeply embedded in media forms including ethnography and documentary. José Esteban Muñoz explicitly links the practice of autoethnography to performance in his book *Disidentifications*, where he argues that autoethnographic performances by queers of color insert 'a subjective, performative, often combative, "native I" into ethnographic film's detached discourse'.[46] Working through Stuart Hall's analysis of the relationship between identity and history, he adds that '[a]utoethnography is not interested in searching for some lost and essential experience, because it understands the relationship that subjects have with their own pasts as complicated yet necessary fictions'.[47]

Returning to Doane's earlier comment on the source of power in documentary voiceover, and thinking through the performative self-fashioning in autoethnography, I wonder if the radical otherness of voice in documentary and ethnography, this usurped and stolen power, can be returned to its rightful subjects? I am thinking about the recent efforts to return artworks and artifacts obtained under colonial exploitation or other unethical circumstances from museums in the West to their places of origin. Can the vocal power in documentary and ethnography be similarly returned or reclaimed? When the 'native I' speak, what would their autoethnographic voices sound like? What content, language, tone, timbre, volume, and other aspects of vocality would be heard in these filmic voices? And in what kinds of audio-visual relationships? For the remainder of this chapter, I examine a number of such voicings in which the radical otherness of the voiceover is deployed in media works that combine elements of documentary, travelogue, autoethnography, and performance to reclaim the representational powers of those who are other(ed). These marginalized subjects, whose voices have been stolen or usurped in the history of ethnographic and documentary film, who had to witness their likeness and image, as well as their communities and cultures, depicted in the service of dominant fictions, could not voice their protest. In the works I examine below, they speak, sing, and otherwise vocalize in powerful ways, challenging the ideas and representations of inherited identities, a fixed history of self, as well as the realist conventions of synchronized sound and image.

Gender, voiceover, travelogue: or why have there been no great female acousmêtres?

In her discussion of sexual politics in Hollywood cinema's conventions of voice-image synchronization, Silverman writes: 'To the degree that the voice-over preserves its integrity, it also becomes an exclusively male voice.'[48] Chion concurs in his observation that '*most acousmêtres are masculine*', and that a number of more recent films with female voiceovers are 'really a sign of the times, an era when telling a story exposes the teller more than it used to.'[49] Since Chion and Silverman's scholarship is primarily focused on narrative feature films, could voiceover narration by females be more prevalent within documentary and ethnography, avant-garde cinema, video art, industrial films, or other cinematic histories? At the same time, according to documentary film scholar Bill Nichols, 'The voice-of-God tradition fostered the cultivation of the professionally trained, richly toned male voice of commentary that proved a hallmark of the expository mode', which affirms both Silverman and Chion's comments regarding how subjective unity, discursive power, and authority are often gendered (as well as raced, sexed, and classed) vocally.[50] While there has yet to be a definitive study done on the female voice in the abovementioned cinematic forms, in the following section I discuss two case studies – Chantal Akerman's *News from Home* (1976) and Chris Marker's *Sans Soleil/Sunless* (1982) – to suggest how the disembodied female voice could function in the context of documentary, ethnography, and travelogue film.

Both *News from Home* and *Sans Soleil* are feature-length non-fiction films in which a female voiceover plays a prominent role. Also, both films could be classified under the travelogue sub-genre of essay films.[51] Akerman made *News from Home* in New York City in 1976. The 86-minute film juxtaposes the urban landscape of 1970s New York shot at locations including Soho, Tribeca, Times Square, and the Staten Island Ferry Terminal in Lower Manhattan with a soundtrack that is composed of recorded location sound (traffic, snippets of conversations, the rumbling of the subway train) and a voiceover. The voiceover is composed of letters Akerman's mother wrote to her from Belgium when she was in New York during her first sojourn in 1972. There are two versions of this voiceover: one in French and one in English, both voiced by Akerman herself.[52] She had worked with cinematographer Babette Mangolte to create very composed, durational, and often still shots of New York's cityscape that seem depopulated, despite the inclusion of interior shots of congested subway trains and crowded locations such as Times Square in the film. The detached, observational visual imagery of the film contrasts with the personal and intimate tone of the letters, and together they form the central audio-visual relationship in *News from Home*. Film writer Nicholas Elliot comments on the female voiceover's active role in the creation of a space for audience identification in the film when he writes that Akerman 'is making room for the audience member to stand in her place.'[53] Her voice, recorded with close miking and featuring a 'dryness' or absence of reverb, is what Chion calls the 'I-voice'.[54] According to Chion, these two technical criteria for the I-voice lend it a quality of auditory closeness to the audience, which he calls 'corporeal implication': 'when the voice makes us feel in our body the vibration of the body of the *other*'.[55] However, the 'I' in Akerman's I-voice is not herself but her mother, so the 'other' is once-more displaced. Additionally, while the tone of these letters is intimate and full of personal endearments including 'my darling daughter' and 'your loving mother', Akerman's reading of the letters is flat and non-dramatic in both versions of the film. Akerman's choice to vocally perform her mother's letters in this manner creates a phenomenological closeness between her voice and the audience, but it also maintains a psychological distance between her mother's words and her voicing of them.[56]

Most existing studies of *News from Home* acknowledge Akerman's performance of her mother's letters, yet surprisingly few of them engage in any in-depth analysis of her voice and its key function in establishing the film's pervading sense of displacement and alienation. The discussions I can find on the voiceover are focused primarily on its discursive content, but not its materiality. In her book *Gender Frames, Embodied Camera*, Cybelle McFadden writes: 'The letters from her mother sent from Europe that Akerman reads in voiceover are the overseas umbilical cord.'[57] Marion Schmid, who wrote a monograph on Akerman, considers the disjunction between sound and image in the film as a reflection of Akerman's cultural and familial displacement. She argues that the voiceover in the film deliberately distances the mother figure, and its sound mix 'repeatedly muffle[s] the maternal voice, reducing it to a sheer soundscape, a spectral chant or lament'.[58] Paul Hegarty analyzes how the location sound overwhelms the vocal track in the film and further disrupts its already-displaced discursive voice.[59] Janet Bergstrom, discussing Akerman's films through Freud's theory of the splitting of the ego, comments: 'In many of Akerman's films there is a disjunctive use of language, usually "in between" English and French, as when the "daughter" in *News from Home* reads (in voiceover) her mother's letters in English with a strong French accent while we watch a succession of images of New York that never include either mother or daughter.'[60] According to Joanne Morra, the autoethnographic voice in *News from Home* can be understood primarily through language and translation.[61] In her comparative analysis of Akerman's film with Mona Hatoum's experimental video *Measures of Distance* (1988), Morra's discussion expands beyond the autobiographical, feminist 'I' in these two media works. Her discussion also names the hybrid, autoethnographic 'I' whose voice and language are not only shaped by familial relations but also by the larger forces of colonialism, imperialism, and other drivers of immigration, exile, and transnational migration. In *News from Home*, the tone of Akerman's voice amplifies the separation or 'split' in the film, which works across multiple levels: familial, linguistic, spatial, cultural, narrative, and formal. The many absences in the film: Akerman's self-imposed exile from her family home in Belgium, her visual absence from her own travelogue, her mother's voice not speaking her own words, drives its voiceover narration.[62] Its radical otherness redefines the images by not talking about them at all.

Unlike in *News from Home*, where Akerman reads her mother's letters in her own voice, the letters that function as the voiceover narration in Chris Marker's *Sans Soleil* are read by an unnamed female character. In fact, *Sans Soleil*'s narrator, the letters, and their sender are all fictional filmic devices.[63] The autoethnographic elements in Marker's film are displaced, like in Akerman's film, but the filmmakers' methodologies are distinct from each other in the former's use of fiction and the latter's performative strategy. While the image and voice in *News from Home* are deliberately 'split' to emphasize the absence and separation between Akerman's life in exile and her mother and family's life back home, the audio-visual relationships in *Sans Soleil* are less distinct and more conventionally ethnographic in their formal structure. Filmed at global locations, including Iceland, Hong Kong, San Francisco, Isle de France, and Okinawa, with Japan and the African nations of Guinea-Bissau and the Cape Verde Islands as its main locations, *Sans Soleil* includes visual imagery more commonly associated with ethnographic film. While *News from Home* visually stays in urban New York, *Sans Soleil* traverses urban and rural spaces, not remaining in one place or following a linear journey. There are several sequences in the film in which images from Asia, Africa, Europe, and other locations are edited together into a montage, reinforcing the non-linear and transnational trajectory of the film. The voiceover narrator in *Sans Soleil* is also unlike the expository 'voice of god' narrator in more conventional documentaries. The overall audio-visual relationship in the film is that of a shifting, fragmentary connection between the voice and image, in which a direct comment on a specific image is quite rare. When the female narrator does comment on the images shown, her commentary is indirect at best, and further distanced from a conventional 'I-voice' because she is reading from another's letters. The letters themselves are also hybridized, containing quotes from different authors, commentary, and other self-reflexive language, in addition to first-hand observations. This hybridity is echoed in the film's soundtrack, where the voiceover narration is mixed with location sound, an electronic music score composed by Marker (but identified in the film's credits as 'Michel Krasna'), and audio snippets from popular music, news clips, as well as fragments of other film soundtracks.[64]

While Akerman herself voiced both the English and French versions of *News from Home*, *Sans Soleil* is voiced by at least four different female voice performers: Alexandra Stewart (English), Florence Delay (French), Riyoko Ikeda (Japanese), and Charlotte Kerr (German) in different linguistic versions of the film. Orlene Denice McMahon argues that the soundtrack in Marker's early films, including *Letter from Siberia* (1958), which also features a voiceover in the form of a letter, are not a 'supplement to the image, but rather a pre-requisite'.[65] More specifically, 'Marker uses the soundtrack … to develop a strong audiovisual critique of the ethic of objectivity put forward by "realist" documentary forms'.[66] André Bazin calls the audio-visual relationship in *Letter from Siberia* a form of 'horizontal' montage which 'has been forged from ear to eye'.[67] Similarly, what Tim Corrigan calls the 'verbal intelligence' in Marker's films is key to establishing what kind of film *Sans Soleil* is, or rather, what it is not.[68] While a number of scholars cite the self-fictionalizing and other distancing devices in Marker's film as evidence of its implicit critique of the ethnographic travelogue, others consider *Sans Soleil* a demonstration of 'the impossibility of an absolutely postmodern, decentered ethnographic film'.[69] What is interesting to me in the debate on whether *Sans Soleil* is an ethnographic film that reproduces the power dynamics of colonialism and voyeurism, or if it is a critique and deconstruction of such 'penetrating' desires, is that both arguments dismiss or disavow the agency of the female voice in the film.[70] None of the scholars mentioned above grant the female narrator much more than the status of a (literal) mouthpiece of Sandor Krasna – another fictional character in the film – or of Marker himself. Silverman calls her a 'reader' or 'narrator' of Krasna's letters, who is 'not semically specified' and is 'possessed' by Krasna's words.[71] Stella Bruzzi's assessment below similarly questions the female narrator's subjectivity and agency while pointing out that the female narrator also makes comments on her own in addition to reading out Krasna's:

> At times it indicates a disturbing lack of independent thought, as if content to
> be simply a vehicle for translating pearls of wisdom from the venerable traveler
> … There are other moments, however, when the narrator comments upon what
> she is told, and there are quite protracted passages between the observations
> initiated by an explicit directive from Krasna during which it becomes unclear

whether she is voicing independent thoughts perhaps triggered off by her dialogue with Krasna or whether she is merely continuing with the reading and relaying of the letters.[72]

Silverman, for one, seems to be applying her analysis of sonic *vraisemblable* in Hollywood cinema to *Sans Soleil*'s autoethnographic form, implying the four women who perform the female voiceover in the different linguistic versions of *Sans Soleil* are, in fact, interchangeable. Bruzzi, on the other hand, argues that the presence of the female voice disturbs the almost always masculine 'voice of god' narrator's 'traditional tones of authority and universality'.[73] While Bruzzi's point is well-taken, especially in light of the historical rarity of female voiceover narrators, her argument that a female director's insertion of her voice into the film is 'a means of claiming control of the film' does not apply here since *San Soleil* is, after all, Marker's film.[74]

So, what do we make of the female narrator(s) in *Sans Soleil*? Is her voice a disturbing presence to the illusion of coherency and authority in the historically male 'voice of god' narrator, or is she merely a filmic device, a vocal ruse created by a white male filmmaker trying to distance himself from the problematic subject positions of the colonizer and voyeur? I believe Marker's earlier film *Letter from Siberia* suggests a way to address both these positions. His 1958 film is, of course, the very one where he famously took a visual sequence, dubbed four different soundtracks to it, and was able to produce divergent filmic readings of the same set of images using contrasting narration and dissimilar music.

There is a sequence in *Sans Soleil* in which the voiceover narrator comments on the looking relations between the cinematographer and his female African subjects. After ruminating on Guinea-Bissau's struggle for independence from Portuguese colonialism, the narrator turns to commiserating on the difficulties of filming the women of Bissau and Cape Verde. Krasna's words are heard on the soundtrack, performed by the female narrator. A montage of African women looking back at the camera with expressions that range from furtive coyness to direct, open staring is shown on screen. Despite the uncharacteristic looking back, Marker's positionality is quite clear here: it is he the filmmaker who controls the image and makes the choice to construct this sequence of the other looking back at him. Even when the women, who are only represented by their image and literally have no voice, actively turn their back on his recording camera, he still chooses to include their images of resistance to being recorded on film. He then writes a commentary from his perspective that defines their look(ing back). The positionality of the female narrator is less clear and more interesting here. Her voice is heard on the soundtrack, and she is identified in the film's credits. However, who is she subjectively in the film? If she is merely reading Krasna/Marker's words, who makes the choices in her performance – on how she is *voicing* his words? Individual choices were certainly made by Delay, Stewart, Ikeda, and Kerr in their vocal performances.[75] Likewise, the uniqueness of their voices also color the experience of the film.[76] As Russell notes: 'The voice-over may be detached, but it is nevertheless richly descriptive.'[77] While they are more subtle than what Marker did in *Letter from Siberia*, the differences in the voiceover narration in the linguistic versions of *Sans Soleil* are still significant to the construction of meaning in the film.[78] These female voices *present* the images to the audience, and as such they have the power to redefine those very images. Marker's decision to open up *Sans Soleil*'s ethnographic structure invites the return of the picture lecturer's vocal power. In addition to the film's horizontal montage of sound and image, where meaning is forged from ear to eye, its reflexivity serves to amplify otherwise minute differences in each vocal performance – tone, inflection, timbre, the turn of a phrase – into significant ones. The use of the self-distancing device of the letters, and the filmmaker's multiple fictionalizing of self, also weaken the discursive power and coherence of the voiceover narrator.[79] This opening up of the narrator's 'voice of god' *vraisemblable* makes room for the female voice to assert its performativity, its bodily uniqueness, and its 'acoustic, empirical, material relationality'.[80]

Surname Viet Given Name Nam: the plural female voice and sonic *vraisemblable* in documentary

Although the *montreur d'images* is considered a pre-cinematic figure, the practice of lecturing persists today in countries and cultures where English or European-language films still require interpretation, and where the practice has integrated and grown with indigenous performance traditions. In Japan, where picture narrators are called benshis (弁士), contemporary practitioners would introduce a film, voice the characters on screen, explain the plot to a Japanese audience, as well as add their own commentary that could include reciting poetry to a moving visual sequence.[81] Although not as numerous as they were during the silent film era of the 1920s, when there were almost 7,000 benshis (more than 150 of them women) active in Japan, contemporary female benshis, including Midori Sawato, enjoy a popularity in Japan as interpreters, performers, and commentators of films who sometimes rival the popularity of the film's star actors.[82] *News from Home* and *Sans Soleil* show that a voiceover narration, even displaced, persists in its authority to redefine a film's images – this is the powerful legacy of the picture narrator. In these films, the female voice reconnects the lecturer's power of redefinition to the filmic language in contemporary documentary and ethnographic films, where the embodied image of the 'talking heads' interview has long stood for 'truth' and 'reality'. Yet, unlike the totalizing, simplistic commentary of the male 'voice of god', the female voice in ethnography and documentary challenges and questions non-fiction film's realist language through its radical otherness.

When I was analyzing *Sans Soleil*, I reviewed the different linguistic versions of the African market scene multiple times. After one viewing, I accidentally left the English subtitles on when switching from the French to the English version, so I was seeing in text form what I was hearing on the soundtrack. However, there are minute but significant differences between the English subtitles and English narration, just like in the different linguistic versions of the film's voiceover narration. These subtle differences between what I was hearing and seeing added to the already distancing effect of its letter format. In the space that opened up between these filmic elements, which in a more traditional ethnographic film would be tightly synchronized or otherwise coordinated, I can see and hear the fiction in documentary. Trinh T. Minh-ha's 1989 film *Surname Viet Given Name Nam* includes similar scenes in which this destabilizing effect is constructed deliberately to comment on documentary, truth, and fiction. The film features a plethora of female voices on its soundtrack. Its form, combining live action scenes, interviews, archival footage, propaganda films, ethnographic images, as well as montage sequences and an array of text captions and titles, is more complex in comparison to *News from Home* and *Sans Soleil*. Unlike the discrete linguistic versions of Akerman and Marker's films, voices speak in dissimilar languages and a wide array of linguistic forms co-exist on the soundtrack in Trinh's film. The film's female voiceover narrator speaks in English, Vietnamese, and French in widely varying accents, vocalizes in direct address and in scripted dialogue, sings and recites poetry, reads from personal letters, and comments self-reflexively on filmic language and form as well as on the different representations of Vietnamese women.[83] The sound-mix of *Surname Viet Given Name Nam* is quite dense in places, with two vocal tracks overlaid and playing simultaneously, accompanied by music or location sound, and long dissolves across audio transitions. The overall effect of this layering and weaving together of women's voices with music and environmental sounds, along with images and text captions, can seem 'anarchic', as Lionnet terms it, but it also shows the subjectivity of Vietnamese women as mediated through language, history, media representation, and ethnographic analysis. As a collective autoethnographic utterance, the voices of women in *Surname Viet Given Name Nam* create a complex, transnational space for the writing and speaking of self in multiple languages, idioms, and forms, and in ways that encompass Vietnam's herstory before and after colonialism by the Chinese and the French, the United States-sponsored war that divided the country, and the post-war experiences of Vietnamese women within a global diaspora shaped by transnational forces. As an autoethnography, *Surname Viet Given Name Nam* critically juxtaposes the voices of both the colonizer and the colonized on its sound as well as image tracks, addressing different and sometimes paradoxical positions in its subject, audience, and in the filmmaker herself.

In a sequence that begins with an interview with Cat Tien (speaking heavily accented English in synchronized sound), in which she discusses the hardship of living that made it an economic necessity for Vietnamese women to sell their own bodies, a folksong (in Vietnamese with English subtitles) that mourns the women's loss through the metaphor of wilting flowers is layered over the end of the interview, while its visual image remains on screen. This cuts to step-printed images of female captives in the Vietnam War accompanied by a male 'voice of god' narration, scored with dramatic music (most likely from a US propaganda film) talking about the captured women used by 'the enemy' as 'ammunition bearers' and 'village infiltrators'. A female voiceover is then dubbed over the manipulated propaganda images. It is the voice of Trinh herself (in English with a slight Vietnamese accent), who ruminates about bearing witness to a war. Her voice acts as a sound bridge into a different image sequence of women on boats, when a folk song fades in, with lyrics (in Vietnamese with English subtitles) including 'Unstable like a hat without a chin-strap, like a boat without a rudder, as she is without husband' are sung over the image of a woman selling fruit and dessert from a boat to tourists. The filmmaker's voice is heard again, paraphrasing a 'Vietnamese woman journalist' who says 'Nothing runs in our blood except venereal disease … Women do not become prostitutes for pleasure' over more black and white archival footage.[84] Then image and sound both cut to another sequence of archive footage of a traditional Vietnamese wedding, scored by poetry (recited in English with an American accent and then sung and recited in a different voice speaking Vietnamese, with English subtitles) attributed to Hô Xuân Hương, a proto-feminist poet dubbed 'The Queen of Nôm poetry' (source attributed in subtitles), and then the film cuts to a text screen with quotes from one of the interviewees, introducing her interview.[85] In this sequence, the female voiceover plays a key role in providing direct and indirect commentary on the images seen. She autobiographically, analytically, and poetically tells the audience *how* to look at the images of Vietnamese women in the film, so that a leisurely image of travel is suddenly tinged with the unsavory aftertaste of sex tourism, or an ethnographic scene of a traditional marriage mocked by the wry feminist critique of Hô's poems. Like in *News from Home* and *Sans Soleil*, the disembodied female voice comments on and complicates the meaning of the images shown. However, in *Surname Viet Given Name Nam* the female voiceover narrator is composed of many voices speaking different languages in their formal, vernacular, musical, and poetic forms. When compared to the male narrator from the US war propaganda film in this sequence, the female voice's plurality, criticality, and self-reflexivity become even more pronounced. Trinh uses the female voiceover consistently throughout her film as a device to redefine the meaning of its images: contemporary images are voiced by historical texts and vice versa, music and song draw out hidden meanings in ethnographic images, women from the north and south of Vietnam are brought together to speak in the same filmic space. *Surname Viet Given Name Nam*'s female voice weaves together past and present, individual and collective, connecting the experiences of Vietnamese women spread across the world.

In the aforementioned interview with Cat Tien, she was played by Ngo Kim Nhuy, a Vietnamese American who appears in the second half of the film as herself to speak about her experience re-enacting Tien's interview. In fact, all of the 'talking heads' interviews in the film are such re-enactments, in which Vietnamese American women play Vietnamese interviewees and speak their words in stylized reconstructed scenes. Asian American media scholar Glen Mimura describe the process of these re-enactments as: 'oral interviews transcribed in Vietnamese, translated into French and published in a book, translated into an English-language film script, and finally performed by members of a diaspora community, itself displaced by history and geography'.[86] The re-enacted interviews in *Surname Viet Given Name Nam* have been discussed by a number of media scholars as well as by Trinh herself. These discussions have focused on questions of the documentary form, on ideas of truth and authenticity, as well as on the politics of translation.[87] The majority of these existing discussions are ocularcentric and verbocentric in that they focus on how the re-enactments are shot, on the discursive content of the interviews, and on the way they function within the film's visual language and narrative structure.[88] Almost none of them recognize that these re-enactments are driven by the women's vocal performances. In another re-enactment following Tien's interview, the sequence begins with text captions identifying its subject as 'Anh, a 60-year-old doctor in Vietnam'. This scene opens with both synchronized and non-synchronized voices of the re-enactment (marked respectively as 'sync' and 'voice off' in the screenplay) which, when combined with the heavily-accented English and the halting hesitancy in 'Anh's' vocal performance, renders the beginning of the scene almost incomprehensible and certainly difficult to understand in the conventional sense.[89] Sound effects of crickets are added to this scene's layering of voices and 'difficult' performance style to create an even more dense and encrusted soundscape. The composed mise-en-scène with a minimal yet deliberate set, and the fully costumed and made-up actress, are shot with a shaky handheld camera, echoing the instability of the soundtrack. At one point, the actress can be seen turning a page of the script. Text captions showing excerpts from Anh's interview are superimposed over the filmic image in parts of the scene, which further highlight its artifice when subtle differences between the vocal performance and the text of the excerpt become evident. My accident in viewing

Sans Soleil is created deliberately here for a destabilizing effect. These are some of the mostly audibly dense moments in the film, prompting documentarian Linda Peckham (who did the sound recording for the film) to ask, somewhat rhetorically, 'Who is speaking?'[90] Trinh's voice is heard on the soundtrack asking: 'Do you translate by eye or by ear?'[91] Indeed, listening – in particular to voice, language, and accent – is key to deciphering who is speaking here. In this scene, the vocal performance of Tran Thi Bich Yen in English becomes conceptually comprehensible when we hear (and see) her 'real' interview later in the film. Interestingly, the interviews in the film, both in documentary 'talking heads' and in fictional re-enactment, are the rare sites where vocal discursivity and materiality come together in complex superimpositions of voices and subjectivities. The 'talking heads' shot, which signifies the most truthfully 'direct' voice in conventional documentary and ethnography, is shown to be the most mediated vocal performance in *Surname Viet Given Name Nam*.

Trinh herself has commented on how she directed the Vietnamese American women to play the Vietnamese women in the film: 'The women were asked both to embody other selves, other voices, and to drift back to their own selves, which are not really their "natural" selves but the selves they want to present or the image they want to project in front of the camera.'[92] Her use of re-enactment in the film achieves an effect of sonic *vraisemblable* in these interview sequences, where synchronization between voice and image, the performances of the actresses, mise-en-scène, camera, and editing all work together to convey an inherently unstable filmic impression of reality. These interview scenes not only deconstruct the truisms of 'objectivity' and 'reality' in documentary, they also build towards a more complex understanding of truth in the autoethnographic sense, where 'other selves' are embodied in order to 'drift back to their own selves', and when performative self-fashioning can begin to encompass the heterogeneous yet connected realities of a postcolonial Vietnamese diaspora. Therefore, *Surname Viet Given Name Nam* is not so much an 'antidocumentary' per se, but one that, in its vocal self-reflexivity and subjective performativity, creates those complicated yet necessary fictions that can speak to the larger notion of truth and fiction (Figure 1.1).

Performing autoethnography: *Rebirth of A Nation* and Tanya Tagaq's *Nanook of the North*

Despite, or perhaps because of, her reliance on multivocal performativity to complicate and expand on questions of documentary, truth, and the subjecthood of Vietnamese women globally, Trinh expresses skepticism towards speech throughout *Surname Viet Given Name Nam*. In one of the re-enacted interviews, the interviewee (Thu Van) states, through the voice of the actress

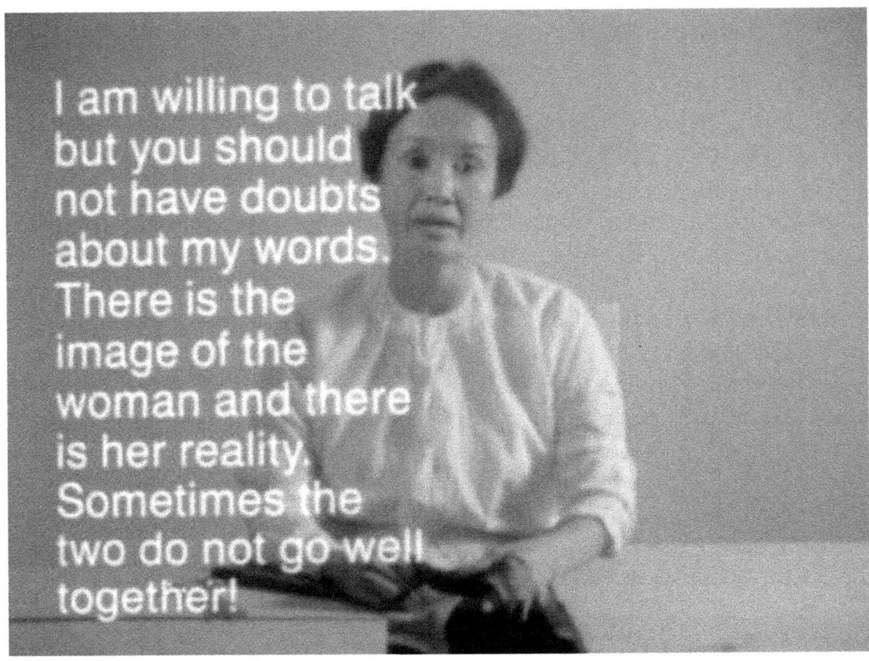

1.1   Film still from Trinh T. Minh-ha, *Surname Viet Given Name Nam*, 1989. Dir. Trinh T. Minh-ha. 108 mins, 16-mm film.

Khien Lai portraying her: 'I am willing to talk, but you should not have doubts about my words. There is the image of the woman and there is her reality. Sometimes the two do not go well together!'[93] In an interview with Laleen Jayamane and Anne Rutherford, Trinh discusses the potential and the pitfalls she perceives in the act of claiming a feminist voice within the context of her film:

> the question of empowering women through speech is highly problematic, because women's relationship with language and speech has always been an uncomfortable one. Language, of course, is never neutral. It is the site where power relationships are most complex and pernicious; yet it is also a place of liberation.[94]

In Jacob Smith's research into the history of voice recording, he identifies the 'rasp' as a vocal signifier of blackness.[95] Yet, he found in the recordings of performers including John Lennon and Elvis Presley that these and other non-African American singers could adopt the raspy voice without much commitment to black experience, thus complicating the material authenticity of this vocal style.[96] Tricia Rose brings Walter Ong's concept of 'post-literate orality' together with a consideration of rap producers' use of sound reproduction technologies to theorize rap as an 'oral tradition that is revised and presented in a technologically sophisticated context', in which 'literate-based technology is made to articulate sound images and practices associated with orally based forms, so that rap simultaneously makes technology oral and technologizes orality'.[97] Rose's move to link black vocal expression to technological mediation, as opposed to any kind of essentialist notions of vocal embodiment, is reminiscent of feminist film scholars' deconstruction of sonic *vraisemblable* in cinema. It also echoes Alexander Weheliye's work on the vocoder, a speech synthesizing device from the early 1980s that can now be added as a digital effect, where he concludes: 'black cultural practices do not have the illusion of disembodiment, they stage the body of information and technology as opposed to the lack thereof'.[98] For black producers of R&B and rap, the women of North and South Vietnam and the Vietnamese diaspora, as well as others who had little control over their own voices and bodies within contemporary culture's dominant fictions, the notion of unmediated vocal embodiment is, indeed, only an impression of reality. In the concluding section of this chapter, I examine two case studies, Paul D. Miller's *Rebirth of a Nation* (2004) and Tanya Tagaq's re-scoring of Robert Flaherty's ethnographic film *Nanook of the North* (1915) in 2012, in which the disembodied voice is reclaimed by bodies of the other, and transformed through autoethnographic performances of recuperation.

In a comment echoing Rose and Weheliye, Paul D. Miller (DJ Spooky-That Subliminal Kid) emphasizes the co-mingling of sound technology with black voice and cultural production in his multimedia performance *Rebirth of a Nation*:

> What I wanted to do with this re-mix project is show that the 21st Century still has a lot of ways to go, to get people to think about ways of freely engaging the technology, and indeed, the culture around them. The issues of race, of politics, of economics, and of course, the continuous theme of social change – these are the things that drive my work.[99]

In *Rebirth of a Nation*, Miller re-scores D.W. Griffith's 'silent' film *The Birth of a Nation*. When it was released in 1915, Griffith's controversial film was protested by the NAACP, which sought to have the film banned, and it continues to be regarded today as propaganda for white supremacist ideology as well as one of the first 'blockbusters' that defined the Hollywood film industry as such.[100] *Rebirth of a Nation* exists in a number of different iterations: it was commissioned as a live performance in 2004 and has since toured globally, a single-channel version on DVD was released in 2008, and an album containing nineteen musical tracks came out in 2015.[101] My discussion below refers primarily to the live performances of the work, with references drawn from the first two versions.[102] Miller has described his strategy in this project as applying 'DJ techniques to cinema' and that he is a 'director as DJ'.[103] The 'original' score of *The Birth of a Nation*, composed by Joseph Carl Breil, is a compiled orchestral score which combines music by Wagner, Mozart, Beethoven, and other European Romantic composers with folk favorites including everything from *Auld Lang Syne* to *My Old Kentucky Home*, marches and patriotic numbers, and popular tunes, as well his original compositions.[104] Miller's score incorporates beats and sampled sounds drawn from his hip-hop and dance music vocabulary, composed string elements that are played by the Kronos Quartet and other ensembles, as well as a recurring sound motif that he attributes to blues musicians Howlin' Wolf and Robert Johnson.[105] It functions both as a stand-alone composition in the DVD and album, and as a set of musical and sound patterns that Miller samples from and remixes in the live performances. He similarly 'remixes' images from *The Birth of a Nation* using digital manipulation, including superimposed graphics, freeze frames, and motion control, as well as partial enlargement and selective blurring of the image to highlight (or obscure) selected images and gestures from the film. Many of the graphic elements introduced by Miller resemble graphs and diagrams, which suggest visual analysis or deconstruction (Figure 1.2). Furthermore, Miller also appropriated the layout, font, and language of Griffith's personalized titlecards from the original film and created his own in *Rebirth of a Nation*, thereby claiming authorship to the intervention.

In *Rebirth of a Nation*, black male subjectivity is represented by Miller's musical composition as well as by his voice: Miller would introduce a live performance with a speech, not unlike the opening commentary of a picture lecturer, and would often conduct a question-and-answer discussion with the audience afterwards. His 'voice' is also heard in the voiceover narration in the DVD. The disembodied voiceover, performed by Richard Davis, explains Miller's intentions, critiques and provides commentary on the action in Griffith's film, and cites counter history to some scenes.[106] Its function is primarily didactic, in the manner of a 'voice of god' narrator. Miller's music, on the other hand, establishes a more direct and complex audio-visual relationship with Griffith's images. In the lynching scene of Gus (played by Walter Long in blackface), the 'renegade negro' whose attempted rape led to Flora Cameron's death, Breil's score uses a percussive string melody with a descending minor scale to build tension and underscore the action during the fight in 'white-arm' Joe's ginmill before Gus's capture. During the chase and capture of Gus, the rhythm of the melody quickens, and the scale turns ascending. Horns and other brass instruments come in, culminating with the 'trial' of Gus. The score here lends a triumphant yet somber mood to the narrative, signifying that justice has been served in Gus's lynching. This sense of triumph carries over

Video still from Paul D. Miller, *Rebirth of a Nation*, 2008. Dir. Paul D. Miller. Video,   **1.2**
100 mins.

to the scene where the Klan members deposit his lifeless body in front of the
Lieutenant Governor's house as a warning to 'the blacks and carpetbaggers'.
Here, the score reverts back to the strings and starts to quiet down, preparing
the audience for the Camerons' mourning of Flora in the following scene.[107]
In Miller's score for the same sequence, an electronic composition with a
hip-hop beat replaces Breil's percussive strings in the fight scene. It, too, serves
to underscore the action, while its loose 'mickey-mousing' effect with the
fighters can be read as an ironic commentary, especially when heard in conjunction with the voiceover narration in the DVD that critiques Hollywood's
construction of the white male hero. In the sequence depicting the chase and
capture of Gus, the melody and tempo make a distinct transition into a slower
beat while an undertone of repetitive strings comes in to create a sense of
ominousness. In the sequence depicting Gus's 'trial', lynching, and the disposal
of his body, a lower register of strings becomes the dominant motif. This,
coupled with some high-register, dissonant plucking of the strings, creates a
menacing composition that is a far cry from the triumphant melody in the
Breil score. Here, Miller's soundtrack works against and undermines Griffith's
narrative, questioning the assumed heroics of Jeff the blacksmith, accentuating
the menacing presence of the Klan, and hinting at the horror of the unseen
lynching.

Although Miller's voice is very much present in the single-channel version
of *Rebirth of a Nation* and on the DVD, it is absent from the album and the

live performance aside from his pre- and post-show remarks. In the live performance and single-channel version of the work, Miller's score performs the critique and commentary on *The Birth of a Nation* less through didactic content and more by establishing an audio-visual relationship with the images. During the performance, the physical presence of Miller himself as the main (and sometimes only) live performer augments the hip-hop and blues musical references on the soundtrack. Performing a discursive function as the musician and image remixer, Miller sometimes re-edits and otherwise manipulates the visual images during the live performance, adding additional images and projecting them on multiple screens. Miller's presence as a 'native I' counters the absence or misrepresentation of the black male body in the *vraisemblable* of *The Birth of a Nation*. Or, as Weheliye puts it, what is at stake is clearly discerning 'a white projection of blackness from a black image of blackness.'[108] Standing in front of the projected images from the film, Miller occupies the position of the picture lecturer; apart from *The Birth of a Nation*'s diegetic space but very much central to *Rebirth of A Nation*'s performance space (Figure 1.3). Miller's live re-mixing is reminiscent of the early cinematic practice of 'funning', when elaborate musical puns, sound effects jokes, and race-specific commentary were performed by the musicians playing in the house bands of theaters that catered to audiences of color.[109] His use of the performative position of the picture lecturer and the sound strategies of 'funning' inserts the black male body and voice back into one of Hollywood cinema's canonical (and canonically racist) works. The vocal disembodiment between the live performer, voiceover narration, and musical commentary in the different iterations of *Rebirth of a Nation* are not so much symptomatic of postmodern alienation or postcolonial displacement, but of a performative, autoethnographic, multiplatform deconstruction and critique of Griffith's film and its white supremacist impression of reality.

In the live performance where she re-scores Robert Flaherty's 1915 documentary *Nanook of the North* – another canonical work in early cinema – experimental vocalist Tanya Tagaq also presents herself as a picture lecturer. Like Miller, Tagaq often begins her performance with introductory comments. They connect her biography to the imagery in Flaherty's film: Tagaq is from the Inuit community of Nunavut in northern Canada, and the film's subject, the Inuk hunter Allakariallak, renamed 'Nanook' by Flaherty, could be one of her relatives – several generations removed. '[T]he imagery in the film is not a distant thing for her. Her mother was born and raised in an igloo until she was 12, but her family was moved as part of a devastating government relocation program.'[110] Tagaq was first commissioned in 2012 by the Toronto International Film Festival to create a new soundtrack for *Nanook of the North*. Working with Canadian composer Derek Charke, with whom Tagaq has collaborated previously, she created a new score for the film over which she and

Still from *Rebirth of a Nation* performance at Museum of Contemporary Art, Chicago.   **1.3**
2004.

her band would improvise during the live performances. Charke describes
their collaborative process:

> I created the soundscape, using sounds I recorded in the North, of dogs and
> birds and the wind, but there's a form and a shape. Tanya went to the studio
> first and improvised to the film. She sent me those improvisations, and I took
> them as a guideline for the way she would navigate through the score. I manip-
> ulated some of her sounds as well. But nothing was written down for her – the
> soundscape sounds the same, but she improvises on top.[111]

Accompanied by two to three musicians, including violinist Jesse Zubot and
percussionist Jean Martin, who are veterans of Canada's avant-garde and
improvisational music communities and frequent Tagaq collaborators, Tagaq
performs her intensive vocalizations physically: moving around the stage,
dancing, gesturing, and otherwise interacting with the band members, the
audience, as well as the images behind her (Figure 1.4).[112] Although both performances involve improvisation of music to film images, Tagaq's re-scoring
differs from Miller's in its musicality, and specifically in her use of voice.
Tagaq's vocal experimentation is based on Inuit throat singing. While traditional throat singing in Canada is performed as a vocal competition between
two women, Tagaq usually performs as a solo voice. She also collaborates with

1.4   Tanya Tagaq performing *Nanook of the North* (1915, dir. Robert Flaherty) in Toronto, 2014.

non-Inuit musicians including Charke, Zubot, Martin, Björk, the Kronos Quartet, and others.[113] Furthermore, she draws from jazz, electronica, punk, and other non-indigenous musical sources. In her live performances as well as recordings, Tagaq's (usually) non-verbal vocalizations drive the music through her technologically mediated voice, echoing Rose's description of a post-literate, oral musical form that simultaneously makes technology oral and technologizes orality.

Scholars of ethnography, including Richard Schechner and Michael Taussig, have discussed the problematic representation of the Inuit in *Nanook of the North*, in which key scenes were staged and familial relationships fictionalized.[114] There is an infamous scene in the film where Nanook supposedly encounters a phonogram for the first time and bites down on the record to ascertain the source of 'the white man's magic' that is sound recording technology. While Taussig, speaking from a postcolonial perspective, sees it as an example of 'white man's fascination with Other's fascination with white man's magic', Tagaq, who has spoken about being 'embarrassed and annoyed' by this scene, offers a nuanced view from an indigenous position: 'I have such mixed emotions about the film. There are so many parts of it where I just want to tear it apart for feeding into the stereotypes that surround being Inuk, but at the same time I feel such reverence for my ancestors being able to survive totally unassisted.'[115] Of course, this image of the primitive Nanook would not have been possible without the convincing performance of Allakariallak, but Tagaq also points out that the Inuit crew members operating the camera were equally vital to the production of this ethnographic image.[116] So the hybrid 'native I' has always been a part of *Nanook of the North*, even during the production of the film. As a performative picture lecturer of *Nanook of the North*, Tagaq reclaims her voice as a modern Inuk woman through Flaherty's colonial filmic text, and she redefines it as an autoethnography for herself and her community, both living and *in memoriam*. Tinged with the ideology of colonialism, *Nanook of the North* is an imperfect record of Inuit life in the early twentieth century, but it is also a rare moving-image document from this time. In recognizing its problems and its value, Tagaq joins others, including Zacharias Kunuk who remade Flaherty's film in the video *Quaggiq* (1989), produced for the Inuit Broadcasting Corporation, and Claude Massot, whose documentary *Nanook Revisited* (1990) examines contemporary Inuit audience's reactions to the film, in the production of critical revisions of the film from indigenous positionalities.[117] However, Tagaq's intervention is uniquely her own. In her experimentation and development of a contemporary form of throat singing to accompany *Nanook of the North*, Tagaq shifts the power of the voice away from the discursive and expository iterations in documentary and narrative, and implicates it back into the body – her own as well as the audience's.

Throat singing among the Inuit in Canada is a game of physical and vocal endurance, a corporeal exchange usually between women whose voices, breaths, and movements circulate through their linked bodies.[118] There are accounts in which the women are so closely connected in the game that they use each other's mouths as resonators to enhance their vocal vibrations.[119] Although Tagaq predominantly performs solo, as she does in the *Nanook* concerts, and her voice is mediated, amplified, and otherwise accompanied by musical instruments, she very much understands her vocal practice as an embodied one. In a lesson for an Open University course, she explains and demonstrates how the sounds in Inuit throat singing are produced:

There are many, many different ways that you can produce this noise … When you are inhaling, you teach your throat how to make a noise. There are other notes that are all exhalation, and they are a little more difficult because you have to learn how to splice the notes, going from high to low. [she demonstrates] so you're making a note, high up with your normal talking voice in your nasal cavity, and then dropping it really quickly into your epiglottis … Some of the songs only have deep tones, so you have to teach yourself to inhale very sharply and quickly in between the sounds [she demonstrates] and you can actually make the deep sound with the breath going in. [she demonstrates][120]

In the same lesson, Tagaq jokingly calls her practice 'uterus singing', 'because only women do it'.[121] She explains that for the Inuit, the practice of throat singing is a product and response to living in their arctic environment: its tones understood as an imitation of animal calls and the sounds of natural phenomenon (such as rivers), and its practice for the women an activity to do during the long cold winters indoors waiting for the men to return from hunting. Tagaq's understanding of throat singing as a way for her people to emplace themselves in their arctic environment is reminiscent of what ethnomusicologist Steven Feld calls 'acoustemology', which he theorizes as 'the primacy of sound as a modality of knowing and being in the world'.[122] However, she began learning the practice when she was away from her community, and she taught herself to throat sing by listening to audio cassettes sent by her mother, so mediation has always been a part of her vocal practice. She remarks: 'I just wanted to have a little bit of home in my brain, so I started singing.'[123] Tagaq's vocal emplacement is migratory, rooted in her indigenous female body as opposed to a place. Likewise, she has transposed throat singing's traditional call-and-response structure between two women to her position as the singular picture lecturer to Flaherty's filmic images in the performance of *Nanook of the North*. This relationality also extends to the audience (Figure 1.5). Tagaq explains:

> During the live shows, I almost feel like it's not me doing it. I just scoop up all of the energy from the audience. Each individual will, and thoughts and

1.5   Tanya Tagaq performing *Nanook of the North* at Dark Mofo 2018, Hobart, Australia.

personalities, I just gather all of that up like a big ball and I shove that ball, that energetic ball, into my stomach and it travels out my stomach and out my throat and then I give it back to the audience, and that changes the audience's energy so I have a different ball to shove back into my tummy. It's just this circle that goes around.[124]

The return of the voice to the body, not only Tagaq's but also the bodies of the audience and the historical Inuit bodies that were captured on film, represents a communal re-embodiment. Rising from the field of the other, this voice claims an authority that is different from the 'voice of god' narrator's stolen and usurped power. The power in Tagaq's voice lies in its radical otherness: the indigenous, non-verbal, technologically enhanced, collective 'native I'. Or, as nêhiyaw (Plains Cree) and Dene Suline scholar and artist Jarrett Martineau calls it: the 'noise to colonialism's signal'.[125] However, Tagaq also runs the risk of re-inscribing Flaherty's colonial ideology through her vocal otherness. Witness the constant descriptions of her singing as 'primal', 'elemental', or 'intuitive' in press coverage and reviews – a metaphorical biting of the record, if you will.[126] The line between redefinition and re-inscription is thin for the other, and as Pratt points out, autoethnographic performance always produces heterogeneous audience responses; therefore, context is also important. Perhaps, as Dolar suggests, her voice can be understood as 'the voice and nothing more'? Tagaq herself suggests a similarly embodied relationality: "'The lowest common denominator in humanity is the breath", she says. "Being able to communicate with every single person at a concert by the mere fact that we're all breathing is so celebratory to me.'"[127] Yet, as feminist film scholars remind us, there is a danger to equating a woman's subjectivity solely to her body. For women of color, that danger is doubled or even tripled. Perhaps another way of understanding this relationality of voice, body, and space is to think of Tagaq's singing as vibrational energy. Musicologist Nina Sun Eidsheim points out that singing and listening are both 'continuously unfolding physical activities and experiences that engage the total human body'.[128] Listening to Tagaq sing necessarily requires physical engagement with her voice, as soundwaves vibrating eardrums. And watching her body producing these complex sounds in an extremely physical process is anything but a passive listening experience. Chion's theory of corporeal implication as well as Derrida's phrase 'to hear oneself speak' are in operation here, but in spatial and relational ways. In her book *Sensing Sound*, Eidsheim argues: 'The most extreme definition of music possible, then, is vibrational energy – and, at times, transformation through that vibrational energy, which is an always already unfolding relational process.'[129] Tagaq's voice is produced by vibrations in her throat, mouth, and body. It, in turn, travels through space to the audience and causes vibrations in their bodies in a relational exchange of energy. Her radical vocal performance makes the auditor feel in their bodies the vibrations of other bodies, implicating all bodies, on all levels.

In her book *For More Than One Voice*, feminist philosopher Adriana Cavarero seeks 'to understand speech from the perspective of the voice instead of from the perspective of language.'[130] For Cavarero, Italo Calvino's 'A King Listens' is emblematic to her argument that each voice is unique, and that speaking and listening are fundamentally relational acts. In the story, Calvino writes: 'A voice means this: there is a living person, throat, chest, feelings, who sends into the air this voice, different from all other voices ... A voice involves the throat, saliva.'[131] Cavarero adds to Calvino's embodied speaker an equally embodied listener, asserting the experience of speaking and listening as a deeply relational act:

> The play between vocal emission and acoustic perception necessarily involves the internal organs. It implicates a correspondence with the fleshy cavity that alludes to the deep body, the most bodily part of the body. The impalpability of sonorous vibrations, which is colorless as the air, comes out of a wet mouth and arises from the red of the flesh. This is also why, as Calvino suggests, the voice is the equivalent of what the unique person has that is most hidden and most genuine.[132]

This relationship between the speaker and listener is the basis of what she calls an ontology of vocal uniqueness. It is Cavarero's challenge to the Platonic philosophical tradition, which she calls a 'logos that has lost its voice':

> Precisely because speech is sonorous, to speak to one another is to communicate oneself to others in the plurality of voices. In other words, the act of speaking is relational: what it communicates first and foremost, beyond the specific content that the words communicate, is the acoustic, empirical, material relationality of singular voices.[133]

Cavarero's ontology situates material vocality within the bodies of speaking subjects. It is not incidental that the unique body in Calvino's story belongs to a woman. Likewise, the voices discussed in this chapter are also unique in their difference. The king in Calvino's story is paralyzed by his own paranoia; a continuous listening and surveillance of his own court and logos, until he hears the unseen woman singing. '[T]he pleasure this voice puts into existing,' which is 'the equivalent of the hidden and most genuine part of the person,' attracted his attention and ultimately liberated him from the fixity of his position as a passive auditor.[134] This 'alive and bodily, unique and unrepeatable' female voice represents to the king a 'sonorous truth' that releases him from the acoustic 'dead' space of a devocalized logos.

I began this chapter thinking about voice as an expression of individual subjecthood; as 'the stuff of consciousness.'[135] I historicized the 'splitting' of the voice and the body as the basis of modern sound reproduction technology, of which the cinema is a part. Then I explored different uses of the disembodied voice within the context of documentary, ethnography, and autoethnography. In so doing I have highlighted an under-represented area of study within film sound to complement the existing scholarship on voice in narrative cinema. In the travelogue films of Chantal Akerman and Chris Marker, their displaced female narrators and unstable audio-visual relationships open the filmic space to the power of the voice. Trinh T. Minh-ha introduces the voices of Vietnamese women in *Surname Viet Given Name Nam*: plural, yet each uniquely her own. Trinh's deconstruction of the impression of reality in documentary and ethnography arrives at larger sonorous truths that reunite North and South Vietnam, as well as across the Vietnamese diaspora. The embodied voice returns through the figure of the picture lecturer in the film-based performances of Paul D. Miller and Tanya Tagaq. The bodies seen and heard from in their performances are their own: of color, indigenous, gendered, performative; 'alive and bodily'. These bodies incorporate the radical otherness of the voice in ways that reclaim its power while embracing the technological mediation that facilitates its representation. I think of these performances as forms of performative synchronization, in which the power of the discursive and verbocentric voice is given up in order for the voice to return to the body, not in the totalizing or essentialist sense, but through collective embodied experiences that are relational, communal, and unique. In the following chapter, I further explore the relationship between the body and the voice, where a voice emanating from a body destroyed by racialized violence creates resonances and reverberations with other bodies, both human and not. In listening to how this 'voice', as vibrational energy, is able to trigger other bodies relationally through space and time, I propose a new model of researching and conceptualizing history: histories of sound, noise, race, violence, and of bodies.

Notes

1 Amanda Weidman, 'Voice', in David Novak and Matt Sakakeeny (eds) *Keywords in Sound* (Durham, NC: Duke University Press, 2015), pp. 233–234.

2 See Ferdinand de Saussure, *Course in General Linguistics* (London: Duckworth, 1983); Walter J. Ong, *Orality and Literacy: The Technologizing of the Word* (London: Methuen & Co/Routledge, 1982/1988); Marshall McLuhan, *The Guttenberg Galaxy: The Making of Typographic Man* (Toronto: University of Toronto Press, 1962); Edmund Husserl, *Ideas: General Introduction to Pure Phenomenology* (New York: Collier Books, 1962); Don Ihde, *Listening and Voice: Phenomenologies of Sound* (Albany: State University of New York Press, 1976; second edition, 2007).

3 Jacques Derrida, 'The Voice that Keeps Silence', in Jacques Derrida (ed.) *Speech and Phenomena and Other Essays on Husserl's Theory of Signs* (Chicago: Northwestern University Press, 1973), pp. 79–80.

4 Michel Chion, *The Voice in Cinema* (trans.) Claudia Gorbman (New York: Columbia University Press, 1999), p. 5.

5 Michel Chion's concepts of vococentrism and verbocentrism highlight the centrality of the human voice in film sound. See *Audio-Vision: Sound on Screen* (trans.) Claudia Gorbman (New York: Columbia University Press, 1994), p. 6; Chion, *The Voice in Cinema*, pp. 5–6. It is important to note that Chion's theories of film sound are derived from his study of predominantly feature-length narrative films from the United States, Europe, and Japan.

6 Chion, *Audio-Vision*, p. 6.

7 Chion, *The Voice in Cinema*, pp. 130–131.

8 Sarah Kozloff, *Invisible Storytellers: Voice-Over Narration in American Fiction Film* (Berkeley: University of California Press, 1988), pp. 21–22.

9 Mary Ann Doane, 'The Voice in the Cinema: The Articulation of Body and Space', in Elisabeth Weis and John Belton (eds) *Film Sound: Theory and Practice* (New York: Columbia University Press, 1985), p. 168.

10 Pascal Bonitzer, 'Les silences de la voix', *Cahiers du Cinéma*, 256 (February–March 1975): p. 26 (trans.) Mary Ann Doane.

11 Within the context of this chapter, I use the lower case 'other' when referring to historically marginalized groups include women, people of color, queers, working class, differently abled, postcolonial subjects, indigenous peoples, and the upper case 'Other' to refer to the term's usage within psychoanalysis and other post-structuralist theory.

12 See Frantz Fanon, *The Wretched of the Earth* (New York: Grove Press, 1963); and *Black Skin, White Masks* (New York: Grove Press, 1967).

13 Gloria Anzaldúa, *Borderlands / La Frontera* (San Francisco: Aunt Lute Books, 1999). Also see Gloria Anzaldúa & Cherrie Moraga (eds) *This Bridge Called My Back: Writings by Radical Women of Color* (New York: Kitchen Table Women of Color Press, 1983); Frank Chin, Jeffrey Paul Chan, Lawson Fusao Inada, and Shawn Wong (eds) *Aiiieeeee! An Anthology of Asian-American Writers* (Washington DC: Howard University Press, 1974); José Esteban Muñoz writes about Davis's performances in his book *Disidentifications: Queers of Color and the Performance of Politics* (Minneapolis: University of Minnesota Press, 1999).

14 Mladen Dolar, *A Voice and Nothing More* (Cambridge, MA: MIT Press, 2006), pp. 38–43. Quote from p. 41.

15 Topics summarized from Leslie C. Dunn and Nancy C. Jones (eds) *Embodied Voices: Representing Female Vocality in Western Culture* (Cambridge: Cambridge University Press, 1994).

16 Steven Connor, *Dumbstruck: A Cultural History of Ventriloquism* (London: Oxford University Press, 2000), p. 13.

17 Rick Altman, *Silent Film Sound* (New York: Columbia University Press, 2004).

18 R. Murray Schafer, *The Soundscape: Our Sonic Environment and the Tuning of the World* (Rochester: Destiny Books, 1977), p. 273.

19 Doane, 'The Voice in the Cinema', p. 167.

20 Chion, *The Voice in Cinema*, p. 4.

21 For Chion, see Ibid., pp. 17–29 acousmêtre; p. 24 acousmêtre's powers; pp. 61–62, acousmêtre's origins; quote from p. 61. For psychoanalytic ideas on the maternal voice, see Didier Anzieu, *The Skin Ego* (trans.) Chris Turner (New Haven: Yale University Press, 1989); Edith Lecourt, 'The Musical Envelope', in Didier Anzieu (ed.) *Psychic Envelopes* (trans.) Daphne Briggs (London: Karnac Books, 1990), pp. 211–235; Guy Rosolato, '*La voix: entre corps et langage*', *Revue francaise de psychanalyse*, 37:1 (1974): pp. 75–94.

22 Chion, *The Voice in Cinema*, p. 149.

23 Kaja Silverman, *The Acoustic Mirror: The Female Voice in Psychoanalysis and Cinema* (Bloomington: Indiana University Press, 1988), pp. 72–79. Quotes from pp. 72–73.

24 Ibid. According to Jacques Rancière, 'dominant fiction' is defined as 'the privileged mode of representation by which the image of the social consensus is offered to the members of a social formation and within which they are asked to identify themselves.' Source: 'The Image of Brotherhood', *Edinburgh Magazine*, 2 (1977): p. 28.

25 Ibid., p. 44.

26 Ibid., p. 45.

27 Ibid.

28 One such stress point that Silverman analyzed in *The Acoustic Mirror* is the multiple dubbing of female voices in the musical *Singin' in The Rain*. See pp. 45–48.

29 Chion, *The Voice in Cinema*, p. 4.

30 Ibid., p. 49. Emphasis in original text.

31 Brandon LaBelle, *Lexicon of The Mouth: Poetics and Politics of Voice and The Oral Imaginary* (New York: Bloomsbury Academic, 2014), pp. 48–49.

32 Altman, *Silent Film Sound*, p. 141.

33 Ibid., p. 138.

34 Ibid., pp. 71–72. Emphasis in original text.

35 Doane, 'The Voice in the Cinema', pp. 167, 168.

36 Ibid.

37 Bonitzer, '*Les silences de la voix*', p. 26.

38 James Clifford, 'On Ethnographic Allegory', in James Clifford and George E. Marcus (eds) *Writing Culture: The Poetics and Politics of Ethnography* (Berkeley: University of California Press, 1986), p. 112.

39 Françoise Lionnet, *Autobiographical Voices: Race, Gender, Self-Portraiture* (Ithaca: Cornell University Press, 1989), p. 99.

40 Ibid.

41 Ibid., p. 101.

42 Ibid., p. 108.

43 Mary Louise Pratt, *Imperial Eyes: Travel Writing and Transculturation* (London: Routledge, 2007), p. 9.

44 Catherine Russell, *Experimental Ethnography: The Work of Film in the Age of Video* (Durham, NC: Duke University Press, 1999), p. 277.

45 Ibid., p. 276, also see pp. 312–313.

46 Muñoz, *Disidentifications*, p. 81.

47 Ibid., pp. 82–83.

48 Silverman, *Acoustic Mirror*, p. 48.

49 Chion, *The Voice in Cinema*, pp. 55, 57. Emphasis in original text.

50 Bill Nichols, *Introduction to Documentary* (Bloomington: Indiana University Press, 2001/2010), p. 167.

51 See Timothy Corrigan, *The Essay Film: From Montaigne, After Marker* (Oxford: Oxford University Press, 2011), pp. 105–130.

52 According to Kenneth White, Akerman conducted her voiceover in French for the original release of *News from Home* and re-performed it in English for the film's distribution in the USA. In a further example of distanciation more tangentially associated with *News from Home*, the film did not receive its New York premiere until July 11, 1989. See Stephen Holden, 'Beauty amid the beastliness in portraits of Manhattan', *New York Times* (July 11, 1989, C16). Kenneth White, 'Unknown City: Chantal Akerman in New York City', *Screen*, Volume 51, 4:1 (December 2010): pp. 365–378, footnote N21.

53 Nicholas Elliott, 'Chantal Akerman's *News from Home*', *Bomb* online (January 14, 2014) https://bombmagazine.org/articles/chantal-akermans-news-from-home/ (accessed April 24, 2018).

54 Chion, *The Voice in Cinema*, p. 51.

55 Ibid., p. 53. Emphasis added.

56 Joanne Morra discusses this self-distancing between the mother and the daughter through the daughter's reading of the mother's letters in her analysis of *News from Home* in 'Daughter's Tongue: The Intimate Distance of Translation', *Journal of Visual Culture*, 6:1 (2007): p. 98.

57 Cybelle H. McFadden, *Gendered Frames, Embodied Cameras: Varda, Akerman, Cabrera, Calle, and Maïwenn* (Plymouth: Fairleigh Dickson University Press, 2014), pp. 96–97.

58 Marion Schmid, *Chantal Akerman* (Manchester: Manchester University Press, 2010), p. 52.

59 Paul Hegarty, 'Grid Intensities: Hearing Structures in Chantal Akerman's Films of the 1970s', in Holly Rogers and Jeremy Barham (eds) *The Music and Sound of Experimental Film* (New York: Oxford University Press, 2017), p. 163.

60 Janet Bergstrom, 'Chantal Akerman: Splitting', in Janet Bergstrom (ed.) *Endless Nights: Cinema and Psychoanalysis, Parallel Histories* (Berkeley: University of California Press, 1999), p. 279.

61 See Morra, 'Daughter's Tongue', pp. 91–108.

62 The French version of the voiceover also conveys a sense of separation, but to this non-French-speaking auditor it is heard more as 'foreign' (along with its use of subtitles, an option in the DVD *Chantal Akerman in the Seventies, The New York Films*, 2008) rather than 'displaced'.

63 In a document that supposedly originated as a fax correspondence, found on Marker's website (www.chrismarker.org), he provides the 'biographies' of the central characters in *Sans Soleil*, except for the female narrator, and confirms that all these characters are created by him. ('Letter to Theresa by Chris Marker – Behind the Veil of *Sans Soleil*.' Dated August 19 – Year: Unknown. Chris Marker website: www.chrismarker.org/chris-marker/notes-to-theresa-on-sans-soleil-by-chris-marker/ (accessed April 29, 2018)).

64 Soundtrack from other films sampled in *Sans Soleil* include *Apocalypse Now* and *Vertigo*, as well as those from the films and programs recorded off Japanese television, along with images re-shot off the screen.

65 Orlene Denice McMahon, 'Reinventing the Documentary: The Early Essay Film Soundtracks of Chris Marker', in Holly Rogers (ed.) *Music and Sound in Documentary Film* (London: Routledge, 2015), p. 87.

66 Ibid.

67 André Bazin, 'Bazin on Marker' (trans.) Dave Kehr, *Film Comment*, 39:4 (July/August 2003): pp. 44–45.

68 Corrigan, *The Essay Film*, p. 48.

69 Russell, *Experimental Ethnography*, p. 305. For examples of scholars who argue that *Sans Soleil* is implicitly critical of ethnography, see Sarah Cooper, *Selfless Cinema? Ethics and French Documentary* (London: Modern Humanities Associations and W.S. Maney & Sons Ltd., 2006), pp. 48–61; or Kaja Silverman, *The Threshold of the Visible World* (New York: Routledge, 1995), pp. 185–193.

70 The term is from Silverman: '*Sans Soleil* does not attempt to "penetrate" these cultures, like a traditional ethnographic film. It also declines to offer an "anthropology" of these cultures. Rather, it opens itself up to "penetration" by them, and it repeatedly registers and retransmits the shock of that encounter' (*The Threshold of the Visible World*, p. 186).

71 Ibid.

72 Stella Bruzzi, *New Documentary: A Critical Introduction* (London: Routledge, 2000), p. 61.

73 Ibid., p. 57.

74 Ibid., p. 164.

75 In his introduction to *Sound Theory, Sound Practice*, Altman specifically discusses 'choice' as an attribute in his theorization of the filmic event. I think that the additional attributes of 'heterogeneity' and 'performance' are also relevant to my discussion here. See Altman, 'Cinema as Event', pp. 12–13, 6–7, 8–9.

76 This is similar to listening to the same song sung by different vocalists, or even by the same vocalist but from different points in their life. In my Film Sound class, I sometimes play the song *Strange Fruit*, performed by Billie Holiday and by Cassandra Wilson – two very different African American women vocalists – and ask my students to discuss their different reactions to these vocal performances. I can also think of the song *As Tears Go By* being performed by Marianne Faithfull in 1964 when she was 18, and then again

in 1987 when she was 41. These versions almost sound like they are sung by different vocalists.

77 Russell, *Experimental Ethnography*, p. 304.

78 Here are the French and English versions of the narration from this scene. French version (English subtitles transcribed by author): '… My personal problem was more specific: How to film the ladies of Bissau? Apparently, the eye's magical function was working against me there. In the marketplaces of Bissau and Cape Verde, I again encountered those egalitarian stares and this sequence of glances that bordered on seduction. I see her. She sees me. She knows that I see her. She glances my way, but furtively, as if I'm not really the object of her gaze. Finally, the direct gaze lasting 1/24th of a second, the length of a film frame. All women have a built-in kernel of indestructibility, and men's task has always been to keep them from realizing it for a long as possible. African men are just as good at this task as others, but after a close look at African women, I wouldn't necessarily bet on the men.' (The text in the film includes quotation marks.)

English version (transcribed by author): '… My personal problem was more specific: How to film the ladies of Bissau? Apparently, the eye's magical function was working against me there. It was in the marketplaces of Bissau and Cape Verde that I could stare at them again with equality. I see her. She saw me. She knows that I see her. She drops me her glance, but just in an angle where it is still possible to act as though it was not addressed to me. And at the end, the real glance, straight forward, that lasts a 24th of a second – the length of a film frame. All women have a built-in kernel of indestructibility, and men's task has always been to make them realizing it as late as possible. African men are just as good at this task as others, but after a close look at African women, I wouldn't necessarily bet on the men.' (quotation marks added)

(*La Jetée / Sans Soleil: Two Films by Chris Marker*. The Criterion Collection, 2007.)

79 I would argue that in addition to the obvious fictionalization of Krasna, even the name of the filmmaker 'Chris Marker' is itself another fiction. He was born Christian François Bouche-Villeneuve, and has adopted a dazzling array of personas and names through his career and life. See Catherine Lupton, *Chris Marker: Memories of the Future* (London: Reaktion Books, 2005), p. 12.

80 Adriana Cavarero, *For More Than One Voice: Toward a Philosophy of Vocal Expression* (Stanford: Stanford University Press, 2005), p. 13.

81 Also *katsudō-benshi* (活動弁士) or *katsuben* (活弁). These forms are abbreviations of *katsudō-shashin-benshi* (活動写真弁士), where *katsudō-shashin* (活動写真) meaning 'moving pictures' and *benshi* (弁士) which is an orator or public speaker. See https://en.wikipedia.org/wiki/Benshi (accessed May 6, 2018) or *Shin-waei-daijiten* (新和英大辞典, New Japanese-English Dictionary) 5th edn, Kenkyūsha (研究社) 2004.

82 David A. Cook, *A History of Narrative Film* (New York: W.W. Norton, 2004, 4th edn), pp. 731–733. Midori Sawato's profile on her website (http://sawato-midori.com/eng/profile.html) (accessed May 6, 2018).

83 These texts include interviews from *Vietnam: Un people, des voix* by Mai Thu Van, folk songs *Gian ma thuong* by Thu Hien; *A Lullaby* and *Song of the Boat People* sung by Sister Phuong, written by Thich Nhat Hanh; letter from Trinh's sister Trinh Thi Thu-Thuy; poems of Hồ Xuân Hương and Nguyen Binh Khiem, translated by Nguyen Ngoc Bich, from the book *A Thousand Years of Vietnamese Poetry*.

84 According to Peter X. Feng, Trinh also shot original images in Super-8 film, which has a 'grainy' archival look. Since the film's end credits do not indicate which are archival images in the film, and which were shot during production, there is no way to be sure if this sequence is archival or new footage shot and processed to look archival. See Feng, *Identities in Motion; Asian American Film and Video* (Durham, NC: Duke University Press, 2002), p. 195.

85 Trinh's film script of this sequence can be found in *Framer Framed* (New York: Routledge, 1992), pp. 66–71. For information on Hồ Xuân Hương, go to: https://en.wikipedia.org/wiki/ Hồ_Xuân_Hương (accessed March 23, 2015).

86 Glenn M. Mimura, *Ghostlife of Third Cinema: Asian American Film and Video* (Minneapolis: University of Minnesota Press, 2009), pp. 74–75.

87 See Feng, *Identities in Motion*, pp. 194–201; Mimura, *Ghostlife of Third Cinema*, pp. 74–76; Linda Peckham, '*Surname Viet Given Name Nam*: Spreading Rumors and Ex/Changing Histories', in Peter X. Feng (ed.) *Screening Asian Americans* (New Brunswick, NJ: Rutgers University Press, 2002), pp. 238–241; also Trinh's interviews with Judith Mayne 'From A Hybrid Place', pp. 144–147, with Laleen Jayamane and Anne Rutherford '"Why A Fish Pond?" Fiction at The Heart of Documentation', pp. 164–731, with Isaac Julien and Laura Mulvey '"Who is Speaking?" Of Nation, Community and First-Person Interviews', pp. 197–210, all in *Framer Framed*.

88 Linda Peckham is one of the few scholars who goes into some detail in her discussion on the issue of accent and vocal performance in a specific sequence from the film. See '*Surname Viet Given Name Nam*: Spreading Rumors and Ex/Changing Histories', pp. 240–241.

89 Trinh, '*Surname Viet Given Name Nam* film script', pp. 69–70.

90 Peckham, '*Surname Viet Given Name Nam*: Spreading Rumors and Ex/Changing Histories', p. 240.

91 Trinh, '*Surname Viet Given Name Nam* film script', p. 80.

92 Trinh, 'A Hybrid Place', p. 145. Also in Trinh's other interview '"Why A Fish Pond?"' Laleen Jayamane pointed out: 'it seems that your staged interviews are conducted as performances …' p. 164.

93 Trinh, '*Surname Viet Given Name Nam* film script', p. 62. In the second half of the film, the actresses are interviewed about their roles, in which they

self-reflexively comment on their feelings about portraying the women in Vietnam, their performance, the reaction of their friends and family, as well as how their own experiences as Vietnamese women compared to that of the women interviewed in Mai Thu Van's book. Van herself wrote in a letter to the filmmaker, which was read as a voiceover by Trinh in the film, where she expressed her ambivalence towards the wishes of her French publisher to have Simone de Beauvoir write a preface for her book, thus framing the voices and oral histories of the Vietnamese women in it under the auspices of the Mouvement de Liberation de la Femme. (Trinh, 'Surname Viet Given Name Nam film script', p. 82.)

94 Trinh, '"Why A Fish Pond?"', pp. 169–170.

95 Jacob Smith, *Vocal Tracks: Performance and Sound Media* (Berkeley: University of California Press, 2008), pp. 115–162.

96 Ibid., pp. 138–162.

97 Tricia Rose, *Black Noise: Rap Music and Black Culture in Contemporary America* (Middletown: Wesleyan University Press, 1994), p. 86.

98 Alexander Weheliye, 'Desiring Machines in Black Popular Music', in Jonathan Sterne (ed.) *The Sound Studies Reader* (New York: Routledge, 2012), p. 516. Also see Weheliye, *Phonographies: Grooves in Sonic Afro-Modernity* (Durham, NC: Duke University Press, 2005), pp. 36–40 for a more historical discussion of the relationship between writing, orality, blackness, and sound reproduction technology.

99 From Miller's commentary in the DVD version of *Rebirth of a Nation* (Anchor Bay Films/Starz Media: 2008). Transcribed by the author.

100 NAACP Timeline (www.naacphistory.org) (accessed August 9, 2013).

101 *Rebirth of A Nation* was commissioned by the Lincoln Center Festival, Spoleto Festival USA, Weiner Festwochen, and the Festival d'Automne a Paris. The DVD was released by Anchor Bay Films/Starz Media. The album was released by Cantaloupe Music.

102 I have not seen the live performance of *Rebirth of A Nation*, therefore my analysis is based on partial video documentation online, such as these and others: www.youtube.com/watch?v=kekndjJW3O4, www.youtube.com/watch?v=omMxmwpdcts, www.youtube.com/watch?v=qQNp-VHAueE, www.youtube.com/watch?v=oH6KTXOfSdg. I also looked at performance and rehearsal stills on Miller's website (www.djspooky.com/photos/djspooky_rebirth.html, www.djspooky.com/photos/tribeca07/index.html, www.djspooky.com/photos/greece/index.html) and other sites (for example, the Hong Kong Arts Center where Miller performed in 2011 www.hkac.org.hk/en/press_photodetail.php?id=15) as well as watching the DVD version and listening to the album versions of the work. Additionally, I consulted a number of published reviews of his performances of *Rebirth of A Nation*.

103 Miller, voiceover narration DVD version of *Rebirth of a Nation*, transcribed by author.

104 *The Birth of a Nation* is unusual for its time because it has a fixed score that was set by Griffith working with first Carli Elinor, and then Joseph Carl Breil

as composers. Elinor's score was played during the film's Los Angeles run in February (with the title of *The Clansman*). When the film opened in New York City in March, it had a new title and a new score composed by Breil. See Altman, *Silent Film Sound*, pp. 293–318.

105 From Miller's commentary in the *Rebirth of a Nation* DVD.

106 Miller's pre-show commentary is shown quite prominently in some of the video documentaries of the live performance (for example, see www.youtube.com/watch?v=omMxmwpdcts). In addition to the voiceover, Miller's own commentary is also included as an audio feature in the DVD.

107 My comments are based on score for the 1992 Film Preservation Associates' version of *The Birth of a Nation*, with original score by Joseph Carl Breil and supplemental music composed and performed by Jon C. Mirsalis. The film is included in the DVD collection *Griffith Masterworks*, Kino on Video, 2002.

108 Weheliye, *Phonographies*, p. 40.

109 See James Lastra, *Sound Technology and the American Cinema: Perception, Representation, Modernity* (New York: Columbia University Press, 2000), pp. 111–112.

110 Jessica Gelt, 'Inuit throat singer Tanya Tagaq joins feminist performance series at the Broad on Saturday', *Los Angeles Times* online (September 29, 2016) www.latimes.com/entertainment/arts/la-et-cm-tanya-tagaq-the-broad-20160923-snap-story.html (accessed October 2, 2016).

111 Mary Dickie, 'Tanya Tagaq Grabs the World by the Throat', *Musicworks* (June 24, 2014) www.musicworks.ca/featured-article/tanya-tagaq-grabs-world-throat. Full article available in print only. Tagaq and Charke previously collaborated on *Tundra Songs* (2007, with the Kronos Quartet).

112 The performance on which I base my analysis was on October 1, 2016 in Los Angeles. In addition to Martin and Zubot, who accompanied her in the Los Angeles performance (in Zipper Concert Hall, Colburn School, a part of the 'Tip of Her Tongue' feminist performance series of the Broad Museum, curated by Jennifer Doyle), Tagaq also performed with Jeffrey Zeigler and Cris Derkson, both on cello, in separate performances of *Nanook*.

113 Additionally, Tagaq has collaborated with indigenous musicians and artists including Ruben Komangapik, Buffy Sainte-Marie, Laakkuluk Williamson Bathory, and others.

114 See Richard Schechner, *Between Theater and Anthropology* (Philadelphia: University of Pennsylvania Press, 1985), p. 97; and Michael Taussig, *Mimesis and Alterity: A Particular History of the Senses* (New York: Routledge, 1993), pp. 200–203. Dean W. Duncan's essay, which accompanies the 1999 Criterion Collection DVD of the film, discusses some of the staged scenes in the film. (Online copy: www.criterion.com/current/posts/42-nanook-of-the-north (accessed May 15, 2018).) In Melanie McGrath's *The Long Exile: A Tale of Inuit Betrayal and Survival in the High Arctic* (London: Fourth Estate, 2006) she writes that during the filming of *Nanook*, Flaherty had an affair with

Nyla, the Inuk actress who played Nanook's wife, and she later gave birth to their son, whom Flaherty never acknowledged throughout his life. The experience of the Inuit during the filming of *Nanook* is also discussed in the documentaries *Nanook Revisited* (1990, Dir. Claude Massot) and *Year of the Hunter* (2004, an episode in *The Canadian Experience* documentary series, CBC Television).

115   First quote: Taussig, *Mimesis and Alterity*, p. 207. Second quote: Tagaq quoted in Holly Gordon, 'Inuk Throat Singer Tanya Tagaq on Reclaiming *Nanook of the North*', *CBC News* online (January 25, 2014) www.cbc.ca/news/indigenous/inuk-throat-singer-tanya-tagaq-on-reclaiming-nanook-of-the-north-1.2508581 (accessed October 2, 2016). Third quote: Ben Rayner, 'Tanya Tagaq's Spirit of the North', *Toronto Star*, June 7, 2014 www.thestar.com/entertainment/music/2014/06/07/tanya_tagaqs_spirit_of_the_north.html (accessed May 15, 2018).

116   Tagaq speaking at the Available Light Film Festival industry forum held on February 9, 2015. She also made a reference to Flaherty's affair with Nyla (www.youtube.com/watch?v=vghllwoPgB4&t=2s) (accessed May 15, 2018).

117   See Russell, *Experimental Ethnography*, p. 113. Sterne discusses the practice of ethnographic sound recording by Jesse Walter Fewkes, Alice Fletcher, Frances Densmore, and others – a parallel of sorts to Flaherty's ethnographic filmmaking in its impetus to preserve 'dying' cultures, and how their recordings are now used by contemporary Native Americans to 'help reanimate forgotten tribal knowledge and spur the reinvigoration of living traditions'. Sterne, *The Audible Past*, p. 331.

118   Video examples I found on YouTube that show the more traditional form of Inuit throat singing: www.youtube.com/watch?v=XnPh3GGykaI, www.youtube.com/watch?v=pN4RXj4YSao, www.youtube.com/watch?v=RUzWaC2qsug, www.youtube.com/watch?v=DLMlkjnYeoU, www.youtube.com/watch?v=U21x9KiyGeM, (all videos accessed on May 16, 2018).

119   See Bruno Deschênes, 'Inuit Throat-Singing', *Musical Traditions* (January 3, 2002) www.mustrad.org.uk/articles/inuit.htm (accessed May 24, 2018).

120   The Open University course is Words and Music (AA317), and Tagaq's talk and demonstration, exist as a 6-track album on iTunes (https://itunes.apple.com/gb/itunes-u/inuit-throat-singing-for-ipod/id380223298?mt=10). This quote is from Track 5: The sounds of throat singing (accessed May 16, 2018 and transcribed by the author).

121   Ibid., Track 4: Culture within singing (accessed May 16, 2018 and transcribed by the author).

122   Steven Feld, 'A Rainforest Acoustemology', in Michael Bull and Les Back (eds) *The Auditory Culture Reader* (Oxford: Berg, 2003), p. 226.

123   Word and Music album on iTunes. Track 3: Learning throat singing. (Accessed May 16, 2018 and transcribed by the author.)

124   Rayner, 'Tanya Tagaq's Spirit of the North'.

125   Leanne Betasamosake Simpson, *As We Have Always Done: Indigenous Freedom Through Radical Resistance* (Minneapolis: University of Minnesota Press, 2017), p. 198.

126 See, for example, Rayner, 'Tanya Tagaq's Spirit of the North', Gordon, 'Inuk Throat Singer Tanya Tagaq on Reclaiming *Nanook of the North*'; and 'Northern Exposure | Tanya Tagaq: *Nanook of the North* (Howard Assembly Rooms)' *Culture Vulture*, January 15, 2017. No author listed: https://theculturevulture.co.uk/miscellaneous/northern-exposure-tanya-tagaq-nanook-of-the-north-howard-assembly-rooms/ (accessed May 16, 2018).

127 Robert Everett Green. 'Primal Scream: Inuk Throat Singer Tanya Tagaq Is Like No One You've Ever Heard, Anywhere', *The Globe and Mail* (May 30, 2017, updated June 19, 2017) www.theglobeandmail.com/arts/music/primal-scream-inuk-throat-singer-tanya-tagaq-is-like-no-one-youve-ever-heard-anywhere/article18923190/ (accessed May 16, 2018).

128 Nina Sun Eidsheim, *Sensing Sound: Singing and Listening as Vibrational Practice* (Durham, NC: Duke University Press, 2015), p. 179.

129 Ibid., p. 180.

130 Cavarero, *For More Than One Voice*, p. 14.

131 Ibid., 4; quote from Italo Calvino, 'A King Listens', in *Under the Jaguar Sun* (trans.) William Weaver (New York: Harcourt Brace, 1988), pp. 33–64.

132 Ibid., p. 4.

133 Ibid., p. 13. 'How Logos Lost its Voice' is the title of the first section in *For More Than One Voice*.

134 Ibid., p. 2.

135 Sterne, 'Voices', *The Sound Studies Reader*, p. 491.

2

History, noise, violence: Christian Marclay's *Guitar Drag*

Historian Mark M. Smith writes in his introduction to *Hearing History* that, 'historians are listening to the past with an intensity, frequency, keenness, and acuity unprecedented in scope and magnitude', and that 'this intensification holds out the prospect of helping to redirect in some profoundly important ways what is often the visually oriented discipline of history'.[1] In the recent publications of Rick Altman, Alain Corbin, Veit Erlmann, Ana Maria Ochoa Gautier, James Lastra, Jonathan Sterne, Emily Thompson, and others, as well as Smith himself, these historians are beginning to move away from history's ocularcentric 'emphasis on the search for "perspective" and "focus" through the "lens" of evidence', and are considering historical evidence that is not primarily visual.[2] Through such endeavors and exploration, historians dis-cover connections and intersections that exist outside of the dominant para-digms of how history has been written. In this chapter, I further argue that, instead of emphasizing the visible evidence of lineage, chronology, and tangi-ble documents, histories of aurality could be conceived and theorized through acoustic models. That is, to imagine – heeding Sterne's call for sonic imagina-tions – how the affect and ephemerality of sound can influence the conceptual premise and methodology in historical research and writing.[3] This chapter proposes and experiments with the sound phenomena of reverberation and resonance as models for researching and conceptualizing history. It does so through deep listening to and intensive engagement with a single experimen-tal media art work: Swiss American artist Christian Marclay's *Guitar Drag* (2000).

Guitar Drag documents an action Marclay performed on November 13, 1999, while he was artist-in-residence at Artpace Foundation for Contempo-rary Art in San Antonio, Texas. The performance, shot on video, involves tying a Fender Stratocaster guitar to the back of a pick-up truck and dragging it on the road. During the action, the guitar is connected to an amplifier, and the sounds it makes are recorded and become the soundtrack of the work. Marclay prefers to show *Guitar Drag* as an installation, with the 14-minute video pro-jected in an enclosed space and the sound played through speakers, but the work also circulates to a lesser degree in other formats and through other channels.[4] The video image begins with a series of shots of the preparation for the action: tying the guitar to the back of the truck with a rope, turning the amplifier on, checking the sound, and starting the truck. The action itself is shot primarily from the perspective of the truck's bed showing the guitar being dragged in a variety of shots ranging from close-up to long shot. These shots are supplemented with ones taken from another moving vehicle, providing wide shots and side views of the action. Overall, the video has a rough, hand-held quality that conveys the unevenness of the road. The surfaces the guitar is dragged through include asphalt, dirt, overgrown brush, and ground that is littered with rocks and pebbles (Figure 2.1).

The soundtrack of *Guitar Drag* can be considered in two parts: the first part is the preparation, when what R. Murray Schafer calls 'hi-fi' sounds are heard.[5] These are quite clear and distinguishable sounds – for example, of the guitar's strings being plucked or when the truck's engine is ignited – that correspond to the preparatory actions described above. The second part is the action itself. When the guitar is dragged behind the truck, the sound it produces is layered, dissonant, and loud – what Schafer calls 'lo-fi' sound, which tends to merge together into indistinguishable waves of 'noise'.[6] They are characteristic of what Spanish sound artist Francisco López calls 'broadband sounds'.[7] These dense and fluctuating waves of noise are composed of pops, hisses, clicks, scratches, bangs, buzz, crackle, drone, and feedback. They are

2.1   Christian Marclay, *Guitar Drag*, 2000. Video projection, view #1, running time 14 minutes.

also reminiscent of the guitar sound of early music by the band Sonic Youth (with whom Marclay sometimes collaborates), such as *Death Valley '69* or *Kill Yr. Idols*, especially during the beginning or ending of songs when the music is less melodic and there are no vocals.[8] This soundtrack is the sonic representation of the guitar's ordeal, and the noise it generates acoustically maps the surface it was dragged on, as well as its gradual destruction. The video, showing the guitar's increasingly battered appearance, visually parallels the sonic destruction on the soundtrack. The website UbuWeb describes the video's soundtrack as: 'a sound that is hollow and at the same time human, and that takes us through the deepest roaring's to high pitch screams until the very end when it all slows down and stops, unwillingly it seems'.[9] The installation of *Guitar Drag*, with its large-scale video projection and loud soundtrack, can be an overwhelming experience. In Marclay's own words: 'It has to be a projection, it has to be loud, it has to be experienced in a black box where you can lose track of time and space, lose your balance. The image is jerky and you may get dizzy. It has to be a physical experience; though some people are exhilarated by the sound, its rock quality… It needs a certain scale.'[10]

In *Guitar Drag*, Marclay makes a direct reference to the racist murder of James Byrd, Jr. Byrd was a 49 year-old African American man who was killed by three white men in Jasper, Texas, on June 7, 1998, when he was tied behind a pick-up truck and dragged to his death. Marclay's action is a re-enactment of Byrd's murder, in which the guitar is an abstract representation of Byrd's body. The murder of Byrd evokes, in its horrifying detail, the history of lynching and racialized violence in the United States. The three white men – Shawn Berry, Lawrence Russell Brewer, and John King – had ties to the contemporary white supremacist movement, and their actions echoed the terror perpetrated by the Ku Klux Klan and other white racists in the American South during the period after Reconstruction and that persisted into the 1950s and 1960s. The three men chained Byrd to the back of their pick-up truck after abducting and severely beating him, and they dragged him to his death along a seldom-used road outside Jasper, TX. Byrd was alive for most of the ordeal, finally dying when his right arm and head were severed from hitting a culvert on the side of the road. His remains were scattered along a 3-mile stretch of the road, and were found in eighty-one separate places, according to the police. After his death, Berry, Brewer, and King dumped Byrd's mutilated remains in front of an African-American church on Huff Creek Road, and went to a barbecue. The three men were arrested and were tried and convicted under hate crime law. Brewer and King received the death penalty, and Berry was sentenced to life in prison. This murder received wide coverage in the national and international press, impacted national and local politics, and was the subject of a number of films and musical tributes. Today, it continues to be evoked within the larger context of racist violence against African American men.[11]

Marclay's choice to perform *Guitar Drag* in the same state where Byrd was murdered a little more than a year after it happened sets off a number of reverberations within the history of anti-lynching protest art – just as Berry, Brewer, and King's actions resonate within the larger history of lynching and racialized violence in the United States. According to sound researchers Jean François Augoyard and Henry Torgue, reverberation is 'a propagation effect in which a sound continues after the cessation of its emission'.[12] Augoyard and Torgue define resonance as 'the vibration, in air or through solids, of a solid element'.[13] Erlmann, in his book *Reason and Resonance*, opposes resonance to reason. He writes: 'While reason implies the disjunction of subject and object, resonance involves their conjunction. Where reason requires separation and autonomy, resonance entails adjacency, sympathy, and the collapse of the boundary between perceiver and perceived.'[14] In my proposed model for historical research, 'adjacency' and 'sympathy' are key. Adriana Cavarero similarly emphasizes relationality in her book *For More Than One Voice*: 'resonance is musicality in relation; it is the uniqueness of the voice that gives itself in the acoustic link between one voice and another. It is a vocal exchange where the repetition of sound, and all its tonal rhythmic variants, expose uniqueness as an understanding [*un'intesa*] and a reciprocal dependence.'[15] In Cavarero's ontology of vocal uniqueness, her discussion of resonance draws from Greek mythology: '*Vocalis nympha, resonabilis Echo*, like a voice that functions as an acoustic mirror, the young girl is transformed into an effect of resonance. She cannot speak first; but she cannot remain silent. She speaks after, she depends on others' discourses and becomes merely their echo.'[16] Of course, Echo's most famous case of vocal resonance is with Narcissus. Thus her 'tragedy' of only repeating what others say takes on a gendered power dynamic. Yet, working through the feminine writing (*Écriture féminine*) of Hélène Cixous, Cavarero argues that Echo's vocal repetition can be a source of pleasure, as opposed to tragedy:

> This pleasure in vocal repetition is not even perceived as compulsive; rather, by evading the semantic, it rediscovers a time in which such pleasure was free from the very problem of this evasion. In other words, the echo that mobilizes the musical rhythm of language does not simply coincide with infantile regression; it rediscovers, or remembers, the power of a voice that still resounds in logos.[17]

In my discussion of the resonances and reverberations heard in *Guitar Drag*, there are many relationships of power: between races, genders, classes, and other positionalities. Cavarero's re-evaluation of the myth of Echo provides a model of both listening to and recognizing these power dynamics, and also the possibility of discussing and understanding these relationships in ways that are alternative to the 'reflective, distancing mechanism' of hegemonic reasoning.

Resonance is vital to the construction of musical instruments: 'The use of resonators is a basic principle in the construction of musical instruments. Most often, resonance involves the transformation of mechanical energy into aerial vibrating energy through the intermediary of a "resonating body".'[18] While the development of the solid-body electric guitar, such as the Fender-Stratocaster used in *Guitar Drag*, can be read historically as a process of using sound technology to eliminate noise, Marclay's own use of the guitar to generate sounds in this work brings back a noise that is both auditory and metaphorical.[19] Here, the electric guitar is, as an anthropomorphized and sonified body, a resonator in the conceptual but not acoustical sense. The reverberating force of the noise it produces causes sympathetic vibrations in other resonating bodies in the histories of lynching, racialized violence, medicine, and in the development of modern sound technology. According to Augoyard and Torgue, 'Resonance has always fascinated humans. It seems to combine two fundamental dimensions: first, the potential for power that sounds possess, and second, the capacity to act at a distance using sound as an intermediary. In a way, resonance is a myth of strength, symbolized by the power of sound.'[20] In *Guitar Drag*, the reverberations between the histories of sound reproduction technology and that of racialized violence in the United States are amplified through bodies of color, building into a powerful and overwhelming noise. Noise, here understood through a number of critical frameworks, including those of Italian Futurist Luigi Russolo, Jacques Attali, newer theories in music, art, and other areas, as well as historical studies of the soundscapes of the antebellum South, powers these reverberations and links these histories as an intermediary. The histories of sound, music, performance, technology, race, violence, protest, and the human body connect and resound with each other in *Guitar Drag*'s 'noisy' soundtrack, and in ways that are outside of the ocularcentric models of lineage and chronology. They suggest new ways of investigating and thinking about history that are invested as much in the ear and listening as they are in the eye and vision. While the affective and ephemeral characteristic of sound are often considered problematic in ocularcentric historical investigation, my discussion of Marclay's work here represents an experiment in which the 'problem' of sound in history constitutes the very ground from which new historical models and paradigms can emerge.

An art of transduction and the problem of visuality

In *The Audible Past*, Sterne demonstrates the process of transduction as the conceptual as well as technological basis for modern sound reproduction. He discusses the period from 1750 to 1925 as the time when the approach to sound reproduction shifted from the oral to the *aural*, from the mouth to the ear, and he traced the many strands of social, scientific, and culture histories that converged around this fundamental shift.[21] Specifically, Sterne identifies the tympanic mechanism in the human eardrum as the technological model for modern sound reproduction, a model that is embedded within devices including the telephone, telegraph, gramophone, microphone, audio speakers, and others. One of the early experiments that influenced these later inventions is the ear phonautograph, which was created by Alexander Graham Bell and Clarence Blake in 1874. According to Sterne, the ear phonautograph 'consisted of an excised human ear attached by thumbscrews to a wooden chassis', and only the middle ear – the ear drum and the small bones attached to it – was used in its construction.[22] Bell and Blake secured a piece of straw to one of the bones to act as a stylus, which can trace any movement generated by the tympanic membrane onto a piece of smoked glass. Thus, the ear phonautograph transduces sound waves into visible markings akin to writing (Figure 2.2).[23] Sterne observes that: 'Even today, every apparatus of sound reproduction has a tympanic function at precisely the point where it turns sound into something else (usually electric current) and when it turns something else into sound.'[24] The invention of these 'hearing machines', he argues, represents a fundamental shift in approaches to sound reproduction: 'Thus, the ear displaced the mouth in attempts to reproduce sound technologically because it was now possible to treat sound as any phenomenon that excites the sensation of hearing. Under this new regime, the ear's power to transduce vibrations held the key to sound reproduction.'[25]

Marclay's 1994 sculpture *From Hand to Ear* is a beeswax cast of the artist's arm, shoulder, neck, and ear that references Bruce Nauman's 1967 body-cast sculpture *From Hand to Mouth* (Figures 2.3 and 2.4). Besides the apparent homage and art historical reference, the reconfiguration from Nauman's mouth to Marclay's ear also reverberates with the conceptual as well as technological shift from the oral (mouth) to the aural (ear) in sound reproduction that Sterne describes. Marclay's oeuvre as a gallery artist is often discussed in relation to sound and music.[26] *The Sound of Silence* (1988), a black-and-white photograph of the popular song of the same title by Simon and Garfunkel, is an early example of how Marclay navigates creatively between art and music as well as between image and sound (Figure 2.5). As a photographic image, the work is, of course, silent. Yet, the object being photographed, a 45" LP record, is produced solely for the purpose of reproducing sound. This paradox is highlighted in Marclay's selection of the song, where its title signals the play between presence (sound/music) and absence (silence) in the work. In a very succinct manner, the *The Sound of Silence* demonstrates the impossibility of visually representing sound, and the contradictions that can result

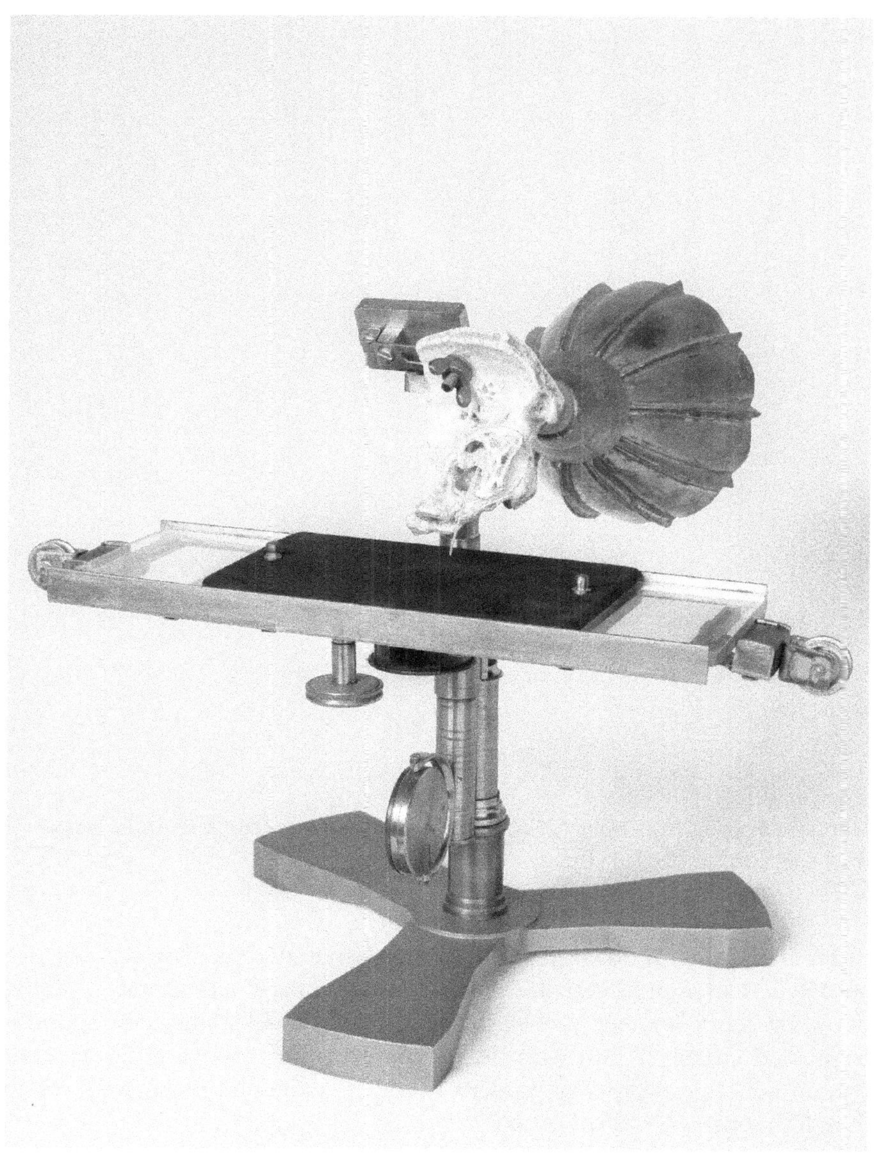

Reconstructed model of the ear phonautograph, made for the *Sound by Design* exhibition at the Canada Science and Technology Museum, Ottawa, 2017. **2.2**

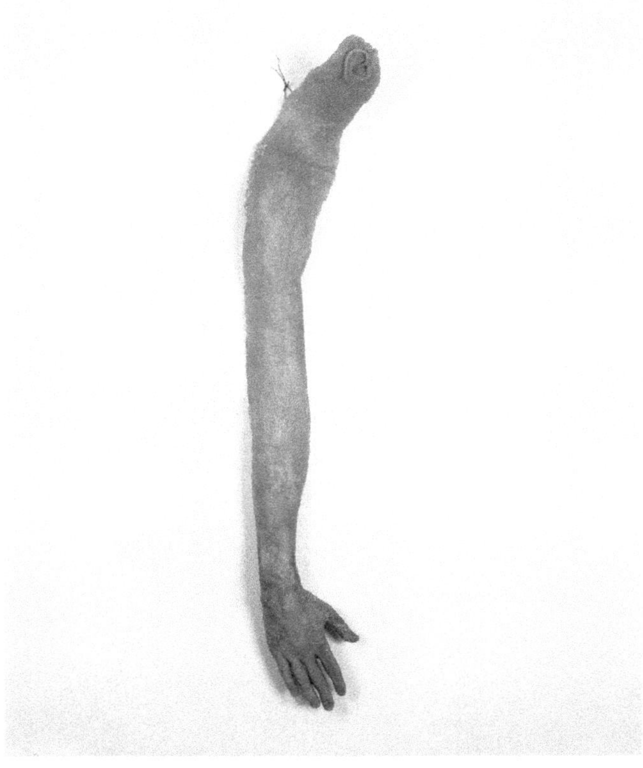

2.3 Christian Marclay, *From Hand to Ear*, 1994. Cast beeswax, 41 1/2 × 8 × 7 1/4 in. (105.4 × 20.3 × 18.4 cm).

from attempting to do so. It is, however, a generative paradox echoing Bell and Blake's attempt to visualize sound. Marclay himself has affirmed that '[a] lot of my work is about how an image is expressive of sound, how sound is expressed visually'.[27] Furthermore, he contextualizes his visual art practice within the larger history of modern sound reproduction technology, which has, in a sense, objectified sound:

> Recording technology has turned music into an object, and a lot of my work is about that object as much as it's about the music. The ephemeral and immaterial vibrations that make music have become tangible objects – records, tapes, CDs. This transmutation is very interesting to me. One doesn't think of music as a physical reality, but it has physical manifestations. It can also be an illustration, a painting, a drawing.[28]

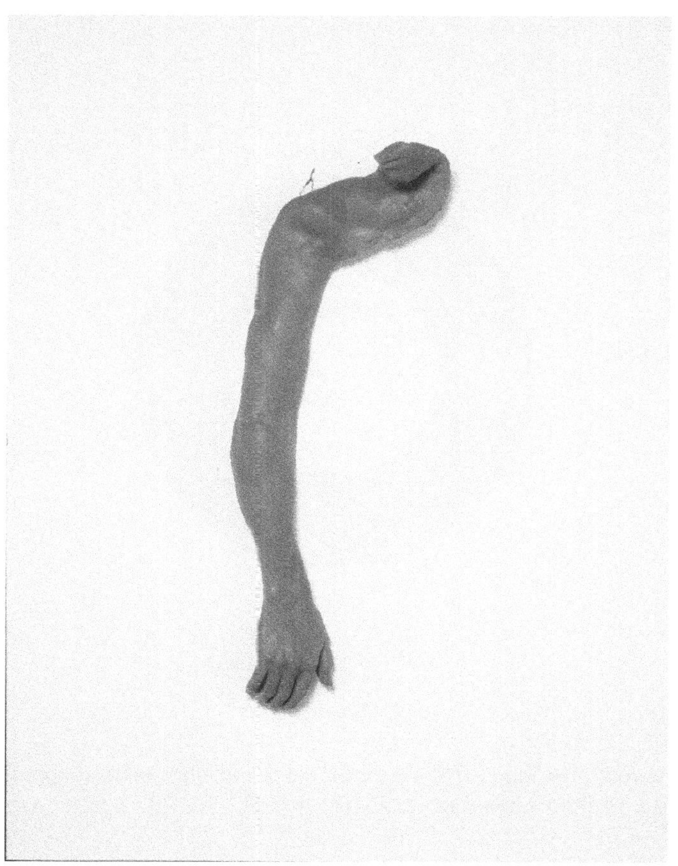

Bruce Nauman, *From Hand to Mouth*, 1967. Wax over cloth, 28 × 10 3/8 × 4 3/8 in.   **2.4**
(71.1 × 26.4 × 11.1 cm). Hirshhorn Museum and Sculpture Garden, Smithsonian
Institution, Washington, DC. Joseph H. Hirshhorn Purchase Fund and Holenia
Purchase Fund, in memory of Joseph H. Hirshhorn, and Museum Purchase, 1993.

The transmutation Marclay is discussing here is central to his practice of
turning sound and music into something else (in this case visual art shown
in galleries and museums) and vice versa in his performance practice when
he turns images and art objects – including *Graffiti Composition* (1996/2010),
Shuffle (2007), *Recycled Records* (1980–86), and *Record Without a Cover* (1985,
re-issued 1999) – into sound by playing them. His movement between art,
music, and performance is defined by the process of transduction.

The importance of transduction in Marclay's work is noted in a number
of existing discussions of his oeuvre. Douglas Kahn connects his work to

2.5   Christian Marclay, *The Sound of Silence*, 1988. Black and white photograph, 10 3/4 × 10 3/4 in. (26.8 × 26.8 cm); framed 12 × 12 in. (30 × 30 cm).

discourses of the nineteenth century, when the 'development of scientific instruments for visualizing sound, and of audio-phonic media and communication technologies exemplified by the telephone and phonograph, encouraged ideas of bringing sound into visual and textual registers'.[29] In her discussion of Marclay's work with records and musical materials, Art historian Liz Kotz writes: 'By systematically adapting, misusing, and destroying musical and non-musical materials … Marclay explores the permeable boundary between notation and instrument, between music as a set of materials and sound sources and music as a form of writing'.[30] One of Bell's primary interests that drove his experiments with sound reproduction is the potential use of this technology in the education of the deaf. Specifically, he viewed the ear phonautograph as a part of a larger program to turn sound into writing or visible code. For him, visible speech is key in the pedagogy of the deaf, and specifically in training them to speak. Although this particular trajectory in Bell and Blake's work ultimately became a dead end, its object of study – the tympanic mechanism – remained key in acoustic research.[31] Sterne points out that the interest in visually representing sound persists into present day technologies, 'where iconic visual representations of sound play an important part in multitracking, sound mixing, and other forms of sound manipulation'.[32] He calls this audio-visual relationship, in which 'auditory and visual phenomena could be first isolated and then mixed or made to stand in for one another' a kind of synesthesia that 'is a constitutive feature of technological reproduction of sound and image'.[33] The playful tension between the auditory and visual in Marclay's art practice can also be considered a kind of synesthetic mixing of the codes and perception between sound and image, seeing and hearing, art and technology. In excavating the fertile ground of sound reproduction technology for his visual art work, and in turning its artifacts into art objects and installations, Marclay's oeuvre resonates with the history of the ear phonautograph and amplifies visual transduction's central role in the larger history of modern sound technology.

Transmutation and transduction are quite literal in a body of work Marclay produced in the 1990s. These are hybrid sculpture and objects constructed from musical instruments, audio equipment, household objects, and furniture. *Glasses* (1991) substitutes the lenses in a pair of glasses with the ear and mouthpiece from a telephone receiver. This hybridization of the aural/oral and the visual cancels out the everyday functions of both the telephone and the glasses, suggesting more surreal and synesthetic uses. Telephone receivers, cast in multiples in hydrostone and scattered on the gallery floor in a room-scale installation, are similarly mute in *Boneyard* (1990). Here, they function more as a visual sign and sculptural object than an instrument for transmitting and receiving voices. *Violin* (1988) also turns an instrument primarily associated with producing sound into a mute art object by wrapping the instrument, ironically, in layers of audio tape. Other works, including *The Wind Section* (1992), *Grand Piano* (1994), *Extended Phone* (1994), *Accordion* (1999), *Drumkit* (1999), *Lip Lock* (2000), *Breathless I* (2000), *Drumsticks* (2000), and *Virtuoso* (2000) use hybridization, modification, and exaggeration to render the musical instruments in these works mute or unplayable.

Vertebrate (2000) and *Prosthesis* (2001) are two musical instrument works that feature modified guitars, and both are rendered mute or unplayable like the works discussed above. *Vertebrate* is an acoustic guitar with a wooden neck that curves backwards, making it impossible, or at least difficult, to play in a traditional manner (Figure 2.6). *Prosthesis* is an electric guitar cast in silicone rubber, which renders it floppy and unplayable (Figure 2.7). These two guitar works stand out from Marclay's other musical instrument works in that they strongly suggest a critique of the gender and sexual politics in popular music. The guitar, long a phallic symbol used to enhance (usually) male rock musicians' virility and sexuality, is here represented as a deformed and impotent

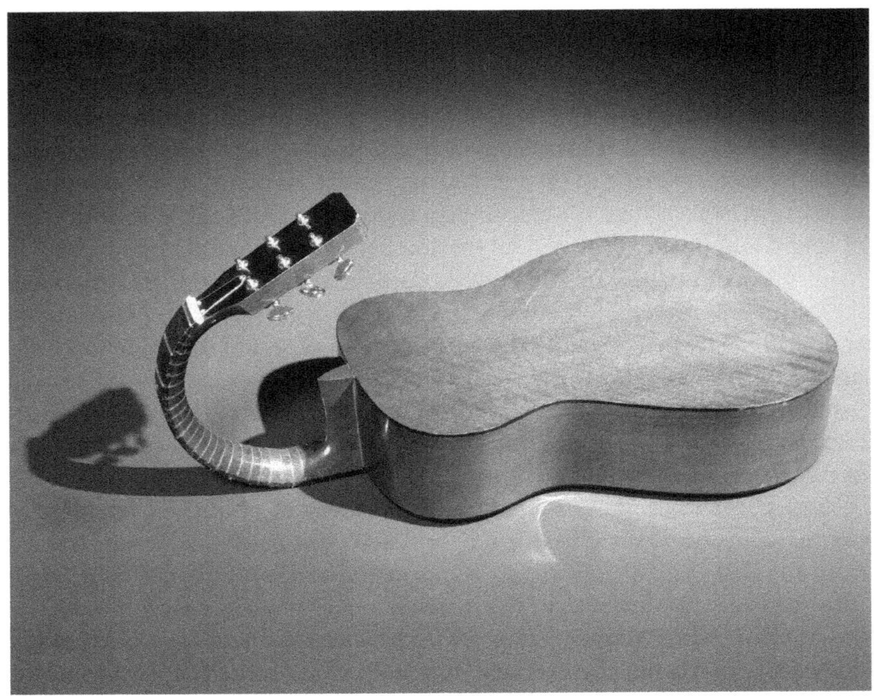

2.6   Christian Marclay, *Vertebrate*, 2000. Altered acoustic guitar, 11 × 26 1/2 × 15 1/2 in. (27.9 × 67.3 × 39.4 cm).

instrument. Interestingly, in *Solo* (2008), a performance video like *Guitar Drag*, the guitar is also highly sexualized, but here performed by a woman, perhaps as a dig or challenge to the phallocentrism of rock guitar iconography?[34] *Prosthesis* can likewise be seen as Marclay's acerbic commentary on phallocentric posturing in rock music. His choice of using an electric guitar, which is more sexually charged than the acoustic one used in *Vertebrate*, as the model, and his use of silicone rubber, which emphasizes its soft detumescence, as the casting material seems more pointed than the usual playfulness in his work.[35] Marclay's use of a Fender Stratocaster in *Guitar Drag* also brings up popular cultural associations, one of which is the destruction of such instruments by rock musicians, including Pete Townshend and Jimi Hendrix, as a part of their performance. In his book *Instruments of Desire*, music scholar Steve Waksman describes the electric guitar as an instrument used 'to invest the body of the performer with meaning.'[36] Furthermore, he traces the influence of African American musicians like Bo Diddley on the design of electric guitars, and the conjoining of race and sex in white musicians' emulation of the African American bluesman, who, he writes, 'became the ideal type of

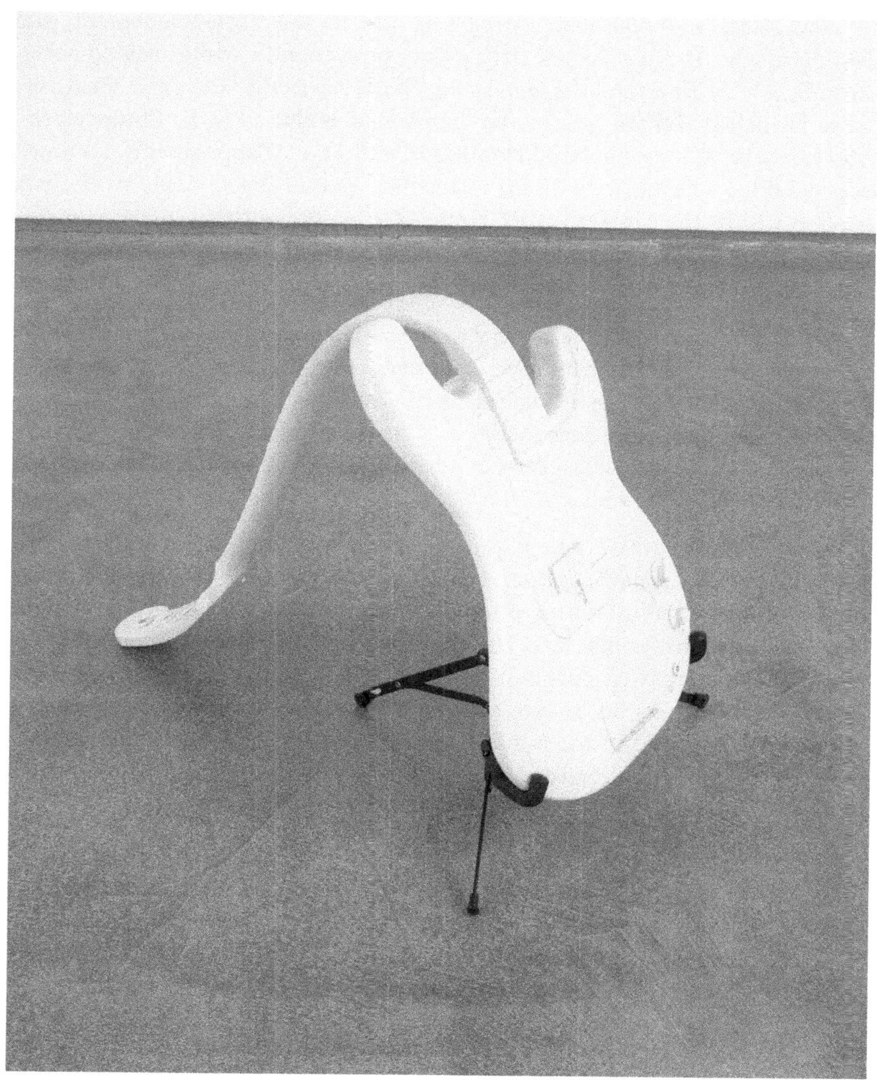

Christian Marclay, *Prosthesis*, 2001. Silicone rubber and metal guitar stand, approx.
44 × 13 × 2 1/2 in. (111.7 × 33 × 6.4 cm.): installed: approx. 22 × 21 × 18 in. (55.9 × 53.3 ×
45.7 cm).

2.7

electric guitarist after whom legions of white musicians (Like Michael Bloom-
field) sought to pattern themselves; and the resulting "rebellion" reproduced
patterns of racism and sexism even as it aimed to produce an effective model
of resistance rooted in musical practice'.[37]

Race, sex, and resistance come together in the performances of Jimi Hendrix, who deploys his electric guitar prominently while playing songs including *Wild Thing* and the *Star-Spangled Banner* in the late 1960s. Hendrix's guitar, which Waksman calls his 'technophallus', is also a Fender Stratocaster.[38] Musicians including John Paul Hammond and Frank Zappa openly acknowledge Hendrix's virtuosity with his instrument as well as its phallic symbolism – often within the same breath.[39] Zappa also points out that in the complex exchange of desires between Hendrix and his white male fans, the guitar becomes a surrogate or symbol of both his musical prowess and his sex appeal:

> The boys seem to enjoy the fact that their girlfriends are turned on to Hendrix sexually; very few resent his appeal and show envy. They seem to give up and say: 'He's got it, I ain't got it, I don't know if I'll ever get it … but if I do, I wanna be just like him, because he's really got it'. They settle for vicarious participation and/or buy a Fender Stratocaster, an Arbiter Fuzz Face, a Vox Wah-Wah Pedal, and four Marshall amplifiers.[40]

Perhaps Hendrix's white male fans, in the context of the 1960s counterculture, settled for vicarious participation. But not all white spectators of performances of black male sexuality settle. In Jennifer Stoever's discussion of the relationship between John Lomax and Huddle 'Lead Belly' Ledbetter, she points out that Lomax's exploitative promotion of Lead Belly both constructs and highlights the musician's 'to-be-lynched' body.[41] In Marclay's use of the Fender Stratocastor to stand in for Byrd's lynched body, he reproduces the race/sex dynamic that has undergirded the history of the electric guitar. Waksman writes:

> The instrument has, if anything, strengthened the male bias of public musical performance during the twentieth century. Its impact upon race has been less clear, but when one examines the fact that, despite the overwhelming influence of African-American musical practices, the electric guitar is today cast as an overwhelmingly white instrument, it is hard to escape the conclusion that the instrument has participated in a significant act of racial expropriation.[42]

The history of the electric guitar documented by Waksman is marked by both overt and underlying racist violence. And many of these violences are closely tied to visuality. Alexander Weheliye argues in his book *Phonographies* that lynching, both as physical threat and media representation, makes black males '*subject* to the look of white folks, yet unable to return the look'.[43] Indeed, visuality – both looking and to-be-looked-at-ness – becomes a problem in representations of lynching and racialized violence, including and perhaps especially for anti-lynching protest art. In 1935, the New York chapter of the National Association for the Advancement of Colored People (NAACP) organized two anti-lynching visual art exhibitions, *An Art Commentary on*

Lynching and *Struggle for Negro Rights*, which had direct connections to the anti-lynching movement at the time.[44] The artists in these exhibitions who chose to depict the act of lynching were faced with the challenge of how to represent the black male lynch victims without diluting the horror of the violence, or objectifying their bodies, or re-emphasizing their racial subordination. These artists responded to this challenge using a variety of strategies. The sculptor Isamu Noguchi abstracts the tortured black male body in *Death (Lynched Figure)* (1934) by removing any facial or bodily features, including scars and wounds, while retaining the twisted hanging posture of the lynch victim (Figure 2.8). Julius Bloch idealizes the suffering of the victim by depicting his lynching as a Christ-like crucifixion in his painting *Lynching* (1933), while Paul Cadmus dramatizes the unequal struggle between the black victim and the white aggressors in his drawing *To The Lynching!* (1935). Samuel Brown, an African American artist in the NAACP exhibition, presented a nuanced representation of a lynching by visually aligning the viewer with the perspective of the black male lynch victim. Brown's watercolor *The Lynching* (1934) emphasizes the agony and suffering in the victim's facial expression while obscuring his tortured naked body through the use of perspective. The extreme perspective also served to de-emphasize the white crowd of perpetrators and spectators, shown far below. It creates 'a uniquely empathetic conception' (Figure 2.9).[45] Art historian Helen Langa writes:

> Whatever their organizational and political allegiances, all artists who created antilynch works in the 1930s faced two significant questions. How could they literally portray torture, violent abuse, or murder so as to make evident both the horror of these acts *and* their condemnation? And in what other, more metaphorical ways could they convey the impact of such terrible events without emphasizing the vulnerability of their targeted figures?[46]

Visual art depicting the practice of lynching and racialized violence continued to be produced after the civil rights movement. Edward Kienholz's room-size installation *Five Car Stud* (1969–72) is described by Ken Gonzales-Day as 'a three-dimensional representation of a lynching photograph, [produced] decades before scholars began to engage in a rigorous analysis of the lynching postcard' (Figure 2.10).[47] Gonzales-Day himself created the *Erased Lynching* series (2002–11) where he takes archival images of lynching from souvenir postcards and manipulates them digitally so that images of the hang rope and the lynch victim's body are erased from the scene, leaving an eerily empty scene of the crime (Figure 2.11). Even in these post-civil rights movement works, the bodies of the lynch victims remain a challenge to the representational strategy of the artists. While both works are eerily reminiscent of crime scene re-enactments, Kienholz's installation reproduces aspects of the white supremacist specularity of lynching postcards, especially in its objectification

2.8 Isamu Noguchi, *Death (Lynched Figure)*, 1934. Monel metal, wood and rope on metal armature.

of the black male victim's racialized body. Gonzales-Day, on other hand, chooses to erase the body of the victim altogether, letting its absence haunt and define those who remain in the picture. A similar ambivalence with visuality can also be observed in moving image media protesting lynching and racialized violence. Chantal Akerman's documentary *Sud/South* (1999) was

Samuel Joseph Brown, Jr., *The Lynching*, 1934. Watercolor over graphite on cream wove paper, 12 3/4 × 9 in. (32.4 × 22.9 cm); sheet: 15 15/16 × 11 7/16 in (40.5 × 29.1 cm).   **2.9**

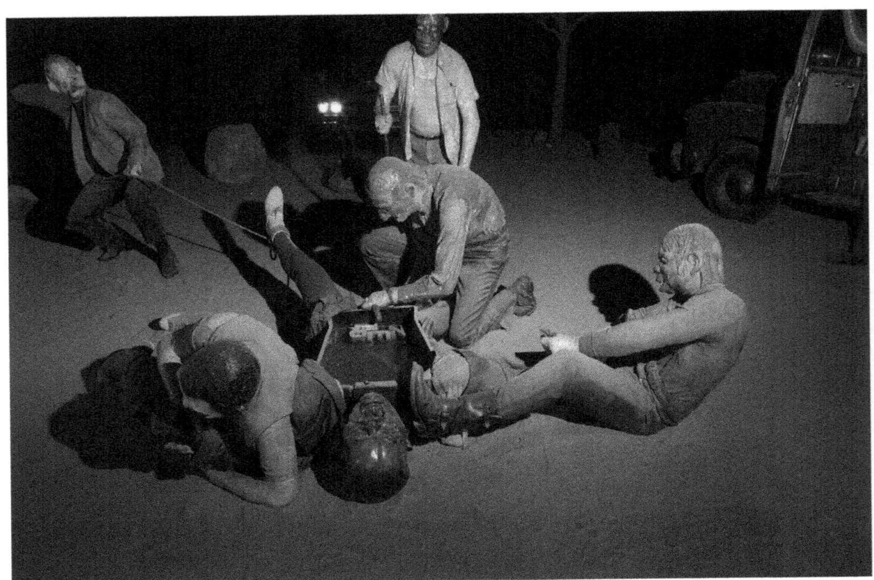

2.10 Edward Kienholz, *Five Car Stud*, 1969–72.

2.11 Ken Gonzales-Day, *Marion, IN. (Thomas Shipp and Abram Smith)*, Erased Lynching series, 2004–19.

released the same year as Marclay's performance of *Guitar Drag*. While the film spends much time in Jasper, Texas, where Byrd was murdered, the film refrains from any visual depiction of the murder itself. There are scenes of a memorial service for Byrd, and earwitness Ed Traylor Jr's recounting of the murder frames the body of the film. A long tracking shot from a car similarly opens and closes *Sud*, and here, in a shot that parallels the view from the back of the truck in Marclay's video, the stretch of the country road on which Byrd was dragged to his death is shown with the spray-painted circles on its surface, still marking where the pieces of his body were found.

In Paul D. Miller's *Rebirth of a Nation* (2004), discussed in the previous chapter, the omission of the actual lynching of Gus is retained from D. W. Griffith's film *The Birth of a Nation* (1915), which Miller re-scores and re-edits. The absence of the lynched black male body in both works is further bolstered by the display of the heroic white male body in the preceding fight scene, as well as the prevalent use of non-African American actors in blackface throughout Griffith's film. When the viewers see the Klan members displaying the lynched body of Gus in the film, the body they see belongs to Walter Long, in racial drag. As I pointed out in my earlier discussion, it is in Miller's re-scoring of the film – in which he revises Joseph Carl Breil's score of nineteenth-century romantic orchestral music interspersed with American folk songs and 'patriotic' numbers into his composition referencing hip-hop beats and the blues music of Howlin' Wolf and Robert Johnson, created in collaboration with the Kronos Quartet – where a sonic critique of the visual to-be-lynched-ness of the black male body can be found. Furthermore, in live performances of the work, the presence of Miller himself as a live DJ/remixer of the racist text of *The Birth of a Nation* also serves to counter the blackface minstrelsy in the casting, narrative, and representational politics of Griffith's film. In *Swing Low* (2009), a sound sculpture by Camille Norment – an African American artist currently based in Oslo, Norway – the lynched body is absent visually, but perceived aurally. The work consists of a dynamic sound focusing system that swings a fragmentary rendition of the spiritual *Swing Low, Sweet Chariot*, performed by whistling, through the space of the installation. As Norment describes it, these sounds 'take on a phantom-like presence as they physically swing through the actual body of the listener. The voices momentarily take possession of, and capture the body of the listener … While present within the "zone" of the work, the body of the listener becomes an object of the sculpture itself.'[48] Similar to *Guitar Drag*, the depiction of lynching and implication of racialized violence in *Swing Low* is experienced primarily through sound.

In her book *American Anatomies*, Robyn Wiegman traces the convergence of vision and knowledge in what she calls 'visual modernity'. Within racial discourse, visual modernity moves beyond the surface appearance of the skin to posit a deeper, interior, and thus more engrained and fundamental understanding of racial difference: 'The move from the visible epidermal terrain to the articulation of the interior structure of human bodies thus extrapolated in both broader and more distinct terms the parameters of white supremacy, giving it a logic lodged fully in the body.'[49] Yet, this understanding and justification of racial inequality is still driven by visuality as well as the then new media technologies that enhanced and expanded its reach, literally, deeper into human bodies.

> While the visible must be understood as giving way to the authority of the invisible recesses of the body, to organs and functions, the full force of this production of racial discourse was nonetheless contingent on the status of an observer, whose relation to the object under investigation was mediated and deepened by newly developed technologies for rendering the invisible visible.[50]

In *Guitar Drag*, is Marclay utilizing sound – another modern media technology – to represent the interior horrors of Byrd's murdered body? Is he wisely avoiding the minefield of visually representing racialized violence by replacing the lynched black male body with an electric guitar? Or is *Guitar Drag* an act of appropriation, a continuation of the histories of racial expropriation and exploitation where the pain and suffering of a black male subject is reformulated into avant-garde noise? Marclay's own thoughts about the work show his ambivalence:

> The piece is charged with so many layers. At first I was ambivalent about responding directly to a race crime. There was something almost indecent about recreating this kind of violence, especially for a white artist. But because the video is also about so many other things, I felt I could do it. I never stress the connection with James Byrd, Jr. over other links, such as the rock-and-roll tradition of guitar smashing, or the destruction of instruments in Fluxus.[51]

> All these references are there, and I think it really depends on the viewer's interest, knowledge, and state of mind. People will have different readings of the video, and I want all these to be legitimate. Ultimately I made the video because of what happened to James Byrd, but all these other references allowed me to think of the guitar as this very anthropomorphic instrument that was already associated with violence, and with rebellion, and crazy youth. I think it's fine when people walk out of there disgusted. I think it's also fine when they walk out of there exhilarated.[52]

Most critics cite the Byrd murder as a primary reference when discussing *Guitar Drag*.[53] While multiple, even paradoxical, interpretations are certainly possible, I believe a condition of simultaneity, akin to how Stoever theorizes an acoustic and spatial model of racial difference and division, which she calls 'the sonic color line', is in operation within the work. According to Stoever, 'the sonic color line fractures Americans' *simultaneous* experiences of the same spaces. It enables segregation via sonic protocol as we live, work, study, and raise children side by side in fractured, unequal spaces that seem ostensibly – and legally – "free", "open", and "equitable" for everyone.'[54] Nevertheless, the gruesome spectacle of Byrd's murder and the site/time specificity of the action dwarf all the other references in *Guitar Drag*. This specificity is what makes the work stand out in Marclay's oeuvre, and it creates historical reverberations that radiate outside of his body of work. It creates reverberations within a history of sonic protests on racialized violence.

Blood at the root

Developing alongside anti-lynching visual art history is a resonating history of sonic protest. While one can argue that aural resistance against racialized violence should be traced back to the slaves songs of the antebellum South, the most notable examples in this history came from jazz, blues, and other forms of popular music: the aforementioned spiritual *Swing Low, Sweet Chariot* and Hendrix's revisionist *Star-Spangled Banner*, the iconic *We Shall Overcome*, Nina Simone's *Mississippi Goddam*, and Public Enemy's *Fight The Power* are some well-known examples from this lineage of black sonic cultural production and protest against racialized violence and injustice.[55] *Strange Fruit*, as it was performed by Billie Holiday, is arguably one of the most well-known and influential sonic protests on racialized violence in the history of the United States. Written by Abel Meeropol (under the alias Lewis Allan), *Strange Fruit* was first an anti-lynching poem and then was set to music as a protest song. Despite Holiday's claims that the song was written specifically for her, or that she collaborated on setting the original poem to music, both were done by Meeropol. The song was first performed by his wife at a Theatre Arts Committee (TAC) performance, before it was performed by Holiday at the Café Society nightclub in Greenwich Village. However, it is undeniable that it was Holiday who created the most powerful and lasting impact with the song. Holiday was only twenty-four when she first recorded the song in 1939. Three months after its release by Commodore Records, it reached number sixteen on the popular music charts – an unusually high rank for a song banned by radio stations. The record itself sold a million copies and became Holiday's biggest selling record.[56]

The cultural impact of *Strange Fruit* rivaled, if not exceeded, its commercial success. It was regularly included in 'best of' lists including 'Song of the Century' or 'ten songs that actually changed the world'.[57] Angela Davis writes in *Blue Legacies and Black Feminism* that 'Billie Holiday's recording of "Strange Fruit" persists as one of the most influential and profound examples – and continuing sites – of the intersection of music and social consciousness.'[58] The drummer Max Roach said that 'When she recorded it, it was more than revolutionary … She made a statement that we all felt as black folks. No one was speaking out. She became one of the fighters, this beautiful lady who could sing and make you feel things. She became a voice of black people and they loved this woman.'[59] Indeed, within African American communities, her rendition of the song was adopted as an object lesson on the dangers of racialized violence, and an emblem of the communities' continual survival despite of it.[60] In the realm of American politics, the lyrics of *Strange Fruit* were sent to every member of the United States Senate by the TAC in 1940 to urge the passage of the Gavagan Anti-Lynching Bill.[61] In 1994, Stephen Reinhardt, a judge in the United States Court of Appeals in Los Angeles, cited *Strange Fruit* in a legal opinion arguing for the designation of execution by hanging as a cruel and unusual punishment. Reinhardt writes: '[t]o many Americans, judicial hangings call forth the brutal images of Southern justice immortalized in a song hauntingly sung by Billie Holiday', and he included the full lyrics of the song in the footnotes for the document.[62] Since Holiday, the song has been performed and re-interpreted by numerous musicians worldwide, ranging from Dee Dee Bridgewater to Jeff Buckley to Siouxsie and the Banshees.

At first listen, *Strange Fruit* and *Guitar Drag* could not be more different. One is a popular protest song written in the 1930s and most often heard in night clubs and concert halls, where it was famously interpreted by an African American woman in the modern jazz tradition. The other is a media art installation created in 1999 by a Swiss American artist, a white male, evoking the genres of rock and noise music, and largely shown in art galleries and museums. Marclay's installation references both popular and experimental music as well as precedent avant-garde art movements including Fluxus and Auto-Destructive Art, creating resonances between music and art histories. Meeropol, a Jewish schoolteacher from the Bronx and a member of the Communist Party, wrote *Strange Fruit* as a protest against the practice of lynching from a leftist/humanist perspective. Its popularization after Holiday performed the song shows a particular resonance between leftist political organizing and black popular music during the 1930s and early 1940s in the United States. At the same time, Meeropol's fraught relationship with Holiday also shows the dissonance within this powerful but often uneasy partnership, paralleling aspects of the aforementioned relationship between Lead Belly and Lomax in significant ways.[63] While both *Strange Fruit* and *Guitar Drag* are responses to specific incidents of racialized violence perpetrated against African American men, they are also resonators of complex events, developments, and forces across sixty years of cultural and political history.

Strange Fruit, like *Guitar Drag* for Marclay, stands out within Holiday's repertoire. The overt politics of the song and its gruesome imagery, amplified by Holiday's performance, set it apart from the Tin Pan Alley love songs that Holiday was known for. Although it was a commercial success, it was not received favorably among some jazz critics, who considered it 'too simple' and 'not jazz'. While some African American public figures, such as Paul Robeson, felt that the song portrayed blacks as victims, others were worried it would stir up racial hatred and lead to new waves of lynching.[64] Holiday, who felt that the death of her father, jazz guitarist Clarence Holiday, was the direct result of racism, said that *Strange Fruit* 'seemed to spell out all the things that had killed [him]'.[65] She kept it in her repertoire and would often end her performances with it. It was difficult, if not impossible, to have another song follow her rendition of *Strange Fruit*. One of her first performances of the song was at a party in Harlem in 1938. This was before her public performances of it at Café Society. Charles Gilmore, a party attendee, described the effect Holiday's performance had on the raucous party: 'the crowd grew still; the apartment became a cathedral, the party a funeral. "That was all she sang; nobody asked her to sing anything else", he said. "There was a finality about the last note. Even the pianist knew. He just got up and walked away. It was an odd thing. Nobody clapped or anything."'[66] DJ Holmes 'Daddy-O' Daylie recounted that 'After "Strange Fruit" anything else would be anticlimactic. We'd know the party was over; there was no need to put anything else on'.[67] Barney Josephson, proprietor of Café Society, tells the story of a woman who followed Holiday into the powder room after she sang *Strange Fruit*, screaming hysterically: 'Don't you sing that song again! Don't you dare!' In her hysteria, she ripped the strapless gown Holiday was wearing. The woman claimed that hearing the song brought back her memory of attending a lynching when she was 7 or 8 years old in the South, in which 'she saw a black man tied by the throat to the back fender of a car, dragged through the streets, hung up and burned. She thought she forgot it and Billie brought it back'.[68] Holiday herself said that *Strange Fruit* 'has a way of separating the straight people from the squares and cripples'.[69] The song disrupted the social ambiance of Café Society as well as other venues she performed it in, and signaled a finality in Holiday's set – 'there was no need to put anything else on'. It stretches the popular understanding of what entertainment was at the time. Davis did not consider *Strange Fruit* as an anomaly within Holiday's legacy, instead, she argued it was an intervention on Holiday's part that 'brought previously unexplored dimensions of race, violence, and, implicitly, sexuality into the nightclub and concert hall'.[70] She argued that Holiday's insistence on including *Strange Fruit* in her recordings and public performances, despite the unease and violence it produced in her audience, was her attempt to use the song to reposition her repertoire in regards to race and politics. She used it to 'prick the collective conscience of her listeners'.[71] Davis' argument regarding *Strange Fruit* and Holiday can also be used to re-frame *Guitar Drag* and Marclay in a meaningful way. Although Marclay has stated his ambivalence in 'responding directly to a race crime' in his work, his reference to the Byrd murder, in its specificity and overtness, nevertheless highlights the issues of race and politics which are typically present in less pointed ways in his oeuvre. Extending the scope of Davis' point, I further argue that neither *Strange Fruit* nor *Guitar Drag* should be considered anomalies within Holiday and Marclay's respective oeuvres. Rather, like sound resonators that take subsonic vibrations and amplify them into a more audible volume, these works magnify cultural and racial politics in order for them to be heard in new ways. Intentionally or unintentionally, these works resound the issues of race, sexuality, politics, and social justice, bringing them to the forefront of Holiday and Marclay's oeuvres.

Strange Fruit and *Guitar Drag* produce different listening experiences. *Strange Fruit* is a popular protest song that brings together leftist and African American perspectives on lynching while being marketed as a commercial hit. Since it was first written as a poem, and then set to music, much of its meaning is predetermined by its lyrics and musical arrangement. In *Guitar Drag*, there are no lyrics or musical arrangement per se. Its soundtrack is the audio inscription of the action/performance: the sounds of preparation, testing of the guitar, and the ignition of the truck engine in the beginning, followed by the sounds generated by the guitar as it is being dragged behind the truck. The sounds of *Guitar Drag* and *Strange Fruit* reference different music genres: rock and avant-garde in the former, and jazz and blues in the latter. Also, the contexts of their listening are quite different: *Strange Fruit* is usually performed live in nightclubs and concert halls, or played as a recording in private settings, or on the radio and television; *Guitar Drag* is experienced most often as an installation in an art gallery or museum, with its soundtrack in limited distribution as a 12" vinyl record.

The seemingly disparate sounds of *Strange Fruit* and *Guitar Drag* are, however, similar in one key aspect. Holiday's performance of *Strange Fruit* is one of the main reasons, if not *the* main reason, for its impact and lasting influence. Indeed, Davis argues that Holiday's originality lies in her ability to appropriate the 'inconsequential love songs' of Tin Pan Alley and make them her own, imbuing these otherwise 'racist and sexist representations of women in love' with 'a sincerity and feeling for dramatizing the lyrics in the musical phrase which charged the banal lines with the mysterious potentiality of meaning which haunts the blues'.[72] In other words, 'her originality consists not so much in what she sang, but rather in *how* she sang the popular songs of her era'.[73] In *Strange Fruit*, instead of appropriating banal love songs and subverting their meaning, Holiday's performance enhances and amplifies Meeropol's hatred of lynching, of injustice, and of the people who perpetuate it, and crucially imbues the audience's experience of the song with its powerful mix of horror (at the act of lynching) and empathy (for the victims). She achieved such a memorable affect through a combination of the decisions she made as a performer and the use of her voice, or more specifically, what Roland Barthes calls the 'grain' of her voice. In his 1977 essay 'The Grain of the Voice', Barthes adapts Julia Kristeva's concepts of the 'pheno-text' and 'geno-text' in his discussion of different singers' performances. He designates 'pheno-song' as 'all the phenomena, all the features which belong to the structure of the language being sung: the rules of the genre, the coded form of the melisma, the composer's idiolect, the style of the interpretation' and the 'geno-song' is 'the volume of the singing and speaking voice, the space where significations germinate "from within language in its very materiality"'. The 'grain' of the voice, then, is not 'what it says, but the voluptuousness of its sound-signifiers, of its letters – where melody explores how the language works and identifies with that work'.[74] As Davis writes, it is 'not what she sings' but 'how she sings' that makes Holiday's performances so powerfully affective. Barthes's theory of the grain is here related to Michel Chion's discussion of 'corporeal implication'; Nina Sun Eidsheim's argument that voice, as vibrational energy, 'is an always already unfolding relational process'; as well as Cavarero's assertion that vocal emission and acoustic perception necessarily involve human bodies.

Holiday performs the final note of *Strange Fruit* in a counter-intuitive up note that goes slightly off-key, which, in her particular vocal grain, serves to epitomize the dissonance of the pastoral scenes of violence described in the lyrics, mourns the death of the lynch victims, and calls for action and justice in one dramatic flourish. Studs Terkel describes this last note, which he heard 'at a seedy little club called Budland in Chicago's South Side in 1957':

> 'The voice goes up – crah-ah-OF! – like a scream', he said. 'It's like that painting by Munch of the woman screaming, only in this case, you hear it. She leaves the last note hanging. And then – bang! – it ends. That's it. The body drops. I don't know of any other song, jazz or pop, that has that kind of ending.'[75]

It is the grain, the vibration in her voice, produced by Holiday's body and perceived by her audience's own bodies, that provokes their visceral reaction. Her voice, with 'the voluptuousness of its sound-signifiers, of its letters' and 'in its very materiality' lends that power and complexity to her performance.[76] According to Davis, Holiday's subjectivity as a black woman can be heard in her voice. It is her cultural and personal experience – perceived as the bodily exchange between Holiday, her audience, as well as the lynched bodies evoked in the song – that sets her performance of *Strange Fruit* apart from all the others.[77]

In *Guitar Drag*, the grain is not in the voice. Despite the description on UbuWeb linking its soundtrack to the human voice, the process through which sound is produced by an electric guitar is markedly different from vocals by Holiday and others. The writer on UbuWeb is not alone. Others, including Les Paul, who are invested in the history and development of this instrument, also made connections between its sound and the human voice.[78] However, the way the Fender Stratocastor produces sound in Marclay's video installation – in other words, *how* he plays it – is markedly different from the mechanics of vocality. The soundtrack of *Guitar Drag* is produced by the violent contact of the various parts of the guitar – strings, the guitar body, perhaps even the pickups themselves – with the ground it is being dragged on, which vibratory signals are then transmitted electronically to the amp, broadcasted from the back of the truck and then recorded, most likely as a part of the videotaping of the action.[79] This sound is an inscription of the landscape the guitar is dragged through, or rather a sonic record of its body as it is being dragged. In this sense, the location of the guitar is the point of audition in the soundtrack. However, the soundtrack of *Guitar Drag*, from the instrument's registration of the vibratory action, to the transmission of the signal to the amp, to the broadcasting of the resultant noise during the action, to the recording of the sound on videotape, to the video's editing process, and lastly to the broadcasting of its soundtrack in the space of the installation, is also very much a mediated sound.

The sound the guitar produces while being dragged becomes *Guitar Drag*'s primary sound-signifier. It is, in a material way, the sonic representation of Byrd's murder. It is also a mediate representation. Marclay's performance is not a literal re-enactment, because he abstracted and amplified Byrd's torture by substituting his body with the guitar. This anthropomorphic use of the guitar shifts the attention from the image to the sound in a way that answers the dilemma of how to visually represent lynch victims. This is further reinforced by the association between the Fender Stratocaster and black male musicians, in particular Jimi Hendrix. *Guitar Drag* also side-steps the issue of racial expropriation and exploitation discussed by Waksman and Stoever to a degree, because its soundtrack is produced by the dragging. Other than brief moments of setting up and strumming the guitar, the audience do not see a white (male) body playing it in the video. And while the auditor of its soundtrack is placed at the point of audition of Byrd's body during his murder, the mediated process through which the sound is produced in *Guitar Drag* also serves to alleviate some of the visceral and bodily horror that auditor may feel in experiencing his death, thus making the work more bearable. The sonic signification of Byrd's murder is further complicated by *Guitar Drag*'s visual elements. The rough and jerky video image, projected large in an enclosed space, produces a fragmentary experience for those in the space. While the point of audition in the soundtrack is Byrd's, the guitar's gradual destruction is observed in the video image through the point of view of his murderers. This fragmentation in subjectivity through the sound/image split is key in producing the dissonant experience of exhilaration and disgust that Marclay describes. There are also other dissonances within *Guitar Drag*'s soundtrack. In his discussion of Les Paul's influence on the development of the electric guitar – for which he was sometimes referred to as its 'Edison' – Waksman argues that one of Paul's goals in working on the new instrument and its sound was the elimination of noise:

> The sound Paul sought to achieve through his work in developing the solid-body electric guitar was characterized by its lack of distortion or any extraneous noise. This quest for tonal or sonoric purity complemented Paul's musical taste for unfettered melody, free of the dissonances and off-beat changes that dominated much of jazz of the period.[80]

Furthermore, Waksman points out that Paul's pursuit of 'tonal purity' is connected to race, specifically in the 'other' musics – jazz, hillbilly, blues, the music of Russian, Spanish, Latin American, Hawaiian, and more – that Paul has incorporated into his version of pop. He writes: 'Paul's attempt to remove extraneous noise from his music and from sounds produced by his electric guitar merged in these instances with the symbolic erasure of unruly ethnic or racial signifiers.'[81] Marclay, in choosing how to play the Fender Stratocaster in *Guitar Drag*, brings dissonant 'noise' back to the body and sound of the instrument.

In her performance of *Strange Fruit*, Holiday also conveys dissonant meaning. In *Strange Fruit: The Biography of a Song*, David Margolick writes about Josephson's recollection of some of her earliest performances of the song at Café Society:

> Josephson, who called the song 'agitprop'… decreed elaborate stage directions for each of the three nightly performances. Holiday was to close each set with it. Before she began, all service stopped. Waiters, cashiers, busboys were all immobilized. The room went completely dark, save for a pin spot on Holiday's face. When she was finished and the lights went out, she was to walk off the stage, and no matter how thunderous the ovation, she was never to return for a bow. 'My instructions was to walk off, period', Josephson later said. 'People had to remember "Strange Fruit", get their insides burned with it.'[82]

As Davis points out, Josephson was wont to downplay Holiday's agency as an artist in his recollection.[83] When his account of these early performances is compared to Holiday's BBC television performance of the song in 1958 – years after her performances at Café Society – key parallels affirm that these creative decisions were probably made by her. The staging is minimal: just Holiday and an accompanist are visible on screen, which creates a similar effect as the dimming of the lights and stopping of the service at Café Society – so that the audience is focused on her. Holiday is standing quite still as she sings, but her facial expression progresses from solemn to horror and disgust, visualizing the words in Meeropol's poem. These minute changes in her facial expression are enhanced by the BBC's studio camera, which frames her face in a close-up shot for most of the sung parts, as much as they would have been by the pin spot lighting in Café Society. There is a dissonance to this scene: here is a beautiful woman, dressed elegantly in a floor-length gown, accessorized with sparkling jewels, her hair and make-up tastefully done, and she is singing about a gruesome scene of racialized violence. This juxtaposition between the mise-en-scène of the performance and its content amplifies the incongruity already present in Meeropol's poem, where 'pastoral scene of the gallant south' is populated with 'black bodies swinging in the southern breeze' with their 'bulging eyes and twisted mouth'. When she sings that final, devastating note in the song, the camera frames her face in a close up and gradually zooms out in time with the final crescendo in the musical accompaniment; her head is tilted back, and her mouth opened wide, as if in a scream. Terkel's comparison to Edvard Munch's painting *The Scream* (1893) is quite apt. Here are the powerful clashing forces of beauty and violence in her performance of *Strange Fruit*, crystalized in an audio-visual image.

Noises of protest

In her study of the modern soundscape, Thompson writes: 'In a culture preoccupied with noise and efficiency, reverberation became just another form of noise, an unnecessary sound that was inefficient and best eliminated.'[84] Thus far in my discussion, I have used the term 'noise' in a number of different contexts and sometimes to mean different things: for example, I use it to describe the soundtrack of *Guitar Drag*, especially its loudness and non-melodic cacophony. While primarily descriptive, this usage also links *Guitar Drag* to noise (as) music. Noise is also used to denote a disturbance or interruption in the reception of information, thus an unwanted addition to a signal. As Attali puts it, noise is 'a resonance that interferes with the audition of a message on the process of emission'.[85] Holiday's performance of *Strange Fruit*, when considered within this theoretical framework, becomes noise because it transmits and amplifies the issues of race, sex, and violence into the nightclubs and concert halls she performed in, thus disrupting the primary function of entertainment in these spaces. In Davis' words, it 'pricks' the conscience of her audience. *Guitar Drag* similarly introduces the noise of race and violence into avant-garde and experimental music, while on the other hand its use of noise (loud, non-melodic sounds) disturbs the melodic history (signal) of anti-lynching protest songs. This section works through these harmonious as well as dissonant meanings of noise, framed by the comparative analysis of *Guitar Drag* and *Strange Fruit* that I began in the previous section. With an ear to the theoretical, cultural, and experiential understanding of noise, multiple theoretical frameworks are deployed to further explore how violence and resistance resonate within the histories evoked by Marclay as well as Holiday's sonic protests.

In his 1913 Futurist manifesto 'The Art of Noises', Luigi Russolo calls for an expansion beyond the traditional orchestral sounds of eighteenth-century European music, and a celebration and embracing of the noises of nineteenth-century industrialization, thus creating a new music fit for the Machine Age. Attali, on the other hand, attributes music with a prophetic role in his book *Noise: The Political Economy of Music*. The basis of Attali's argument is rooted in his observation that 'the *political organization of the twentieth century is rooted in the political thought of the nineteenth, the latter is almost entirely present in embryonic form in the music of the eighteenth century*'.[86] For him, music, as noise, 'makes mutations audible. It obliges the invention of categories and new dynamics to regenerate social theory'.[87] Together, Attali and Russolo define the early and influential discourse on noise as music, as sound, as political, social, and cultural force. Critical theorist Greg Hainge further defines noise as a form of matter, and emphasizes its qualities of resistance, subsistence, co-existence, persistence, and obsistance.[88] Ethnomusicologist David Novak, who calls noise the 'universal opposite', similarly highlights its 'violation of categorical objectivity' and argues that noise is 'against meaningful transmission of information' as well as generally opposed to art and beauty, the natural world, 'public consensus and corporate and state-ordered collectivity'.[89] He writes: 'Its unclassifiable nature undermines constructions of knowledge and conjures universal human experience even from the incalculable differences of global modernities. But cultural productions of noise often fade into the background. Too often, noise occupies a negative space.'[90] Yet, Novak also cautions against making 'a thing of noise without ever saying what kind of thing it is or what it does', noting that recent discourses of noise '[have] been expanded with sweeping theoretical gestures and expansive claims of its synchronic recurrence across history'.[91] In her book *Beyond Unwanted Sound*, media scholar Marie Thompson sets out to challenge what she calls the 'unwantedness' and 'badness' often associated with theories of noise. Her 'productive disruption' indirectly responds to Novak's critique of recent noise theories and scholarship in its intention 'to be broad enough to allow for noise's qualitative variability', 'while also avoiding a collapse into a relativist end point where noise can be anything to anyone'.[92] She argues:

> Noise is both obvious and evasive. It is something that many of us regularly encounter and yet, as is often claimed, remains stubbornly resistant to theorization. Noise slips between different disciplinary fields: it carries through the walls that separate science, accustics, economics, politics, art, information

theory and law. And what constitutes noise can vary considerably between these fields. It could be said, then, that noise is a 'noisy' concept: it is messy, complex, fleeting, fuzzy-edged and at times, infuriating.[93]

Thompson also points out that 'the relationship between noise, error and innovation is frequently gendered as well as racialized'.[94] Heeding Novak as well as Thompson's arguments, my discussion of noise in this chapter primarily focuses on it as a form of violence that is often horrific, and sometimes generative. More specifically, I discuss the noises produced by *Guitar Drag* and *Strange Fruit*, as well as these works themselves as a form of noise, through a 'noisy' framework: amplifying the necessary messiness, complexity, contradiction, as well as those hard-to-define edges and infuriating phenomena that constitute racialized violence. Like noise, racialized violence is something that many of us regularly encounter, yet it also tends to shut down in-depth studies, discussions, and complex theorization as it flows through different disciplinary fields, milieux, and spaces. I use the theories of Russolo and Attali, as progenitors of noise discourse, to structure and frame my discussion, introducing contemporary noise theories at specific points to productively and nosily disrupt the resonance between Marclay's and Holiday's works.

Russolo's 'The Art of Noises', with its call to incorporate the everyday mechanical sounds of the Industrial Revolution into musical composition, has been and continues to be influential to an eclectic yet consequential group of musicians, composers, and artists, ranging from Piet Mondrian, to John Cage, to Einstürzende Neubauten. *Guitar Drag*, as a musical composition, fits well within the six families of noises that Russolo envisions for a futurist orchestra, although its electrical, feedback-laden sound is quite dissimilar to the noise produced by the *intonarumori*, a collection of acoustic instruments constructed by Russolo to perform his noise compositions.[95] Marclay's use of the electric guitar, amp, pick-up truck, and video camera in the work also affirms Russolo's emphasis on industrialized processes, as did the mechanical reproduction and mass distribution of Holiday's recording of *Strange Fruit*. Additionally, both Holiday and Marclay's representations of racialized violence are echoed in Russolo and his fellow Italian Futurists' celebration of aggression, evident in their bombastic and polarizing manifestos, raucous and antagonistic *serata* events, unabashed warmongering, and pro-fascist tendencies.[96] What music scholar Steve Goodman calls Russolo and the Italian Futurists' 'art of war in the art of noise' resonates with Attali's attribution of a prophetic role for music in *Noise*. For Attali, noise is inherently subversive and violent. He writes that:

> *noise is violence*: it disturbs. To make noise is to interrupt a transmission, to disconnect, to kill. It is a simulacrum of murder ... [And] *music is a channelization of noise*, and therefore a simulacrum of the sacrifice. It is thus a

sublimation, an exacerbation of the imaginary, at the same time as the creation of social order and political integration.[97]

Attali further suggests that the only socially acceptable form of music is one in which noise is eliminated or controlled: 'Music, then, rebounds in the field of sound like an echo of the sacrificial channelization of violence: dissonances are eliminated from it to keep noise from spreading. It mimics, in this way, in the space of sound, the ritualization of murder.'[98]

In addition to representing acts of racialized violence as their subject matter, *Guitar Drag* and *Strange Fruit* both enact and engage with violence in complex and paradoxical ways. Holiday's performance of *Strange Fruit* created violent reactions among her audience. The song also heralded the civil rights movement, in which violence and murder, usually perpetrated on African Americans and other activists, played a significant part. Although its leaders subscribed to the use of non-violent resistance, the movement was considered to be subversive by its detractors. *Guitar Drag*, with its multiple references to instrument destruction in rock and roll as well as in avant-garde performance, not only evokes Russolo's mechanized industrial noises, but also amplifies Italian Futurism's celebration of violence by reconnecting the Fender Stratocaster guitar with Byrd's black male body through an audio-visual enactment of his racist murder.

According to Attali, music, as a simulacrum of ritualized murder and sacrifice, is a herald for social change. Novak, Thompson, and Waksman have all, in different ways, built their discussion of music and noise on the foundation of Attali's theories. Novak, who studies Japanese noise music in its transnational circulation, critiques Attali's attribution of music as noise in the past, thus outside of technological mediation. For him, 'Attali does not move far enough away from the site of resistance to imagine a productive culture of noise.'[99] For Thompson, 'noise-as-transgression remains in some ways bound to the socio-musical norms and conventions it seeks to oppose':

> By extension, noise music – understood from this perspective as a combination of mutually exclusive terms – can never truly exist; it is a paradox that cannot succeed. In other words, if noise music 'succeeds' as noise, maintaining its taboo status, then it fails as music. Likewise, if it 'succeeds' as music, then it must, in part, fail as noise – noise that comes to be music loses its taboo status and becomes the norm.[100]

In his study, Waksman explicitly links Attali's theory to the production of noise by musicians playing the electric guitar. Marclay's 'playing' of the Fender Stratocaster in *Guitar Drag* brings noise, in the form of race and violence, back to disrupt Paul's notion of tonal purity. Waksman's discussion of Jimi Hendrix's performance of the *Star-Spangled Banner*, in particular, addresses noise, music, violence, and race in ways that touch on both *Guitar Drag* and *Strange Fruit*. He writes: 'Hendrix translated the fractiousness of the war at home and abroad and noise that was at once a supreme act of defamiliarization and a stunning political critique.'[101] Hendrix's subversive and heraldic performance intensifies the vibrations already reverberating between Marclay and Holiday's performances. It loosens the racial expropriation and exploitation in the former's references to 'rebellion and crazy youth' and amplifies 'the rock-and-roll tradition of guitar smashing, or the destruction of instruments in Fluxus'. It echoes *Strange Fruit*'s disturbing and disrupting effect on its audience, bringing forth a messy and complex horror that 'brings us face to face with what we do not want to see, just as common sense definitions of noise figure it as that part of a signal that we wish to eradicate or as that which we do not want to hear'.[102] It is, in more ways than one, a manifestation of the change that Holiday's performance prophesized:

> The late jazz writer Leonard Feather once called 'Strange Fruit' 'the first significant protest in words and music, the first unmuted cry against racism'. To Bobby Short, the song was 'very, very pivotal', a way of moving the tragedy of lynching out of the black press and into the white consciousness. 'When you think of the South and Jim Crow, you naturally think of the song, not of "We Shall Overcome"' said Studs Terkel. Ahmet Ertegun, the legendary record producer, called 'Strange Fruit' which Holiday first sang sixteen years before Rosa Parks refused to yield her seat on a Montgomery, Alabama, bus, 'a declaration of war . . . the beginning of the civil rights movement'.[103]

Strange Fruit, as the noise that interfered with the practice of racialized violence in 1930s United States, also resonates with older notions of noise and silence within American history. According to Smith, American colonial elites defined the production of noise according to racial and class divisions:

> Native Americans, African Americans (slave and free), and the laboring classes generally were among the greatest noise-makers in colonial America. Colonial African Americans 'disrupted the acoustemology of English speakers in fundamental, frightening ways: they chattered like monkeys, they bellowed like beasts, they mourned in chants ... they delighted in drumming, they spoke a language that was no language'. African Americans, like Native Americans and other nonliterate groups, 'defied the surveillance of writing' and made sounds that threatened to fracture the acoustic world of English settlers. Elite seventeenth-century colonists worried about the socially and spiritually disruptive tendencies of dissenters and the possibility that their 'rants', because sound itself carried a physical force and gravity, would tear a delicate, evolving social order. While Native Americans could at first be intimidated by the sound of guns, even sounds of modern technology could not subdue what white

settlers heard as Indians' 'halloing' and their 'foule noise'. Colonists often considered Indians heathenish and dangerous, an impression confirmed when they heard their 'howling' and 'screeching' preparations for war.[104]

The relationship between noise and silence became more complex in the antebellum South and North. In the South, the pastoral silence of plantation life was cherished by the southern white slaveholding elite, and held above the soundscape of the North, which was considered to be full of urban industrial noise and the din of capitalism. Smith describes this silence in the plantations as a 'carefully regulated quietude'.[105] This quietude was maintained through strict regulation and control of black noise under the brutal institution of slavery, including the prohibition and censorship of speech, the management of silence and singing during work in the fields, beatings (or worse) for those who disobeyed the code of silence and other rules, and the attachment of bells and other sound-making devices to the bodies of slaves to prevent escape as well as to enable easy detection and recapture for those who managed to do so.[106] While the slaveholders maintained this strictly regulated quietude, the slaves in turn developed strategies of resistance through their own regime of noise and silence, which included passing important coded information through slave songs and developing abilities to control their own sounds, thereby turning the silence imposed by the slaveholders against them:

> Slaveholders' efforts to impose safety and order on their plantations succeeded at a price because slaves understood the power of their own silence and learned to manage aspects of plantation soundscapes. Slaves hear better and listen more closely than masters … because survival and escape were contingent on an acute appreciation of the southern plantation soundscape. Although their masters were a close second, the people most sensitive to the aural world in the Old South were slaves. For them the ability to control sound and silence could mean freedom.[107]

The idealized pastoral silence of the southern antebellum elite became more ominous when strategically appropriated by the slaves. 'Too much silence at particular moments rubbed nerves raw simply because silence was the unheard note that might precede insurrection.'[108] War with Native Americans on the southern frontier produced similar fears of 'the military efficacy of Native Americans' silence and noise during engagements'.[109] Through a combination of military action, the introduction of alcohol, forced relocation, and cultural assimilation, 'Native Americans were taught the dignity and desirability of social quietude' – the desirable, non-threatening kind of silence.[110] These racialized aural battles were resurrected in the post-bellum South between freepersons and Klansmen. The Klan operated in secrecy and exploited silence and noise to avoid exposure – and also to intimidate as well as attack African Americans and sympathetic whites:

> The organization's constitutions and bylaws were replete with rules governing silent communication. Those who joined promised 'never [to] reveal to any one not a member of the order of * * *, by any intimation, sign, symbol, word or act, or in any other manner whatever, any of the secrets, signs, grips, pass-words, or mysteries of the Order'. Members were admonished to keep quiet: 'Hush! Thou art not to utter what I am; bethink thee! It was our covenant!' Just as the Klan's social invisibility relied on silent maneuvers, so its intimidation of blacks and Republicans was premised on its militaristic use of sound. Night raids on Republicans and soft Democrats were coordinated by gesture and audible whistle. Such intimidation 'had a most quieting effect on the Negroes', according to one observer.[111]

Long moments of silence, both written into the musical arrangement of *Strange Fruit* and produced by Holiday, are used expressively and in contrast to the sounded and sung parts to produce a sense of ominousness and dread in beginning of the performance, and then of mourning and loss at the end. The most powerful moment of silence in Holiday's rendition of the song might have been that which followed her performances. Jack Schiffman, son of Apollo Theater owner Frank Schiffman, described the impact of *Strange Fruit* on Apollo's audience when she sang it for the first time there: 'Following her performance there was "a moment of oppressively heavy silence … and then a kind of rustling sound I had never heard before. It was the sound of almost two thousand (black) people sighing."'[112] Considered within the context of United States' aural history, Holiday's powerful use of silence in her rendition of *Strange Fruit* becomes doubled in meaning. On one hand, this silence reproduces the intimidation tactics of the Ku Klux Klan to signify the ominousness and threat of lynching, echoed in the moments of (relative) silence before the action begins in *Guitar Drag*. On the other hand, the silence Holiday's performance produces in the audience echoes the disquietude that 'too much silence' instilled amongst the antebellum slaveholding elite. This doubling of meaning layers the multiple traditions Holiday draws from as well as amplifies the overlapping subject positions at work in her performance. The ominous, threatening silence is generated in the text and measures of the song's lyrics, as well as in its sparse musical arrangement by Meeropol, which is then enhanced by Holiday's performance. As she typically ends her performance with *Strange Fruit*, this is a silence of burning finality. In Holiday's performance on the BBC, seen now in a degenerating black and white analogue video image, this sense of finality is further amplified with the knowledge that Holiday would be dead within a year of this performance (Figure 2.12).

Still from Billie Holiday's 1959 live performance on the BBC.   **2.12**

Holiday's performance of *Strange Fruit*, in which both noise and silence are deployed as strategies of resistance against racialized violence, embodies the audio-visual vernacular of African American culture, and it soundly affirms her key place within its history. While *Guitar Drag* does not contain similarly orchestrated moments of silence as in *Strange Fruit*, the quiet moments of preparation in the beginning of the video are sharply contrasted with the loud noise produced by the guitar during the performance. Towards the end of the video, the soundtrack quickly fades out, indicating the slowing down and then stopping of the truck, as well as the gradually diminishing capacity of the destroyed guitar to produce noise. The static hum at the very end of the video signifies another kind of finality – that of Byrd's death. In *Guitar Drag*, Marclay's use of an electric guitar to stand in for a lynched black body creates the noise that both draws attention to Byrd's racist murder and to the history of

African American musical practices that has influenced the development and popularization of that guitar – today cast as an overwhelmingly white instrument. The guitar breaks the silence of racial expropriation and exploitation, while also remixing the noise of race and violence back into its sonic history. In the following section, the specific acts of racialized violence represented in Marclay and Holiday's works are further examined. If, according to Attali, noise sublimates violence, do *Guitar Drag* and *Strange Fruit* normalize the racialized violence they represent into more socially acceptable forms? Or do they, in their noisy dissonance, become weapons of subversion and heralds of radical change? What other violent historical processes are reverberating within these works?

A distanced brutality

The double lynching of Thomas Shipp and Abram Smith on August 7, 1930 in Marion, Indiana was believed to have been the event that prompted Meeropol to write the poem *Bitter Fruit* in the early 1930s, which was then set to music and became the song *Strange Fruit*.[113] A photograph of the event taken by Lawrence Beitler is widely circulated to this day, and documents both its brutality as well as its carnival-like atmosphere.[114] In her discussion of *Strange Fruit*, Davis cited the lynching of Claude Neal near Marianna, Florida, as an example of the brutality and gruesome spectacality of the practice. The event, which took place in a swamp beside the Chattahoochee River on October 26, 1934 – five years before Holiday recorded *Strange Fruit* – was reported in extreme and grisly detail in the *Birmingham Post*. A crowd of one hundred men, women and children gathered to witness the torture of Neal, in which he was 'shot at least 50 times, burned with red hot irons and dragged through the streets behind an automobile'. An eye-witness account is included in the article:

> Due to the large number of people who wanted to lynch the nigger, it was decided to do away with him first and then bring him to the Cannidy house dead.
>
> First they cut off his penis. He was made to eat it. Then they cut off his testicles and made him eat them and say he liked it.
>
> Then they sliced his sides and stomach with knives and every now and then somebody would cut off a finger or toe. Red hot irons were used on the nigger to burn him from top to bottom. From time to time during the torture a rope would be tied around Neal's neck and he was pulled up over a limb and held there until he almost choked to death, when he would be let down and the torture begun all over again. After several hours of this punishment, they decided just to kill him.

Neal's body was tied to a rope on the rear of an automobile and dragged over the highway to the Cannidy home. Here a mob estimated to number somewhere between 3,000 and 7,000 people from eleven southern states was excitedly waiting his arrival. When the car which was dragging Neal's body came in front of the Cannidy home, a man who was riding the rear bumper cut the rope.

A woman came out of the Cannidy house and drove a butcher knife into his heart. Then the crowd came by and some kicked him and some drove their cars over him.[115]

The remains of Neal's body were brought to Marianna and hung from a tree on the courthouse square. Photographers sold images of his body at fifty cents each, and his severed fingers and toes were 'freely exhibited on street-corners here.'[116] While the lyrics of *Strange Fruit* contain similarly violent accounts, a deeper vibratory force reverberates within the noise of the Fender Stratocaster's destruction in *Guitar Drag*, powering the practice of lynching as well as other forms of racialized violence in the United States and Europe.

Claude Neal's lynching, though exceptional in the grisly detail of its reportage, is not so in terms of its sadistic sexualized torture of the victim, and its collective participation by the white populace. In James Allen's collection of photographic postcards that were sold as souvenirs at or after lynchings – as they were at Neal's – large crowds of white men, women, and children can be observed participating in and celebrating at many similar events. Allen's collection, first exhibited in a gallery show called *Without Sanctuary: Photographs and Postcards of Lynching in America* and then published as a book with the same title in 2000, constitutes a visual history of racialized violence in the United States. This history shows that there is an observable lineage in the performance of such violent acts. It is also the problematic visual history of representing racist violence that the artists participating in *An Art Commentary on Lynching* and *Struggle for Negro Rights* had to contend with. And these are the very images in which Gonzales-Day has erased the lynch victim and rope, leaving an eerily empty scene of the crime. The murder of Byrd is a continuation of this history: echoing its group dynamics, sadistic torture, threatening display of mutilated bodies, and use of automobiles as a murder weapon. Whether consciously or subconsciously, Berry, Brewer, and King reproduced the historical performance of lynching in their contemporary hate crime, down to its minute details. Their action, then, is in turn re-enacted and abstracted by Marclay in *Guitar Drag*. Existing alongside this visual history of lynching, there is another history represented within the Allen collection, and one that resonates powerfully with the histories of aurality sounding within this chapter. These historical reverberations are amplified in Marclay's installation performance and are driven by a larger cultural force that courses through

2.13   Lawrence Beitler, *The Lynching of Thomas Shipp and Abram Smith. August 7, 1930, Marion, Indiana.* Framed photograph with victim's hair.

the histories of racialized violence, sound technology, and medicine, causing them to vibrate in unison. There is a framed copy of the Beitler photograph of the Shipp and Smith lynching in the collection, and flattened between the glass and the matte are locks of the lynch victim's hair (Figure 2.13).[117] As the account of the Neal lynching corroborates, the exhibition and sale of victims' body parts were a common practice at lynchings. These mutilated human remains, along with the photographs that document the atrocities that produced them, were considered apt souvenirs of the gruesome spectacle.[118] Stoever points out that: 'Reducing the complex humanity of black men and women to a collection of fleshy parts has a long genealogy back to slavery and the racial discourse enabling and under girding it. Whites exerted power over black bodies by discursively fragmenting them and objectifying various parts as useful but ultimately fungible.'[119] This attitude of treating the human, and predominantly colored and male, body as an object – as a collection of parts that can be disassembled through collective violence and sold for profit – is resonating with the historical account of Bell and Blake's invention and construction of the ear phonautograph.

In Sterne's discussion of the ear phonautograph, he focuses briefly on the provenance of the pair of ears that Bell and Blake experimented with. According to him, they were most likely cadaver ears that Blake obtained from the Harvard Medical School through the Massachusetts Anatomical Act. As a European trained doctor who later became Harvard's first professor of otology (ear medicine), Blake had returned to the United States and was working at the Massachusetts Eye and Ear Infirmary during the time of his and Bell's experiments. Since the dissection of corpses was an important part of the medical education that he received, it seems likely that he would turn to his training for solutions to the problem of sound transduction.[120] The Massachusetts Anatomical Act was the first of its kind in the United States, and was modeled after England's Anatomy Act of 1832. According to historian Michael Sappol, these anatomy acts were legislative attempts to control and regulate the sourcing of human bodies that were in demand for dissection in anatomy and surgery courses at the growing number of medical schools in eighteenth- and nineteenth-century America. The common practice prior to the passage of these laws was body snatching and grave robbing, either facilitated through shady 'resurrectionists' or done by the medical students and professors themselves. This practice fostered popular suspicion and sometimes acts of violence directed at hospitals, universities, and medical schools. 'Between 1765 and 1884 there were twenty anatomy riots across America. While each riot had slightly different roots, they were generally spontaneous public outcries prompted when body snatchers were caught in the act, or by chance when a visitor saw someone he knew on the dissection table.'[121] A similar situation in England led to the passage of the Anatomy Act. In fact, a particularly shocking series of murders in West Port, Scotland, perpetrated by William Burke and William Hare, resulted in a public outcry that facilitated the passage of the Act.[122] Hare, a boarding house owner, conspired with Burke, a tenant, to murder seventeen of his tenants and acquaintances, as well as prostitutes, the mentally disabled, and other poor and marginalized street people, who they lured to the boarding house and killed. These men then sold the bodies of their victims to Dr Robert Knox, an extramural lecturer on anatomy at Edinburgh University. The Anatomy Act, which allows doctors to take any unclaimed corpse left in a city morgue or hospital for medical dissection and anatomical study, resolved the controversy over the provenance of bodies for dissection by facilitating the appropriation of the bodies of the poor and working class, thereby protecting the bodies of the wealthy and middle class dead from grave robbers. The Act reinforced this class protection policy by simultaneously outlawing grave robbing and body snatching.[123] In the United States, the passage of anatomy acts was more uneven, and did not supply enough bodies for the medical schools that were opening all over the country. Therefore, grave robbing and body snatching remained the primary source for bodies and this persisted into the nineteenth century.

However, not all bodies were snatched with the same frequency in the United States, and class and race proved to be the determining factors on how likely it was that a body would be appropriated for dissection. Among the slew of anatomy riots in America between 1765–1884, there was a mass mobilization of the black community in Philadelphia in 1882 to protest the plundering of graves at the Lebanon Cemetery. In 1884, Swedish immigrants invaded a medical school in Des Moines, Iowa, to reclaim a body.[124] In late eighteenth-century New York City, most bodies dissected at Columbia College's medical school and in the extracurricular course on anatomy and surgery at the New York Hospital were supplied by the Negroes Burying Ground, a segregated section of Potter's Field. Unlike the white elite, whose bodies were typically buried in or near a church, the bodies of black men and women (as well as poor whites and immigrants, sailors, prostitutes, criminals, and other marginalized peoples) were left comparatively unprotected and were plundered by grave robbers. The Doctor's Mob of April 13, 1788, began when petitions and protests for the common council to ban medical students from 'making a merchandize of human bodies' from the New York black community were ignored. Then the grave robbers grew more audacious and began digging up bodies outside of the Negroes Burying Ground.[125] This led to the passage of the first American law to regulate and sanction dissection, which empowered judges to add dissection to the sentence of hanging for the crimes of murder, arson, and burglary, and outlawed body snatching like its British counterpart.[126] Nevertheless, black bodies persisted as one of the main sources for dissection in the United States. In the late 1830s, in addition to obtaining them illegally from Potter's Field and other local sources, New York medical schools also shipped black bodies from the southern states through quasi-legal business arrangements with prisons and ports.[127] Even by 1900, when all the northern states had adopted anatomy acts, most southern states still lacked them, and black bodies continued to be disproportionately requisitioned from state prison systems where the prisoners labored under terrible conditions, which produced high mortality rates.[128]

The history of how dead bodies were procured for dissection and medical instruction reveals a power dynamic within the field of medicine that was organized along race and class divisions. Sappol writes in *A Traffic of Dead Bodies*:

> Body snatching and dissecting-room jokes and narratives often had a sexual, class, ethnic, and/or racial coding, as in W.J. McKnight's memoir of body snatching as a medical apprentice in the 1850s in western Pennsylvania, entitled *How I Skinned the Nigger*. The performance of dissection and grave robberies

asserted and reinforced professional identity and solidarity, but also privileged other social identities, in this case whiteness. In robbing graves and dissecting their subjects, medical students asserted a ghastly seigneurial privilege: they freely transgressed the funerary customs and honor of working men and women, blacks, Indians, convicted criminals, and immigrants. Complicating this was the erotic potential of the cadaver, which was identified, via anatomical discourse and illustration, with the 'animal economy', the site from which desire emerged, and also as the object of desire. For both dissector and dissected, body snatching figured as a rape of the grave, while dissection was a public undressing, a rape of the dead body. Cadavers, like women, were regarded as vulnerable, in need of male protection. Critics of medicine often denounced the desecration of bodies on the dissecting table and in the graveyard as an 'unnatural act', equivalent to sodomy.[129]

The history of dissection echoes the practice of lynching in its combination of white privilege, sexualized violence, and disrespect as well as objectification of the dead bodies of the poor and people of color. Concerning Bell and Blake's experiments with cadaver ears, Sterne writes: 'a certain distanced brutality underlies the fundamental mechanism in sound reproduction technologies'[130] Their invention of the ear phonautograph required that 'the ear could be abstracted from the body, the tympanic function could be abstracted from the ear, and the tympanic function itself could be actualized as a purely mechanical operation.'[131] These multiple levels of abstraction render a living and breathing human body into an object that could be dissected, disassembled, and experimented on (Figure 2.14).

The detachment required to dissect a human ear and attach it to a machine is not on the level of the brutality exhibited at a public dismemberment and lynching in front of a large audience. In the sonic phenomenon of resonance, sympathetic vibrations can create movement in otherwise inert objects or amplify existing vibratory motion. According to Sappol, public performances of dissection in eighteenth- and nineteenth-century America were often used as punishment and further degradation of the bodies of criminals, blacks, Indians, and other marginalized groups. And the collection and display of their body parts often accompanied these spectacles.[132] Within this continuum, then, how different is the exhibition of Claude Neal's severed fingers and toes on a street corner from the ubiquitous display of the human skeleton in a doctor's office or an anatomy classroom? In 1773, a notice in the *Providence Gazette, and Country Journal* advertising the newly established medical practice of Daniel Hewes included an invitation for the public to see a wired skeleton prepared from the body of an 'executed negro'.[133] In 1835, several American newspapers reported on the 'black Sue' prank, an unattributed and likely fictional anecdote in which a young white medical student turns the

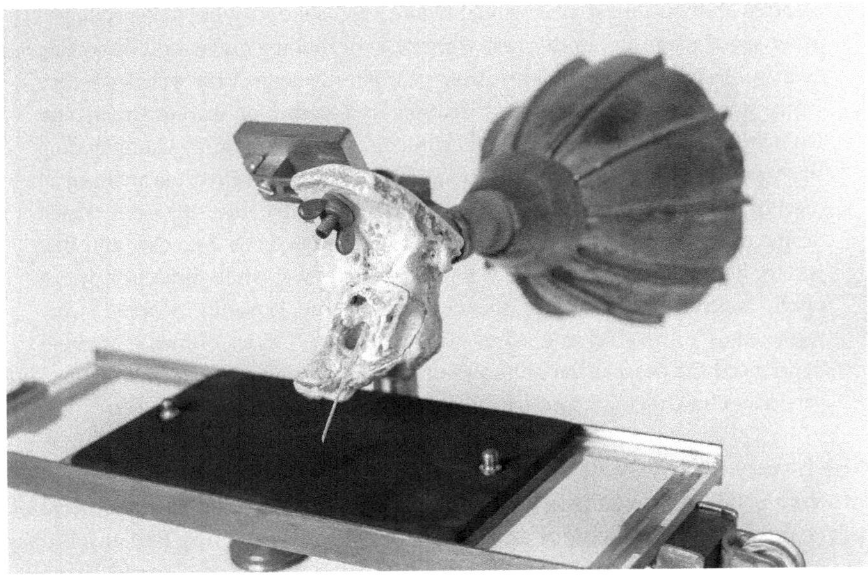

2.14   Detail of model, a part of the ear phonautograph reconstructed for the *Sound by Design* exhibition at the Canada Science and Technology Museum, Ottawa.

tables on his practical joking (white) roommates by having the black female cadaver (black Sue) they planted in his bed dismembered, cooked, and served as steaks back to them. Although intended to be humorous, the 'black Sue' anecdote's transgressive mixing of body snatching, miscegenation, necrophilia, and cannibalism comes very close to the public display of lynched black bodies as popular entertainment.[134] Although Bell and Blake's experiments with the excised ear seem subdued by comparison to the public spectacles of lynching, the transgression of the bodies of the 'other' – female, poor, of color – within the history of medicine in the United States shows that their scientific objectivity and supposed detachment merely suppressed or obscured the forces of racialized violence vibrating within it. Going back further in history, Erlmann writes that dissection 'was crucial in giving late medieval to late Renaissance ideas of selfhood and [self-] knowledge an unfamiliar anatomical inflection.'[135] Citing the work of Caroline Walker Bynum in her book *Fragmentation and Redemption*, Erlmann further points out that the positionality of a person whose body is being dissected or tortured is the determinant of the community's response to the act – it is what gives meaning to the fragmentation of their body:

> What mattered was the moral standing of the person being dissected, eviscerated, tortured, depicted, or preserved in reliquaries. That is why fragmentation

was both horrifying and educative. The severed quarters of a traitor displayed on castle walls, according to the logic of the synecdoche, stood in for the broken integrity of the community in much the same way as devotional representation of Christ's wounds as individual body parts reminded the congregation that each fragment of Christ's body is the whole of God, that *pars* not only stand *pro toto*, but that the part is the whole.[136]

Erlmann also links the more violent and horrific manifestations of dismemberment and dissection with the waning of metaphysics. When it is replaced 'with a world of man-made, soulless machines that can be assembled and disassembled at will. The divine and the spiritual return with a vengeance in grotesque and at times brutal, terrifying form.'[137] In my research, I can find no information on the race of the body that provided the ears for the ear phonautograph, but given the historical conditions, their provenance is likely from an executed criminal, or a poor person whose body was unclaimed. Perhaps they were from a black man or woman whose grave was robbed? Or perhaps all of the above? These anonymous ears connect the distanced brutality that is fundamental to the development of modern sound technologies to the more viscerally violent practices of lynching, body snatching, public dissection, and capital punishment. And these are all violent acts that are committed on nameless, socially marginalized, objectified, and fragmented bodies. The murdered body of Byrd is also objectified and fragmented in *Guitar Drag*. However, here the replacement of his body with a Fender Stratocaster yields more noisy reverberations: it makes the re-enactment of his murder more palatable to a contemporary art audience, yet it also amplifies the silenced history of black musicians, including Bo Diddley and Jimi Hendrix, who have influenced the sound, design, performance, and iconography of the electric guitar itself. And unlike the human bodies and parts being dismembered and dissected in lynching, medicine, and early modern sound technology, both Byrd and the other silenced, colored bodies are again sonified within the history of the electric guitar though Marclay's work. The dissonant noise the guitar makes while 'dying' affects its auditor directly and intimately, connecting bodies and space while eliciting powerful emotions of either exhilaration or disgust. It is a loud and violent experience that is anything but distant in its brutality.

In his book *The Red Market*, journalist Scott Carney wrote about the contemporary demand for, and trade in, human bodies and parts, tracing a global network of organ brokers, bone thieves, blood farmers, and child traffickers. He writes:

> We need great volumes of human material to supply medical schools with cadavers so that the future doctors have a solid understanding of human anatomy. Adoption agencies send thousands of children from the third world

to the first to fill the gaps in the American family unit. Pharmaceutical companies need live people to test the next generation of super drugs, and the beauty industry processes millions of pounds of human hair every year to quench a ceaseless demand for new hairstyles. Forget the days of grass-skirt-wearing cannibals on tropical islands, our appetite for human flesh is higher now than at any other time in history.[138]

The human body is also depersonalized and commodified in today's globalized world. Similar to the bodies buried within the histories of lynching, dissection, and modern sound technologies, contemporary bodies are rendered as objects; a collection of parts – bones, blood, organs, hair, eggs, womb, embryo, child – that can be disassembled and marketed to the highest bidder. Not surprisingly, this happens most often in developing countries, among the poor, the marginalized, and the colored. As before, it is in the histories of oppressed peoples and brutalized communities that the most profound, yet ephemeral examples of such historical resonances can be heard.

In *Guitar Drag*, the reverberations between the histories of sound reproduction technology and that of racialized violence in the United States are vibrating acoustically, materially, and metaphorically through the bodies of people of color, building into a powerful and overwhelming noise. I have shown in this chapter that, besides Byrd's murdered body, there are other black and brown bodies vibrating within the histories heard and amplified in *Guitar Drag*; they include Billie Holiday's voice and its grain, the lynched bodies in Abel Meeropol's poem and song, Thomas Shipp and Abram Smith's hair embedded in the frame of the Lawrence Beitler photograph, the silenced or erased voices of musicians and inventors of color in the history of the electric guitar, the anonymous yet pivotal body whose ears became a part of Bell and Blake's ear phonautograph, and many more. These resonating bodies (and parts) of color, named and anonymous, are collectively vibrating with the cultural force of racialized violence, while transducing its distanced brutality into noise, both in its material (as sound) and metaphorical (as history and theory) iterations.

According to Augoyard and Torgue, 'Resonance has always fascinated humans. It seems to combine two fundamental dimensions: first, the potential for power that sounds possess, and second, the capacity to act at a distance using sound as an intermediary. In a way, resonance is a myth of strength, symbolized by the power of sound.'[139] In *Guitar Drag*, this power of sound reverberates with the vibrations that drive and animate the institutionalized violence of white supremacy, medicine, and science; while the noise of art, music, performance, and protest disrupt and subvert these hegemonic forces. Yet the two are not exclusively oppositional, nor even completely distinct within the work. Marclay's performance installation oscillates between these competing and converging forces acoustically and metaphorically, and within these echoes new, non-ocularcentric models of researching, writing, and thinking about history begin to emerge. These models encompass both the resonance and dissonance within the institutions of art, music, medicine, racism, and protest.

Stoever's theorization of the sonic color line spatializes racism and racialized violence within a soundscape. Similarly, black feminist scholar Katherine McKitterick writes:

> racism and sexism produce attendant geographies that are bound up in human disempowerment and dispossession. This can be seen, most disturbingly, in locations of racial and sexual violence – dragged bodies, historical and contemporary lynchings, rape – wherein the body is not only marked as different, but this difference, precisely because it is entwined with domination, inscribes the multiple scales outside of the punished body itself. Bodily violence spatializes other locations of dehumanization and restraint, rendering bodily self-possession and other forms of spatial ownership virtually unavailable to the violated subject.[140]

The two final chapters in this book listen to and explore the soundscape through different points of audition and emplacement. These discussions politicize the study of the soundscape through a consideration of acoustic architecture, creative practice, and institutional politics, as well as site-specificity and the concepts of acoustic community, aesthetic colonization, and sound imperialism. Broadening from my focus on examples of works by individual artists, these last chapters adopt Altman's event-based approach to studying sound as media. Together, they begin to conceptualize an auditory praxis akin to what artist and sound scholar Brandon LaBelle calls 'sonic agency', in which 'sound and listening are situated as the basis for capacities by which to nurture an insurrectionary sensibility – a potential found in the quiver of the eardrum, the strains of a voice, the vibrations and echoes that spirit new formations of social solidarity – and that may support an engagement with the complexities of contemporary life'.[141]

Notes

1 Mark M. Smith, 'Introduction: Onward to Audible Pasts', in Mark M. Smith (ed.) *Hearing History: A Reader* (Athens, GA: University of Georgia Press, 2004), p. ix.

2 See Mark Smith, *Listening to Nineteenth-Century America* (Chapel Hill: University of North Carolina Press, 2001) and *Sensing the Past: Seeing, Hearing, Smelling, Tasting and Touching in History* (Berkeley: University of California Press, 2007); as well as Rick Altman, *Silent Film Sound* (New York: Columbia

University Press, 2004); Alain Corbin, *Village Bells: The Culture of the Senses in Nineteenth-century French Countryside* (New York: Columbia University Press, 1998) and *A History of Silence: From the Renaissance to the Present Day* (Cambridge: Polity Press, 2018); Veit Erlmann, *Reason and Resonance: A History of Modern Aurality* (New York: Zone Books, 2010); Ana Maria Ochoa Gautier, *Aurality: Listening and Knowledge in Nineteenth-Century Colombia* (Durham, NC: Duke University Press, 2014); James Lastra, *Sound Technology and the American Cinema: Perception, Representation, Modernity* (New York: Columbia University Press, 2000); Jonathan Sterne, *The Audible Past: Cultural Origins of Sound Reproduction* (Durham, NC: Duke University Press, 2003) and *MP3: The Meaning of a Format* (Durham, NC: Duke University Press, 2012); and Emily Thompson, *The Soundscape of Modernity: Architectural Acoustics and The Culture of Listening in America, 1900–1933* (Cambridge, MA: MIT Press, 2002).

3 Sterne, 'Sonic Imaginations', in Jonathan Sterne (ed.) *The Sound Studies Reader* (New York: Routledge, 2012), pp. 1–17.

4 The soundtrack of *Guitar Drag* is available as a 12" clear vinyl record packaged in a sleeve with images from the video (Neon Records, 2006). Its video stills are often reproduced in monographs on Marclay's work, for example, *Christian Marclay*, exhibition catalogue, essays by Russell Ferguson et al. (Los Angeles: UCLA Hammer Museum, 2003) or *Christian Marclay*, essays by Jennifer Gonzàlez et al. (London: Phaidon, 2005). The work also has a sporadic online circulation: the soundtrack exists as an MP3 file on UbuWeb (http://ubumexico.centro.org.mx/sound/marclay_christian/Guitar-Drag/Marclay-Christian_Guitar-Drag_%202000.mp3) and there are often unauthorized uploads of the full video and clips by fans on video sharing sites including YouTube and Vimeo. Clips of the video are also excerpted on documentaries about and interviews with Marclay, such as this one for PBS's *Egg the Arts Show* (www.youtube.com/watch?v=fqrvspa63lo). Lastly, online video tributes and spoofs of the piece, such as these ones: *Jewison Guitar Drag* (www.youtube.com/watch?v=les_1vaidre), *Guitar (Drag) – Night Version* (www.youtube.com/watch?v=109ewet6npm), *Guitar Drag* (http://vimeo.com/54499950) can be found on many video sharing sites (all online content accessed on June 5, 2013).

5 See R. Murray Schafer, *The Soundscape: Our Sonic Environment and the Tuning of the World* (Rochester: Destiny Books, 1977), pp. 43–44. In *Guitar Drag*'s 14-minute video, the sounds of preparation are heard during the first 3 minutes (02:47 to be exact) while the rest of the soundtrack consists of the amplified sound of the guitar being dragged (11:28).

6 Schafer, *The Soundscape*, pp. 43–44.

7 Francisco López, 'Profound Listening and Environmental Sound Matter', in Christoph Cox and Daniel Warner (eds) *Audio Culture: Readings in Modern Music* (New York: Continuum, 2005), p. 86.

8 *Death Valley '69* is a track in the LP *Bad Moon Rising* (Blast First and Homestead Records, 1985) and *Kill Yr. Idols* is in the EP of the same title (Zensor

Records, 1983) by Sonic Youth. Caleb Kelly mentions in his book *Cracked Media: The Sound of Malfunction* that Marclay collaborates with the band (Cambridge, MA: MIT Press, 2009) p. 155.

9   http://www.ubu.com/sound/marclay.html (accessed June 8, 2019).

10 'Kim Gordon, in conversation with Christian Marclay', in Gonzalez et al. *Christian Marclay*, p. 18.

11 See http://en.wikipedia.org/wiki/James_Byrd_Jr. (accessed on July 16, 2013). The reference section has links to a number of articles of the press coverage of the case. James Byrd, Jr's name was included with others, including Emmett Till and Yusef Hawkins, on the *Daily News* cover the day after the verdict was reached in Trayvon Martin's murder trial, when the defendant George Zimmerman, who shot the unarmed Martin and killed him, was acquitted (*Daily News*, July 15, 2013). His name continues to be mentioned in relationship to more recent killings of African American men, including Michael Brown and Eric Gardner, as well as other racist or hate crime victims, including Sandra Bland and Matthew Shepard. See https://www.them.us/story/hate-crimes-shepard-byrd-act (accessed June 12, 2019).

12 Jean François Augoyard and Henry Torgue (eds) *Sonic Experience: A Guide to Everyday Sounds* (Montreal: McGill-Queen's University Press, 2005), p. 11.

13 Ibid., p. 99.

14 Erlmann, *Reason and Resonance*, pp. 9–10.

15 Adriana Cavarero, *For More Than One Voice: Toward a Philosophy of Vocal Expression*, trans. Paul A. Kottman (Stanford: Stanford University Press, 2005), p. 182.

16 Ibid., p. 166.

17 Ibid., p. 169.

18 Augoyard and Torgue, *Sonic Experience*, p. 110.

19 See Chapter 2 in Steve Waksman, *Instruments of Desire: The Electric Guitar and the Shaping of Musical Experience* (Cambridge, MA: Harvard University Press, 1999), pp. 36–74. In his discussion, Waksman also discusses his argument in relationship to others, including John Rockwell, who argue that the technology behind the solid-body electric guitar increased its capacity for the production of noise among blues musicians of the 1950s as well as rock guitarists of the 1960s. See p. 52.

20 Augoyard and Torgue, *Sonic Experience*, p. 108. They also write that resonance, as a metaphor, can refer to 'the effect of representations of the mind', as well as 'a person who amplifies sensations, ideas, or theories, and is thus a resonator' (p. 109). My concept of a 'historical resonance' takes a similar approach, in which a historical event, account, or experience that amplifies sensations, ideas, or theories becomes a resonator.

21 Sterne, *The Audible Past*, pp. 1–29.

22 Ibid., p. 31.

23 Ibid., pp. 35–51.

24 Ibid., p. 34.

25 Ibid., p. 33.

26 These connections are mentioned in most writing about Marclay's work. See, for example, Christoph Cox, 'The Breaks', *Festival*, Issue 3 (New York: Whitney Museum of American Art, 2010), pp. 6–15; Jennifer Gonzalez, 'Overtures', in Gonzalez et al. *Christian Marclay*, pp. 24–81; Matthew Higgs, 'Video Quartet (2002)', in Gonzalez et al., *Christian Marclay*, pp. 84–91; Douglas Kahn, 'Surround Sound', *Christian Marclay*, exhibition catalogue, UCLA Hammer Museum, 2003, pp. 58–81; Liz Kotz, 'Marked Records / Program for Activity', *Festival*, Issue 1 (New York: Whitney Museum of American Art, 2010), pp. 10–21; Alan Licht, 'CBGB as Imaginary Landscape: The Music of Christian Marclay', in *Christian Marclay*, exhibition catalogue, pp. 88–103; Thomas Y. Levin, 'Indexicality Concrète', *Parkett*, No. 56 (1999), pp. 162–176; Ben Neill, 'Christian Marclay', *BOMB*, 84 (Summer 2003) (http://bombsite.com/issues/84/articles/2562; accessed June 12, 2013) and Susan Tallman, 'All The World's A Stave', *Festival*, Issue 1, pp. 22–27.

27 Christian Marclay quoted in *The Wire*, op. cit., pp. 28–33, re-quoted in 'Overtures' by Jennifer Gonzalez, in Gonzalez et al., *Christian Marclay*, pp. 52–53.

28 From 'Arranged and Conducted by Christian Marclay', quoted in 'Interview Cut-up, 1991–2004' in Gonzalez et al., *Christian Marclay*, p. 121.

29 Kahn, 'Surround Sound', p. 61.

30 Kotz, 'Marked Records / Program for Activity', p. 12.

31 See Sterne, *The Audible Past*, pp. 35–51.

32 Ibid., p. 50.

33 Ibid.

34 The performer is actress and musician Tree Carr, who appears naked in parts of the video. Paul Hegarty discusses this work in *Rumour and Radiation: Sound in Video Art* (New York: Bloomsbury Academic, 2015), pp. 100–101.

35 *Solo* is also performed with an electric guitar. One could certainly read gender and sexual content or body humor into other musical instrument works. *Lip Lock*, for example, suggests a kiss, and *The Wind Section*'s title and form refer to flatulence in a humorous way. However, the guitar is just more sexually charged than the other instruments. This is evident in other, non-music instrument works, such as *Guitar Neck* (1992), that plays with its phallocentric iconography.

36 Waksman, *Instruments of Desire*, p. 5.

37 Ibid., p. 4.

38 Waksman discusses Hendrix's rock star persona and his performance with his Fender Stratocaster guitar in detail in a chapter titled 'Black Sound, Black Body: Jimi Hendrix, the Electric Guitar, and the Meanings of Blackness', see *Instruments of Desire*, pp. 187–205.

39 Frank Zappa, 'The Oracle Has It All Psyched Out', *Life*, 26 (June 28, 1968): p. 84, quoted in Waksman, *Instruments of Desire*, pp. 192–193; John Paul Hammond quoted in Waksman, *Instruments of Desire*, p. 197.

40 Zappa, 'The Oracle Has It All Psyched Out', p. 84.

41 Jennifer Lynn Stoever, *The Sonic Color Line: Race and the Cultural Politics of Listening* (New York: New York University Press, 2016), pp. 193–200.

42 Waksman, *Instruments of Desire*, p. 13.

43 Alexander G. Weheliye, *Phonographies: Grooves in Sonic Afro-Modernity* (Durham, NC: Duke University Press, 2005), p. 43.

44 The first exhibition 'An Art Commentary on Lynching', organized by NAACP Director Walter White, ran from February 5 to March 2, 1935 at the Arthur U. Newton Galleries on 57th Street in New York City. Paintings and sculpture by artists of African American, Caucasian, and Asian descent were featured in the exhibition. The second exhibition 'Struggle for Negro Rights' was organized by leftist members of the Artists' Union and several Communist-affiliated organizations that included the John Reed Club, the International Labor Defense, and the Harlem-based Vanguard group. It was held at the American Contemporary Art Gallery (ACA) on 8th Street in Greenwich Village from March 3–16, immediately following 'An Art Commentary on Lynching'. These art events were organized in support of and to seek publicity for the Cosign–Wagner Bill, an anti-lynching legislation introduced into Congress in 1934. See Helen Langa, 'Two Antilynching Art Exhibitions: Politicized Viewpoints, Racial Perspectives, Gendered Constraints', *American Art* (Spring 1999): pp. 10–39; Dora Apel, *Imagery of Lynching: Black Men, White Women, and the Mob* (New Brunswick: Rutgers University Press, 2004), p. 118; Margaret Rose Vendryes, 'Hanging on Their Walls: An Art Commentary on Lynching, the Forgotten 1935 Art Exhibition', in Judith Jackson Fossett and Jeffrey A. Tucker (eds) *Race Consciousness: African-American Studies for the New Century* (New York: New York University Press, 1997), pp. 153–176.

45 Langa, 'Two Antilynching Art Exhibitions', p. 29.

46 Ibid., pp. 17–18.

47 Ken Gonzales-Day, 'From Postcards to Plaster Casts: The Image of Lynching in Kienholz's Five Car Stud', *Art Journal*, 71:1 (Spring 2012): p. 122.

48 Text from Camille Norment's website (www.norment.net/work/objects-installations-ind/swing-low/) (accessed November 22, 2018).

49 Robyn Wiegman, *American Anatomies: Theorizing Race and Gender* (Durham, NC: Duke University Press, 1995), p. 31.

50 Ibid.

51 'Kim Gordon, in conversation with Christian Marclay', p. 17.

52 Marclay quoted in Lars Soderkvist and Philip von Zweck, 'Turning the Tables on Music and Art: A Conversation with Christian Marclay', *Ten by Ten*, 1:3 (2001): p. 13.

53 See, for example, Gonzalez et al., *Christian Marclay*, p. 75; Ferguson, *Christian Marclay*, pp. 48–49, Kahn, 'Surround Sound', p. 78, or Hegarty, *Rumour and Radiation*, p. 98.

54 Stoever, *The Sonic Color Line*, p. 279. Emphasis in original text.

55 For a discussion of slave songs and other forms of acoustic strategies employed by slaves in the antebellum South, see Smith, *Listening to Nineteenth-Century America*, Ch. 1–3. For a discussion of black performers working in commercial music while creating protest songs against racialized violence, see Angela

Davis's discussion of Billie Holiday's rendition of *Strange Fruit* in her book *Blues Legacies and Black Feminism: Gertrude "Ma" Rainey, Bessie Smith, and Billie Holiday* (New York: Pantheon Books, 1998), Ch. 7–8.

56 See David Margolick, *Strange Fruit: The Biography of a Song* (New York: Ecco Press, 2001); and *Strange Fruit: Billie Holiday, Café Society, and an Early Cry for Civil Rights* (Philadelphia: Running Press, 2000) and Davis, *Blues Legacies and Black Feminism*. Some of the information were also gleaned from the 2002 documentary *Strange Fruit* (dir. Joel Katz).

57 Q, a British publication, named *Strange Fruit* one of 'ten songs that actually changed the world' (Source: Margolick, *Strange Fruit: The Biography of a Song*, p. 8). The 'Songs of the Century' list was compiled by the Recording Industry Association of America (RIAA), the National Endowment for the Arts, and Scholastic, Inc. See http://en.wikipedia.org/wiki/Songs_of_the_Century (accessed July 26, 2013). Additionally, *Strange Fruit* was selected as the song of the century by *Time* in 1999 www.theguardian.com/commentisfree/cifamerica/2010/sep/18/strange-fruit-song-today (accessed August 6, 2013), and in 2002, the Library of Congress added it to the National Recording Registry. The *Atlanta Journal-Constitution* listed the song as number one on '100 Songs of the South'. In 2010, the *New Statesman* listed it as one of the 'Top 20 Political Songs'. See http://en.wikipedia.org/wiki/Strange_fruit (accessed July 26, 2013).

58 Davis, *Blues Legacies and Black Feminism*, p. 196.

59 Margolick, *Strange Fruit: The Biography of a Song*, p. 7.

60 Morgan Monceaux told a story in *Strange Fruit: The Biography of a Song* about how, in late 1950s Louisiana, his grandmother played *Strange Fruit* for him after he was taunted by several white men, pp. 104–105. In *The Heart of a Woman*, Maya Angelou wrote that during a visit to Los Angeles in 1958, Holiday sang the song to her young son, Guy, and when he asked her the meaning of the song, she replied: '[i]t means when crackers are killing niggers. It means when they take a little nigger like you and snatch off his nuts and shove them down his goddam throat. That's what it means.' Cassandra Wilson recounted that while she was recording her version of the song, her mother told her in great detail about a lynching she had witnessed (source: Margolick, *Strange Fruit: The Biography of a Song*, pp. 107, 125–126).

61 Interview with Henry Foner, *Strange Fruit* (2002, dir. Joel Katz).

62 Margolick, *Strange Fruit: The Biography of a Song*, pp. 119–120.

63 One example is the dispute between Holiday and Meeropol on the authorship of *Strange Fruit*. In her autobiography *Lady Sings the Blues* (co-written with William Dufty) Holiday claims that *Strange Fruit* was set into song collaboratively by Meeropol, herself, and her accompanist Sonny White, and that she was the first to perform it. Meeropol contested her claims in dozens of letters between himself, his lawyer, and Doubleday, the publisher of the book. In one of these letters, written in 1971, Meeropol wrote: 'I wrote both the words and the music of "Strange Fruit", fully a year or more before Billie Holiday sang it. It was first sung by my wife, Anne Allan, at a performance of

the Theatre Arts Committee. I admire Billie Holiday's rendition of the song tremendously, and Sonny White's wonderful interpretation, but I insist on the truth. I wrote "Strange Fruit" because I hate lynching and I hate injustice, and I hate the people who perpetuate it.' This incident was mentioned in Margolick, *Strange Fruit: The Biography of a Song*, pp. 15–22, as well as in Joel Katz's documentary. Holiday persistently claimed in public performances of the song that it was written especially for her, such as in her televised BBC performance in 1958. Angela Davis takes a more race/gender critical view on this dispute in *Blues Legacies and Black Feminism*. Instead of focusing on the authorship of the poem and song, she critiques the belittling of Holiday's agency as well as her comprehension of the song's meaning and potential cultural impact by the white men, such as Barney Josephson and her biographers John Chilton, Stuart Nicholson, and Donald Clarke, who spoke for her, both during her life and after her death. See Davis, *Blues Legacies and Black Feminism*, pp. 184–187. Davis's critique also parallels Stoever's discussion of the exploitative relationship between Lomax and Lead Belly (see Stoever, *The Sonic Color Line*, pp. 180–228). Interestingly, Stoever mentions in her book both Ledbetter and Richard Wright's connections to leftist and communist circles, echoing the Holiday/Meeropol collaboration (see Stoever, *The Sonic Color Line*, pp. 190–191).

64 Margolick, *Strange Fruit: The Biography of a Song*, pp. 58–61, 72–77.

65 Davis, *Blues Legacies and Black Feminism*, pp. 186–187.

66 Margolick, *Strange Fruit: The Biography of a Song*, pp. 29–30.

67 Ibid., p. 66.

68 Ibid., p. 68.

69 Ibid., p. 69.

70 Davis, *Blues Legacies and Black Feminism*, p. 162.

71 Ibid., p. 197. '"Strange Fruit" stood out from the rest of Holiday's repertoire in so pronounced a manner as to irretrievably prick the collective conscience of her listeners, both her contemporaries and subsequent generations. By disrupting the landscape of material she had performed prior to integrating "Strange Fruit" into her repertoire, she reaffirmed among her musical colleagues the import of employing their medium in the quest for social justice, thus perpetuating its musical voice.' (Also see Chapters 7 and 8 in the same book.)

72 Ibid., pp. 161–162, 164.

73 Ibid., p. vxii, my italics.

74 Roland Barthes, 'The Grain of the Voice', in Simon Frith and Andrew Goodwin (eds) *On Record: Rock, Pop, and the Written Word* (London: Routledge, 2000), p. 295.

75 Margolick, *Strange Fruit: The Biography of a Song*, p. 67.

76 Barthes, 'The Grain of the Voice', p. 29.

77 See Davis, *Blues Legacies and Black Feminism*, pp. 161–197 for her full argument on Holiday's oeuvre. Also see Barthes, 'The Grain of the Voice', p. 299, on the centrality of the body in the listener's perception of the grain in a voice.

78 In an interview with Peter Mengaziol, Les Paul says 'An organ or synthesizer is a passive mechanical device; a guitar *talks.*' "The Wizard Speaks to the Young: Les Paul, the Interview, Part Two," *Guitar World*, 3 (May 1983): p. 55, emphasis in origin text; quoted in Waksman, *Instruments of Desire*, p. 74.

79 Since contemporary video technology enabled the simultaneous and synchronized recording of sound and image, I assume the audio and video for *Guitar Drag* were recorded at the same time on videotape. It is unclear from watching the video whether an external microphone was used in the videotaping, but given the discrepancy between the volume of the sound and the scale of the images in the video used in the installation, and the presence of location sounds from the road and the wind, I speculate that a microphone was placed close to the amp and recorded the soundtrack.

80 Waksman, *Instruments of Desire*, pp. 73, 38.

81 Ibid., pp. 39, 72.

82 Margolick, *Strange Fruit: The Biography of a Song*, p. 34.

83 Davis, *Blues Legacies and Black Feminism*, pp. 184–187.

84 Emily Thompson, 'Shaping the Sound of Modernity', in Mark M. Smith (ed.) *Hearing History*, p. 332.

85 Jacques Attali, *Noise: The Political Economy of Music* (trans.) Brian Massumi (Minneapolis: University of Minnesota Press, 1985), pp. 26–27.

86 Ibid., p. 4. Emphasis in original text.

87 Ibid.

88 Greg Hainge, *Noise Matters: Towards an Ontology of Noise* (New York: Bloomsbury Academic, 2012), p. 23.

89 David Novak, *Japanoise: Music at the Edge of Circulation* (Durham, NC: Duke University Press, 2013), pp. 229–230.

90 Ibid., p. 229.

91 Ibid.

92 Marie Thompson, *Beyond Unwanted Sound: Noise, Affect and Aesthetic Moralism* (New York: Bloomsbury Academic, 2017), p. 3.

93 Ibid., pp. 1–2.

94 Ibid., p. 131.

95 Luigi Russolo lists the six families of noise, including explosions, whistling, screeching, shouts, screams, howls, and sobs in 'The Art of Noises: Futurist Manifesto', in Christoph Cox and Daniel Warner (eds) *Audio Culture: Readings in Modern Music* (London: Continuum, 2005), p. 13. Although the *intonarumori* designed and built by Russolo were destroyed during the Second World War, a number of contemporary versions have been constructed and performed, including by composer and scholar Luciano Chessa in 2009. I based my assessment on the noises produced by the *intonarumori* on the performance of re-constructed instruments by Chessa at Performa 09 (www.youtube.com/watch?v=Lqej96ZVoo8&t=298s; accessed December 2, 2018)

96 I discussed the violence inherent in Italian Futurism in my essay 'The Ethereal – Acoustic: Juan Downey and Futurisms', in the *Juan Downey: Radiant*

Nature catalogue (Los Angeles: Pitzer College Art Galleries and Los Angeles Contemporary Exhibitions, 2017), pp. 151–160.

97 Attali, *Noise*, p. 26. Emphasis in original text.

98 Ibid., p. 28.

99 Novak, *Japanoise*, p. 231.

100 Thompson, *Beyond Unwanted Sound*, p. 143.

101 Waksman, *Instruments of Desire*, p. 172, also see Waksman's discussion of Hendrix and noise, pp. 170–173.

102 Hainge, *Noise Matters*, p. 104.

103 Margolick, *Strange Fruit: The Biography of a Song*, pp. 4–5.

104 Smith, *Listening to Nineteenth-Century America*, pp. 10–11.

105 Ibid., p. 68.

106 Ibid., pp. 72–78.

107 Ibid., p. 76.

108 Ibid., p. 20.

109 Ibid., p. 50.

110 Ibid., p. 52.

111 Ibid., p. 244.

112 Davis, *Blues Legacies and Black Feminism*, p. 195.

113 Margolick, *Strange Fruit: The Biography of a Song*, p. 21. Also see Edwin Moore, 'Strange Fruit is Still a Song for Today', *The Guardian Online*, September 18, 2010 www.theguardian.com/commentisfree/cifamerica/2010/sep/18/strange-fruit-song-today (accessed August 6, 2013). Meeropol's poem was published in 1936 by *The New Masses*, and in the January 1937 issue of *The New York Teacher*.

114 The Beitler photograph was widely circulated at the time of the Shipp and Smith lynching and continues to be reproduced in print and online today. It was one of the eight photo plates reproduced in *Strange Fruit: The Biography of a Song*, and was included in James Allen, Hilton Als, Leon F. Litwack, and John Lewis, *Without Sanctuary: Lynching Photography in America* (Santa Fe: Twin Palms Publishers, 2000). It can be found on websites including Wikipedia, see http://en.wikipedia.org/wiki/Lawrence_Beitler and http://en.wikipedia.org/wiki/Lynching_of_Thomas_Shipp_and_Abram_Smith (both accessed August 6, 2013) and an image search on Google using the key words 'lynching photograph' yielded three copies of this image within the first ten images found. Search performed on August 6, 2013.

115 *Birmingham Post*, October 27, 1934, compiled in Ralph Ginzburg, *100 Years of Lynchings* (Baltimore: Black Classics Press, 1962), pp. 222–224. Parts of the account were quoted in Davis, *Blues Legacies and Black Feminism*, pp. 188–189.

116 Ibid.

117 Plate 32, *Without Sanctuary*. Photo caption: Gelatin silver print. Copy photo. Frame, 11 × 9", photo, 3 7/8 × 2 3/4" inscribed in pencil on the inner, gray matte: 'Bo pointn to his niga.' On the yellowed outer matte: 'klan 4th Joplin,

Mo. 33'. Flattened between the glass and double mattes are locks of the victim's hair. See p. 177.

118 A number of the newspaper reports in *100 Years of Lynchings* as well as the notes on the plates in *Without Sanctuary* written by James Allen mentioned the sale of photographic postcards and the taking of clothing and body parts of the lynch victims as souvenirs.

119 Stoever, *The Sonic Color Line*, p. 198.

120 Sterne, *The Audible Past*, pp. 51–70.

121 Scott Carney, *The Red Market: On the Trail of the World's Organ Brokers, Bone Thieves, Blood Farmers and Child Traffickers* (William Morrow/Harper Collins: New York, 2011), p. 48. Also see table 4.1 in Michael Sappol, *A Traffic of Dead Bodies: Anatomy and Embodied Social Identity in Nineteenth-Century America* (Princeton: Princeton University Press, 2002), p. 106. The table lists the twenty incidents referenced by Carney.

122 An editorial in the medical journal *The Lancet* said that 'Burke and Hare . . . it is said, are the real authors of the [Anatomy Act]' (London, March 29, 1829). For a discussion the history of the British Anatomy Act, see Ruth Richardson, *Death, Dissection, and the Destitute* (London: Routledge & Kegan Paul, 1987).

123 Sappol, *A Traffic of Dead Bodies*, p. 121.

124 Ibid., p. 106.

125 Ibid., p. 107.

126 Ibid., pp. 105–109.

127 Ibid., p. 124.

128 Ibid., p. 134.

129 Ibid., p. 87.

130 Sterne, *The Audible Past*, p. 70.

131 Ibid., p. 52.

132 Sappol, *A Traffic of Dead Bodies*, pp. 90–95.

133 Ibid., p. 93.

134 Ibid., p. 85.

135 Erlmann, *Reason and Resonance*, p. 52.

136 Ibid. Quote from Caroline Walker Byunum, *Fragmentation and Redemption: Essays on Gender and the Human Body in Medieval Religion* (New York: Zone Books, 1992) pp. 280, 285.

137 Ibid., pp. 52–53. See Victoria Nelson, *The Secret Life of Puppets* (Cambridge, MA: Harvard University Press, 2001).

138 Carney, *The Red Market*, p. 3.

139 Augoyard and Torgue, *Sonic Experience*, p. 108.

140 Katherine McKittrick, *Demonic Grounds: Black Women and the Cartographies of Struggle* (Minneapolis: University of Minnesota Press, 2006), p. 3.

141 Brandon LaBelle, *Sonic Agency: Sound and Emergent Forms of Resistance* (London: Goldsmiths Press, 2018), p. 5.

3

Media soundscapes: listening to installation and performance

Media scholars have pointed out the recent ubiquity of moving image media in the historically 'visual' art spaces of museums and art galleries.[1] Indeed, I cannot recall a recent visit to an art gallery, museum, or alternative art space where I did not encounter works that feature or incorporate video, film, animation, or other forms of media. As a result, there is much to listen to in these 'noisy' spaces. Caleb Kelly provides a description: 'Upon entering almost any contemporary gallery space, we hear sound emanating from TV monitors, projection spaces, computers and in headphones alongside the daily sounds made by gallery staff, art patrons, the gallery bookshop and so on.'[2] Musician and scholar Paul Hegarty argues that: 'Video installation has made listening in galleries normal.'[3] Yet, the exhibition of audio-visual media in museums and galleries complicates and sometimes troubles these spaces acoustically, architecturally, technologically, and institutionally. In her book *Sounding the Gallery*, musicologist Holly Rogers cited an interview with media artist Lynn Hershman Leeson in which she recounts her experience of having an exhibition closed in 1972 due to the use of sound in a sculpture. Hershman Leeson recalled that 'the museum curators claimed that electronic media was not art and most certainly did not belong in a museum'. Then Rogers further elaborates on some of the ongoing challenges faced by media artists, curators, and exhibition designers who are presenting audio-visual media in contemporary art spaces: 'Unlike image, sound cannot be contained by a frame. Free to move around corners and through walls, it creates problems of confinement and curators have to find inventive ways to prevent the noise from one installation bleeding into other rooms.'[4] Christian Marclay echoes some of Rogers's point in a more critical tone:

> Sound is not easily contained. It naturally invades space, seeps under doors and through walls. This is why sound art is often kept out of exhibition spaces where it is heard to interfere with the act of viewing. Or, when it is included, it is isolated from the resonating chamber of the 'white cube' and consigned to soundproofed cubicles or secondary architectural spaces. Sound artists

routinely see their work relegated to the lobby, elevator, toilet, and basement, or simply put outdoors. This desire to isolate 'noise' and reject interference reflects a lack of understanding for sound.[5]

When I began researching scholarship on sound in media installations and performances, it soon became apparent that there is not much work done in this area within the disciplines of media and cinema studies, art history, art criticism, and sound studies. To take a familiar example, in a book I recently co-edited on contemporary global video cultures, there is only one essay out of twenty-eight that focuses on video sound.[6] Other studies on video, video art, expanded cinema, avant-garde film, and digital media are not much different: analyses are focused on visuality first, and sound is mentioned *after* a discussion of the images, if at all. Curiously, the very few studies devoted to sound in media art do not say much about what the works they discuss actually sound like. It seems that there is a pervasive muteness around how sound in contemporary media art is understood: not only are we not consciously listening to sound as a part of installations and performances, we also do not have the language, theories, and methodology to study the sound that is vital to these works. This chapter proposes several possible approaches to begin to address this absence in scholarship. It is organized under three and half rubrics: 1) history and theory, 2) empirical research, 3) direct listening and observation, and 3.5) institutional practices. These rubrics are by no means exhaustive nor exclusionary. I believe that specific studies of sound in installation and performance can be composed from different combinations of some or all of them, and I think there are probably more rubrics that can be used to frame these investigations. But we have to start somewhere, and I think these are good places to start. They provide the beginning of a framework on which more extensive and in-depth scholarship can be built. I want to avoid what Roland Barthes called the poorest linguistic category for interpretation – the adjective – and suggest an interdisciplinary approach that draws from existing scholarship in sound studies, cinema and media studies, art history, and art criticism combined with empirical research and experiential observation. My goal here is not to craft a well-rounded study – I think that will demand at the very least its own volume – but to propose future directions and research agendas on this important yet under-represented subject.

History and theory: crisis historiography, cinematic sound spaces, and architectural acoustics

Rick Altman argues that 'the "reality" which each new technology sets out to represent is in large part defined by preexistent representational systems'.[7] In his essay 'Sound Space', he identifies radio, theater, photography, and public address as the precursors to representations of sound space in narrative cinema. He further developed this idea in his more recent book *Silent Film Sound*, in which he proposes 'a new history of American cinema reconfigured through sound'.[8] In it, he writes that: 'the only way to start anew, to rethink sound from the ground up, is to rummage around at the bottom of the barrel'.[9] He calls his research method of looking at trade papers, vaudeville managers' reports, music scores, technical journals, and 'all the other little-used materials on which serious study of sound depends' 'crisis historiography'.[10] The 'crisis' in this term refers to an identity crisis, and crisis historiography assumes that the definition of a representational technology is both historically and social contingent, and that 'new technologies are always born nameless'.[11] He further explains:

> During a crisis, a technology is understood in varying ways, resulting in modifications not only of the technology itself but also of terminology, exhibition spaces, and audience attitudes. These changes resist linear presentation precisely because they are generated not by a single social construction but by multiple competing approaches to the new technology.[12]

In *Silent Film Sound*, Altman proposes a multiple-ledger approach to studying the then new representational technology of cinema. If media installations and performance are the new representational technologies of these times, what would their crisis historiographies sound and look like?

Media installations and performances as diverse as Nam June Paik's *Global Groove* (1973), Frank Gillette and Ira Schneider's *Wipe Cycle* (1969), Douglas Gordon's *24-Hour Psycho* (1993), Eija-Liisa Ahtila's *Me/We; Okay, Gray* (1993), and Steve McQueen's *Deadpan* (1997) have referenced, directly quoted from, and incorporated actual images and sound from cinema and television. Media scholars and curators, including Michael Rush, Chrissie Iles, and others, have characterized contemporary media installations as 'cinematic', and a notable number of contemporary media artists, including Matthew Barney, Sam Taylor-Johnson, Tracey Moffatt, Shirin Neshat, and Julian Rosefeldt, direct feature-length, commercially released films as a part of their practice.[13] Rush explains that by 'cinematic', he is referring to 'lush images, inventive camerawork and lighting (cinematography), large-scale projection, and passive viewing in a darkened theater'.[14] While ocularcentric, Rush's definition of the 'cinematic' serves to highlight a key difference between media installations and cinema; he writes: 'Cinema itself has become an art of video … Cinema is now undeniably expanded; installation is prefiguring a new cinematic spectator/image relationship based on interaction.'[15] In addition to its mobile and interactive audience, another possibly more significant difference between cinema, installation, and performance is their respective soundscapes. The pre-recorded and mixed soundtrack of a narrative feature film is typically broadcast in the non-reflective, non-reverberant acoustic space of a theater in a manner that is 'clear and focused' and 'issued directly' towards the audience.[16] While the acoustics in a performance space, and especially ones that are modeled after a concert hall or musical venue, can echo those in a cinema, contemporary performance art can be presented in a wide variety of venues and sites. Therefore, performance art sound corresponds more to what Emily Thompson calls the 'postmodern soundscape'. These spaces 'do not embody one best sound, but can instead be physically manipulated to create any one of a range of different acoustical environments'.[17] Contemporary media installations are similarly sited in a wide variety of spaces, ranging from expensive architect-designed museums to raw industrial sites to outdoor public spaces. Here, the fictional, constructed soundscape of cinema mixes with the environmental and architectural acoustics of the site, which are typically not designed for audio-visual presentations like in a theater or concert hall. Therefore, media installations and performances often create new and hybrid media soundscapes as well as new auditory positions for the audience.

I propose that, in order to begin to consider what preexistent representational systems define in how reality is represented in contemporary media installation and performance soundscapes, a number of additional realities would first have to be considered:

1. Representational reality – how are installation and performance soundscapes constructed and recorded? Are the codes of cinematic realism still dominant in these newer media forms? Exactly what realities are represented in contemporary media art?
2. Technological reality – what media technologies are deployed to construct or record sound in installations and performances? What technologies are used in the spaces where these works are exhibited and performed to (re)create their soundscapes? How have changes in media technology – for example, the shift from analogue to digital video – shaped installation and performance sound?
3. Material reality – What kinds of spaces and sites are these installations and performances situated in? What are their environments, architecture, construction, and materials? And how do these factors affect the acoustics of the media installation or performance? Are these spaces specifically chosen, constructed, or modified to accommodate and enhance the acoustics of the work?
4. Institutional reality – In addition to questions of site specificity, the presenting institution (museum, commercial gallery, non-profit art space, governmental body, and others) and the representational codes it engages with and subscribes to also influence the choice of the artist

and work, its form, intended audience, as well as the logistics of its realization including budget, staff support, media resources, promotional strategy, and critical reception.

With these realities in mind, I next propose some possible pre-existent representational systems for media installation and performance. They include cinema, music, performance (art, musical, theatrical), and modern sound recording technology. Curators Rush and Iles have pointed out the recent 'cinematic turn' in media installations. In this rubric, I review theories of cinematic sound spaces, and their applicability to media installation and performance. Music, ranging from avant-garde to popular, is often used on the soundtracks of media installations and performances. The variety of music used in contemporary media art is dazzling, where one would as likely encounter a pop song just heard streaming on a personal mobile device as an avant-garde composition created specifically for the work, and everything in between. Music theories and practices, such as Pierre Schaeffer's *musique concrete* and John Cage's use of chance operations and found sound, have influenced how media installation and performance artists work with and think about sound. Sometimes, the connection between media artist and music composer is more direct: Nam June Paik, Bill Fontana, Bill Viola, and other media artists were trained in music. Rogers refers to video art as 'video art-music' and video artists as 'artists-composers' in *Sounding the Gallery*, thereby cementing the links between video art and avant-garde music.[18] Additionally, since the 1970s, a significant number of media artists, including Marclay, Kalup Linzy, Carsten Nicolai, Camille Norment, and Pipilotti Rist, have played or play in a band, and their musical lives intersect with their art practice in many different ways. Many artist bands are part of larger countercultural movements or subcultures. The punk movement in the 1970s and 1980s is a good example of how the ideology, aesthetics, community, and style of a subculture can continue to influence its former members as well as subsequent cultural producers alike. Furthermore, performance in modernist avant-garde art movements, including Dada, Surrealism, and the Italian Futurists, filtered through later groups and movements, including the Situationists and Fluxus, have directly influenced many performance and installation artists today. Most of these performances and events – including Hugo Ball and Emmy Henning's *Cabaret Voltaire*, Italian Futurist *serata* (evenings), Fluxus 'concerts,' art happenings staged by Allan Kaprow and others in the late 1950s and 1960s, Charlotte Moorman's Annual Avant Garde Festival of New York which ran from 1963 to 1980, the publication of Gene Youngblood's book *Expanded Cinema* in 1970, and the New York nightclubs in the late 1970s and 1980s including the Mudd Club, the Pyramid, Club 57, and CBGB – took place outside of museums and art galleries, and the spaces they took place in

– theaters, concert halls, nightclubs, alternative art spaces, lofts, basements, public, and outdoor spaces – have predetermined, enhanced, or limited the spatial and acoustic possibilities in early installation and performance art. The sound systems (or lack thereof) in these nascent performance and installation venues share the same technological foundation as film, television, radio, theater, and concerts, as well as multimedia displays presented as early as the magic lantern slide shows during the 1700s and the World's Fair exhibition halls in the 1800s. Jonathan Sterne has observed that modern sound reproduction technology is based on the tympanic membrane in the human inner ear, and its process of sound transduction is the model for devices including telephone, phonograph, and microphone.[19] This same technological paradigm also enables the creation and exhibition of media installations and performances today, and its representational codes, developed and standardized through the sound technologies of radio, records, CDs, and now digital music streaming; as well as film and television, live concerts, theater, opera, dance, and other performances likewise shaping the conception, construction, and reception of media installation and performance sound.

In his theorization of cinematic sound space in narrative film, Altman points out that the Classical Hollywood code of realism constructs soundscapes that are based on the criteria of dialog intelligibility, sound with low reverb ('close-up sound'), and an easily comprehensible point-of-audition for the audience.[20] Michel Chion concurs with Altman's first two criteria in his own theories of 'vococentrism' and 'verbocentrism', where he argues that the human voice is the most important sound in (narrative) film, akin to a solo instrument that stands out from its accompaniment in an orchestral concert, and that voice speaking intelligible dialogue ('verbal expression') is the sound that is sought after in recording and highlighted in sound mixes for films.[21] Altman's third criteria, point-of-audition, is even more directly concerned with cinematic sound space. He argues that during the relatively short period from the mid 1920s to early 1930s, when the commercial film industry in the United States rapidly standardized representational codes for synchronized dialogue and sound in narrative film – referred to as the 'coming of sound' by some film historians – point-of-audition sound inserts the audience into the narrative space of a film.[22] As an auditor constructed within a commercial narrative film space:

> We are asked not to hear, but to identify with someone who will hear for us. Instead of giving us the freedom to move about the film's space at will, this technique locates us in a very specific place – the body of the character who hears for us. Point-of-audition sound thus constitutes the perfect interpellation, for it inserts us into the narrative at the very intersection of two places, which the image alone is incapable of linking, thus giving us the sensation of controlling the relationship between those spaces.[23]

Altman further elaborates that this acoustic anchoring device is adapted in conjunction with the increasingly fragmentary visual space in Hollywood cinema, where a plethora of cuts showing differing distances, angles, camera movements, and other visual motion and jumps can be stitched together in a single scene through the realist code of continuity editing. He argues that the soundtrack 'anchors' the film audience in relation to all the visual 'flying' and 'flitting'. 'It is thus the soundtrack that provides a base for visual identification, that authorizes vision and makes it possible. The identity of Hollywood spectators begins with their ability to be auditors.'[24]

James Lastra expands on Altman's theoretical framework in the historical research he did for his book *Sound Technology and the American Cinema*, which focuses on the technology, history, and discourses on sound in Hollywood film culture from 1925 to 1934. Lastra shows that during this relatively short period, many of the theories and practices in narrative film sound were developed, debated, and standardized within the Hollywood studio system. Through his research, Lastra identifies two competing approaches to situating an audience sonically in Classical Hollywood cinema: that of the invisible and ideal auditors. As its name suggests, the invisible auditor approach situates the audience of a film as if they are on set during the filming of the sequence they are watching. This was the initial approach taken by the first film sound engineers who were hired from the telephony and recording industries to work on the first sound film sets. Their approach '[assumes] that the film spectator/auditor is literally a part of the same space as the "original" performance and aims to situate the auditor literally in that space'.[25] The ideal auditor approach is more in-line with the dominant representational codes developed during the silent film era, and is akin to writing which 'emphasizes the mediacy, constructedness, and derived character of representation'. In this approach, 'perception is understood as directed and goal-oriented, sounds are ordered by their relevance to the desires of the listener', therefore 'sound spaces … need not be real', but rather 'constructed to produce a particular effect (often "realism")'.[26] Lastra's research shows that the ideal auditor approach of a constructed sound space privileging dialogue intelligibility and narrative effect became the dominant representational mode in narrative film sound by the mid 1930s and persists as the norm in (narrative) filmic realism today. However, the emphasis on perceptual fidelity never really went away. Instead, it morphed into the coded value of 'naturalness' in a cinematic soundtrack – a background collage of sound that is codified to be read as a 'natural' foundation to the foreground narrative. Put simply, these competing approaches' struggle between the values of fidelity and intelligibility continues to play out in predominantly constructed filmic soundtracks today. Lastra writes: 'Despite some momentary challenges to the classical norms of spatial construction … the overwhelming pressure for profitability and consistency of both modes of production and product mandated a system of practices which contradicted the most often explicitly voiced representational goals.' Early film sound engineers had to re-conceptualize their aesthetic assumptions to fit into a new professional role, and 'ultimately assimilated themselves to a new representational culture, made its norms their own, and over the years came to regard them, as they had the norm of absolute fidelity, as simply natural'.[27]

The ideal and invisible auditor positions also co-exist in media installation and performance soundtracks, and perhaps more so than in contemporary film soundtracks. Many installation soundtracks are constructed from and as cinematic soundtracks, and anthropomorphic sound recording devices are used in the production of installation and performance sound.[28] However, despite arguments on media installation's cinematic turn, the media forms and references in performance and installation sound are far more heterogeneous and less codified than in Classical Hollywood films. For example, the sound sculptures of San Francisco based artist Bill Fontana often deliberately superimpose two or more disparate soundscapes in one space. His installation *White Sound – An Urban Seascape* (2011) mixes a live sound feed from England's Dorset coast with the urban noise of London's Euston Road. The catalogue description of the work highlights the juxtaposition with the resultant hybrid soundscape:

> Pedestrians approaching the Wellcome Collection along Euston Road found themselves enveloped by the sounds of waves, which were projected onto the street. The river of cars, buses and lorries continued its slow progress, but the noise of engines and horns were muted by the imported seascape. Fontana's work contested the visual identity of the built environment and its transparent intervention forced a new apprehension of the space we move through.[29]

Ken Arnold, Head of Public Programmes at Wellcome Collection, describes this sense of dislocation: 'Bill Fontana brilliantly confuses our sense of where we are and what we are experiencing. Just by closing our eyes he manages to turn one of Europe's noisiest and most polluted roads into a live seascape.'[30] Instead of locating the auditor, *White Sound* disorients and complicates the listening experiences of those who hear live sounds transmitted from Chesil Beach on a busy London street. Instead of dialogue intelligibility and spatial clarity, Fontana's site-specific work mixes two distinct soundscapes to create new listening experiences and auditor positions. He asks his audience to reconsider the nature/culture dichotomy acoustically and spatially in his installation: 'The question is not that the traffic noise was temporarily whited out by the sea but that in the next city block where the sea sound was no longer present, had the traffic become a sound to hear or had it remained a noise to ignore?'[31]

Sound in contemporary media installations and performances is played in distinct spaces, and ones that are often specific to each work. Therefore, it is equally important to consider their acoustic architecture. In her book *The Soundscape of Modernity*, Thompson documents the transformation in architectural acoustics in the United States from 1900 to 1933, specifically focusing on the design and construction of concert halls and performance spaces. According to Thompson, the post-1930s American soundscape is defined by a 'modern' sound. This sound is clear, focused, and transmitted directly to the auditor. The acoustic space that allows for the direct transmission of this modern sound is built to be minimally reverberant or non-reverberant, where spatiality in the sound is created through studio production. One of the sound spaces that exemplifies this modernist soundscape is the cinema. In order for a film's constructed soundtrack to be transmitted directly to an audience, theaters were designed to facilitate a unidirectional flow of sound, combining built-in sound systems for transmission with construction from sound absorbent materials that minimize reverberation within the space. Thompson writes that: 'the sound of space was effectively eliminated from the new modern sound as reverberation came to be considered an impediment, a noise that only interfered with the successful transmission and reception of the desired sound signal'.[32] This modern soundscape is also characterized by its uniformity and ubiquity:

> From the soundproofed offices of the PSFS Building to the pronounced directional flow of sound at the Eastman Theatre and the Hollywood Bowl, to the electroacoustic offerings at Radio City Music Hall, this kind of sound was everywhere. In its commodified nature, in its direct and nonreverberant quality, in its emphasis on the signal and its freedom from noise, and in its ability to transcend traditional constraints of time and space, the sound of the sound track was just another constituent of the modern soundscape. Indeed, the sound track epitomized the sound of modern America.[33]

Performance art in theaters and concert halls built after the 1930s most likely presents the modernist soundscape that Thompson describes. However, did museums, galleries, and other spaces where performances are also staged, and where media installations are often presented today, follow suit with the office buildings, recording studios, theaters, and cinemas to become non-reverberant spaces where a manufactured and commodified soundtrack is 'issued directly towards' the audience? In his book *Gallery Sound*, Kelly outlines the differences between cinema and gallery spaces in almost split audio/visual terms: 'The contemporary cinema was created for viewing moving images and listening to highly produced audio, while the gallery space was created for viewing visual art. The cinema attempts to lull us into forgetting our physical presence in the theatre, while the art gallery constantly alerts us to the fact that we are looking at art and that we are present.'[34] However, Kelly further points out that these are not immutable principles when it comes to the presentation of audio-visual media. In fact, both the cinema and the art gallery are continually modifying and transforming to adapt to the changing media and art that is being shown in these spaces, as well as to their accompanying media technologies. On the one hand, reverberation and sound absorption are certainly issues considered in the design and construction of contemporary museum and gallery spaces. One of the most extreme articulations of this modernist tendency is *To Breathe: Blackout* (2013) by Korean artist Kimsooja. Kim's installation at the Venice Biennale Korean Pavilion includes an anechoic chamber – a sound-proof space designed and constructed to completely absorb all sounds produced within it – that follows a light and sound installation featuring a recorded soundtrack of the artist's amplified in- and exhalations.[35] Here, the non-reverberant sound space is the artwork itself. While on the other hand, works by other media installation artists challenge and disrupt the modernist soundscape. American artist Mark Bain uses mechanical resonators at existing architectural sites to activate the resonant frequency of these buildings. In works including *The Live Room* (1998), Bain 'engages the architecture by running impulsive energy throughout, creating sound and vibration in direct relation to the building and the dimensions of the space'.[36] Or, in the artist's own words: 'essentially turning the architecture into a type of speaker'.[37] Bain's installations produce 'noise' in and from architecture: vibrations that destabilize the seeming inertness and immovability of a building, thereby challenging its identity as a property and commodity.[38] Additionally, the infrasounds produced along with the vibration in his installation, although inaudible to the human ear, nonetheless affect the body and perception in unpredictable ways, thereby disrupting these spaces as offices, labs, workplaces, and other sites of capitalist production.[39]

In her book, Thompson also points out that more contemporary concert halls are designed for not one, but multiple soundscapes. They are 'acoustically reconfigurable'. Institutions with resources at their disposal can design and construct spaces that have:

> large movable arrays of sound-absorbing fabric and sound-reflecting canopies, as well as adjustable walls that modify the size, shape, and therefore the sound, of the room. With these architectural features, a room can be configured prior to each performance to achieve a sound best suited to the particular type of music, and reverberation times can be manipulated without affecting the clarity of the sound in the hall.[40]

Could the acoustic design in a contemporary art museum or gallery correspond more to a postmodern concert hall? This would certainly allow the space to be reconfigured to present media installations and performances that have different soundtracks. Of course, many contemporary installations and performances are also presented at locations and in spaces that do not have the luxury of such features. What about site-specific works that are designed with existing soundscapes and/or architectural acoustics in mind? And conversely, are there art spaces that are designed and constructed around the acoustic requirements of specific installations or performances? In the next rubric, I begin a survey of the ideas, methods, and practices of contemporary media artists on sound in their installations and performances. Then I examine specific case studies around the presentation of media installations with sound in contemporary art exhibitions. In these explorations, I am heeding Altman's call to 'start anew' and 'rethink sound from the ground up' in my research into how contemporary media artists think about and work with the soundscape. I emulate Lastra and Thompson's examples of exhaustive historical research by examining a wide array of documents and perspectives, while keeping in mind that I am investigating what is happening in media installations and performances now; therefore, I do not have the benefit of hindsight, nor well-preserved archives to turn to. In order to not fall into the postmodern conundrum of summoning forth 'the sound of spaces so easily and in so many varieties, [I] hardly know what to listen to first',[41] my investigations are scaled to the constraints of time, space, and resources, and should be considered the beginnings of and suggestions on future research topics and directions.

Empirical research: interviews with media installation and performance artists

This section summarizes my efforts to gather information on how contemporary media artists work with and think about sound in their installations and performances. I decided to ask media artists directly and listen to what they have to say about their methods, ideas, and philosophies on sound in or as their work because the historical archives that informed the research projects of Altman, Lastra, and Thompson do not exist for contemporary media art. My approach here is inspired by *Sound Moves*, sociologist Michael Bull's study of iPod users in urban space.[42] When I began my research, I wanted to hear from as many artists and from as diverse a group as possible. By diversity, I mean age, gender, race, nationality, and geographic location, as well as other considerations including practice, exhibition venue, and critical attention. I also wanted to engage with practicing artists with exhibition histories, critical reviews, gallery representation, or museum recognition. I compiled a list through my existing contacts, books and other publications on media installation and performance, and art reviews, as well as participating artists' recommendations.[43] At the time of writing, I have invited over 200 contemporary media artists who work in installation and performance to participate in my research, and have heard from about 45 artist-respondents through online, email, or Skype interviews in which I ask them to discuss their art practice, how they work with and think about sound, and how sound interacts with space as well as visuality in their work.[44] The artists who chose to participate in my research range from age 23–83, with the majority in their 40s to 60s. There is about equal representation between men and women, and all have identified as cis-gender. They represent diverse nationalities and backgrounds including Austria, Canada, Denmark, Croatia, France, Germany, Mexico, Norway, South Africa, Spain, Sweden, Taiwan, Turkey, the United States, the United Kingdom, and Uruguay.

Due to the emphasis on diversity in this book, I specifically made an effort to reach out to media artists working outside of First World metropolitan art centers: I sent invitations to artists in Africa, Asia, and Latin America, and I invited artists from indigenous and First Nations communities to participate in my research. Additionally, I invited artists of color as well as queer and feminist artist to participate whenever possible. According to my analysis of the demographic data, the participation rate outside of Europe and North America is very low – all but two artist-respondents are currently based in North America or Europe.[45] This shows the concentration of practicing media artists in cities including Berlin, London, Los Angeles, New York, Paris, and Toronto. Media artists move to these metropolitan art centers to establish or advance their careers: for access to galleries, curators, and critics, as well as technological resources including engineers, fabricators, programmers, editors, sound designers, recording studios, and digital imaging facilities. Additionally, the relative freedom of speech in these First World nations may be attractive to artists whose home country is under more totalitarian and censorious rule. Other factors that contributed to the concentration of artist-respondents from North America and Europe could also include the language barrier and access to technology.[46] There may also be a self-selection at work here, in that these artist-respondents chose to participate in this research project *because* they think that sound is important in their work. They already have ideas, practices, opinions, and experiences to discuss in relation to sound in media and art. In other words, what I may be missing here are the voices of contemporary media artists who do not think about sound in their work, have not much to say about the subject, or think that sound is not an important element in media art. After all, the majority of the artists I invited chose not to participate, so perhaps their silence is itself an answer to the role of sound in contemporary media installation and performance? Indeed, a survey of the artist-respondents show that the majority are either working solely with sound, or they create works that investigate, interrogate, or otherwise explore sound and perceptions of it in a prominent way.[47]

Most of the artist-respondents self-identify as trans- or multidisciplinary in their art practice. One elaborates on her practice as: 'Installation art in the intersection of photography, video, immersive installations, text based sculp-ture and light art, site specific interventions and land art.'[48] And another: 'I am [a] multidisciplinary artist whose artwork mines the historical, socio-political and pedagogical aspects of sound in culture. I work in a variety of media: sculpture, collage, video, sound, performance, socially engaged projects.'[49] Other artist-respondents emphasize the process, as well as the different genres and forms in their work: 'My art practice is research-based, comprising conversation, performance, workshop, installation, and text. I try to carry out research, production and (re)presentation concurrently when possible. Hence the medium I work with/in changes along the process dictated by the engagements of collaborators and participants.'[50] 'My projects weave a discursive, cinematic fabric of dramatic narrative, humor, documentary forms, scientific evidence, and archival and original footage to explore arenas of transformation.'[51] Some artist-respondents specify their medium, including video (and video art), film, installation (including sound installation, video installation, immersive environments), photography, performance, sculpture, and net art. While others self-identify as composers or sound recordists. More than a few respondents work in collectives, partnerships, or project-based collaborations. While most artists-respondents identify with more than one discipline, a number of them actively resist any single genre or category: 'I spend a lot of time resisting any demand to define my art practice. Definitions can be useful as shorthand, but they can also be detrimental in that they tend to foster assumptions that emerge out of the reductive act of categorization.'[52]

Likewise, these media artists work with sound in a diversity of methods, ideas, and practices. All respondents emphasize the importance of sound in their work. For some, sound is the work: 'Sound has been a major component of my work for the last 50 years. At times it is so important that without sound the work does not exist.'[53] 'Sound is typically the only element in my work, and is therefore very important. Although I do occasionally collaborate with artists using visual media, I insist on the validity and power of sound on its own to deserve and hold our attention.'[54] While for others, sound is the basis and foundation in their multimedia installations and performances. A number of artist-respondents use sound and its perception as a means to study and reflect: 'sound functions as an ever shifting interface or agency, that's meant to carry and/or transport memories, utterances, gestures, movements, vibrations, breaths, psychic feelings, responsibilities etc., in various phases of realizing a project';[55] 'audio (or "sound object") proves an especially useful object for reflection because it foregrounds listening and frustrates the usual codes of decipherment, description, and judgment';[56] 'I am interested in using sound as a way to study society and culture. Sound is my periscope – to use a visual metaphor – for the world. It's an anthropological approach – social, cultural, and political.'[57] For another artist-respondent, his focus on sound is a conscious choice to move away from an ocularcentric art practice:

> I often remove visual cues from the space and approach, as closely as possible, a non-referential state within the work itself. The approach imbues listeners with the physicality of sound, suggesting they explore their own placement within the space. Rather than the creation of visual art that makes sound, this form concerns the generation and experience of sound as pure sound.[58]

There are two main approaches from the artist-respondents on how they work with and think about sound. One focuses on the exploration of the unique properties of sound: 'My approach to working with sound focuses on creating processes that interact and activate sonic material, in addition to the nuances of listening and the articulation of sound in space.'[59] 'I am attracted to the physical side of sound, the intersection of sound and matter, the resonant behavior of sound in a given space and its interaction with people's bodies.'[60] And the other where the artist-respondent focuses on how sound interacts with other elements in their work: 'The sound I choose to use changes with each piece. Deciding what audio to use is part of the conceptual process.'[61] 'Sound is as vital to me as image – and in many cases my style of editing is compositional, mirroring the process and results used by contemporary composers. My use of video editing helps to emphasize the connection (or not) between sound and image.'[62] 'Sound is critically important in [my installations and films] – I am editing for sound, rhythm and tonality.'[63] Here, the relationship between sound and image is distinctly different from the standards and codes of a realist soundscape in Classical Hollywood cinema:

> Rather than employing the elements of image and sound as a referential or mediated representation of reality, many of my images and sounds are meant to function as *source*, existing in the present and in local space. In this way, images are not *movies* anymore, they've become objects in proximity to us. Sounds are not *soundtracks* anymore, they are the audible characteristics of those objects.[64]

> I constantly collect sounds by recording things of interest to me. I also listen to music with an ear for imagining it integrated within one of my works. When working with sound my method is to allow it to fully integrate with the entire piece so that it doesn't determine the emotional and analytic registers of the piece but together with the visual components becomes a single experience that the viewer cannot separate … I strive to allow the sound [to] infiltrate the experience, much as room tone determines our experience of a space without our consciously being aware of it.[65]

And then for some artist-respondents, there is no strict ontological distinction between sound and image, as they are both vibrational forces. And it comes down to bodily perception: 'Much of my work is inspired by the sonic, but I do not make any hierarchical distinction between visual and audio in my work. Nevertheless, the inherent properties of sonic and visual entities function differently in relation to the body, and have different experiential potential, therefore they must be, and are approached differently in the development of a work.'[66]

Ideas and practices cited by the artist-respondents on how they work with sound include site-specificity, music composition, social engagement, field or location recording, as well as voice, listening/perception, resonance, background noise, sound editing, and production. In his interview, Northern California-based Cahuilla artist Lewis deSoto discusses his installation *AIR* (1989), created during a residency at Headlands Center for the Arts in Sausalito, California. His detailed description shows how multiple ideas and practices have influenced his conception and realization of this work:

> The room was a large former barracks room that contained many large windows that looked out into the landscape. The building is located near the ocean so there is almost a constant barrage of wind pushing past the building. All windows were opened with diaphanous curtains that were blown in and out of the openings of the room depending on the wind direction. A standard microphone was hung out a window from a beam. The microphone was not shielded from the wind. When the wind blew past the microphone, signals were sent to a sound board and all high frequency sound signals were suppressed with an equalizer. Only low frequency sounds were produced and then amplified into the room through a large sub-woofer. The viewer entered the room and the sound corresponded to the movements of the curtains, with a low, almost frightening sound of thunder or shaking. This was contrasted against the bright, open room with light window curtains, blowing languidly with the sea breezes.[67]

deSoto's narrative shows complex concepts and processes at work in *AIR* (Figure 3.1). They include site-specificity – in his incorporation of the site's weather phenomena and architectural features into the installation – and the use of a sound recording and amplification system that alter and broadcast the recorded sound back to the very same space from which they originate. In *AIR*, the environmental phenomena and architectural acoustics combine with the artist-enhanced location sound to produce the installation.

Perception, and in particular listening, is important to a number of the artist-respondents. The ideas that have influenced their listening/art praxis include American avant-garde composer Pauline Oliveros' concept of 'deep listening', from which Spanish sound artist Francisco López formulated his own concept of 'profound listening' – very much connected to his production

3.1   Lewis deSoto, *AIR*, 1989. Sound installation, installation view, Headland Center for the Arts, Sausalito, CA, USA.

of recordings and performances.[68] Below, an artist-respondent describes their embodied and site-specific listening practice:

> I have chosen to focus on listening rather than sound. My approach to listening, understood as a situated practice, is materialist and concrete. Listening is for me both a form of co-habitation and an ecology. In and through listening, I propose, one could be said to perform in concert with the things heard while at the same time being changed by them. Listening, I find, is a vulnerable position. Active listening has the potential to open up new ways of seeing and perceiving, but it is also always encoded and formed by particular materials and social contexts where an openness to listening can be easily taken advantage of and exploited.[69]

Some artist-respondents use specialized equipment including accelerometers and hydrophones to record sounds that are otherwise imperceptible to humans, ranging from ice melting to radioactivity to ultrasound produced by animals, insects, and fishes to the vibrations and oscillations of bridges, building, walls and other architecture. One artist-respondent describes what he records as 'things that intrigue us, scare us, or interest us through fear or pleasure'. He further elaborates:

> To be able to be quiet and just listen is important to me, and that is what I am able to offer in my work. I don't tell my audience what to think, I just want to

create a space to listen. My recordings reveal sounds that are not immediately apparent at a place. This may initially be alienating, but it also opens up new possibilities.[70]

These artist-respondent's works suggest that anthropocentric understanding of listening and perception is limiting. Even among humans, deaf and other differently abled communities have different relationships to sound and hearing that question common assumptions about perception. As one artist-respondent states:

> Artists as well as audiences who are deaf or hard of hearing experience sound as vibration, as other people's reaction, and as idea. Being deaf in a world of sound is like living in a foreign country, blindly following their cultural rules, customs and behaviors without ever questioning them. [As a deaf artist] I didn't really have an awareness of sound until I started working with sound as medium. My work is all about the politics of sound.[71]

For a number of artist-respondents, the open, vulnerable, and relational qualities in listening make it a powerful tool for social engagement, community organizing, and popular education. Embodied listening can be a potent political act: 'True listening is an active state of integrating the sound waves of another being into your own physical, mental and emotional space. The ears are literal and metaphorical portals to your interior self. This idea has broad political implications: if you authentically listen to somebody else, you cannot remain the same.'[72] In addition to listening as both a tool and metaphor for enhanced perception and collective reflection, the artist-respondents engage in a wide variety of collaborations in their work with sound, ranging from video installation artists who work with music composers on their soundtracks, to interactive artworks that produce meaning only with audience participation, to permanent and semi-permanent collectives and partnerships, including ARLA, Granular-Synthesis, San Francisco Threshold Choir, Ultra-red, and others.[73] One artist-respondent brings a spatial understanding into their listening and collaborative art practice:

> Whether it's with a writer, an artist, a video maker, a choreographer or architect, the ability to exchange and share ideas is crucial and these collaborations allow me and the collaborator to work as both negatives and positives of each other, recognizing spaces within the work fields and ideas of the other. It teaches the respect of space but also the relevance of context and extension of one's ideas to the other. They will listen to you if you listen to them, just how life should function in general.[74]

This prevalence of collaboration among artist-respondents affirms Altman's argument that a media object, such as a film or a sound recording, is more of an event that incorporates many authorial voices and auditory positions than a text, which Altman calls an 'autonomous aesthetic entity'.[75] In regard to media installations and performances, I find that many artist-respondents credit the work of others in their creative process, and most describe a rich array of collaborative relationships in their art practice. Perhaps this is due to the influence of group work in music and composing with orchestras, bands, choirs, quartets, and other ensembles; or the current emphasis on institutional critique, community engagement, and relational aesthetics in contemporary art, which has somewhat diluted the myth of the solitary artistic genius? This is an interesting aspect of sound in contemporary media installation and performance that warrants future research and thinking.

In their media installations and performances, the majority of the artist-respondents report that they work with existing spaces. All point out that space is necessary for an acoustic experience. One proclaims: 'Space and time are indissociable, some works accent one more than the other, but one does not exist without the other'.[76] While another quantifies: '(i) sound alone makes a more fluid construction of space; (ii) almost all recorded sounds we listen to contain a virtual sonic space; (iii) precisely because of the role of space as medium for re-physicalization (and regardless of whether digital or analogue), there is no such thing as "recorded sounds"'.[77] One artist-respondent puts the relationship between sound and space in decidedly collaborative terms: 'It's similar to collaborating with a human, working with a site, both have their own concerns. I mean there is nothing more beautiful than placing a sound in a space and seeing how the space and the structure speak to each other. And it's really great with the acoustics that "process" the sound'.[78] Artist-respondents also discuss the soundscapes in their media installations and performances in relation to ideas of site-specificity, mapping, architectural acoustics, and immersion: 'I often think of sound as re-scoring the architectural program, so a hallway or stairwell is transformed from a passageway to a space for congregation … sound can radically change our perception of spaces and situations without any destructive renovation or alteration of visual queue'.[79] However, the relationship between sound and existing architecture can also be antagonistic and disruptive, such as in the case of an artist-respondent's work utilizing infra bass sounds: 'The invasive, physically animating nature of infra bass, and I mean mostly as continuous sine waves, rather than as beats, turns air into an enveloping agitated substance, something in between a cushion and a full body vibrator. There is no better instrument than sub bass to radically reform the character of a given space'.[80] Whether perceived to be collaborative or disruptive, the majority of artist-respondents emphasize the transformative effect of sound on an architectural space. In *MASS* (1990), video artist Mary Lucier's collaboration with choreographer Elizabeth Streb, video sound and image were used in conjunction with the

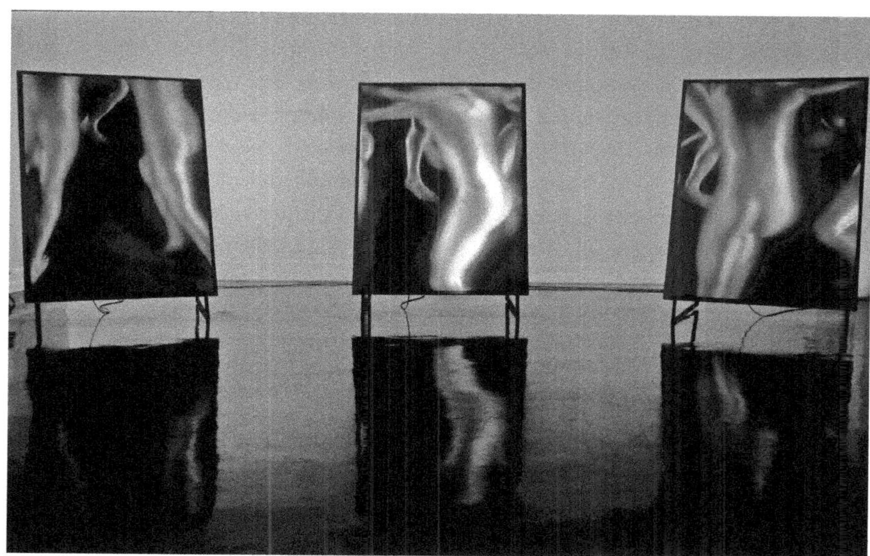

Mary Lucier and Elizabeth Streb, *MASS*, 1991. Three-channel video installation.   **3.2**

live motion of the dancers to create dynamic movements across architectural and mediated spaces. Lucier explains this complex interplay in the work (Figure 3.2):

> the sound moves with the picture across three large, slanted projection screens which rise about 7 feet off the floor. Each screen has a loudspeaker attached behind the projection surface and each has a separate channel of sound as well as video. It is a very dynamic process as the dancers run, roll push, and fall through the vertical and horizontal space, across all three screens and as both picture and sound are precisely synchronized together.[81]

British composer and sound artist Scanner (Robin Rimbaud) describes his work *Stopstarting* (1998), a sound map of the city of Liverpool, in decidedly cinematic terms:

> For this project I chose significant points of sound located in the city, partly based on random questions in interviewing local people, partly out of self-interest. From these I mapped out a walk that took me from one point to another, minidisc in hand, recording the acoustic data in that place, mapping out the city in sound, teasing out the language the city speaks. I wanted to create in a sense a sound work similar to the opening scene in Robert Altman's movie *Short Cuts* (1993), in which a helicopter hovers gently over the densely packed city landscape and the film scans into moments in the daily

lives of its inhabitants. It is a motion across a city, an architectural electronic scanning of an almost invisible sound wave. Liverpool, like most cities, has its very own unique sound dialect. Historically one can recall the sound of the docks, the railway station, the Cavern Club where the Beatles played their earliest live shows, their brittle tunes floating through the air of memory. As in the film *Der Riese*, voices, traffic lights, announcement speakers, buses, building work, footsteps, telephones and cash machines became the key subjects, the lead players, and were manipulated and transformed into a composition that captured this Sound Polaroid of Liverpool at this particular point in 1998.[82]

Yet, unlike the narrative-driven and standardized realist soundscapes in Classical Hollywood cinema, Scanner's soundscape of Liverpool operates according to other codes of representation. Indeed, Hollywood's standards of sonic realism are decidedly not followed in the soundscapes created by the artist-respondents. Sound and image do not have to conflate into a sonic impression of reality in their works, and the codes of realism are challenged, stretched, expanded: 'Many of my works are based on the same principle: what you see is not what you get. One's experience of the work as a listener is quite different from the visual appearance of the work and the experience of being an onlooker';[83] 'the sound can either complement the visual or create a separate audio environment. Often it is necessary to use sync sound to create a sense of "realness" in the video, and just as often it is necessary to create an entirely separate ambience, composed of multiple processed audio elements to achieve a transformation of the real.'[84] Since media installations and performances are presented in a wide array of spaces, many of which are unlike the specifically designed low-reverberant spaces in modern theaters, the mix between the acoustics of the exhibition spaces and the media soundscape of a work creates a hybrid acoustic space that is not entirely illusionistic nor 'realistic'. Additionally, the ocularcentric, narrative-driven relationship between synchronized sound and image in films can also be challenged in contemporary experimental media art, such as in the performance practice of the following artist-respondent:

> in my live performance work, I consider the visual of my actual performance to be linked to the sound, as I use gesture both as a means of controlling sounds physically, and as just a visual aspect of the work. I also frequently use projected video, and the sound is often very connected to the image. I even use the sound of my voice to control aspects of the video at times. A mic picks up my amplitude and the software translates that into control for blur or opacity or to move through frames.[85]

Direct listening and observation: a week in New York City

In October of 2013, I spent a week in New York City listening to, viewing, and otherwise engaging with a series of media installations and performances. During this research trip, I attended the *Soundings: A Contemporary Score* exhibition at the Museum of Modern Art (MoMA), *William Anastasi: Sound Works, 1963–2013* at Hunter College, and an installation of Janet Cardiff's 2001 work *The Forty Part Motet* at the Cloisters. This week in New York serves as a case study of how media installations and performances are presented in art museums and galleries: technologically, architecturally, and institutionally. While there are certainly other examples of sound art exhibitions as well as presentations of media installation and performance that highlight sound, this week in New York is useful for its compressed time frame, concentration of media art with important sound elements, and for the geographical and generational range of artists as well as the array of art institutions represented. My engagement with these exhibitions yields productive comparative analyses that inform this chapter's larger discussion of media installation and performance sound.

Soundings, promoted as 'MoMA's major exhibition of sound', was organized by Barbara London, then Associate Curator of Media and Performance Art, and presented works by sixteen artists.[86] The artists included in this survey exhibition are emerging to mid-career – all were born after 1960 – and their backgrounds range from North America and Europe to Australia, Japan, Taiwan, and Uruguay.[87] The main exhibition space is located on the third floor of MoMA's Yoshio Taniguchi-designed Peggy and David Rockefeller Building, where most of the works in the exhibition are sited. At the entrance to the exhibition, Sergei Tcherepin's *Motor-Matter Bench* (2013) consists of a vintage New York subway platform bench installed directly in front of signage identifying the exhibition. Entering the main exhibition space through a long corridor, the audience pass by Tristan Perich's *Microtonal Wall* (2011), composed of 1,500 small speakers each playing a microtonal frequency and mounted on a wall in a grid formation. Within the main exhibition space, most of the works with audio-visual media elements – including those by Luke Fowler and Toshiya Tsunoda, Jacob Kirkegaard, Haroon Mirza, Camille Norment, Susan Philipsz, Hong-Kai Wang, and Jana Winderen – are installed in discrete, semi-enclosed spaces constructed for the exhibition. A series of scores and drawings by Marco Fusinato and Christine Sun Kim, respectively, are hung on the walls of the exhibition's main space, which they share with works by Richard Garet and Carsten Nicolai. Florian Hecker's *Affordance* (2013) is installed in the Museum's Bauhaus staircase outside of *Soundings'* main exhibition space. *A Bell for Every Minute* (2010) by Stephen Vitiello is

3.3   Exhibition view of *Soundings: A Contemporary Score*. The Museum of Modern Art, New York, November 16, 2011–February 9, 2014. Works from left, Carsten Nicolai, *wellenwanne lfo*, 2012; Christine Sun Kim, *Scores and Transcripts* series, 2012; Marco Fusinato, *Mass Black Implosion*, 2012.

the only work in the exhibition that is exhibited outdoors in the Museum's Abby Aldrich Rockefeller Sculpture Garden. In her interviews about the exhibition, curator London echoes the already mentioned concern regarding sound in museum and gallery spaces: 'sound is often invasive, hard to control, fugitive.'[88] The solution in *Soundings'* exhibition design is a combination of containing discrete soundscapes in individual rooms, localizing sounds, and dispersing some of the works into the larger soundscape of the Museum and beyond. This creates a number of different listening conditions for its audience (Figure 3.3).

Vitiello's *A Bell for Every Minute* is unique from the other works in *Soundings* spatially and acoustically. Its installation consists of an arrangement of standing speakers along a wall in the Museum's Sculpture Garden, accompanied by a human-scaled plaque that incorporates a map and a clock. In addition to being sited away from the main exhibition space, it is also installed in a space where there is little to no control over the lighting, sound, weather, and other elements (Figure 3.4).[89] *A Bell for Every Minute* is also distinctly site-specific. Vitiello had recorded over a hundred bells throughout New York City, from the famous bell rung at the New York Stock Exchange to the

Stephen Vitiello, *A Bell for Every Minute*, 2010. Installation view from *Soundings: A Contemporary Score*, 2013. The Museum of Modern Art, New York.   **3.4**

common bicycle bells heard on many City streets. In the work, one of these bells' sound plays for every minute in an hour, and all fifty-nine bells play at the top of each hour. Since MoMA's Sculpture Garden is open air, Vitiello's field recordings freely (re)mix back into the New York soundscape. The accompanying map of New York unpacks the work's geographic and temporal compression in its hour-long cycle while reinforcing the indigeneity of its sounds.[90] During my visit, I noticed that in addition to the urban sounds of mid-town Manhattan, the recorded bell sounds in *A Bell for Every Minute* echoed actual bells sounding from nearby churches, to the degree that it was difficult to tell the recorded and live sounds apart. Here, the permeability of an urban soundscape actually helps to reinforce the identity of a work, and grounds it in its site.

Like *A Bell for Every Minute*, Florian Hecker's *Affordance* occupies a space that is dissimilar from the other works in *Soundings*. Its three speakers are installed at different levels within MoMA's Bauhaus staircase: an open architectural space constructed primarily of metal and stone next to a wall of glass windows (Figure 3.5). The staircase's architecture, with an abundance of hard, sound-reflective surfaces, makes the site for *Affordance* considerably more reverberant than that of any of the other works in *Soundings*.[91] Although

3.5   Florian Hecker, *Affordance*, 2013. Installation view from *Soundings: A Contemporary Score*, 2013. The Museum of Modern Art, New York.

Hecker's installation spans multiple floors, it remains relatively acoustically contained in its own stairwell. Compared to *Affordance*, *Microtonal Wall* and *Motor-Matter Bench* both emit more localized sounds. In Tcherepnin's work, the sound element is made audible through bone conduction when the audience member sits on the bench and becomes its transducer. The individually emitted tones on Perich's grid of speakers require the audience to listen extremely close to the work in order to discern each microtonal frequency.[92] Garet and Nicolai's works, which share a space with Fusinato and Kim's scores and drawings, also emit localized sound. They are both self-contained media/ sound systems. Garet's *Before Me* (2012) is constructed from found analogue audio equipment (amp, speakers, microphone, turntable) and a single light source. Its sound is generated by a glass marble rolling continuously on a turntable, picked up by the microphone and amplified through speakers. In Nicolai's *wellenwanne lfo* (2012), sub-frequency sound waves generate patterns on the surface of a water tank, which are then synchronized with a stroboscopic projector and visualized on a built-in display screen. Although they are not contained spatially, Garet, Nicolai, Perich, and Tcherepnin's works all produce localized acoustic experiences through volume control, repetition, and visualization. Their sounds do not extensively mix with or travel far within the Museum's existing soundscape.

In the rooms constructed to house the individual installations, the spaces range from minimal (Norment, Philipsz, Wang, Winderen) to highly modified (Fowler and Tsunoda, Mirza). These rooms are customized to create different visual and acoustic environments, incorporating sound-absorbent materials, film and video projections, speakers, screens, lighting, electronics, and furniture. Despite the wide variety and range of sounds in the installations, all the rooms are square or rectangular in shape, with perpendicular walls, floors, and ceilings constructed out of the same material. *AION* (2006) by Kirkegaard and *Music While We Work* (2011) by Wang, both audio-visual works, are shown in 'black-box' screening rooms with one or more video images projected onto the walls or screens, sound broadcast through speakers, and very low lighting. Audio-only installations by Philipsz and Winderen each have their unique arrangement of speakers in rooms that are otherwise bare, except for carpeting and seating. The installations by Fowler and Tsunoda and Mirza both feature significant modification of their spaces: Fowler and Tsunoda's *Ridges on the Horizontal Plane* (2011) incorporates a fabric screen hanging in the middle of the room, with film and slide images projected onto both sides. Two electric fans continuously blow on the screen, making it flutter. This movement triggers amplified piano wires strung across both sides of the screen and generates the sound element in the work. Mirza's installation *Frame for a Painting* (2012) is sited in a narrow space, at one end of which hangs Piet Mondrian's painting *Composition in Yellow, Blue, and White, I* (1937) from the Museum's collection, framed by LED lights. The most visually prominent element in this corridor-like space are three-dimensional foam wedges, used as sound-absorption material in construction, that cover large areas of the two long facing walls. Mirza's space also incorporates other sound and light producing electronics including speakers and a bicycle light, as well as electronic circuits. The different equipment, objects, and spatial arrangements create different flows and movements of people for each of *Soundings'* installations. They also affect the time spent in each space, which often corresponds to the duration of the work's media components – works by Kirkegaard, Philipsz, Wang, and Winderen that have a longer running time and more linear narratives are installed in minimal, 'commodious' spaces that encourage the audience to linger.[93] With the exception of the foam wedges in Mirza's installation and carpeting in some of the rooms, there is no other visible acoustic architectural element installed in *Soundings'* exhibition space.[94] London had said in interviews that the exhibition design should not 'look like an equipment trade show, with just rooms of speakers'.[95] Instead, audio equipment is often highlighted in the exhibition as an aesthetic object, in works by Garet,

Norment, Mirza, Perich, Philipsz, and others. This approach points to an anxiety on the part of 'visual' arts institutions over exhibiting art when there is nothing (obvious) to see. What is more trade show-like in *Soundings* are the sounds themselves. All the sounds heard in the exhibition are mediated and the majority are technologically enhanced: recorded, reproduced, processed, and broadcast through speakers. This includes the works that produce sound, ranging from the complex multispeaker arrangements used by Winderen to create the ambisonic soundscape in *Ultrafield* (2013), to Kirkegaard and Wang's black-box screening rooms, to Perich's wall of speakers, to Garet's use of obsolete sound technology to create *Before Me*. Even the works without audio elements, including Kim's drawings from her *Scores and Transcripts* series (all 2012) incorporating musical notation and American Sign Language (ASL) gestures, Fusinato's altered scores of avant-garde composer Iannis Xenakis's *Shaar* in *Mass Black Implosion* (2012), and Norment's illuminating but silenced Shure microphone in *Triplight* (2008), all visually evoke or transduce sound.

According to Thompson, the prevailing use of media technologies to record, construct, enhance, and broadcast the sounds heard in *Soundings* is characteristic of the modernist soundscape.[96] However, the embrace of abstraction and noise by some of the artists in *Soundings* complicates a purely modernist listening and reading of the exhibition. Its acoustic architecture, a combination of both reverberant and non-reverberant spaces, also diverts from Thompson's theorization of the modern sound. This exhibition's modernist soundscape is created more through its selection of artworks with technologically produced soundtracks than through MoMA's architectural acoustics.[97] Thompson also argues in her book that the modern sound is a commodified sound, and her argument helps to elucidate the differing critiques of the exhibition. There seem to be two main critiques of *Soundings* in its reviews: some critics point to its ahistorical approach to the genre of sound art, while others criticize MoMA for objectifying and commodifying sound. The second critique is here exemplified by Jessica Feldman's review for *Ear/Wave/Event*, in which she concludes:

> The MoMA show made me worried about sound-as-art and its future in the gallery. The show seemed to presume that, in order to make sound into something that can live comfortably in a collection, language and politics have to be dumped out of it. In the effort to embrace the way sound is spatial and sculptural, or can be translated to a visual realm, the 'plastic' and physical qualities of sound are isolated and depoliticized.[98]

In her catalogue essay and in the many interviews she gave on the exhibition, London seems to both uphold and resist this critique. In a *New York Times* article, she was quoted as saying that sound is 'not really commodified at this moment, which makes it approachable' in an art museum context.[99] While she writes in her essay for the exhibition catalogue:

> Today, museums are fully adept at incorporating video and media installations, and by extension, sound art, into their contemporary programming. Many have specialized audio/visual crews on staff to install and maintain collection and exhibition equipment. This expansion of the range of art shown by museums occurred in the early 1990s, when projectors and personal computers became more affordable and user-friendly. As commercial art galleries embraced media art and developed marketing strategies for it, museums hired media conservators to safeguard and preserve it for the future. This practical step, along with the burgeoning of interdisciplinary art practices, contributed to what is now a widespread acceptance of time-based media installation as a collectable art form. As media and performance have become the default modes for many artists, sound has moved up through the ranks to be recognized and exhibited as an artform in its own right.[100]

Much of what she is saying here is tied to the valuation of sound in a globalized art market, and I read what she calls 'acceptance' as an increasing recognition in museums and galleries that sound is a commodity. If one listens back further in the history of modern sound reproduction technology, one could argue that any sound recorded, mixed, or played back is already a commodity, with or without the embrace of contemporary art institutions.

How does the acoustic architecture of *Soundings*, with its emphasis on sound containment and localization of sound, and its artworks' use of commodified media technologies affect or structure how its audience listens? The exhibition design of the audience's listening experience at *Soundings* conceptually mimics how an art museum would present a painting: framed or otherwise visually demarcated from other paintings. However, as Rogers pointed out at the beginning of this chapter, this approach is not always fitting for artworks that emphasize the permeability of sound as well as its other non-ocular qualities. Furthermore, the heterogeneity in *Soundings'* acoustic architecture makes complete segregation of the works' individual soundscapes impossible: sounds bleed from the installation rooms, the soundtracks of works sharing the same acoustics space mix and blend together; noises are made by the audience and Museum personnel as well as other systems, such as air conditioning; and the existing soundscape of MoMA enters into *Soundings'* exhibition space, intermingling with the mediated soundscapes of the works.[101] While the technologically enabled soundtracks of the works in the exhibition conform for the most part to Thompson's description of a modernist sound that is 'clear and focused' and 'issued directly' towards the audience, a number of the artists in the exhibition question or seek to expand upon on this modernist listening practice.[102] Perich and Tcherepnin emphasize the embodied and haptic aspects of listening, while Kim, who was born deaf, offers glimpses of how the differently abled might perceive the works in the exhibition, and suggests that there are broader discussions to be had on the issue of access to public institutions such as MoMA and the larger artworld. These issues relate back to Altman and Lastra's earlier discussion around subjectivity and points of audition in cinematic listening. Within the context of *Soundings*, they are differently evoked in the artworks by Norment (on race and the voice), Wang (on work and labor), and Winderen (on anthropocentric understanding of listening). For *A Bell for Every Minute*, what would normally be a 'problem' in its acoustic architecture (or lack thereof) is here an asset because of the work's site-specificity. In this way, the media soundscape of Vitiello's work renders MoMA's extremely expensive building and galleries unnecessary, even a hindrance.[103]

Compared to the scale of *Soundings*, *William Anastasi: Sound Works, 1963–2013*, curated by art historian Max Weintraub, is a considerably smaller exhibition. It also differs from *Soundings* in that it is a solo exhibition and a retrospective that 'examines the importance of sound in the work of [Anastasi], one of the key figures in the development of conceptual, process, and minimal art', over a fifty-year period.[104] The exhibition includes drawings, found objects sculptures, and media installations.[105] The Bertha and Karl Leubsdorf Art Gallery at Hunter College is configured into two main exhibition areas that are connected spatially and acoustically. Towards the entrance of the Gallery are Anastasi's found object and installation works, many of which include audio elements (Figure 3.6). A selection of his *Sound Objects* (1964/2013), first shown in an exhibition of the same title in 1966 at Dwan Gallery in New York and reconfigured for this exhibition, consists of common household objects and industrial machinery shown as sculptural constructions with recordings of the sounds they make. *Sound Object [Deflated Tire]* (1964/2013) plays the sound of a rubber tire's deflation within a suspended construction incorporating said tire. *Sound Object [Pneumatic Drill]* (1964/2013) suspends the drill along with two exposed speakers playing sounds of its operation, as well as chunks of asphalt that resulted from its drilling. *Sound Object [Radiator]* (1964/2013) pairs this ubiquitous fixture in many older New York living spaces with the characteristic sound it makes. The soundscape in Anastasi's own Lower East Side apartment also inspired another work in the exhibition. *Window on the Airshaft* (1964) is an installation that incorporates an actual window, along with its window shade and the original wallpaper around it, from his Eight-Street apartment. This window frames a constructed space, staged and lit to resemble the airshaft outside Anastasi's apartment, while eight hours of recorded sound from the original airshaft plays within it.[106] Other sound producing works in this section of the exhibition include *Microphone* (1963) and

Exhibition view, *William Anastasi: Sound Works, 1963–2013*, 2013. Bertha and Karl   **3.6**
Leubsdorf Gallery, Hunter College, New York, 2013.

The World's Greatest Music (1977), which are located in a corridor-like space that leads into another gallery where a selection of Anastasi's sound and performative drawings are hung. Some of these works, including *One Hour with Graphite* and *Without Title (timed/unsighted, in situ drawing remembering the sound of its own making)*, both 2013, incorporate the sound recording of their own making as the subtitle of *Without Title* suggests. Other drawings – including the *Constellation Drawings* (1963), *Concert Drawings* (2004–12), and *Sound Drawing* (1993) – transduce Anastasi's listening experience at musical, dance, and other performances into visual markings on paper (Figures 3.7 and 3.8). [07]

The exhibition design and acoustic architecture of *William Anastasi: Sound Works* are both similar to and different from the design and architecture of *Soundings* (Figures 3.7 and 3.8). Both exhibitions are situated predominantly within the 'white cube' of contemporary art galleries and museums. The dry-walled spaces with industrial tiled floors at the Leubsdorf Gallery show even less acoustic and sound dampening architectural elements than in the spaces built for *Soundings* at MoMA. Perhaps this is due to it being a significantly smaller institution working with fewer resources, such as budget and staff, than one of the most well-known and well-funded contemporary art museums in the world? Interestingly, there is little or no effort made towards containing the sound emitted by the works in this exhibition. With the exception of two

3.7   Exhibition view, *William Anastasi: Sound Works, 1963–2013*, 2013. Bertha and Karl Leubsdorf Gallery, Hunter College, New York.

3.8   Exhibition view, *William Anastasi: Sound Works, 1963–2013*, 2013. Bertha and Karl Leubsdorf Gallery, Hunter College, New York.

of the *Sound Object* works – *[Fan]* and *[Pneumatic Drill]* – that were displayed in a gallery window visible from the street, and had their sound recordings broadcasted through speakers outside, the sounds from individual works mix freely within the space of the exhibition. This collective soundscape is, in fact, a realization of Anastasi's original sound design for the 1966 *Sound Objects* exhibition that he devised in consultation with John Cage.[108] Cage's influence on Anastasi, as a lifelong friend and interlocutor, can also be heard in many of his works. In *Microphone*, Anastasi recorded the sound of a Tandberg Model 5 tape recorder recording itself, and then used the same machine to play back the recording in a self-reflexive gesture that evokes in equal parts modern sound technology and Zen kōan. The three children's record players in *The World's Greatest Music* are set-up to continuously play the runoff groove, thereby circumventing the recordings of music by Mozart, Wagner, and Brahms in favor of other sounds in a way that is reminiscent of Cage's famous composition *4'33"*.[109] Similarly, in Anastasi's 2003 video *Coleslaw, Let's do it From this Moment on [the artist's singing Cole Porter 7 times]* he overlaps and staggers seven recordings of himself playing the piano and singing from *The Cole Porter Song Book* in a way that de-natures Porter's familiar songs into a minimal yet dense audio-visual palimpsest.

The collective soundscape in *Sound Works*, created by the works each playing a sound recording of their own production, function, or purpose, is not only evocative of the famous story of what Cage heard in a supposedly soundless anechoic chamber, but also characteristic of another soundscape. While in *Soundings*, Vitiello's *A Bell for Every Minute* remixes its recording of bells from New York back into its native soundscape, Anastasi's *Sound Object [Fan]* and *Sound Object [Pneumatic Drill]* broadcast recordings of their mechanical sounds into an urban environment that is already quite familiar with them. The sounds recorded in *Sound Objects* can easily be heard in many New York City households and neighborhoods today. The soundscape created collectively in the exhibition space by Anastasi's artworks, along with the footsteps, conversations, ventilation, and other sounds made in the space, is not unlike the sound recording of Anastasi's Eight Street airshaft in *Window on the Airshaft*, described by curator Weintraub as 'the din of the city'.[110] Weintraub further writes on the exhibition soundscape:

> Operating as an ensemble, Anastasi's *Sound Objects* situate the visitor within a decidedly nonhierarchical field of noise. Indeed, much like the boundlessness of sound itself, one's experience of Anastasi's sonic environment is neither neatly contained nor tidy, as the sounds produced extend beyond the confines of their accompanying objects and into the space of the viewer's existence.[111]

The acoustic design of *Sound Works* is quite different from the discrete and contained soundscapes of *Soundings*. While its soundscape, like those in

Soundings, is produced technologically, the individual works in the exhibition function closest to works of Perich, Tcherepnin, and Garet in their localization of sound. Among the works in *Soundings*, Garet's *Before Me* is probably the closest to Anastasi's oeuvre in its use of analogue sound technology. Unlike the heterogeneity of sounds among the works in *Soundings*, in *Sound Works* they all produce the same kind of sound: mechanical, analogue (at least in origin), repetitive, durational, and non-narrative. Although the audio elements in Anastasi's works are often records of their function or production, they are not purely documentary, but a form of mediated representation. The sound reproduction technology used to produce these recordings is very much a part of Thompson's commodified modern soundscape. As auditory readymades – sound recordings of the object or drawing producing the sound recorded and shown with the object or drawing – Anastasi's sound objects and exhibition soundscape both embrace and complicate their objectification and commodification in ways similar to the Duchampian readymades that inspired them.[112]

Janet Cardiff's installation *The Forty Part Motet* is also based on a ready-made text. It is subtitled 'A reworking of "Spem in Alium" by Thomas Tallis 1573' and features an ensemble sound recording of the Tudor composer's sixteenth-century forty-part choral work (Figure 3.9). This 2013 exhibition of

3.9   Janet Cardiff, *The Forty Part Motet (A reworking of 'Spem in Alium' by Thomas Tallis 1556/1557)*, 2001. Forty loud speakers mounted on stands, placed in an oval, amplifiers, playback computer. Duration: 14 min. loop with 11 min. of music and 3 min. of intermission. Dimensions variable, installation view, Johanniterkirche, Feldkirch, 2005.

the work is the first contemporary art presentation at the Cloisters, a branch of the Metropolitan Museum of Art focused on the art and architecture of the European Middle Ages.[113] *The Forty Part Motet* was sited at the center of the Fuentidueña Chapel, which features a late twelfth-century church apse on permanent loan from Spain, and the installation consists of forty speakers in a circular formation where each speaker plays a discretely recorded vocal part sung by members of the Salisbury Cathedral Choir. The looping eleven minutes of singing is interspersed with three minutes of sound recording of the members of the choir waiting for the conductor's signal to begin. The installation of *The Forty Part Motet* at the Cloisters offers an interesting counterpoint to my discussion of the acoustic architecture in *Soundings* and *Sound Works*. Although the work has certainly been exhibited at white cube contemporary art spaces, the installation at the Cloisters changes the context of how the site(s) of contemporary media installation and performance can be conceived. Although it is a branch of the Metropolitan Museum of Art in New York, the Cloisters is located in Fort Tryon Park, away from the main museum complex. Constructed in the manner of a medieval cloister, the building is in fact a hybrid of architectural elements, spanning the eleventh through to the sixteenth century, that were assembled together using modern materials and techniques in the 1920s and 1930s.[114] One could argue that the Cloisters is itself an installation. The Fuentidueña Chapel, where a twelfth-century Spanish apse is combined with a modern nave, shows this architectural hybridity. It is also a space that is often used for concerts of early music.[115] The acoustic architecture of the Chapel is radically different from that in the galleries at MoMA and Hunter College. Unlike the non-reverberant modernist soundscape discussed above, the Fuentidueña is a pre-modern acoustic space built for religious ceremonies that often incorporate music. *The Forty Part Motet* actively utilizes and interacts with the Chapel's acoustic architecture. The listening experience is two-fold: one can walk around the oval arrangement of speakers and listen to the individual vocal parts played on each speaker, and proceed to its center or outside of the circle and listen to the complex harmonics of *Spem in alium numquam habui* reverberating within the architecture of the space, as it was designed to do.[116] This, as Cardiff said, is like stepping 'right inside the music' where 'the listener would be able to really feel the sculptural construction of the piece by Tallis'.[117]

Unlike the reviews of *Soundings* and *Sound Works*, much of the reaction to *The Forty Part Motet* installation at the Cloisters by both critics and audience highlights its acoustic architecture.[118] Spatially aware comments, including the examples below, are consistently made about this installation:

'I'd seen it at MoMA, and the gallery was very neutral,' Jeff Gray, 33, a computer programmer and musician, said outside the chapel. 'But there's nothing like this kind of space, the resonance of brick with wood roof. The kind of ghost qualities are a lot more apparent here. Everything bounces a lot more: you hear a voice over here, and you kind of feel it float around you.'[119]

Cardiff's 'reworking,' as she calls it, of Tallis' motet made me feel as if I had never really heard music before, or at least never understood it as a spatial as well as auditory phenomenon. My near-epiphanic experience reminded me of the architect Stanley Saitowitz's description of first visiting Mies van der Rohe's Barcelona Pavilion: 'I came to understand space the way a fish might understand water, if it could.'[...] Somehow, *Motet* pulled the entire space into its composition, embedding the memory of the architecture with the memory of the piece.[120]

Cardiff's installation at the Cloisters also garnered attention from trade publications and websites devoted to sound technology – again focusing on its acoustic and spatial aspects – which are not normally where one finds reviews of contemporary art and media installations.[121] The siting of *The Forty Part Motet* in the unique, pre-modern, and hybridized space of the Fuentidueña Chapel, and Cardiff's choice of a sixteenth-century choral work that is written to be performed optimally in spaces like this one, bring the Chapel's acoustic architecture into sharp relief. The sound of Tallis's composition and Cardiff's design of recording the performances of the Salisbury Cathedral Choir's members individually, which are then synchronized and played back as a group – in effect re-assembling Tallis's motet *in situ* – serve to articulate the acoustics of the exhibition's architectural space.[122] The audience's comments show that their listening experience is physical, and that they can hear the architecture, construction, and materials used to build the space within the strains of the chorus reverberating through it.

Another common refrain in the reviews of *The Forty Part Motet* installation at the Cloisters is the regularity of the audience being 'moved to tears', with commentators saying they 'openly wept' within the installation.[123] The reviewers would attribute this unusual behavior in a contemporary art exhibition to the 'spirituality', 'sacredness', 'religiosity', 'transcendence', and 'profundity' of the work. A commenter on the Met's website likened the experience to 'a prayer on steroids'.[124] Cardiff herself noted in an interview that religiosity and emotionality are some of the few remaining taboos in the contemporary art world, and that while experiencing a showing of *Motet*, 'I feel almost renewed again, and think, "Yes, what I'm doing is actually relevant."'[125] Unlike in the white cube spaces of contemporary art galleries and museums, the ideology that is most powerfully at work in the Fuentidueña Chapel is religion, specifically Christianity. In addition to the crucifix, sculptures and paintings depicting religious figures and scenes including the Adoration of the Magi, as well as other Christian motifs and artworks installed in the space, the Chapel's architectural design, when paired with a musical composition such as *Spem in alium* that optimizes its acoustic potential, very powerfully expresses a sense of religiosity and awe. This is what moved the audience, critic, and artist alike to react in the way they did. In *The Forty Part Motet* at the Cloisters, sound is commodified less through capitalist valuation but more through Christian ideology and power, here conveyed more generally as spirituality and transcendence. In this installation, the institutional power of the Metropolitan Museum of Art to commodify sound as art is overwhelmed and masked by the power of the religious institution of the Christian church. The specificity of the site (Fuentidueña Chapel) and the text (*Spem in alium*) working together through sound and acoustics in Cardiff's installation is especially evident when the work is compared to Nigerian artist Emeka Ogboh's *The Song of the Germans/Deutschlandlied* (2015), a sound and media installation that is formally very similar to *The Forty Part Motet* but generates radically different reactions from its audience and critics. In *The Song of the Germans*, Ogboh also assembles a virtual chorus using sound reproduction technology. Instead of a sixteenth-century Christian choral work sung in Latin, Ogboh recorded the third stanza of the German national anthem sung by African refugees living in Germany, where each singer is individually recorded (as they were in *The Forty Part Motet*) singing the anthem in their mother tongue. The *Deutschlandlied*, sung in ten different African languages – Ibo, Yoruba, Bamoun, More, Twi, Ewondo, Sango, Douala, Kikongo, and Lingala – is played in the installation as 'one singer starts the piece, then the others joining in at different points in the song, building up to the full choir'.[126] Similar to the two-fold listening experience in *The Forty Part Motet*, the audience can walk around the installation, hearing the individual vocal and linguistic parts sung by each speaker, or they can stand back and listen to the chorus as a vocal ensemble. *The Song of the Germans* formally echoes Cardiff's installation in its use of individual speakers to play each vocal part. These speakers are also arranged in an oval formation, with each speaker set at the head height of the singer whose voice it is playing back. At the bottom of the speakers are printed text captions that identify the African language the *Deutschlandlied* is sung in (Figure 3.10).[127]

Unlike in the reviews of *The Forty Part Motet*, the critics who wrote about *The Song of the Germans* barely mentioned spirituality or transcendence in their discussion of the work. And there were certainly no reports of the audience being moved to tears by Ogboh's installation. Instead, the installation was described as 'joyless' and 'aching with loss' by some, and discussed almost exclusively in the secular terms of nationalism and globalization.[128] While the difference in audience reaction and critical response between *The Forty Part Motet* and *The Song of the Germans* can certainly be attributed to the different musical text quoted in these media installations – a sixteenth-century choral

3.10 Emeka Ogboh, *The Song of the Germans*, 2015. Sound installation, installation view, The Power Plant, Toronto, 2018.

work written for the English church that is sung in Latin and a post-Second World War national anthem excerpted from Joseph Haydn's 1797 musical composition combined with August Heinrich Hoffman's 1841 poem as lyrics, sung in German, do seem designed to elicit differing reactions from their respective contemporary art audiences – nevertheless, further research into the histories of these songs reveal that they are, in fact, quite similar in their blending of Christianity with nationalism: Haydn wrote his song as a birthday anthem honoring Habsburg emperor Francis II, intending it as a parallel to the British *God Save the King*.[129] *Spem in Alium* 'was probably premiered under Queen Elizabeth in 1559, one year after the death of Queen Mary, its likely original dedicatee.'[130] I argue that the differing reactions they produce have to do with their respective sites' architectural, institutional, and acoustic attributes. Ogboh's installation was originally created for and installed at the 2015 Venice Biennale, organized by Nigerian-born art critic and curator Okwui Enwezor, and titled *All the World's Futures*. In this European and global context, Ogboh's choice of inviting African refugees to translate and sing the German national anthem further politicizes its already nationalistic text into a critique and commentary on the recent rise of exclusionary nationalist/nativist political movements in Europe.[131] In his installation, the flatness and hardness of the acoustic architecture serve to foreground the linguistic and vocal elements in the performance by the Berlin-based Afro-Gospel choir Bona Deus, and their performative act of 'Africanizing' this Germanic text.

This foregrounding of the hybrid and sometimes clashing nationalisms in the singing produce the distanced and critical response in many of *The Song of the Germans'* audience and reviewers. The reverberant acoustic space produced by the polyphonic harmonies of *Spem in Alium* working in conjunction with the acoustic architecture of the Fuentidueña Chapel, on the other hand, draw the audience into its soundscape to produce the sense of immersion and belonging that for many are expressions of spirituality and transcendent emotion. The contrast between the totalizing harmony in *The Forty Part Motet* and the cultural dissonance in *The Song of the Germans*, two formally similar media installations, amplifies Thompson's findings on how cultural, political, and religious ideologies can alter and shape human perception of a soundscape. Altman and Lastra's discussion of sound space and point of audition provide a context in which to understand how individual subjects can and do voice these differences within an institutional frame – whether it be the institution of contemporary art, religion, or nationhood.

Institutional practices: the half rubric

Altman, in his proposal for an event-based approach to studying cinematic sound, writes that 'We are accustomed to analyzing the interchanges that take place through the intermediary of the text; we must now become more attuned to the interchanges between the production-text-reception system and the culture(s) at large.'[132] He also proposes a series of rubrics for studying cinema as event, including 'intersection', 'materiality', 'multi-discursivity', 'performance', 'three-dimensionality', and others as different points of audition from which to listen to cinematic sound.[133] Working through the two preceding rubrics, interviewing media artists and analyzing exhibitions of media art, it becomes increasingly clear to me that our experiences of listening to installation and performance are as much shaped and determined by the institutions that present these experimental media art works as by the artists and exhibitions themselves – perhaps even more so. Contemporary art museums and galleries, as well as other institutions that present media art, configure our listening and viewing experiences of media installations and performances through their budgets, personnel, and departments; the design and construction of their exhibition spaces as well as their preparatory practices; their calendar and scheduling; and their process and criteria of selecting artists and exhibitions. From the empirical research I did, I found very few contemporary media artists working in installation or performance who have the resources and can afford to have acoustic architecture designed and built specifically for their work.[134] Therefore, any research into sound in contemporary media installation and performance must also include the study of the art institutions that curate, commission, present, install, collect, and preserve these works. We must ask how their institutional culture, practice, politics, and economics shape our listening experience of installation and performance. Thus, I propose a half rubric of how we may study and engage with these contemporary art institutions: Who to talk to, and what questions might we ask? Which materials to gather and analyze? What areas to focus on? And I end with some preliminary findings. What I have done here is smaller in scale and scope than for the other rubrics in this chapter, thus it is a 'half' rubric. As in the previous sections, and especially here, my goal is to suggest possible frameworks, models, and perhaps a provocation for future research and scholarship.

In my research, I engaged with seven art institutions in the United States, Australia, and Hong Kong. They range from artist-run spaces to campus art galleries to a new museum currently under construction that will have 17,000 square meters of exhibition space as well as cinemas, performance spaces, mediatheque, shops, and cafes.[135] Although by no means comprehensive nor representative, this small sampling of global contemporary art institutions nevertheless represents a cross-section of budgets, staff sizes, and other institutional capacities, as well as a range of missions and curatorial emphases. All of them exhibit contemporary media installations and (some) performances as a part of their regular programming, with some specializing in the exhibition of media art. These institutions are relatively young: all were founded post-1960, and most began their exhibition of contemporary art between the 1970s to the 1990s. All are public institutions or part of educational institutions. During my research, I interviewed curators, preparators, managers, and exhibition designers, with a focus on those who specialize in contemporary media art. Most of these interviews were done in a group setting per institution, which proved to be more informative than one-on-one interviews because the different departments or individual staff members often collaborate closely on exhibition design and installation of media art works.[136] At the majority of these museums and galleries, media art is exhibited in 'white cube' spaces not dissimilar to the ones at MoMA and Hunter College discussed above. These exhibition spaces were either converted from existing architecture or were built as such. The institutions that are larger in size have the resources to develop and maintain teams of exhibition designers, preparators, and technicians dedicated to audio-visual media. The members of these audio-visual exhibition teams are drawn not only from other museums and galleries, but also from the theater, film, and art conservation professions. Some of these institutions also employ curators who specialize in contemporary media art. The staff I talked to at almost all of them spoke about collaborating with media artists in their exhibition design and installation. All of the institutions purchase and maintain media equipment which they use for exhibiting installations and performances (A/V kit).[137] Interestingly, some of the smaller and newer institutions, especially ones outside of the United

States, are experimenting with media and event production models, utilizing independent contractors ranging from architects to media technicians
and renting equipment instead of establishing dedicated A/V teams and kits.
While some do so out of necessity due to small staff and budgetary constraints,
others have mentioned the constantly evolving digital sound and imaging
technologies and rapid obsolescence of media platforms as reasons for not
investing in such features.[138]

There is a general consensus among the art professionals I interviewed that
white cube gallery spaces, as an exhibition designer for a Los Angeles art
museum puts it, are 'the worst acoustics for controlling sound, but the best
look for contemporary art'.[139] As its nickname suggests, 'white cube' spaces are
usually designed in a square or rectangular shape with many right angles, and
constructed from hard surfaces including plywood-backed plaster 'dry wall'
and concrete or hardwood floors. Often built with sources of natural lighting,
such as skylights, white cube spaces were never designed for exhibiting audio-
visual media. Therefore, showing audio-visual media in these spaces is 'a
constant battle'.[140] A preparator for a campus art gallery in Southern California
puts it thus:

> Whoever designed these spaces does not understand how an art gallery func-
> tions, because they put thermostats and outlets right in the middle of the wall,
> but did not install any outlets high enough so we can plug in media equipment
> like projectors. The spaces behind the walls and ceiling are inaccessible so there
> is no way to make media equipment and cables disappear – it is always chal-
> lenging to install media art in these spaces.[141]

A preparator of a different campus art gallery made the observation that 'the
gallery was a space of quiet contemplation, but not anymore'.[142] His point
echoes Kelly's characterization of the contemporary art gallery as a space that
is 'filled with noisy, quiet, disruptive, overlapping, discrepant, loud, brutal,
pretty, aggressive, and/or harmonious sounds', and that it is an evolving and
changing space: 'many contemporary practices stage the gallery as a social
space, somewhere we have conversations, eat, drink and participate'.[143] For a
number of the interviewees, the solution to the evolving uses for the white
cube is to make the space as flexible as possible. A curator for a Southern
California campus art museum argues that the most flexible gallery spaces
would enable her museum to 'say yes to any of the projects that come to us in
the future, when we cannot predict what artists might want to do with the
space in our exhibitions'.[144] Existing gallery spaces are retrofitted, adding
power and media access points to their walls, floors, or ceilings, architectural
elements to mount projectors and speakers, along with the ability to (temporarily) install soundproofing materials as well as to construct spaces to contain
the media soundscape of specific works. In this sense, MoMA's strategy of

3.11   Australian Centre for the Moving Image (ACMI) in Melbourne.

sound containment in its exhibition design for *Soundings* reflects the dominant attitude among the art professionals I interviewed on how to solve the 'problem' of auditory art and media in white cube spaces.

The Australian Centre for the Moving Image (ACMI) in Melbourne presents an interesting case study in the present discussion. ACMI began as a film center and evolved into a lending media library, cinematheque, education program, and exhibition space and is currently housed in a building incorporating two cinemas and three gallery spaces which house both permanent and changing exhibitions (Figure 3.11). As ACMI Senior Curator Sarah Tutton explains, the gallery presentations at ACMI do not necessarily reference only the contemporary art world, but can also connect to programming in cinema, video games, and experimental and avant-garde film. She says: 'Our inflection in programming is different from a traditional art gallery.'[145] The mission and curatorial focus of ACMI is reflected in the design and construction of its building and galleries. In the ACMI building, designed by Australian Bates Smart Architects and opened to the public in 2002, the two galleries where the non-permanent exhibitions are installed were designed as 'black boxes' instead of white cubes. According to Tutton, these galleries were designed and constructed specifically to show media art and 'there is no existing state that the galleries have to go back to, therefore all the shows look different. There are no internal walls in the galleries. So we do not try to fit the work into an existing space, but rather, build the spaces for each work or exhibition.'[146] Chris Harris, ACMI's Head of Exhibition Production, explains: 'all the galleries are carpeted for sound absorption, and the main gallery floor has a computer-access design. The walls, floors, and ceiling of the galleries all have built-in media conduits – ACMI uses the BrightSign media system, which

View of ACMI gallery.　　**3.12**

plays MEPG media files. Depending on what the artist wants, we can create a customized space for each work in an exhibition.'[147] Tutton and Harris add that because ACMI's building is designed with the media exhibitions in mind, its architecture and technology infrastructures are integrated. Therefore, at ACMI, media art works 'look more seamless with our architecture and technological systems compared to a more traditional visual art space'. 'Many of the big contemporary art galleries still struggle with putting multiple works by a media artist in one space because they have difficulty separating the sound and controlling the lighting. Whereas the curators, exhibition designers, and installers at ACMI are experienced in using directional speakers as well as architectural interventions such as sound absorption panels, closed ceilings, and carpeting.' Tutton points out that 'there is really no ambient sound in our gallery spaces to begin with' and also 'We are not that precious about our building' (Figure 3.12).[148]

ACMI is significant in the present discussion because it shows that black box spaces, which reference the design and construction of theaters and cinemas, are just as flexible as white cube spaces, and perhaps more so when it comes to the exhibition of media installations and performances. However, black boxes, when they are included in the architecture of contemporary art museums and galleries, are mostly limited to cinemas, lecture halls, and performance spaces that are often relegated to the basement – there are rarely black box galleries constructed as such and equipped with the features designed to facilitate the installation and exhibition of audio-visual media art. Even in the design and construction of new buildings for two of the art institutions whose staff I interviewed, the majority of the new exhibition spaces will be white cubes. Not only are the architects and designers of contemporary art spaces unaware of or not concerned with the specific needs of exhibiting media art, often considered 'too specialized' for a multi-use gallery space, architects sometimes include special clauses and agreements in their contracts that prohibit alteration and updating of the spaces they designed.[149] This almost begs the question: then why show audio-visual media in galleries at all, especially at institutions that have cinemas and theater spaces designed and constructed specifically for this purpose? Earlier in this chapter, I referenced Thompson's discussion of the 'acoustically reconfigurable' postmodern soundscapes in contemporary concert halls, many of which are also spatially customizable, and I asked if contemporary art spaces are becoming more like concert halls and theaters due to the increasing ubiquity of media in art museums and galleries. The black box exhibition space, constructed to be low-light and sound-absorbent, and designed with multiple access points for power as well as media feed, does very much resemble the postmodern concert hall that Thompson describes. Furthermore, other preliminary findings in my research also point to a convergence between the institutions of 'visual' art, theater, and cinema. The A/V teams in contemporary art museums and galleries drawing from the film and theater industries is reminiscent of Lastra's discussion of the early Hollywood film industry drawing its first generation of sound engineers from the telephony and recording industries.[150] The possible move of some art institutions to a more event-based model for exhibition design and installation – thus the need for flexible exhibition spaces – also brings their practices closer to the aforementioned media industries, as well as to advertising, gaming, amusement parks, hospitality, and other experience or service-oriented economies. The art museum's transformation into a service or experiential model has been noted by other media scholars and art critics and has been discussed in conjunction with ideas including relational aesthetics.[151] This trajectory of inquiry could converge with my earlier discussion on the commodification of sound in art institutions. Not coincidentally, a gallery manager I interviewed expressed concern over the use of media in contemporary art spaces and institutions as a form of spectacle in which 'media is used to attract viewers – not so different from in a department store'. For him, '[art] work can be dismissed as spectacle, or made just for the sake of spectacle' and 'we are used to dismissing spectacle'.[152]

Revisiting the Marclay quote from the beginning of this chapter, echoed by a number of the media artists and art professionals I interviewed, the debate between the white cube versus the black box as opposing acoustics architectural models in which to house audio-visual media art can be broadened into a larger consideration of the 'problem' of sound in contemporary art galleries and museums, and in turn as a metaphor for the complex relationship between media artists and the institutions that present their work. Like the 'unruly' sound that invades spaces, seeps through architectural barriers, and freely mingles with other sounds in a media soundscape where new and unexpected frequencies, resonances, and reverberations often emerge, not all media artists who work with sound are satisfied with the dominant strategy of sound containment at these institutions. Mark Bain's *The Live Room* and other works, discussed earlier, use resonators and infrasounds to destabilize the illusory permanence of buildings and the institutions they house. Marco Fusinato, whose media installations, including the *Aetheric Plexus* series (2009–13), use extreme loud volume and bright lighting to literally disrupt the daily workings of the art institutions that exhibit them, is not coincidentally represented in *Soundings* by a silent series of drawings.[153] Curator London comments: 'If I'd had more space, I would have put in [a] noise work by Marco', and she continues: 'But that kind of piece, real noise, means "how do I contain it?"' Fusinato himself concedes that 'You can't have 20,000 watts of white light burning someone's face off', adding: 'The politics of these institutions are complex.'[154] Should media installation and performance artists choose to exhibit their work within the ocularcentric institutions of art museums and galleries, where sound is a problem to be contained? Not all of them choose to; or are chosen to. And if they do choose to show their work in these spaces, should their work be segregated into spaces that are designed specifically to exhibit them, or should they be incorporated into exhibitions of photography, paintings, sculptures, and other art forms? In his essay 'Ears Have Walls: On Hearing Art', Steven Connor writes: 'Sound work makes us aware of the continuing emphasis upon division and partition that continues to exist even in the most radically revisable or polymorphous gallery space …' He further argues: 'Sound art is the most potent agency of that attempt to dissolve or surpass the object which has been so much in evidence among artists since Dadaism in the 1920s. And yet the gallery or museum seems to provide a kind of necessary framing or matrix, a habitat or milieu in which art can fulfill its strange contemporary vocation to be not quite there.'[155] While Connor points out the tension between the phenomenological characteristics of sound and the institutional power of the art world, the strategy of sound containment that drives the design and retrofitting of exhibition spaces for contemporary media installation and performance seems to indicate that they are increasingly being sonified. Or is it an assertion of these art institutions' power – here manifested in cutting edge media technology and architectural design – to shape and fit sound into their ocularcentric paradigm, thereby isolating, commodifying, and ultimately depoliticizing sound? In the following chapter, I analyze a number of contemporary media art works that are sited both within museums and galleries as well as outside in parks, rainforests, beaches, harbors, and even the airwaves. Through these analyses, I further examine the politics of location, community, and site-specificity in relationship to soundscape theories.

Notes

1 See my and Erika Suderburg's introduction to our edited volume *Resolutions 3: Global Networks of Video* (Minneapolis: University of Minnesota Press, 2012), pp. ix–xxx. Essays by Lucas Hilderbrand, Michael Rush, Holly Willis, Nancy Buchanan, and Catherine Taft in the volume also explore different aspects of this phenomenon. There are many other media scholars who have discussed media installations in contemporary art spaces, a few examples include Holly Rogers, *Sounding the Gallery: Video and the Rise of Art-Music* (Oxford: Oxford University Press, 2013), Chris Meigh-Andrews, *A History of Video Art* (London: Bloomsbury Academic, 2014, 2nd edition), and Rush's *Video Art* (London: Thames and Hudson, 2007, revised edition).
2 Caleb Kelly, *Gallery Sound* (London: Bloomsbury Academic, 2017), pp. 2–3.
3 Paul Hegarty, *Rumour and Radiation: Sound in Video Art* (London: Bloomsbury Academic, 2015), p. 2.
4 Rogers, *Sounding the Gallery*, p. 123.
5 From the brochure accompanying *Ensemble*, curated by Christian Marclay, at the Institute of Contemporary Art, University of Philadelphia, PA, 2008.
6 The essay happens to be mine. See Ma, 'The Voice of Blindness: On the Sounds Tactics of Tran T. Kim-Trang's Blindness Series', in *Resolutions 3*, pp. 65–80.
7 Rick Altman, 'Sound Space', in Rick Altman (ed.) *Sound Theory, Sound Practice* (London: Routledge, 1992), p. 46.
8 Rick Altman, *Silent Film Sound* (New York: Columbia University Press, 2004), p. 7. Emphasis in original text.
9 Ibid.
10 Ibid.
11 Ibid., p. 19.
12 Ibid., p. 21.
13 Michael Rush, 'Installation and the New Cinematics', in *Resolutions 3*, pp. 112–120; Chrissie Iles, 'Film and Video Space', in Erika Suderberg (ed.) *Space, Site, Intervention: Situating Installation Art* (Minneapolis: University of Minnesota Press, 2000), p. 252.
14 Rush, 'Installation and the New Cinematics', p. 112.
15 Ibid., pp. 112–113.
16 Emily Thompson, *The Soundscape of Modernity: Architectural Acoustics and The Culture of Listening in America, 1900–1933* (Cambridge, MA: MIT Press, 2002), p. 234.
17 Ibid., p. 321.
18 See Rogers, *Sounding the Gallery*, pp. 1–11 and 12–45.
19 Jonathan Sterne, *The Audible Past: Cultural Origins of Sound Reproduction* (Durham, NC: Duke University Press, 2003), pp. 34–35.
20 Altman, 'Sound Space', p. 59.
21 Michel Chion, *Audio-Vision: Sound on Screen* (trans.) Claudia Gorbman (New York: Columbia University Press, 1994), pp. 5–6.

22 Altman, 'Sound Space', pp. 60–62.

23 Ibid., pp. 60–61.

24 Ibid., p. 62.

25 James Lastra, *Sound Technology and the American Cinema* (New York: Columbia University Press, 2000), pp. 160, 182.

26 Ibid., pp. 181–182.

27 Ibid., p. 215.

28 For example, a *New York Times* profile on Cardiff and Miller mentions 'Fritz' and 'Shirley' – homemade binaural recording devices in the shape of a human head. (John Wray, 'Janet Cardiff, George Bures Miller and the Power of Sound', *New York Times*, July 26, 2012.) A similar device named 'Arthur' can be seen in the 1980 documentary film on R. Murray Schafer's composition *Music for Wilderness Lake: for 12 Trombones* by Niv Fichman and Barbara Willis Sweete. In the film, the device was called a *Kunstkopf*, and was used for quadraphonic and spherical sound recording.

29 'White Sound: An Urban Seascape', in *Bill Fontana: Acoustical Visions and Desert Soundings* exhibition catalogue, Abu Dhabi Festival, 2014, p. 58.

30 Ibid.

31 Ibid., p. 59.

32 Thompson, *The Soundscape of Modernity*, p. 234.

33 Ibid., p. 284.

34 Kelly, *Gallery Sound*, p. 3.

35 http://kimsooja.com/projects/Korean_Pavilion_Venice_2013.html (accessed November 23, 2017).

36 https://dspace.mit.edu/handle/1721.1/64544 (accessed November 23, .2017).

37 From video interview with Bain. https://vimeo.com/46696869 (accessed November 23, 2017).

38 Bain discusses his idea of 'architerrorism' in an interview with Molly Hankwitze and David Cox (https://nettime.org/Lists-Archives/nettime-bold-0007/msg00000.html) which he frames in anti-developer, anti-commodification terms (accessed November 28, 2017).

39 Infrasonics, which are sounds at frequencies below the threshold of human hearing, can cause headaches and induce bowel movements, feelings of anxiety as well as a sense of haunting and near religious experiences. Infrasound has been developed as military weaponry and for crowd control by USA and other countries, including Russia. Bain discusses his interest in infrasound in an interview with Josephine Bosma (1999) https://nettime.org/Lists-Archives/nettime-l-9908/msg00023.html (accessed November 28, 2017).

40 Thompson, *The Soundscape of Modernity*, p. 321.

41 Ibid., p. 324.

42 Michael Bull, *Sound Moves: iPod Culture and Urban Experience* (London: Routledge, 2007).

43 The list was compiled through my existing contacts, including all the artists who are discussed in this book, and from my past curatorial projects including

Narrowcast: Reframing Global Video 1986/2008. I also consulted existing scholarship on contemporary media art, including anthologies, monographs, journals, websites, exhibition catalogues, and other publications to broaden the representation on the list of participants. The anthologies I consulted include the three *Resolutions* books: *Resolution; A Critique of Video Art* (ed.) Patti Podesta (Los Angeles: LACE Los Angeles Contemporary Exhibitions, 1986); *Resolutions: Contemporary Video Practices* (eds) Michael Renov and Erika Suderburg (Minneapolis: University of Minnesota Press, 1996); and *Resolutions 3: Global Networks of Video*. Also *Illuminating Video: An Essential Guide to Video Art* (eds) Doug Hall and Sally Jo Fifer (New York: Aperture/ BAVC, 1990); *Radical Light: Alternative Film and Video in The San Francisco Bay Area, 1945–2000* (eds) Steve Anker, Kathy Geritz, and Steve Seid (Berkeley: University of California Press, 2010); *Sound* (ed.) Caleb Kelly (London: Whitechapel Gallery; Cambridge, MA: MIT Press, 2011); and Suderberg, *Space, Site, Intervention: Situating Installation Art*. Monographs include Steve Goodman's *Sonic Warfare: Sound, Affect, and The Ecology of Fear* (Cambridge, MA: MIT Press, 2012), Brandon LaBelle's *Background Noise: Perspectives of Sound Art* (New York: Continuum, 2006), Alan Licht's *Sound Art: Beyond Music, Between Categories* (New York: Rizzoli, 2007), Michael Rush's *Video Art* (New York: Thames and Hudson, 2003), as well as *A History of Video Art, Rumour and Radiation*, and *Sounding the Gallery*. Periodicals and exhibition catalogues I perused are too numerous to list individually here. In addition, I asked all the artists I contacted to recommend their peers or other artists whose work they find relevant to the topic.

44 At the time of writing, I have invited 226 artists to participate in my research for this chapter, and thus far I have interviewed 47 artist-respondents. I ask them the same six questions in an online questionnaire I have created for this project, as well as through email correspondence and in Skype interviews. The questions are:

(1) Please describe or define your art practice (e.g. performance, installation, video artists, etc.) and the medium(a) you work in (e.g. video installation, multimedia performance, etc.): (2) Do you use sound in your work? How important is sound as an element in your work? (3) Please describe or outline your philosophy and/or method in working with sound. Name specific projects (title, year, medium) as examples when relevant. (4) Do you employ, commission, or collaborate with others on sound elements in your work? Name specific projects (title, year, medium) as examples when relevant. (5) How does sound function in relationship to space in your work (i.e. gallery, architecture, or outdoor spaces; also as soundscape in your soundtracks, recordings, remixes, etc.)? (6) How do the sound elements interact (or not) with the visual elements in your work? These questions are designed to be open-ended so that the artist-respondents can say as much or as little as they want on the subject. I wanted them to feel free to engage with ideas and philosophies while grounding their responses in their own works and specific projects. The participating artists are: William

Anastasi, Ale Bachlechner, Phyllis Baldino, Natalie Bookchin, Dove Brad-shaw, Richard Chartier, Lewis deSoto, Jeanne C. Finley, Bill Fontana, Richard Garet, John Grzinich, Micol Hebron, Nelson Henricks, Kurt Hentschläger, Janna Holmstedt, Rashmi Kaleka, Christine Sun Kim, Jacob Kirkegaard, Paul Kos, David Linton, Francisco López, Mary Lucier, Jason Lujan, Elana Mann, pali meursault, Christof Migone, Haroon Mirza, Carsten Nicolai, Camille Norment, Yann Novak, Steve Peters, Steve Roden, John Sanborn, Peter Sarkisian, Robin Rimbaud (Scanner), Julia Scher, Anne Katrine Senstad, Jennifer Steinkamp, Ultra-red, Katie Vida, Stephen Vitiello, Hong-Kai Wang, Peter Weibel, Monika Weiss, Jana Winderen, Paul Wong, and Pamela Z. Since I am interested in the larger patterns, practices, and thinking of contemporary media artists who work in installation and performance as a group, quotes from these interviews are attributed to 'artist-respondents' in the text and the sources identified in the notes. In quotes where specific artworks are mentioned, the full name of the artists is included, as it is in other parts of the book.

45 The two artist-respondents are based in Taiwan and India, respectively.

46 I conducted interviews in English, and there are English and French versions of the online questionnaire. Participation is contingent on access to the website, email, or Skype. However, since these media artists already work with digital and analogue media technology in their work, media and communication technologies should already be accessible to them by virtue of their art production.

47 In addition to my speculation that media artists already interested in sound are more likely to participate, I heard back from at least one commercial gallery that my research method could be considered disrespectful and lacks prestige to an invited artist. While fully realizing the sociological or ethnographic-inspired methodology I am using here – using an online questionnaire and interviews to engage with a large group of participants – is uncommon in the fields of art criticism and art history which tend to favor individual artist monographs and discussions of art movements with an identified member, I also cannot help but note the relationship between prestige, exclusivity, and access implied in such a comment. In a commodified artworld, reviews and critical recognition are very much a part of an artist's perceived value. This could be another factor that influenced some invited artists to not participate. That said, my list above includes quite a number of critically and commercially successful media artists with representation by 'important' galleries, museum retrospectives, as well as reviews by prominent critics and scholars. So there are no definitive conclusions here. Most likely, a number of other factors also contributed to determining whether an invited artist chose to participate or not.

48 Anne Katrine Senstad interview June 23, 2017.

49 Elana Mann interview January 25, 2017.

50 Hong-Kai Wang interview July 13, 2017.

51 Jeanne C. Finley interview October 23, 2017.

52 Christof Migone interview July 3, 2017.

53 Paul Kos interview November 12, 2017.

54 Steve Peters interview June 19, 2017.

55 Hong-Kai Wang interview July 13, 2017.

56 Interview with Dont Rhine, a member of the collective Ultra-red March 16, 2017.

57 Camille Norment interview January 17, 2018.

58 Richard Chartier interview December 26, 2017.

59 Richard Garet interview June 16, 2017.

60 Kurt Hentschlager interview July 1, 2017.

61 Phyllis Baldino interview October 15, 2017.

62 John Sanborn interview October 27, 2017.

63 Natalie Bookchin interview January 27, 2017.

64 Peter Sarkisian interview December 2, 2017.

65 Jeanne C. Finley interview October 23, 2017.

66 Camille Norment interview January 17, 2018.

67 Lewis deSoto interview October 13, 2017.

68 See Pauline Oliveros, *Deep Listening: A Composer's Sound Practice* (New York: iUniverse, Inc., 2005); Francisco López, 'Profound Listening and Environmental Sound Matter', in Christoph Cox and Daniel Warner (eds) *Audio Culture: Readings in Modern Music* (New York: Continuum, 2005), pp. 82–87.

69 Janna Holmstedt interview November 12, 2017.

70 Jacob Kirkegaard interview January 16, 2018.

71 Christine Sun Kim interview January 12, 2018.

72 Elana Mann interview January 25, 2017.

73 For more information on these collectives, see ARLA (www.elanamann.com/project/arla); Granular-Synthesis (www.kurthentschlager.com/gs.html); San Francisco Threshold Choir (https://thresholdchoir.org/SanFrancisco); and Ultra-red (www.ultrared.org/).(All websites accessed July 9, 2018.)

74 Scanner (Robin Rimbaud) interview November 19, 2017.

75 Altman, 'General Introduction: Cinema as Event', *Sound Theory, Sound Practice*, p. 2.

76 Christof Migone interview July 3, 2017.

77 Francisco López interview February 9, 2017.

78 Steve Roden interview October 22, 2017.

79 Yann Novak interview July 12, 2017.

80 Kurt Hentschlager interview July 1, .2017.

81 Mary Lucier interview July 1, 2017.

82 Scanner (Robin Rimbaud) interview November 19, 2017.

83 Janna Holmstedt interview November 12, 2017.

84 Mary Lucier interview July 1, 2017.

85 Pamela Z interview January 26, 2017.

86 This tag line is used by the Museum itself in its promotional material and website (see www.moma.org/calendar/exhibitions/1351). Below are a selection of reviews that include a variation of it, and there are many, many more: *New York Times* (www.nytimes.com/2013/04/05/arts/design/sound-art-at-

moma-and-big-works-at-christies-and-sothebys.html?_r=0) *Art News* (www.artnews.com/2013/07/23/listen-to-your-moma/), *Art in America* (www.artinamericamagazine.com/news-features/news/moma-will-organize-its-first-sound-art-show/), *New York Magazine* (www.vulture.com/2013/08/classical-music-review-soundings-at-the-moma.html), *Magnetic Magazine* (www.magneticmag.com/2013/08/edm-culture-review-of-momas-soundings-a-contemporary-score-exhibit-showing-through-november-3rd-in-nyc/), and *College Arts Association* (www.caareviews.org/reviews/2189#.WkLT8VQ-e70) (all accessed December 26, 2017).

87 *Soundings* was on view August 10–November 3, 2013. The artists in the exhibition are Luke Fowler (Scottish, b. 1978), Toshiya Tsunoda (Japanese, b. 1964), Marco Fusinato (Australian, b. 1964), Richard Garet (Uruguayan, b. 1972), Florian Hecker (German, b. 1975), Christine Sun Kim (American, b. 1980), Jacob Kirkegaard (Danish, b. 1975), Haroon Mirza (British, b. 1977), Carsten Nicolai (German, b. 1965), Camille Norment (American, b. 1970), Tristan Perich (American, b. 1982), Susan Philipsz (Scottish, b. 1965), Sergei Tcherepnin (American, b. 1981), Hong-Kai Wang (Taiwanese, b. 1971), Jana Winderen (Norwegian, b. 1965), and Stephen Vitiello (American, b. 1964). The exhibition was accompanied by music events, a film program, and a sound lab at the Museum. (See www.moma.org/interactives/exhibitions/2013/soundings/content/ and www.moma.org/calendar/exhibitions/1351) See MoMA's press release (www.moma.org/documents/moma_press-release_389350.pdf) exhibition web pages (www.moma.org/interactives/exhibitions/2013/soundings/content/) including the film program (www.moma.org/calendar/film/1356) (all websites accessed December 26, 2017).

88 London quoted in Brian Boucher, 'MoMA Will Organize its First Sound Art Show', *Art in America* (April 4, 2013)
www.artinamericamagazine.com/news-features/news/moma-will-organize-its-first-sound-art-show/ (accessed January 31, 2018).

89 The outdoors site for *A Bell for Every Minute* also impacted access to the work. According to Vitiello, his installation was actually closed during the opening of *Soundings* because it rained earlier and the grounds to the Sculpture Garden were still slick. (Interview with the artist, January 3, 2018.)

90 The engraved map of New York City on the plaque shows when each bell was recorded and when it is heard over the course of an hour, and the clock shows the local time. (Interview with the artist, January 3, 2018.)

91 *Microtonal Wall* also faces a wall of glass windows near the entrance of the main exhibition space of *Soundings*, but it is installed in a long and narrow corridor with a low ceiling as opposed to an open multistory stairwell. Also, the audio elements in the works are significantly different from each other in addition to the differing architectural spaces they are installed in.

92 Jessica Feldman's review of *Soundings* includes an account of how audience members inevitably break the 'no touching' rule in an art museum in order to listen to the work. ('The Trouble with Sounding: Sympathetic Vibrations and Ethical Relations in "Soundings: A Contemporary Score" at the Museum of Modern Art', *Ear / Wave / Event*, Issue One,

http://earwaveevent.org/article/the-trouble-with-sounding-sympathetic-vibrations-and-ethical-relations-in-soundings-a-contemporary-score-at-the-museum-of-modern-art/; accessed February 4, 2017.)

93 London interview in *Huffington Post* (August 15, 2013, updated December 6, 2017) www.huffingtonpost.com/mutualart/about-sound-art-with-barb_b_3748882.html (accessed January 5, 2019).

94 London mentioned in a radio interview that the walls built for the exhibition are soundproof. (Source: www.richardgaret.com/documentation/moma/MoMaBarbaraLondonBroadcast2013.mp3 accessed December 6, 2017.)

95 London quote from Boucher, 'MoMA Will Organize its First Sound Art Show'. Also see Andrew Purcell, 'What is that sound? And is it art?' andrewpurcell.net (August 26, 2013) www.andrewpurcell.net/?p=1741 for a similar quote (accessed January 5, 2019).

96 Thompson mentioned this point more than once in her book. For example, see *The Soundscape of Modernity*, p. 234.

97 Ibid., pp. 262, 284.

98 Feldman, 'The Trouble with Sounding', *Ear / Wave / Event*. Holland Cotter's review of the exhibition in the *New York Times* (August 8, 2013) www.nytimes.com/2013/08/09/arts/design/soundings-features-art-with-audio-elements.html?pagewanted=all exemplify the other critique. Also see www.huffingtonpost.com/mutualart/about-sound-art-with-barb_b_3748882.html (accessed February 4, 2017).

99 Blake Gopnik, 'Did You Hear That? It Was Art: Museums Embrace Works Made of Sound',
New York Times (August 1, 2013).
www.nytimes.com/2013/08/04/arts/design/museums-embrace-works-made-of-sound.html?pagewanted=2&adxnnlx=1397847782-vZWyd9ZGll3p-pKStkfPsYA (accessed February 4, 2017).

100 Barbara London, 'Soundings: From the 1960s to the Present', *Soundings: A Contemporary Score* exhibition catalogue (New York: The Museum of Modern Art, 2013) p. 9.

101 Chris Alker's review in *Magnetic Magazine* ('EDM Culture: Review Of MOMA's "Soundings: A Contemporary Score" Exhibit', August 14, 2013 www.magneticmag.com/2013/08/edm-culture-review-of-momas-soundings-a-contemporary-score-exhibit-showing-through-november-3rd-in-nyc/; accessed February 4, 2017) noted the sounds produced by the exhibition attendees interfered with his experience of the works in *Soundings*. In my interview with Jana Winderen, one of the artists in the exhibition, she mentioned that an unintentional resonance was created throughout the exhibition 'perhaps having to do with the similar size of the spaces constructed to house individual installation, and the existing architecture of the Museum'. (Interview with the artist January 9, 2018.)

102 Thompson, *The Soundscape of Modernity*, p. 234.

103 According to Vitiello, 'The biggest obstacle to listening to the piece was the sound of the fountains [in MoMA's Sculpture Garden]. Visually, the fountains stand out in the Sculpture Garden. Unfortunately, the sound of

the fountains really ate up a lot of the frequencies present in my piece. On the High Line, despite the intensity of traffic, voices, even construction, the piece was clear and audible most of the time. The fountains at MoMA on the other hand really blocked a lot of sound.' *A Bell for Every Minute* was commissioned by Creative Time and installed at the High Line in 2010. (Interview with the artist, January 3, 2018. Also see http://creativetime.org/projects/a-bell-for-every-minute/; accessed January 4, 2018.)

104 From the introduction by Max Weintraub in the exhibition brochure of *William Anastasi: Sound Works, 1963–2013* (New York: Hunter College, The City University of New York, 2013).

105 *William Anastasi: Sound Works, 1963–2013* was on view October 4–November 30, 2013. During the exhibition's run, a symposium on Anastasi's work 'Between Image and Sounding' was held on October 18 at Hunter College, with speakers including London, art historian Charles Stuckey, curator and critic Robert Storr, and artists Robert Barry and Stephen Vitiello. (See www.leubsdorfgallery.org/calendar/2013/10/4/william-anastasi-sound-works-19632013; accessed February 28, 2018.)

106 See Eileen Neff, 'William Anastasi: Material Sound', *William Anastasi: Sound Works, 1963–2013* exhibition catalogue, pp. 29–31.

107 For the exhibition at Philadelphia Museum of Art, Anastasi invited fourteen of Cage's closest friends and colleagues plus himself to create *Sound Drawings* with the same format and instructions. The drawings by Merce Cunningham, Jasper Johns, and Anastasi himself are included in *Sound Works*. See Neff, 'William Anastasi: Material Sound', pp. 35–36, 38.

108 Anastasi mentions this in his 1989 conversation with Thomas McEvilley, published in the *William Anastasi: Sound Works* exhibition catalogue, pp. 67–68.

109 The three recordings are of Mozart's *Symphony No. 40 in G Minor*, Wagner's *Die Merstersinger Overture*, and Brahms's *Symphony No. 2 in D Minor*. The label of these records is the title of the work.

110 Max Weintraub, 'Random Sweepings: Generative Chaos in the Work of William Anastasi', *William Anastasi: Sound Works* exhibition catalogue, p. 16.

111 Ibid.

112 Anastasi mentioned Duchamp's influence on him as a young artist in his conversation with McEvilley, *William Anastasi: Sound Works* exhibition catalogue, pp. 61–62.

113 In addition to New York, where it was shown once in 2001 and in 2013, the *Forty Part Motet* has been shown at many venues around the world, including in Montreal, Liverpool, Nagano, Melbourne, San Francisco, and Tel Aviv. Cardiff herself mentioned in a 2016 interview that it has been shown about 50 times. (*Bad at Sports* podcast, January 8, 2016. http://badatsports.com/2016/episode-535-janet-cardiff/.) The Met's website has more information on the history of the Cloisters (www.metmuseum.org/press/news/2006/the-cloisters-a-history) as well as the Fuentidueña Chapel (www.metmuseum.org/exhibitions/listings/2013/janet-cardiff) (all accessed January 15, 2019).

114 See The Met's website (www.metmuseum.org/press/news/2006/the-clois-ters-a-history) and 'Desiring Medieval Sound' by Andrew Albin, *Sounding Out!* Blog (May 9, 2016) https://soundstudiesblog.com/2016/05/09/desiring-medieval-sound/ (both accessed March 7, 2018).

115 The space was described as one 'with superb acoustics' on The Met's website (www.metmuseum.org/exhibitions/listings/2013/janet-cardiff). The Met stages its 'Concerts at the Cloisters' in the Fuentidueña Chapel space. For example, the concert series celebrating the 75th Anniversary of the Clois-ters, which ran up till the opening of *The Forty Part Motet* installation (www.metmuseum.org/press/news/2013/concerts-celebrate-cloisters-75th) (both accessed March 7, 2018).

116 These two reviews, both in medieval studies journals, discuss the intention of Tallis for *Spem in Alium* to be performed in the round and that the piece was likely premiered in 1559 in an octagonal tower chamber that is spatially similar to the Fuentidueña Chapel. See Albin, 'Desiring Medieval Sound' and Daniel Olson-Bang 'A Sound Sculpture in Forty Voices' (*Hortulus*, October 29, 2013) https://hortulus-journal.com/2013/10/29/sound-sculpture-in-forty-voices/ (accessed March 7, 2018).

117 When discussing the conception of *The Forty Part Motet*, Cardiff has said that when she first heard *Spem in Alium* as a recording on CD, she wanted to step or climb into the music. For example, listen to her interview with Patricia Maloney for the podcast *Bad at Sports* (December 7, 2015) http://badatsports.com/2016/episode-535-janet-cardiff/. The second quote is from the Cardiff Miller website (www.cardiffmiller.com/artworks/inst/motet.html) (accessed March 7, 2018).

118 A by no means exhaustive selection of reviews of the installation of *The Forty Part Motet* at the Cloisters that mention space, acoustic, and architec-ture: Michelle Aldredge, 'Sounds Like A Masterpiece: The 1st Contemporary Artwork at the Cloisters', *Gwarlingo* (October 27, 2013) (www.gwarlingo.com/2013/the-1st-contemporary-artwork-at-the-cloisters-janet-cardiff-40-part-motet/); Brian Boucher, 'Interviews: Janet Cardiff Gets Medieval at the Cloisters', *Art in America* (September 4, 2013) www.artinamericama-gazine.com/news-features/interviews/janet-cardiff-gets-medieval-at-the-cloisters/ (all accessed February 7, 2018); Jim Dwyer, 'Moved to Tears at the Cloisters by a Ghostly Tapestry of Music', *New York Times* (September 19, 2013) www.nytimes.com/2013/09/20/nyregion/moved-to-tears-at-the-cloisters-by-a-ghostly-tapestry-of-music.html (accessed September 3, 2018); Terence Riley, 'Hope in Any Other', *Affidavit* (January 2, 2017) www.affidavit.art/articles/hope-in-any-other/ (accessed September 3, 2018); Amelia Rina, 'Janet Cardiff: *The Forty Part Motet* at the Cloisters', *Dailyserving* (November 15, 2013) www.dailyserving.com/2013/11/janet-cardiff-the-forty-part-motet-at-the-cloisters/ (accessed February 7, 2018) as well as the interviews and reviews by Albin, Maloney, and many others.

119 Jeff Gray quoted in Jim Dwyer's 'Moved to Tears at the Cloisters'.

120 Riley, 'Hope in Any Other'.

121 See, for example: Steve Guttenberg, '40 Bowers & Wilkins Speakers and The Art of Sound', *CNet* (September 15, 2013) www.cnet.com/news/40-bowers-wilkins-speakers-and-the-art-of-sound/ and Kelleigh Welch, 'Cardiff's *Forty Part Motet* Fills NYC's Cloisters', *Prosound News* blog (November 5, 2013) www.prosoundnetwork.com/pro-sound-news-blog/2191 (both accessed March 9, 2018).

122 See Nina Sun Eidsheim's chapter titled 'The Acoustic Mediation of Voice, Self, and Others' in her book *Sensing Sound: Singing and Listening as Vibrational Practice* (Durham, NC: Duke University Press, 2015) for a discussion of the relationship between music, acoustics, and concert hall design conventions within the history of Western classical music.

123 The reviews by Aldin, Aldredge, Dwyer, and others all mention the crying, as does the one by Alva Noë for *NPR* ('The Power of 40 Speakers in A Room', March 10, 2017 www.npr.org/sections/13.7/2017/03/10/519587414/the-power-of-40-speakers-in-a-room). In fact, both Dwyer and Sarah Hotchkiss chose to highlight crying in the title of their reviews (Hotchkiss, 'Janet Cardiff's "Forty Part Motet" Almost Made Me Cry', *KQED*, November 13, 2015 https://ww2.kqed.org/arts/2015/11/13/janet-cardiffs-forty-part-motet-almost-made-me-cry/) (Dwyer, 'Moved to Tears at the Cloisters'). And it is mentioned on the Met's website (www.metmuseum.org/blogs/now-at-the-met/features/2013/forty-part-motet) (all websites accessed March 9, 2018)

124 Comment left on the Met's website by Michele McTernan (October 27, 2013 www.metmuseum.org/blogs/now-at-the-met/features/2013/forty-part-motet) (accessed March 10, 2018).

125 Cardiff, *Bad at Sports* podcast.

126 This comment on how *The Song of the Germans* functions is provided by Arthur Carabott on his website (www.arthurcarabott.com/the-song-of-the-germans/; accessed March 16, 2018). Carabott worked with Ogboh and wrote a computer program that synthesized the audio playback of the voice recordings for the installation.

127 The installation of *The Song of the Germans* at the 2015 Venice Biennale was sited in the Giardino delle Vergini, an eighteenth-century brick tower located in the Arsenale. The work was installed within a plywood structure, with the speakers mounted directly on the walls, and the text captions printed directly onto the plywood floor. The version of the installation I visited at the Power Plant Contemporary Art Gallery in Toronto, a 1925 industrial brick building in the Harbourfront Centre that was renovated as a public art gallery in 1987, was sited in a white cube gallery, with freestanding speakers arranged in an oval formation. In both installations, wooden benches were placed at the center of the room facing the speakers, on which a song book with lyrics of the song in each language and photo documentation of the recording session was placed.

128 See Andrew Russeth, 'What Happens on Tour Stays on Tour: At an Exhausting Documenta, an Underwhelming Venice Biennale, an Enthralling Skuptur Projekte', *Artnews* (September 25, 2017) www.artnews.com/2017/09/25/

what-happens-on-tour-stays-on-tour-at-an-exhausting-documenta-an-underwhelming-venice-biennale-an-enthralling-skupture-projekte-092517/ and Allison Meier, 'Hearing a Symphony in the Cacophony of a Lagos Market', *Hyperallergic* (March 14, 2016) https://hyperallergic.com/282184/hearing-a-symphony-in-the-cacophony-of-a-lagos-market/ (all accessed July 2, 2018). In anthropologist Steffen Köhn's book *Mediating Mobility: Visual Anthropology in the Age of Migration*, he wrote: 'Ogboh's installation thus proposes a new community, one that transcends the exclusive borders of national belonging. It deploys the context of the exhibition in order to rehabilitate, or indeed to create, a common "civil space"' (London: Wallflower/Columbia University Press, 2016), pp. 18–19. His use of the word 'transcends' here is secular and politicized, thus conveying a meaning quite different from its usage in the reviews of *The Forty Part Motet*.

129 https://en.wikipedia.org/wiki/Deutschlandlied (accessed March 17, 2018).

130 Albin, 'Desiring Medieval Sound'.

131 See, for example, the following reviews I found that mention the rise of nationalism, xenophobia, and anti-immigrant movements and policies in Europe: Clelia Coussonnet, '56th Venice Biennale | This Is a Sound Proposal', *Another Africa* (May 18, 2015) www.anotherafrica.net/art-culture/56th-venice-biennale-this-is-a-sound-proposal; Adrian Searle, 'Venice Biennale: The World is More Than Enough', *The Guardian* online (May 11, 2015) www.theguardian.com/artanddesign/2015/may/11/venice-biennale-all-the-worlds-futures-review and this exhibition review published on *Contemporary And* (www.contemporaryand.com/exhibition/emeka-ogboh-the-song-of-the-germans/) (all accessed July 2, 2018).

132 Altman, 'General Introduction: Cinema as Event', pp. 13–14.

133 Ibid., pp. 4–14.

134 Doug Aitken's *Sonic Pavilion* (2009) commissioned by Brazilian mining magnet Bernardo Paz for his Inhotim Centre for Contemporary Art in Brumadinho, Brazil (www.inhotim.org.br/) is one of the very few examples of a building designed around a media installation. Seth Kim-Cohen writes about the project in 'Nothing That Is Not There And The Nothing That Is: Doug Aitken's *Sonic Pavilion*', *Against Ambience and Other Essays* (New York: Bloomsbury Academic, 2016), pp. 85–93.

135 The institutions are, in alphabetical order: Australian Centre for the Moving Image (ACMI) in Melbourne; Claremont Graduate School Art Galleries (CGU); the Hammer Museum in Los Angeles; LACE (Los Angeles Contemporary Exhibitions); Pitzer College Art Galleries in Claremont, CA; Pomona College Museum of Art in Claremont, CA; and M+, a new museum of visual culture that is being building in Hong Kong, and scheduled to be open in 2019. See www.westkowloon.hk/en/mplus/m-building (accessed March 15, 2018).

136 The interviewees are, in alphabetical order by institution: Chris Harris, Head of Exhibition Production and Sarah Tutton, Senior Curator, ACMI; Chris Christion, Gallery Manager, CGU; Peter Gould, former Assistant Director, Exhibition Design and Production, the Hammer Museum;

Daniela Lieja Quintanar, Curator and Andrew Magno Freire, Exhibition and Operations Manager, LACE; Ulanda Blair, Curator of Moving Images and Kieran Champion, Senior Manager, Installations and Displays, M+; Ciara Ennis, Director/Curator and Angelica Perez-Aguirre, Exhibition Preparator, Pitzer College Art Galleries; Rebecca McGrew, Senior Curator and Gary Murphy, Preparator, Pomona College Museum of Art. I asked them the same set of questions, with some modifications depending on the direction of our conversation: (1) Please describe how you work with media artists on exhibition design (layout, architecture, signage, etc.) for their installations or performances. You can speak generally or use specific examples. (2) How is working with a media artist on their installation or performance unique or different from working with other artists (e.g. a painter or sculptor)? (3) What accommodations or modifications does your institution make for presenting media installations or performances? (4) Do you think your institution is designed or equipped to present audio-visual media? (5) How about other art institutions – do any come to mind as exemplary in their presentation of audio-visual media?

137 This collection of media equipment, including media players and systems, projectors, and speakers is commonly referred to as an 'A/V kit' at these institutions.

138 Interviews with staff from ACMI, M+, as well as a separate interview I did with Hong-Kai Wang, one of the *Soundings* artists, who mentioned the use of contractors at the Taipei Fine Arts Museum. Interview conducted December 27, 2017.

139 Peter Gould interview March 8, 2018. Emphasis mine.

140 Ibid.

141 Angelica Perez-Aguirre interview March 15, 2018.

142 Chris Christion interview January 12, 2018.

143 Kelly, *Gallery Sound*, p. 3. Also see chapter 2 'Noises in the gallery', pp. 71–110 in the same book.

144 Rebecca McGrew interview March 8, 2018.

145 Joint interview with Sarah Tutton and Chris Harris, January 31, 2018.

146 Ibid.

147 Ibid. According to Peter Gould, the BrightSign system, which is also used at the Hammer Museum, is currently the 'industry standard' for art museums and galleries showing media installations and performances. Peter Gould interview August 3, 2018.

148 The series of quotes are from the joint interview with Sarah Tutton and Chris Harris January 31, 2018.

149 Joint interview with Ciara Ennis and Angelica Perez-Aguirre March 15, 2018.

150 See Lastra, *Sound Technology and The American Cinema*, chapters 5 and 6.

151 For example, see Claire Bishop, 'Antagonism and Relational Aesthetics', *October*, 110 (Fall 2004): pp. 51–79.

152 Chris Christion interview January 12, 2018.

153 Marco Fusinato's *Aetheric Plexus* installations have been subjected to complaints and limitations, for example, when the work was exhibited in Artspace, Sydney. At that time the Sydney Biennale had its offices directly above the gallery holding the installation. The biennale demanded that Artspace silence the work during business hours. Kelly writes about Fusinato's 'noisy' works as a form of institutional critique. (See Kelly, *Gallery Sound*, pp. 77–83.)

154 London and Fusinato quoted in Purcell, 'What's that sound? And is it art?'

155 Steven Connor, 'Ears Have Walls: On Hearing Art', in Kelly, *Sound*, pp. 129, 137.

4

Sounding a politics of place: acoustic communities, aesthetic colonization, and sound imperialism

The American National Standards Institute (ANSI) defines sound as 'Oscillation in pressure, stress, particle displacement, particle velocity, etc., propagated in a medium with internal forces (e.g., elastic or viscous), or the superposition of such propagated oscillation.'[1] The ANSI also emphasizes that sound has to be perceived ('auditory sensation evoked by the oscillation') to be sound. Thus, sound is defined in both spatial ('medium with internal forces') and anthropocentric terms (human audition is assumed here). The term 'soundscape' often encompasses both these assumptions. It was first coined by Canadian composer and sound theorist R. Murray Schafer in his 1977 book *The Soundscape*. In the book, Schafer critiques what he sees as increasing noise pollution in post-industrial life and proposes a more holistic and ecological approach to 'composing' our world in sound. He calls for the establishment of a new field combining the study of sound and of the environment that he calls 'acoustic ecology', and the practice of 'acoustic design' which he believes will lead to the building of ideal communities 'defined along advantageously acoustic lines'.[2] These 'acoustic communities' can then serve as 'an antidote to the visual stress of modern times and in anticipation of the ultimate reintegration of all the senses.'[3] This chapter considers some of Schafer's soundscape theories in order to construct a critical framework on the development of a sense of place through human auditory perception of space, then it uses this framework to engage with media art that explores the politics of location, geography, territory, landscape, and culture. Through a series of transductive exchanges with works by contemporary media artists, including Maryanne Amacher, Bill Fontana, Francisco López, Rafael Lozano-Hemmer, Elana Mann, and the collective Ultra-red, this chapter proposes new ways of understanding sound through space, and vice versa.

Conceived in the 1960s and 1970s, Schafer's main argument in *The Soundscape* highlights industrial and electronic noise as an invasive force in the world's soundscape. He writes:

> The soundscape of the world is changing. Modern man is beginning to inhabit
> a world with an acoustic environment radically different from any he has

hitherto known. These new sounds, which differ in quality and intensity from those of the past, have alerted many researchers to the dangers of an indiscriminate and imperialistic spread of more and larger sounds into every corner of man's life. Noise pollution is now a world problem. It would seem that the world soundscape has reached an apex of vulgarity in our time, and many experts have predicted universal deafness as the ultimate consequence unless the problem can be brought quickly under control.[4]

Schafer's concept of 'sound imperialism' is emblematic of his larger critique of urban and industrial sounds invading the world's soundscapes. On the other hand, Michael Bull's theory of 'aesthetic colonization' is based on his ethnography of Walkman and iPod users, whose sound worlds are more indigenous to an urban environment than in Schafer's idea of a pristine 'natural' soundscape. While Schafer and Bull use imperialism and colonialism, respectively, as metaphors to support their differing analyses and theorization of the contemporary soundscape, their theories are complicated by historical realities of European and American colonization in the Global South, which continue to shape the spatial politics in the region today. Furthermore, anthropologists and ethnographers have documented and critiqued the integral role modern sound technology has played in the imperialistic invasion of Africa, Asia, and the Americas, and some have proposed anticolonial approaches in an 'anthropology of sound' that can reposition the discipline and give 'marginalized voices places to speak and shout and sing from' so that 'anthropology can in some measure counter the long-standing arrogance of colonial and imperial authority, of history written in one language, in one voice, as one narrative'.[5]

Contemporary sound studies scholars have developed more critical assessments of the field-defining theories of Schafer and Bull, pointing out their sometimes hegemonic understanding of space, politics, and culture while at the same time further developing and pushing their many useful and inspirational ideas. This chapter follows that critical spirit of engagement. It is framed through Schafer's concepts of sound imperialism, acoustic design, and acoustic community, as well as Bull's discussion of aesthetic colonization, while informed by current discourses of race, sex, gender, class, nationalism, postcolonialism, site-specificity, institutional critique, sustainability, and other issues within sound studies and beyond. These complex and overlapping theories on the soundscape are examined and discussed in relation to select media art projects in this chapter. These sonic broadcasts, installations, field recordings, performances, community engagement campaigns, as well as public space occupations create points of resonance where theory and practice in acoustics and media production sound off and generate new configurations of spatial politics. These works explore sound as mediated events, form and nurture acoustic communities, amplify the voices of marginalized and silenced groups, and demonstrate unique qualities in perceptions of the soundscape that challenge and expand upon prevalent discourses of space, site, location, and place in contemporary art as well as in culture at large.

Sound and imperialisms

In *The Soundscape*, Schafer discusses sound imperialism first with an understanding of the idea that is within the realm of common knowledge: 'Imperialism is the word used to refer to the extension of an empire or ideology to parts of the world remote from the source. It is Europe and North America which have, in recent centuries, masterminded various schemes designed to dominate other peoples and value systems, and subjugation by Noise has played no small part in these schemes.'[6] However, as he focuses his discussion on sound, he moves from a political and historical context into an environmental one: 'Industry must grow; therefore its sounds must grow with it … In fact, noise is so important as an attention-getter that if quiet machinery could have been developed, the success of industrialization might not have been so total.'[7] His equation of industrialization with noise pollution is evident in how he defines sound imperialism:

> When sound power is sufficient to create a large acoustic profile, we may speak of it, too, as imperialistic. For instance, a man with a loudspeaker is more imperialistic than one without because he can dominate more acoustic space. A man with a shovel is not imperialistic, but a man with a jackhammer is because he has the power to interrupt and dominate other acoustic activities in the vicinity.[8]

In this definition, it is clear that Schafer considers the sounds produced by industrialization and mass production – what he considers noise – to be a powerful force, and its spread into the soundscapes of the world as a form of domination: a sonic equivalent of military and political forms of imperialism. The militaristic metaphor here, reminiscent of Luigi Russolo's Futurist manifesto *The Art of Noises* but in a decidedly less celebratory tone, is quite clear: 'if cannons had been silent, they would never have been used in warfare'.[9]

Like Schafer's sound imperialism, Bull's theory of aesthetic colonization can be traced to industrialization, specifically to sound-reproduction technologies that enable the mass production of mobile music players. Bull's theory emerged from his ethnographic work on the users of these sound technologies and how they move through urban space. Approaching his analysis with less of an ecological focus than Schafer, Bull argues that users of mobile music players create private soundscapes that reverse Siegfried Kracauer's theory of urban colonization as a Fordist domination of a city's cadences over an individual's rhythm. Instead, devices such as iPods allow their users to 'actively [recreate] and [reconfigure] the spaces of experience' through their soundtracks of choice, so that the unfamiliar and alienating urban spaces of capitalist mass production can become 'intimate, known, and possessed'.[10] The colonization that takes place in Bull's theory is aesthetic instead of militaristic. His subjects use industrially produced sound technologies to create a private soundscape that 'both colonizes the listener and actively recreates and reconfigures the spaces of experience'.[11] In Bull's theorization, these private soundscapes take over and literally set the tone and rhythm for the users' experiences as they move through their daily travails. He argues that this form of 'auditory looking' is different from the 'tourist gaze' of the flâneur that is so emblematic of a modernist subjectivity.[12] In aesthetic colonization, there is a reversal of Kracauer's theory 'in which the dominant rhythms of the city create the cadences within which all citizens walk'.[13] However, even though the movements of the iPod users are not 'mediated through the advertising technologies of commodity culture', their privatized soundscapes of commercial musical tracks, audio books, and other sound media are no less commoditized.[14] Colonization is doubled here: 'The user is saturated with the privatized sounds of the iPod – the cultural imperative, fully commoditized, lies in the contents of the iPod itself. The world is drawn into the user's "individual" narrative rather than the street drawing the user into its realm.'[15]

While there are certainly key differences between how Schafer and Bull used imperialism and colonialism as metaphors in their spatial sound theories, there are also revealing commonalities that warrant closer examination and comparison. Werner Herzog's film *Fitzcarraldo* (1982) provides an interesting case study here because it brings together Bull and Schafer's ideas of sound imperialism and aesthetic colonization while setting its scene at a site of European and American colonial expansion. The film's narrative is set against the rubber boom in the Upper Amazon and the title character is based on Carlos Fitzcarrald, an Irish-American who became a rubber baron in Peru in the late nineteenth century.[16] In the film, Fitzcarraldo, played by Klaus Kinski, realizes his seemingly impossible dream of staging an opera in the middle of the Amazon jungle that entailed moving a 320-ton steamboat over a steep hill by enlisting the help of an indigenous people called the 'Jivaro'.[17] In the scenes prior to their physical meeting, the presence of the Jivaro is conveyed through sound – in the form of off-screen drumming and chanting/singing, presumably warning of the colonial explorer's encroachment into their land.[18] Fitzcarraldo counters the Jivaro's sonic intimidation by broadcasting the voice of his favorite opera singer Enrico Caruso through a phonograph from his steamboat, which silences the Indians and allowed him to conscript them into the service of his cause(Figure 4.1). This sonic warfare between the 'savage' and 'primitive' sounds of the Jivaro and the 'civilized' and 'modern' sound of Caruso echoes Schafer's theory of sound imperialism, where the

Film still from Werner Herzog, *Fitzcarraldo* (1982). Dir. Werner Herzog. 35 mm film,   **4.1**
158 mins.

invasion and defense of territory takes place in the soundscape, and the silencing of the 'other' voices parallels the historical domination and continual exploitation of the Amazon's resources and peoples by Europeans and Americans including Fitzcarrald. In a 2004 essay, Bull specifically mentions Herzog's film in relation to his then developing theory of aesthetic colonization: 'Fitzcarraldo takes his own Western soundworld with him, and it is this soundworld that re-creates the Amazon jungle for him, making it what it is. The jungle becomes aestheticized as a function of Fitzcarraldo's imagination, mediated through the sounds of Caruso's voice.'[19] Here, Bull's emphasis on aesthetics curiously bypasses Fitzcarrald(o)'s very direct involvement in the historical colonization and continual exploitation of the Amazon.

Analyzed through this critical framework, the scene of sonic battle between Caruso and the Jivaro becomes emblematic of the role modern sound technologies played in the history of colonization at this location. Fitzcarraldo's use of modern sound technology to amplify Caruso's recorded voice is reminiscent of what anthropologist Brian Larkin calls the 'colonial sublime', in which the use of 'infrastructural technologies in colonial rule was to provoke feelings of the sublime not through the grandeur of nature but through the work of humankind'. In producing a sense of sublime 'as a necessary spectacle of colonial rule', '[t]he colonial sublime is precisely intended to indicate the sense of power – the feeling of submission and prostration that Kant sees as integral to how the sublime operates as a mode of representation'.[20] Fellow anthropologist Michael Taussig points out that: 'The spread of U.S. popular culture throughout the world, from the beginning of the twentieth century, owes an enormous amount to the music reproduced by the phonograph. Indeed, the great contribution of the U.S. to world history has been precisely the shaping of the world's ears and eyes – not to mention "morals" – by popular music and Hollywood'.[21] The intertwining of sound reproduction technologies with historical imperialism and colonialism is evident even within the filmic world of *Fitzcarraldo*, where, after the Indians were silenced by Caruso's recorded voice and conscripted into the service of Fitzcarraldo's colonial cultural mission, the film shows a series of montage sequences of the Jivaro laboring to move the gigantic steamboat – a symbol of Western industrial prowess – through the dense jungle. These scenes depicting the colonial sublime *par excellence* are accompanied by a soundtrack consisting entirely of vocal performances by Caruso and excerpts from European operas, including those by Verdi, Puccini, and Bellini.[22] In the final scene of the film, when Fitzcarraldo stages Bellini's opera *I puritani* on boats floating in the Amazon, the sound of the opera completely and imperialistically drowns out all others sounds on the soundtrack. Here, the private Western soundworld that Fitzcarraldo takes with him, the one by which he is able to re-create the Amazon jungle into an aestheticized scene from his imagination, invades and takes over the soundscape of the film and, by extension, the Amazonian sound space it represents. These sonic skirmishes dramatized in *Fitzcarraldo* echo the historical events documented and discussed by musicologist Gary Tomlinson in his book *The Singing of the New World*, in which sound, often in the form of singing and other forms of ritualized chanting, language, speech, accents, and voice were weaponized by colonizing forces (explorers, military, missionaries) and indigenous peoples in the Americas as preludes and often excuses for actual invasions, battles, and massacres.[23] Furthermore, the use of tactics including forced religious conversion, education, and other forms of indoctrination in order to silence indigenous language, music, and voices by the colonial powers resonates with the silencing of the flora, fauna, and environmental sounds of the Amazon as well as the voices of its indigenous peoples by the colonizing 'noise' of European opera in the film's climatic scene.[24] In Bull's emphasis on aesthetics and in Schafer's emphasis on the environment in their theorization, the ideologies of colonialism and imperialism become metaphorical and abstract, thus less political from an intercultural perspective. This dissonance between the metaphors of colonialism and imperialism in soundscape theories and specific histories of colonialization and imperialist domination can also be heard in *The Soundscape*. Leigh Eric Schmidt pointed out that within scholarly discourse on the senses: 'the identification of visuality as supremely modern and Western has also been sustained … through the othering of the auditory as "primitive" or even "African …"'[25] Parts of Schafer's book exhibit these Eurocentric and essentialist notions of non-Western cultures. For example, in his discussion of 'clairaudience', in which he identifies Zoroastrian, Sufi, and African cultures as ones with 'exceptional powers of hearing'.[26] Schafer is fond of drawing from a dazzling array of cultural and historical references in his writing. Within just ten sample pages (in a three-hundred-page book) he referenced or quoted from Greek mythology, Lao-tzu, Hesiod, Homer, Dante, Henry David Thoreau, Marcel Proust, Igor Stravinsky, Emily Carr, James Fenimore Cooper, Somerset Maugham, Thomas Mann, Victor Hugo, Oswald Spengler; and poetry by Ezra Pound, Giovanni Pascoli, and from *The Elder Edda*; Maria von Weber's opera *Der Freischütz*; and last but not least 'Eskimo' language and Maori music.[27] Yet, despite drawing from diverse sources, the center of Schafer's book is definitively European-American with a heavy emphasis on Classical (Greco-Roman) literature and history as well as a predisposition towards Judeo-Christian ideology.[28] When non-Western cultures are mentioned, they are often idealized as pre-industrial noble savages who enjoy an untainted relationship with and an understanding of the 'natural' soundscape. Additionally, the observations in the book about non-Western cultures and their soundscapes are, more often than not, made by Westerners who are visitors or tourists to these locales, as opposed to indigenous accounts.[29] The structure of the book itself also reveals some of the underlying ideologies and paradigms that inform Schafer's soundscape theories. Parts one and two of *The Soundscape*, which traces the development of the soundscape from its natural and pristine state up to its pollution by the industrial and electric revolutions, reinforce an anthropocentric and essentialist view of the development of culture and civilization.[30] Marie Thompson critiques Schafer for what she calls his 'aesthetic moralism' and 'conservative politics of silence' in her book *Beyond Unwanted Sound*:

> Schafer's description of the audible past makes apparent certain ideological dualisms that organize the relationship between noise and silence in *The Soundscape*. Noise is heard as the product of urbanization and capitalism – it is aligned with the city and industry. Silence and quietness, by contrast, are imbued with a spiritual naturalism – they characterize the acoustic territories of the church and the countryside. In Schafer's account, silence is equated with tranquility; tranquility is equated with the natural; and the natural is equated with the good.[31]

Furthermore, Annie Goh points out that Schafer's origin myth of the 'natural' soundscape 'is clearly gendered'.[32] In his writing about *Soundscapes of Canada*, a series of ten hour-long radio programs produced by World Soundscape Project (WSP), which was founded by Schafer and informed by his soundscape theories, scholar and composer Mitchell Akiyama critiques this project for its exclusion of 'any sonic trace of the country's vibrant ethnic and First Nations communities'. The WSP's sonic portrait of a 'pastoral, post-colonial British outpost shunted the country's sizable non-Christian, ethnic population out of earshot' and promoted soundmarks that 'were deeply entangled with a silencing of Canada's indigenous population; of a protracted, often violent and brutal, campaign of assimilation that replaced one set of sonic practices with another'.[33]

Sound historian Karin Bijsterveld also problematizes Schafer's discussion of an idealized pre-industrial soundscape, albeit through a less culturally and politically charged framework. In her introduction to *Mechanical Sound*, she critiques the essentialism in Schafer's theorization of the soundscape and offers fellow historian Emily Thompson's definition as an alternative.[34] Thompson defines the soundscape in her book *The Soundscape of Modernity* as:

> simultaneously a physical environment and a way of perceiving that environment; it is both a world and a culture constructed to make sense of that world … A soundscape, like a landscape, ultimately has more to do with civilization than with nature, and as such, it is constantly under construction and always undergoing change.[35]

In emphasizing changeable and shifting cultural forces that shape human perception, especially hearing and listening, in her definition, Thompson manages to avoid Schafer's dream of returning to an ideal that might not have ever existed in the first place. In terms of a culturally informed approach to studying the soundscape, historian James Clifford's question: 'But what of the ethnographic ear?' is emblematic of a rich and growing area of inquiry in which hearing as well as other senses are studied and explored through different cultural paradigms, from which new and alternative ways of thinking about sound, space, and perception are proposed and theorized.[36] Indeed, the fields of anthropology, ethnography, and ethnomusicology, which I have already drawn from in the works of Larkin, Taussig, and Tomlinson, have much to offer to my discussion here. Namely, Charles Hirschkind pointed out that anthropologists have not been immune to what he calls 'a modernist ocularcentric epistemology': 'Early practitioners of the discipline, for example, charted the passage southward from Europe to the Middle East and beyond as a journey from the rationality of vision to the mechanics of sonority, descending – further south – to the animality of the lower senses, taste, smell, and touch, in this order.'[37] While this spatialized primitivism certainly espouses values that are different from Schafer's idealization of non-Western 'ear-centered' cultures, they are symptomatic of the same ideology. Hirschkind further shows in his book *The Ethical Soundscape* that such culturally biased views not only justified colonial expansion in the not-so-distant past, but also continue to influence contemporary understanding of non-Western cultural forms, including the Muslim oratorical practices he studies.[38]

Steven Feld proposes to counter the historical biases named by Hirschkind and others by adopting a distinctly anticolonial approach in anthropology, exemplified by his study of the Kaluli people in Papua New Guinea.[39] Through his engagement with Kaluli culture, Feld theorized an acoustic modality of knowing and being in the world, which he termed 'acoustemology'. A combination of acoustics and epistemology, acoustemology proposes a way that humans understand and interact with their soundscape which is alternative to the modernist ocularcentric model. In his work with the Kaluli, he found the rainforest environment they inhabit to have influenced and nurtured their conceptualization of the world. Feld's emphasis of environmental factors echoes some of Schafer's ideas, while his attribution of human perception and activity as important factors in the forming of an acoustemology brings him closer to an interculturally informed approach.[40] In centering his theories on the human body and its emplacement in the environment, while making allowances for cultural differences in the construction of that body and its perceptual relationship with the world, Feld manages to avoid the trappings of essentialism: 'Sound both emanates from and penetrates bodies; this reciprocity of reflection and absorption is a creative means of orientation – one that tunes bodies to places and times through their sounding potential. Hearing and producing sound are thus embodied competencies that situate actors and their agency in particular historical worlds.'[41] The tuning of one's body to space also informs Bull's theory of aesthetic colonization. The urban soundscape that the users of mobile sound technologies move within is identified by Brandon LaBelle as a 'condition of excess' in which 'personal audio technologies [can] provide a performative shelter for the senses by both filtering out the undifferentiating flood of sound as well as empowering individual agency by controlling what comes in.'[42] However, not all bodies inhabit the urban soundscape in the same way. Alexander Weheliye argues, citing Andre Millard's *America on Record*, that 'one very important function of the portable personal stereo is that it acts to drown out the *oppression of noise* in our society.'[43] In his analysis of the film *I Like It Like That* (1994, dir. Darnell Martin), Weheliye shows that, instead of using personal audio devices including Walkmans and iPods to aesthetically colonize urban space, people of color, women, and other similarly marginalized groups inhabiting that soundscape use these devices to create a sonic shelter or 'safe space' from oppressive urban noise sounding out that condition of excess identified by LaBelle, which could mean police brutality, sexual assault, queer bashing, and other threatening or dangerous situations. These demarcations in what Jennifer Stoever calls 'the sonic color line' are often themselves the product or result of imperialist legacies and colonial power structure, echoing Hirschkind's critique above.

A number of anthropologists and sound theorists have proposed more equitable models for what Feld calls 'the reciprocity of reflection and absorption'. Working from Donna Haraway's feminist theorization of the cyborg,

Goh proposes the figure of echo 'in sounding situated knowledges' and 'a critical re-navigation of notions of subjectivity and objectivity in sound studies':[44]

> I suggest the echo as a feminist figuration akin to Haraway's cyborg, through which to theorize the subject-object relationship in archaeoacoustics. As a hybrid material-semiotic figure, a cyborgian echo is not only a literary (semiotic) motif but also a literal (material) heuristic for articulating the subject-object relation. A cyborgian echo denotes its simultaneous material-physical conceptions in acoustics and its symbolic-semiotic conceptions in mythology.[45]

Emphasizing its reflexivity and diffractive properties, Goh argues that on both material as well as symbolic levels, the feminist figure of echo 'posits the refusal of simply "reflecting the same elsewhere" and insists upon the metaphor of "making a difference"'.[46] Echolocation used by bats for navigation similarly inspires the thinking of artist and scholar Paul Carter. Building from anthropologist Roy Wagner's work on language: 'if bats could talk, they would always be listening for themselves in conversation, which would always be "about" referentiality. And if human beings used their talk mainly in this way, a genuine semiotics might be possible, centering the human echolocation on communication about its own limits.' Carter proposes echolocation as a model of cross-cultural encounter that moves away from essentialism and towards what he calls 'ambiguity'.[47] He writes: 'The ambiguity identified here, though, is not noise in a system of translation. It is the condition of a knowledge that cannot be represented, an auditory knowledge that is constitutionally environmental and situational. It corresponds to the participatory, or echoic, production of meaning mentioned before.'[48] In her research in listening practices in Columbia, Ana Maria Ochoa Gautier stated that she remains cautious in applying Carter and Wagner's theory of echolocation to 'situations of drastic power imbalance like the colonial one', but she also finds Carter and Wagner's theories to be important to the rethinking of the colonial soundscape:

> If anything the history of Latin America and the Caribbean teaches us how politically complicated such in-between and ambiguous transactions are. But Carter's emphasis on echolocation and his radical questioning of the politics of representation as the site of colonial disjuncture as well as the distinction between human and nonhuman sounds to explore the politics of an 'acoustics of ecology' is crucial for rethinking the acoustics of the colonial.[49]

Stefan Helmreich also studies unfamiliar, even alien, soundscapes in which echo, echolocation, as well as reflection and absorption are evident. Helmreich, an anthropologist who studies the culture of maritime science, proposes 'sounding' as 'an appropriate idiom for investigating that which is not yet fully known …'. He qualifies the methodology of sounding as 'fathoming,

resounding, uttering, being heard, conveying impressions, suggesting analo-
gies, repeating, and echoing' and states that it 'is a good tool for getting at the
empirical world, which is ablcom with resonances and dissonances across
domains'.[50] Based on his experience traveling to deep-sea hydrothermal vents
in the research submersible Alvin with a team of scientists, he developed an
ethnographic approach that is 'inquiry motivated not by the visual rheto-
ric of self-examination and self-correcting perspectivalism but by auditorily
inspired, lateral attention to the modulating relations that produce insides and
outsides, subjects and objects, sensation and sense data, that produce the very
idea of presence itself' – a transductive ethnography.[51] Helmreich theorizes
that this framework for inquiry is predicated on the phenomenon of transduction, the 'material adjustments and translations' that allow for immersion
into alien or foreign environments of many kinds. Transductive ethnography,
Helmreich suggests, is 'a model of anthropologists as transducers in circuits of
social relations'.[52] Echoing Helmreich's work in anthropology and ethnography
in her study of urban screen cultures, media scholar Holly Willis proposes
media artists as 'translators' who can help in the navigation and emplacement of the highly mediated spaces of a contemporary city: '[media art] often
makes visible the invisible and resists the instrumental deployment of media
and data within urban spaces, and it functions within a contemporary context
to underscore the notion and significance of the interface …'.[53] In the following discussion, I perform lateral examinations of specific projects by media
artists and collectives who work with the soundscape, amplifying their role
as translators and transducers. Each of these selected media art projects is a
different transductive ethnography in which material adjustments in acoustics
and translations in auditory experiences challenge and expand on current
ocularcentric discourse of the spatial politics in urban and other spaces. Impe-
rialisms and colonization as well as other forms of exchanges of power inform
these works. Some even make these complex and politically charged relations
their focus. Through these explorations, investigations, and interrogations,
media artists working as transductive ethnographers sound out modulating
relations of space and media, place and location, networks and communities
to create new possibilities of how to know and be in the world.

Field recording: documentary, profound listening, resistance

Schafer's engagement with the soundscape is very much a praxis. His writing
in *The Soundscape* was informed by his work with the World Soundscape
Project (WSP) and vice versa. Based at Simon Fraser University (SFU) in
Vancouver, British Columbia, WSP is an education and research group formed
by Schafer and his colleagues, including Bruce Davis, Peter Huse, Barry Truax,
Howard Broomfield, Jean Reed, Hildegard Westerkamp, and others in the late

1960s and early 1970s. According to Bijsterveld, the WSP's specific activities include mapping the soundscapes of the world, both historical – drawing from literature as well as other written records, and contemporary – through the use of field recordings at specific sites. These soundscape recordings are then analyzed using an extensive notation system developed by Schafer and Truax.[54] Similarly, anthropologists and ethnographers use field recording to document, analyze, and sonically preserve the different cultures and societies they study. Spanish sound artist and experimental musician Francisco López also works with field recordings to produce his live performances, installations, and releases. In discussing his work, López, who is trained as an entomologist and ecologist, is careful to distinguish his use of field recording from its primarily documentary function in the natural and social sciences:

> In my conception, the essence of sound recording is not that of documenting or representing a much richer and more significant world, but a way to focus on and access the inner world of sounds. When the representational / relational level is emphasized, sounds acquire a restricted meaning or a goal, and this inner world is dissipated. With [*La Selva*], I also try to move forcefully away from the common understanding of environmental recordings as relaxation or virtual commodities. What I propose instead is a more difficult and thrilling experience: a transcendental immersion in sound matter, a tour de force of profound listening.[55]

Although López is talking about an early release of *La Selva: Sound environments from a Neotropical rain forest* (1997) here, and he has since worked in a wide variety of sound environments, this quote is an apt summary of how he approaches working with what he calls 'broadband sound' in a very prolific career thus far.[56] In addition to distinguishing his use of field recordings from documentary and ethnographic contexts, López further problematizes the notion that sound recordings are ideologically and technologically neutral documents, which increasingly differentiates his use of them from acoustic ecologists, including WSP members, who consider sound recording technology an appropriate means to preserve endangered soundscapes.[57]

Gleaning from his interviews and essays, the ideas that López has expressed on the soundscape, field recordings, and listening practices are complex and paradoxical. His insistence on divorcing the sounds he records in the field from their context, to the degree that he pushes Pierre Schaeffer's idea of reduced listening further to what he calls 'profound listening': 'an immersion into the *inside* of the sound matter' seems to suggest that the 'scape' in 'soundscape' is not that important to him.[58] Conversely, López has characterized his work with the rain forest soundscape as 'a powerful call to get immersed in such an astonishing sound matter', and suggests that a sense of place can be enhanced auditorily through sound recording technology.[59] He noted that audience members from Costa Rica who listen to *La Selva* do relate the work to their home environment, 'and that gives them a connection to their reality'.[60] It seems that the 'profound' understanding and perception that is desired by López from his audience is not documentary nor representational in the ocularcentric sense, but rather immersive and transductive. Furthermore, the influence of the rain forest soundscape on López's development as a sound artist and musician is significant. As Marie Thompson and Christoph Cox both noted, the density of sounds within the rain forest and their acousmatic expression has informed López's approach to recording and mixing *La Selva* as well as his subsequent works.[61] I further argue that López's sound art practice flows in parallel and along overlapping paths with the Kaluli acoustemology as theorized by Feld. Specifically, one of the two main features/metaphors that Feld described – *Dulugu ganalan*, 'lift-up-over sounding', which 'evokes the way all sounds necessarily coexist in fields of prior and contiguous sound' – is echoed in López's observation of the rain forests as 'environmental acousmatic', as well as its subsequent influence on his decision to focus on working with broadband sounds.[62] Additionally, the Kaluli concept of 'flow' *a:ba:lan*, derived from the multisensory perception of water and moisture in their home environment, resonates with López's own description of emplacement in the rain forest:

> The diverse sounds of water (rain, watercourses), together with the sound web created by the intense calls of insects or frogs and plant sounds, make up a wonderfully powerful broadband sound environment of thrilling complexity. The textures are extremely rich, with multiple layers that merge with each other and reveal themselves by addition or subtraction, challenging one's perception and also the very notion of what an individual sound might be.[63]

Fully recognizing that not all rain forests are the same – Costa Rica and Papua New Guinea are on different continents after all – and that the Spanish and scientifically trained López has had a cultural conditioning radically different from the Kaluli who are indigenous to the Papua New Guinean rain forest, the parallels and similarities between López's experimental sound compositions and the Kaluli's acoustemology remain striking from a cross-cultural perspective.[64]

For López, whose 'noisy' rain forest soundscape in *La Selva* implicitly challenges Schafer's equation of nature with silence, '[his] notion of "tuning" the world to diminish the "noise" of modernity constitutes a "silencing"'. López rejects 'the notion that sounds should be judged'.[65] *Second Nature* (1995–99), a project by sound activist collective Ultra-red, also challenges the notion that some sounds are more acceptable or appropriate in a public soundscape. In this early and formative work (when the group was based in Los Angeles), which consists of a 12" EP *Ode to Johnny Rio*, a full length CD release *Second*

Nature: An Electroacoustic Pastoral, three installations in Southern California, as well as broadcast on the radio and the internet, it is the sounds of Griffith Park in Los Angeles that give the auditor an enhanced perception and understanding of this location.[66] Specifically, it is Ultra-red's location recordings of public sex and political protest in the park that evoke its history of men cruising for sex as well as their continual harassment and entrapment by law enforcement.[67] Branching out from their beginning in the AIDS activist movement, the original members of the collective further developed their method of 'militant sound investigations' through this second project.[68] Field recording and community engagement are central to Ultra-red's 'acoustic mapping of contested spaces and histories utilizing sound-based research … that directly engage the organizing and analyses of political struggles'.[69] Alan Gilbert describes their modus operandi thusly:

> Ultra-red begin each of their projects by accumulating dozens of hours of field recordings. The recordings emerge from direct participation in environments and events such as community organizing, political protest, workplace dynamics, and gay cruising are shared with the communities from which they originate, with suggestions and responses incorporated into remixings. They are then run through a computer whose music-editing software introduces distortions, static, skips, glitches, repetitions, abrupt cuts, woofer-rattling deep-bass shivers, and downright funky minimal techno beats. The voices of protesters, police officers, public officials, and bystanders fade into noise and landscape; in turn, noise and landscape shade into voices.[70]

Unlike López's focus on formalism, Ultra-red uses field recordings to politicize a space. The *Second Nature* CD consists of twelve tracks created from field recordings made in Griffith Park that document incidents and activities including public sex acts, police and park ranger patrols, and a protest action (referred to as a 'public space occupation') organized by Ultra-red and the Gay and Lesbian Action Alliance. The protest was in response to a police raid in the park, in which the 'LAPD [Los Angeles Police Department] evicted several hundred mostly black and Latino queers on the grounds of being a public nuisance'.[71] The title of the project references both the Marxist theory of reification as well as the fact that the park is a manmade natural environment located in an urban center. Additionally, the term 'second nature' could also be a reference to the contested history of queer sexuality being branded as 'un-natural' or 'against Nature', and then used as a justification for discrimination, persecution, and violence.

The earlier EP release *Ode to Johnny Rio* features four tracks, two by Ultra-red on the A side and two remixes on the B side. Mixed from some of the same environmental sounds from the park used on the *Second Nature* CD, the tracks on *Ode to Johnny Rio* are more abstract and conventionally electronica – some are even danceable.[72] *Second Nature*'s more complex structure is similar to an experimental documentary or autoethnography in which different voices and subjectivities, here represented in tracks grouped by action and representation, are interwoven and juxtaposed with each other, creating a multivocal utterance that speaks collectively to the complex auditory, sexual, and political ecology in the park, resounding the competing and coalescing interests, desires, and forces that shape them.[73] Although less conventionally musical, *Second Nature* is by no means an unmediated sonic documentary on the controversy of queer public sex in Griffith Park. Even in the most straightforward soundbites and pronouncements heard on the CD, for example in the second track *Public address (c.b.)*, electronic distortion and noise inevitably disrupt more conventional attempts to auditorily understand the issue at hand. Human speech is alternately clear and comprehensible, and then cut-up, processed, looped, and turned into beats and abstract sounds, as are the sounds of sex acts, crickets, birds, horses, footsteps, car engines, and stereos. Howard Slater mentioned a self-reflexive moment in track 10 *Eclogue II* in which the motivations of the field recorders are called into question by one of their subjects.[74] Indeed, Ultra-red members are not passively recording the soundscape of Griffith Park in *Second Nature*. They participate actively in generating and shaping its sonic environment as actors (in public sex and political protest), documentarians (recording on location), and producers (remixing the recordings and broadcasting them back in the park) (Figure 4.2). Slater calls their sound tactic a politicization of *musique-concrete* that is designed to foster an auditory community of resistance:

> *Second Nature* is in no way simply an informative documentary that seeks to make visible the micro-political struggle of Griffith Park. Instead it works

Public space occupation by Ultra-red in Griffith Park, 1997–98.   **4.2**

intriguingly as a politicisation of the musique-concrete approach that not only avoids aestheticising our notion of the environment but, in being resistant to pedagogy, also avoids the pitfalls of functioning as propaganda.[75]

In his discussion of Ultra-red's oeuvre, Gilbert highlights the field recording and its relation to the site. For him, ambient music, a genre that some Ultra-red members work within and identify with, is first and foremost site-specific. Paraphrasing Brian Eno, he writes: 'ambient music would honor the heterogeneity of site, aspiring to a seamless integration with particular social and material landscapes'.[76] And its site-specificity is what allows ambient music to represent the layered complexity and disparate communities encompassed by a place like Griffith Park: 'Despite a proclivity to abstraction, ambient music has the potential to encompass unruly realities'.[77] In the case of *Second Nature*, the bucolic genre of the pastoral is détourned with the sounds of men having sex in an urban natural 'pleasure ground', harassed and entrapped by law enforcement, who are in turn challenged by the 'noise' of activist protest (Figure 4.3).

If, as Feld theorized, acoustemology is a way of being and knowing through sound and its perception, 'of sonic presence and awareness as potent shaping forces in how people make sense of experiences', and if 'soundscapes, no less than landscapes, are not just physical exteriors' but are 'perceived and interpreted by human actors who attend to them as a way of making their place in and through the world', then Francisco López's *La Selva* and Ultra-red's *Second*

4.3   Public space occupation by Ultra-red at the saFARi exhibition, organized by Foundation for Art Resources, Inc. (FAR), September 13–14, 1997

Nature suggest different ways through which one could listen to and know a place.[78] Both works are immersive experiences that transductively 'produce insides and outsides, subjects and objects, sensation and sense data, that produce the very idea of presence itself', and this presence, depending on the work, can be profound, politicized, or both.[79] While López aims to present *La Selva* as a reduced and abstract listening experience, the Costa Rican rain forest continues to resonate within the formalism of his broadband sounds. In fact, Cox, Thompson, and I all argue that López's sound art practice is itself marked by his immersion into the rain forest soundscape, similar to how the Kaluli's acoustemology is generative of their emplacement within this environment. While there are certainly risks (of essentialism, and whispers of colonialism and imperialism) in comparing those from such radically different cultural backgrounds, there are also possibilities in this comparative for equitable and non-exploitative forms of cross-cultural communication grounded in human perception and conceptualization of their soundscapes, as suggested by Carter, Wagner, Goh, and Helmreich. Ultra-red's use of field recording in *Second Nature* is comparatively more self-reflexive, diffractive, and autoethnographic. Yet, their postmodern antiracist and queer tactics of 'militant sound investigations' and 'public space occupations' are not completely devoid of traces of colonialism and imperialism. Their 'guerrilla broadcasts' of remixed field recordings back into the soundscape of Griffith Park could be considered imperialist in Schaferian terms. While it is questionable whether an urban public park could be the locale of a pristine natural soundscape, Schafer's ecological focus also does not take into consideration contexts within contemporary culture and society where sonic disruption, such as at a public protest, can be acts of resistance instead of domination. Ultra-red's use of field recordings in their remixes makes audible and amplifies otherwise suppressed voices, such as those of black and Latino queers, within a public (sound) space. In this sense, the men cruising for sex in Griffith Park can be theorized as practitioners of a form of queer aesthetic colonization in their sexualization of public space, with their grunts, moans, and sighs becoming characteristic 'soundmarks' for this acoustic community.[80] Or they can be considered what LaBelle calls 'unlikely publics'. He writes in his book *Sonic Agency*:

> Unlikely publics hover unsteadily and ambiguously in the open, shaping themselves within quotidian spaces and locations often between communities, languages, and even nation-states, to form volatile coalitional frameworks; that draw from resources found in collective intelligence, shared skills, popular traditions, and from the energetic knowing of the senses; that build through poor and gleaned materials a space for each other, a *collective shelter*, pulling into collaboration a diversity of people, friends, family; and that continuously shift between agentive positions, making do through an art of survival.[81]

This unlikely public of men in Griffith Park is represented in *Second Nature* through sound: the sounds they make, listen to, and share with each other within the park's soundscape. As Feld points out: 'Soundscapes are invested with significance by those whose bodies and lives resonate with them in social time and space.'[82]

Acoustic communities and public space

In *The Soundscape*, Schafer defines acoustic design as 'an interdiscipline in which musicians, acousticians, psychologists, sociologists and others would study the world soundscape together in order to make intelligent recommendations for its improvement', and his utopian soundscape is a global collaboration, a musical composition that all citizens of the world participate in as composer, performer, and audience. For Schafer, Charles Ives's *Universe Symphony*, a conceptual orchestration that is 'so gigantic, so inclusive that no single individual could ever assume mastery or control of it' comes close to his vision.[83] Conversely, he defines acoustic communities as composed of 'the maximum acoustic space inhabited by a man [that] will be the area over which his voice can be heard'.[84] So there is tension between the individual and the collective in Schafer's conception for acoustic design and acoustic communities. He further suggests in *The Soundscape* that communities can be defined along political, geographical, religious, and social entity as well as acoustic lines.[85] Sterne writes in *The Audible Past*, echoing Thompson's critique, that: '[Schafer's] definition of humanity reduces it to the scale of a single human being and confuses cacophony with social disorder or, worse, inhumanity. Schafer's definition of a "hi-fi" soundscape conceals a distinctly authoritarian preference for the voice of one over the noise of the many.'[86] What does it mean when a community is defined along acoustic lines? Is it one that can be conceived, cultivated, and nurtured through listening? Or perhaps the production of communal sounds is a part of its community formation? Can acoustic communities exist solely within the soundscape, or do they, by necessity, have to be demarcated by visible boundaries, borders, or other ocularcentric markers of territory?

Working within the Occupy LA (OLA) movement, artist Elana Mann conceived and performed with *The People's Microphony* (2011) as a member of ARLA, 'a mobile acronym for Audile Receptives Los Angeles or A Ripe Little Archive'.[87] *The People's Microphony* is a 'choir' that is based on the 'people's microphone' often used to broadcast individual thoughts and voices within OLA as well as other grassroots political meetings where electronic or other forms of technological amplification are not available, or used as a device for collective vocal expression.[88] *The People's Microphony* can be considered a realization of Ives's symphony, but, significantly, outside of Schafer's utopian/

authoritarian context and located within the realities of grassroots political organizing. Mann further developed her ideas on sound, listening, and community in the public art project *Listening as (a) movement* (2013), a site-specific collaboration with Side Street Projects (SSP), an artist-run organization based in northwest Pasadena, on the east side of Los Angeles.[89] Mann's project is sited at SSP's headquarters, a vacant lot located in a part of Pasadena described as being 'on the wrong side of the tracks'.[90] Mann herself describes this poor, immigrant community of color as one that '[doesn't] have a voice' economically, politically, and civically.[91] For her project, Mann built three sculptures on the lot that are based on pre-radar listening and surveillance devices used between the First and Second World War. These sculptures take their design from acoustic mirrors (parabolic sound mirrors) and 'war tubas' (acoustic locators), as well as a 'round room' consisting of two circular nested enclosures that are open to the sky, and have white and blue satellite dishes installed on its outermost wall.[92] These sculptures and the SSP site then served as the location for a series of events Mann organized that explored and expanded on the project's theme of listening (Figure 4.4). Working in collaboration with other artists, musicians, and local community groups, Mann installed her sculptures as devices that can demarcate the neighborhood

Elana Mann, *Listening as (a) movement*, 2013. Opening performance *Decay/Decode* by composer Allison Johnson.   **4.4**

4.5   Elana Mann, *Listening as (a) movement*, 2013. *Listening Instrument Workshop* with Alex Braidwood.

through listening. She also created workshops for community members to design and fabricate personalized devices to promote their own listening practices (Figure 4.5). She staged thematic events on site, including performances and screenings, that conceptually explored related issues on a national and global scale, and she organized autoethnographic sound mapping of the neighborhood by local youth advocates, who then used their findings to civically dialogue with Pasadena city officials in public listening sessions (Figure 4.6).[93] A related project, *All Ears* (2013–14), sites one of the listening device sculptures from *Listening as (a) movement* outside the dining hall at Pomona College in Claremont, CA for six weeks, during which Mann similarly created

Elana Mann, *Listening as (a) movement*, 2013. *Calling 411!* A dialog with Youth Advocated from DayOne and the NW Commission.   **4.6**

a listening workshop, performance, and design project working with the students from the Claremont Colleges.[94]

Mann's *Listening as (a) movement* and *All Ears* create acoustic communities through the praxis of listening. Specifically, she re-purposes obsolete military sound technology and proposes, both metaphorically and perceptually, a form of deep listening practice influenced equally by the theories of Pauline Oliveros as well as by the realities of organizing a community that '[doesn't] have a voice'. Mann herself says that: 'This project gives people the opportunity to listen to the neighborhood in a different way.'[95] Schafer also emphasizes listening in acoustic design. He writes: 'The first task of the acoustic designer is to learn how to listen' and promotes ear cleaning workshops and sound walks as a part of his and the WSP's efforts to promote acoustic ecology.[96] However, Schafer considers listening as a means of ecological preservation, while Mann cultivates listening as a metaphor and tool to engage with a community and to amplify its experiences and concerns on a civic level. Nevertheless, the project's re-purposed military surveillance technology retains traces of colonialism and imperialist domination and provokes questions around privacy and ownership of public space in *Listening as (a) movement*. These issues were brought to the foreground at one of its events: a film screening, discussion, and live demonstration of drone technology, the current iteration of the pre-radar technology that Mann references in her sculptures, which enables surveillance on a much larger scale than ever before (Figure 4.7).[97]

4.7 Elana Mann, *Listening as (a) movement*, 2013. Drone demonstration by Matias Viegener at the *Do Not Track: Thinking about Privacy* event.

Questions on who defines a community, and who controls public space, are also raised by Mexican Canadian media artist Raphael Lozano-Hemmer in his installation *Frequency and Volume: Relational Architecture 9* (2003).[98] In this project, the public space in question is not airspace, but the airwaves. Lozano-Hemmer's installation visualizes radio waves through an audio-visual interface that uses computers to track the shadows of the audience projected onto a wall, which are then transduced into a radio-tuning device corresponding to their movement and size in the projection (Figures 4.8 and 4.9). According to Lozano-Hemmer: 'The piece can tune into any frequency between 150 kHz and 1.5 GHz, including air traffic control, FM, AM, short wave, cellular, CB, satellite, wireless telecommunication systems and radio navigation. Up to 48 frequencies can be tuned simultaneously and the resulting sound environment forms a composition controlled by people's movements.'(Figure 4.10.)[99] In an interview with Marie-Pier Boucher and Patrick Harrop, Lozano-Hemmer expressed that *Frequency and Volume* was developed when the Mexican government was banning and shutting down 'pirate' and informal radio stations in Chiapas and Guerrero 'because they didn't like it when indigenous communities set-up cohesive agencies of technologies.'[100] This led him to consider the question of access to the airwaves, and he was concerned about the tendency

Rafael Lozano-Hemmer, *Frequency and Volume, Relational Architecture 9*, 2003. Shown at San Francisco Museum of Modern Art in 2012. **4.8**

Rafael Lozano-Hemmer, *Frequency and Volume, Relational Architecture 9*, 2003. Shown at San Francisco Museum of Modern Art in 2012. **4.9**

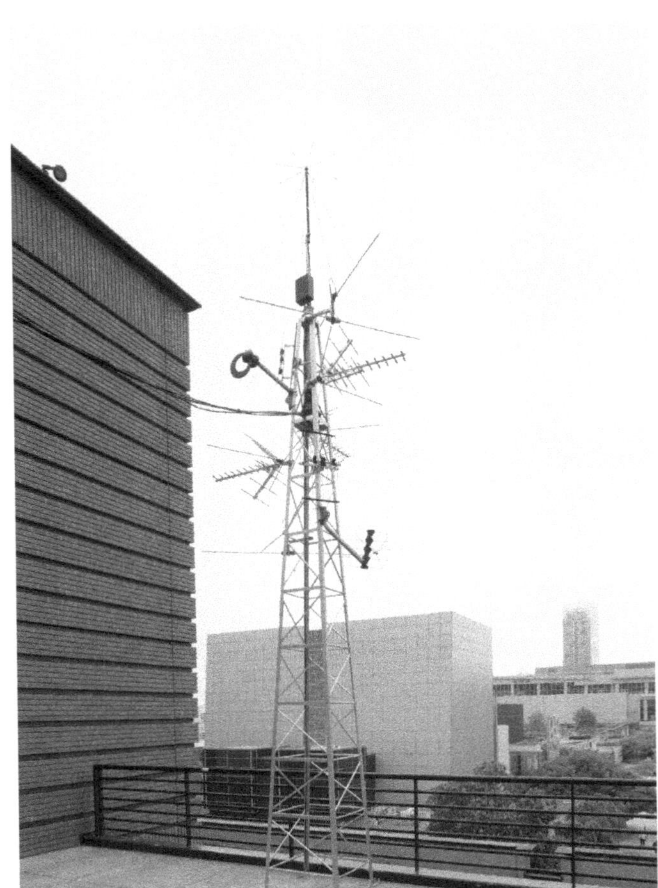

4.10   Rafael Lozano-Hemmer, *Frequency and Volume, Relational Architecture 9*, 2003. Shown at San Francisco Museum of Modern Art in 2012.

of assigning radio frequencies only to government and corporate interests, which impairs the use of the airwaves by local and indigenous communities, such as those in Chiapas and Guerrero, as well as by artists and others who might want to use the radio spectrum for more experimental and creative purposes. For Lozano-Hemmer, the question of public space 'also extends to the internet and the electromagnetic spectrum. It becomes richer than a geometric question. It becomes a question of other kinds of networks.'[101] In his installation, Lozano-Hemmer visualizes acoustic design by transforming the human body into a radio antenna, and its movement in space tuning into a radio soundscape. This project was also inspired by the 'Manifesto for Antenna-Man' and the radio poetry experiments by the Mexican *tridentate* artists in the 1920s.[102] Schafer's description of acoustic design: 'to regard the soundscape of the world as a huge musical composition, unfolding around us ceaselessly. We are simultaneously its audience, its performers and its composers,' is realized within the gallery space of *Frequency and Volume* where the audience's individual and collective movements tune and control the installation's soundscape as well as its visual imagery.[103] However, Lozano-Hemmer's appropriation and re-configuration of what Schafer would consider noise – radio is a product of industrialization – and use of these sounds as the raw material in his soundscape composition distinguishes *Frequency and Volume* from a strict Schaferian praxis of acoustic design. *Frequency and Volume* makes visible an acoustic community of frequencies, channels, and spectra that normally only exists in the radio ether – another of LaBelle's 'unlikely publics'. In this work, Lozano-Hemmer suggests the possibility of what LaBelle calls 'sonic agency'.[104]

Paul Rodaway pointed out in his book *Sensuous Geographies* that the Schaferian soundscape is 'shorthand for "anthropocentric sonic environment"' and that 'the hearer, the listener, is at the center of the soundscape'.[105] In *Frequency and Volume*, the human body becomes the antenna, and radio waves are anthropomorphized as shadowy silhouettes of the audience in the space. *Listening as (a) movement* also places the human auditor at the center of its acoustic community. Rodaway wrote that in addition to Schafer's use of the term 'soundscape' to refer to 'a geographical space of particular sonic characteristics', soundscape can also refer to an auditory experience. In this second usage, the soundscape is:

> less an object for contemplation and more a process of engagement with the environment. The soundscape moves with the sentients as they move through the environment and it continually changes with our behavioral interactions. In this sense, one cannot 'map' a neighborhood soundscape – to do so is to suggest a kind of soundscape as object … Soundscapes surround and unfold in complex symphonies or cacophonies of sound. Using the term 'soundscape', we must remember these qualities and not allow visual connotations to usurp our understanding.[106]

While Mann's public art project is grounded in the community of northwest Pasadena, sound travels, so there is no guarantee that the soundscape perceived through Mann's listening device sculptures would be in any way original to their site, or containable within its boundaries. *Frequency and Volume* further amplifies the changeability and instability of the soundscape in relation to its site in its use of radio waves and shadows, both immaterial, to demarcate its acoustic territory. The soundscape, with its lack of ocularcentric boundaries and borders, is not simply an acoustic version of a landscape. Therefore, artists who record, remix, amplify, make visible, and deeply and profoundly listen to the soundscape complicate discussions and debates about site-specificity in contemporary art.

Soundscape and site-specificity

San Francisco-based sound artist Bill Fontana transposes site-specific sound-scapes and reconstitutes them in what he calls 'sound sculptures'. In an early work, *Kirribilli Wharf* (1976), Fontana recorded the sounds from a series of small cylindrical holes that go in between the floor and the sea below the floating concrete pier of the title located in Sydney Harbor, Australia. Using microphones, he recorded eight channels of 'the percussive tones of compression waves as the holes were momentarily closed by the waves … making a real time sound map of the wave action in the sea below the pier'.[107] These field recordings are played from eight loudspeakers set-up as an installation, thereby re-presenting the soundscape of the wharf in a gallery space. Much of Fontana's subsequent works, including *Distant Trains* (1984), *Sound Sculpture Through the Golden Gate* (1987), *Sound Island* (1994), and *White Sound – An Urban Seascape* (2011) juxtapose at least two discrete locations and their corresponding soundscapes and visual spaces. Media artist and theorist Erika Suderburg defines site-specificity in contemporary art in her introduction to *Space, Site, Intervention*:

> *Site specific* derives from the delineation and examination of the site of the gallery in relation to space unconfined by the gallery and in relation to the spectator. As discursive terminology, *site specific* is solely and precisely rooted within Western Euro-American modernism, born, as it were, lodged between modernist notions of liberal progressivism and radical tropes both formal and conceptual.[108]

Art historian Miwon Kwon traces the term's origin to 'the criticality associated with the anti-idealist, anticommercial … practices of the late 1960s and early 1970s, which incorporated the physical conditions of a particular location as integral to the production, presentation, and reception of art'.[109] In her book *One Place After Another*, Kwon continues that:

> site-specific art initially took the site as an actual location, a tangible reality, its identity composed of a unique combination of physical elements: length, depth, height, texture, and shape of walls and rooms; scale and proportion of plazas, buildings, or parks; existing conditions of lighting, ventilation, traffic patterns; distinctive topographical features, and so forth.[110]

She then points out that the praxis of site-specificity also came to include institutional critique in addition to its initial phenomenological investigations, and that currently newer terms and discourses, including audience-specific, community-specific, project-based, and others have emerged, and they 'collectively signal an attempt to forge more complex and fluid possibilities for the art-site relationship while simultaneously registering the extent the very concept of the site has become destabilized in the past three decades or more'.[111] Art historian Grant Kester, in his analyses of current dialogical art practices, further defines the site as 'a generative locus of individual and collective identities, actions, and histories', and the artwork/practice as 'a process of social interaction mediated by a physical and cognitive co-laboring'.[112]

I argue that the current idea of a de-territorialized site defined by practice, habitation, and emplacement has long been conceptualized as well as realized by media artists, including Fontana, who work with soundscapes. For artists working with the soundscape, the ideas of site and site-specificity have always been complex, fluid, and de-territorialized. As audio technology developed, Fontana's works increasingly featured live transmissions of sounds from one place to another. His installation *Harmonic Bridge* (2008) involved placing accelerometers (vibration sensors) on the structure of the London Millennium Footbridge, a steel suspension bridge for pedestrians over the River Thames that connects Bankside with the City of London, which transmit sounds to two sites: Tate Modern's Turbine Hall and the Main Concourse of Southwark Station of the London Underground. The movement of people on the bridge, changes in the weather, even boats passing by in the river all generate vibrations on the bridge's cables, which are then picked up by the accelerometers and transmitted to a mixing and amplification system at the exhibition sites. In essence, the Millennium Footbridge is amplified into a giant stringed instrument in *Harmonic Bridge*. Fontana explains:

> In mixing for the Turbine Hall I never played all of the eight input channels at one time – I play different combinations of them. I've arranged a series of about two dozen short spatial compositions that work with as few as two inputs in the bridge and as many as six at one time. The sounds enter softly and quietly into the space and then start to slowly change their positions and move around in the space. They explore the acoustics of the space, and then slowly disappear and become silent, and always returning to the hum of the Turbine Hall and the ambient sound of the space.[113]

Trained as a composer and having studied with John Cage in the 1960s, Fontana has expressed that his training has given him 'a musician's ear' when he listens to the world, and 'a composer's mind' when he thinks about structure while mixing and tuning his work to a space.[114] His approach also echoes many of Schafer's ideas regarding acoustic design and acoustic communities. In terms of how his installations differ from a classical musical composition, he said: 'I replaced the concert space and its fixed intervals of listening time with the perpetual and indeterminate listening time of a sound sculpture in a public space.'[115] His idea that 'perception, listening, experiencing and thinking are highly interactive and participatory actions' also resonates with Schafer's conception of an acoustic community as a collaborative and continuous musical composition.[116]

A significant number of Fontana's sound sculptures, including *Desert Soundings* (2014), *White Sound, Sound Island, Sound Sculpture Through the Golden Gate*, and *Kirribilli Wharf* feature the transmission of the soundscape from a natural environment into an urban architectural setting, a tendency that aligns their acoustic design with Schafer and the WSP's mission and goals. In fact, they are almost realizations of a proposal Schafer once made to place microphones 'in remote locations uninhabited by humans' and to transmit these 'natural soundscapes' into 'the hearts of the cities.'[117] The natural soundscapes in Fontana's sound sculptures, often remixed and processed technologically, are (re)colonizing urban spaces as an iPod user would do with their music in Bull's studies, albeit on a public and mass scale instead of in individualized and privatized soundscapes. Media art curator Rudolf Frieling calls Fontana's relocation and juxtaposition of sound, space, and location 'site-specific elsewhere.'[118] He argues that: 'the experience of a Fontana sound sculpture has always played out as an audiovisual experience in which prerecorded images were absent but evoked by sounds that gave them an almost physical presence.'[119] This hybridizing of soundscape and (disparate) site, particularly in the works based on natural soundscapes, creates the 'experience of a shift [that] can be part of the characteristic features, even the logic of the place, or it can be perceived as an estranged or possibly forced juxtaposition.'[120] Fontana himself describes his practice as creating a 'transparent overlay' of sound and visual space from more than one site:

> One of the most useful methods has been to create installations that connect two separate physical environments through the medium of permanent listening. Microphones installed in one location transmit their resulting sound continuums to another location, where they can be permanently heard as a transparent overlay to visual space ... This will suspend the known identity of the site by animating it with evocations of past identities playing on the acoustic memory of the site, or by deconstructing the visual identity of the site by infusing it with a totally new acoustic identity that is strong enough to compete with its visual identity.[121]

It is telling that Fontana, who up until recently has worked exclusively with sound, discusses the hybridization of soundscape, space, and location in split audio-visual terms – transparent overlay as a strategy of superimposing an existing soundscape over an existing and different visual space – thereby echoing the ocularcentrism that is endemic to most discourse on site-specificity in contemporary art, both in its iterations as phenomenological investigation and as institutional critique. As Rick Altman, Emily Thompson, Sterne, and other sound studies scholars have pointed out, listening to sound is always a spatialized event, and when listening to mediated (recorded, broadcasted, transmitted) sound, the acoustics at the site of recording as well as at the site of playback both contribute to the resulting soundscape. Specifically, Altman's theory of the sound event and Thompson's historical investigation into the changing approach to the design and construction of concert halls in North America amplify the importance of acoustic space in how we listen to recorded or transmitted sound.[122] Fontana himself had emphasized the contextual and representational aspects of how microphones are placed and configured in his sound sculptures in other discussions of his work.[123] These microphones, while generally acting as an anthropocentric stand-in for the auditor, also exceed human hearing capacity in some cases, such as in the accelerometers used in *Harmonic Bridge*, which pick up and amplify vibrations that would not have been audible to those standing on the Millennium Footbridge itself.

Beyond the overlay of multiple phenomenological elements in his sound sculptures, Fontana further complicates the understanding of site and site-specificity in his 'sound bridge' works. Fontana's first sound bridge was created in 1987, in which a stereo analogue channel was used to transmit eighteen channels of sound between San Francisco and Cologne. Within each city, multiple soundscapes; from Golden Gate Bridge and Farallon Islands in San Francisco and multiple sites within Cologne, overlaid and remixed to create more of a network of disparate soundscapes than a bridge that simply links two points in space. Fontana's subsequent sound bridges construct even more complex hybrid soundscapes, mixing environments, cultures, and languages; destabilizing and making fluid the idea of a 'specific' site while retaining differentially recognizable soundmarks from each location:

> In 1993, I did another 'Sound Bridge' between Kyoto and Cologne, which are sister cities. This was of course a radical translocation. The sounds from two different cultures and acoustic environments played in public spaces in each city that were both cultural zones: In Cologne, the Heinrich Böll Platz of the Museum Ludwig; and in Kyoto, the public space in front of the Kyoto Modern Art Museum. Temple bells, fish markets, gardens, spring birds, Japanese language from public spaces and the train station in urban Cologne, while in urban Kyoto the German language in public spaces, spring birds, bells from the cathedral, the Hauptbahnhof.[124]

American composer and installation artist Maryanne Amacher also created hybrid soundscapes composed of sounds sourced from multiple sites in a series of more than twenty *City-Links* between 1967 and 1980. *City-Links* are live transmissions of site-specific audio using phone lines, often over an extended period of time, that Amacher uses in recordings, live radio broadcasts, performances, and installations. *City-Links #1* (1967) is a twenty-eight-hour live broadcast performance of soundscapes from eight different indoors and outdoors locations in the Buffalo, New York area that were transmitted to the studio of WBFO FM radio station and mixed by Amacher there. A well-known example in the *City-Links* series involves a live transmission from Boston harbor to Amacher's studio at MIT that lasted five years. The sound material from these transmissions was incorporated into *City-Links #6, #7, #10,* and *#13* as well as collaborations with John Cage (*Lectures on the Weather,* 1976) and with the Merce Cunningham and Dance Company (*Labyrinth Gives Way to Skin,* 1975; *Remainder,* 1976). Amacher describes the expansive auditory perception and multisite consciousness that resulted from her extended immersion into these hybrid soundscapes:

> Hearing synchronicity 'live' as it is: at same moment, birds suddenly begin to sing at one location, music begins at another. Hearing simultaneously spaces distant from each other, experiencing over time, more than one space at same time, coincidental rhythms, patterns of synchronicity, emerge. Awareness suddenly altered by over-view – perception recognizing beyond the boundary of my walls, room, immediate sound I hear from the street outside my window.[125]

Like Fontana, Amacher's approach to linking places through sound is akin to musical composition: 'City-Links uses electronic means to connect spaces distant from each other. Together in time. Like music. Here there is no boundary to the outside.'[126] In addition to a stationary space or site, the concept of time also becomes more transductive and fluid with transmitted sound. Galloway asserts that as auditory experiences, soundscapes cannot be mapped or demarcated through ocularcentric means. The media installations, transmissions, and performances by Fontana and Amacher amplify the fluidity and multiplicity of sounds at a given site, which often travel from and beyond that site. Similarly, media artists working with the soundscape challenge and expand the praxis and discourses on site-specificity in contemporary art. As Amacher writes about one of her *City-Links*: 'The installation links spaces distant from each other. Together in time. No Walls. Thought. No obstacles or distant exist for it. An imaginary room within the mind. Who can tell what is the illusion. Within the room past the wall. Two spaces adjoined. Within the room, past the wall.'[127]

As Schafer pointed out in his introduction to *The Soundscape*, the soundscape of the world is indeed changing. So, too, are assessments of his as well as Bull's soundscape theories. While crucial to the founding of sound studies as well as sub-fields including acoustic ecology, Bull and Schafer's theo-ies have also been shown to be Eurocentric and anthropocentric in their discus-sion of the soundscape. As Marie Thompson points out:

> This tension between the universal and the particular means that while *The Soundscape* is steeped in a wealth of historical information from a range of cultural contexts, this is used to construct a general, universalizing narrative in which the soundscape of the world has gone from quiet to noise, from harmony to dissonance, from clarity to confusion, from human to the machine, and from good to bad. Consequently – and against acoustic ecology's own ambitions – the complexity, heterogeneity and mutability of the soundscape is reduced to a series of simplistic polarities.[128]

Studies of human perception have de-stabilized the idea of a static and essen-tialized anthropocentric sound space – one that is limited to the area over which one's voice can be heard. Media technology now enhances both human auditory capabilities through devices including headphones and accelerome-ters, and the transmission of voices and other sounds produced by humans through phone lines, fiber optic cables, as well as radio and other waves that have all but completely de-territorialized the soundscape from visible bounda-ries and borders. Yet, a sense of place still remains within a soundscape. The soundscape is also fundamentally transductive. Sound travels: some sounds are imperialistic, colonizing soundscapes that they do not belong in; while other sounds are unheard or silenced, which, when made audible, can facili-tate acoustemologically informed understandings of a place that are much deeper than a superficial glance or a quick snap of a camera. Some of these marginalized communities can be perceived acoustically through amplifica-tion and other enhancements, while others are discovered and nurtured through deeper, more profound listening practices, as well as through acoustic design in its ecological, social, cultural, and political iterations.

This chapter works from Schafer's and Bull's important theories while cr ti-cally engaging with their shortcomings in relation to discussions of diversity within sound studies and beyond. Schafer himself emphasizes that acoustic design is not about 'a set of paradigms or formula to be imposed on lawless or recalcitrant soundscapes, but rather a set of principles to be employed in adjudicating and improving them'.[129] Thus, I utilize and engage with his and Bull's soundscape theories with same spirit of adjudication and improve-ment. Schafer also qualified that 'the [acoustic] designer does not redesign a whole society: [s]he merely shows society what it is missing by not rede-signing itself'.[130] Media artists working with soundscapes, including the ones discussed in this chapter, are precisely performing this function, and more often than not extending it beyond sound studies' ecological and sometimes patriarchal and Eurocentric points of audition. These artists, as translators and transducers of space and culture – urban and otherwise – use sounding (recording, listening, remixing, transmitting, visualizing, broadcasting, spatializing, hybridizing, and more) as 'an appropriate idiom for investigating that which is not yet fully known, that which people discover only through a kind of auditing that can change the very substance to which it listens, that can create new echoes, new reverberations'.[131] In his discussion of Fontana's oeuvre, Frieling wrote: 'Sounding places like a location scout in search of interesting sounds has suddenly become a double inquiry: What is the image that this sound makes? What is the sound that this image makes?'[132] I further argue that sounding, as an overarching methodology for how these contemporary media artists work with the soundscape, is a non-ocularcentric way of understanding a sense of place that 'favors the ear', but by no means to the exclusion of the other senses. Like sounds not containable within visible borders and ocularcentric boundaries, the artists and their works discussed in this chapter are challenging the image/sound binary implied in Frieling's statement. In their installations, performances, sound sculptures, public art projects, and recordings, these artists are sounding beyond the additional binaries of inside/outside, subject/object, nature/culture, Capitalist/Marxist, colonial/indigenous, and proposing new and exciting audio-visual relationships facilitating the kind of 'auditing that can change the very substance to which it listens.' As Helmreich writes: 'Rather than seeing from a point of view, then, we might tune in to surroundings, to circumstances that allow resonance, reverberations, echo – senses of presence and distance, at scales ranging from the individual to the collective.'[133] New echoes, reverberations, and ways in which space is understood through sound and vice versa are heard, seen, felt, and otherwise perceived in these media art works – perhaps new acoustemologies will eventually emerge from these experiments in acoustic design?

There are other important perceptual dimensions in these works, including time and duration, that are not explored in this chapter, which have an equally vital relationship to sound and sound studies. Feld theorizes acoustemology as 'a sensual space-time' and he points out that: 'space indexes the distribution of sound, and time indexes the motion of sounds.'[134] Fontana points out the shift from a concert and performance space in his work to an exhibition and installation space also replaces the former's 'fixed intervals of listening time with the perpetual and indeterminate listening time' of the latter.[135] The final discussion in this study, an open-ended meditation on the acoustic dimension of time and how media artists engage and experiment with temporality, offers exciting new trajectories in my consideration of sound in contemporary art. Instead of a conclusion that closes down lines of inquiry, the following epilogue is designed to generate new reverberations in thinking about sensory perception, sound, image, space, and time.

Notes

1 ANSI/ASA S1.1–2013.
2 R. Murray Schafer, *The Soundscape: Our Sonic Environment and the Tuning of the World* (Rochester, VT: Destiny Books, 1994/1977), pp. 205–225.
3 Ibid., p. 237.
4 Ibid., p. 3.
5 Steven Feld, 'A Rainforest Acoustemology', in Michael Bull and Les Back (eds) *The Auditory Culture Reader* (Oxford: Berg, 2003), p. 223.
6 Schafer, *The Soundscape*, p. 77.
7 Ibid., pp. 77–78.
8 Ibid.
9 Ibid.
10 Michael Bull, *Sound Moves: iPod Culture and Urban Experience* (New York: Routledge, 2007), p. 47.
11 Ibid. His discussion is primarily focused on the experience of those who move through urban spaces, rural landscapes are mentioned once on p. 38.
12 Ibid., pp. 39–40.
13 Ibid., p. 48.
14 Ibid.
15 Ibid.
16 See https://en.wikipedia.org/wiki/Fitzcarraldo and https://en.wikipedia.org/wiki/Carlos_Fitzcarrald (both accessed August 17, 2016).
17 The indigenous peoples of the region are referred to as 'native' or 'Indians' interchangeably, and sometimes derogatorily as 'bare-asses' during the confrontational scenes in the film, and very occasionally as the 'Jivaro'. According to Michael F. Brown, Herzog was initially on good terms with the Aguaruna Indians, an indigenous people of the Peruvian jungle, and hired them as extras for the film and for construction. However, their relationship deteriorated, and Herzog was compared to Fitzcarraldo in their exploitation of Amazonian resources and peoples in the name of 'art'. (See Michael F. Brown, 'Art of Darkness', *The Progressive* (August 1982), pp. 20–21.)
18 The territorial skirmish between the Caruso recording and the native sounds is preceded by scenes when the steamboat's crew were shown armed with rifles and trying to intimidate the Indians by setting off dynamite, which heightened the warfare associations within these sonic exchanges. See Michael Taussig, *Mimesis and Alterity: A Particular History of the Senses* (New York: Routledge, 1993), pp. 193–198 for a discussion of the importance of European technologies, including dynamite, fireworks, outboard motors, and Victrolas in colonial expeditions.

19 Michael Bull, 'Thinking About Sound, Proximity, and Distance in Western Experience: The Case of Odysseus's Walkman', in Veit Erlmann (ed.) *Hearing Cultures: Essays on Sound, Listening and Modernity* (London: Berg Publishers, 2004), p. 180.

20 Brian Larkin, *Signal and Noise: Media, Infrastructure, and Urban Culture in Nigeria* (Durham, NC: Duke University Press, 2008), p. 36.

21 Taussig, *Mimesis and Alterity*, p. 198.

22 The film's music credit lists the German electronic group Popol Vuh as well as recordings by Enrico Caruso. Source: www.imdb.com/title/tt0083946/?ref_=nv_sr_1 and Wikipedia. (Both accessed August 17, 2016.)

23 See Gary Tomlinson, *Singing of the New World: Indigenous Voice in The Era of European Contact* (New York: Cambridge University Press, 2009), pp. 168–201.

24 Due to the quality of the sound mix, it seems unlikely that a location recording of the opera was on the film's soundtrack. The sonic warfare sequence between Caruso and the natives also has a similar sound quality that suggests the music was added in post-production. In this case, realism in the sound mix (e.g., mixing in location or territorial sounds) seems to have been downplayed in favor of expressive effects of one sound over the others that would have been heard in the Amazonian soundscape.

25 Leigh Eric Schmidt, *Hearing Things: Religion, Illusion and the American Enlightenment* (Cambridge, MA: Harvard University Press, 2000), p. 7.

26 Schafer, *The Soundscape*, pp. 10–11. It is interesting that Schafer wrote at the end of this section that he is in agreement with Marshall McLuhan on this matter, when McLuhan is specifically named in Schmidt's critique. The full excerpt reads as follows: 'the identification of visuality as supremely modern and Western has also been sustained (most notably in the work of Marshall McLuhan) through the othering of the auditory as "primitive" or even "African…"' (Schmidt, *Hearing Things*, p. 7.)

27 These are only the attributed quotes and reference I found within the first ten pages of the book's first chapter. Schafer does not cite all his sources, so the list is probably longer. (See Schafer, *The Soundscape*, pp. 15–25.) The term 'Eskimo' is used in the text by Schafer, while recent debates among the indigenous peoples who reside in the arctic region (e.g., Inuit, Yupik, Aleut, and others) have sometimes critiqued the terms for its non-differentiation between the different tribes and cultures, as well as its negative usage in a colonialist context.

28 This assessment is mine. See, for example, Schafer, *The Soundscape*, pp. 49–52. Interestingly, Schafer's tendencies in *The Soundscape* echo what Jonathan Sterne has called the 'audio-visual litany.' See Sterne, *The Audible Past: Cultural Origins of Sound Reproduction* (Durham, NC: Duke University Press, 2003), p. 15.

29 For example, Somerset Maugham on the jungles of Burma and Julian Huxley on the Belgian Congo, both quoted in Schafer, *The Soundscape*, p. 33 and p. 35 respectively.

30 See Schafer, *The Soundscape*, pp. 29–34, in which bird songs are discussed in terms of human speech and music. Recent animal studies scholarship has pointed out and critiqued this tendency of anthropomorphizing animals in scholarly discussion, and the anthropocentric ideology it reflects. The structure of Parts I and II of *The Soundscape* also follows a developmental trajectory from 'nature' to 'culture', again reflecting an anthropocentric paradigm, albeit one that is critical of the effects of human developments including industrialization.

31 Marie Thompson, *Beyond Unwanted Sound: Noise, Affect and Aesthetic Moralism* (New York: Bloomsbury Academic, 2017), p. 92.

32 Annie Goh, 'Sounding Situated Knowledges: Echo in Archeoacoustics', *Farallax*, 23:3 (2017): p. 285.

33 Mitchell Akiyama, 'Unsettling the World Soundscape Project: Soundscapes of Canada and the Politics of Self-Recognition', *Sounding Out!* (August 20, 2015) www.soundstudiesblog.com/2015/08/20/unsettling-the-world-soundscape-project-soundscapes-of-canada-and-the-politics-of-self-recognition/ (accessed December 29, 2013).

34 Karin Bijsterveld, *Mechanical Sound: Technology, Culture, and Public Problems of Noise in the Twentieth Century* (Cambridge, MA: MIT Press, 2008), pp. 21–24.

35 Emily Thompson, *The Soundscape of Modernity: Architectural Acoustics and the Culture of Listening in American, 1900–1933* (Cambridge, MA: MIT Press, 2004), pp. 1–2.

36 James Clifford, 'Introduction: Partial Truths', in James Clifford and George E. Marcus (eds) *Writing Culture: The Poetics and Politics of Ethnography* (Berkeley: University of California Press, 1986), p. 12. This quote is also the title of the introduction to *Hearing Cultures*. See Veit Erlmann, 'But What of the Ethnographic Ear? Anthropology, Sound, and the Senses' in Erlmann (ed.) *Hearing Cultures*, pp. 1–20.

37 Charles Hirschkind, *The Ethical Soundscape: Cassette Sermons and Islamic Counterpublics* (New York: Columbia University Press, 2006), p. 18.

38 Ibid.

39 Feld, 'A Rainforest Acoustemology', pp. 233. Also see Feld, 'Waterfalls of Song: An Acoustemology of Place Resounding in Bosavi, Papua New Guinea' in Steven Feld and Keith H. Basso (eds) *Senses of Place* (Santa Fe: School of American Research Press, 1996), p. 96.

40 Ibid., p. 226.

41 Ibid.

42 Brandon LaBelle, *Acoustic Territories: Sound Culture and Everyday Life* (New York: Continuum, 2010) EBSCOhost, search.ebscohost.com/login.aspx?direct=true&db=nlebk&AN=344231&site=ehost-live&scope=site (accessed June 20, 2019).

43 Andre Millard, *America on Record: A History of Recorded Sound* (Cambridge: Cambridge University Press, 1995), p. 326, my emphasis.

44 Goh, 'Sounding Situated Knowledges', p. 284.

45 Ibid., p. 295.

46 Ibid., p. 298.

47 Roy Wagner, *An Anthropology of the Subject: Holographic Worldview in New Guinea and its Meaning and Significance for the World of Anthropology* (Berkeley: University of California Press, 2001), p. 137.

48 Paul Carter, 'Ambiguous Traces: Mishearing and Auditory Space', *The Australian Sound Design Project*, www.sounddesign.unimelb.edu.au/site/papers/mishearing.html (accessed December 23, 2018).

49 Ana Maria Ochoa Gautier, *Aurality: Listening and Knowledge in Nineteenth-Century Colombia* (Durham, NC: Duke University Press, 2014), p. 51.

50 Stefan Helmreich, *Sounding The Limits of Life: Essays in The Anthropology of Biology and Beyond* (Princeton: Princeton University Press, 2016), p. 185.

51 Stefan Helmreich, *Alien Ocean: Anthropological Voyages in Microbial Seas* (Los Angeles: University of California Press, 2009), p. 230.

52 Ibid.

53 Holly Willis, 'City as Screen', in Ming-Yuen S. Ma and Erika Suderburg (eds) *Resolutions 3: Global Networks of Video* (Minneapolis: University of Minnesota Press, 2012), pp. 105–106.

54 In *The Soundscape*, Schafer devoted a section titled 'Analysis' to discuss his methodology in detail, and to act as a primer to the following section on acoustic design. See pp. 123–202. See also Barry Truax's publications on the subject, for example, *The World Soundscape Project's Handbook for Acoustic Ecology* (Vancouver: ARC Publications, 1978). The WSP website: www.sfu.ca/~truax/wsp.html (accessed September 6, 2016) outlines its mission and practices, which are also summarized by Bijsterveld in her book (*Mechanical Sound*, pp. 21–24).

55 López's interview in *Revue et Corrigee* (May 1999) www.franciscolopez.net/int_revue.html (accessed September 5, 2016). López's scientific training – he has a PhD in entomology from the University of Madrid – is mentioned in several interviews, René van Peer, 'Waterfall Music: Broad-Band Sound Sources in the Music of Francisco López', *Musicworks* 82 (Winter 2002): pp. 10–11; interview with Manny Theiner, *Grooves* 8 (2000); *Montreal Mirror* (October 2000); *Revue et Corrigee* (May 1999); and *Fear Drop* (May 2000) all are archived on his website: www.franciscolopez.net/int.html (all accessed September 6, 2016).

56 López has released 432 titles to date. His discography, last updated in 2015, is online at his website: www.franciscolopez.net/disc.html (accessed September 6, 2016). On his identification with broadband sound, see van Peer, 'Waterfall Music'; Francisco López, 'Profound Listening and Environmental Sound Matter', in Christoph Cox and Daniel Warner (eds) *Audio Culture: Readings in Modern Music* (New York: Continuum, 2005), pp. 82–87; Christoph Cox, 'Abstract Concrete: Francisco López and the Ontology of Sound', *Cabinet*, 2 (Spring 2001) www.cabinetmagazine.org/issues/2/abstractconcrete.php (accessed September 5 2016).

57 See López, 'Profound Listening and Environmental Sound Matter'. A version of the essay is also included as liner notes for the CD of *La Selva. Sound*

environments from a Neotropical rain forest (The Netherlands: V2, 1998); and as an essay 'Environmental Sound Matter' on López's website (www.franciscolopez.net/env.html) (accessed September 6, 2016).

58 Quote from López, 'Profound Listening and Environmental Sound Matter', p. 87, also see pp. 85–86. In order to encourage his audience to listen profoundly, López is also known to blindfold them at his live performances. His releases sometimes include a blindfold and their sound sources are seldom identified – many are simply called *Untitled* followed by a serial number (e.g. *Untitled #156*, 2004) and are without any labeling.

59 Van Peer, 'Waterfall Music', p. 15; 'recording is important because it leads people to listen' (Cox, 'Abstract Concrete').

60 See interview with Manny Theiner.

61 See Thompson, *Beyond Unwanted Sound*, pp. 87–88; Cox, 'Abstract Concrete'.

62 Feld, 'Waterfalls of Song', p. 100. López, 'Profound Listening and Environmental Sound Matter', p. 86.

63 López, 'Profound Listening and Environmental Sound Matter', p. 86.

64 René van Peer made the same connection in his article for *Musicworks* ('Waterfall Music', p. 10.) Also see Gautier's discussion of 'zoopolitics' in *Aurality*, pp. 5–9.

65 López, 'Schizophonia vs. l'objet sonore: le paysage sonore (soundscape) et la liberté artistique / Schizophonia vs. l'object sonore: soundscapes and artistic freedom', *eContact!*, 1:4 (1998).

66 *Second Nature* includes *Ode to Johnny Rio* (vinyl 12" EP, Comatonse Records, Oakland, CA, 1998), *Second Nature: An Electroacoustic Pastoral* (Full-length CD with 12 tracks, Mille Plateaux, Frankfurt, Germany, 1999), *Second Nature V.01* (*Strange Fruits*, Los Angeles Center for Photographic Study, 1995), *V.02* (*saFARi*, Foundation for Art Resources, Inc., 1997), *Curbed Behaviors* (site-specific installation in *saFARi*, Old LA Zoo in Griffith Park, 1997), and *V.03* ('Lateral Slip', Sweeney Art Gallery, UCR, 2005). I was involved with a number of these projects, including *Strange Fruits* (as guest curator) and *saFARi* (as FAR Board Member). Additionally, *Second Nature* was broadcast on Vienna WebRadio in 1997.

67 See City of Los Angeles Department of Recreations and Parks website: http://laparks.org/griffithpark/general-information (accessed September 9, 2016). *Ode to Johnny Rio* is a homage of sorts to the protagonist in John Rechy's novel *Numbers* (New York: Grove Press, 1978) in which queer public sex between men in Griffith Park is discussed extensively. Rechy also documents Griffith Park as a historical site for public sex between men in his non-fiction book *The Sexual Outlaw: A Documentary* (New York: Grove Press, 1977).

68 *Second Nature* is Ultra-red's second major project, the first, *Soundtrax* (1992–96) is smaller in scale, with fewer components and public presentations, and involved a smaller group that was attached to Clean Needles Now, a Los Angeles-based needle exchange program. Additionally, the project did not result in a full-length release like *Second Nature* and subsequent projects including *Structural Adjustments*. Interestingly, *Soundtrax* is Ultra-red's

only pre-digital sound project, in which they were working primarily with audio-cassettes.

69 From Ultra-red's mission statement. Ultra-red website: www.ultrared.org/mission.html (accessed September 8, 2016).

70 Alan Gilbert, 'Alan Gilbert On Ultra-red', *Artforum international*, 42:9 (May 2004): p. 52.

71 *Second Nature* CD liner notes.

72 This is especially evident in the B-side remixes by Local 303 and Chugga. See https://soundcloud.com/itschugga (accessed September 14, 2016).

73 For a discussion of the connection between autoethnography and queer subjectivity, see Muñoz, *Disidentifications*, pp. 77–92. In the *Second Nature* CD liner notes, tracks 1 and 11 are based on field recordings made on the evening of August 2, 1997, when 'the audio-activists entered the company of twenty men joined together to desublimate the "pleasure grounds"'. These tracks are titled in variations of *Lewd Conduct*. Tracks 3, 6, 7, 10 are based on field recordings made at the Ultra-red and Gay and Lesbian Action Alliance public space occupation on August 2, 1998, and are titled in variations of *Eclogue*. Tracks 2, 4, 5, 8, 9 are based on public space occupations on September 2 and 14, 1997, and May 2, 31 and June 17, 1998 where remixed field recordings were broadcast back into the Griffith Park soundscape in various locales, including the Old LA Zoo (as a part of saFARi) as well as areas in the park frequented by men cruising for sex.

74 'Thus we move from hearing a Park Ranger asking Ultra-red for a sample flyer to the fine, auto-critical instance when two Ultra-red interviewers each respond differently to one protester's hesitant question "are you taping?" One responds with a "yes" the other with a "No". That their responses are overlaid, becoming a simultaneous yes/no, means that our attention is thus drawn to the hazards of a documentary practice at the same time that it decodes technological equipment as "inherently truthful."' (Howard Slater, 'Involuntary Music', *Datacide Six* (May 1999) http://datacide-magazine.com/magazine/datacide-six/; accessed September 14, 2016.)

75 Ibid.

76 Gilbert, 'Alan Gilbert On Ultra-red', p. 52.

77 Ibid.

78 First quote from Feld, 'Waterfalls of Song', p. 97; second and third quote from Feld, 'Rainforest Acoustemology', p. 226.

79 Helmreich, *Alien Ocean*, p. 230.

80 Schafer, *The Soundscape*, p. 10.

81 Brandon LaBelle, *Sonic Agency: Sound and Emergent Forms of Resistance* (London: Goldsmiths Press, 2018), p. 15.

82 Feld, 'A Rainforest Acoustemology', p. 226.

83 Schafer, *The Soundscape*, p. 244.

84 Ibid., p. 214.

85 Ibid., p. 215.

86 Sterne, *The Audible Past*, pp. 342–343.

87 See Elana Mann and Juliana Snapper, 'Radical Receptives', for a discussion and overview of the work of ARLA and The People's Microphony (www.elanamann.com/writing/radical-receptivities; accessed September 20, 2016).

88 For an explanation of people's microphone, see https://en.wikipedia.org/wiki/Human_microphone (accessed September 20, 2016). Brandon LaBelle and Frances Dyson also discussed it in their respective books: LaBelle, *Sonic Agency*, p. 114; Dyson, *The Tone of Our Times: Sound, Sense, Economy, and Ecology* (Cambridge, MA: MIT Press, 2014), pp. 150–151.

89 http://sidestreet.org/about/who-we-are/ (accessed September 20, 2016).

90 Emily Hopkins, Executive Director of Side Street Projects, quoted in Carren Jao, 'Elana Mann Tunes Noise Out to Let the Signal In', KCET *Artbound*, Thursday, April 4, 2013 (www.kcet.org/shows/artbound; accessed September 20, 2016)

91 Ibid.

92 These listening devices, which are designed to reflect and focus sound waves, were used primarily to detect incoming aircraft. They were used in the UK, Europe, and Asia until the early years of the Second World War, when the development of radar technology as well as increase in aircraft speed made them obsolete. Examples of such devices still stand at Denge on the Dungeness peninsula, and at Hythe in Kent, UK (https://en.wikipedia.org/wiki/Acoustic_mirror; accessed September 20, 2016). War tubas are large-scale listening trumpets designed for the same purpose. They are sometimes referred to as 'Japanese War Tubas' because of a widely circulated image of Japanese Emperor Shōwa (Hirohito) inspecting these devices in 1936 (https://upload.wikimedia.org/wikipedia/commons/6/6d/Wartuba.jpg; accessed September 20, 2016).

93 Event schedule: http://sidestreet.org/listening-as-a-movement/ and documentation of some of the events: www.elanamann.com/project/listening-movement (accessed October 19, 2016).

94 See www.elanamann.com/project/all-ears-pomona (accessed September 20, 2016).

95 Mann quoted in Jao, 'Elana Mann Tunes Noise Out to Let the Signal In'.

96 Schafer, *The Soundscape*, pp. 208–213; and Bijsterveld, *Mechanical Sound*, p. 21.

97 The event 'Do Not Track: Thinking about Privacy' featured a film screening with documentary filmmakers Alan Snitow and Deborah Kaufman plus a live in-person drone demonstration by Matias Viegener and took place on April 20, 2013 at the project site.

98 My comments on this project are primarily derived from a visit to the version of *Frequency and Volume* that was shown in the San Francisco Museum of Modern Art from November 2012 to February 2013, and are supplemented with consideration of documentation from the versions shown at the Curve, Barbican Centre in London (2008), Le Musée d'art contemporain de Montréal (2005), and at the Laboratorio Arte Alameda in Mexico City (2003).

99 Lozano-Hemmer website: www.lozano-hemmer.com/frequency_and_volume. php (accessed September 15, 2016).

100 Marie-Pier Boucher and Patrick Harrop, 'Alien Media: An Interview with Rafael Lozano-Hemmer', *Inflexions 5: Milieu, Techniques, Aesthetics* (March 2012): pp. 150–151.

101 Boucher and Harrop, 'Alien Media', p. 150.

102 See Lozano-Hemmer website: www.lozano-hemmer.com/frequency_and_ volume.php (accessed September 15, 2016).

103 Schafer, *The Soundscape*, p. 205.

104 I have already cited this definition in the Introduction: 'a means of enabling new conceptualizations of public sphere and expressions of emancipatory practices – to consider how particular subjects and bodies, individuals and collective creatively negotiate systems of domination, gaining momentum and guidance through listening and being heard, sounding and unsounding particular acoustics of assembly and resistance' (LaBelle, *Sonic Agency*, p. 4).

105 Paul Rodaway, *Sensuous Geographies: Body, Sense and Place* (New York: Routledge, 1994), p. 86.

106 Ibid., pp. 86–87.

107 Bill Fontana, 'Australian Eclipse and Kirribilli Wharf', *Bill Fontana: Acoustical Visions and Desert Soundings* exhibition catalogue (Abu Dhabi Festival, 2014), pp. 33–35.

108 Erika Suderburg, 'Introduction: On Installation and Site Specificity', in Suderburg (ed.) *Space, Site, Intervention: Situating Installation Art* (Minneapolis: University of Minnesota Press, 2000), p. 4.

109 Miwon Kwon, *One Place After Another: Site-Specific Art and Locational Identity* (Cambridge, MA: MIT Press, 2004), p. 1.

110 Ibid., p. 11.

111 Ibid., p. 2.

112 Grant H. Kester, *The One and the Many: Contemporary Collaborative Art in a Global Context* (Durham, NC: Duke University Press, 2011), p. 139.

113 Conversation between Fontana and Ben Borthwick excerpted in 'Harmonic Bridge', *Bill Fontana: Acoustical Visions and Desert Soundings*, p. 46.

114 Fontana, 'Harmonic Bridge', p. 48.

115 Interview with Bill Fontana by Jøran Rudi in *Organized Sound* (Volume 10:2, August 2005, Cambridge University Press, pp. 53–55) excerpted in 'The World is Musical at Any Given Moment', *Bill Fontana: Acoustical Visions and Desert Soundings*, p. 53.

116 Ibid., p. 55.

117 Virginia Madsen, 'The Call of the Wild', in Martin Thomas (ed.) *Uncertain Ground: Essays Between Art + Nature* (Sydney: Art Gallery of New South Wales, 1999), p. 32.

118 Rudolf Frieling, 'Site-specific Elsewhere – Evocative Places on View', online at http://resoundings.org/PDF/Site-Specific_Elsewhere-Evocative_Places_ on_View.pdf (accessed September 29, 2016).

119 Frieling, 'Evocative Places on View', p. 23.

120 Frieling, 'Site-specific Elsewhere'.

121 Fontana, 'Australian Eclipse and Kirribilli Wharf', p. 35.

122 See Rick Altman, 'General Introduction: Cinema as event', pp. 1–14, 'The Material Heterogeneity of Recorded Sound', pp. 15–31, and 'Sound Space', pp. 46–64, all in Altman (ed.) *Sound Theory Sound Practice* (New York: Rcut-ledge, 1992) as well as Thompson, *The Soundscape of Modernity*.

123 For example, Fontana mentions the importance of microphone placement in his work several times in 'The World is Musical at Any Given Moment', pp. 54–55.

124 Ibid., p. 54.

125 From the exhibition catalogue for *Maryanne Amacher: City-Links* at MINI/ Goethe-Institut Curatorial Residencies Ludlow 38, Goethe Institut, New York. October 20–November 25, 2010.

126 Ibid.

127 Ibid.

128 Marie Thompson, *Beyond Unwanted Sound*, p. 100.

129 Schafer, *The Soundscape*, p. 238.

130 Ibid., p. 239.

131 Helmreich, *Sounding The Limits of Life*, p. 185.

132 Frieling, 'Evocative Places on View', p. 20.

133 Helmreich, *Alien Ocean*, p. 230.

134 Feld, 'Waterfalls of Song', pp. 97–98.

135 Fontana, 'Harmonic Bridge', p. 48.

Epilogue: notes on acoustic time

Space has emerged as an important, and in some cases crucial, consideration in my discussion of audio-visual relationships in media, especially in the second half of this book. Steven Feld points out that: 'space indexes the distribution of sound, and time indexes the motion of sounds. Yet acoustic time is always spatialized; sounds are sensed as connecting points up and down in and out, echo and reverb, point-source and diffuse. And acoustic space is likewise temporalized, sounds are heard moving, locating, placing points in time.'[1] *There is no soundtrack* ends not with a conventional conclusion, but with a meditation on the unique relationship between acoustic time and experimental media art. Inspired by Susan Sontag's widely read 1964 essay 'Notes on "Camp"', this epilogue similarly employs a loose form of notation to draw from the many media art works, theories, ideas, and analyses throughout the book, but remixes them through a different perceptual as well as conceptual framework – in effect introducing a fourth rubric. This format also allows me to bring in new works, artists, issues, as well as ideas that point to future research projects and agendas in the fields of sound studies, media studies, art history, and art criticism for myself and perhaps also for others. It is, to paraphrase DJ Spooky-That Subliminal Kid, my effort of author as DJ.

Sontag begins her essay with this statement: 'Many things in the world have not been named; and many things, even if they have been named, have never been described.'[2] Like Sontag's subject of camp, acoustic time is central to any discussion of sound and media, yet it is also among the hardest things to talk about without reverting to the most pedantic (hours, minutes, seconds, and other units of measurement) or abstract (time in relationship to memory, lore, mythology) discourse. As she writes of 'taste' ('Nothing is more decisive') different iterations of time, including beat, duration, generation, instance, interval, measure, moment, period, rhythm, season, and more pervade any and all considerations of media art in this book. While there are certainly systems and proofs for time, the relationship between the auditory and the temporal maybe just as ineffable as Sontag's (lack of) definition for 'taste' and 'sensibility': 'Any sensibility which can be crammed into the mold of a system, or handled with the rough tools of proof is no longer a sensibility at all. It has hardened into an idea ....'[3]

Presented as a numbered list, this epilogue brings together diverse ideas, theories, as well as art and media works on acoustic time without cramming them into the mold of a system, while reflecting on the book as a whole. As Sontag points out: 'To ensnare a sensibility in words, especially one that is alive and powerful, one must be tentative and nimble.'[4] My method here draws from Sontag's strategy while continuing to reference Irene Noy's 'collage-as-method' and Jennifer Stoever's 'cultural materialist approach to a series of resonant events' discussed in the introduction. The juxtaposition of different and sometimes contradictory ideas in the following notes provides an immersive yet impressionistic consideration of the complex and crucial relationships that add an important new dimension to the book's existing discussion on sound, image, space, and perception. The resonances between history, memory, and subjectivity vibrating among these ideas and works amplify new ways to understand and reconstitute the audio-visual contract in experimental media art specifically, while also reflecting, absorbing, and diffracting on the larger areas of human and natural sciences. I would like to end *There is no soundtrack* in a way that opens up instead of closing down lines of inquiry, and with a gentle provocation that encourages the reader to 'to imagine the depth of content within them and to feel infinite reverberations.'[5]

These notes are the addenda to my re-negotiated audio-visual contract:

> Could the ear be the quintessential organ of time perception?[6]
>
> Veit Erlmann

1. 'The ear in fact listens in brief slices, and what it perceives and remembers already consists in short syntheses of two or three seconds of the sounds as it evolves. However, within these two to three seconds, which are perceived as a gestalt, the ear, or rather the ear-brain system, has minutely and seriously done its investigation such that its overall report of the event, delivered periodically, is crammed with the precise and specific data that has been gathered.

   The result is a paradox: we don't hear sounds, in the sense of recognizing them, until shortly after we have perceived them.'[7]

2. Michel Chion's theorization of the audiovisual contract also addresses the concept of time in film. He writes: 'One important historical point has tended to remain hidden: we are indebted to synchronous sound for having made cinema an art of time. The stabilization of projection speed, that far surpassed what anyone could have foreseen. Filmic time was no longer a flexible value, more or less transposable depending on the rhythm of projection. Time henceforth has a fixed value ...'[8] Later in the text, he declares: 'A silent film by Tarkovsky, who called cinema

"the art of sculpting in time," would not be conceivable.'[9] Although the in-depth research by Rick Altman, James Lastra, and other film historians would likely sound out more complex processes in the transition between so-called 'silent' and sound cinema, Chion's argument that sound made cinema 'chronographic' – 'written in time as in movement' – is reminiscent of Adrian Heathfield's discussion of durational aesthetics. In his writing on the performance of works by Tehching Hsieh and others, where he argues that the extraordinary lengths of Hsieh's performances – often demarcated in terms of years and in one case lasting thirteen years – Heathfield formulates a response to and critique of what Jean-Francois Lyotard calls 'capitalist time', in which an 'ethics of slowness' works against the velocity of the 'time is money' rat race of global capitalism.[10] When filmic time is no longer flexible, does its value change? Does time as a fixed value equal time as money, thus the 'fixing' of commercial value of cinema? In Chion's implicit critique of the chronographic quality in sound cinema, what is lost?

3. The title of one of John Cage's most influential compositions is a marker of its duration: *4'33"*.

4. Trinh Minh-ha's argument for a more open, flexible relationship to sound and image in film: 'To bring out the plural, sliding relationship between ear and eye and to leave more room for the spectators to decide what they want to make out of a statement or sequences of images, it is necessary to invent a whole range of strategies that would *unsettle such fixedness.*'[11]

5. 'In the modern recording studio, digital technology allows us to search beneath the surface of sound; in replicating and duplicating familiar sounds by "sampling" them, we experience notions of time and memory displaced from their reality. When hearing a sound sample, can one know whether it is of the present or of the past? How might its future use alter its status? How "real" is it? How much is dependent upon one's recollection of its source? These questions have always fascinated me.'[12] This passage, from the interview I did with Scanner for Chapter 3, brings this discussion back to realism, and how this *vraisemblable* has become fixed in commercial cinema as well as in music and media industries. Is it in contemporary experimental media art where we will find the more 'unfixed' relationships between sound, recording, time, and memory? For example, I am thinking about Stephen Vitiello's *A Bell for Every Minute*, discussed in the same chapter, where the broadcasting of recorded bell sounds mixes with the 'real' bells in the neighborhood around the Museum of Modern Art in New York, while the work itself is structured as a fixed, modern time-telling device: a clock that rings on the minute.

6. In addition to their work mapping, recording, and studying soundscapes, R. Murray Schafer and World Soundscape Project (WSP) members including Barry Truax, Hildegard Westerkamp, and others also created music compositions that incorporate or otherwise reference existing soundscapes.[13] These soundscape compositions engage with site, time, duration, climate, seasonal change, and other environmental factors in ways that are distinctive among composers of contemporary music. Westerkemp explains that: 'In soundscape composition the artist seeks to discover the sonic/musical essence contained within the recordings and thus within the place and time where it was recorded.'[14] In Schafer's composition *Music for Wilderness Lake: for 12 Trombones* (1979), he specifies both the environmental as well as temporal conditions for its performance: this score is to be performed at a lake that fits its title in a two-part recital at the times of dawn and dusk (Figures 5.1 and 5.2). In the published score for *Music for Wilderness Lake*, Schafer writes that '[t]he location, the climate and time of day are as essential here as the musical notes …'. He further explains that:

> *Music for Wilderness Lake* returns to a more remote era, to an era when music took its bearings from natural environment, a time when

5.1   Performance of *Music for Wilderness Lake* (1979, composer: R. Murray Schafer) in 2014 at Laguna Gloria in Austin, TX. Directed by Steve Parker as a part of The Contemporary Austin's Sound Series.

Performance of *Music for Wilderness Lake* in 2014 at Laguna Gloria in Austin, TX. Directed by Steve Parker as a part of The Contemporary Austin's Sound Series.

5.2

> musicians played to the water and to the trees and then listened for them to play back to them. I don't know to what extent it is possible to recover this ancient harmony, for then the performer recognizes himself as one with the birds and animals and trees and winds, a miraculous era which anthropologists have told us about; but *Music for Wilderness Lake* angles in that direction.[15]

Although Schafer's composition has enjoyed a revival through recent performances in New York; Austin, Texas; Kalv, Sweden; and other locations, today it is just as likely to be experienced through media records of these performances, as well as in a documentary film made by Niv Fichman and Barbara Willis Sweete.[16] What is interesting about these media representations of Schafer's composition is that they complicate his site and time-specific stipulations for the performance of his score. At the same time that these media records allow more to experience *Music for Wilderness Lake*, they also destroy, or at the very least compromise, the 'miraculous' temporal and environmental aspects of Schafer's composition.

7. Does experimental media art, and especially media installations, re-open the fixed, chronographic quality of cinema, and by extension,

'free up' time from its capitalist, mediated units of measurement and standards of duration?

> I replaced the concert space and its fixed intervals of listening time with the perpetual and indeterminate listening time of a sound sculpture in a public space.[17]
>
> Bill Fontana

8. *Zen for Film* by Nam June Paik is a film that disturbs conventional, or chronographic, notions of filmic time. Herman Asselberghs, Craig Dworkin, Hanna Hölling, and others have pointed out this film's complex relationship to time. The imageless-ness of the film re-introduces the temporal flexibility that was lost when synchronized sound became standardized in commercial narrative film. Its current exhibition format as an installation in a gallery space further distances the work from its cinematic and chronographic context. Furthermore, the fact that it is now often shown on a loop also triggers other concerns around time and obsolescence. Dworkin writes: 'The viewing of cinema is therefore inextricably intertwined with its slowly timed and inevitable destruction', and that 'The film also measures time in other ways, well beyond the frame of its running length.'[18] Hölling points to the contradiction of exhibiting old and new media in the same gallery space, where the 'original' film spool has to be exhibited in a vitrine while its 'filmic' image can be projected digitally.[19] For her, the presence of the film projector in a gallery exhibition of *Zen for Film* today is as much sculptural as it is functional, and it 'encourages viewers to remove themselves from the present and to enter the time when projectors were used for film screenings in movie theaters, often unseen, behind a curtain or in a projection room'.[20] It also 'has a status surpassing that of the original practice machine'.[21] However, its presence in future exhibitions of the work cannot be guaranteed, as machines, parts, technicians, and knowledge about these projectors continue to dwindle along with the obsolescence of the technology itself.

9. Like *Music for Wilderness Lake*, Cardiff and Miller's 2012 installation *FOREST (for a thousand years…)* is also sited within a 'natural' soundscape – the forest of the work's title located in Karlsaue Park, Kassel, Germany. Unlike the film documentary of Schafer's work, this work intentionally blends mediated sounds with environmental sounds through the thirty-plus speakers arranged in the installation, broadcasting a twenty-eight-minute audio loop. In a video documentation of the installation, it is virtually impossible to tell which sounds are 'live' and which are mediated.[22] In their *Alter Bahnhof Video Walk*, created for the same exhibition, Cardiff and Miller further combine real time

Janet Cardiff and George Bures Miller, *Alter Bahnhof Video Walk*, 2012. Video Walk.   **5.3**
Produced for dOCUMENTA (13), Kassel Germany. Duration: 26 minutes.

(the time it takes for the audience to perform the walk), mediated time (the pre-recorded and edited video representing the same walk), and historical time (another art work: *Denk-Stein Sammlung/Memorial Stone Archive* by Horst Hoheisel, 1988–95, was incorporated into the video tour, referencing the history of Jewish people who were shipped to concentration camps in 1942 from the same train station) in a work that is part instructional video, and part audio-visual guided tour that one can rent in an art museum. 'Physical cinema' is a term that the artists use to describe their site-specific media walks (Figure 5.3).

10. The quote in Chapter 4 about 'hearing synchronicity "live"' from Mary-anne Amacher is part of a longer text. Here are the missing parts:

> Time corresponds here to life of the space, to sense of being there. Approach and disappearance of what is sounding in the environment. Vibration in air heard 3 minutes before the actual sound of a plane is heard. Changes in air vibration as different boats approach. Seagulls sensing these changes in air – their anticipation, announcement of arrivals and disappearances, before the sound of the change is heard at the site. Patterns within air.[23]

Amacher is writing about her *City-Links #4 (Tone and Place, Work I)* and #14, both of which draw from the longest live transmission she has set up between the sounds of Boston Harbor and her studio at MIT, lasting a total of five years. Such durational connection through sound and listening opened her up to more expansive time patterns, including synchronicity, anticipation, delay, echo, resonance, *déjà vu*, and other fascinating meldings of space and acoustic time.

> 'You could say our work is about time travel, in a way', Cardiff said. 'The walks especially. A step away from reality – consensus reality – in the interests of seeing it better.'[24]
>
> Janet Cardiff

11. Icelandic artist Ragnar Kjartansson is known for his performances, live or recorded, in which he stages durational and repetitive renditions of wide-ranging musical genres in just as many variations – from an aria to a repeated lyric to a single note (Figure 5.4). Interestingly, most writing on his works to date focuses on their visuality. Kjartansson himself had said that 'I often *look* at my performances as sculptures and videos and paintings.'[25] This ocularcentrism in the majority of writings on his oeuvre has visualized the musical elements in his performances. Music is considered culturally and socially by his reviewers and critics, but not very often as sound. Roberta Smith's review of his performance installation *A Lot of Sorrow* (2014) in the *New York*

5.4   Ragnar Kjartansson and The National, *A Lot of Sorrow*, 2013–14. Single-channel video. Duration: 6 hours, 9 minutes, 35 seconds. Installation view Luhring Augustine Bushwick, NY.

Times is one exception.[26] In it, she points out that music is the measure and determinant of the durational aspect of the work – in this case a live performance by the rock band The National in which they play their song 'Sorrow' (3:25) repeatedly for six hours. This performance is recorded on video and projected as a single-channel installation in a gallery space.[27] In the installation version of *A Lot of Sorrow*, the looping is doubled. Looping, the mechanical, electronic, and now digital repetition of a musical phrase or beat, is often used as the basic structure or rhythm in musical compositions ranging from avant-garde compositions (for example, Steve Reich) to popular electronic, hip-hop, or techno dance tracks. In acoustic or musical terms, looping is rarely considered exhausting, tiring, or durational, unlike how commonly these descriptors are used in reviews of Kjartansson's performances. In the 'live' looping of a song in *A Lot of Sorrow*, there is physical exhaustion: vocal strain, muscle aches from the guitarists repeatedly strumming the same notes, and the drummer beating out the same rhythm. We see and perhaps smell the sweat in the live performance. Also, in a live performance the loop is not the same segment played over and over again. There are different transitions in the musicians' playing in between each 'take' of the song. Kjartansson can be seen going on stage in between performances to serve the band members fruit and refreshments. Each live performance of this one song is never exactly alike. Smith points out that 'the video allowed me to see, hear, and feel things not only impossible to discern in a single performance but maybe even hard to get during that original long day at PS1.'[28] In the video installation, the 'real time' performance, physical exertion, idiosyncrasies, and imperfections are again made uniform in an extremely long and looping interval. In bringing a looping live performance into an art gallery space through audio-visual media representation, Kjartansson introduces a non-linear measure of time into what Emily Thompson calls a modernist soundscape, here exemplified by the gallery, museum, and theatrical spaces in which he stages his work.

12. In my interview with Kurt Hentschlager, he expounded on an even more expansive notion of non-linear time in his experimental media art practice:

> One of my favorite things to do is to freeze synthesizing or realtime audio processes and listen to the resulting sonic 'tails', after conscious composition has abruptly ceased and sound trails and dies off, or, in absence of sound envelopes, sound stagnates into infinity. I started using this with modular synthesizers and later with my custom Karma and Cluster audiovisual realtime engines, which will generate sound as

long as 3D floating bodies are visible, whether they are moving or barely so. Halting such procedural sound engines often results in nearly static drone fields, that are drifting ever so slowly. After a while you forget about them, they just hang around and become atmosphere. Eventually you reconnect / hear them again, and by then the sound has transformed, or so it seems, but really you have moved on in time and space and subsequently so has your impression of the sound. Composing in such moments becomes more like abstract painting, about textures and layers and density. And like so many paintings about the idea of frozen time, a different perception of time, non-sequenced, non-linear time. [I] still find it remarkable, that electronic music, being enabled by circuits and science, fixed clocking really, brought back the concept of cyclical time. Or better non-standard time. Of course there is all the beat based work also, but even that in its insistence to go on forever, without beginning and end, is all about the loop, the cycle, the variation within the cycle, the malleability of the cycle, with the only fixed element being the cycle itself. It's the post-industrial marriage of modern, segmented linearity with the ancient cyclical concept of time.[29]

In the world he comes from, to call forth a vision, to be moved by a portrait, to tremble at the sound of music, can only be signs of a long and painful prehistory. He wants to understand. He feels these infirmities of time like an injustice, and he reacts to it like Che Guevara or youth of the '60s – with indignation. He's a third worlder of time.[30]

Chris Marker

13. The following are a series of quotes from the entry on 'reverberation' in Jean-François Augoyard and Henry Torgue's *Sonic Experience: A Guide to Everyday Sounds,* which also informed my approach to historical research in Chapter 2:
    - Reverberation is 'a propagation effect in which a sound continues after the cessation of its emission. Reflections of the sound on surfaces in the surrounding space are added to the direct signal. The longer these reflections conserve their energy, the greater the reverberation time.'
    - 'Reverberation frequently plays a role in our perceptions – [such as in] the feeling of "collectivity" and the sharing of social communication (through the envelope it creates).'
    - 'Etymologically, the word [reverberation] comes from the Latin verb *reverberare*, meaning "to strike back, to reflect."'
    - 'In the displacement of sound energy from its source to the ear, only a small part of sound energy travels in the most direct way. A large portion of the sound energy follows indirect paths, as it is reflected

on the ground and the environment of the milieu: walls, ceiling, facades. Since these routes are longer, reflected sound energy takes more time than direct energy to reach the ear. This discrepancy is the basis of reverberation.'

- 'Reverberation is also perceived in terms of "resonance", a term referring, in everyday speech, to reverberation in general.'
- 'Spatial forms determine significant reverberation in some specific locations …'.
- 'The average listener tends to valorize reverberation when he or she becomes aware of it, sometimes having the impression that sounds are interminable. In fact, because of air and material absorption, reverberation is always mediated.'
- 'Every epoch is characterized by specific types of reverberation linked to specific places, but a history of this effect remains to be written.'[31]

The question I am left with: what reverberations occur between history and acoustic time? Could the history of reverberation be itself written and conceptualized based on acoustic models of historical investigation? My preliminary thoughts on the matter: first, temporal linearity is no longer the dominant model, because acoustic time, as demonstrated by reverberation, is non-linear; and second, thinking about history through different notions of time opens us to considering ancestral time, cyclical time, looping time, resonant time, and other new ways of listening to, thinking about, and recording history.

14. After spending much time transcribing the voiceover narration in *Sans Soleil*, I have the following questions: if time can be commodified under capitalism, can time be colonized? And if so, did modern sound technology also play a role in time's colonization, as it did in the eighteenth- and nineteenth-century European and American colonial expansion?

15. In their article 'Deadness: Technologies of the Intermundane' Jason Stanyek and Benjamin Piekut further developed Jonathan Sterne's observation that the development of modern sound-recording technology was intimately connected to the Victorians' attitudes about death by making a distinction between the nineteenth-century approach of preservation (embalming) with the current practice of rearticulation (a Frankensteinian form of re-animation). They make the connection between splicing and remix sound cultures explicit: 'This is the age of the splice, and this recombinatorial imperative emerges on the corporeal plane, broadly by the end of the 1950s, with the structural modeling of DNA, the standardization of life-support technologies, and the development of immunosuppressive organ transplant procedures. In the technosonic realm, the logics of recombination surface in

multi-track tape technology and begin to recondition the very nature of global musical production.'[32] For them, this 'deadness' in contemporary sound technology 'speaks to the distended temporalities and spatialities of all performance, much the way all ontologies are really hauntologies, spurred into being through the portended traces of too many histories to name and too many futures to subsume in a stable, locatable present.'[33] In other words, deadness disrupts or expands linear temporality in sonic performance: 'Deadness produces the resonances and revenances that condition all modes of sonic performance. We engage deadness not as displacement, but as emplacement in layered, rhizophonic sites of enfolded temporalities and spatialities. Within these sites, laborers are corpaural, bodies are always sonic bodies.'[34]

16. 'After many years of confusions, of suppressed voice and INARTICU-LATE SOUNDS, holes, blanks, black-outs, jump-cuts, out-of-focus visions, I FINALLY SAY NO: yes sounds are sounds and should above all be released as sounds. Everything is in the releasing. There is no score to follow, no hidden dimension from the visuals to disclose, and endless threads to weave anew.'[35]

17. Paul D. Miller and Tanya Tagaq's performances discussed in Chapter 1 perform another form of evocation of the dead. Not only do they perform 'live' in front of celluloid images of the dead, they also re-animate through collective remembrance those who have been wrongfully depicted in the early cinematic works they reference: *The Birth of a Nation* (1915) and *Nanook of the North* (1922). While Miller references an African American sonic past by sampling from the blues musicians Howlin' Wolf and Robert Johnson, who in turn draw from the cultural memory of a pre-slavery past in Africa, Tagaq's re-voicing of the Inuit depicted in *Nanook* puts scenes of visual and narrative misrepresentation, such as in the infamous 'record-biting' scene, into a more complex call and response between a colonial/ethnographic POV (point-of-view) and a contemporary indigenous vocality. Her voice, drawing from the traditional practice of throat-singing but remixing it with contemporary avant-garde and popular musical forms, re-asserts the continual survival of her ancestors among the Inuit today. In both these performances, the dead do not have to be re-animated because they have existed all along among the living. It is their suppressed, silenced, misrepresented, and marginalized voices that need to be amplified.

18. In the process of compiling these notes, I re-read *There is no soundtrack* through the rubric of time. These entries on the subject are not finite, nor their relationality fixed. They signal both the ending of the present project, and the beginning of new ones.

Notes

1 Steven Feld, 'Waterfalls of Song: An Acoustemology of Place Resounding in Bosavi, Papua New Guinea', in Steven Feld and Keith H. Basso (eds) *Senses of Place* (Santa Fe: School of American Research Press, 1996), pp. 97–98.

2 Susan Sontag, 'Notes on "Camp"', in Susan Sontag (ed.) *Against Interpretation* (London: Vintage, 1994), p. 275.

3 Ibid., p. 276.

4 Ibid.

5 Trinh T. Minh-ha, 'Bold Omissions and Minute Depictions', in Trinh T. Minh-ha, *When The Moon Waxes Red: Representation, Gender, and Cultural Politics* (New York: Routledge, 1991), p. 162.

6 Veit Erlmann, *Reason and Resonance: A History of Modern Aurality* (New York: Zone Books, 2010), p. 273.

7 Michel Chion, *Audio-Vision: Sound on Screen* (trans.) Claudia Gorbman (New York: Columbia University Press, 1994), pp. 12–13.

8 Ibid., p. 16.

9 Ibid., p. 17.

10 See Adrian Heathfield, 'Durational Aesthetics', in Beatrice von Bismarck Rike Frank, Benjamin Meyer-Krahmer, Jörn Schafaff, and Thomas Weski (eds) *Timing – On the Temporal Dimension of Exhibiting* (Berlin: Sternberg Press, 2014), pp. 139–143. Also Heathfield, *Out of Now: The Lifeworks of Tehching Hsieh* (Cambridge, MA: MIT Press and Live Art Development Agency, 2009).

11 Trinh, 'Holes in the Sound Wall', *When the Moon Waxes Red*, p. 206; my italics.

12 Scanner (Robin Rimbaud) interview November 19, 2017.

13 Karin Bijsterveld, *Mechanical Sound: Technology, Culture, and Public Problems of Noise in the Twentieth Century* (Cambridge, MA: MIT Press, 2008), pp. 21–24; and WSP website: www.sfu.ca/~truax/wsp.html (accessed September 2, 2016).

14 Hildegard Westerkamp, 'Linking Soundscape Composition and Acoustic Ecology', *Organised Sound VII.* 1 (2002): p. 54. Emphasis in original.

15 R. Murray Schafer, *Music for Wilderness Lake: for 12 Trombones* (Bancroft: Arcana Editions, 1981), p. 1.

16 See, for example, the following YouTube videos: www.youtube.com/watch?v=BEcfiV4t5SU, www.youtube.com/watch?v=xx031iwENpE&t=30s, www.youtube.com/watch?v=2diUvxGaILk&t=1s. (All accessed January 23 2019.) *Music for Wilderness Lake* (1980) dir. Niv Fichman and Barbara Willis Sweete, 16 mm, 28:00 min.

17 From Bill Fontana interview in 'The World is Musical at Any Given Moment', *Bill Fontana: Acoustical Visions and Desert Soundings* (Abu Dhabi Festival, 2014), p. 53.

18 Craig Dworkin, *No Medium* (Cambridge, MA: MIT Press, 2013), p. 90.

19 Hanna Hölling, *Paik's Virtual Archive: Time, Change, and Material in Media Art* (Berkeley: University of California Press, 2017), p. 116.

20 Ibid., p. 115.

21 Ibid.

22 www.cardiffmiller.com/artworks/inst/forest_video.html (accessed January 23, 2019).

23 Writings by Martanne Amacher from the exhibition catalogue for *Maryanne Amacher: City-Links*, MINI/Goethe-Institut Curatorial Residencies Ludlow 38, Goethe Institut, New York, October 20–November 25, 2010.

24 John Wray, 'Janet Cardiff, George Bures Miller and the Power of Sound', *New York Times* online (July 26, 2012) www.nytimes.com/2012/07/29/magazine/janet-cardiff-george-bures-miller-and-the-power-of-sound.html?_r=2&pagewanted=all (accessed October 4, 2016).

25 Kajartansson quoted in Calvin Tomkins, 'Play It Again: How Ragnar Kjartansson Turns Repetition into Art', *The New Yorker* (April 22, 2016), p. 29. My emphasis.

26 Caleb Kelly would be another, see *Gallery Sound* (London: Bloomsbury Academic, 2017), pp. 97–98, 140–43.

27 Roberta Smith, 'A Concert Not Live, But Always Living', *New York Times* (September 19, 2014), pp. C23, C28.

28 Ibid.

29 Kurt Hentschlager interview July 1, 2017, revised with the artist on March 20, 2019.

30 Chris Marker, voiceover narration in *Sans Soleil* (1982), transcribed by author.

31 All quotes are from Jean-François Augoyard and Henry Torgue (eds) *Sonic Experience: A Guide to Everyday Sounds* (Montreal: McGill-Queen's University Press, 2005) pp. 111–117. Quotes are re-arranged and not always presented in the order they appeared in in the original text.

32 Jason Stanyek and Benjamin Piekut, 'Deadness: Technologies of the Intermundane', *TDR*, 54:1 (Spring 2010): pp. 16–17.

33 Ibid., p. 20.

34 Ibid., p. 32.

35 Trinh, 'Holes in the Sound Wall', p. 206.

Index

Note: 'n.' after a page reference indicates the number of a note on that page

Hanar Mohamed

Efeitos do Punica granatum e/ou Sitagliptin na nefropatia diabética em ratos machos

Hanan Mohamed

Efeitos do Punica granatum e/ou Sitagliptin na nefropatia diabética em ratos machos

ScienciaScripts

Imprint

Any brand names and product names mentioned in this book are subject to trademark, brand or patent protection and are trademarks or registered trademarks of their respective holders. The use of brand names, product names, common names, trade names, product descriptions etc. even without a particular marking in this work is in no way to be construed to mean that such names may be regarded as unrestricted in respect of trademark and brand protection legislation and could thus be used by anyone.

Cover image: www.ingimage.com

This book is a translation from the original published under ISBN 978-620-3-04106-4.

Publisher:
Sciencia Scripts
is a trademark of
Dodo Books Indian Ocean Ltd. and OmniScriptum S.R.L publishing group

120 High Road, East Finchley, London, N2 9ED, United Kingdom
Str. Armeneasca 28/1, office 1, Chisinau MD-2012, Republic of Moldova, Europe
Managing Directors: Ieva Konstantinova, Victoria Ursu
info@omniscriptum.com

Printed at: see last page
ISBN: 978-620-3-05705-8

ABSTRACT

Efeitos do extracto de Punica granatum peel e/ou Sitagliptin sobre a nefropatia diabética induzida

Hanan Essam Mohamed

Demonstrador no Departamento de Fisiologia - Faculdade de Medicina - Universidade de Helwan

Antecedentes: A diabetes mellitus tipo 2 (T2DM) representa cerca de 90% dos casos de diabéticos. A nefropatia diabética (DN) é uma das complicações mais graves da diabetes. Sitagliptin tem um papel importante na melhoria do receptor do peptídeo tipo Glucagon (GLP-1R) presente nos rins, pelo que pode ter um papel na melhoria da função renal no T2DM. Além disso, o extracto de Punica granatum peels (PGPE) é uma erva que tem actividades anti-hiperglicémicas e antioxidantes.

Objectivo: Este estudo foi concebido para investigar o papel do PGPE e/ou sitagliptin nas funções renais na diabetes induzida.

Materiais e Métodos: O estudo actual foi realizado em 60 ratos albinos adultos do sexo masculino. Ratos com peso entre 200 e 250 gramas. Os ratos foram divididos em: Grupo I "animais de controlo normal" consiste em 20 ratos (divididos em grupo 1: controlo normal e grupo 2: controlo de veículo recebido) 10 ratos / cada um. O grupo II "animais diabéticos" consiste em 40 ratos foram divididos em 4 grupos tratados: (Diabético, PGPE, Sitagliptin, Sitagliptin e PGPE) 10 ratazanas / cada uma. No final do período experimental (6 semanas), foram testadas proteínas urinárias, glucose do sangue em jejum (FBG), ureia, nitrogénio ureico no sangue (BUN), creatinina, malonyldialdehyde (MDA), factor de necrose tumoral alfa (TNFα), enzimas antioxidantes e histopatologia do tecido renal.

Resultados: Em ratos diabéticos, houve aumento de FBG, ureia, BUN, creatinina, proteína urinária, MDA e TNFα com diminuição de GSH e SOD. O tratamento com PGPE e sitagliptin causou diminuição de SFBG, ureia, BUN, creatinina, TNFα, MDA e proteína total com aumento de GSH e SOD.

O exame histopatológico de ratos diabéticos revelou espaço glomerular dilatado e túbulos degenerados dilatados. O tratamento com PGPE e sitagliptin revelou melhoria no espaço glomerular com menos dilatação tubular.

Conclusão: Os resultados do presente trabalho mostraram que a combinação de PGPE e sitagliptin têm efeitos sinérgicos um para o outro e têm um melhor efeito renoprotector em ratos diabéticos.

Palavras-chave: *Antioxidantes; flavonóides; nefroprotectores; nicotinamida; estreptozotocina.*

Lista de Conteúdos

Lista de Abreviaturas

Abade.	Termo completo
A	: Absorção.
AAP	: 4-aminofenazona.
ABC	: Complexo de Avidin-Biotin-Peroxidase.
ADP	: Adenosina di fosfato.
Idades	: Produtos finais avançados de glicação.
AII	: Angiotensina II.
ANGPT1	: Angiopoietina-1.
ANGPT2	: Angiopoietina-2.
ATP	: Fosfato trifosfato de adenosina
BUN	: Nitrogénio ureico no sangue.
CAMP	: Cíclico adenosina monofosfato.
CAT	: Catalase.
DCT	: Túbulos enrolados distalmente.
DHBS	: Ácido 3,5-dicloro -2-hidroxibenzeno sulfónico
DM	: Diabetes mellitus.
DN	: Nefropatia diabética.
ADN	: Ácido desoxirribonucleico.
DPP-IV	: Dipeptidyl peptidase-IV.
EA	: Ácido elágico.
EDITA	: Ácido etileno diamina tetra-acético.
ESRD	: Doença renal em fase terminal.
ETs	: Ellagitannins.
FDA	: Administração de alimentos e drogas.
FSBG	: Rápido soro de glucose no sangue.
G	: Glomérulos.
GCK-MODY	: Glucokinase-maturity-maturity-onet diabetes dos jcvens
GDM	: Diabetes Gestacional Mellitus.
GFB	: Barreira de filtração glomerular.
GFR	: Taxa de filtração glomerular.
GHb	: Hemoglobina glicosilada.
GIP	: Polipéptido inibitório gástrico.

GIPR	:	Receptor de polipéptidos inibitórios gástricos.
BPL1	:	Peptídeo tipo glucagon 1.
GLP1R	:	Receptor de peptídeo tipo glucagon 1.
VERMELHO 4	:	Transportador de glicose tipo 4.
GLUT2	:	Transportador de glicose tipo 2.
GPCR	:	Receptores acoplados à proteína G.
GSH	:	Glutatião.
GSH-Px	:	Glutatião peroxidase.
H&E	:	Hematoxilina e Eosina.
H2O2	:	Peróxido de hidrogénio.
HbA1c	:	Hemoglobina glucada.
HNF1A-MODY	:	Factor nuclear hepatócito1A mutações - diabetes do início da vida dos jovens.
IFG	:	Glicose em jejum deficiente.
IGT	:	Tolerância à glicose deficiente.
I.P	:	Intraperitoneal
JGA	:	Aparelho de justa aglomerados.
JNK	:	C-Jun N-terminal kinase.
L1	:	Primeira vértebra lombar.
L2	:	Segunda vértebra lombar.
MAPKs	:	Cinase proteica mitogénica activada.
MCP-1	:	Monocyte quimiotactic protein-1.
MD	:	Macula densa.
MDA	:	Malonyldialdehyde.
MÓDIA	:	Diabetes de início de maturação dos jovens.
MPO	:	Mieloperoxidase.
NAD	:	Nicotinamida adenina dinucleotídeo.
NADH	:	Redução da nicotinamida adenina dinucleotídeo.
NADP	:	Nicotinamida adenina dinucleótido fosfato.
NAMPT	:	Nicotinamida fosforibosil transferase.
NF-Kb	:	Factor nuclear kappa B.
NHE3	:	Permutador de sódio-hidrogénio 3.
NIC	:	Nicotinamida.
NMN	:	Nicotinamida mononucleotídeo.
NMNAT	:	Nicotinamida mononucleótido adenil transferase.
NÃO	:	Óxido nítrico.

ANOVA unidireccional	:	Análise de variância unidireccional.
PARP-1	:	Poli adenosina di fosfato ribose polimerase1
PARPs	:	Poli adenosina di fosfato ribose polimerases.
PCT	:	Túbulos convoluídos proximais.
PG	:	Punica granatum
PGP	:	Punica granatum peel.
PGPE	:	Extracto de casca de punica granatum.
PPAR-γ	:	Gama de receptores activados por proliferador peroxisómico.
PUFAs	:	Ácidos gordos polinsaturados.
R1	:	Reagente 1.
R2	:	Reagente 2.
R3	:	Reagente 3.
R4	:	Reagente 4.
RAS	:	Sistema Renin-angiotensin.
RNS	:	Radicais livres de azoto reactivos.
ROS	:	Espécies reactivas de oxigénio.
S.E	:	Erro padrão.
SOD	:	Desmutase superóxida.
SPSS, 16	:	Pacote estatístico para a versão das ciências sociais16 () para windows.
STZ	:	Estreptozotocina.
T1DM	:	Diabetes mellitus tipo 1.
T2DM	:	Diabetes mellitus tipo 2.
Tek	:	Receptor de tirosina cinase.
TG	:	Triglicéridos.
THb	:	Hemoglobina total.
TNFα	:	Factor de necrose tumoral alfa.
E.U.A.	:	Estados Unidos da América.
UV	:	Ultra-violeta.
VEGF	:	Factor de crescimento endotelial vascular.
WR	:	Reagente de trabalho.

Lista de Tabelas

Lista de Números

Introdução

A diabetes melito (DM) é uma doença endócrina importante e o custo anual global do tratamento da DM e da sua complicação poderia atingir em triliões de dólares americanos *(Fernández-Millán et al., 2014)*. A melhoria da DM é uma alta prioridade na investigação médica. A autogestão da DM é uma pedra angular para alcançar um bom controlo glicémico e reduzir o risco de desenvolver complicações macrovasculares (doença arterial coronária, doença arterial periférica e acidente vascular cerebral) e microvasculares (retinopatia, nefropatia e neuropatia) *(Stopford et al., 2013)*.

A diabetes mellitus tipo 2 (T2DM) é responsável por cerca de 90% dos casos de diabéticos. Caracteriza-se pela presença de resistência à insulina e hiperglicemia *(Lorber e Zimmet et al., 2014)*.

A nefropatia diabética como doença micro vascular representa uma complicação importante a longo prazo da diabetes mellitus *(Yang et al., 2013)*.

É a principal causa de doença renal em fase terminal e é responsável por cerca de 30-35% dos incidentes de terapia de substituição renal em todo o mundo *(Kuhad e Chopra, 2009)*. A nefropatia diabética complica cerca de 30% dos casos de tipo I e aproximadamente 15-20% dos casos de diabetes mellitus tipo II *(Lehmann e Schleicher, 2000)*.

O papel da hiperglicemia na patogénese da nefropatia diabética tem sido bem estabelecido em vários modelos animais experimentais, bem como em estudos humanos *(Coimbra et al., 2000)*. A hiperglicemia é o evento inicial que causa alterações estruturais e funcionais tais como hiperfiltração glomerular, hipertrofia epitelial glomerular e tubular, e microalbuminúria seguida pelo desenvolvimento de espessamento da membrana basal glomerular, acumulação de matriz mesangial, e finalmente doença renal em fase terminal *(Yankuzo et al., 2011 e Vinod, 2012)*. *A* hiperglicemia é também conhecida por promover o stress oxidativo e, portanto, envolvida na geração de espécies reactivas de oxigénio (ROS) que desempenham um papel crucial na patogénese da nefropatia diabética *(Celik et al., 2009 e Luo et al., 2010)*.

Sitagliptin é uma droga antidiabética oral que é um inibidor competitivo da Dipeptidyl peptidase IV (DPP-IV) *(Ahrén, 2007 e Shi et al., 2016)*. *Os* ensaios clínicos demonstraram a eficácia da sitagliptin em termos de melhoria do controlo glicémico em doentes com T2DM, utilizado como monoterapia ou como adição a outros medicamentos anti-hiperglicémicos, com ou sem metformina *(Mu et al., 2009 e Garg et al., 2013)*.

O peptídeo tipo Glucagon (GLP-1) e o seu receptor (GLP-1R) estão presentes nos rins, pelo que pode ter um papel na modulação da função renal *(Jensen et al., 2015)*.

Normalmente a estimulação do GLP-1Receptor pela GLP-1 resulta na inactivação do transportador do permutador Na+/H+, o que resulta na perda de água, e possivelmente na redução da pressão arterial *(Von Websky et al., 2014)*. Além disso, a activação do receptor GLP-1 pode atenuar a lesão renal diabética através da redução do stress oxidativo renal, inflamação e apoptose *(Hendarto et al., 2012 e Matsui et al., 2015)*.

Na diabetes tipo 2, o DPP-IV está regulado em glomérulos de pacientes com nefropatia diabética, o que leva à redução da meia-vida da GLP-1 no rim *(Fadini et al., 2010 e Hasan & Hocher, 2017)*.

O Sitagliptin pode inibir mais de 80% da actividade da enzima DPP-IV, responsável pela degradação da GLP-1. Os principais objectivos dos inibidores de DPP-IV são prolongar os efeitos benéficos da GLP-1 endógena *(Herman et al., 2006)*.

Sabe-se que vários fitoquímicos derivados de plantas possuem actividade anti-hiperglicémica e antioxidante *(Bhutkar e Bhise, 2011)*. Além disso, os medicamentos tradicionais à base de plantas são amplamente utilizados para tratar diabetes e complicações diabéticas em países asiáticos, uma vez que os agentes hipoglicémicos orais actualmente disponíveis têm efeitos secundários proeminentes e não alteram significativamente o curso das complicações diabéticas *(Juvekar & Bandawane, 2009 e Balamurugan et al., 2011)*. Assim, os medicamentos à base de plantas tradicionalmente utilizados podem revelar-se benéficos na prevenção ou tratamento de danos renais induzidos pela diabetes.

Punica granatum Linn. (Punicaceae), vulgarmente conhecida como romã, é uma erva com importância tradicional no tratamento da diabetes e de algumas doenças renais *(Rathod et al., 2012)*.

O extracto de flor de Punica granatum é reportado como possuindo anti-hiperglicémico *(Bhaskar e Kumar, 2012)* e actividade protectora renal *(Singh et al., 2011)*. Foram relatados constituintes químicos terapêuticos benéficos semelhantes aos do extracto de flor de Punica granatum, tais como elagitanos, ácido gálico, antocianinas, alcalóides da piperidina, flavonóides nomeadamente luteolina, apigenina, e quercetina *(Garach et al., 2012)*. Assim, o extracto de cascas pode revelar-se benéfico no tratamento da nefropatia diabética. Além disso, o estudo de *Patil et al. (2013)* provou as actividades anti-hiperglicémicas e antioxidantes das cascas de Punica granatum.

Objectivo da Obra

Este estudo visava investigar o efeito nefroprotector da fracção rica em flavonóides das cascas de Punica granatum e/ou sitagliptin em estreptozotocina - nicotinamida induzida pela nefropatia diabética precoce.

Uma vez que a hiperglicemia e o stress oxidativo estão implicados na patogénese da nefropatia diabética, colocámos a hipótese de que a Punica granatum descasca e a sitagliptina podem exercer actividade nefroprotectora através das suas propriedades anti-hiperglicémicas e antioxidantes.

DIABETES MELLITUS

Diabetes mellitus (DM) é um grupo de sintomas metabólicos caracterizado por hiperglicemia *(Adi e Gerard-Gonzalez, 2018)* e metabolismo disfuncional de hidratos de carbono, gorduras e proteínas devido a defeito na secreção de insulina e/ou acção da insulina *(Ekperikpe et al., 2019)*.

A DM é uma doença endócrina importante; o custo anual global do tratamento da DM e das suas complicações pode atingir triliões de dólares. A melhoria da DM é uma alta prioridade na investigação médica *(Stopford et al., 2013 e Fernández-Millán et al., 2014)*. *O* controlo intensivo da glucose pode diminuir o risco de complicações microvasculares e macrovasculares *(Livingstone et al., 2017)*, tais como neuropatia, retinopatia, nefropatia e doença cardiovascular *(Latifi et al., 2019)*.

O nível de glucose no sangue mantido em condições homeostáticas o tempo todo através da acção tanto da insulina como do glucagon *(James, 2016)*. *A* insulina é uma hormona essencial produzida pelas células beta (célula de ilhotas de Langerhans) *(Kaur et al., 2018)*. A quantidade de insulina secretada no sangue é directamente proporcional ao nível de glucose no sangue; transporta a glucose da corrente sanguínea para as células do corpo onde a glucose é convertida em energia *(James, 2016 e Kaur et al., 2018)*. A falta de insulina ou a incapacidade das células de responder à insulina conduz a níveis elevados de glucose no sangue *(Kaur et al., 2018)*.

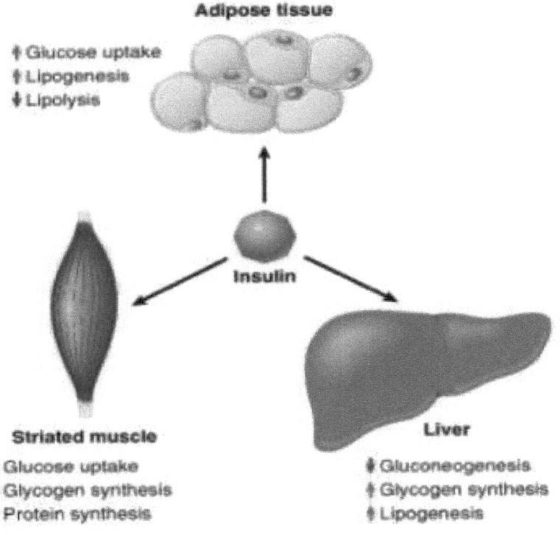

Figura (1): Efeito da insulina *(Mevin, 2013)*.

Classificação da diabetes:

> **Tipo 1 diabetes mellitus)T1DM(** (diabetes juvenil):

T1DM representa cerca de 5%-10% de todos os casos de diabetes mellitus *(Tauschmann e Hovorka, 2018)*, ocorre normalmente na infância *(Prodam et al., 2018)* e nos adolescentes *(Christoffersson et al., 2016)*. É devido à destruição da célula beta *(Dimitrioglou et al., 2019)* que é causada por um processo auto-imune *(Ravi et al., 2018)*.

A infiltração das ilhotas pancreáticas pelas células imunitárias progride com o tempo até que uma massa celular suficiente β seja destruída e se torne não funcional, aumentando assim os níveis de glucose no sangue e ocorrendo doenças clínicas *(Marca et al., 2018)*. Estes são predominantemente linfócitos T e B, macrófagos e células dendríticas que levam a uma deficiência absoluta de secreção de insulina *(Chetan et al., 2018)*. Autoanticorpos de células ilhotas para insulina são elevados no plasma como um marcador indicativo da destruição das células B *(Lucier e Weinstock, 2018).*

No sistema imunitário que funciona normalmente, vários mecanismos complementares eliminam as células T reactivas das ilhotas ou controlam a sua actividade. O T1DM resulta da falha de um ou mais destes mecanismos imunitários *(Chetan et al., 2018).*

Logo após o diagnóstico, 60% dos adultos com T1DM têm um período de remissão parcial, caracterizado por baixas necessidades de insulina e bom controlo glicémico. Este período é atribuído a dois factores: recuperação parcial da função das células B e correcção da sensibilidade insulínica *(Chetan et al., 2018).*

Os sintomas de T1DM incluem perda de peso, poliúria, polidipsia, e polifagia. Em pacientes com T1DM de longa duração podem tornar-se susceptíveis a complicações microvasculares e macrovasculares *(Chetan et al., 2018).*

Alguns pacientes, particularmente crianças e adolescentes, podem apresentar a cetoacidose como a primeira manifestação da doença. Outros têm hiperglicemia modesta em jejum *(Kara et al., 2018)* que pode mudar rapidamente para hiperglicemia grave e/ou cetoacidose na presença de infecção ou outro stress *(Associação Americana de Diabetes, 2018).* Estes doentes são também propensos a outras doenças auto-imunes como a doença de Graves, a tiroidite de Hashimoto, a doença de Addison, o vitiligo, o espru celíaco, a hepatite auto-imune, a miastenia gravis, e a anemia perniciosa *(Associação Americana de Diabetes, 2018).*

Além disso, a função pancreática α-células é anormal e há uma secreção excessiva de glucagon. Normalmente, a secreção glucagonal é reduzida por hiperglicemia, mas em doentes com T1DM a secreção glucagonal não é reduzida por hiperglicemia. Isto ocorre devido à sobreexpressão da proteína da homeostase de ilhotas (IHoP) na diabetes, que se demonstrou afectar a síntese e secreção do glucagon dentro da *célula* pancreática α. Num pâncreas saudável, aproximadamente 15-20% das células de uma ilhota são *células* glucagon-expressoras do α, contudo, nas ilhotas pancreáticas de tipo 1diabetes; o glucagon foi expresso pela maioria das células da ilhota causando níveis aumentados de glucagon. O aumento dos níveis de glucagon exagera os defeitos metabólicos devidos à deficiência de insulina. Este caso leva ao aumento da lipólise e do nível de ácidos gordos livres no plasma, o que prejudica o metabolismo da glicose no músculo esquelético. Além disso, a deficiência de insulina suprime a expressão de muitos genes necessários ao metabolismo normal da glicose, tais como a glucocinase no fígado e o tipo de transportadores de glicose 4 (GLUT 4) presentes no tecido adiposo *(Cryer, 2006; Baynes, 2015 e Oh et al., 2017)*.

➢ **Diabetes mellitus tipo 2 (T2DM):**

O T2DM representa cerca de 80% a 90% de todos os casos de diabetes mellitus *(Kumar et al., 2018)*. A prevalência em crianças e adultos está a aumentar dramaticamente a nível mundial *(Mandal et al., 2018)*.

Os principais factores de risco predisponentes para o T2DM são a obesidade, história familiar, sedentarismo *(Lascar et al., 2018)*, em indivíduos com hipertensão ou dislipidemia (colesterol elevado, lipoproteína de baixa densidade e triglicéridos" TG") *(Fallahzadeh et al., 2019)*. Existe uma associação entre o elevado consumo de bebidas açucaradas e o risco de T2DM *(Mozaffarian, 2016)*.

Embora o metabolismo da glicose seja anormal, os critérios para a diabetes ainda não estão preenchidos. A transição do metabolismo normal da glicose para o T2DM ocorre através de uma fase intermédia caracterizada pela tolerância à glicose prejudicada (IGT) e/ou glicose em jejum prejudicada (IFG) *(Hurtado e Vella, 2018)*.

No T2DM, a hiperglicemia é o resultado de uma produção inadequada de insulina e incapacidade do organismo de responder plenamente à insulina (resistência à insulina) *(Kaur et al., 2018)*.

O T2DM é caracterizado por secreção de insulina defeituosa e retardada, bem como por supressão pós-prandial anormal do glucagon. Estas anomalias explicam, em parte, a supressão defeituosa da produção endógena de glucose após uma refeição; isto combinado com a diminuição da absorção periférica de glucose, contribui para a hiperglicemia pós-prandial. A insulina é secretada de uma forma pulsátil, resultando em oscilações de alta frequência da concentração de insulina no portal e, em menor grau, na circulação periférica. Esta pulsatilidade é perturbada em pessoas com T2DM *(Hurtado e Vella, 2018)*.

O outro defeito patológico é a insulino-resistência. Inicialmente, há um aumento compensatório da secreção de insulina, que mantém os níveis de glicose na gama normal. À medida que a condição progride, as células beta mudam, e a secreção de insulina é incapaz de manter a homeostase de glicose, produzindo hiperglicemia *(Goyal e Jialal, 2019)*.

A resistência à acção da insulina resultará numa diminuição da absorção de glicose mediada pela insulina na periferia (por músculo e gordura), supressão incompleta da produção de glicose hepática e diminuição da absorção de TG pela gordura *(Hurtado e Vella, 2018)*.

A cetoacidose raramente ocorre neste tipo de diabetes. Geralmente surge em associação com o stress de outra doença como a infecção *(American Diabetes Association, 2018)*.

A diabetes frequentemente não é diagnosticada durante muitos anos porque a hiperglicemia desenvolve-se gradualmente e, em fases iniciais, não é frequentemente suficientemente grave para que o paciente note qualquer um dos sintomas clássicos da diabetes *(American Diabetes Association, 2018)*.

➢ **Gestational Diabetes Mellitus (GDM):**

GDM é uma complicação grave da gravidez, na qual as mulheres sem diabetes previamente diagnosticada desenvolvem hiperglicemia durante a gestação *(Plows et al., 2018)*.

Embora a maioria dos casos resolva com o parto, a definição aplicada quer a condição persistisse ou não após a gravidez e não excluía a possibilidade de que a intolerância à glucose não reconhecida pudesse ter começado concomitantemente com a gravidez *(Baynes, 2015 e Associação Americana de Diabetes, 2018)*.

➢ **Defeitos genéticos na acção da insulina:**

Existem causas invulgares de diabetes que resultam de anomalias geneticamente determinadas da acção da insulina. As anomalias metabólicas associadas às mutações do receptor de insulina podem variar desde a hiperglicemia moderada até à diabetes grave. Alguns indivíduos com estas mutações podem ter acantose nigricans. As mulheres podem estar virilizadas e ter ovários císticos aumentados. As síndromes têm mutações no gene receptor da insulina com alterações subsequentes na função receptora da insulina e resistência extrema à insulina *(Ta, 2014)*.

> **Doenças do pâncreas exócrino:**

As doenças exócrinas do pâncreas incluem condições benignas e malignas de qualquer etiologia que ferem difusamente o pâncreas. Os processos adquiridos incluem pancreatite, trauma, infecção, carcinoma pancreático, fibrose cística e hemocromatose *(Mezza et al., 2018)*.

Com excepção do causado pelo cancro, os danos no pâncreas devem ser extensos para que a diabetes ocorra; os adrenocarcinomas que envolvem apenas uma pequena porção do pâncreas têm sido associados à diabetes *(Ta, 2014)*.

> **Endocrinopatias:**

Muitas doenças endócrinas podem ser complicadas pela diabetes, devido ao aumento dos níveis de hormonas hiperglicémicas e da resistência à insulina *(Zahra et al., 2018)*. Várias hormonas (por exemplo, hormona de crescimento, cortisol, glucagon, e epinefrina) antagonizam a acção da insulina *(Ta, 2014)*. As quantidades em excesso destas hormonas (por exemplo, acromegalia *(Alexopoulou et al., 2014)*, síndrome de Cushing *(Ferraù e Korbonits, 2018)*, glucagonoma *(Song et al., 2018)*, feocromocitoma *(Moghetti, 2018)* respectivamente) podem causar diabetes. Isto ocorre geralmente em indivíduos com defeitos pré-existentes na secreção de insulina, e a hiperglicemia resolve-se tipicamente quando o excesso hormonal é resolvido *(Ta, 2014)*.

> **Genetic Defects of the β-Cell :maturity-onset diabetes of the young (MODY):**

MODY é uma forma rara de DM causada por uma única mutação genética *(Crenshaw et al., 2018)* herdada como autossómica dominante *(Anık et al., 2015).* Caracteriza-se por secreção de insulina reduzida com mínimos ou nenhuns defeitos de acção da insulina *(Ta, 2014).*

Existem aproximadamente 13 mutações genéticas diferentes que podem causar o fenótipo MODY *(Crenshaw et al., 2018).* Uma mutação do factor nuclear hepatocitário1A (HNF1A-MODY) é a forma mais frequente de diabetes monogénica em adultos *(Pavić et al., 2018).*

Uma segunda forma é a diabetes Glucokinase-maturity-onset dos jovens (GCK-MODY), causada por mutações heterozigotas inactivadoras do gene GCK *(Chakera et al., 2015).* O resultado é uma molécula de glucokinase defeituosa. A glucokinase converte glucose em glucose-6-fosfato, cujo metabolismo, por sua vez, estimula a secreção de insulina pela célula β *(Ta, 2014).*

Complicações da diabetes mellitus *(Asmat et al., 2016).*

Complicações agudas:

1. Coma hipoglicémico.
2. Cetoacidose diabética (DKA).
3. Coma hiperglicémico hiperosmolar não cetónico.
4. Infecções.

Complicações crónicas:

- Complicações microvasculares:
    1. Nefropatia diabética.
    2. Retinopatia diabética.

3. Neuropatia diabética.

- Complicações macrovasculares:

    1. Doença cardio-vascular.

    2. Doença cerebrovascular (AVC).

Aumento das hormonas

O aumento são hormonas intestinais que, em circunstâncias fisiológicas, contribuem para a estimulação da secreção de hormonas pancreáticas {insulina, glucagon e polipéptido pancreático (PP)} *(Reafeld, 2018)*. As duas principais hormonas intestinais são: o peptídec tipo glucagon 1 (GLP1) e o polipéptido inibitório gástrico (GIP; também conhecido como polipéptido insulinotrópico dependente do glucose-dependente) *(Gribble e Reimann, 2019)*.

As acções insulinotrópicas do aumento das hormonas requerem sempre um grau permissivo de hiperglicemia. O papel das hormonas incrementais é o de aumentar as respostas secretas de insulina iniciadas pela hiperglicemia *(Nauck e Meier, 2018)*.

Existem duas formas biologicamente activas de GLP-1: GLP-1-(7-37) e GLP-1-(7-36) NH2.derivam da molécula proglucagon por processamento pós-traducional *(Bodnaruc et al., 2016)*.

A GLP-1 segregada das células L localizadas no íleo *(Schiellerup et al., 2019)* e exerce os seus efeitos através do receptor GLP-1 (GLP1R) que pertence à família dos receptores de proteína G (GPCR) *(Alexiadou et al., 2019)*.

A hormona incremental GLP-1 é um poderoso factor de saciedade *(Andersen et al., 2018)*, actuando sobre regiões do hipotálamo e do cérebro traseiro *(López-Ferreras et al., 2018)*. A GLP-1 também actua no tracto gastrointestinal através da inibição da secreção gástrica e da desaceleração do esvaziamento gástrico atenuando o aumento pós-prandial dos níveis de glucose *(Alexiadou et al., 2019)*. Estimula a síntese dependente do glucosé e a libertação de insulina das células do pâncreas β e suprime a gluconeogénese hepática suprimindo a secreção glucogénica do α-células que eventualmente contribuem para o efeito anti-hiperglicémico *(Patel et al., 2019)*.

Também reduz a esteatose hepática, inflamação hepática e lesões hepatocitárias; estes efeitos podem ser directos *(Jin e Weng, 2016)* ou indirectos através da perda de peso *(Drucker, 2016)*, diminui a produção de glicose hepática e aumenta a absorção de glicose nos músculos *(Koopman et al., 2018)*.

GIP é um composto de 42 aminoácidos sintetizado e secretado das células K entero endócrinas localizadas principalmente no intestino delgado proximal *(Schiellerup et al., 2019)* e exerce a sua acção através do receptor GIPR (GIPR), uma GPCR de sete membranas trans da família G estimuladora *(Capozzi et al., 2018)*.

O GIP aumenta a deposição de gordura no tecido adiposo *(Alexiadou et al., 2019)*. Tem um efeito positivo na formação óssea e na regulação da reabsorção óssea *(Kolodziejski et al., 2018)*.

GIP estimula a secreção de glucagon *(Gasbjerg et al., 2018)* e reduz a secreção de ácido gástrico *(Kolodziejski et al., 2018)*.

O Dipeptidyl peptidase-IV (DPP-IV) é uma enzima complexa expressa em células epiteliais, células endoteliais capilares e linfócitos do tracto gastrointestinal, rim, fígado, coração e cérebro *(Rotondo et al., 2019)*. É uma exopeptidase que cliva uma vasta gama de alvos peptídeos, incluindo GLP-1 e GIP, limitando assim a sua actividade *(Capozzi et al.,*

2018) através da clivagem de dipeptídeos de linha X a partir do termo N de polipeptídeos ou proteínas, que se encontra em muitas células e tecidos e desempenha papéis importantes em vários processos fisiológicos (Xing *et al.,* *2018).*

O DPP-IV controla a homeostase da glucose através da terminação enzimática da acção incremental *(Varin et al., 2019)* pela produção de metabolitos inactivos, que são excretados através dos rins *(Radojčin e Polovina, 2018).*

O DPP-IV tem a sua expressão celular mais elevada nos rins dos mamíferos, encontrando-se na borda da escova dos túbulos proximais, endotélio dos capilares glomerulares, e epitélio da cápsula de Bowman *(Hasan e Hocher, 2017).*

As células do sistema imunitário exprimem abundantemente DPP-IV e esta molécula contribui para a inflamação das estruturas renais *(Nistala e Savin, 2017).*

A hipoxia leva a aumentar a expressão do DPP-IV que contribui para as consequências prejudiciais da isquemia renal medular *(Tsimihodimos e Elisaf, 2018).*

Estreptozotocina e Nicotinamida

Estreptozotocina:

Fonte:

A estreptozotocina (STZ) é um produto de nitrosourea natural *(Chakraborty et al., 2018)*. Foi descoberta numa estirpe da bactéria gram-positiva do solo Streptomyces achromogenes *(Isaev et al., 2018)*.

É aprovado pela Food and Drug Administration (FDA) para utilização em doentes com cancro de células metastásicas β *(Rosol et al., 2013)*.

STZ e alloxan são dois medicamentos importantes para criar modelos animais de diabetes mellitus. STZ é o agente preferido para induzir a diabetes de tipo experimental 2; tem mais vantagens sobre o aloxano, tal como a gama da dose de STZ não é tão estreita como no caso do aloxano. A maior estabilidade química e a menor toxicidade do STZ permitem uma manipulação mais fácil e uma dosagem mais flexível em comparação com o aloxano. O tratamento STZ induziu a diabetes em 95% dos ratos que é superior ao aloxano que causou a diabetes apenas em 70% dos ratos *(Goud et al., 2015)*. O STZ substituiu quase completamente o aloxan para a indução da diabetes por causa disso: Maior selectividade para as células B, o desenvolvimento de complicações diabéticas bem caracterizadas com uma baixa incidência de cetose, menor taxa de mortalidade e hiperglicemia ou indução irreversível da diabetes *(Goud et al., 2015 e Maqbool et al., 2019)*.

Estrutura química:

STZ é (2-deoxy-2-(3-methyl-3-nitrosoureido)-d- glucopiranose) *(Sviglerova et al., 2017).*

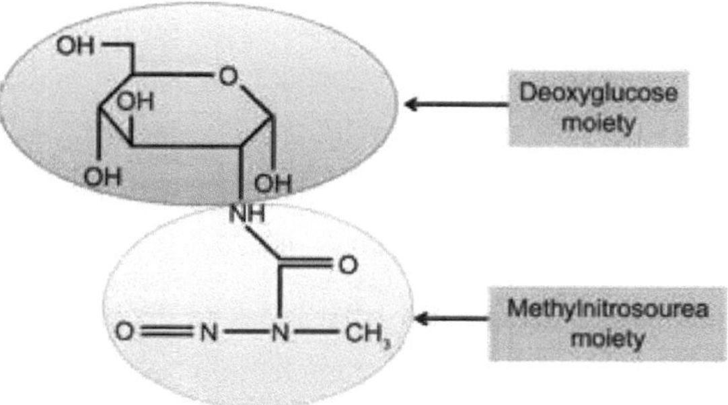

Figura (2): Fórmula estrutural química de STZ *(Wu e Yan, 2015).*

Propriedades químicas:

STZ pode ser armazenado a 4 °C a curto prazo, mas necessita de armazenamento a longo prazo -20 °C porque é estável a esta temperatura durante pelo menos 2 anos *(Goud et al., 2015).*

STZ é muito solúvel em água, cetonas e álcoois inferiores, mas ligeiramente solúvel em solventes orgânicos polares *(Vivek, 2010).* Tem uma meia-vida biológica de 5-15 minutos *(Lee et al., e Sharma et al., 2010).*

STZ pode ser dissolvido em solução salina acidificada 0,9% a pH 4,5 e gelada 0,05-0,1 M de tampão citrato ajustado a pH 4,5. No entanto, uma solução estável de STZ em tampão citrato (pH 4,5) é mais adequada para injecção *(Ghasemi et al., 2014).*

Modo de acção:

Rakieten (1963) foi o primeiro a demonstrar que a diabetes induzida por STZ num modelo animal. Com base no modelo experimental anterior, é frequentemente utilizada uma única dose intravenosa entre 40 e 60 mg/kg de peso corporal *(Rajendiran et al., 2018)*. *A* STZ possui um efeito diabetogénico através da sua acção nociva específica contra as células pancreáticas β-cells *(Thangaraj, 2016)*.

O STZ é transportado selectivamente para células beta pancreáticas por um transportador de glucose tipo 2(GLUT2), uma vez que é análogo à glucose mas não por outros transportadores de glucose. O STZ divide-se em glucose e metilnitrosourea *(Hasan et al., 2018)*.

STZ destrói as células beta pancreáticas ao deprimir os nucleótidos de piridina: nicotinamida adenina dinucleótido (NAD) e nicotinamida adenina dinucleótido reduzido (NADH) *(Nelson, 2015)*. E o esgotamento do NAD+ resultando na morte necrótica de células β *(King, 2017)*.

A toxicidade depende da actividade desoxirribonucleica do ácido desoxirribonucleico (ADN)-alkylating da metilnitrosourea *(Estil- les et al., 2018)*. *A* transferência do grupo metilo de STZ para o ADN causa danos e a formação de fragmentação de ADN *(Rajendiran et al., 2018)* e a activação da poli adenosina di fosfato ribose polimerase 1(PARP-1) *(Mallek et al. , 2018)*.

C-Jun N-terminal kinase (JNK) está também envolvida na citotoxicidade da STZ. Observa-se um aumento da actividade desta enzima em caso de stress celular que leva à morte celular. A activação de JNK por STZ deve-se ao aumento da actividade de PARP-1 *(Kishore et al., 2017)*.

A acção citotóxica da STZ leva à geração de espécies reactivas de oxigénio (ROS) como o anião superóxido, que é responsável por danos oxidativos nos tecidos pancreáticos *(Paudel et al., 2018)*.

A STZ poderia libertar óxido nítrico (NO), uma vez que possui o grupo nitroso *(Hasan et al., 2018)*. NO combina com o anião superóxido para formar peroxinitrito que se decompõe em radicais hidroxil genotóxicos e leva a danos no ADN através da perturbação da produção de adenosina trifosfato (ATP) nas mitocôndrias *(Ghasemi et al., 2014)*. Esta diminuição global do ATP leva à inibição da síntese e secreção de insulina *(Mallek et al., 2018)*.

Nicotinamida:

Nicotinamida (NIC) (piridina-3-carboxamida), também conhecida como niacinamida *(Sil et al., 2018)* é o composto amida hidrossolúvel *(Fricker et al., 2018)* da niacina-b-vitamina *(Lai et al., 2019)*.

Fonte:

O DNI pode ser encontrado na dieta através da ingestão de ovos, carne, peixe, e cogumelos. Outra fonte do DNI é o metabolismo do triptofano endógeno, um aminoácido essencial *(Fricker et al., 2018)*.

Metabolismo da nicotinamida:

O NIC é ingerido em alimentos como parte do NAD piridina e nicotinamida adenina dinucleótido fosfato (NADP) em tecidos vegetais e animais. Após a separação dos co-enzimas, o DNI é absorvido quase completamente no intestino delgado *(Wohlrab e Kreft, 2014)*. O DNI é armazenado como DNI apenas em pequenas quantidades no fígado, sendo a maioria dos seres excretados através dos rins ou catabolizados para fornecer o outro metabolismo chave *(Fricker et al., 2018)*.

Deficiência:

Deficiências em DNI e niacina poderiam levar a uma diminuição da produção de NAD+ e causar pelagra *(Meng et al., 2018)*. *A* pelagra é caracterizada pela tríade de diarreia, dermatite e demência *(Bains et al., 2018)*.

Efeitos adversos:

O DNI é um composto seguro e barato com efeitos secundários negligenciáveis. Não há relatos de teratogenicidade com DNI. Os efeitos secundários menores incluem náuseas, vómitos, dores de cabeça e fadiga *(Bains et al., 2018)*.

Função:

O NIC é o precursor do NAD. A DNI pode ser convertida em nicotinamida mononucleótido (NMN) pela nicotinamida fosforibosil transferase (NAMPT), que é depois transformada em NAD+ pela nicotinamida mononucleótido adenililt transferase (NMNAT) *(Meng et al., 2018)*.

NAD+, a sua forma reduzida NADH, e as suas formas fosforiladas NADP e a sua forma reduzida NADPH estão envolvidas na glicólise, na via do fosfato pentose, no ciclo do ácido cítrico, no metabolismo dos corpos cetónicos, nos lípidos e aminoácidos (Klimova *et al., 2018 e Klimova & Kristian, 2019), na* fosforilação *oxidativa* e na produção de ATP (Braidy *et al., 2018)*.

NAD+ actua como um portador de electrões que ajuda na interconversão de energia entre os nutrientes e a moeda energética da célula, ATP *(Goody e Henry, 2018)*. NADP+ é um inibidor endógeno da adenosina di fosfato (ADP)-ribosilação que é uma modificação pós-introdução sintetizada em resposta ao stress genotóxico e utiliza o NAD+ como doador ADP-ribose *(Bian et al., 2019)*.

NAD+ e NADP são responsáveis por uma grande variedade de reacções de oxidação-redução enzimática ("reacção redox") *(Perricone e Perricone, 2018)*. Além disso, o NIC exerce propriedades antioxidantes

(Kishore et al., 2017) através da reacção redox; e que pode limpar ROS e tem actividade anti-inflamatória *(Perricone e Perricone, 2018)*.

O NIC também melhora a regeneração celular e o crescimento de células de ilhotas β e inibe a apoptose; pode actuar como um aceitador de grupo metilo, o que reduz a metilação do ADN causada por STZ *(Ghasemi et al., 2014)*. Por conseguinte, a secreção de insulina foi ainda preservada em resposta à glucose *(Birgani et al., 2018)*.

RIM

Os rins são emparelhados, em forma de feijão (na maioria dos mamíferos), órgãos excretores *(Radi, 2019)* que se encontram no retro-peritoneu entre os processos transversais de Thoracic 12 e Lumbar 3 em cada lado da coluna vertebral com o rim esquerdo ligeiramente superior ao direito *(Kirkpatrick e Leslie, 2019)*.

As principais funções do rim são: regulação do equilíbrio de sal e água, eliminação de toxinas e metabolitos, homeostase electrolítica, equilíbrio ácido-base, e produção de hormonas (Meltzer, *2019)*.

No rim, as células epiteliais tubulares consomem mais energia devido a mecanismos de transporte activos, pelo que são as mais susceptíveis a lesões por estados hipóxicos ou de baixo consumo energético *(Lin, 2017)*.

O parênquima renal é composto por um grande número de túbulos uriníferos, ligados por um pequeno tecido conjuntivo que inclui vasos sanguíneos, linfáticos e nervos. Cada um destes túbulos uriníferos é composto pelos nefrónios *(Brenner, 2019)*. O parênquima renal é dividido em córtex externo e medula interna *(Buffi et al., 2018)*.

A medula é dividida em 4-19 massas cónicas chamadas pirâmides renais e o ápice de cada pirâmide termina numa papila que se encontra dentro de um cálice menor. Numerosos cálices menores expandem-se em cálices maiores *(Koeppen e Stanton, 2019)*. O córtex renal abrange cada uma das pirâmides renais excepto a sua papila *(Brenner, 2019)*.

A pélvis renal é uma cavidade formada pela expansão do ureter dentro do rim no hilo. Extensões em forma de funil da pélvis renal chamadas calyces *(Scanlon e Sanders, 2019)*.

Nefrónios:

Cada rim é composto por cerca de um milhão de nefrónios, cada um funcionando independentemente como unidade de filtração, reabsorção e secreção *(Levitan et al., 2018)*.

Cada nefrónio tem duas porções principais: um corpúsculo renal e um túbulo renal *(Scanlon e Sanders, 2019)*.

O corpúsculo renal consiste num glomérulo rodeado por uma cápsula de Bowman. O glomérulo é uma rede capilar que surge de uma arteríola aferente e esvazia para uma arteríola eferente *(Scanlon e Sanders, 2019)*.

A barreira de filtração glomerular (GFB) é composta por uma rede capilar revestida por uma fina camada de células endoteliais fenestradas, membrana basal glomerular (GBM), uma região central composta por células mesangianas e matriz, camada interna (visceral) de células na cápsula de Bowman que se envolvem em torno dos processos de podócitos em formação capilar e células epiteliais parietais *(Devlin & Craven, 2018 e Radi, 2019)*.

O aparelho de justa aglomerado (JGA) é uma região de contacto especializada entre o glomérulo e o túbulo convoluto distal. O JGA é composto por (1) A macula densa (MD) do membro ascendente espesso (2) Um componente vascular constituído por arteríolas aferentes, eferentes e células granulares da arteríola aferente que produz renina e angiotensina

II (A II) (3) O mesangium glomerular extra *(Haschek et al., 2013 e Cangiotti et al., 2018).*

Túbulos renais:

O túbulo renal continua a partir da cápsula de Bowman e consiste nas seguintes partes: túbulo convoluto proximal, laço de Henle e túbulo convoluto distal *(Radi, 2019).* Os túbulos convoluídos distais de vários nefrónios vazios para um túbulo colector. Vários túbulos colectores unem-se então para formar um ducto papilar que esvazia a urina num cálice da pélvis renal *(Scanlon e Sanders, 2019).*

Fornecimento de sangue:

As artérias renais são artérias terminais pareadas ramificadas da aorta abdominal ao nível da primeira vértebra lombar (L1) e segunda vértebra lombar (L2) *(Animaw et al., 2018).* Os rins recebem cerca de 25% do débito cardíaco, o que é um pré-requisito para manter uma taxa de filtração glomerular suficiente *(Schiffer et al., 2018).*

As artérias renais dividem-se antes de entrar no hilo renal em divisões anteriores e posteriores. A divisão anterior divide-se ainda em artérias segmentares superiores, médias, inferiores e apicais, enquanto a divisão posterior forma a artéria segmentar posterior *(Leslie e Sharma, 2018).*

As artérias segmentares dividem-se subsequentemente em lobar, interlobar e estas artérias estendem-se até à junção corticomedular para formar as artérias arqueadas. As artérias interlobulares dão origem a arteríolas aferentes que dão origem a capilares glomerulares *(Radi, 2019).* Quando estas capilares saem dos glomérulos, saem como arteríolas eferentes que dão origem a ramos adicionais para formar as capilares peritubulares. As arteríolas eferentes estendem-se para a medula como recta vasa e fornecem a medula externa e interna *(Fogo et al., 2014).*

Os vasos do sistema venoso correm paralelamente aos vasos arteriais e progressivamente a partir da veia inter lobular, veia arcada, veia interlobar e veia renal *(Koeppen e Stanton, 2019).*

A inervação dos rins:

A entrada autonómica no rim é responsável pela regulação da pressão sanguínea. Os rins recebem uma entrada autonómica tanto do parassimpático através do nervo vago como do simpático que tem origem nos níveis da medula espinal do sistema nervoso torácico 11-lombar 3 através do plexo renal *(Lopez e Khorasani-Zadeh, 2019).*

A diminuição da pressão no seio carotídeo devido à diminuição do volume de circulação aumentará a actividade simpática do rim. Um aumento gradual da actividade simpática resulta num aumento progressivo da secreção de renina mediada por beta-adrenoceptor e uma diminuição mediada por alfa-adrenoceptor na excreção de sódio e água, bem como na vasoconstrição do rim *(Kirkpatrick e Leslie, 2019).* A activação dos receptores cardiopulmonares devido ao alongamento e expansão do volume diminui a actividade simpática resultando em níveis mais baixos de renina, e aumento da excreção de sódio e água, bem como vasodilatação renal *(Becker et al., 2019).*

NEFROPATIA DIABÉTICA

Nefropatia diabética (DN) também conhecida como doença renal diabética *(Liu et al.., 2019)* que é definida como a presença persistente de uma albuminúria gravemente elevada de mais de 300 mg/24 h (ou >200 µg/min) ou uma razão creatinina albumina > 300 mg/g creatinina confirmada em pelo menos duas de três amostras, com presença simultânea de retinopatia diabética e ausência de sinais de outras formas de doença renal (Rossing *e Frimodt-Møller, 2019)*.

Sinais e sintomas:

A diabetes com microalbuminúria (30 mg/dia) é um sinal clínico precoce de DN; esta progride subsequentemente para macroalbuminúria (>300 mg/dia) (**Reidy** *et al., 2014)*.

O primeiro sintoma é geralmente um edema periférico que ocorre numa fase muito tardia do DN *(Persson e Rossing, 2018)*.

DN caracteriza-se por um aumento gradual da proteinúria e pressão arterial *(Valência e Florez, 2017)*, diminuição gradual da filtração glomerular e perda da função renal *(Associação Americana de Diabetes, 2018)*.

Factores de risco:

DN é causado pelo aumento da glicemia, hipertensão, stress oxidativo, inflamação *(Liu et al., 2018)*, história familiar de nefropatia diabética *(Elnajjar et al., 2016)*, dislipidemia, obesidade e resistência à insulina são os principais factores de risco de nefropatia diabética *(Sulaiman, 2019)*.

Fisiopatologia:

O stress oxidativo ocorre quando o equilíbrio entre pró-oxidantes e antioxidantes se inclina para o estado pró-oxidante que pode ser caracterizado por um excesso de ROS. As ROS produzidas localmente ou de fontes externas, desempenham um papel importante nos processos fisiológicos normais mas o excesso de ROS pode danificar estruturas celulares *(Cheng et al., 2019)*. *A* produção de ROS é aumentada pela hiperglicemia *(Saleem et al., 2018)*.

A hiperglicemia leva à formação de produtos finais avançados de glicação (AGEs) e activação de citocinas causadoras de hiperfiltração e lesão renal *(Batuman, 2018)*.

Estas alterações resultam em hiperfiltração glomerular, hipertensão glomerular, hipertrofia renal e composição glomerular alterada, que se manifestam clinicamente como albuminúria e hipertensão *(Umanath e Lewis, 2018)*.

Os AGEs são formados pela reacção não enzimática da glucose e de outros compostos glicogénicos derivados tanto da glucose como do aumento da oxidação dos ácidos gordos *(Giacco e Brownlee, 2010)*.

Insultos repetidos ou crónicos aos rins levam à deposição de matrizextracelular, espessamento da membrana basal glomerular, alterações proliferativas e atrofia tubular *(Umanath e Lewis, 2018)*. Também leva a canos fibróticos irreversíveis nos glomérulos (glomerulosclerose) e nos túbulos renais (fibrose tubulointersticial) e, em última análise, leva a doença renal em fase terminal (DRES) (**Venkatachalam** *et al.***, 2015**).

O rim contribui para o agravamento da hiperglicemia no T2DM através da gluconeogénese e da reabsorção da glicose *(Nauck, 2014)*.

À medida que o DN avança, o GFB é danificado. O GFB é responsável pela filtração altamente selectiva do sangue que entra nos glomérulos renais e normalmente só permite a passagem de água e pequenas moléculas, mas a albumina não passa através do GFB intacto. A danificação da GFB permite a passagem de proteínas no sangue, levando à proteinúria *(Mora-Fernández et al., 2014)*.

O T2DM é caracterizado por um aumento da actividade do permutador 3(NHE3) de sódio-hidrogénio no rim. A glucose induz a expressão de NHE3 no mesangium glomerular, epitélio tubular e endotélio vascular. O aumento da actividade da NHE3 pode contribuir de forma importante para a hiperfiltração glomerular, proliferação celular tubular e retenção de sódio *(Packer, 2018)*.

Os túbulos proximais desempenham um papel importante na microalbuminúria no DN *(Arruda-Junior et al., 2016)*. **O** DPP-IV encontrado no túbulo proximal afecta a expressão e actividade da superfície NHE3 *(Nistala et al., 2014)*. *A* regulação ascendente da DPP-IV renal foi correlacionada com a glomerulosclerose na nefropatia diabética *(Cappetta et al., 2019)*.

DN inclui fases, as primeiras iniciadas desde o início até 5 anos, nas quais existe um espessamento da membrana glomerular de porão e uma taxa de filtração glomerular de fronteira (GFR). Sem albuminúria e hipertensão, mas o tamanho dos rins aumentou 20%, juntamente com um aumento do fluxo de plasma renal. A segunda fase começou 2 anos após o início, com expansão mesangial ligeira ou grave, espessamento da membrana basal e proliferação mesangial e sem sintomas clínicos. Além disso, a terceira fase começou 5-10 anos após o início, acompanhada de esclerose nodular, com danos glomerulares e microalbuminúria (30-300 mg/dia). Com ou sem hipertensão. A quarta fase inclui a glomerulosclerose diabética avançada que inclui lesões tubulointersticiais e lesões vasculares. Em que há proteinúria irreversível, hipertensão sustentada e TFG inferior a 60 ml/min/1,73 ^{m2}. A última fase é o ESRD com GFR < 15 ml/min/1,73 m2 ([Tervaert] *et al., 2014 e Gheith et al., 2016).*

O DN é a principal causa de DRES a nível mundial; pode ocorrer em doentes com diabetes mellitus tipo 1 ou tipo 2 *(Bus et al., 2018)* que podem requerer hemodiálise ou mesmo transplante renal *(Lizicarova et al., 2014)* e é uma das principais causas de morte em doentes diabéticos *(Narres et al., 2016).*

SITAGLIPTIN

Propriedades químicas:

Sitagliptin Fosfato monohidratado é uma droga anti-diabética *(Ali et al., 2018)*. Que é um pó branco, cristalino, solúvel em água e N, N-dimetil formamida, ligeiramente solúvel em metanol e muito ligeiramente solúvel em etanol, acetona, e acetonitrilo **(Sirigiri et al., 2018)**.

Estrutura química:

Sitagliptin fosfato com fórmula estrutural que é o sal dihidrogenofosfato de (2R)-4-oxo-4-[3-(trifluorometil)-5,6 dihidro[1,2,4]triazolo[4,3 -a]pirazina-7(8H)-yl]-1-(2,4,5-trifluorofenil) butano-2-amina *(Omwancha et al., 2019)*.

Figura (3): Estrutura química da sitagliptin *(Johnson e Schurr, 2011)*.

Sitagliptin pode ser usado sozinho ou em combinação com outras drogas, tais como metformina *(Wang et al., 2018)*. Sitagliptin, o primeiro dos inibidores DPP-IV aprovado nos Estados Unidos (E.U.A.) *(Singh et al., 2018)*.

Em Outubro de 2006, a FDA dos EUA aprovou o sitagliptin como monoterapia e como terapia adicional à metformina ou tiazolidinediones para melhorar o controlo da glicemia em pacientes com T2DM quando a dieta e o exercício não são suficientes. Em Março de 2007 foi também aprovada pela União Europeia *(Yuzbasioglu et al., 2018).*

Modo de acção:

Há contribuições multi-organismos em hiperglicemia progressiva em doentes com T2DM *(Sugimoto et al., 2018).* Estas incluem a função inadequada das células β, do tracto gastrointestinal (deficiência ou resistência do aumento hormonal), dos adipócitos (aumento da taxa de lipólise), das células α (excesso de secreção glucagonal), dos rins (aumento da reabsorção da glicose), da resistência muscular/fígado à insulina e do cérebro (resistência à insulina e desregulação do neurotransmissor) *(Kalra et al., 2018).*

O sistema gastrointestinal, especialmente as hormonas de crescimento, desempenha um papel significativo na fisiopatologia do T2DM *(Koopman et al., 2018).* Os incrementos são responsáveis por 50% a 70% da secreção de insulina pós-prandial em pessoas saudáveis. Este efeito incremental cai para <20% nos doentes com T2DM (Yoo *et al., 2019).* A desordem do efeito incremental é um fenómeno precoce na patogénese do T2DM, e não é o defeito que leva à doença *(Radojčin e Polovina, 2018).*

Sitagliptin é um inibidor selectivo da enzima DPP-IV, que metaboliza as hormonas incrementais naturais (GLP-1 e GIP) *(Yuzbasioglu et al., 2018).*

O efeito insulinotrópico, e de diminuição do glucose-baixo, do GIP está quase ausente nos pacientes com T2DM, pelo que as acções anti-hiperglicémicas dos inibidores DPP-IV foram mediadas inteiramente pela GLP-1, aumentando as concentrações activas da GLP-1 endógena em 2-4 dobras *(Andersen et al., 2018),* mas não altera os níveis totais da GLP-1. Isto indica que o sitagliptin mantém a integridade da GLP-1, mas não altera a secreção endógena *(Johnson e Schurr, 2011)*. Além disso, os inibidores DPP-IV preservam a massa celular de β *(Wang et al., 2018)*.

Dosagem e excreção:

Sitagliptin é administrado por via oral *(Mansur et al., 2019)*. É geralmente tomado numa dose de 100 mg uma vez por dia com ou sem alimentos *(American Society of Health, 2019)* ou 50 mg duas vezes por dia *(Haq Asif et al., 2018)*.

Aproximadamente 79% da sitagliptin é excretada inalterada na urina para eliminação sem metabolismo *(Haq Asif et al., 2018)*, pelo que requer ajuste de dose em doentes com doença renal crónica grave *(Merck and Co, 2017)* e não é recomendado nenhum ajuste de dose em doentes com doença hepática *(Rodrigues and Samuel, 2018)*.

PUNICA GRANATUM PEEL

Punica granatum (PG) geralmente chamada Pomegranate, é uma árvore decídua pertencente à família Punicaceae *(Mestry et al., 2017)*. São fitoquímicos derivados de plantas e são conhecidos por possuírem actividade anti-hiperglicémica e antioxidante *(Bhutkar e Bhise, 2011)*. Estes compostos podem ser ainda divididos em subgrupos como ácidos fenólicos, taninos e flavonóides *(Singh et al., 2017 e Amri et al., 2018)*.

Apesar dos progressos feitos no tratamento da diabetes, ainda se encontram vários desafios. Estes incluem os efeitos secundários associados a estes medicamentos, o elevado custo da maioria destes medicamentos e os seus mecanismos de acção que abordam a sintomatologia e não a patofisiologia subjacente *(Akimoladun et al., 2014)*.

Os medicamentos à base de plantas têm sido utilizados para tratar várias doenças humanas *(Mestry et al. , 2017)*. O PG é um medicamento à base de plantas de importância tradicional para o tratamento da diabetes e de algumas doenças renais *(Rathod et al., 2012)*. Assim, há necessidade de avaliar as plantas quanto aos seus efeitos antidiabéticos com vista a desenvolver estratégias novas e mais eficazes de gestão da diabetes *(Ekperikpe et al., 2019)*.

A casca do PG contém mais compostos biologicamente activos do que a parte consumida *(Abid et al., 2017)*. Devido ao seu benefício para a saúde, a casca de Punica granatum (PGP) está amplamente disponível em lojas de medicina tradicional e fitoterápica, segura, barata e relativamente tolerável *(Khaled, 2015)*.

O extracto de PGP (PGPE) composto por água, açúcar, proteínas e fibras. Os açúcares redutores e não redutores constituíram a maior parte do PGP seguido da fibra bruta *(Ullah et al., 2012)*.

PGP é uma fonte potencial de flavonóides tais como catequina, epicatequina, quercetina, antocianinas e procianidinas *(Singh et al., 2018)*. Os flavonóides são os que têm recebido particular atenção, uma vez que têm demonstrado uma variedade de benefícios para a saúde, tais como agir como agentes anti-inflamatórios, antidiabéticos, antialérgicos e antiplaquetários *(Khan et al., 2018)*.

A cor vermelha PGP deve-se principalmente à presença de antocianinas. Devido a isto, possui uma maior actividade antioxidante do que as outras partes *(Amri et al., 2018 e Zhao et al., 2013)*.

Além disso, o PGPE tem propriedades radioprotectoras, antifibróticas e cicatrizantes de feridas. Além disso, possui actividades antioxidantes, antibacterianas, imunomoduladoras, gastroprotectoras, larvicidas, antifúngicas, antitumor, antimicrobianas, antivirais, hipoglicemiantes e de reforço da acção da insulina *(Ahmed et al., 2014)*.

Efeitos antidiabéticos do PGP:

O PGP diminuiu o açúcar no sangue pelas propriedades de aumentar a secreção de insulina, aumentando a absorção de glicose por adipose ou tecidos musculares, inibindo a absorção da glicose pelo intestino e a produção de glicose pelo fígado e resolvendo o problema da deficiência de insulina *(Hasona et al., 2017)*.

O PGP, devido às suas propriedades de eliminação de radicais livres, tem a capacidade de salvaguardar o pâncreas β-células de lesões através da neutralização do efeito dos radicais livres e aumentar o pâncreas regenerado β-células *(Akhtar et al., 2019)*.

O PGP também causa inibição de enzimas digestivas de hidratos de carbono, uma vez que o seu conteúdo fenólico foi relatado para oferecer α inibidor de glicosidase, atrasando assim a digestão dos hidratos de carbono que facilitam uma menor absorção de glicose *(Ahmed et al., 2014 e Bekir et al., 2016)*.

O conteúdo de PGP como ácido elágico e os seus glicosídeos têm um efeito profundo na actividade sensibilizadora da insulina através do aumento da expressão genética do receptor gama activado pelo proliferador peroxisómico (PPAR-γ) e do GLUT 4 que activam as vias de sinalização da insulina para a absorção da glucose *(Nankar e Doble, 2015)*.

Efeitos curativos da ferida do PGP:

O exame bioquímico e histológico revelou que o PGP compreende tremendas características antimicrobianas e antioxidantes que ajudam na epitelização e na produção de hidroxiprolina para regenerar feridas *(Akhtar et al., 2019)*.

Os estudos sugerem que a aplicação tópica de polifenóis de romã e pomadas à base de fracções lipofílicas em feridas cutâneas (feridas e lesões) resulta numa recuperação significativa de feridas em doentes diabéticos *(Huan et al., 2013)*.

Efeitos de promoção da saúde intestinal do PGP:

Os micróbios intestinais transformam compostos fenólicos intactos (por exemplo, elagitanos e antocianinas) em metabolitos bioactivos tais como o ácido elágico e as urolitinas. As elagitaninas e antocianinas intactas actuam como prebiótico e têm um efeito sinérgico na promoção das propriedades probióticas de Lactobacilos e Bifidobactérias. Inibe ainda mais o crescimento de micróbios patogénicos e preserva o equilíbrio microbiológico intestinal *(Li et al., e Mosele et al., 2015).*

Os polifenóis de romã, particularmente as elagitaninas, a punicalagina e o ácido elágico atenuam a peroxidação dos lípidos do intestino delgado através do reforço dos radicais livres (por exemplo, peróxido de hidrogénio" H2O2 "), do sistema de limpeza e da regulação das vias antioxidantes enzimáticas como sistema de defesa de primeira linha do intestino delgado *(Al-Gubory et al., 2016).*

Actividades anti-helmínticas do PGP:

A administração oral de PGP a animais infestados com ténias (Raillietina spiralis) e ténias redondas (Ascaridia galli) induziu a paralisia dos parasitas e reduziu o tempo de morte em comparação com a piperazina e o albendazol anti-helmínticos. Extractos de PGP exibem propriedades ovicidas e larvicidas contra Gastrothylax indicus e Hymenolepis nana manifestando uma nova fonte de agente anti-helmíntico *(Aggarwal et al., e Al-Megrin, 2016).*

Os extractos de casca de romã mostram um papel protector contra a parasitose induzida pelo Plasmodium (malária) *(Hafiz et al., 2016).*

Outros efeitos PGP:

PGP tem actividades anticancerígenas induzindo apoptose, paragem do ciclo celular, antiangiogénese, e actividades antimutagénicas *(Turrini et al., 2015).*

A investigação moderna sugere que o PG pode ser útil para o tratamento de doenças graves como o cancro da próstata, osteoartrite, e diabetes. Estudos também mostram que as sementes de romã podem ajudar a limpar o sistema digestivo das gorduras. A investigação clínica sugere que o PG tem o potencial de diluir o sangue, aumentar o fluxo sanguíneo para o coração, reduzir a pressão arterial, e reduzir a placa nas artérias *(Debjit et al., 2013)*.

A romã exibe propriedades de protecção da pele contra reacções mediadas por ultra-violetas (UV). O pré-tratamento com extractos de frutos de romã protege a pele do fibroblasto contra a morte celular mediada por raios UV. Uma inibição significativa na produção de espécies de oxigénio reactivo induzido por UV e aumento dos níveis de antioxidantes intracelulares *(Akhtar et al., 2019)*.

MATERIAIS E MÉTODOS

O presente estudo foi realizado na Faculdade de Medicina da Casa dos Animais para raparigas, Universidade de Al-Azhar, Faculdade de Medicina do Departamento de Histologia para raparigas, Universidade de Al-Azhar e Unidade de Bioquímica e Biologia Molecular, Faculdade de Medicina, Universidade do Cairo.

Animais experimentais:

No presente estudo, foram utilizados sessenta ratos albinos machos adultos. O seu peso corporal variava entre 200 e 250 gramas. Os ratos foram autorizados a adaptar-se ao ambiente predominante durante uma semana antes da experiência. Os animais foram alojados em gaiolas mantidas em condições padrão um ciclo de 12:12 h de luz e escuridão com temperatura ambiente de cerca de 22-24°C com livre acesso à comida comum de ratos. Todos os procedimentos experimentais tinham sido aprovados pelo comité de ética da Unidade Institucional de Cuidados com Animais.

Drogas experimentais:

1. Estreptozotocina: O medicamento foi fornecido sob a forma de frasco em pó (1gm) da Sigma-Aldrich.

2. Nicotinamida: A droga foi fornecida sob a forma de pó (100gm) de Loba Cheme.

3. Sitagliptin: O medicamento foi fornecido sob a forma de comprimidos (50mg/comprimido) e foi administrado aos ratos numa dose de 10 mg/kg de peso corporal/dia por via oro-gástrica *(Mega et al., 2011)*.

Metodologia experimental:

Indução de diabetes mellitus tipo 2:

A diabetes tipo 2 foi induzida em ratos albinos adultos adultos em jejum por uma única injecção intra peritoneal de estreptozotocina recentemente preparada (dose: 45 mg/kg de peso corporal) *(Zafar et al., 2009)* dissolvida em tampão citrato de pH 4,5, 15 min após a administração intra peritoneal de nicotinamida dissolvida em solução salina normal (110 mg/kg de peso corporal) *(Naidu et al., 2016).*

A hiperglicemia foi confirmada por níveis elevados de glucose no sangue após 72 horas e depois no 7° dia após a injecção. Os animais com glicemia em jejum superior a 250 mg/dL foram anteriormente utilizados para o estudo da nefropatia diabética *(Uddandrao et al., 2018).*

Material vegetal experimental:

As frutas frescas PG foram compradas nos mercados locais. As frutas eram cortadas em porções e as arils eram separadas manualmente das cascas. As cascas eram cortadas em pequenos pedaços e secas ao sol até à completa desidratação. As cascas secas eram trituradas em pó fino numa argamassa. As cascas em pó foram mantidas num recipiente de plástico hermético e armazenadas em 5 °C até serem utilizadas. As cascas em pó foram suspensas em água destilada quente (100 mg/1 ml) e foram dadas oralmente a ratos através de gavagem gástrica (200 mg/kg) *(Saad et al., 2015).*

Desenho experimental:

Os ratos foram divididos em 6 grupos iguais; cada um consiste em 10 ratos, como se segue:

- **Grupo I (grupo de controlo):** Ratazana comum recebida.

- **Grupo II (Grupo tampão citrato de controlo):** Receberam comida de rato comum e foram injectados intraperitoneal com tampão citrato de sódio pH4,5 (veículo de STZ).

- **Grupo III (Grupo Diabético):** Os ratos induzirão a diabetes tipo 2 e serão utilizados como grupo de controlo de diabéticos.

- **Grupo IV (Grupo de extractos de casca de granato de Diabético mais Punica):** O extracto recebido de Punica granatum peels começou uma semana após a indução da diabetes tipo 2 durante 6 semanas *(Ankita et al., 2015).*

- **Grupo V (Diabético mais grupo sitagliptin):** O sitagliptin recebido começou uma semana após a indução da diabetes tipo 2 durante 6 semanas *(Mega et al., 2011).*

- **Grupo VI (Diabético tratado com sitagliptin e extracto de cascas de Punica granatum):** O extracto recebido de cascas de sitagliptin e Punica granatum começou uma semana após a indução da diabetes tipo 2 durante 6 semanas.

Protocolo experimental:

No final do período experimental, os ratos foram colocados em gaiola metabólica durante 24 horas para recolher amostras de urina para detectar o nível total de proteínas e o seu peso corporal foi medido utilizando uma balança normal.

Amostragem:

1) Amostras de sangue:

No final do período experimental, os ratos foram jejuados durante 12 horas, depois foram colhidas amostras de sangue do seio retro-orbital usando tubos capilares heparinizados sob anestesia do éter leve. Foi introduzido no interior do canthus do olho e avançou suavemente ao longo dos lados do globo para o plexo venoso. O tubo rompeu os vasos finos do plexo cavernoso e o sangue foi retirado através desta via retro-orbital, recolhido em tubo de ácido etileno diamina tetraacético (EDITA) como anticoagulante para avaliação do nível de hemoglobina glicosada (HbA1c) no sangue, e tubo eppendorf para outras medições no soro.

Preparação do soro:

As amostras de sangue foram colhidas e deixadas coagular durante 30 minutos a um máximo de 60 minutos à temperatura ambiente e depois centrifugadas a 5000 rpm durante 20 minutos para separar o soro e armazenadas em (-4°C) por não mais de 4 horas ou em (-20 °C) até nova estimativa bioquímica *(Tuck et al., 2008)*.

O soro utilizado para a estimativa de:

1. Nível de glicose no soro de jejum (FSBG).

2. Níveis de azoto ureia e ureia sanguínea (BUN).

3. Nível de creatinina.

2) Amostras de tecidos:

Após as recolhas de amostras de sangue, os ratos foram sacrificados por luxação cervical. Os rins foram excisados, o rim esquerdo de cada rato foi rapidamente dissecado e lavado com soro fisiológico e fixado em formalina a 10% para exame histopatológico.

Homogeneização dos tecidos do rim direito:

1. Antes da dissecação, perfurar o tecido com uma solução salina tampão fosfato, pH 7, contendo 0,16 mg / ml de heparina para remover quaisquer glóbulos vermelhos e coágulos.

2. Homogeneizar o tecido em 5 - 10 ml de tampão frio (ou seja, 50 mM de fosfato de potássio, pH 7,5. 1 mM EDTA) por grama de tecido.

3. Centrifugadora a 100.000 x g durante 15 minutos a 4 °C.

4. Retirar o sobrenadante para ensaio e armazenar no gelo. Se não for ensaiado no mesmo dia, congelar a amostra a - 80°C. A amostra permanecerá estável durante pelo menos um mês.

O sobrenadante foi estimado para:

I.   Peroxidação lipídica (Malonyldialdehyde "MDA"),

II.   Nível do factor de necrose tumoral alfa (TNFα).

III.   Enzimas endógenas antiperoxidativas tais como glutatião (GSH), catalase (CAT) e superóxido dismutase (SOD).

No final do período experimental, todos os grupos foram submetidos às seguintes investigações:

I. Medição do nível de hemoglobina glicosilada (HbA1c):

A hemoglobina glicosilada foi testada pelo método adoptado por *Trivelli et al. (1971)* utilizando o kit de glicose da Biomed Diagnostics Company.

Princípio:

Hemoglobina glicosilada (GHb) definida operacionalmente como a hemoglobina de fração rápida HbA1 (Hb Ala, Alb, Alc) que eluem primeiro durante a cromatografia de coluna. A hemoglobina não glicosilada, que consiste na maior parte da hemoglobina, foi designada HbAo. Uma preparação hemolisada de sangue total é misturada continuamente durante 5 minutos com uma resina permutadora de catiões de ligação fraca. A fracção lábil é eliminada durante a preparação do hemolisado e durante a ligação. Durante a mistura, o HbAo liga-se à resina de permuta iónica deixando a hemoglobina glicosilada livre no sobrenadante. Após o período de mistura, é utilizado um separador de filtro para remover a resina do sobrenadante. A percentagem de hemoglobina glicosilada é determinada medindo a absorvância da fracção de hemoglobina glicosilada e a fracção de hemoglobina total é utilizada para calcular a percentagem de hemoglobina glicosilada da amostra.

Conteúdo:

Conteúdos	10 Ensaios	25Testes
Resina de troca iónica	10 x 3 ml	25 x 3 ml
(Tubos Predispensados)		
Reagente de Lising	5 ml	12,5 ml
Separadores de Resina	10 Números	25 Números
Controlo	10%	1*1 ml

Parâmetros do sistema:

- Comprimento de onda: 415 nm (Hg 405nm).

- Caminho da luz: 1cm

- Temperatura: Temperatura ambiente.

Procedimento:

A. *Reconstituição de controlo:*

Reconstituir com 1 ml de água destilada e deixar em pé durante 10 minutos. O controlo reconstituído é estável durante pelo menos 7 dias quando armazenado a 2-8C hermeticamente selado e pelo menos 4 semanas quando armazenado a 20 C.

B. *Preparação do Hemolisado:*

1. Dispensar 0,5 ml de Reagente de Lising em tubos rotulados como teste.

2. Adicionar 0,1 ml da amostra de sangue bem misturada reconstituída nos tubos devidamente rotulados. A lise completa da unidade de mistura é evidente.

3. Deixar repousar durante 5 minutos

C. *Separação da hemoglobina glicosilada:*

1. Remover a tampa dos tubos de resina de permuta iónica e rotular como Teste.

2. Adicionar 0,1 ml do controlo de reconstituição e hemólise da etapa A&B para controlo e amostra respectivamente nos tubos de resina de permuta iónica devidamente rotulados.

3. Inserir um separador de resina em cada tubo para que a manga de borracha fique aproximadamente I cm acima do nível do líquido da suspensão de resina

4. Misturar os tubos num balancim, misturador rotator continuamente durante 5 minutos.

5. Deixar a resina assentar, e depois empurrar o separador de resina para os tubos até a resina estar firmemente embalada.

6. Verter ou aspirar cada sobrenadante directamente para uma cuvette e medir cada absorvância contra água destilada.

D. *Fracção de Hemoglobina Total (THb):*

1. Dispensar 5,0 ml de água destilada em tubos rotulados como teste.

2. Adicionar 0,02 ml de hemolisato da etapa A&B no tubo devidamente rotulado. Misturar

3. Ler cada absorvância contra água destilada

Cálculo:

Rácio de Controlo = Abs.Control GHb / Abs.Control THb

Rácio de Teste = Teste de Abs GHb/ Teste de Abs THb

GHb em %= (Relação de teste / Relação de controlo) **X** 10 (Valor de controlo).

II. Medição do nível de glucose no sangue em jejum (SFBG):

A glucose no sangue foi testada pelo método adoptado pela *Trinder (1969)* utilizando o kit de glucose da Spectrum Diagnostics Company.

Princípio:

A glicose presente na amostra foi determinada de acordo com as seguintes reacções:

Oxidação da glucose sob a influência da glucose oxidase ao ácido glucónico, e produz-se peróxido de hidrogénio.

$$\text{Glucose} + O_2 + H_{20}O \rightarrow \text{Ácido glucónico} + H_2O_2.$$

O peróxido de hidrogénio actua sobre o amino-4-antipirina na presença de fenol, dando origem a um complexo colorido (quinoneimina) que pode ser determinado de forma colorimétrica.

$$H_2O_2 + \text{Fenol} + \text{amino- 4-antipirina} \rightarrow \text{Quinoneimina} + 4\ H_2O.$$

Reagentes:

Reagente padrão: Glucose (100 mg/dl)

Reagente enzimático, é composto por:

- Tampão fosfato (100 mmol/L)
- 4-aminofenazona (1,0 mmol/L)
- Fenol (4,0 mmol/L)

- Glucose oxidase (<20KU/L)

- Peroxidase (<2,0KU/L)

- Azida de Sódio (8 mmol/L)

Parâmetros do sistema:

- Comprimento de onda: 546 nm

- Caminho óptico: 1cm

- Temperatura: 37 C

- Ajuste de zero: reagente em branco

Procedimento:

1. Pegar em 3 tubos de ensaio e rotulá-los como Padrão, Amostra e Em Branco.

2. Acrescentar a estes tubos de ensaio reagentes, como mencionado abaixo.

3. Misturar o conteúdo do tubo de ensaio e incubar durante 10 minutos a 37°C ou 20 minutos a 15-20°C.

4. Medir a absorvância da solução padrão e a solução de amostra contra o reagente em branco dentro de 30minutos.

	Em branco	Norma	Espécime
Reagente	1.0ml	1.0ml	1.0ml
Norma	....	10 µl	....
Espécime	....	....	10 µl

Cálculo:

Concentração de glucose na amostra=

Absorvância de amostra de solução x conc. de glucose em solução padrão
(100). Absorvância de solução-padrão

III. **Medição dos níveis de ureia sérica e nitrogénio (BUN) no sangue:**

A ureia sanguínea e o nitrogénio ureico foram testados pelo método urease-berthlot modificado, utilizando o kit da Spectrum Diagnostics Company *(Patton & Crouch, 1977 e Tietz, 1990).*

Princípio:

A reacção envolvida no sistema de ensaio é a seguinte: A ureia é hidrolisada na presença de água e urease para produzir amoníaco e dióxido de carbono.

O amoníaco livre num pH alcalino e na presença de um indicador forma um complexo colorido proporcional à concentração de ureia no espécime.

Reagentes:

Ureia padrão: Padrão primário aquoso (50 mg/dL)

Reagente 1 (Tampão R1), contém

   Tampão fosfato pH 8,0 (100 mmol/L)

   Salicilato de sódio (80 mmol/L)

   Nitroprussiato de sódio (6,0 mmol/L)

   EDTA (30,0 mmol/L)

Reagente 2 (Enzima R2): Urease (>350000 U/l)

Reagente 3 (Reagente Alcalino R3), contém:

Hidróxido de sódio (400 mmol/L)

Hipoclorito de sódio (20,0 mmol/L)

Parâmetros do sistema:

Comprimento de onda: 578 nm

Caminho óptico: 1cm

Temperatura: 15-25 ^{oC} ou 37 ^{oC}.

Ajuste zero: Reagente em branco.

Procedimento:

	Em branco	Norma	Espécime
R1(Tampão)	1.0	1.0	1.0
R2(Enzima)	Uma gota(50 µl)	Uma gota(50 µl)	Uma gota(50 µl)
Norma	....	10 µl	... .
Amostra	....	....	10 µl

Misturar e incubar durante pelo menos 3 minutos a 37 ^{oC} ou 5 minutos a 20-25 ^{oC}.

R3(Alk)	200 µl	200 µl	200 µl

Misturar e incubar durante 5 minutos a 37 ^{oC} ou 10 minutos a 20-25 ^{oC} Medir a absorvância do espécime e a absorvância do padrão contra o branco reagente.

Cálculo:

Concentração sérica de ureia (mg/dl) = <u>Absorvância do espécime x n</u>
Absorção do padrão

Onde n = 50,0 mg/dl

Ureia Nitrogénio: Converter o resultado da ureia em nitrogénio ureico multiplica o resultado por 0,467.

IV. Medição do nível de creatinina:

A creatinina foi testada pelo método adoptado por *Tietz & Ash (1995) e Young (2001),* utilizando o kit de creatinina da Diamond Diagnostics Company.

Princípio:

O ensaio baseia-se na reacção da creatinina com picrato de sódio. A creatinina reage com picrato alcalino formando um complexo vermelho. O intervalo de tempo escolhido para as medições evita interferências de outros constituintes do soro. A intensidade da cor formada é proporcional à concentração de creatinina na amostra.

Reagentes:

R 1 Padrão de creatinina: Creatinina padrão primário aquoso 2 mg/dL

R 2 Reagente Picric: Ácido pícrico 17,5 mmol/L

R3 Reagente Alcalino: Hidróxido de Sódio 0,29 mol/L

Preparação:

Reagente de trabalho (WR): Misturar volumes iguais de R1 Reagente Picric e R2 Reagente alcalino. O reagente de trabalho é estável durante 10 dias a 15-25°C.

Procedimento:

1. Condições de ensaio:

   Comprimento de onda: 492 nm (490-510)

   Cuvette: 1 cm. de percurso de luz.

   Temperatura: 20-25°C / 15-25°C.

2. Ajustar o instrumento a zero com água destilada.

3. Pipetar para uma cuvette:

	Em branco	Norma	Amostra
WR (mL)	1.0	1.0	1.o
Padrão (µL)	---------	100	---------
Amostra (µL)	----------	---------	100

4. Misturar e iniciar o cronómetro.

5. Ler a absorvância (A1) após 30 segundos e após 90 segundos (A2) da adição da amostra.

6. Calcular: $\Delta A = A2 - A1$.

Cálculos:

(ΔA Amostra - ΔA Em branco)/ (ΔA Padrão - ΔA Em branco) x 2 (Padrão conc.) = mg/dL de (Creatina na amostra)

Factor de conversão: mg/dL x 88,4 = µmol/L

V. <u>Medição do nível de glutatião (GSH):</u>

O glutatião foi testado pelo método adoptado por ***Beutler et al. (1963)*** utilizando o kit de glutatião da Bio Diagnostics Company.

Princípio:

O método baseado na redução de 5, 5` dithiobis (2 - ácido nitrobenzóico) (DTNB) com glutationa (GSH) para produzir um composto amarelo. O cromogéneo reduzido directamente proporcional à concentração de GSH e a sua absorvância pode ser medido a 405 nm

Reagentes:

1. Ácido tricloroacético :500 mmol / L

2. Buffe: 100 mmol / L

3. DTNB: 1,0 mmol / L

Estabilidade:

Estável até à data de expiração especificada quando armazenado a +4 a +8 °C para R1+ R3 e a +15 a +25 °C para R2.

Procedimento:

	Bloodml	Tissueml	Blankml
Amostra	0.1	0.5	-
Dis. Água	0.5	-	0.5
Reagente 1	0.5	0.5	0.5

Misturar bem; deixar em pé durante 5 min. depois Centrifugar a 3000 rpm durante 15 min. depois tomar as seguintes alíquotas:

Supernatar	0.5	0.5	0.5
Reagente 2	1.0	1.0	1.0
Reagente 3	0.1	0.1	0.1

Misturar bem. Medir a absorvância após 5-10 min. a 405 nm de amostra (ASample) contra o branco. Linearidade até 120 mg/dL (4 mmol/L).

Cálculo:

Concentração de glutatião (GSH) em Tissue

= ASample x 66,66/ g. tecido usado mg / g. tecido

= ASample x 2,22/g. de tecido usado mmol / g. de tecido

VI. Medição do nível de catalase (CAT):

O nível de catalase renal foi testado pelo método adoptado pela *Aebi (1984)* utilizando o kit de catalase da Bio Diagnostics Company.

Princípio:

A catalase reage com uma quantidade conhecida de H2O2. A reacção é interrompida após exactamente um minuto com o inibidor de catalase.

$$\textbf{Catalase}$$
$$\textbf{2 H2O2} \longrightarrow \textbf{2 H2O + O2}$$

Na presença de peroxidase (HRP), o H2O2 restante reage com ácido 3,5-dicloro -2-hidroxibenzeno sulfónico (DHBS) e 4-aminofenazona (AAP) para formar um cromóforo com uma intensidade de cor inversamente proporcional à quantidade de catalase na amostra original.

Reagentes:

1	Cromogéneo - tampão : Tampão fosfato, pH 7,0DCHBSDetergente	100 mM / L1 mM / L
2	H2O2 (substrato e padrão) (Diluir 1000 vezes antes de usar) utilização	0.5 mM / L
3	Inibidor de Catalase	
4	Enzima: Peroxidase4 - Aminoantipirina Conservante	> 2000 / L2 mM / L

Procedimento:

Diluir R2 1000 vezes imediatamente antes da utilização (10 uL + 10 ml d. Água). Deitar fora após a utilização

	Amostraml	Standardml
Amostra	0.05	-----------
d. Água	-----------	0.05
R1	0.5	0.5
R2	0.05	0.05

Incubar exactamente um min. a 25°C e depois adicionar:

R3	0.1	0.1
R4	0.5	0.5

Incubar 10 min. a 37°C, ler amostra (ASample) e padrão (AStandard) contra d. Água a 510 nm (500 - 520 nm). Cor estável durante uma hora.

Cálculo:

Actividade catalítica em tecido (U / g. tecido) =

Padrão - Amostra x 0,5 x 1/ gm de tecido utilizado

Uma norma

VII. Medição do nível de Super óxido dismutase (SOD):

A SOD renal foi testada pelo método adoptado por *Nishikimi et al. (1972)* utilizando o kit de catalase da Bio Diagnostics Company.

Preparação da amostra:

O procedimento para a homogeneização dos tecidos resultará no ensaio da actividade SOD total (citosólico e mitocondrial). Para separar as duas enzimas, centrifugar os 1.500 x g de sobrenadante a 100.000 x g durante 15 minutos a **4°C**. Os 100.000 x g sobrenadante resultantes conterão a SOD citosólica e o grânulo conterá a SOD mitocondrial. Suspender o sedimento mitocondrial em tampão frio (ou seja, 20mM Hepes, pH 7,2, contendo 1 mM EDTA, 210 Mm manittol, e 70 mM sacarose). Se não for doseado no mesmo dia, congelar a amostra a -80°C. As amostras ficarão estáveis pelo menos um mês.

Princípio:

Este ensaio baseia-se na capacidade da enzima de inibir a redução mediada pela fenazina metossulfato de tetrazolium nitroblue.

Reagentes:

1. Tampão de pH 8,5.

2. Nitroblue tetrazolium .

3. NADH.

4. Fenazina metossulfato .

Preparação da solução:

- Reagente 1, pronto a ser utilizado.

- Reagente 2, reconstituir em 10 ml d. Água.

- Reagente 3, reconstituir em 10 ml d. Água.

- Reagente 4, reconstituir em 10 ml d. Água, diluir 100 vezes imediatamente antes da utilização (0,01 ml + 0,99 ml d. Água) deitar fora após a utilização.

Estabilidade:

Os reagentes são estáveis até à data de validade especificada quando armazenados à temperatura adequada indicada R1 Armazenar em 2 -8°C. R2, R3, R4 Armazenar em - 20°C ou abaixo.

Procedimento:

R4 deve ser diluído 100 vezes imediatamente antes da utilização (0,1 ml + 9,9 ml de água dist), deitar fora após a utilização. A amostra deve ser diluída para dar uma percentagem de inibição entre 30 e 60.

	Controlml	Amostraml
R1	**1.0**	**1.0**
R2	**0.1**	**0.1**
R3	**0.1**	**0.1**
Amostra	-----	**0.05**
D.water	**0.05**	--------
	Misturar bem. Iniciar a reacção através da adição de:	

R4	0.01	0.01

Medir o aumento da absorção a 560 nm durante 5 min para controlo (controlo A) e para amostra (amostra A) em 25°C.

Cálculo:

Porcentagem de inibição = x 10

Onde

Um controlo = a alteração da absorvância a 560 nm durante 5 min. após a adição de TPM à mistura de reacção na ausência de amostra.

Uma amostra = a alteração da absorvância a 560 nm durante 5 min. Após a adição de TPM à mistura de reacção na presença de amostra.

Demonstrou-se que a SOD purificada inibia a taxa inicial de fenazina metossulfato fotoactivada de O2° para O2, que depois reduziu o tetrazolium nitroblue. 1,5 U/ensaio da enzima purificada produziu uma inibição de 80%.

Actividade SOD:

Tecido U/gm = % inibição x3,75x (1/ gm de tecido utilizado)

VIII. <u>Medição do peróxido lipídico (malondialdeído):</u>

O MDA renal foi testado pelo método adoptado por ***Ohkawa et al. (1979)*** utilizando o kit de catalase da Bio Diagnostics Company.

Princípio:

O ácido tiobarbitúrico reage com malondialdeído (MDA) em meio ácido à temperatura de 95°C durante 30 min para formar o produto reactivo ao ácido tiobarbitúrico a absorvância do produto cor-de-rosa resultante pode ser medida a 534 nm.

Reagentes:

1. Padrão10 nmol / mL

2. Cromogénio:

- Ácido tiobarbitúrico25 mmol / L
- Detergente
- Estabilizador

Estabilidade:

Estável até à data de expiração especificada quando armazenado a +4 a +8 °C.

Procedimento:

	Amostraml	Standardml	Blankml
Amostra	0.2	---------	-------
Norma	--------	0.2	------
Chromogen	1.0	1.0	1.0

Misturar bem, tapar o tubo de ensaio com esferas de vidro, aquecer em banho-maria a ferver durante 30 min, arrefecer, depois adicionar:

Amostra	------	--------	0.2

Misturar, ler a absorvância da amostra (A Amostra) contra branco e padrão contra d. água a 534 nm. Cor estável durante 6 hrs. Linearidade até 100 nmol/ ml.

Cálculo:

Malondialdeído em tecido:

= (ASample /AStandard) X (10/g. tecido usado) nmol / g.tissue.

IX. **Determinação do factor de necrose tumoral alfa (TNFα):**

TNFα foi determinado de acordo com o método reportado por *Dowlati et al. (2010)* usando kits obtidos de My Biosource.

Princípio:

Este kit foi baseado na tecnologia de ensaio de imunoabsorção de enzimas ligadas a sanduíches. Anti- TNFα anticorpo policlonal foi pré-coberto em placas de 96 poços. E o anticorpo policlonal conjugado com biotina antiTNFα foi utilizado como anticorpo de detecção. As normas, amostras de teste e a detecção conjugada de biotina.

Protocolo:

Posteriormente, foi adicionado anticorpo aos poços, e lavado com tampão de lavagem. Avidin-Biotin-Peroxidase Complex foi adicionada e os conjugados não ligados foram lavados com tampão de lavagem. Foram utilizados substratos de TMB para visualizar a reacção enzimática de HRP. A TMB foi catalisada pelo HRP para produzir um produto de cor azul que se transformou em amarelo após a adição de solução de paragem ácida. A densidade do amarelo é proporcional à quantidade de amostra capturada na placa TNFα. Ler a absorvância de D.O. a 450 nm num leitor de microplaca, e depois a concentração de TNFα pode ser calculada.

Componentes do kit:

1. Uma placa de 96 poços pré-coberta com anticorpo anti-rato TNFα.

2. Rato liofilizado TNFα normas: 2 tubos (10 ng / tubo).

3. Amostra / Tampão diluente padrão: 30ml.

4. Biotina conjugada anti-rato TNFα anticorpo (Concentrado): 130µl. Diluição: 1:100.

5. Tampão diluente de anticorpos: 12ml.

6. Complexo Avidin-Biotin-Peroxidase (ABC) (Concentrado): 130µl. Diluição: 1:100.

7. Tampão diluente ABC: 12ml.

8. Substrato de TMB: 10ml.

9. Solução de paragem: 10ml.

10. Tampão de lavagem (25X): 30ml.

Material necessário:

1. Incubadora a 37°C.

2. Leitor de microplaca (comprimento de onda: 450nm).

3. Pipeta precisa e pontas de pipeta descartáveis.

4. Lavador automático de placas.

5. Agitador ELISA.

6. 1,5ml de tubos Eppendorf.

7. Cobertura de placas.

8. Papéis de filtro absorventes.

9. Recipiente de plástico ou vidro com volume superior a 1L.

Preparação da amostra e dos reagentes:

1. **Amostra:**

Isolar as amostras de teste logo após a colheita, então, analisar imediatamente (dentro de 2 horas). Ou alíquota e armazenar a -20 ºC a longo prazo. Evitar múltiplos ciclos de congelação-descongelação.

Tecido: Centrífuga para remover precipitado, analisar imediatamente ou alíquota e armazenar a -20 ºC.

Guia de Diluição de Amostras:

O utilizador final deve estimar primeiro a concentração da proteína alvo na amostra de teste, e seleccionar um factor de diluição adequado para que a concentração da proteína alvo diluída caia no intervalo de detecção óptimo do kit. Diluir a amostra com o tampão diluente fornecido, e podem ser necessárias várias tentativas na prática. A amostra de teste deve ser bem misturada com o tampão diluente.

2. **Tampão de lavagem:**

Diluir o tampão de lavagem concentrado 25 vezes (1:25) com água destilada (ou seja, adicionar 30ml de tampão de lavagem concentrado em 720ml de água destilada).

3. **Padrão:**

Reconstituição do rato liofilizado TNFα standard (Kit Componente 2): a solução standard deve ser preparada não mais de 2 horas antes da experiência. Dois tubos de padrão estão incluídos em cada kit. Utilizar um tubo para cada experiência. (Nota: Não diluir o padrão directamente na placa).

a. 10.000 pg/ml de solução padrão: Adicionar 1 ml de Amostra / Tampão diluente padrão (Kit Componente 3) num tubo padrão (Kit Componente 2), manter o tubo à temperatura ambiente durante 10 min e misturar bem.

b. 1000 pg/ml de solução padrão: Adicionar 0,1 ml da solução padrão acima de 10 ng/ml em 0,9 ml de tampão diluente de amostra (Kit Componente 3) e misturar bem.

c. 500 pg/ml → 15,6 pg/ml de soluções padrão: Etiqueta 6 tubos Eppendorf com 500 pg/ml, 250 pg/ml, 125 pg/ml, 62,5 pg/ml, 31,2 pg/ml, 15,6 pg/ml respectivamente. Alícuota 0,3 ml do tampão de diluição de amostra / diluente padrão (Kit Componente 3) em cada tubo. Adicionar 0,3 ml da solução padrão acima de 1000 pg/ml ao 1º tubo e misturar bem. Transferir 0,3 ml do 1º tubo para o 2º tubo e misturar bem. Transferir 0,3 ml do 2º tubo para o 3º tubo e misturar bem, e assim sucessivamente.

4. <u>Preparação do anticorpo conjugado Biotin anti-Rato TNFα (Kit Componente 4) solução de trabalho:</u>

Preparar não mais de 2 horas antes da experiência.

a. Calcular o volume total da solução de trabalho: 0,1 ml / poço × quantidade de poços. (Permitir 0,1-0,2 ml a mais do que o volume total).

b. Diluir o anticorpo conjugado Biotina anti-Rato TNFα (Kit Componente 4) com diluente de anticorpos (Kit Componente 5) a 1:100 e misturar bem. ou seja, adicionar 1 µl de anticorpo conjugado Biotina anti-Rato TNFα a 99 µl de diluente de anticorpos.

5. Preparação de Avidin-Biotin-Peroxidase Complex (ABC) (Kit Componente 6) solução de trabalho:

Preparar não mais de 1 hora antes da experiência.

a. Calcular o volume total da solução de trabalho: 0,1 ml / poço × quantidade de poços. (Permitir 0,1-0,2 ml a mais do que o volume total).

b. Diluir o Complexo de Avidin-Biotin-Peroxidase (ABC) (Kit Componente 6) com tampão diluente ABC (Kit Componente 7) a 1:100 e misturar bem, ou seja, adicionar 1 µl de Complexo de Avidin-Biotin-Peroxidase (ABC) em 99 µl de tampão diluente ABC.

Procedimento de ensaio:

Antes de adicionar aos poços, equilibrar a solução de trabalho ABC e o substrato TMB (Kit Componente 8) durante pelo menos 30 min à temperatura ambiente (37 °C). Recomenda-se traçar uma curva padrão para cada teste.

1. Definir padrões, amostras de teste e poços de controlo (zero) na placa pré-coberta respectivamente, e depois, registar as suas posições. Recomenda-se a medição de cada padrão e amostra em duplicado.

2. Aliquot 0,1 ml de 1000 pg/ml, 500 pg/ml, 250 pg/ml, 125 pg/ml, 62,5 pg/ml, 31,2 pg/ml, 15,6 pg/ml de soluções padrão para os poços padrão.

3. Adicionar 0,1 ml de Amostra / Tampão diluente padrão (Kit Componente 3) ao poço de controlo (zero).

4. Adicionar 0,1 ml de amostra devidamente diluída em poços de amostra de teste.

5. Selar a placa com uma tampa e incubar a 37 °C durante 90 minutos.

6. Retirar a tampa e descartar o conteúdo da placa, bater a placa nos papéis de filtro absorventes ou outro material absorvente.

7. Adicionar 0,1 ml de Biotina conjugada anti-Rato TNFα solução de trabalho de anticorpos nos poços acima indicados (padrão, amostra de teste & zero poços). Adicionar a solução no fundo de cada poço sem tocar na parede lateral.

8. Selar a placa com uma tampa e incubar a 37 °C durante 60 minutos.

9. Retirar a tampa, e lavar a placa 3 vezes com tampão Wash (Kit Componente 10) utilizando um dos seguintes métodos:

   - **Lavagem manual:** Deitar fora a solução na placa sem tocar nas paredes laterais. Bater a placa em papéis de filtro absorventes ou outro material absorvente. Encher cada poço completamente com tampão Wash (Kit Componente 10) e vortex suavemente no agitador ELISA durante 2 min, depois aspirar o conteúdo da placa, e bater a placa em papéis de filtro absorventes ou outro material absorvente. Repetir este procedimento mais duas vezes para um total de três lavagens.

   - **Lavagem automatizada:** Aspirar todos os poços, depois lavar a placa três vezes com o tampão Wash (Kit Componente 10) (poços de enchimento excessivo com o tampão). Após a lavagem final, inverter a placa, e bater a placa em papéis de filtro absorventes ou outro material absorvente. Recomenda-se que a máquina de lavar seja regulada para um tempo de imersão de 1 min. ou agitação.

10. Adicionar 0,1 ml de solução de trabalho ABC em cada poço, cobrir a placa e incubar a 37 °C durante 30 min.

11. Retirar a tampa e lavar a placa 5 vezes com tampão de lavagem (Kit Componente 10), e cada vez deixar o tampão de lavagem ficar nos poços durante 1-2 min. (Ver Passo 9 para o método de lavagem da placa).

12. Adicionar 0,1 ml de substrato de TMB (Kit Componente 8) em cada poço, cobrir a placa e incubar a 37 °C no escuro dentro de 30 min. As tonalidades de azul podem ser vistas nos primeiros 3-4 poços (com a maioria das soluções padrão Rato concentrado TNFα), os outros poços não mostram nenhuma cor óbvia.

13. Adicionar 0,1 ml de solução Stop (Kit Componente 9) em cada poço e misturar bem. A cor muda imediatamente para amarelo.

14. Ler a absorvância de D.O. a 450 nm num leitor de microplaca dentro de 30 min depois de adicionar a solução de paragem.

Para cálculo:

(O O.D.450 relativo) = (o O.D.450 de cada poço) - (o O.D.450 de poço Zero). A curva padrão pode ser traçada como o O.D.450 relativo de cada solução padrão (Y) vs. a respectiva concentração da solução padrão (X). A concentração de Rato TNFα das amostras pode ser interpolada a partir da curva padrão. Se as amostras medidas forem diluídas, multiplicar o factor de diluição pelas concentrações da interpolação para obter a concentração antes da diluição.

Dados Típicos & Curva Padrão:

Os resultados de uma tiragem padrão típica de um Rato TNFα ELISA Kit são mostrados abaixo. Esta curva padrão foi gerada apenas para fins de demonstração.

X	Pg/ml	0	15.6	31.2	62.5	125	250	500	1000
Y	OD450	0.038	0.086	0.126	0.235	0.395	0.726	1.336	2.432

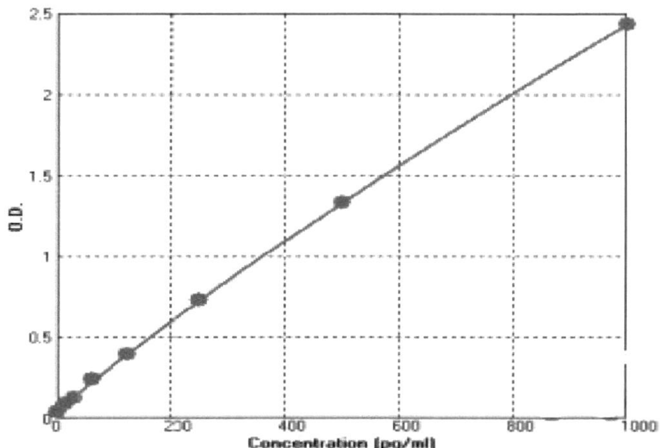

Figura (4): Curva padrão de TNFα

X. Medição da proteína total na urina:

A proteína total na urina foi determinada de acordo com o método relatado por *Iwata & Nishikaze (1979) e Bakker & Mücke (2007) utilizando* kits obtidos da Roche Diagnostic Company.

Princípio:

Método turbidimétrico:

A amostra é pré-incubada numa solução alcalina contendo EDTA, que desnaturaliza a proteína e elimina a interferência de iões de magnésio.

Adiciona-se então cloreto de benzetónio, produzindo turbidez que é lida a 512 nm.

Reagentes - soluções de trabalho:

R1: hidróxido de sódio: 677 mmol/L; EDTA- Na: 74 mmol/L.

SR: Cloreto de benzetónio: 32 mmol/L.

R1 está na posição B e SR está na posição C.

Materiais necessários mas não fornecidos:

NaCl Diluent 9 %, Cat. No. 20756350 322, systemID -07 5635 0 para pós-diluição automática e diluições -em série padrão. O NaCl Diluent 9 % é colocado na sua posição de prateleira predefinida e é estável durante 4 semanas a bordo de -analisadores COBAS INTEGRA 400 mais teste/800.

Ensaio:

Cobas integra 400 mais definição de teste

Modo de medição	Absorção
Modo de cálculo abs.	Ponto final
Modo de reacção	R1-S-SR
Direcção de reacção	Aumentar
Comprimento de onda A	512 nm
Cálculo primeiro/último	33/40
Unidade	mg/L

Parâmetros de pipetagem		Diluente (H2O)
R1	100 µL	
Amostra	10 µL	15 µL
SR	40 µL	
Volume total	165 µL	

Cálculo: Os analisadores Cobas integra calculam automaticamente a concentração da substância a analisar de cada amostra.

Factor de conversão: mg/L × 0,1 = mg/dL.

Para calcular 24 horas de -excreção de proteínas de urina: mg/L × volume total (litros por 24 h) = mg/dia.

XI. <u>Exame histopatológico do rim:</u>

Os tecidos foram fixados em formalina a 10% e depois desidratados, embebidos em parafina, seccionados a 3-5 µm espessura com a ajuda de microtomos, desparafinizados e reidratados. Foram utilizados corantes de Hematoxilina e Eosina (H&E) para colorir os tecidos. As lâminas foram então observadas ao microscópio de luz *(Palipoch e Punsawad, 2013)*.

Análise estatística dos resultados:

Os dados foram codificados e introduzidos utilizando o pacote estatístico para a versão16 das ciências sociais (SPSS, 16) para windows.

A- Estatística descritiva: Os dados quantitativos foram expressos através da utilização de média e erro padrão (S.E).

B- Estatísticas analíticas:

1- A comparação entre grupos foi feita utilizando a análise de variância unidireccional (ANOVA unidireccional) para a comparação de dados quantitativos de mais de 2 grupos.

2- O nível de significância foi tomado no valor de p >0,05.

RESULTADOS

Os resultados do presente estudo foram analisados estatisticamente pela ANOVA unidireccional. Mostrou os efeitos da diabetes induzida por STZ-NIC, Punica granatum e/ou sitagliptin após 6 semanas nos seguintes parâmetros:

- Peso corporal.
- HbA1c e glicose no sangue em jejum.
- Ureia sérica, BUN e Creatinina.
- TNFα em tecido renal
- MDA, GSH, CAT e SOD em tecido renal.
- Total de proteínas em 24 horas de urina.
- Exame histopatológico do tecido renal.

I- Alterações no peso corporal em diferentes grupos de animais estudados (Quadro 1 e Figura 5):

Os resultados do presente estudo demonstraram que, o grupo diabético (G III) mostrou uma diminuição significativa do peso corporal quando comparado com os grupos tampão de controlo (G I) ou de controlo (G II).

Por outro lado, o grupo tratado com Punica granatum (G IV) mostrou uma alteração insignificante no peso corporal quando comparado com G III. O peso corporal em G IV ainda era significativamente mais baixo do que o de G I e G II.

O grupo tratado Sitagliptin (G V) mostrou uma alteração insignificante no peso corporal quando comparado com G III. O peso

corporal em G V ainda era significativamente mais baixo do que o de G I
e G II.

Além disso, o grupo tratado com Punica granatum e sitaglipt n (G
VI) mostrou um aumento significativo do peso corporal em relação ao G
III. Enquanto o peso corporal em G VI mostrou uma alteração
insignificante em relação a G I e G II.

Tabela (1): Alterações no peso corporal em diferentes grupos de animais estudados.

Parâmetros	G I Grupo de controlo	G II Grupo de controlo +Buffer		G III Grupo diabético			G IV Grupo Diabético + Punica				G V Grupo Diabético + sitagliptin				G VI Diabético +punica & grupo sitagliptin			
	Média ±SEM	Média ±SEM	P valor Vs G I	Média ±SEM	P valor Vs G I	P valor Vs G II	Média ±SEM	P valor Vs G I	P valor Vs G II	P valor Vs G III	Média ±SEM	P valor Vs G I	P valor Vs G II	P valor Vs G III	Média ±SEM	P valor Vs G I	P valor Vs G II	P valor Vs G III
Peso corporal (gm)	300 ±5.16	271 ±7.81	0.25	172 ±21.97	0.00* a	0.00* b	193 ±28.68	0.00* a	0.00* b	0.40	217 ±18.73	0.00* a	0.03* b	0.07	277 ±5.28	0.33	0.84	0.00* c

Os valores são representados como média ± SEM e avaliados estatisticamente usando uma ANOVA de um modo seguido de Bonferroni׳s teste post-hoc.

a= estatisticamente significativo em relação ao valor correspondente em G I (Grupo de controlo) (p>0,05).

b= estatisticamente significativo em comparação com o valor correspondente em G II (grupo Controlo + Tampão) (p>0,05).

c= estatisticamente significativo em relação ao valor correspondente em G III (grupo diabético) (p>0,05).

N=10 animais.

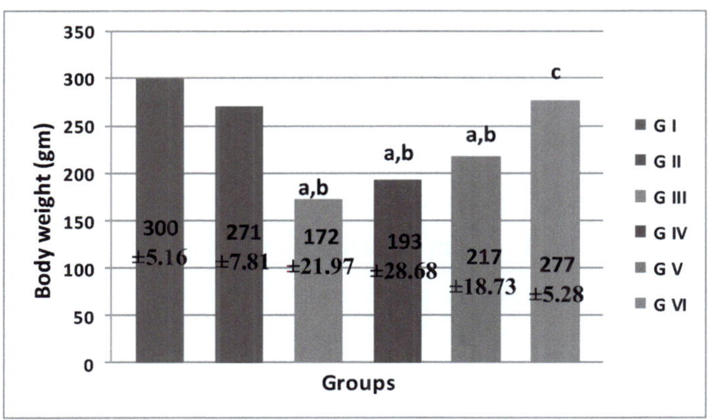

Figura (5): Alterações no peso corporal em diferentes grupos de animais estudados.

Os valores são representados como média ± SEM

a= estatisticamente significativo em relação ao valor correspondente em G I (Grupo de controlo) (p>0,05).

b= estatisticamente significativo em comparação com o valor correspondente em G II (grupo Controlo + Tampão) (p>0,05).

c= estatisticamente significativo em relação ao valor correspondente em G III (grupo diabético) (p>0,05).

N=10 animais.

II- Alterações no HbA1c e na glicemia em jejum (SFBG) em diferentes grupos animais estudados.

- **HbA1c (Tabela 2 e Figura 6):**

Os resultados do presente estudo demonstraram que o grupo diabético (G III) mostrou um aumento significativo de HbA1c quando comparado com os grupos tampão de controlo (G I) ou de controlo (G II).

Por outro lado, o grupo tratado com Punica granatum (G IV) mostrou uma diminuição significativa em HbA1c quando comparado com G III. No entanto, HbA1c em G IV mostrou uma alteração insignificante em relação a G II. HbA1 em G IV era ainda significativamente mais elevado do que o de G I.

O grupo tratado com Sitagliptin (G V) mostrou uma diminuição significativa em HbA1c quando comparado com G III. Contudo, HbA1c em G V mostrou uma alteração insignificante em relação a GI e G II.

Além disso, o grupo tratado com Punica granatum e sitagliptin (G VI) mostrou uma diminuição significativa em HbA1c versus G III. Enquanto HbA1c em G VI mostrou uma mudança insignificante em relação a G I e G II.

- **SFBG (Tabela 2 e Figura 7):**

Os resultados do presente estudo demonstraram que o grupo diabético (G III) mostrou um aumento significativo do SFBG quando comparado com os grupos tampão de controlo (G I) ou com os grupos tampão de controlo (G II).

Por outro lado, o grupo tratado com Punica granatum (G IV) mostrou uma diminuição significativa em SFBG quando comparado com G III. O

SFBG em G IV era ainda significativamente mais elevado do que o de G I e G II.

O grupo tratado pelo Sitagliptin (G V) mostrou uma diminuição significativa no SFBG quando comparado com G III. A SFBG em G V era ainda significativamente mais elevada do que a do GI e GII.

Além disso, o grupo tratado com Punica granatum e sitagliptin (G VI) mostrou uma diminuição significativa no SFBG versus G III. Enquanto a SFBG c em G VI mostrou uma mudança insignificante em relação a G I e G II.

Tabela (2): Alterações em HbA1c e glicemia em jejum (SFBG) em diferentes grupos animais estudados.

Grupos / Parâmetros	G I Grupo de controlo — Média ±SEM	G II Grupo de controlo +Buffer — Média ±SEM	G II — P valor Vs G I	G III Grupo diabético — Média ±SEM	G III — P valor Vs G I	G III — P valor Vs G II	G IV Grupo Diabético +Punica — Média ±SEM	G IV — P valor Vs G I	G IV — P valor Vs G II	G IV — P valor Vs G III	G V Grupo Diabético +sitagliptin — Média ±SEM	G V — P valor Vs G I	G V — P valor Vs G II	G V — P valor Vs G III	G VI Diabético +punica & grupo sitagliptin — Média ±SEM	G VI — P valor Vs G I	G VI — P valor Vs G II	G VI — P valor Vs G III
HbA1c	5.03 ±0.05	5.13 ±0.09	0.46	6.18 ±0.08	0.00* a	0.00* b	5.36 ±0.11	0.01* a	0.09	0.00* c	5.26 ±0.11	0.09	0.34	0.00* c	5.16 ±0.06	0.34	0.85	0.00* c
Glicose no sangue em jejum (SFBG) (mg/dl)	102.50 ±4.92	101.00 ±2.22	0.90	507.43 ±7.29	0.00* a	0.00* b	156.57 ±11.27	0.00* a	0.00* b	0.00* c	158.86 ±11.84	0.00* a	0.00* b	0.00* c	121.43 ±7.46	0.13	0.10	0.00* c

Os valores são representados como média ± SEM e avaliados estatisticamente usando uma ANOVA de um modo seguido pelo teste pós-hoc de Bonferroni.

a= estatisticamente significativo em relação ao valor correspondente em G I (Grupo de controlo) (p>0,05).

b= estatisticamente significativo em comparação com o valor correspondente em G II (grupo Controlo + Tampão) (p>0,05).

c= estatisticamente significativo em relação ao valor correspondente em G III (grupo diabético) (p>0,05).

N=10 animais.

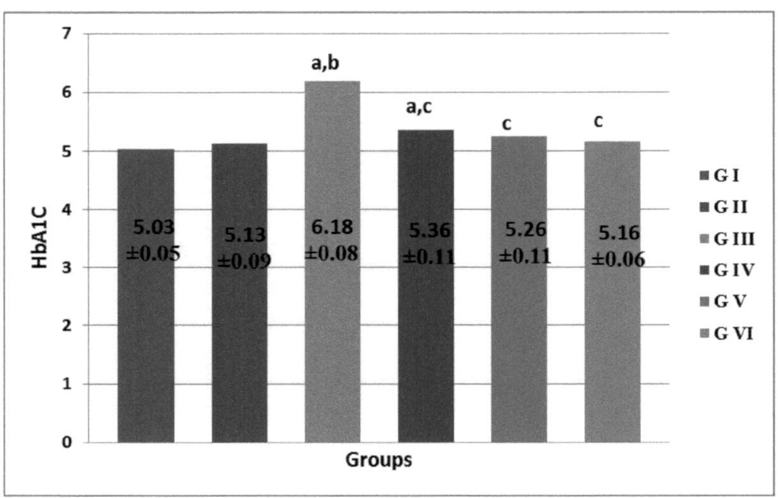

Figura (6): Alterações em HbA1c em diferentes grupos de animais estudados.

Os valores são representados como média ± SEM

a= estatisticamente significativo em relação ao valor correspondente em G I (Grupo de controlo) (p>0,05).

b= estatisticamente significativo em comparação com o valor correspondente em G II (grupo Controlo + Tampão) (p>0,05).

c= estatisticamente significativo em relação ao valor correspondente em G III (grupo diabético) (p>0,05).

N=10 animais.

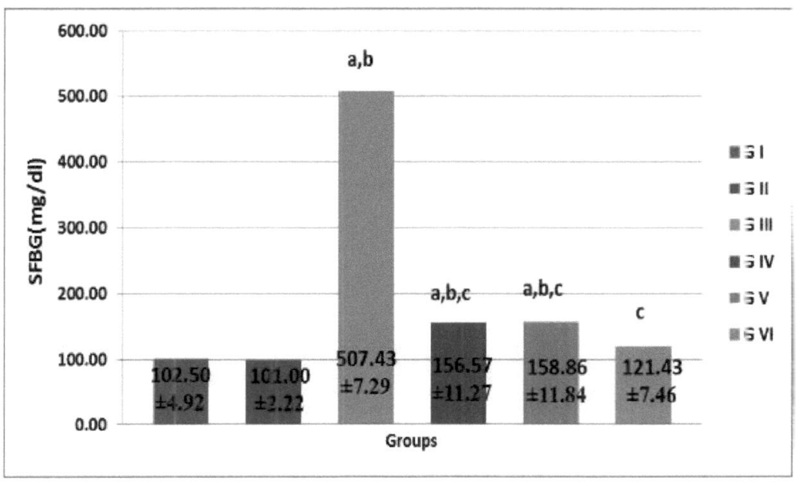

Figura (7): Alterações da glicemia em jejum (SFBG) em diferentes grupos animais estudados.

Os valores são representados como média ± SEM

a= estatisticamente significativo em relação ao valor correspondente em G I (Grupo de controlo) (p>0,05).

b= estatisticamente significativo em comparação com o valor correspondente em G II (grupo Controlo + Tampão) (p>0,05).

c= estatisticamente significativo em relação ao valor correspondente em G III (grupo diabético) (p>0,05).

N=10 animais.

III- Alterações nos níveis de ureia sérica, azoto ureico no sangue (BUN) e creatinina em diferentes grupos animais estudados.

- **Ureia sérica (Quadro 3 e Figura 8):**

Os resultados do presente estudo demonstraram que o grupo diabético (G III) mostrou um aumento significativo da ureia sérica quando comparado com os grupos tampão de controlo (G I) ou com os grupos tampão de controlo (G II).

Por outro lado, o grupo tratado com Punica granatum (G IV) mostrou uma diminuição significativa na ureia sérica quando comparado com G III. A ureia sérica em G IV era ainda significativamente mais elevada do que a de G I e G II.

O grupo tratado com Sitagliptin (G V) mostrou uma diminuição significativa da ureia sérica quando comparado com G III. A ureia sérica em G V ainda era significativamente mais elevada do que a de G I e G II.

Além disso, o grupo tratado com Punica granatum e sitagliptin (G VI) mostrou uma diminuição significativa na ureia sérica versus G III. A ureia sérica em G VI era ainda significativamente mais elevada do que a de G I e G II.

- **BUN de soro (Tabela 3 e Figura 9):**

Os resultados do presente estudo demonstraram que o grupo diabético (G III) mostrou um aumento significativo do BUN sérico quando comparado com os grupos tampão de controlo (G I) ou com os grupos tampão de controlo (G II).

Por outro lado, o grupo tratado com Punica granatum (G IV) mostrou uma diminuição significativa do BUN de soro quando comparado com G III. O BUN de soro em G IV ainda era significativamente mais elevado do que o de G I e G II.

O grupo tratado com Sitagliptin (G V) mostrou uma diminuição significativa do BUN de soro quando comparado com G III. O BUN de soro em G V ainda era significativamente mais elevado do que o de G I e G II.

Além disso, o grupo tratado com Punica granatum e sitagliptin (G VI) mostrou uma diminuição significativa do BUN sérico versus G IIL Enquanto o BUN de soro em G VI mostrou uma alteração insignificante em relação a G I e G II.

- **Soro creatinina (Quadro 3 e Figura 10):**

Os resultados do presente estudo demonstraram que o grupo diabético (G III) mostrou um aumento significativo da creatinina sérica quando comparado com os grupos tampão de controlo (G I) ou de controlo (G II).

Por outro lado, o grupo tratado com Punica granatum (G IV) mostrou uma diminuição significativa da creatinina sérica quando comparado com G III. Enquanto a creatinina sérica em G IV mostrou uma alteração insignificante em relação a G I e G II.

O grupo tratado com Sitagliptin (G V) mostrou uma diminuição significativa da creatinina sérica quando comparado com G III. A creatinina sérica em G V ainda era significativamente mais elevada do que a de G I e G II.

Além disso, o grupo tratado com Punica granatum e sitagliptin (G VI) mostrou uma diminuição significativa da creatinina sérica versus G III. Enquanto a creatinina sérica em G VI mostrou uma alteração insignificante em relação a G I e G II.

Tabela (3): Alterações nos níveis de ureia sérica, azoto ureico no sangue (BUN) e creatinina em diferentes grupos animais estudados.

Parâmetros	G I Grupo de controlo Média ±SEM	G II Grupo de controlo +Buffer Média ±SEM	G II P valor Vs G I	G III Grupo diabético Média ±SEM	G III P valor Vs G I	G III P valor Vs G II	G IV Grupo Diabético +Punica Média ±SEM	G IV P valor Vs G I	G IV P valor Vs G II	G IV P valor Vs G III	G V Grupo Diabético +sitagliptin Média ±SEM	G V P valor Vs G I	G V P valor Vs G II	G V P valor Vs G III	G VI Diabético +punica & grupo sitagliptin Média ±SEM	G VI P valor Vs G I	G VI P valor Vs G II	G VI P valor Vs G III
Ureia (mg/dl)	26.66 ±4.96	29.29 ±0.59	0.54	80.08 ±3.68	0.00* a	0.00* b	43.60 ±1.59	0.00* a	0.00* b	0.00* c	52.17 ±2.68	0.00* a	0.00* b	0.00* c	39.43 ±1.86	0.00* a	0.02* b	0.00* c
nitrogénio ureico no sangue (BUN) (mg/dl)	14.77 ±1.11	15.28 ±0.74	0.73	37.71 ±1.16	0.00* a	0.00* b	20.63 ±0.62	0.00* a	0.00* b	0.00* c	22.87 ±0.70	0.00* a	0.00* b	0.00* c	17.11 ±1.42	0.11	0.22	0.00* c
Creatinina (mg/dl)	0.70 ±0.03	0.70 ±0.06	1.00	1.83 ±0.02	0.00* a	0.00* b	0.92 ±0.09	0.07	0.07	0.00* c	1.13 ±0.14	0.00* a	0.00* b	0.00* c	0.91 ±0.07	0.09	0.09	0.00* c

Os valores são representados como média ± SEM e avaliados estatisticamente usando uma ANOVA de um modo seguido de Bonferroni᾽s teste post-hoc.

a= estatisticamente significativo em comparação com o valor correspondente em G I (Grupo de controlo) (p> 0,05).

b= estatisticamente significativo em comparação com o valor correspondente em G II (grupo Controlo + Tampão) (p> 0,05).

c= estatisticamente significativo em relação ao valor correspondente em G III (grupo diabético) (p> 0,05).

N=10 animais.

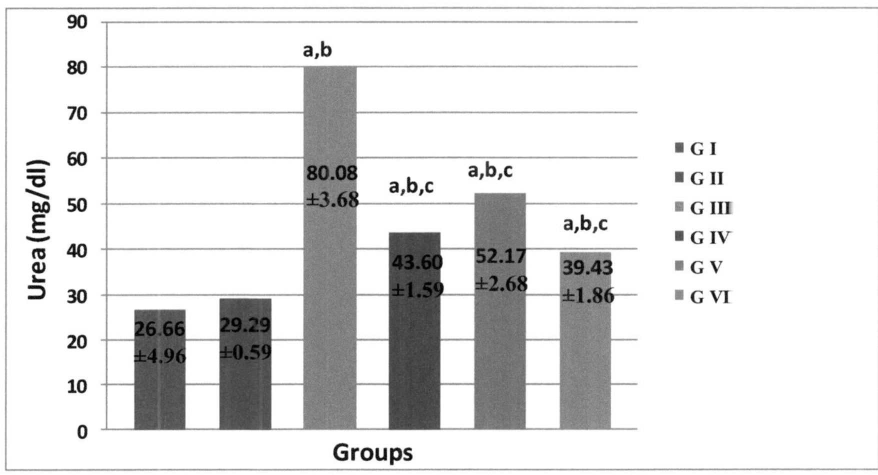

Figura (8): Alterações na ureia sérica em diferentes grupos animais estudados.

Os valores são representados como média ± SEM

a= estatisticamente significativo em relação ao valor correspondente em G I (Grupo de controlo) (p>0,05).

b= estatisticamente significativo em comparação com o valor correspondente em G II (grupo Controlo + Tampão) (p>0,05).

c= estatisticamente significativo em relação ao valor correspondente em G III (grupo diabético) (p>0,05).

N=10 animais.

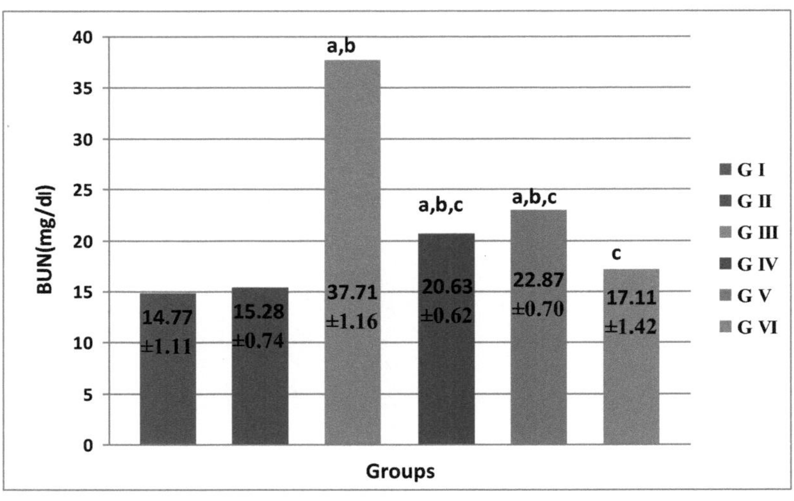

Figura (9): Alterações no nitrogénio ureico do sangue sérico (BUN) em diferentes grupos animais estudados.

Os valores são representados como média ± SEM

a= estatisticamente significativo em relação ao valor correspondente em G I (Grupo de controlo) (p>0,05).

b= estatisticamente significativo em comparação com o valor correspondente em G II (grupo Controlo + Tampão) (p>0,05).

c= estatisticamente significativo em relação ao valor correspondente em G III (grupo diabético) (p>0,05).

N=10 animais.

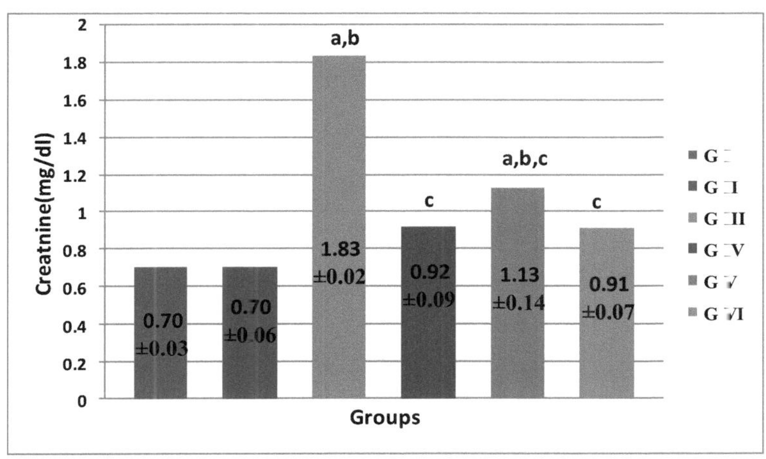

Figura (10): Alterações na creatinina sérica em diferentes grupos animais estudados.

Os valores são representados como média ± SEM

a= estatisticamente significativo em relação ao valor correspondente em G I (Grupo de controlo) (p>0,05).

b= estatisticamente significativo em comparação com o valor correspondente em G II (grupo Controlo + Tampão) (p>0,05).

c= estatisticamente significativo em relação ao valor correspondente em G III (grupo diabético) (p>0,05).

N=10 animais.

IV- Alterações no factor de necrose tumoral renal alfa (TNFα) em diferentes grupos animais estudados (Tabela 4 e Figura 11):

Os resultados do presente estudo demonstraram que, o grupo diabético (G III) mostrou um aumento significativo em TNFα quando comparado com os grupos de controlo (G I) ou grupos tampão de controlo (G II).

Por outro lado, o grupo tratado com Punica granatum (G IV) mostrou uma diminuição significativa em TNFα quando comparado com G III. TNFα em G IV era ainda significativamente mais elevado do que o de G I e G II.

O grupo tratado pelo Sitagliptin (G V) mostrou uma diminuição significativa em TNFα quando comparado com G III. TNFα em G V era ainda significativamente mais elevado do que o de G I e GII.

Além disso, o grupo tratado com Punica granatum e sitagliptin (G VI) mostrou um decréscimo significativo em TNFα contra G III. TNFα no G VI ainda foi significativamente superior ao de G I e GII.

Tabela (4): Alterações no factor de necrose tumoral renal alfa (TNFα) em diferentes grupos animais estudados.

Grupos / Parâmetros	G I Grupo de controlo	G II Grupo de controlo +Buffer		G III Grupo diabético			G IV Grupo Diabético +Punica				G V Grupo Diabético +sitagliptin				G VI Diabético +punica & grupo sitagliptin			
	Média ±SEM	Média ±SEM	P valor Vs G I	Média ±SEM	P valor Vs G I	P valor Vs G II	Média ±SEM	P valor Vs G I	P valor Vs G II	P valor Vs G III	Média ±SEM	P valor Vs G I	P valor Vs G II	P valor Vs G III	Média ±SEM	P valor Vs G I	P valor Vs G II	P valor Vs G III
Factor de necrose tumoral alfa (TNFα) (pg/g.tissue)	23.42 ±1.79	19.77 ±0.41	0.45	95.26 ±5.32	0.00* a	0.00* b	56.00 ±3.94	0.00* a	0.00* b	0.00* c	55.33 ±1.88	0.00* a	0.00* b	0.00* c	52.91 ±2.28	0.00* a	0.00* b	0.00* c

Os valores são representados como média ± SEM e avaliados estatisticamente usando uma ANOVA de um modo seguido de Bonferroni᾽s teste post-hoc.

a= estatisticamente significativo em comparação com o valor correspondente em G I (Grupo de controlo) (p> 0,05).

b= estatisticamente significativo em comparação com o valor correspondente em G II (grupo Controlo + Tampão) (p> 0,05).

c= estatisticamente significativo em relação ao valor correspondente em G III (grupo diabético) (p> 0,05).

N=10 animais.

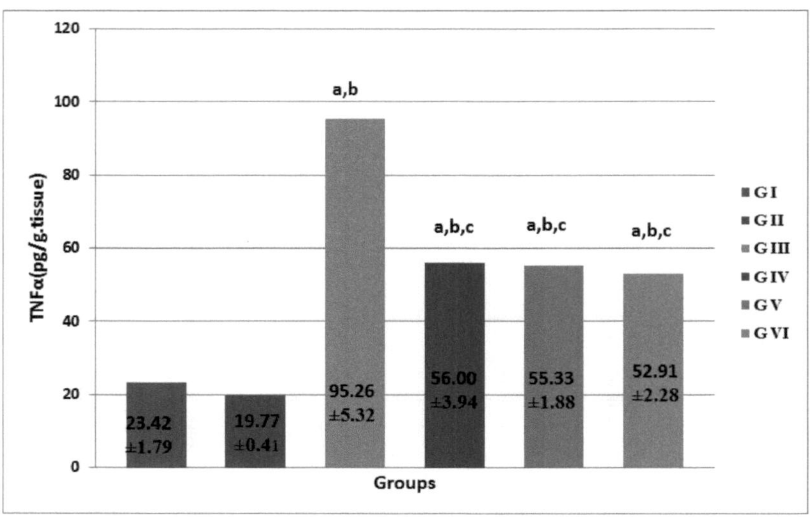

Figura (11): Alterações no factor de necrose tumoral renal alfa (TNFα) em diferentes grupos de animais estudados.

Os valores são representados como média ± SEM

a= estatisticamente significativo em relação ao valor correspondente em G I (Grupo de controlo) (p>0,05).

b= estatisticamente significativo em comparação com o valor correspondente em G II (grupo Controlo + Tampão) (p>0,05).

c= estatisticamente significativo em relação ao valor correspondente em G III (grupo diabético) (p>0,05).

N=10 animais.

V- Alterações nos marcadores de stress oxidativo renal (MDA, GSH, CAT e SOD) em diferentes grupos animais estudados:

- **MDA em tecido renal (Tabela 5 e Figura 12):**

Os resultados do presente estudo demonstraram que o grupo diabético (G III) mostrou um aumento significativo em MDA quando comparado com os grupos tampão de controlo (G I) ou de controlo (G II).

Por outro lado, o grupo tratado com Punica granatum (G IV) mostrou uma diminuição significativa no MDA quando comparado com G III. O MDA em G IV era ainda significativamente mais elevado do que o de G I e G II.

O grupo tratado pelo Sitagliptin (G V) mostrou um decréscimo significativo no MDA quando comparado com G III. O MDA em G V ainda era significativamente mais elevado do que o de G I e GII.

Além disso, o grupo tratado com Punica granatum e sitagliptin (G VI) mostrou uma diminuição significativa no MDA versus G III. O MDA em G VI era ainda significativamente mais elevado do que o de G I e GII.

- **GSH em tecido renal (Tabela 5 e Figura 13):**

Os resultados do presente estudo demonstraram que, o grupo diabético (G III) mostrou uma diminuição significativa de GSH quando comparado com os grupos tampão de controlo (G I) ou de controlo (G II).

Por outro lado, o grupo tratado com Punica granatum (G IV) mostrou um aumento significativo em GSH quando comparado com G III. GSH em G IV era ainda significativamente inferior ao de G I e GII.

O grupo tratado pelo Sitagliptin (G V) mostrou um aumento significativo de GSH quando comparado com G III. GSH em G V era ainda significativamente inferior ao de G I e GII.

Além disso, o grupo tratado com Punica granatum e sitagliptin (G VI) mostrou um aumento significativo em GSH versus G III. GSH em G VI era ainda significativamente inferior ao de GI, enquanto GSH em G VI mostrou uma mudança insignificante em relação a G II.

- **CAT em tecido renal (Tabela 5 e Figura 14):**

Os resultados do presente estudo demonstraram que, o grupo diabético (G III) mostrou uma alteração insignificante no CAT quando comparado com os grupos tampão de controlo (G I) ou de controlo (G II).

O grupo tratado Punica granatum (G IV) mostrou uma alteração insignificante no CAT quando comparado com G I, GII e GIII.

O grupo tratado Sitagliptin (G V) mostrou uma mudança insignificante no CAT quando comparado com G I, GII e GIII.

Por outro lado, o grupo tratado com Punica granatum e sitagliptin (G VI) mostrou um aumento significativo no CAT versus G III. Enquanto CAT em G VI mostrou uma mudança insignificante em relação a G I e G II.

- **SOD em tecido renal (Tabela 5 e Figura 15):**

Os resultados do presente estudo demonstraram que, o grupo diabético (G III) mostrou um decréscimo significativo na DEU quando comparado com os grupos tampão de controlo (G I) ou de controlo (G II).

Por outro lado, o grupo tratado com Punica granatum (G IV) mostrou um aumento significativo no SOD quando comparado com G III. O SOD em G IV ainda era significativamente inferior ao de G I e GII.

O grupo tratado pelo Sitagliptin (G V) mostrou um aumento significativo do SOD quando comparado com G III. O SOD em G V ainda era significativamente inferior ao de G I e GII.

Além disso, o grupo tratado com Punica granatum e sitagliptin (G VI) mostrou um aumento significativo no SOD versus G III. O SOD em G VI era ainda significativamente inferior ao de GI e G II.

Tabela (5): Alterações nos marcadores de stress oxidativo renal (MDA, GSH, CAT e SOD) em diferentes grupos animais estudados:

Grupos / Parâmetros	G I Grupo de controlo	G II Grupo de controlo +Buffer		G III Grupo diabético			G IV Grupo Diabético +Punica				G V Grupo Diabético +sitagliptin				G VI Diabético +punica & grupo sitagliptin)			
	Média ±SEM	Média ±SEM	P valor Vs G I	Média ±SEM	P valor Vs G I	P valor Vs G II	Média ±SEM	P valor Vs G I	P valor Vs G II	P valor Vs G III	Média ±SEM	P valor Vs G I	P valor Vs G II	P valor Vs G III	Média ±SEM	P valor Vs G I	P valor Vs G II	P valor Vs G III
MDA (nmol / g.tissue)	11.68 ±0.69	11.22 ±0.25	0.86	54.88 ±3.24	0.00* a	0.00* b	23.90 ±1.52	0.00* a	0.00* b	0.00* c	27.40 ±1.06	0.00* a	0.00* b	0.00* C	21.33 ±1.34	0.00* a	0.00* b	0.00* c
GSH(mmol / g. tecido)	66.45 ±4.56	59.65 ±1.46	0.14	23.53 ±3.02	0.00* a	0.00* b	45.56 ±3.20	0.00* a	0.00* b	0.00* c	47.87 ±1.78	0.00* a	0.01* b	0.00* c	57.01 ±3.28	0.03* a	0.55	0.00* c
CAT (U / g. tecido)	121.55 ±2.05	118.32 ±0.64	0.97	74.49 ±4.87	0.60	0.62	104.07 ±2.80	0.84	0.87	0.73	105.20 ±2.97	0.85	0.88	0.72	252.44 ±1.43	0.15	0.14	0.04* c
SOD (U/g.tissue)	5.87 ±0.17	5.53 ±0.21	0.30	1.45 ±0.19	0.00* a	0.00* b	4.05 ±0.10	0.00* a	0.00* b	0.00* c	4.09 ±0.21	0.00* a	0.00* b	0.00* c	4.83 ±0.31	0.00* a	0.02* b	0.00* c

Os valores são representados como média ± SEM e avaliados estatisticamente usando uma ANOVA de um modo seguido de Bonferroni·s teste post-hoc.

a= estatisticamente significativo em comparação com o valor correspondente em G I (Grupo de controlo) (p> 0,05).

b= estatisticamente significativo em comparação com o valor correspondente em G II (grupo Controlo + Tampão) (p> 0,05).

c= estatisticamente significativo em relação ao valor correspondente em G III (grupo diabético) (p> 0,05).
N=10 animais.

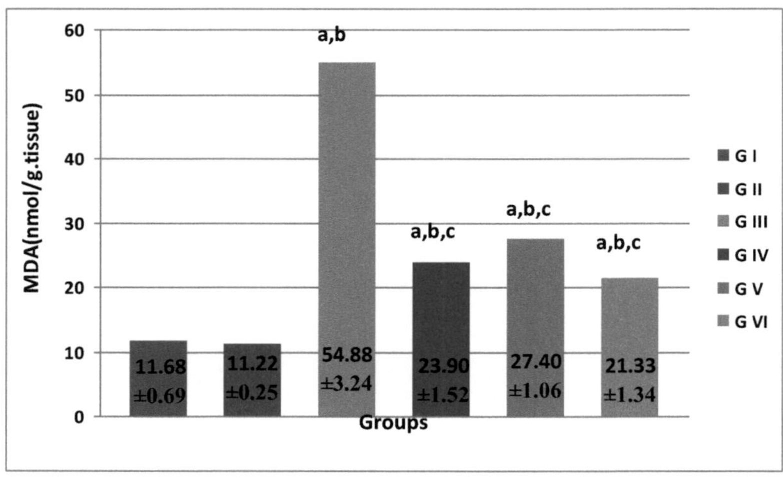

Figura (12): Alterações no malondialdeído renal (MDA) em diferentes grupos animais estudados.

Os valores são representados como média ± SEM

a= estatisticamente significativo em relação ao valor correspondente em G I (Grupo de controlo) (p>0,05).

b= estatisticamente significativo em comparação com o valor correspondente em G II (grupo Controlo + Tampão) (p>0,05).

c= estatisticamente significativo em relação ao valor correspondente em G III (grupo diabético) (p>0,05).

N=10 animais.

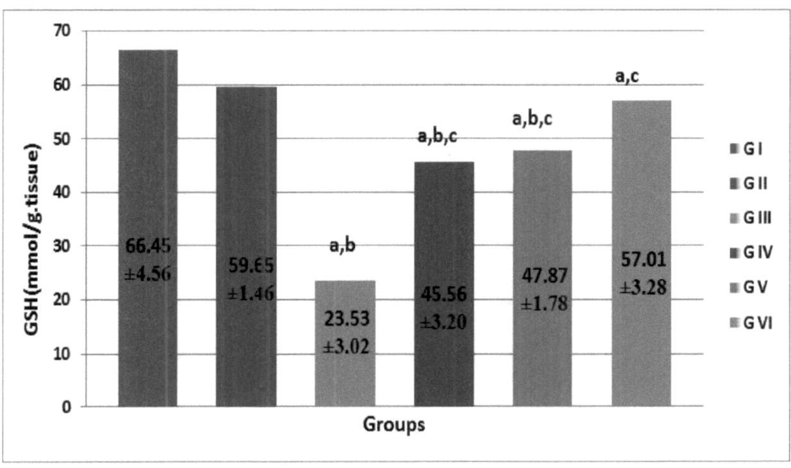

Figura (13): Alterações no glutatião renal (GSH) em diferentes grupos animais estudados.

Os valores são representados como média ± SEM

a= estatisticamente significativo em relação ao valor correspondente em G I (Grupo de controlo) (p>0,05).

b= estatisticamente significativo em comparação com o valor correspondente em G II (grupo Controlo + Tampão) (p>0,05).

c= estatisticamente significativo em relação ao valor correspondente em G III (grupo diabético) (p>0,05).

N=10 animais.

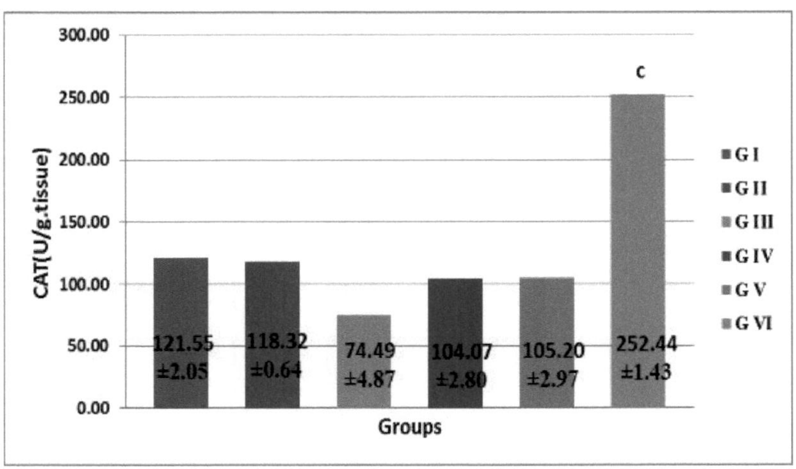

Figura (14): Alterações na catalase renal (CAT) em diferentes grupos animais estudados.

Os valores são representados como média ± SEM

c= estatisticamente significativo em relação ao valor correspondente em G III (grupo diabético) (p>0,05).

N=10 animais.

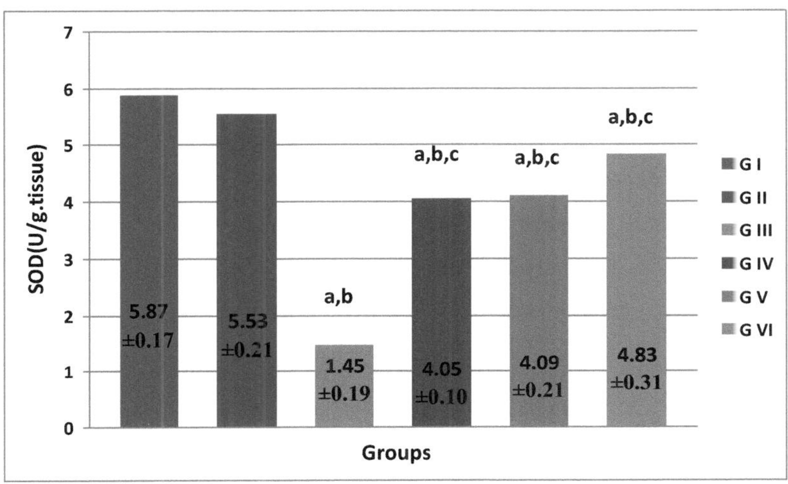

Figura (15): Alterações na superóxido renal dismutase (SOD) em diferentes grupos animais estudados.

Os valores são representados como média ± SEM

a= estatisticamente significativo em relação ao valor correspondente em G I (Grupo de controlo) (p>0,05).

b= estatisticamente significativo em comparação com o valor correspondente em G II (grupo Controlo + Tampão) (p>0,05).

c= estatisticamente significativo em relação ao valor correspondente em G III (grupo diabético) (p>0,05).

N=10 animais.

VI- Alterações na proteína total em 24 horas de urina em diferentes grupos animais estudados (Quadro 6 e Figura 16):

Os resultados do presente estudo demonstraram que o grupo diabético (G III) mostrou um aumento significativo no total de proteínas em 24 horas de urina quando comparado com os grupos tampão de controlo (G I) ou de controlo (G II).

Por outro lado, o grupo Punica granatum tratado (G IV) mostrou uma diminuição significativa no total de proteínas em 24 horas de urina quando comparado com G III. A proteína total em 24 horas de urina em G IV era ainda significativamente mais elevada do que a de G I e G II.

O grupo tratado com Sitagliptin (G V) mostrou uma diminuição significativa no total de proteínas em 24 horas de urina, quando comparado com G III. A proteína total em 24 horas de urina em G V ainda era significativamente mais elevada do que a de G I e GII.

Além disso, o grupo tratado com Punica granatum e sitagliptin (G VI) mostrou uma diminuição significativa no total de proteínas em 24 horas de urina versus G III. A proteína total em 24 horas de urina em G VI era ainda significativamente mais elevada do que a de G I e GII.

Tabela (6): Alterações da proteína total em 24 horas de urina em diferentes grupos animais estudados.

Grupos / Parâmetros	G I Grupo de controlo	G II Grupo de controlo +Buffer		G III Grupo diabético			G IV Grupo Diabético +Punica				G V Grupo Diabético +sitagliptin				G VI Diabético +punica & grupo sitagliptin			
	Média ±SEM	Média ±SEM	P valor Vs G I	Média ±SEM	P valor Vs G I	P valor Vs G 2	Média ±SEM	P valor Vs G I	P valor Vs G I	P valor Vs G I	Média ±SEM	P valor Vs G I	P valor Vs G I	P valor Vs G I	Média ±SEM	P valor Vs G I	P valor Vs G I	P valor Vs G I
Proteína total na urina (mg/dia)	2.73 ±0.32	3.07 ±0.22	0.65	37.28 ±0.39	0.00* a	0.00* b	27.68 ±0.65	0.00* a	0.00* b	0.00* c	25.58 ±0.57	0.00* a	0.00* b	0.00* c	22.20 ±0.55	0.00* a	0.00* b	0.00* c

Os valores são representados como média ± SEM e avaliados estatisticamente usando uma ANOVA de um modo seguido de Bonferroni׳s teste post-hoc.

a= estatisticamente significativo em relação ao valor correspondente em G I (Grupo de controlo) (p>0,05).

b= estatisticamente significativo em comparação com o valor correspondente em G II (grupo Controlo + Tampão) (p>0,05).

c= estatisticamente significativo em relação ao valor correspondente em G III (grupo diabético) (p>0,05).

N=10 animais

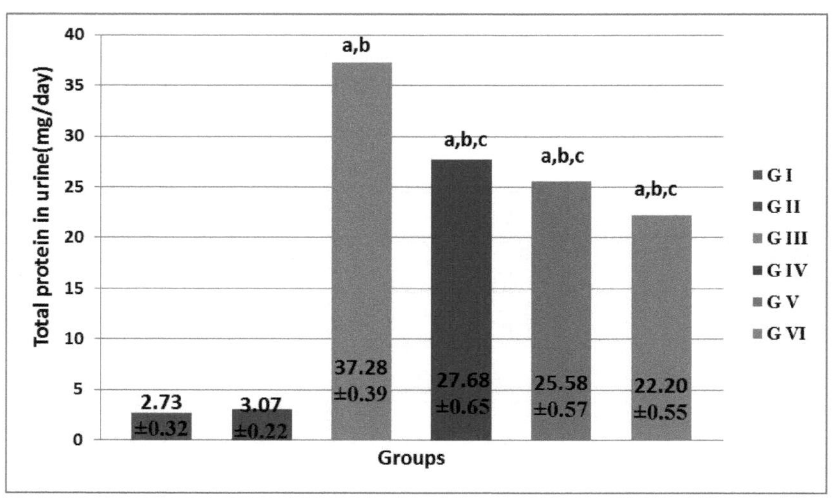

Figura (16): Alterações na proteína total em 24 horas de urina em diferentes grupos animais estudados.

Os valores são representados como média ± SEM

a= estatisticamente significativo em relação ao valor correspondente em G I (Grupo de controlo) (p>0,05).

b= estatisticamente significativo em comparação com o valor correspondente em G II (grupo Controlo + Tampão) (p>0,05).

c= estatisticamente significativo em relação ao valor correspondente em G III (grupo diabético) (p>0,05).

N=10 animais.

Resultados do exame microscópico ligeiro:

Grupo I (o grupo de controlo): O exame histológico das secções renais masculinas de ratos adultos de controlo, coradas com H&E, revelou estruturas tubulares e glomerulares normais do córtex. Tinha os corpúsculos renais (Malpighian) formados pela cápsula de Bowman em redor do glomérulo (tufo capilar), os túbulos convoluídos proximais (PCT), e os túbulos convoluídos distais (DCT). A cápsula de Bowman tinha duas camadas, parietal e visceral. Os túbulos de PCT tinham um lúmen estreito e revestidos por epitélio cúbico elevado com borda de escova apical e citoplasma acidófilo profundo, enquanto que o DCT tinha um lúmen mais largo e revestido por epitélio cúbico com citoplasma menos acidófilo e sem borda de escova (Figs.17A&B).

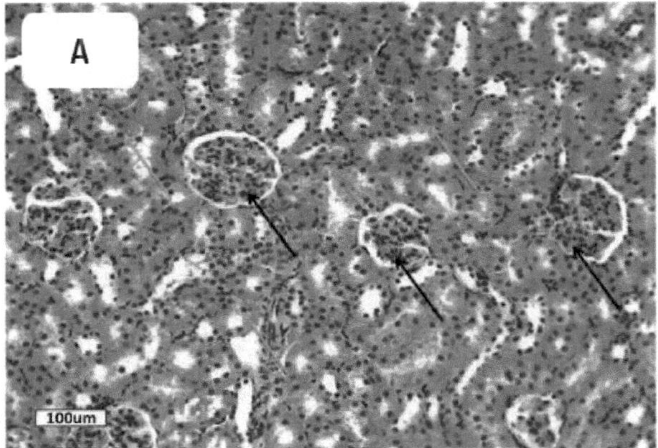

Figura (17): Fotomicrografia de uma secção de um rim de rato de controlo: mostrando a estrutura histológica normal do córtex, contendo os glomérulos (setas pretas) e os túbulos renais (setas verdes) (H&E X200).

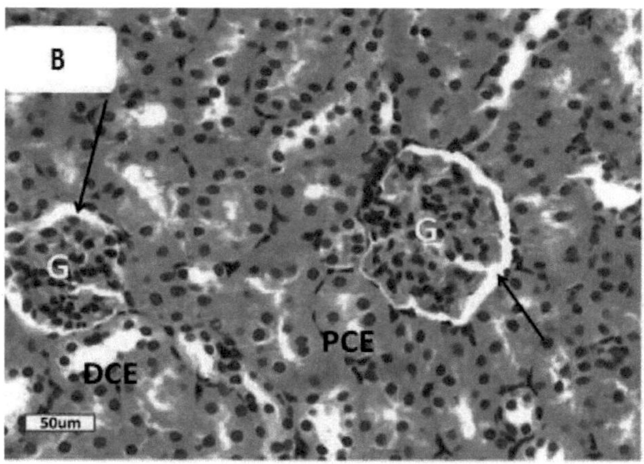

Figura (17B): Uma ampliação maior da figura anterior mostrando os glomérulos bem desenvolvidos (G) com espaço glomerular normal, túbulos convoluídos proximais (PCT) e túbulos convoluídos distais (DCT) (H&E X 400).

Grupo II (grupo tampão citrato): Exame histológico de uma única injecção intraperitoneal de tampão citrato secções renais masculinas de ratos adultos, corado com H&E, apareceu mais ou menos como o do grupo de controlo e revelou uma estrutura glomerular e tubular normal do córtex (Figs.18 A&B).

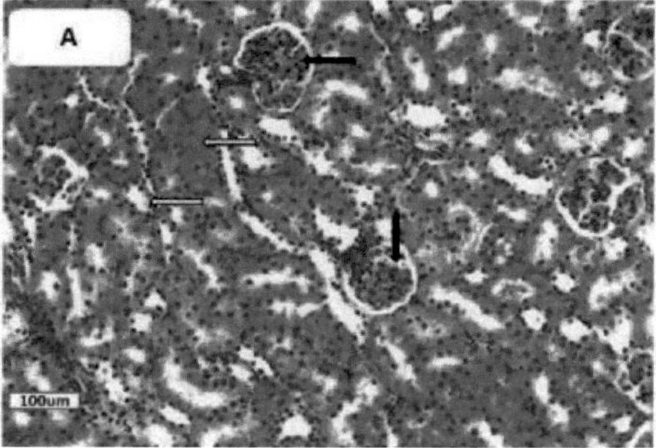

Figura (18): Fotomicrografia de uma secção de um rim de rato injectado em tampão citrato mostrando a estrutura histológica normal do córtex, contendo os glomérulos (setas pretas) e os túbulos renais (setas brancas) (H&E X200).

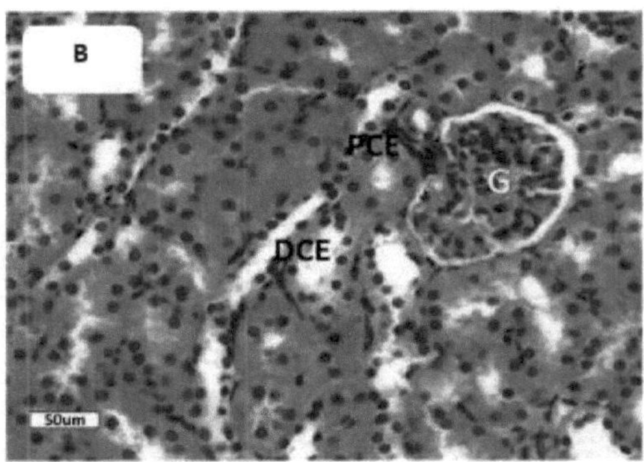

Figura (18B): Uma ampliação maior da figura anterior mostrando o glomérulc bem desenvolvido (G) com espaço glomerular normal, túbulos convoluídos proximais (PCT) e túbulos convoluídos distais (DCT) (H&E X 400).

Grupo III (grupo diabético): Exame histológico de secções renais de rins de ratos adultos diabéticos masculinos corados com H&E revelou infiltração de células mononucleares, espaço glomerular dilatado, túbulos degenerados dilatados, citoplasma vacuado de muitos túbulos renais e hemorragia dentro de muitos deles (**Figs.**19A-E).

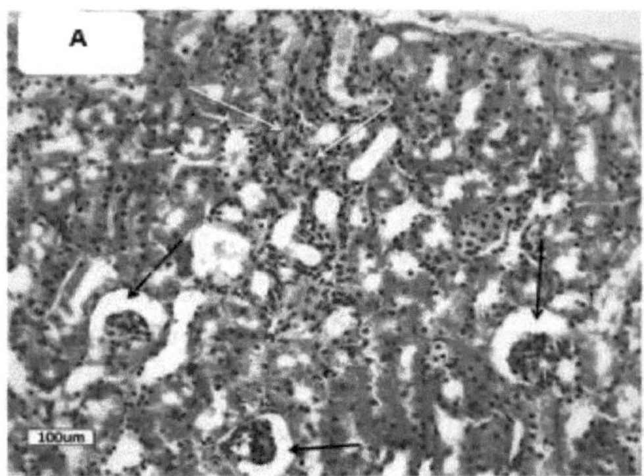

Figura (19): Fotomicrografia de uma secção num rim de rato diabético mostrando infiltração de células mononucleares (setas brancas) e dilatação no espaço glomerular (setas pretas) (H&E X 200).

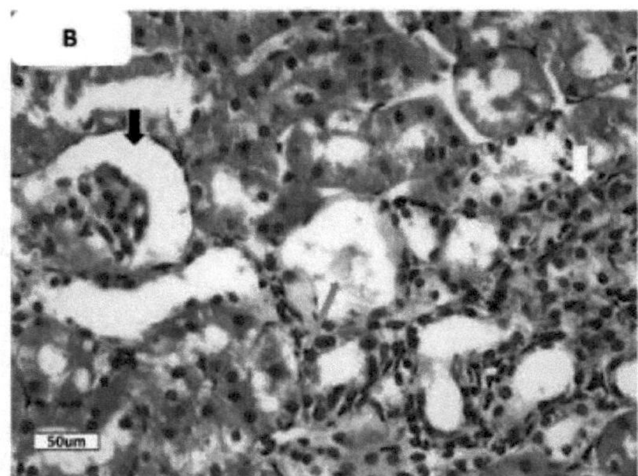

Figura (19B): Uma ampliação maior da figura anterior mostrando infiltração de células mononucleares (seta branca), dilatação no espaço glomerular (seta preta) e túbulo degenerado dilatado (seta verde) (H&E X 400).

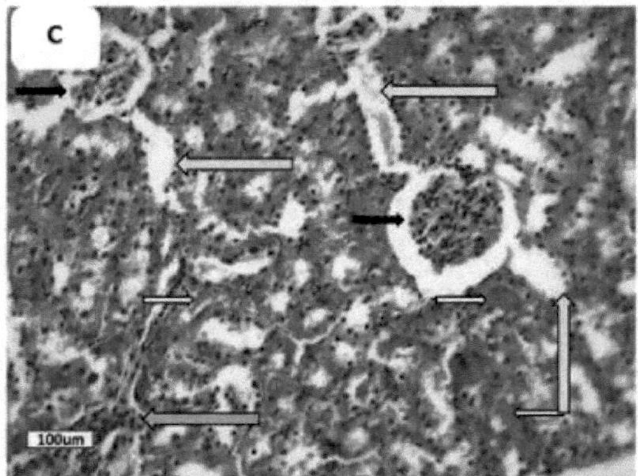

Figura (19C): Fotomicrografia de uma secção num rim de rato diabético mostrando infiltração de células mononucleares (seta verde), dilatação no espaço glomerular (seta preta), citoplasma vacuado dos túbulos renais (setas amarelas) e hemorragia no interior de muitos túbulos (setas brancas) (H&E X 200).

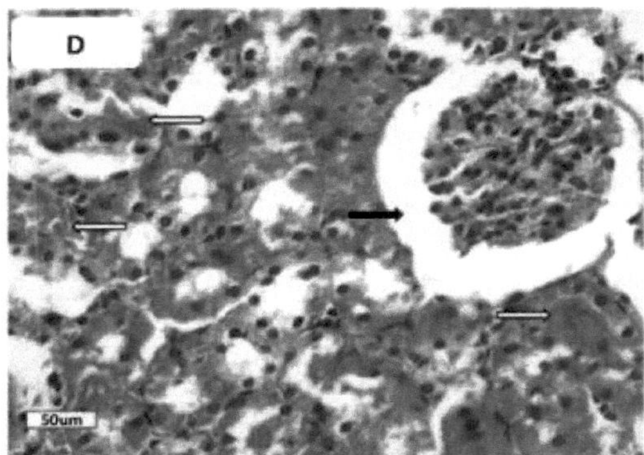

Figura (19D): Uma ampliação maior da figura anterior mostrando a dilatação no espaço glomerular (seta preta) e hemorragia dentro de muitos túbulos (setas brancas) (H&E X 400).

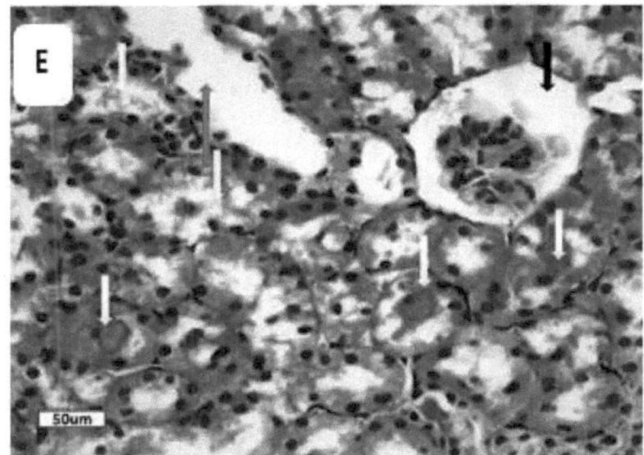

Figura (19E): Fotomicrografia de uma secção num rim de rato diabético mostrando hemorragia no interior de muitos túbulos (setas brancas), dilatação no espaço glomerular (seta preta), citoplasma vacuado dos túbulos renais (setas amarelas) e uma dilatação dos túbulos (seta verde) (H&E X 400).

Grupo IV (ratos diabéticos tratados com *punica granatum*): O exame histológico de secções de rim de rato adulto diabético tratado com *punica granatum,* corado com H&E revelou alguma melhoria, em comparação com o grupo diabético, no espaço glomerular e na maioria dos túbulos. Alguns túbulos ainda dilatados, outros ainda vacuados e hemorragia foi observada no interior de alguns deles (Figs.20A&B).

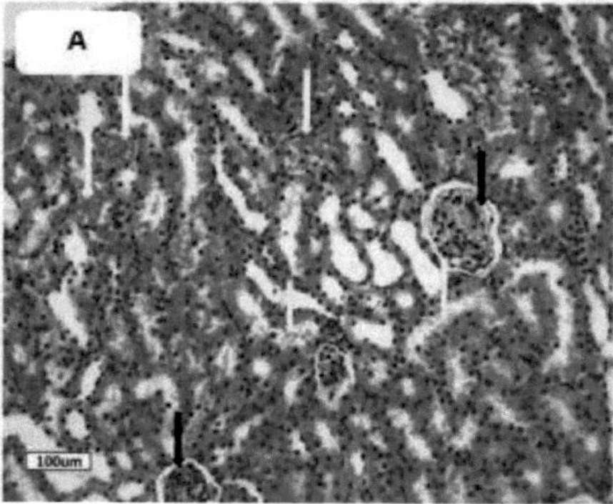

Figura (20): Fotomicrografia de uma secção de rim de rato adulto diabético tratado com *punica granatum* mostrando diminuição do espaço glomerular (setas pretas), mas hemorragia no interior de alguns túbulos (setas brancas) e citoplasma vacuado de alguns túbulos renais (setas amarelas) ainda estão presentes (H&E X 200).

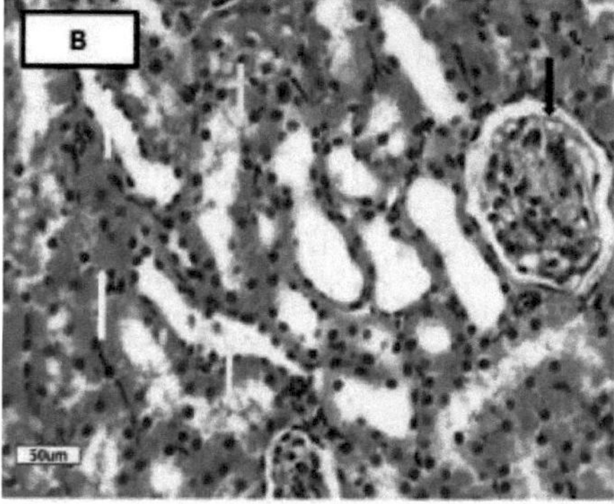

Figura (20B): Uma ampliação maior da figura anterior mostrando a diminuição do espaço glomerular (seta preta), mas o citoplasma vacuolado dilatado de alguns túbulos renais (setas amarelas) com hemorragia dentro de alguns deles (setas brancas) ainda estão presentes (H&E X 400).

Grupo V (ratos diabéticos tratados com sitagliptin): Exame histológico de secções renais de ratos machos diabéticos adultos tratados com sitagliptin e corados com H&E, revelou uma melhoria nos espaços glomerulares e na maioria dos túbulos se comparados com o grupo diabético, mas alguns túbulos ainda dilatados e outros ainda degenerados (Figs.21A&B).

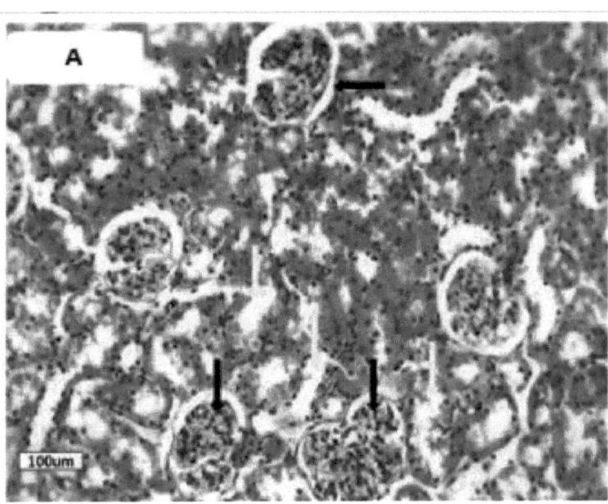

Figura (21): Fotomicrografia de uma secção de rim de rato adulto diabético tratado com sitagliptin mostrando diminuição do espaço glomerular (setas pretas) mas ainda se observam alguns túbulos renais dilatados com citoplasma vacuado (setas amarelas) (H&E X 200).

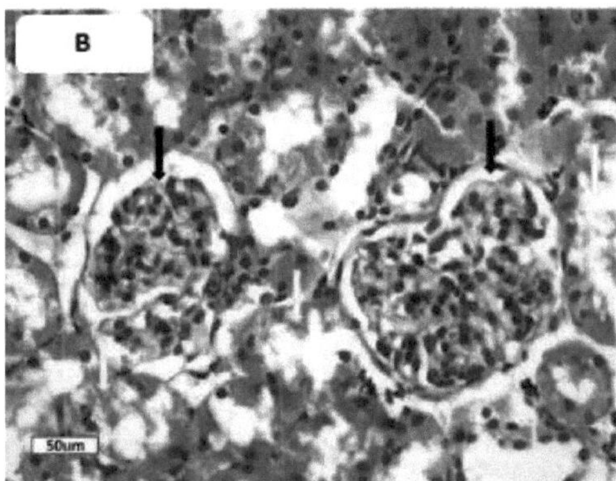

111

Figura (21B): Uma ampliação maior da figura anterior mostrando diminuição do espaço glomerular (setas pretas), mas alguns túbulos renais dilatados com citoplasma vacuado (setas amarelas) ainda são observados (H&E X 400).

Grupo VI (Ratos diabéticos tratados com *punica granatum* e sitagliptin): O exame histológico de secções de rim de rato adulto diabético tratado com *punica granatum* e sitagliptin, corado com H&E, revelou os melhores resultados. Melhoramento do espaço glomerular com menos dilatação tubular se comparado com o grupo diabético foi observado. No entanto, alguns túbulos renais ainda com citoplasma vacuado (Figs.22A&B).

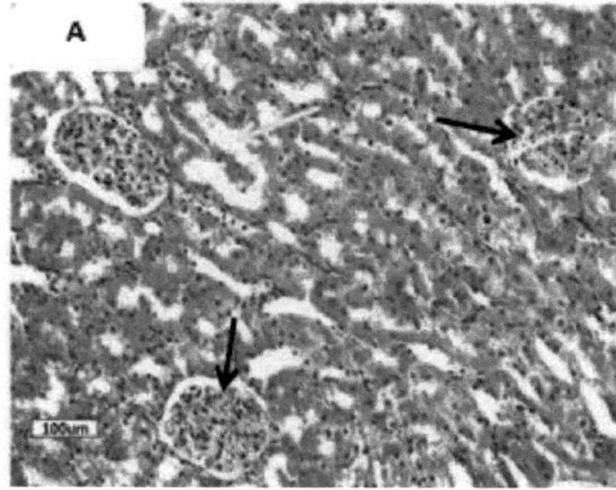

Figura (22): Fotomicrografia de uma secção de um rim de rato adulto diabético tratado com *punica granatum* e sitagliptin mostrando diminuição do espaço glomerular (setas pretas), mas citoplasma vacuado de alguns túbulos renais (seta amarela) ainda é notado (H&E X 200).

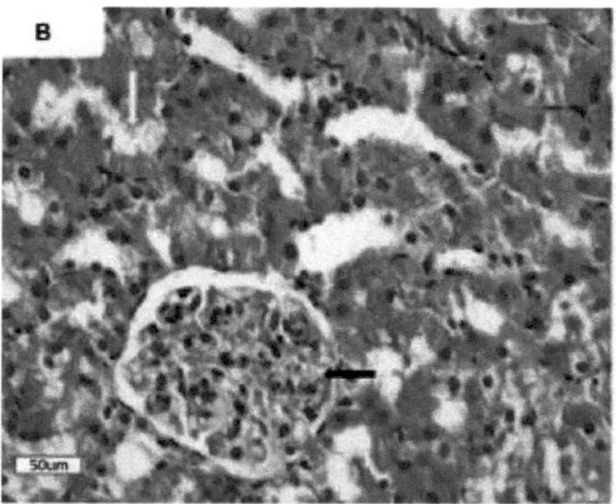

Figura (22B): Uma ampliação maior da figura anterior mostrando a diminuição do espaço glomerular (seta preta), mas o citoplasma vacuado de alguns túbulos renais (seta amarela) ainda é notado (H&E X 400).

DISCUSSÃO

I- Efeitos da estreptozotocina-nicotinamida (diabetes tipo 2) em diferentes parâmetros

Sobre peso corporal, HbA1c e glicose em jejum de soro:

No presente estudo, houve um aumento significativo de glicose em jejum e HbA1c acompanhada de uma diminuição do peso corporal no grupo diabético quando comparado com os grupos tampão de controlo e controlo.

De acordo com os nossos resultados, *Asokan et al., Patil et al., e Swapna et al. (2019)* relataram que em ratos tratados com STZ-NIC houve um aumento do nível de glucose acompanhado por um aumento de HbA1c *Ibrahim et al., Pérez Gutierrez et al., e Shah et al. (2019)*. Também, *Bahmanzadeh et al., e Dhungyal et al. (2019)* descobriram que os ratos machos desenvolveram diabetes por injecção única intra-peritoneal de STZ-NIC mostrou uma diminuição do peso corporal quando comparado com os ratos de controlo.

Mali et al., e Shivavedi et al. (2019) afirmaram que STZ é um antibiótico e estruturalmente é um derivado da glucosamina da nitrosourea, após administração entra rapidamente nas células beta pancreáticas via GLUT2 e leva à alquilação ou quebra dos fios de ADN. A alquilação do ADN é a principal causa da morte de células induzida por STZ em β devido à fracção de nitrosourea deste composto *(Ashraf et al., 2014)*. Esta acção da STZ foi explicada pela descoberta de *Ullah et al. (2017), que* observaram que a STZ causa a deterioração do ADN e a citotoxicidade ao iniciar a geração de radicais livres através do sistema de xantina oxidase das células pancreáticas, e aumenta a produção de H2O2, o que leva à fragmentação do ADN e

necrose nas ilhotas pancreáticas das células B. *Elkotby et al. (2018)* e *Al-Attar& Alsalmi (2019)* mencionaram que as alterações das ilhotas pancreáticas danificadas devido à indução da diabetes, é acompanhada por um aumento da glicose sanguínea.

Neste estudo, a administração de DNI com STZ exerce um efeito protector sobre a acção citotóxica da STZ através da eliminação de radicais livres e causa apenas pequenos danos à massa de células beta pancreáticas que produzem diabetes tipo 2 *(Mali et al., 2019)*.

Paudel et al. (2018) e Shah et al. (2019) também relataram que durante a hiperglicemia o excesso de açúcar reage com a proteína da hemoglobina resultando na sua glicação (HbA1c) que é um marcador laboratorial da diabetes e o risco associado de complicações diabéticas devido à formação de produtos de glicação avançada.

O stress oxidativo induzido por STZ causa β - disfunção das células com subsequente comprometimento da secreção de insulina. A insulina promove o glicogénio e a síntese lipídica nas células musculares. Portanto, a redução da produção de insulina provoca a redução da entrada de glicose no músculo, resulta num aumento da lipólise e gluconeogénese, e provoca desperdício muscular e perda de peso *(Rahimi et al., 2018)*. O desperdício muscular ocorre como consequência da perda ou degradação de proteínas estruturais. O desperdício muscular resulta geralmente da síntese gluconeogénica da glucose de materiais lipídicos e proteicos como estratégia compensatória da não disponibilidade de glucose (no estado diabético) para utilização como fonte de energia *(Oluba et al., 2019)*.

A construção do corpo depende da insulina como uma das principais hormonas anabolizantes. A redução e insuficiência de insulina na DM causou perturbações metabólicas de glicose, lípidos, e proteínas. Além disso, a deficiência de insulina converteu o anabolismo em catabolismo de proteínas e lípidos. Além disso, a construção da glicose depende da proteólise e dos aminoácidos gluconeogénicos pelo fígado, pelo que a indução do balanço negativo de azoto atribuído ao catabolismo de proteínas e lípidos *Almalki et al. (2019).*

Em contraste, *Pérez Gutierrez et al. (2019)* mostraram que a indução da diabetes por uma única injecção i.p de nicotinamida (120 mg/kg) seguida de injecção de STZ (60 mg/kg) em tampão citrato 0,1 M a pH 4,5 causou um aumento do peso corporal. Além disso, *Toma et al. (2015)* declararam que a injecção de i.p de STZ (40 mg/kg) causou um aumento do peso corporal de ratos; isto pode estar relacionado com as técnicas utilizadas neste estudo. *Naidu et al. (2015)* descobriram que o modelo de rato com dieta rica em gordura com uma dose baixa de STZ (kg/ kg) pode ser considerado como produzindo o estado fisiopatológico da diabetes tipo 2 e foi acompanhado por um aumento marginal do peso corporal.

Sobre funções renais:

No presente trabalho, houve um aumento significativo dos níveis de ureia sérica, BUN, creatinina e 24 horas de proteína urinária no grupo diabético quando comparado com os grupos tampão de controlo e controlo.

O efeito do STZ-NIC foi confirmado pelo quadro histopatológico do rim do presente estudo, onde ratos tratados com STZ mostraram infiltração de células mononucleares, espaço glomerular dilatado, túbulos degenerados dilatados, citoplasma vacuolado de muitos túbulos renais e hemorragia dentro de muitos deles.

Em concordância com a presente descoberta, *Goli et al., Indu et al., e Motawi et al. (2019)* relataram que no STZ-NIC trataram ratos; houve um aumento notável nos níveis de ureia, BUN e creatinina. *Singh et al. (2018) relataram* também que no STZ-NIC houve um aumento de 24 horas de proteína urinária. As descobertas histopatológicas foram consistentes com o estudo de *Kaushik et al. (2018)* encontraram espaço glomerular dilatado e aumento da vacuolização do citoplasma e *Indu et al. (2019)* registaram túbulos degenerados dilatados.

Em **2016,** *Bamanikar et al.* provaram que a diabetes pode danificar os vasos sanguíneos nos rins, levando à função renal anormal representada por uma redução da filtração glomerular. O processo de glicação afecta particularmente a arteriole eferente nos glomérulos renais e faz com que estes se tornem mais rígidos e estreitos. Isto cria uma obstrução que torna difícil para o sangue sair do glomérulo, e aumenta a pressão dentro do glomérulo, o que leva à hiperfiltração *(Ekrikpo et al., 2018).*

Recentemente *Gupta et al. (2019)* relataram que a hiperfiltração glomerular em fases iniciais é tolerada pelo aumento da taxa de filtração glomerular. Na fase tardia, grande parte da função renal é perdida e a taxa de filtração glomerular diminui, a produção de urina diminui e começa a reter resíduos. Assim, quando há diminuição da taxa de filtração glomerular, menos ureia, BUN e creatinina são filtrados à medida que são excretados normalmente na urina.

Outro mecanismo possível *Herrera et al. (2018) e Adams et al. (2019)* mencionaram que o fígado cataboliza o amoníaco tóxico em ureia.

O ciclo da ureia é a forma do corpo de converter amónia tóxica em ureia, a amónia tem origem no catabolismo proteico, depois a ureia deixa subsequentemente o citoplasma hepatócito e é finalmente excretada na urina.

Antes disso, *Laustsen et al. (2016) e Hasona et al. (2017)* atribuíram o aumento da concentração de ureia sanguínea pode estar directamente associado à resistência à insulina, uma vez que a alta concentração de glucose em estado diabético causa um desequilíbrio grave entre o metabolismo de proteínas e o balanço negativo de azoto.

O nível de creatinina é utilizado como indicador da taxa de filtração glomerular *(Bhat et al., 2018)*. As possíveis causas do aumento da creatinina sérica podem ser devidas à produção excessiva de creatinina a partir de músculos danificados, inibição da secreção tubular de creatinina, e uma diminuição da taxa de filtração glomerular *(Afzal et al., 2018)*. O BUN é um teste normalmente encomendado que pode avaliar o bom funcionamento dos rins *(Barmore e Hughes, 2019)*.

O mecanismo da proteinúria foi explicado por *Hong et al. (2019)* declararam que o factor de crescimento endotelial vascular (VEGF) A contribui para a hiperfiltração inicial e micro albuminúria, uma vez que o bloqueio da sinalização VEGF pelo inibidor do receptor pan-VEGF melhora a albuminúria diabética em ratos. A angiopoietina-1 (ANGPT1) é um factor de crescimento vascular que se liga ao receptor de tirosina quinase (Tek), expresso principalmente nas células endoteliais. A activação de Tek induzida por ANGPT1 resulta na integridade da célula endotelial. A angiopoietina-2 (ANGPT2) é derivada endotelial e, na maioria dos casos, funciona como antagonista na sinalização de Tek. A regulação de ANGPT2 resulta em maior permeabilidade e desestabilização da vasculatura, primando o endotélio para inflamação e angiogénese. Demonstrou-se que os doentes com doenças renais diminuíram os níveis de ANGPT1 e aumentaram os níveis de ANGPT2 *(Loganathan et al., 2018)*.

Recentemente *Cheng et al. (2019)* sugeriram que a hiperglicemia enfraquece a barreira de filtração glomerular, causa danos glomerulares e aumenta a permeabilidade glomerular às proteínas e a acumulação de componentes de matriz extracelular no mesangium, conduzindo a fugas de albumina, o que agrava o DN. Além disso, *Zayed et al. (2018)* registaram que a diabetes tipo 2 tem um efeito na estrutura dos túbulos renais; induz uma diminuição acentuada da espessura da borda da escova tubular, levando a um caso de fluido renal de pé e dilatação da luz dos túbulos renais. Por outro lado, as anomalias estruturais dos tubos renais podem perturbar a captação normal do fluido, conduzindo à proteinúria.

O stress oxidativo induzido poderia induzir muita destruição celular e acumulação de depressões celulares e, por sua vez, obstruir o sistema tubular renal *(Zayed et al., 2018)*.

Kriz e Lemley (2017) relataram que a nefropatia induzida pela diabetes afecta o diâmetro dos vasos sanguíneos com um efeito de vasodilatação. A vasodilatação glomerular poderia induzir um estiramento mecânico do podócito, levando ao derrame do processo do pé e ao desprendimento celular. O alongamento do podócito induz uma diminuição da expressão da nefrina podocitária, a principal proteína do diafragma cortado, levando a perturbações na função de filtração glomerular e na proteinúria *(Zayed et al., 2018)*.

Os vasos glomerulares dilatados poderiam aumentar a fenestrae do endotélio vascular levando ao aumento dos movimentos de fluido da piscina glomerular para a piscina urinária induzindo a formação de edema

(Cara-Fuentes et al., 2016). A acumulação de fluidos edematosos em doentes diabéticos induz um aumento do espaço do Bowman. As duas principais causas da formação de edema glomerular são o aumento do movimento do líquido renal da piscina glomerular para a piscina urinária e o bloqueio do sistema tubular renal *(Swiatecka-Urban, 2017).*

Os podócitos são células epiteliais altamente especializadas que se envolvem em torno do tufo glomerular em justaposição com as membranas do porão glomerular, cobrindo assim os capilares glomerulares. Os processos do pé de podócito formam fendas no diafragma que representam uma camada da barreira de filtração glomerular e permitem a ultrafiltração eficiente do sangue para formar fluido tubular *(Jourdan et al., 2018).*

Anteriormente *(Nagata, 2016)* relatou que, a perda de proteínas de diafragma cortadas que ligam os processos adjacentes do pé podocitário, como a nefrina e a podocina, desempenha um papel fundamental na patogénese da albuminúria na diabetes.

A nefrina é uma parte importante do diafragma cortado e crucial para a barreira de filtração renal, é dissociada da podocina e excretada na urina nas fases iniciais dos danos glomerulares. Estes dois factores contribuem para o desenvolvimento da proteinúria na nefrite, explicado por *Younis et al. (2018)*, que também atribuíram que o aumento da perda de podócitos devido à falha da proteína fosforilato quinase B" PKB ", levando ao aumento da apoptose, e/ou à paragem do ciclo celular por produtos finais de glicação avançada (AGEs).

O excesso de ROS em podócitos e células mesangianas ou endoteliais poderia activar a via de sinalização do factor nuclear kappa B(NF-κB), resultando na acumulação de factores inflamatórios tais como o factor de necrose tumoral (TNF)-α, interleucina (IL)-1β, IL-6, e proteína quimiotractante monocitária 1(MCP-1). A inflamação pode levar a lesões nos tecidos e a uma maior acumulação de ROS. De facto, o stress oxidativo e a inflamação são causas recíprocas no desenvolvimento de lesões e disfunções renais associadas à DM *(Yang et al., 2019)*.

Em marcadores de stress inflamatório e oxidativo no tecido renal:

O grupo diabético(III) mostrou um aumento significativo de TNF-α & MDA e uma diminuição significativa dos níveis de SOD & GSH quando comparado com os grupos tampão de controlo e controlo, enquanto que o nível de CAT foi observado uma alteração insignificante quando comparado com os grupos tampão de controlo e controlo.

De acordo com isso, *Zhao et al. (2019)* observaram uma elevação significativa do nível de TNF-α em ratos diabéticos. Também, *Balakrishnan et al., e Motawi et al. (2019)* declararam que o nível de MDA elevado em diabetes e *Alotaibi et al., e Zhao et al. (2019)* encontraram uma diminuição significativa nos níveis de SOD e GSH.

Mahmoodi et al. (2019) explicaram que TNF-α é uma citocina inflamatória que é segregada por macrófagos. Esta citocina suprime a excreção de insulina em DM. O aumento do nível de TNF-α leva à activação da expressão de óxido nítrico sintase que causa NO excesso de produção.

Contudo, *Cheng et al., e Sadi et al. (2019)* atribuíram a diminuição do nível de SOD e GSH à SOD que é a primeira barreira aos danos oxidativos dos radicais livres e uma das mais importantes enzimas antioxidantes que convertem os radicais superóxidos em peróxido de hidrogénio. Na presença de metais de transição, o peróxido de hidrogénio pode transformar-se em radicais hidroxil conhecidos como as espécies mais reactivas. Além disso, o GSH é um tripéptido que é omnipresente no citoplasma e é responsável por 90% dos tióis não proteicos intracelulares e protege as células dos danos oxidativos. Ao mesmo tempo, o GSH serve como substrato de glutatião peroxidase (GSH-Px) para auxiliar o GSH-Px na remoção de radicais livres *(Zhao et al., 2019)*. A enzima CAT é uma proteína de bainha que ajuda a converter o peróxido de hidrogénio em água e oxigénio e protege o tecido de radicais hidroxil altamente reactivos *(Yelumalai et al., 2019)*.

Anteriormente, *Alam et al. (2015)* sugeriram que o stress oxidativo está envolvido no desenvolvimento da resistência à insulina e na disfunção celular β, e desempenha um papel importante na patogénese do T2DM. Entretanto, a hiperglicemia também contribui para o stress oxidativo através de várias vias: poliol, hexosamina, proteína quinase C, glicólise, e produção avançada de produtos finais de glicação *(Patche et al., 2017)*. Recentemente *Balakrishnan et al. (2019)* explicaram que o elevado nível de glucose causa um aumento na geração de ROS através da glicação não enzimática de proteínas e da auto-oxidação da glucose. Assim, os danos na integração estrutural e funcional do tecido renal resultam, como confirmado pelo aumento da deterioração oxidativa dos lípidos das membranas celulares no estado diabético. Portanto, é muito importante melhorar a função antioxidante no T2DM a fim de proteger contra o stress oxidativo *(Gao et al., 2018)*.

O aumento do stress oxidativo é uma das causas mais básicas de complicações crónicas no T2DM. *Cheng et al. (2019)* afirmaram que o stress oxidativo se refere ao desequilíbrio entre os danos oxidativos e a capacidade antioxidante in vivo; isto é mais susceptível de produzir muitos intermediários oxidativos, resultando em danos oxidativos agravados in vivo. Quando o organismo é estimulado por várias substâncias nocivas, produz-se um excesso de ROS e radicais livres de azoto reactivos (RNS). A capacidade antioxidante é enfraquecida devido ao excesso de ROS, o que leva à alteração dos marcadores de stress oxidativo, tais como MDA e SOD. As ROS, principalmente ânions superóxidos e radicais hidroxil, causam danos celulares e morte através de diversos mecanismos, incluindo a inibição da cadeia detransporte de electrões, supressão da respiração celular e produção de ATP *(Mestry et al., 2018).*

A produção excessiva de radicais livres, tais como ROS, causa danos no ADN, especificamente quebra de cordão e alterações de base, que induzem a paragem do ciclo celular ou apoptose. Os danos de ADN nas mitocôndrias resultam em disfunção mitocondrial, que por sua vez gera mais ROS. A inflamação desenvolve-se como uma resposta ao stress oxidativo - danos induzidos, o que promove a reparação e remodelação. Isto envolve a activação da via NF-κB em células renais e quimiocinas, tais como MCP-1 e interleucinas *(Sifuentes-Franco et al. , 2018).* Estas moléculas de adesão pró-inflamatória e quimiocinas atraem monócitos, macrófagos e linfócitos T, que se infiltram no tecido renal, resultando na activação da sinalização de TNF-α, e portanto no agravamento das lesões renais e fibrose *(Wang et al., 2019). A* TNF-α tem um papel na regulação da apoptose e processos inflamatórios na diabetes *(Safhi et al., 2019).* Outra explicação para o aumento do nível de TNF-α que a disfunção dos lípidos, especialmente o aumento da TG nas células adiposas, pode causar secreção de citocinas como a TNF-α das células macrofágicas *(Szpigel et al., 2018).*

A peroxidação lipídica é um indicador do stress oxidativo, no qual os radicais livres interagem com os ácidos gordos polinsaturados (PUFAs), levando à formação de MDA e 4-hidroxinonenal, que depois causam efeitos negativos, tais como necrose celular e inflamação. Quando ocorre nefropatia diabética, o corpo encontra-se frequentemente num estado de stress oxidativo e é propenso a produzir radicais livres de oxigénio em excesso. Quando a geração de ROS aumenta e não pode ser completamente eliminada, algumas moléculas instáveis na célula (tais como lípidos, proteínas, ADN, etc.) são facilmente oxidadas, causando a sua mudança estrutural e disfunção *(Ayala et al., 2014)*. O MDA é um dos indicadores que reflecte a peroxidação lipídica dos radicais oxigenados, que é produzida no rim intrinsecamente ou por células inflamatórias circulantes. O conteúdo de MDA nos rins de ratos diabéticos pode ser detectado para reflectir o estado de stress oxidativo renal *(Zhao et al., 2019)*.

Zhang et al. (2017) relataram que entre os Sirtuins, Sirt3, que é classificado como moléculas anti-envelhecimento, está localizado principalmente em mitocôndrias e desempenha um papel importante no stress anti-oxidante; o metabolismo celular é reconhecido como uma molécula reno-protectora. *Hershberger et al. (2017) e Morigi et al. (2018)* sugeriram que, após stress oxidativo persistente, a activação excessiva das ADP-ribosiltransferases (também chamadas PARPs) consome NAD+ para promover a reparação de lesões de ADN induzidas por ROS, acabando por reduzir a actividade das sirtuínas. A redução da actividade de Sirt3 contribui para o stress oxidativo mitocondrial ao diminuir a activação de enzimas anti-oxidantes tais como a superóxido dismutase *(Zhang et al., 2017)*.

Em contraste, *Elbe et al. (2015)* provaram que, a indução da diabetes por uma única injecção i.p de STZ recentemente dissolvida em 0,9% de soro fisiológico numa dose de 45 mg/kg diminui as actividades de CAT. *Samarghandian et al. (2014)* declararam que a estreptozocina administrada numa única injecção numa dose de 60 mg/kg para indução da diabetes leva à diminuição da actividade de EAC. A diminuição da actividade desta enzima pode resultar da oxidação da glucose, resultando num aumento de cetoaldeído reactivo e radicais superóxidos. Se não for decomposta por CAT causa a produção de radicais hidroxil reactivos. Quantidades excessivas de radicais livres danificam as proteínas celulares e os ácidos nucleicos, ligando-se a eles.

II- Efeitos do Punica granatum em diferentes parâmetros

Sobre peso corporal, HbA1c e glicose em jejum de soro:

Os ratos tratados com PGPE apresentaram uma alteração insignificante no peso corporal quando comparados com o grupo de controlo de diabéticos. No entanto, o peso corporal permaneceu significativamente inferior aos grupos tampão de controlo e controlo. Por outro lado, a administração de Punica granatum no grupo (IV) causou uma diminuição significativa em SFBG e HbA1c em relação ao grupo de controlo de diabéticos. Contudo, o nível de HbA1c permaneceu significativamente superior ao do grupo de controlo e o seu nível voltou quase de novo ao grupo tampão de controlo, enquanto que o nível de SFBG permaneceu significativamente superior ao dos grupos tampão de controlo e controlo.

Ibrahim (2015) relatou a actividade anti-obesidade dos EPI, que se deve à diminuição do nível de hormona leptina. ***Friedman (2011)*** mencionou que a hormona leptina é secretada pelo tecido adiposo em proporção à sua massa. Quando a massa adiposa corporal diminui, os níveis de leptina plasmática diminuem até que a massa adiposa seja restaurada. Nesta base, a diminuição do peso da gordura em ratos diabéticos dada a EPI poderia ser possivelmente atribuída ao baixo nível sérico de leptina (hipoleptinemia).

Muito semelhante aos resultados actuais, ***Mahmoud e Mahmoud (2017)*** registaram que o PG causou um declínio significativo no SFBG versus grupo de controlo de diabéticos. Além disso, ***El-Hadary e Ramadan (2019)*** descobriram que o Punica granatum causou um decréscimo significativo em SFBG e HbA1c versus grupo de controlo diabético. ***Salwe et al. (2015) e Hasona et al. (2017)*** relataram que o efeito hipoglicémico do PGPE poderia estar relacionado com as substâncias activas presentes nestes extractos, tais como polifenóis e flavonóides, que possuem as propriedades de regenerar a célula beta pancreática, aumentar a secreção de insulina, aumentar a absorção de glucose pela adipose ou tecidos musculares, inibir a absorção de glucose pelo intestino, diminuir a produção de glucose pelo fígado e resolver o problema da deficiência de insulina. O efeito anti-diabético da romã pode ser, em parte, devido ao seu efeito positivo na síntese do glicogénio no fígado, no esqueleto e nos músculos do coração, em combinação com ingredientes semelhantes à insulina ou que libertam insulina que existiam na romã ***(Shalaby et al., 2015). A*** suplementação com as cascas da romã leva ao aumento dos níveis de insulina através do aumento da secreção pancreática de insulina de β-células de ilhotas de Langerhans ou a sua libertação da forma ligada *(Middha et al., 2016)*.

Borikar et al. (2018) exploraram esse efeito hipoglicémico do Punica granatum devido à activação do receptor-γ activado pelo proliferador peroxisómico, e a melhoria da sensibilidade à glicose nos tecidos periféricos, o que provoca efectivamente uma redução do nível de glicose no sangue. *Atrahimovich et al. (2018)* explicaram os benefícios da punica para a diabetes tipo 2: protecção das células pancreáticas β contra a toxicidade da glucose, efeitos anti-inflamatórios e antioxidantes, inibição de α-glucosidases ou α-amilases e inibição da formação avançada do produto final da glicação. Foi explicado que α-glucosidase é uma das enzimas de digestão importantes, tendo a capacidade de hidrolisar polissacarídeo em glicose e pode ser encontrada no intestino delgado *(Watcharachaisoponsiri et al., 2016)*.

Ao contrário dos nossos resultados, *Ramadhani et al. (2019)* declararam que quando 200 mg/kgBW/dia de EPI dados diariamente durante 14 dias aumentavam o peso corporal, devido à melhoria da secreção de insulina, o que leva ao aumento da absorção de glicose em todos os tecidos. *Salwe et al. (2015)* informaram que foi observado um aumento significativo do peso corporal no grupo tratado com PGPE com uma dose de 200/mg/kg durante 28 dias em comparação com o grupo diabético, isto pode ser devido ao controlo da hiperglicemia por PGPE de fruta.

Sobre funções renais:

A administração de PGPE mostrou uma diminuição significativa dos níveis de ureia sérica, BUN, creatinina e proteína total quando comparada com o grupo de controlo de diabéticos. No entanto, os níveis de ureia, BUN e proteína total permaneceram significativamente mais elevados do que os grupos tampão de controlo e controlo, enquanto o nível de creatinina voltou quase de novo aos grupos tampão de controlo e controlo.

Estes resultados estavam de acordo com a descoberta de *Ankita et al. (2015), Karwasra et al. (2016) e Ahmad et al. (2017)* que descobriram que o PGPE causa diminuição da creatinina sérica, do BUN e da ureia. A administração de Punica granatum causa um decréscimo significativo no nível de proteínas urinárias em 24 horas quando comparado com o grupo de controlo de diabéticos *Ankita et al. (2015).*

As secções renais dos animais tratados com PG, mostraram uma melhoria renal moderada, no espaço glomerular e na maioria dos túbulos. Alguns túbulos ainda dilatados, outros ainda vacuados e hemorragia foi observada no interior de alguns deles (Figs 20A&B).

As descobertas histopatológicas consistiram no estudo de *Mestry et al. (2017) que encontraram uma* redução significativa da degeneração vacuolar dos túbulos no exame histopatológico do rim de ratos diabéticos tratados com Punica granatum e no estudo de *Manna et al. (2019)* que encontraram uma redução significativa da degeneração vacuolar dos túbulos nefríticos, causando uma redução da membrana basal espessada nos ratos diabéticos tratados com STZ com Punica granatum.

Mestry et al. (2018) demonstraram que o efeito protector do PGP sobre a creatinina e a ureia poderia ser atribuído ao seu potencial antioxidante, uma vez que se verificou que o ROS está envolvido na diminuição da taxa de filtração glomerular.

Os IDA's são encontrados em quase todos os tecidos examinados de ratos diabéticos induzidos por STZ. Além disso, os rins são mais susceptíveis à formação de IDA's do que outros tecidos. Foi encontrado um aumento do nível de AGEs no soro de ratos diabéticos STZ, enquanto que o tratamento com PGPE reduziu os níveis elevados de AGEs. Assim, o PGPE demonstrou o potencial de proteger os rins diminuindo a formação de AGEs na circulação dos ratos diabéticos STZ e diminuindo a proteinúria *Mestry et al. (2017)*.

Em marcadores de stress inflamatório e oxidativo no tecido renal:

O tratamento com PGPE causou uma diminuição significativa no TNF-α e MDA renal acompanhada por um aumento significativo dos níveis de GSH e SOD em relação aos grupos de controlo de diabéticos, enquanto os níveis de TNF-α e MDA renal permaneceram significativamente superiores aos grupos tampão de controlo e controlo, contudo, o nível de GSH e SOD renal permaneceram significativamente inferiores aos grupos tampão de controlo e controlo. A administração de PGPE mostrou uma alteração insignificante no nível de CAT quando comparado com o grupo diabético, mas voltou quase de novo aos grupos tampão de controlo e de controlo.

De acordo com a actual descoberta *Karwasra et al. (2016) e Mestry et al. (2017)* descobriram que em ratos tratados com romãs houve um declínio notável em TNF-α e MDA levesl, acompanhado por um aumento significativo em GSH & SOD versus grupo diabético e uma alteração insignificante na actividade do CAT em comparação com o grupo diabético. Como a elevação significativa da actividade do CAT foi observada na dose de 400 mg/kg de PGPE e não na dose de 200 mg/kg, enquanto que o MDA diminuiu significativamente a *El-Daly (2016)*.

Ghavipour et al. (2017) relataram que os efeitos anti-inflamatórios do extracto de romã acontecem através da inibição das vias de sinalização celular, incluindo a supressão da expressão do ciclo-oxigenase-2 e do óxido nítrico induzível, a inibição da activação do factor nuclear kappa B (NF-κB) e a inibição da fosforilação das proteínas mitogénicas cinase (MAPKs).

O quadro histopatológico do presente estudo confirmou a observação anterior, onde o grupo administrado pelo PGPE mostrou uma melhoria renal moderada, no espaço glomerular e na maioria dos túbulos. Alguns túbulos ainda dilatados, outros ainda vacuados e hemorragia foi observada dentro de alguns deles em comparação com o grupo diabético que mostrou infiltração de células mononucleares, espaço glomerular dilatado, túbulos degenerados dilatados, citoplasma vacuolado de muitos túbulos renais e hemorragia dentro de muitos deles.

Os compostos fenólicos contribuem para as actividades antioxidantes globais da romã, principalmente devido às suas propriedades redox. Geralmente, os mecanismos dos compostos fenólicos para a actividade antioxidante neutralizam os radicais livres lipídicos e impedem a decomposição dos hidroperóxidos em radicais livres *(El Sayed et al., 2014)*.

O efeito anti-inflamatório do polifenol atribuído à eficiência das elagitaninas (ETs) e do ácido elágico (EA) como compostos antioxidantes na romã depende muito da sua estrutura química, a presença de várias funções hidroxil em posição ortogonal nas ETs é responsável pela forte capacidade de doar um átomo de hidrogénio e suportar o electrão não emparelhado *(Du et al., e Xiang et al., 2019)*. Além disso, a eficiência antioxidante de ETs e EA está directamente correlacionada com o seu grau de hidroxilação. O PGPE tem a maior actividade antioxidante na inibição de superóxido e peróxido de hidrogénio devido à sua elevada concentração de polifenóis totais, flavonóides e taninos *(Hou et al., 2019)*. Assim, o PGPE é oferecido como dois agentes funcionais que combinam a actividade repressora da aldose redutase com acções antioxidantes *(Bassiri-Jahromi, 2018)*.

Lin et al. (2016) e Palma-Duran et al. (2017) revelaram que os polifenóis em produtos naturais podem ajudar a reduzir consideravelmente o stress oxidativo em animais com T2DM. *El Mageid et al. (2016)* demonstraram que os extractos de romã e os seus constituintes activos revelaram que têm uma actividade antioxidante através da eliminação de radicais livres, diminuindo o stress oxidativo dos macrófagos e prevenindo a peroxidação lipídica em animais, bem como aumentando a capacidade antioxidante do plasma. *Middha et al. (2016) e Mahesar et al. (2019)* relataram que a casca de Punica é rica em vários antioxidantes como pelargonidina-3-glucósido, rutina e quercetina. A redução do nível de MDA e o aumento das enzimas antioxidantes seria devido a estes antioxidantes. Análises fitoquímicas anteriores indicavam um elevado teor de polifenol total no extracto de PGP, o que poderia estar relacionado com os efeitos antidiabéticos e antiperoxidativos das cascas.

Em contraste, *Salwe et al. (2015)* descobriram que o tratamento com 200 mg/kg causou um aumento acentuado na actividade do CAT nos ratos diabéticos devido ao efeito antioxidante do extracto de casca de Punica devido à presença de fitoquímicos como alcalóides, flavonóides, saponinas, e taninos. A casca de Punica granatum tem o conteúdo mais antioxidante seguido pela flor, folhas e sementes. Além disso, *Afreen et al. (2015)* apoiaram que dado o extracto de casca de Punica granatum (600 mg/kg) 3 semanas não produziu qualquer melhoria na actividade do nível de SOD e MDA, isto pode ser devido a diferentes métodos na preparação do extracto.

III- Efeitos da sitagliptin em diferentes parâmetros

Sobre peso corporal, HbA1c e glicose em jejum de soro:

O tratamento com sitagliptin causou uma alteração insignificante no peso corporal e uma diminuição significativa de HA1c e glicose em jejum quando comparado com o grupo de controlo diabético. No entanto, o nível de HbA1c voltou quase de novo aos grupos tampão de controlo e controlo, enquanto que o peso corporal ainda era significativamente inferior ao dos grupos tampão de controlo e controlo e o SFBG permaneceu significativamente superior ao dos grupos tampão de controlo e controlo.

Em conformidade, *Ramírez et al. (2018) e Samaha et al. (2019)* relataram que a sitagliptin causou uma diminuição do nível de glucose e do nível de HbA1c por *Ren et al. (2019)*. Além disso, a sitagliptin não causou qualquer efeito no peso corporal de ratos diabéticos *Marques et al. (2019)*.

Jameshorani et al., e Tsurutani et al. (2017) e Ramírez et al. (2018) afirmaram que o Sitagliptin é um inibidor do DPP-IV. Os inibidores de DPP-IV melhoram o metabolismo daglucose induzindo hormonas incrementais que estimulam a secreção de insulina resultante da activação da GLP-1R no pâncreas, também, a GLP-1 pode afectar as células alfa pancreáticas e inibir a secreção de glucagon de uma forma dependente do glucose-depencente, melhorando assim o controlo glicémico com um menor risco de hipoglicemia. A inibição do DPP-IV previne a inactivação das hormonas incrementais (GIP e GLP-1) *Andersen et al. (2018)*. *A inibição* da actividade intestinal do DPP-IV, aumenta também a activação induzida pelas GLP-1 dos nervos autóncmos como níveis elevados de GLP-1 portal que suprimem a produção endógera de glucose; inibição da actividade DPP-IV da ilhota pancreática, o que aumenta a GLP-1 produzida por células de ilhota que estimula directamente a insulina *Muskiet et al. (2017)*.

Recentemente *Samaha et al. (2019)* confirmaram a capacidade da sitagliptin de preservar a integridade dos ilhéus β através do aumento da diferenciação e proliferação de células pancreáticas β inibindo a sua apoptose e a sua capacidade de preservar o secretariado da insulina.

Ao contrário dos nossos resultados, foi relatado que o sitagliptin não tem qualquer efeito no SFBG e HbA1c por *Marques et al. (2019)*.

Sobre as funções renais:

A administração de sitagliptin causou uma diminuição significativa dos níveis de ureia sérica, BUN, creatinina e 24 horas de proteína urinária versus grupo de controlo diabético. No entanto, os níveis de ureia, BUN, creatinina e proteína urinária de 24 horas permaneceram significativamente mais elevados do que os grupos tampão de controlo e de controlo.

Alterações semelhantes foram registadas por *Marques et al. (2014) e Ali et al. (2016)* foram a administração da sitagliptin que provocou uma diminuição significativa do nível de ureia em relação ao grupo diabético. Também, *Wang et al. (2018) e Xu & Ren (2019)* descobriram que a administração de sitagliptin causou um decréscimo significativo no BUN e creatinina versus grupo diabético. *Wang et al. (2018)* relataram uma diminuição significativa no nível de proteínas urinárias em ratos tratados com sitagliptin 24 horas versus grupo de controlo diabético.

O primeiro achado é apoiado pelo quadro histopatológico, onde as secções renais de ratos tratados com sitagliptin mostraram uma melhoria nos espaços glomerulares e na maioria dos túbulos versus grupo diabético, mas alguns túbulos ainda dilatados e outros ainda degenerados (Figs.21A &B).

As descobertas histopatológicas consistiram no estudo de *Marques et al. (2014)* que descobriram que a sitagliptin suprime a peroxidação lipídica no rim e melhora as lesões renais glomerulares, tubulointersticiais, e vasculares, o que foi demonstrado em ratos diabéticos e com *Wang et al. (2019)* que descobriram que as alterações morfológicas e a infiltração de células inflamatórias foram reduzidas em ratos diabéticos tratados com sitagliptin.

Ali et al. (2016) fazem a hipótese de que a redução significativa observada dos lípidos circulantes resultou na atenuação da lesão renal em ratos diabéticos tratados com sitagliptin. Isto é como o aumento dos níveis de insulina pela sitagliptin pode inibir a actividade da lipase sensível à hormona do tecido adiposo e, por sua vez, a libertação de ácido gordo do tecido adiposo. Além disso, a insulina e o aumento do peptídeo insulinotrópico dependente do glucose-dependente (GIP) induzido pela inibição do DPP-IV pode aumentar a reesterificação do ácido gordo do tecido adiposo e assim, aumentar a deposição de TGs do tecido adiposo. A ligação da hiperlipidemia à lesão renal e à progressão da fibrogénese renal foi bem documentada; os lípidos podem modular a progressão de doenças renais crónicas e podem mesmo ser factores primários na patogénese da lesão do tecido renal. Além disso, os efeitos sinérgicos da hiperlipidemia e hiperglicemia no desenvolvimento de lesão renal foram recentemente observados em vários modelos animais.

Kim (2017) relatou que os inibidores DPP-IV exercem efeitos renoprotectores através de mecanismos anti-oxidantes e anti-inflamatórios. Também pode estar associado com a atenuação da lesão podocitária ***Qiu et al. (2018)***.

Sitagliptin demonstrou um potencial terapêutico potente na prevenção da progressão do DN através do bloqueio do factor de crescimento transformador-β1/Smad3-mediated renal fibrose e up regulating inhibitory Smad7, que fornecem a base de tratamento para pacientes DN ***Wang et al. (2018)***.

A presença da hormona incremental GLP-1 e do seu receptor (GLP-1R) nos rins tem um papel na modulação da função renal *(Jensen et al., 2015)*. Também deve ser implicada na alteração do tónus vascular, propriedades natriuréticas e diuréticas dos rins *(Salles et al., 2015)*. *A* estimulação da GLP-1R nos vasos sanguíneos resulta no relaxamento do músculo liso e no aumento do fluxo sanguíneo renal *(Mulvihill e Drucker, 2014)*.

A localização da GLP-1R nas células endoteliais e nos túbulos renais proximais desempenha um papel na regulação da composição da urina *(Mega et al., 2017)*. A activação da GLP-1R foi associada à inactivação de NHE3 no túbulo proximal *(Thomson e Vallon, 2018)* resulta em natriurese *(Tsimihodimos e Elisaf, 2018)* perda de água, e diminuição da pressão arterial *(Von Websky et al., 2014)* uma vez que a acção de NHE3 é responsável pela maior parte da recaptação de sódio que se segue à filtração glomerular *(Packer, 2018)*.

No T2DM, o DPP-IV está regulado em glomérulos de pacientes com DN, estando implicado na redução da meia-vida da GLP-1 no rim e alterando as suas propriedades natriuréticas e diuréticas *(Hasan e Hocher, 2017)*. Sitagliptin reduz a albuminúria *Hattori (2011)* através do controlo do açúcar no sangue *(Liu et al., 2018)*. *Foi* demonstrado que agentes à base de albumina reduzem a albuminúria inibindo a reabsorção de sódio tubular renal e subsequentes aumentos da pressão glomerular *Kim e Park (2017)*. Os estudos experimentais utilizando vários modelos diabéticos sugerem que os incrementos protegem o endotélio vascular de lesões ligando-se aos receptores do peptídeo 1 tipo glucagon, melhorando assim o stress oxidativo e a resposta inflamatória local, o que reduz a albuminúria *(Chen et al., 2018)*. Também, a inibição do sistema renina-angiotensina (RAS) por sitagliptin demonstrou ser eficaz na redução da albuminúria e limitação da progressão da nefropatia diabética *(Scheen e Delanaye, 2017)*.

Em contraste, *Kröller-Schön et al. (2012)* relataram que o sitagliptin não tem qualquer efeito sobre o nível de creatinina. Além disso, *Olurishe et al. (2017) relataram* que a sitagliptin não tem qualquer efeito sobre o nível de ureia. E foi relatado que a sitagliptin não tem efeito sobre o nível de BUN por *Marques et al. (2019)*. Isto pode estar provavelmente relacionado com as concentrações urinárias extremamente elevadas que resultam da rápida eliminação renal do fármaco, como se viu nos roedores.

Em marcadores de stress inflamatório e oxidativo no tecido renal:

A administração de sitagliptin mostrou actividade antioxidante sob a forma de uma diminuição significativa em TNF-α & MDA e um aumento significativo nos níveis de GSH & SOD em relação aos grupos de controlo de diabéticos, enquanto os níveis de TNF-α & MDA renais permaneceram significativamente mais elevados do que os grupos tampão de controlo e controlo, contudo os níveis de GSH & SOD renais permaneceram significativamente mais baixos do que os grupos tampão de controlo e controlo. Relativamente ao nível CAT, observou-se uma alteração insignificante quando comparado com o grupo diabético, mas voltou aos grupos tampão de controlo e de controlo.

De acordo com estas descobertas, *Marques et al. (2014)* e *Maheshwari et al. (2017)* relataram que o sitagliptin causou uma diminuição significativa no nível de TNF-α em relação ao grupo diabético. Além disso, *Ali et al. (2016)* descobriram que a administração da sitagliptin causou um decréscimo significativo no MDA. Alterações semelhantes foram registadas por *Marques et al. (2019),* onde a administração de sitagliptin causou um aumento significativo nos níveis de GSH & SOD em relação ao grupo diabético

O tratamento Sitagliptin diminuiu a expressão de genes pró-inflamatórios de citocinas tais como TNF-α no rim do rato diabético *Lee e Jun (2016).*

O stress oxidativo e a inflamação desempenham papéis proeminentes na evolução da nefropatia diabética. Os inibidores do Dipeptidyl peptidase-IV atenuam o stress oxidativo, diminuem o número de células inflamatórias que se infiltram no rim diabético e reduzem os níveis de marcadores inflamatórios séricos *(Higashijima et al., 2015 e Birnbaum et al., 2016). Os* inibidores DPP-IV protegem o rim contra lesões de isquemia-reperfusão *Glorie et al. (2012).* Esta protecção foi associada a alterações anti-apoptóticas, imunológicas e antioxidantes *(Emam et al., 2015)*.

Abdelrahman (2017) e Tomovic et al. (2019) declararam os efeitos protectores da sitagliptin em termos de atenuação da inflamação e do stress oxidativo. Sitagliptin suprimiu a activação da NF-κB e a proliferação. A supressão da activação da NF-κB pode causar uma notável redução da produção de citocinas pró-inflamatórias como a TNF-α e a protecção dos tecidos contra lesões.

A inibição do DPP-IV regula a produção de adenosina monofosfato de adenosina cíclica renal (cAMP) através da elevação do factor-1a derivado das células do estroma circulatório. Outro mecanismo sugerido é que a inibição do DPP-IV eleva a produção de peptídeo-1 tipo glucagon activo, que é conhecido por regular acima o AMPc. O aumento do AMPc tem efeitos antioxidantes e reduz as ROS, que são consideradas uma causa principal de nefropatia diabética *Kim et al. (2016)*.

Recentemente *Tomovic et al. (2019)* relataram que a sitagliptin baixou a actividade elevada da mieloperoxidase (MPO), enzima que inicia a lesão oxidativa catalítica da formação de ácido hipocloroso, prevenindo a geração de ROS. Além disso, o ácido hipocloroso provoca a oxidação de outras moléculas tais como proteínas, aminoácidos, hidratos de carbono, ácidos nucleicos e lípidos, expandindo os danos nos tecidos renais, pelo que a inibição da actividade da MPO pelo tratamento da sitagliptin resulta numa peroxidação lipídica reduzida e, portanto, numa menor acumulação de MDA. A sitagliptin induziu a expressão de enzimas antioxidantes como SOD e suprimiu a peroxidação lipídica através do aumento dos níveis de GLP-1 e subsequente activação dos receptores de GLP-1 no rim.

A capacidade antioxidante da sitagliptin atribuída ao aumento da actividade do factor nuclear eritróide 2 relacionado com o factor 2, que consequentemente induz inúmeras enzimas antioxidantes e por fim protege as células contra o stress oxidativo *Abo-Haded et al. (2017).* O Sitagliptin exerce um efeito protector directo, através da modulação da resposta antioxidante no rim diabético. Ao inibir a actividade do DPP-IV, a sitagliptin aumenta os níveis de GSH renal e a actividade enzimática de CAT e SOD, sugerindo assim um papel antioxidante para a sitagliptin *Marques et al. (2019).* Mencionou que a sitagliptin poderia reduzir a geração de superóxido através da extracção directa de ROS *Civantos ei al. (2017).*

Em contraste com os resultados actuais, *Maheshwari et al. (2017)* relataram que a sitagliptin causou elevação na actividade do CAT. Isto devido à actividade antioxidante da sitagliptin, uma vez que foi capaz de reduzir a geração de ROS em ratos com diabetes induzida por STZ. A sitagliptin pode exercer um efeito protector directo, possivelmente através da modulação da resposta antioxidante no rim diabético. Ao inibir a actividade do DPP-IV, a sitagliptin aumenta a actividade enzimática renal do CAT *(Marques et al., 2019).*

IV- Efeitos do Punica granatum &sitagliptin em diferentes parâmetros

Não houve estudos anteriores sobre o efeito da combinação de Punica granatum e sitagliptin. Portanto, os resultados obtidos reflectem a acção cumulativa de Punica granatum e sitagliptin com o seu mecanismo de acção subjacente que foi discutido anteriormente.

Sobre peso corporal, HbA1c e glicose em jejum de soro:

A co-administração de Punica granatum e sitagliptin causou um aumento significativo do peso corporal quando comparado com o grupo de controlo de diabéticos. O peso corporal voltou quase de novo aos grupos tampão de controlo e de controlo.

A administração concomitante de Punica granatum e sitagliptin mostrou uma diminuição significativa em HbA1c e SFBG versus grupo de controlo de diabéticos. O HbA1c e o SFBG voltaram quase de novo aos grupos tampão de controlo e de controlo.

Sobre as funções renais:

A combinação de Punica granatum e sitagliptin resultou numa diminuição significativa dos níveis de ureia sérica, BUN e creatinina versus grupo de controlo de diabéticos. O BUN sérico e a creatinina voltaram quase de novo aos grupos tampão de controlo e controlo, enquanto a ureia sérica permaneceu significativamente mais elevada do que os grupos tampão de controlo e controlo.

A administração concomitante de Punica granatum e sitagliptin causou uma diminuição significativa da proteína total quando comparada com o grupo de controlo de diabéticos, enquanto a proteína total permaneceu significativamente mais elevada do que os grupos tampão de controlo e controlo.

A co-administração de Punica granatum e sitagliptin induziu a melhor melhoria dos resultados histopatológicos dos tecidos renais. O quadro histopatológico do rim tende a ser normal. No entanto, alguns túbulos renais ainda apresentam citoplasma vacuado (Figs. 22 A & B).

Em marcadores de stress inflamatório e oxidativo no tecido renal:

A administração concomitante de Punica granatum e sitagliptin causou uma diminuição significativa em TNFα contra o grupo de controlo de diabéticos, enquanto que TNFα permaneceu significativamente mais elevado do que os grupos tampão de controlo e controlo.

A combinação de Punica granatum e sitagliptin causou uma diminuição significativa em MDA e um aumento significativo em GSH, CAT e SOD quando comparado com o grupo diabético de controlo. O CAT renal voltou aos grupos tampão de controlo e controlo e o GSH renal voltou ao grupo tampão de controlo, enquanto o MDA renal e o SOD permaneceram significativamente mais altos e mais baixos do que os grupos tampão de controlo e controlo, respectivamente. O GSH permaneceu significativamente mais baixo do que o do grupo de controlo.

RESUMO

Este estudo visava investigar o efeito nefroprotector da fracção rica em flavonóides das cascas de Punica granatum e/ou sitagliptin em estreptozotocina - nicotinamida induzida pela nefropatia diabética precoce.

O estudo actual foi realizado em 60 ratos albinos adultos do sexo masculino. O seu peso corporal variou entre 200 e 250 gramas. Foram divididos em 6 grupos iguais cada um e submetidos aos seguintes regimes durante 6 semanas:

- **Grupo I (Grupo de controlo normal):** Ratazana comum recebida.

- **Grupo II (Grupo tampão citrato de controlo):** Foram injectados i.p com tampão citrato de sódio pH4,5 (veículo de STZ).

- **Grupo III (Grupo Diabético):** Os ratos receberam ração comum de rato e foram injectados com estreptozotocina i.p (dose :45 mg/kg de peso corporal) dissolvida em tampão citrato de pH 4,5, 15 min após administração i.p de nicotinamida dissolvida em soro fisiológico normal (110 mg/kg de peso corporal) para induzir a diabetes tipo 2 e utilizada como grupo de controlo diabético.

- **Grupo IV (Grupo de extractos de casca de granato de Diabético mais Punica):** A comida de rato comum recebida e o extracto de casca de Punica granatum começou uma semana após a indução da diabetes tipo 2, com uma dose de 200mg/kg/dia.

- **Grupo V (Diabético mais grupo sitagliptin):** A comida de rato comum e a sitagliptin começaram uma semana após a indução da diabetes tipo 2, com uma dose de 10mg/kg/dia.

- **Grupo VI (Diabético tratado com sitagliptin e extracto de cascas de Punica granatum):** A comida de rato comum recebida e o extracto de cascas de sitagliptin e Punica granatum começaram uma semana após a indução da diabetes tipo 2 no mesmo regemin descrito acima para os grupos IV e V.

No final do período experimental, os ratos foram colocados em gaiola metabólica durante 24 horas para recolher amostras de urina para detectar o nível total de proteínas e o seu peso corporal foi medido utilizando uma balança normal.

Os ratos foram jejuados durante 12 horas e depois foram colhidas amostras de sangue do seio retro-orbital usando tubos capilares heparinizados sob anestesia do éter leve. O sangue foi colhido em tubo EDITA para avaliação do nível de hemoglobina glicosilada (HbA1c) no sangue total, e tubo eppendorf para medição de FSBG, ureia, BUN e creatinina no soro.

Após as colecções de amostras, os ratos foram sacrificados por luxação cervical. Os rins foram excisados; o rim esquerdo de cada rato foi utilizado para exame histopatológico e o rim direito foi utilizado para medição de MDA, TNFα, GSH, CAT e SOD.

Os resultados são resumidos como se segue:

I- **Administração de estreptozotococina-nicotinamida causada:** (em comparação com o grupo de controlo e o grupo tampão de controlo)

- Diminuição significativa do peso corporal quando comparado com G I ou G II.

- Aumento significativo em HbA1c e SFBG quando comparado com G I ou G II.

- Aumento significativo de ureia sérica, BUN e creatinina quando comparada com G I ou G II.

- Aumento significativo na urina renal TNFα, MDA e proteínas totais em 24 horas, quando comparado com G I ou G II.

- Diminuição significativa no GSH e SOD renal quando comparado com G I ou G II.

- Mudança insignificante no CAT quando comparado com G I ou G II.

II- **Administração de Punica granatum peel GIV causado:** (em comparação com o grupo diabético, grupo de controlo e grupo tampão de controlo)

- Alteração insignificante no peso corporal quando comparado com G III. O peso corporal em G IV ainda era significativamente mais baixo do que o de G I e G II.

- Diminuição significativa em HbA1c quando comparado com G III. Contudo, HbA1c em G IV mostrou uma mudança insignificante em relação a G II. HbA1c em G IV ainda era significativamente mais elevado do que G I.

- Diminuição significativa no SFBG quando comparado com G III. O SFBG em G IV ainda era significativamente mais elevado do que o de G I e G II.

- Diminuição significativa da ureia sérica quando comparada com G III. A ureia sérica em G IV ainda era significativamente mais elevada do que a de G I e G II.

- Diminuição significativa do BUN do soro quando comparado com G III. O BUN de soro em G IV ainda era significativamente mais elevado do que o de G I e G II.

- Diminuição significativa da creatinina sérica quando comparada com G III. Enquanto a creatinina sérica em G IV mostrou uma mudança insignificante em relação a G I e G II.

- Diminuição significativa na renal TNFα quando comparado com G III. TNFα em G IV era ainda significativamente mais elevado do que o de G I e G II.

- Diminuição significativa da MDA renal quando comparada com G III. O MDA em G IV era ainda significativamente mais elevado do que o de G I e G II.

- Aumento significativo de GSH renal quando comparado com G III. GSH em G IV era ainda significativamente inferior ao de G I e GII.

- Alteração pouco significativa no CAT renal quando comparado com G I, GII e GIII.

- Aumento significativo da SOD renal quando comparada com G III. O SOD em G IV ainda era significativamente inferior ao de G I e GII.

- Diminuição significativa do total de proteínas em 24 horas de urina, quando comparado com G III. O total de proteínas em 24 horas de urina em G IV ainda era significativamente mais elevado do que o de G I e G II.

III- **Administração da sitagliptin G V causada:** (quando comparado ao grupo diabético, grupo de controlo e grupo tampão de controlo)

- Alteração insignificante no peso corporal quando comparado com G III. O peso corporal em G V ainda era significativamente mais baixo do que o de G I e G II.

- Diminuição significativa em HbA1c quando comparado com G III. Contudo, HbA1c em G V mostrou uma mudança insignificante em relação a GI e G II.

- Diminuição significativa no SFBG quando comparado com G III. A SFBG em G V ainda era significativamente superior à do GI e do GII

- Diminuição significativa da ureia sérica quando comparada com G III. A ureia sérica em G V ainda era significativamente mais elevada do que a de G I e G II.

- Diminuição significativa do BUN do soro quando comparado com G III. O BUN de soro em G V ainda era significativamente mais elevado do que o de G I e G II.

- Diminuição significativa da creatinina sérica quando comparada com G III. A creatinina sérica em G V ainda era significativamente mais elevada do que a de G I e G II.

- Diminuição significativa na renal TNFα quando comparado com G III. TNFα em G V era ainda significativamente mais elevado do que o de G I e GII.

- Diminuição significativa da MDA renal quando comparada com G III. O MDA em G V ainda era significativamente mais elevado do que o de G I e GII.

- Aumento significativo de GSH renal quando comparado com G III. GSH em G V era ainda significativamente inferior ao de G I e GII.

- Alteração pouco significativa no CAT renal quando comparado com G I, GII e GIII.

* Aumento significativo da SOD renal quando comparada com G III. A SOD em G V ainda era significativamente inferior à de G I e GII.

* Diminuição significativa do total de proteínas em 24 horas de urina, quando comparado com G III. O total de proteínas em 24 horas de urina em G V ainda era significativamente mais elevado do que o de G I e GII.

IV- Co-administração de Punica granatum e sitagliptin G VI causado: (em comparação com o grupo diabético, grupo de controlo e grupo tampão de controlo)

* Aumento significativo do peso corporal em relação a G III. Enquanto o peso corporal em G VI mostrou uma alteração insignificante em relação a G I e G II.

* Diminuição significativa em HbA1c versus G III. Enquanto HbA1c em G VI mostrou uma mudança insignificante em relação a G I e G II.

* Diminuição significativa no SFBG versus G III. Enquanto a SFBG c em G VI mostrou uma mudança insignificante em relação a G I e G II.

* Diminuição significativa da ureia sérica versus G III. A ureia sérica em G VI era ainda significativamente mais elevada do que a de G I e G II.

* Diminuição significativa do BUN de soro versus G III. Enquanto o BUN sérico em G VI mostrou uma mudança insignificante em relação a G I e G II.

- Diminuição significativa da creatinina sérica versus G III. Enquanto a creatinina sérica em G VI mostrou uma mudança insignificante em relação a G I e G II.

- Diminuição significativa na renal TNFα versus G III. TNFα em G VI era ainda significativamente mais elevado do que o de G I e GII.

- Diminuição significativa do MDA renal versus G III. O MDA em G VI era ainda significativamente mais elevado do que o de G I e GII.

- Aumento significativo de GSH renal versus G III. O GSH no G VI ainda era significativamente inferior ao do GI, enquanto que o GSH no G VI mostrou uma alteração insignificante em relação ao G II.

- Aumento significativo no CAT renal versus G III. Enquanto CAT em G VI mostrou uma mudança insignificante em relação a G I e G II.

- Aumento significativo da SOD renal versus G III. O SOD em G VI ainda era significativamente inferior ao de GI e G II.

- Diminuição significativa da proteína total em 24 horas de urina versus G III. O total de proteínas em 24 horas de urina em G VI era ainda significativamente mais elevado do que o de G I e GII.

CONCLUSÕES E RECOMENDAÇÕES

Do presente estudo, conclui-se que:

➢ Os ratos injetados com estreptozotocina e nicotinamida são um bom modelo para estudar o T2DM.

➢ Administração de estreptozotocina, nicotinamida induzida por stress oxidativo, inflamação e hiperglicemia.

➢ O stress oxidativo e a inflamação desempenham um papel significativo na diabetes e nas suas complicações. Conduzem a perturbações das funções renais (ureia sérica, BUN, creatinina e proteína total na urina) e a lesões histopatológicas em secções renais.

➢ Os problemas induzidos pela estreptozotocina/nicotinamida foram significativamente melhorados pela sitagliptin e/ou extracto de Punica granatum peels.

➢ A melhoria deve-se às acções antidiabéticas, anti-inflamatórias e antioxidativas do extracto de cascas de sitagliptin e de Punica granatum.

➢ O resultado do presente estudo mostrou que a combinação de Punica granatum e sitagliptin em comparação com a monoterapia tem melhores efeitos renoprotectores em ratos diabéticos.

➢ No entanto, a administração concomitante de Punica granatum juntamente com sitagliptin não só atenuou a homeostase da glucose como também mostrou uma melhoria significativa no peso corporal, funções renais (ureia sérica, BUN, creatinina e proteína total na urina) e marcadores de stress inflamatório e oxidativo no tecido renal (TNFc, MDA, GSH, CAT e SOD).

➤ Os resultados obtidos no estudo histopatológico confirmaram que a administração concomitante evitou danos renais, o que forneceu apoio estrutural para os efeitos de protecção renal.

Por isso, recomenda-se que:

➤ O extracto de casca de Punica granatum e os seus ingredientes activos são dignos de mais investigações, pois são seguros, facilmente recolhidos e eficazes para tratamentos de T2DM e as suas complicações (DN).

➤ São necessários ensaios clínicos adicionais para apoiar a utilização do extracto de cascas de sitagliptin e Punica granatum como agentes preventivos ou terapêuticos em doentes com DM.

➤ Recomenda-se um estudo comparativo entre o extracto de cascas de sitagliptin e de Punica granatum com outros medicamentos antidiabéticos (por exemplo, Metformina) em estudo futuro, tanto para benefícios como para efeitos secundários.

REFERÊNCIAS

Abdelrahman, R.S. (2017): Sitagliptin exerce efeito anti-apoptótico na nefrotoxicidade induzida pela cisplatina em ratos. Arquivo de Naunyn-Schmiedeberg de farmacologia, 390(7), pp.721-731.

Abid, M., Yaich, H., Cheikhrouhou, S., Khemakhem, I., Bouaziz, M., Attia, H. e Ayadi, M.A. (2017): Propriedades antioxidantes e caracterização do perfil fenólico por LC-MS/MS de cascas de romãs tunisinas seleccionadas. Journal of food science and technology, 54(9), pp.2890-2901.

Abo-Haded, H.M., Elkablawy, M.A., Al-Johani, Z., Al-ahmadi, O. e El-Agamy, D.S. (2017): Efeito Hepatoprotector da sitagliptin contra a toxicidade hepática induzida pelo metotrexato. PloS one, 12(3), p.e0174295.

Adams, S., Che, D., Qin, G., Farouk, M.H., Hailong, J. e Rui, H. (2019): Nova biossíntese, metabolismo e funções fisiológicas da l-homoarginina. Ciência actual das proteínas e peptídeos, 20(2), pp.184-193.

Adi, S. e Gerard-Gonzalez, A. (2018): Diabetes Mellitus Tipo 1: Uma Visão Geral. Em intervenções nutricionais e terapêuticas para a diabetes e síndrome metabólica (pp. 3-13). Imprensa Académica.

Aebi, H. (1984): Catalase in vitro. Em métodos em enzimologia (Vol. 105, pp. 121-126). Imprensa académica.

Afreen, S.A., Khan, M.M. e Ali, S.A. (2015): Efeito antidiabético do Extracto de Punica Granatum Peel, extracto de flor de spilanthes paniculata e selénio na diabetes induzida por estreptozotocina. Revista internacional de investigação farmacêutica e ciências afins, 4(2).

Afzal, M., Saleem, S., Singh, N., Kazmi, I., Khan, R., Nadeem, M.S., Zamzami, M.A., Al-Abbasi, F.A. e Anwar, F. (2018): Avaliação da difenidramina em talco induzido tipo 2 diabetes mellitus em ratos Wistar. Biomedicina & Farmacoterapia, 97, pp.652-655.

Aggarwal, R., Kaur, K., Suri, M. e Bagai, U. (2016): Potencial anti-helmíntico de Calotropis procera, Azadirachta indica e Punica granatum contra Gastrothylax indicus. Journal of parasitic diseases, 40(4), pp.1230-1238.

Ahmad, M., Wazir, R., Anwar, R., Kamran, S.H., Mobasher, A. e Akhtar, U. (2017): Actividade profiláctica e protectora do extracto bruto e metanólico de Punica granatum Peel contra a nefrotoxicidade induzida pela gentamicina. Journal of Pharmaceutical Research International, pp.1-7.

Ahmed, A.T., Belal, S.K. e Salem, A.G.E. (2014): Efeito protector do extracto de romã de casca de romã contra alterações histopatológicas renais induzidas por diabéticos em ratos albinos. IOSR-JDMS, 13(10), pp.94-105.

Ahrén, B. (2007): Inibidores de Dipeptidyl peptidase-4: dados clínicos e implicações clínicas. Diabetes care, 30(6), pp.1344-1350.

Akhtar, S., Ismail, T. e Layla, A. (2019): Moléculas bioactivas de romã e benefícios para a saúde. Moléculas bioactivas em alimentos, pp.1253-1279.

Akimoladun, A.C., Farombi, E.O. e Oguntibeju, O.O. (2014): Antidiabéticos botânicos e os seus potenciais benefícios na gestão da diabetes mellitus. Intech Open.

Alam, M.M., Iqbal, S. e Naseem, I. (2015): Efeito de riboflavina sobre a hiperglicemia, stress oxidativo e danos no ADN em ratos diabéticos de tipo 2: Estratégias mecanicistas e terapêuticas. Archives of biochemistry and biophysics, 584, pp.10-19.

Al-Attar, A.M. e Alsalmi, F.A. (2019): Efeito do extracto de folhas de Olea europaea na diabetes induzida por estreptozotocina em ratos albinos machos. Revista Saudita de Ciências Biológicas,26(1),p118-128

Alexiadou, K., Anyiam, O. e Tan, T. (2019): Quebrar a combinação: Hormonas intestinais para o tratamento da obesidade e da diabetes. Journal of neuroendocrinology, 31(5), p.e12664.

Alexopoulou, O., Bex, M., Kamenicky, P., Mvoula, A.B., Chanson, P. e Maiter, D. (2014): Prevalência e factores de risco de tolerância à glicose e diabetes mellitus no diagnóstico de acromegalia: um estudo em 148 pacientes. Pituitária, 17(1), pp.81-89.

Al-Gubory, K.H., Blachier, F., Faure, P. e Garrel, C. (2016): O extracto de romã diminui a peroxidação dos lípidos do intestino delgado ao aumentar as actividades das principais enzimas antioxidantes. Journal of the science of food and agriculture, 96(10), pp.3462-3468.

Ali, B., Marwa, F. e Atia, N.N. (2018): Métodos espectrofluorimétricos sensíveis para determinação do fosfato de sitagliptin, inibidor de peptidase-4 dipeptidyl, em comprimidos farmacêuticos e urina humana perfurada. Análise farmacêutica actual, 14(5), pp.483-490.

Ali, S.M., Khalifa, H. e Mostafa, D.K. (2016): A supressão do factor de crescimento do tecido conjuntivo medeia o efeito renoprotector do Sitagliptin em vez da Pioglitazona na diabetes mellitus tipo 2. Ciências da vida, 153, pp.180-187.

Almalki, D.A., Alghamdi, S.A. e Al-Attar, A.M. (2019): Estudo comparativo sobre a influência de algumas plantas medicinais na diabetes induzida pela estreptozotocina em ratos machos. BioMed research international, 2019.

Al-Megrin, W.A. (2016): Eficácia do extracto de romã (punica granatum) descascado contra hymenolepis nana em ratos infectados. Biosciences biotechnology research Asia, 13(1), pp.103-108.

Alotaibi, M.R., Fatani, A.J., Almnaizel, A.T., Ahmed, M.M., Abuohashish, H.M. e Al-Rejaie, S.S. (2019): Avaliação in vivo dos efeitos combinados da glibenclamida e do losartan em ratos diabéticos. Medical Principles and Practice, 28(2), pp.178-185.

American Diabetes Association (2018): 2. classificação e diagnóstico da diabetes: padrões de cuidados médicos na diabetes-2018. Diabetes care, 41(Suplemento 1), pp.S13-S27.

Sociedade Americana de Saúde (2019): Sistema bPharmacists. U.S.National Library of Medicine.Sitagliptin 2019.

Amri, Z., Zaouay, F., Lazreg-Aref, H., Soltana, H., Mneri, A., Mars, M. e Hammami, M. (2018): Teor fitoquímico, composiçãc em ácidos gordos e potencial antioxidante de diferentes partes de romã: comparação entre variedades comestíveis e não comestíveis cultivadas na Tunísia. International journal of biological macromolecules, 104, pp.274-280.

Andersen, A., Lund, A., Knop, F.K. e Vilsbøll, T. (2018): Glucagon-like peptide 1 em saúde e doença. Nature Reviews Endocrinologys, 14(7), p.390.

Anık, A., Çatlı, G., Abacı, A. e Böber, E. (2015): Maturity-onset diabetes of the young (MODY): uma actualização. Journal of Pediatric Endocrinology and Metabolism, 28(3-4), pp.251-263.

Animaw, Z., Worku, A. e Muche, A. (2018): Origens, destinos e variações das artérias renais: Estudo cadavérico na população etiópica. International Journal of Anatomical Variations, 11(1).

Ankita, P., Deepti, B. e Nilam, M. (2015): A fracção rica em flavonóices de Punica granatum melhora a nefropatia diabética precoce ao amelhorar a proteinúria e perturbar a homeostase da glucose em animais experimentais. Biologia farmacêutica, 53(1), pp.61-71.

Arruda-Junior, D.F., Martins, F.L., Dariolli, R., Jensen, L., Antonio, E.L., dos Santos, L., Tucci, P.J. e Girardi, A.C. (2016): A inibição da Dipeptidyl peptidase IV exerce efeitos renoprotectores em ratos com insuficiência cardíaca estabelecida. Fronteiras em fisiologia, 7, p.293.

Ashraf, H., Heidari, R. e Nejati, V. (2014): Efeitos anti-hiperglicémicos e anti-hiperlipidémicos do extracto aquoso de Berberis integerrima Bge. em ratos diabéticos induzidos por estreptozotocina. Revista iraniana de investigação farmacêutica: IJPR, 13(4), p.1313.

Asmat, U., Abad, K. e Ismail, K. (2016): Diabetes mellitus e stress oxidativo - uma revisão concisa. Saudi Pharmaceutical Journal, 24(5), pp.547-553.

Asokan, S.M., Wang, R.Y., Hung, T.H. e Lin, W.T. (2019): Efeitos Hepato-protectores da Glossogyne tenuifolia em ratos diabéticos induzidos por estreptozotocina e nicotinamida em dieta rica em gordura. BMC medicina complementar e alternativa, 19(1), p.117.

Atrahimovich, D., Samson, A.O., Khattib, A., Vaya, J. e Khatib, S. (2018): Punicalagin diminui os níveis de glucose do soro e aumenta a actividade de PON1 e os valores anti-inflamatórios HDL em ratos Balb/c Fed a HighFat Diet. Medicina oxidativa e longevidade celular, 2018.

Ayala, A., Muñoz, M.F. e Argüelles, S. (2014): Peroxidação lipídica: produção, metabolismo, e mecanismos de sinalização de malondialdeído e 4-hidroxi-2-nonenal. Medicina oxidativa e longevidade celular, 2014.

Bahmanzadeh, M., Goodarzi, M.T., Rezaei Farimani, A., Fathi, N. e Alizadeh, Z. (2019): A suplementação com resveratrol melhora a integridade do ADN e os parâmetros espermáticos em ratos diabéticos do tipo 2 induzidos por estreptozotocina/nicotinamida. Andrologia, p.e13313.

Bains, P., Kaur, M., Kaur, J. e Sharma, S. (2018): Nicotinamida: Mecanismo de acção e indicações em dermatologia. Indian Journal of Dermatology, Venereology, and Leprology, 84(2), p.234.

Bakker, A.J. e Mücke, M. (2007): Interferência da gamopatia em ensaios de química clínica: mecanismos, detecção e prevenção. Clinical Chemical Laboratory Medicine, 45(9), pp.1240-1243.

Balakrishnan, B.B., Krishnasamy, K., Mayakrishnan, V. e Selvaraj, A. (2019): Moringa concanensis Nimmo extractos ameliorados de hiperglicemia e upregulados de stress oxidativo mediado por hiperglicemia PPARγ e expressão do gene GLUT4 no fígado e pâncreas de ratos diabéticos induzidos por estreptozotocina/nicotinamida. Biomedicina & Farmacoterapia, 112, p.108688.

Balamurugan, R., Duraipandiyan, V. e Ignacimuthu, S. (2011): Actividade antidiabética de γ-sitosterol isolado de Lippia nodiflora L. em ratos diabéticos induzidos por estreptozotocina. Revista Europeia de Farmacologia, 667(1-3), pp.410-418.

Bamanikar, S.A., Bamanikar, A.A. e Arora, A. (2016): Estudo da ureia sérica e creatinina em doentes diabéticos e não diabéticos num hospital-escola terciário. The Journal of medical research, 2( ), pp.12-15.

Barmore, W. e Hughes, J. (2019): Fisiologia, Ciclo da Ureia. Em StatPearls [Internet]. StatPearls Publishing.

Bassiri-Jahromi, S. (2018): Punica granatum (romã): actividade de promoção da saúde e prevenção do cancro. Revisões oncológicas, 12(1).

Batuman, V. (2018): Nefropatia Diabética.

Baynes, H.W. (2015): Classificação, fisiopatologia, diagnóstico e gestão da diabetes mellitus. J diabetes metab, 6(5), pp.1-9.

Becker, B.K, Zhang, D., Soliman, R. e Pollock, D.M. (2019): Nervos autonómicos e controlo circadiano da função renal. Neurociência Autónoma , 217,p.58-65

Bekir, J., Cazaux, S., Mars, M. e Bouajila, J. (2016): Actividades in vitro anti-colinesterase e anti-hiperglicémicas de extractos de flores de sete variedades de romãs. Culturas e produtos industriais, 81, pp.176-179.

Beutler, E., Duron, O. e Kelly, MB. (1963): J. Lab Clin. Med. (1963), 61, 882.

Bhaskar, A. e Kumar, A. (2012): Efeito anti-hiperglicémico, antioxidante e hipolipidémico do extracto floral de Punica granatum L em ratos diabéticos induzidos por estreptozotocina. Asian Pacific Journal of Tropical Biomedicine, 2(3), pp.S1764-S1769.

Bhat, V.R., Chianeh, Y.R., Udupa, P., Anushree, U. e Sheikh, S. (2018): Hepatoprotective and Renoprotective Potentials of the Aqueous Extract of Bixa orellana on Streptozotocin Induced Diabetic Rats. Biochem Pharmacol (Los Angel), 7(255), pp.2167-0501.

Bhutkar, M.A. e Bhise, S.B. (2011): Estudos comparativos sobre a actividade antioxidante de algumas plantas antidiabéticas. Research Journal of Pharmacy and Technology, 4(9), pp.1409-1412.

Bian, C., Zhang, C., Luo, T., Vyas, A., Chen, S.H., Liu, C., Kassab, M.A., Yang, Y., Kong, M. e Yu, X. (2019): O NADP+ é um inibidor endógeno de PARP na resposta aos danos do ADN e na supressão de tumores. Comunicações da natureza, 10(1), p.693.

Birgani, G.A., Ahangarpour, A., Khorsandi, L. e Moghaddam, H.F. (2018): Efeito anti-diabético do ácido betulínico no modelo de rato macho diabético induzido por estreptozotocina/nicotinamida. Revista Brasileira de Ciências Farmacêuticas, 54(2).

Birnbaum, Y., Bajaj, M., Qian, J. e Ye, Y. (2016): A inibição de Dipeptidyl peptidase-4 por Saxagliptin previne a inflamação e lesões renais ao visar o inflammasome Nlrp3/ASC. BMJ Open Diabetes Research and Care, 4(1), p.e000227.

Bodnaruc, A.M., Prud'homme, D., Blanchet, R. e Giroux, I. (2016): Modulação nutricional da secreção endógena do peptídeo 1 do tipo glucagon: uma revisão. Nutrição e metabolismo, 13(1), p.92.

Borikar, S.P., Kallewar, N.G., Mahapatra, D.K. e Dumore, N.G. (2018): A combinação de Clitoria ternatea e Punica granatum em pó de flores secas demonstrou um potencial anti-hiperglicémico análogo em comparação com a metformina padrão da droga: Estudo in vivo em ratos Sprague Dawley. Journal of Applied Pharmaceutical Science, 8(11), pp.075-079.

Braidy, N., Berg, J., Clement, J., Khorshidi, F., Poljak, A., Jayasena, T., Grant, R. e Sachdev, P. (2018): Papel da nicotinamida adenina dinucleótida e precursores relacionados como alvos terapêuticos para doenças degenerativas relacionadas com a idade: fundamentação, bioquímica, farmacocinética, e resultados. Antioxidantes e sinalização redox, 30(2), pp.251-294.

Brenner, E. (2019). Anatomia do trato urinário superior e inferior. Em neurourologia (pp. 3-15). Springer, Dordrecht.

Buffi, N., Cardone, P. e Lughezzani, G. (2018): Anatomia Renal e Fisiologia. Em The Management of Small Renal Masses (pp. 1-6). Springer, Cham.

Bus, P., Chua, J.S., Klessens, C.Q., Zandbergen, M., Wolterbeek, R., Van Kooten, C., Trouw, L.A., Bruijn, J.A. e Baelde, H.J. (2018): Activação complementar em doentes com nefropatia diabética. Kidney international reports, 3(2), pp.302-313.

Cangiotti, A.M. , Lorenzi, T., Zingaretti, M.C., Fabri, M. e Morroni, M. (2018): Fins Polarizados das Células de Macula Densa Humana: Investigação Ultra-estrutural e Correlações Morphofuncionais. The Anatomical Record, 301(5), pp.922-931.

Capozzi, M.E., DiMarchi, R.D., Tschöp, M.H., Finan, B. e Campbell, J.E. (2018): Apontar o sistema incretin/glucagon com triagonistas para tratar a diabetes. Endocrine reviews, 39(5), pp.719-738.

Cappetta, D., Ciuffreda, L.P., Cozzolino, A., Esposito, G., Scavone, C., Sapio, L., Naviglio, S., D'Amario, D., Crea, F., Rossi, F. e Berrino, L. (2019): Dipeptidyl Peptidase 4 Inhibition Ameliorates Chronic Kidney Disease num modelo de hipertensão dependente do sal. Medicina oxidativa e longevidade celular, 2019.

Cara-Fuentes, G., Clapp, W.L., Johnson, R.J. e Garin, E.H. (2015): Patogénese da proteinúria na doença da mudança mínima idiopática: mecanismos moleculares. Nefrologia Pediátrica, 31(12), pp.2179-2189.

Celik, I., Temur, A. e Isik, I. (2009): Papel Hepatoprotector e capacidade antioxidante da romã (Punica granatum) infusão de flores contra ácido tricloroacético exposto em ratos. Food and Chemical Toxicology, 47(1), pp.145-149.

Chakera, A.J., Steele, A.M., Gloyn, A.L., Shepherd, M.H., Shields, E., Ellard, S. e Hattersley, A.T. (2015): Reconhecimento e gestão de indivíduos com hiperglicemia devido a uma mutação heterozigótica da glucocinase. Diabetes care, 38(7), pp.1383-1392.

Chakraborty, M., Bagchi, B., Das, S., Basu, R. e Nandy, P. (2018): Uma dose dependente da actividade hepatoprotectora e nefroprotectora do óleo de eucalipto no modelo de ratos diabéticos induzidos por estreptozotocina. Clinical Phytoscience, 4(1), p.10.

Chen, C.Y., Wu, V.C., Lin, C.J., Lin, C.S., Pan, C.F., Chen, H.H., Lin, Y.F., Huang, T.M., Chen, L., Wu, C.J. e Lai, T.S. (2018): Melhoria da mortalidade e doença renal em fase terminal em doentes com diabetes tipo 2 após lesão renal aguda, aos quais são prescritos inibidores de dipeptidyl peptidase-4. In Mayo Clinic Proceedings (Vol. 93, No. 12, pp. 1760-1774). Elsevier.

Cheng, Y., Liu, C., Cui, Y., Lv, T., Guo, Y., Liang, J. e Qian, H. (2019): O Sporidiobolus pararoseus em pó quebrado amelhora o stress oxidativo na nefropatia diabética em ratos diabéticos de tipo 2 activando a via Nrf2/ARE. RSC avança, 9(15), pp.8394-8403.

Chetan, M.R., Thrower, S.L. e Narendran, P. (2018): O que é a diabetes tipo 1? Medicamentos.

Christoffersson, G., Rodriguez-Calvo, T. e von Herrath, M. (2016): Recentes avanços na compreensão da Diabetes Tipo 1. F1000Pesquisa, 5.

Civantos, E., Bosch, E., Ramirez, E., Zhenyukh, O., Egido, J., Lorenzo, O. e Mas, S. (2017): Sitagliptin ameliorates oxidative stress in experimental diabetic nephropathy, diminuindo a via antioxidante miR-200a/Keap-1/Nrf2. Diabetes, síndrome metabólica e obesidade: alvos e terapia, 10, p.207.

Coimbra, T.M., Janssen, U., Gröne, H.J., Ostendorf, T., Kunter, U., Schmidt, H., Brabant, G. e Floege, J. (2000): Acontecimentos iniciais que levam a lesões renais em ratos Zucker (gordos) obesos com diabetes tipo II. Kidney international, 57(1), pp.167-182.

Crenshaw, A., Wilson, D., Hamilton, L. e Hamby, T. (2018): As Guidelines for Maturity Onset Diabetes in Youth (MODY) seriam úteis na prática clínica?

Cryer, P.E. (2006): Mecanismos de falha simpático-adrenal e hipoglicémia na diabetes. The Journal of clinical investigation, 116(6), pp.1470-1473.

Debjit, B., Harish, G., Pragati, B., Duraivel, S., Aravind, G. e Sampath Kumar, K.P. (2013): Usos medicinais do Punica granatum e seus benefícios para a saúde. J Pharmacogn&Phytochem. 2013; 1 (5): 28, 35.

Devlin, H. e Craven, R. (2018): Oxford Handbook of Integrated Dental Biosciences (Manual Oxford de Biociências Dentárias Integradas). Imprensa da Universidade de Oxford.

Dhungyal, B., Sharma, C. e Jha, D.K. (2019): Efeito anti-hiperglicémico das folhas e inflorescências de Girardinia heterophylla sobre ratos wistar machos diabéticos albinos do tipo II induzidos por estreptozotocina-nicotinamida. Journal of Pharmacognosy and Phytochemistry, 8(2), pp.1423-1426.

Dimitrioglou, N., Kanelli, M., Papageorgiou, E., Karatzas, T. e Hatziavramidis, D. (2019): Pavimentar o caminho para o encapsulamento bem sucedido de ilhotas. Drug discovery today, 24 (3): p:737-748.

Dowlati, Y., Herrmann, N., Swardfager, W., Liu, H., Sham, L., Reim, E.K. e Lanctôt, K.L. (2010): Uma meta-análise de citocinas em grande depressão. Biological psychiatry, 67(5), pp.446-457.

Drucker, D.J. (2016): Conceitos evolutivos e relevância translacional da biologia celular enteroendócrina. The Journal of Clinical Endocrinology & Metabolism, 101(3), pp.778-786.

Du, L., Li, J., Zhang, X., Wang, L., Zhang, W., Yang, M. e Hou, C. (2019): Os polifenóis de casca de romã inibem a inflamação em RAW264 induzida por LPS. 7 macrófagos através da supressão da activação da via TLR4/NF-κB. Investigação sobre alimentação e nutrição, 63.

Ekperikpe, E.U., Owolabi, O.J. e Olapeju, B.I. (2019): Efeitos do extracto aquoso de Parkia biglobosa em alguns parâmetros bioquímicos, hematológicos e histopatológicos em ratos diabéticos induzidos por estreptozotocina. Journal of ethnopharmacology, 228, pp.1-10.

Ekrikpo, U.E., Kengne, A.P., Bello, A.K., Effa, E.E., Noubiap, J.J., Salako, B.L., Rayner, B.L., Remuzzi, G. e Okpechi, I.G. (2018): Doença renal crónica na população mundial adulta infectada pelo VIH: Uma revisão sistemática e uma meta-análise. PloS one, 13(4), p.e0195443.

El Mageid, M.M.A., Salama, N.A., Saleh, M.A.M. e Abo-Taleb, H.M. (2016): Avaliação de pó de sumo de romã (Punica granatum L.) e extractos de pó de casca em ratos albinos machos. IOSR-JPBS, 11(6), pp.53-64.

El Sayed, A.S., Badawi, A.M. e Asmaa, M.T. (2014): O efeito protector dos extractos de folhas de oliveira e cascas de romã sobre o stress oxidativo e lesões hepáticas induzidas pela oxitetraciclina em ratos albinos. Egipto. J. Drug Res. Egypt, 35, pp.33-41.

Elbe, H., Vardi, N., Esrefoglu, M., Ates, B., Yologlu, S. e Taskapan C. (2015): Melhoria da nefropatia diabética induzida por estreptozotocina por melatonina, quercetina, e resveratrol em ratos. Toxicologia humana e experimental, 34(1), pp.100-113.

El-Daly, A.A. (2016): Extracto de romã Protege a nefrotoxicidade induzida pelo cádmio em ratos albinos.

El-Hadary, A.E. e Ramadan, M.F. (2019): Perfis fenólicos, propriedades anti-hiperglicémicas, anti-hiperlipidémicas e antioxidantes do extracto de romã (Punica granatum) descascado. Journal of Food Biochemistry, 43(4), p.e12803.

Elkotby, D., Hassan, A.K., Emad, R. e Bahgat, I. (2018): Alterações histológicas em ilhotas de Langerhans de pâncreas em ratos diabéticos induzidos por aloxan, após tratamentos com veneno de abelhas egípcias. International Journal of Pure and Applied Zoology, 6, pp.1-6.

Elnajjar, M.M., Dawood, A.E.D., Salem, M.A., Kasemy, Z.A. e Nohman, O.T. (2016): Nefropatia diabética entre pacientes diabéticos que frequentam o Hospital Geral El Mahalla. Journal of The Egyptian Society of Nephrology and Transplantation, 16(1), p.39.

Emam, H.T., Elgendy, F.S. e Madboly, A.G. (2015): Possível efeito de sitagliptin na nefrotoxicidade induzida pela cisplatina em ratos albinos.

Estil- les, E., Téllez, N., Nacher, M. e Montanya, E. (2018): Um Modelo de Transplante de Ilhéus Humanos para Ratos Diabéticos Imunodeficientes com Estreptozotocina. Transplante de células 27(11), pp.1684-1691.

Fadini, G.P., Boscaro, E., Albiero, M., Menegazzo, L., Frison, V., De Kreutzenberg, S., Agostini, C., Tiengo, A. e Avogaro, A. (2010): O inibidor oral de dipeptidyl peptidase-4 sitagliptin aumenta a circulação de células progenitoras endoteliais em doentes com diabetes tipo 2: possível papel do factor derivado do estroma-1α. Diabetes care, 33(7), pp.1607-1609.

Fallahzadeh, H., Ostovarfar, M. e Lotfi, M.H. (2019): População: risco atribuível aos factores de risco para a diabetes tipo 2; métodos Bayesianos. Diabetes e Síndrome Metabólico: Clinical research & reviews, 13(2), pp.1365-1368.

Fernández-Millán, E., Ramos, S., Alvarez, C., Bravo, L., Goya, L. e Martín, M.Á. (2014): Os metabolitos fenólicos microbianos melhoram a secreção de insulina estimulada pelo glucos e protegem as células beta pancreáticas contra a toxicidade induzida pelo hidroperóxido de terc-butilo através das vias ERKs e PKC. Food and Chemical Toxicology, 66, pp.245-253.

Ferraù, F. e Korbonits, M. (2018): Síndrome metabólica em doentes com síndrome de Cushing. Em Metabolic Syndrome Consequent to Endocrine Disorders (Vol. 49, pp. 85-103). Karger Publishers.

Fogo, A.B., Cohen, A.H., Colvin, R.B., Jennette, J.C. e Alpers, C.E. (2014): Fundamentos da patologia renal. Berlim: Springer.

Fricker, R.A., Green, E.L., Jenkins, S.I. e Griffin, S.M. (2018): A influência da nicotinamida na saúde e na doença do sistema nervoso central. International Journal of Tryptophan Research, 11, p.1178646918776658.

Friedman, J.M. (2011): Leptin e a regulação do peso do corpo. The Keio journal of medicine, 60(1), pp.1-9.

Gao, W., Pu, L., Wei, J., Yao, Z., Wang, Y., Shi, T., Zhao, L., Jiao, C. e Guo, C. (2018): Os parâmetros séricos antioxidantes estão significativamente aumentados em doentes com diabetes mellitus tipo 2 após o consumo de própolis chinesa: Um ensaio aleatório controlado baseado no nível de glicose do soro de jejum. Diabetes Therapy, 9(1), pp.101-111.

Garach, D., Pake, A., Chakraborty, M. e Kamath, J.V. (2012): Perfil fitoquímico e farmacológico de Punica granatum: uma visão geral. Intr Res J Pharm. 2013; 3 (2): 65, 68.

Garg, K., Tripathi, C.D. e Kumar, S. (2013): Revisão clínica da sitagliptin: um inibidor do DPP-4. Journal of the Association of Physicians of India, 61(9), pp.645-649.

Gasbjerg, L.S., Gabe, M.B.N., Hartmann, B., Christensen, M.B., Knop, F.K., Holst, J.J. e Rosenkilde, M.M. (2018): Antagonistas dos receptores de polipéptidos insulinotrópicos dependentes da glicose (GIP) como agentes anti-diabéticos. Peptídeos, 100, pp.173-181.

Ghasemi, A., Khalifi, S. e Jedi, S. (2014): Modelo de ratazana induzida por estreptozotocina e não-inicinamida do tipo 2 da diabetes. Acta Physiologica Hungarica, 101(4), pp.408-420.

Ghavipour, M., Sotoudeh, G., Tavakoli, E., Mowla, K., Hasanzadeh, J. e Mazloom, Z. (2017): O extracto de romã alivia a actividade da doença e alguns biomarcadores sanguíneos de inflamação e stress oxidativo em doentes com artrite reumatóide. Revista Europeia de Nutrição Clínica, 71(1), p.92.

Gheith, O., Farouk, N., Nampoory, N., Halim, M.A. e Al-Otaibi, T. (2016): Doença renal diabética: diferença mundial de prevalência e factores de risco. Journal of nephropharmacology, 5(1), p.49.

Giacco, F. e Brownlee, M. (2010): Stress oxidativo e complicações diabéticas. Circulation research, 107(9), pp.1058-1070.

Glorie, L.L., Verhulst, A., Matheeussen, V., Baerts, L., Magielse, J., Hermans, N., d'Haese, P.C., De Meester, I. e De Beuf, A. (2012): A inibição do DPP4 melhora o resultado funcional após lesão de isquemia-reperfusão renal. American Journal of Physiology-Renal Physiology, 303(5), pp.F681-F688.

Goli, F., Karimi, J., Khodadadi, I., Tayebinia, H., Kheiripour, N., Hashemnia, M. e Rahimi, R. (2019): Silymarin atenua a expressão ELMO-1 e KIM-1 e o stress oxidativo no rim de ratos com diabetes tipo 2. Indian Journal of Clinical Biochemistry, 34(2), pp.172-179.

Goody, M.F. e Henry, C.A. (2018): Uma necessidade de NAD+ no desenvolvimento muscular, homeostase, e envelhecimento. Músculo esquelético, 8(1), p.9.

Goud, B.J., Dwarakanath, V. e Chikka, B.K. (2015): Estreptozotocina - um agente diabetogénico em modelos animais. International Journal of Pharmacy & Pharmaceutical Research, 3(1), pp.253-269.

Goyal, R. e Jialal, I. (2019): Diabetes mellitus, tipo 2. Em StatPearls [Internet]. StatPearls Publishing.

Gribble, F.M. e Reimann, F. (2019): Função e mecanismos das células enteroendócrinas e hormonas intestinais no metabolismo. Nature reviews endocrinology, p.1.

Gupta, A., Hong, Z., Li, S. e Bai, H.J. (2019): O Papel da Doença Crónica dos Rins: Uma Revisão da Literatura. Social Science and Humanities Journal, pp.876-882.

Hafiz, T.A., Mubaraki, M.A., Al-Quraishy, S. e Dkhil, M.A. (2016): O papel potencial do tratamento com Punica granatum na lesão hepática induzida pela malária murina e pelo stress oxidativo. Parasitology research, 115(4), pp.1427-1433.

Haq Asif, A., Harsha, S., Hodalur Puttaswamy, N. e E Al-Dhubiab, B. (2018): Um Sistema de Entrega Eficaz de Sitagliptin Utilizando Nanopartículas Mucoadhesivas Optimizadas. Ciências Aplicadas, 8(6), p.861.

Hasan, A.A. e Hocher, B. (2017): Papel do dipeptidyl peptidase-4 solúvel e ligado à membrana na nefropatia diabética. J Mol Endocrinol, 59(1), pp.R1-R10.

Hasan, M.M., Ahmed, Q.U., Soad, S.Z.M. e Tunna, T.S. (2018): Modelos animais e produtos naturais para investigar a actividade antidiabética in vivo e in vitro. Biomedicina & Farmacoterapia, 101, pp.833-841.

Haschek, W.M., Rousseaux, C.G., Wallig, M.A., Bolon, B. e Ochoa, R. eds. (2013): Haschek e Rousseaux's handbook of toxicologic patology. Imprensa académica.

Hasona, N.A.S.A., Qumani, M.A., Alghassab, T.A., Alghassab, M.A. e Alghabban, A.A. (2017): Propriedades de melhoramento das sementes de Trigonella foenum-graecum L. iranianas e extractos de Punica granatum L. descascados em cobaias experimentais induzidas por estreptozotocina. Asian Pacific Journal of Tropical Biomedicine, 7(3), pp.234-239.

Hattori, S. (2011): Sitagliptin reduz a albuminúria em doentes com diabetes tipo 2 [Comunicação Rápida]. Revista Endocrine, 58(1), pp.69-73.

Hendarto, H., Inoguchi, T., Maeda, Y., Ikeda, N., Zheng, J., Takei, R., Yokomizo, H., Hirata, E., Sonoda, N. e Takayanagi, R. (2012): O liraglutido análogo GLP-1 protege contra o stress oxidativo e a albuminúria em ratos diabéticos induzidos por estreptozotocina através da inibição mediada pela proteína quinase A da NAD (P) H oxidases renal. Metabolismo, 61(10), pp.1422-1434.

Herman, G.A. , Bergman, A., Liu, F., Stevens, C., Wang, A.Q., Zeng, W., Chen, L., Snyder, K., Hilliard, D., Tanen, M. e Tanaka, W. (2006): Pharmacokinetics and pharmacodynamic effects of the oral DPP-4 inhibitor sitagliptin in middle-age obesese subjects. The Journal of Clinical Pharmacology, 46(8), pp.876-886.

Herrera, P.M., Velez Van Meerbeke, A. e Bonnot, O. (2018): Desordens psiquiátricas secundárias a desordens neurometabólicas. Revista colombiana de psiquiatria, 47(4), pp.244-251.

Hershberger, K.A., Martin, A.S. e Hirschey, M.D. (2017): Papel das sirtuínas NAD+ e mitocondriais nas doenças cardíacas e renais. Nature Reviews Nephrology, 13(4), p.213.

Higashijima, Y., Tanaka, T., Yamaguchi, J., Tanaka, S. e Nangaku, M. (2015): Papel anti-inflamatório dos inibidores de DPP-4 num modelo não-diabético de lesão glomerular. American Journal of Physiology-Renal Physiology, 308(8), pp.F878-F887.

Hong, Q., Zhang, L., Fu, J., Verghese, D.A., Chauhan, K., Nadkarni, G.N., Li, Z., Ju, W., Kretzler, M., Cai, G.Y. e Chen, X.M. (2019): LRG1 Promove a Progressão da Doença Diabética dos Rins através do Reforço da Angiogénese Induzida TGF-β. Journal of the American Society of Nephrology, 30(4), pp.546-562.

Hou, C., Zhang, W., Li, J., Du, L., Lv, O., Zhao, S. e Li, J. (2019): Efeitos benéficos da romã sobre o metabolismo lipídico nos distúrbios metabólicos. Molecular nutrition & food research, p.1800773.

Huan, Y.A.N., Peng, K.J., Wang, Q.L., Gu, Z.Y., Lu, Y.Q., Jun, Z.H.A.O., Fang, X.U., Liu, Y.L., Ying, T.A.N.G., Deng, F.M. e Peng, Z.H.O.U. (2013): Efeito do gel de polifenol de casca de romã na cicatrização de feridas cutâneas em ratos diabéticos induzidos por aloxan. Revista médica chinesa, 126(9), pp.1700-1706.

Hurtado, M.D. e Vella, A. (2018): O que é a diabetes tipo 2? Medicamentos.

Ibrahim, H.O., Osilesi, O., Adebawo, O.O., Onajobi, F.D., Karigidi, K.O. e Muhammad, L.B. (2019): Efeitos Antidiabéticos e Hematológicos da Dieta Suplementada de Chrysophyllum albidum em Ratos Diabéticos Induzidos com Estreptozotocina. Journal of Applied Life Sciences International, pp.1-17.

Ibrahim, M.E.E.D. (2015): Efeitos dos extractos de romã e casca de cebola na redução do peso e no controlo da diabetes em ratos diabéticos obesos. Egipto. J. de nutrição e saúde Vol. 10 No. 1.

Indu, R., Adhikari, A., Basak, P. e Sur, T.K. (2019): Efeito da terapia concomitante de antidiabéticos e hipolipidemias sobre parâmetros bioquímicos e histológicos em modelos animais. Asian Journal of Pharmacy and Pharmacology, 5(4), pp.771-778.

Isaev, N.K., Genrikhs, E.E., Voronkov, D.N., Kapkaeva, M.R. e Stelmashook, E.V. (2018): A toxicidade da estreptozotocina in vitro depende da maturidade dos neurónios. Toxicologia e farmacologia aplicada, 348, pp.99-104.

Iwata, J. e Nishikaze, O. (1979): Novo método micro-turbidimétrico para determinação de proteínas no líquido cefalorraquidiano e na urina. Clinical Chemistry, 25(7), pp.1317-1319.

James Norman, M.D. (2016): A Importância da Insulina e do Glucagon. Diabetes e Hipoglicemia, Web Endócrina [Internet].

Jameshorani, M., Sayari, S., Kiahashemi, N. e Motamed, N. (2017): Estudo comparativo sobre a adição de pioglitazona ou sitagliptin a doentes com diabetes mellitus tipo 2 insuficientemente controlados com metformina. Open access Macedonian journal of medical sciences, 5(7), p.955.

Jensen, E.P., Poulsen, S.S., Kissow, H., Holstein-Rathlou, N.H., Deacon, C.F., Jensen, B.L., Holst, J.J. e Sorensen, C.M. (2015): A activação dos receptores GLP-1 nas células musculares lisas vasculares reduz a resposta autoregulatória nas arteríolas aferentes e aumenta o fluxo sanguíneo renal. American Journal of Physiology-Renal Physiology, 308(8), pp. F867-F877.

Jin, T. e Weng, J. (2016): Funções hepáticas da GLP-1 e das suas drogas baseadas: disputas e perspectivas actuais. American Journal of Physiology-Endocrinology and Metabolism, 311(3), pp.E620-E627.

Johnson, K.M. e Schurr, K. (2011): Sitagliptin: um inibidor DPP-4 para o tratamento da diabetes mellitus tipo 2. Clinical Medicine Insights: Therapeutics, 3, pp.CMT-S6227.

Jourdan, T., Park, J.K., Varga, Z.V., Pálóczi, J., Coffey, N.J., Rosenberg, A.Z., Godlewski, G., Cinar, R., Mackie, K., Pacher, P. e Kunos, G. (2018): A supressão dos receptores canabinoides-1 nos podócitos atenua a disfunção glomerular e tubular num modelo de nefropatia diabética do rato. Diabetes, Obesidade e Metabolismo, 20(3), pp.698-708.

Juvekar, A.R. e Bandawane, D.D. (2009): Estudo preliminar sobre o efeito hipoglicémico da Alstonia scholaris Linn. Em ratos diabéticos normais e induzidos por estreptozotocina. Adv J Pharmacol Toxico., 10(3), pp.89-92.

Kalra, S., Kesavadev, J., Chadha, M. e Kumar, G.V. (2018): Inibidores de cotransporter-2 de sódio-glicose em combinação com outros agentes que diminuem a glucosidade para o tratamento da diabetes mellitus tipo 2. Revista indiana de endocrinologia e metabolismo, 22(6), p.827

Kara, Ö., Esen, İ. e Tepe, D. (2018): Factores que influenciam a frequência e duração da remissão em crianças e adolescentes recém-diagnosticados com diabetes tipo 1. Medical science monitor: revista médica internacional de investigação experimental e clínica, 24, p.5996.

Karwasra, R., Kalra, P., Gupta, Y.K., Saini, D., Kumar, A. e Singh, S. (2016): Potencial antioxidante e anti-inflamatório do extracto de casca de romã para melhorar a lesão renal aguda induzida por cisplatina. Food & function, 7(7), pp.3091-3101.

Kaur, R., Mahajan, P. e Goswami, M. (2018): diabetes mellitus: um factor de risco emergente para a saúde pública.

Kaushik, P., Lal, S. e Kaushik, D. (2018): Avaliação de Pinus roxburghii Sarg. Em STZ nefropatia diabética induzida. Revista global de educação e investigação farmacêutica, 6(1-2).

Khaled, S.A. (2015): Medicina Herbal em Diabetes Mellitus: Eficácia do Punica Granatum Peel Powder em Prediabéticos, Diabéticos e Diabéticos Complicados. Vol.5, No.16.

Khan, H., Jawad, M., Kamal, M.A., Baldi, A., Xiao, J., Nabavi, S.M. e Daglia, M. (2018): Provas e perspectivas de flavonóides derivados de plantas como agentes antiplaquetários: Fortes candidatos a serem medicamentos do futuro. Toxicologia alimentar e química, 119, pp.355-367.

Kim, M.K. (2017): Tratamento da doença renal diabética: objectivos actuais e futuros. The Korean journal of internal medicine, 32(4), p.622.

Kim, Y. e Park, C.W. (2017): Novos agentes terapêuticos na nefropatia diabética. The Korean journal of internal medicine, 32(1), p.11.

Kim, Y.G., Byun, J., Yoon, D., Jeon, J.Y., Han, S.J., Kim, D.J., Lee, K.W., Park, R.W. e Kim, H.J. (2016): Efeito protector renal dos inibidores DPP-4 em doentes com diabetes mellitus tipo 2: um estudo de coorte. Journal of diabetes research, 2016.

Rei, A. (2017): Modelos Animais de Diabetes Mellitus Tipo 1 e Tipo 2 In Animal Models for the Study of Human Disease (pp. 245-265). Imprensa Académica.

Kirkpatrick, J.J. e Leslie, S.W. (2019): rim em ferradura de cavalo. Em Stat Pearls [Internet]. Stat Pearls Publishing.

Kishore, L., Kajal, A. e Kaur, N. (2017): Papel da Nicotinamida na Diabetes Induzida por Estreptozotocina em Modelos Animais. J Endocrinol Thyroid Res, 2, pp.01-04.

Klimova, N. e Kristian, T. (2019): Efeito multidireccionado do mononucleótido nicotinamida no metabolismo bioenergético do cérebro. Neuroquimica research, pp.1-8.

Klimova, N., Long, A. e Kristian, T. (2018): Importância das modificações mitocondriais de proteínas pós-tradução ra fisiopatologia da lesão cerebral. Translational stroke research, 9(3), pp.223-237.

Koeppen, B.M. e Stanton, B.A. (2019): E-Book de Fisiologia Rena: Série de fisiologia Mosby 6ª edição. Elsevier Ciências da Saúde.

Kolodziejski, P.A., Sassek, M., Chalupka, D., Leciejewska, N., Nogowski, L., Mackowiak, P., Jozefiak, D., Stadnicka, K., Siwek, M., Bednarczyk, M. e Szwaczkowski, T. (2018): GLP1 e GIP estão envolvidos na acção de sinbióticos em frangos de carne. Journal of animal science and biotechnology, 9(1), p.13.

Koopman, A.D.M., Rutters, F., Rauh, S.P., Nijpels, G., Holst, J.J., Beulens, J.W., Alssema, M. e Dekker, J.M. (2018): Aumento das respostas aos testes de glucose oral e de refeições mistas e alterações nos níveis de glucose em jejum durante 7 anos de seguimento: O estudo da refeição de chifres. PloS one, 13(1), p.e0191114.

Kriz, W. e Lemley, K.V. (2017): Desafios mecânicos à barreira da filtração glomerular: adaptações e caminho para a esclerose. Nefrologia Pediátrica, 32(3), pp.405-417.

Kröller-Schön, S., Knorr, M., Hausding, M., Oelze, M., Schuff, A., Schell, R., Sudowe, S., Scholz, A., Daub, S., Karbach, S. e Kossmann, S. (2012): Melhoria da disfunção vascular independente da glicose na sepsis experimental por inibição da dipeptidase 4. Investigação cardiovascular, 96(1), pp.140-149.

Kuhad, A. e Chopra, K. (2009): Atenuação da nefropatia diabética por tocotrienol: envolvimento da via de sinalização NFkB. Ciências da vida, 84(9-10), pp.296-301.

Kumar, V., Sharma, K., Ahmed, B., Al-Abbasi, F.A., Anwar, F. e Verma, A. (2018): Desconvolução do duplo efeito hipoglicémico da wedelolactona isolada de Wedelia calendulacea: investigação através de validação experimental e ancoragem molecular. RSC advances, 8(32), pp.18180-18196.

Lai, Y.F., Wang, L. e Liu, W.Y. (2019): O pré-tratamento com nicotinamida alivia o stress mitocondrial e protege as células hipóxicas do miocárdio através da via AMPK. European review for medical and pharmacological sciences, 23(4), pp.1797-1806.

Lascar, N., Brown, J., Pattison, H., Barnett, A.H., Bailey, C.J. e Bellary, S. (2018): Diabetes tipo 2 em adolescentes e adultos jovens. The Lancet Diabetes & Endocrinology, 6(1), pp.69-80.

Latifi, E., Mohammadpour, A.A., Fathi, B. e Nourani, H. (2019): Efeitos antidiabéticos e anti-hiperlipidémicos da Ferula assa-foetida oleo-resina etanolica em ratos wistar diabéticos induzidos por estreptozotocina. Biomedicina & Farmacoterapia, 110, pp.197-202.

Laustsen, C., Stokholm Nørlinger, T., Christoffer Hansen, D., Qi, H., Mose Nielsen, P., Bonde Bertelsen, L., Henrik Ardenkjaer-Larsen, J. e Stødkilde Jørgensen, H. (2016): Hyperpolarized 13C urea relaxation mechanism reveals renal changes in diabetic nephropathy. Ressonância magnética em medicina, 75(2), pp.515-518.

Lee, J.H., Yang, S.H., Oh, J.M. e Lee, M.G. (2010): Farmacocinética de medicamentos em ratos com diabetes mellitus induzidos por aloxan ou estreptozocina: comparação com os de doentes com diabetes mellitus tipo I. Journal of Pharmacy and Pharmacology, 62(1), pp.1-23.

Lee, Y.S. e Jun, H.S. (2016): Efeitos anti-inflamatórios das terapias à base de GLP-1 para além do controlo da glicose. Mediadores da inflamação, 2016.

Lehmann, R. e Schleicher, E.D. (2000): Mecanismo molecular da nefropatia diabética. Clinica chimica acta, 297(1-2), pp.135-144.

Leslie, S.W. e Sharma, S. (2018): Anatomia, Abdómen e Pélvis, Artéria Renal. Em StatPearls [Internet]. StatPearls Publishing.

Levitan, I., Delpire, E. e Rasgado-Flores, H. (2018): Regulação do volume da célula (Livro).

Li, J., He, X., Li, M., Zhao, W., Liu, L. e Kong, X. (2015): Análise química de impressões digitais e quantitativa para controlo de qualidade dos polifenóis extraídos da casca da romã por HPLC. Química alimentar, 176, pp.7-11.

Lin, D., Xiao, M., Zhao, J., Li, Z., Xing, B., Li, X., Kong, M., Li, L., Zhang, Q., Liu, Y. e Chen, H. (2016): Uma visão geral dos compostos fenólicos vegetais e da sua importância na nutrição humana e na gestão da diabetes tipo 2. Molecules, 21(10), p.1374.

Lin, F. (2017): Autofagia em lesão tubular renal e reparação. Acta physiologica, 220(2), pp.229-237.

Liu, W., Yu, J., Yan, Q., Wang, L., Li, N. e Xiong, W. (2018): Metaanálise -do benefício do tratamento com sitagliptin em pacientes com diabetes tipo 2 complicados com nefropatia incipiente. Medicina experimental e terapêutica, 16(3), pp.2545-2553.

Liu, Y., Ye, J. , Cao, Y., Zhang, R., Wang, Y., Zhang, S., Dai, W. e Ye, S. (2019): A silibinina melhora a nefropatia diabética através da melhoria do estado diabético nos ratos. Revista Europeia de Farmacologia, 845, pp.24-31.

Livingstone, R., Boyle, J.G., Petrie, J.R. e REMOVAL Study Team (2017): Uma nova perspectiva sobre a metforminoterapia na diabetes tipo 1. Diabetologia, 60(9), pp.1594-1600.

Lizicarova, D., Krahulec, B., Hirnerova, E., Gaspar, L. e Celecova, Z. (2014): Factores de risco na progressão da nefropatia diabética no presente. Bratislavske lekarske listy, 115(8), pp.517-521.

Loganathan, K., Said, E.S., Winterrowd, E., Orebrand, M., He, L., Vanlandewijck, M., Betsholtz, C., Quaggin, S.E. e Jeansson, M. (2018): A deficiência de angiopoietina-1 aumenta a rarefacção capilar renal e a fibrose tubulointersticial em ratos. PloS one, 13(1), p.e0189433.

Lopez, P.P. e Khorasani-Zadeh, A. (2019): Anatomia, Abdómen e Pélvis, Duodeno. Em Stat Pearls [Internet]. Publicação de Pérolas de Estatua.

López-Ferreras, L., Richard, J.E., Noble, E.E., Eerola, K., Anderberg, R.H., Olandersson, K., Taing, L., Kanoski, S.E., Hayes, M.R. e Skibicka, K.P. (2018): Os receptores hipotalâmicos laterais GLP-1 são críticos para o controlo do reforço alimentar, do comportameno ingestivo e do peso corporal. Psiquiatria Molecular, 23(5), p.1157

Lorber, D. (2014): Importância da gestão do risco de doenças cardiovasculares em pacientes com diabetes mellitus tipo 2. Diabetes, síndrome metabólica e obesidade: alvos e terapia, 7, p.169.

Lucier, J. e Weinstock, R.S. (2018): Diabetes Mellitus, Tipo 1. Em StatPearls [Internet]. StatPearls Publishing.

Luo, Z.F., Feng, B., Mu, J., Qi, W., Zeng, W., Guo, Y.H., Pang, Q., Ye, Z.L., Liu, L. e Yuan, F.H. (2010): Efeitos do ácido 4-fenilbutírico no processo e desenvolvimento da nefropatia diabética induzida em ratos por estreptozotocina: regulação da activação endoplasmática do retículo estreso-oxidante. Toxicologia e farmacologia aplicada, 246(1-2), pp.49-57.

Mahesar, S.A., Kori, A.H., Sherazi, S.T.H., Kandhro, A.A. e Laghari, Z.H. (2019): Óleo de semente de romã (Punica granatum). Em Óleos de Frutas: Química e Funcionalidade (pp. 691-709). Springer, Cham.

Maheshwari, R., Balaraman, R., Sen, A.K., Shukla, D. e Seth, A. (2017): Efeito da administração concomitante de coenzima Q10 com sitagliptin em nefropatia diabética induzida experimentalmente em ratos. Falha renal, 39(1), pp.130-139.

Mahmoodi, M., Koohpeyma, F., Saki, F. e Maleksabet, A. (2019): O efeito protector do extracto hidroalcoólico de Zataria multiflora Boiss. na produção de TNF-α, stress oxidativo, e nível de insulina em ratos diabéticos induzidos por estreptozotocina. Avicenna journal of phytomedicine, 9(1), p.72.

Mahmoud, E.F. e Mahmoud, M.F. (2017): Efeito do extracto de romã na glândula salivar submandibular da diabetes induzida por estreptozotocina em ratos: Estudo histológico, imuno-histoquímico e ultra-estrutural. J Adv Biol Biotech, 13(3), pp.1-15.

Mali, K.K., Ligade, S.S. e Dias, R.J. (2019): Efeito de retardamento da formulação politerbal em cataratas em ratos wistar diabéticos induzidos pelo STZ-NIC. Indian Journal of pharmaceutical sciences, 81(3), pp.415-423.

Mallek, A., Movassat, J., Ameddah, S., Liu, J., Semiane, N., Khalkhal, A. e Dahmani, Y. (2018): Diabetes experimental induzida por estreptozotocina no gerbo do deserto, Gerbillus gerbillus, e os efeitos da administração de 20-hidroxiecdisona a curto prazo. Biomedicina e farmacoterapia, 102, pp.354-361.

Mandal, M.M., Garg, S., Mishra, R.N. e Maharana, S.P. (2018): Estudo sobre a previsão da diabetes mellitus tipo 2 em estudantes de MBBS: um estudo de secção transversal num centro de saúde terciário, Kolkata. International Journal of Research in Medical Sciences, 6(1), p.184.

Manna, K., Mishra, S., Saha, M., Mahapatra, S., Saha, C., Yenge, G., Gaikwad, N., Pal, R., Oulkar, D., Banerjee, K. e Saha, K.D. (2019): melhoria da nefropatia diabética utilizando nanopartículas de ouro estabilizadas com extracto de romã: avaliação do sistema de sinalização NF-κB e Nrf2. Revista internacional de nanomedicina, 14, p.1753.

Mansur, S.A., Mieczkowska, A., Flatt, P.R., Chappard, D., Irwin, N. e Mabilleau, G. (2019): Sitagliptin altera a composição óssea em ratos com alto teor de gordura. Calcified tissue international, 104(4), pp.437-448.

Maqbool, M., Dar, M.A., Gani, I. e Mir, S.A. (2019): Modelos Animais em diabetes mellitus: Uma visão geral. Journal of drug delivery and therapeutics, 9(1-s), pp.472-475.

Marca, V., Gianchecchi, E. e Fierabracci, A. (2018): Type1diabetes e a sua patogénese multifactorial: o papel putativo das células NK. Revista internacional de ciências moleculares, 19(3), p.794.

Marques, C., Mega, C., Gonçalves, A., Rodrigues-Santos, P., Teixeira-Lemos, E., Teixeira, F., Fontes-Ribeiro, C., Reis, F. e Fernandes, R. (2014): Sitagliptin previne a inflamação e morte apoptótica das células do rim de animais diabéticos do tipo 2. Mediadores da inflamação, 2014.

Marques, C., Gonçalves, A., Pereira, P.M.R., Almeida, D., Martins, B., Fontes-Ribeiro, C., Reis, F. e Fernandes, R. (2019): O inibidor de dipeptidase peptidase 4, sitagliptin, melhora o stress oxidativo e melhora as lesões glomerulares num modelo de ratazana da diabetes tipo 1. Ciências da vida, p.116738.

Matsui, T., Nakashima, S., Nishino, Y., Ojima, A., Nakamura, N., Arima, K., Fukami, K., Okuda, S. e Yamagishi, S.I. (2015): A deficiência de Dipeptidyl peptidase-4 protege contra a nefropatia diabética experimental, em parte através do bloqueio do eixo receptor dos produtos finais da glicação avançada. Laboratory Investigation, 95(5), p.525.

Mega, C., Teixeira de Lemos, E., Vala, H., Fernandes, R., Oliveira, J., Mascarenhas-Melo, F., Teixeira, F. e Reis, F. (2011): A melhora da nefropatia diabética por uma sitagliptin de baixa dose num modelo animal de diabetes tipo 2 (rato gordo diabético Zucker). Pesquisa experimental sobre a diabetes, 2011.

Mega, C., Teixeira-de-Lemos, E., Fernandes, R. e Reis, F. (2017): Efeitos renoprotectores do inibidor de dipeptidyl peptidase-4 sitagliptin: uma revisão na diabetes tipo 2. Journal of diabetes research, 2017.

Meltzer, J.S. (2019): Fisiologia Renal. In Pharmacology and Physiology for Anesthesia (pp. 782-794). Elsevier.

Meng, Y., Ren, Z., Xu, F., Zhou, X., Song, C., Wang, V.Y.F., Liu, W., Lu, L., Thomson, J.A. e Chen, G. (2018): A nicotinamida promove a sobrevivência e diferenciação celular como inibidor da cinase nas células estaminais pluripotentes humanas. Relatórios sobre células estaminais, 11(6), pp.1347-1356.

Merck & Co.(2017): Inc., Januvia (Sitagliptin) Package Insert, Merck & Co. Inc., Whitehouse Station, NJ, EUA, 2017.

Mestry, S.N., Dhodi, J.B., Kumbhar, S.B. e Juvekar, A.R. (2017): Atenuação da nefropatia diabética em ratos diabéticos induzidos por estreptozotocina por Punica granatum Linn. Extracto de folhas. Journal of traditional and complementary medicine, 7(3), pp.273-280.

Mestry, S.N., Gawali, N.B., Pai, S.A., Gursahani, M. S., Dhodi, J.B., Munshi, R. e Juvekar, A.R. (2018): Punica granatum melhora a função renal na nefropatia induzida pela gentamicina em ratos através da atenuação do stress oxidativo. Journal of Ayurveda e medicina integradora.

Mevin Mathew (2013): Fisiologia da insulina.

Mezza, T., Cinti, F. e Giaccari, A. (2018): Diabetes Secundária as Doenças Pancreáticas. Complicações da Diabetes, Comorbilidades e Distúrbios Relacionados, pp.523-539.

Middha, S.K., Usha, T. e Pande, V. (2016): Percepções sobre as causas e efeitos anti-hiperglicémicos da casca de Punica granatum em ratos diabéticos induzidos por aloxan. Chiang Mai J Sci, 43, pp.112-122.

Moghetti, P. (2018): Diabetes secundária a doenças endócrinas e PCOS. Complicações da Diabetes, Comorbilidades e Distúrbios Relacionados, pp.575-593.

Mora-Fernández, C., Domínguez-Pimentel, V., de Fuentes, M.M., Górriz, J.L., Martínez-Castelao, A. e Navarro-González, J.F. (2014): Doença renal diabética: da fisiologia à terapêutica. The Journal of Physiology, 592(18), pp.3997-4012.

Morigi, M., Perico, L. e Benigni, A. (2018): Sirtuínas na saúde e doença renal. Journal of the American Society of nephrology, 29(7), pp.1799-1809.

Mosele, J.I., Gosalbes, M.J., Macià, A., Rubió, L., Vázquez-Castellanos, J.F., Jiménez Hernández, N., Moya, A., Latorre, A. e Motilva, M.J. (2015): Efeito da ingestão diária de sumo de romã sobre a microbiota fecal e os metabolitos das fezes por voluntários saudáveis. Molecular nutrition & food research, 59(10), pp.1942-1953.

Motawi, T.K., Ahmed, S.A., Hamed, M.A., El-Maraghy, S.A. e Aziz, W.M. (2019): Melatonina e/ou rowatinex atenuam a lesão renal diabética induzida por estreptozotocina em ratos. Journal of biomedical research, 33(2), p.113.

Mozaffarian, D. (2016): Prioridades dietéticas e políticas para doenças cardiovasculares, diabetes e obesidade: uma revisão abrangente. Circulação, 133(2), pp.187-225.

Mu, J., Petrov, A., Eiermann, G.J., Woods, J., Zhou, Y.P., Li, Z., Zycband, E., Feng, Y., Zhu, L., Roy, R.S. e Howard, A.D. (2009): A inibição do DPP-4 com sitagliptin melhora o controlo glicémico e restabelece a massa de células de ilhotas e a função num modelo roedor de diabetes tipo 2. Revista Europeia de Farmacologia, 623(1-3), pp.148-154.

Mulvihill, E.E. e Drucker, D.J. (2014): Farmacologia, fisiologia e mecanismos de acção dos inibidores de dipeptidyl peptidase-4. Endocrine reviews, 35(6), pp.992-1019.

Muskiet, M.H., Tonneijck, L., Smits, M.M., Van Baar, M.J., Kramer, M.H., Hoorn, E.J., Joles, J.A. e Van Raalte, D.H. (2017): A GLP-1 e o rim: da fisiologia à farmacologia e resultados na diabetes. Nature Reviews Nephrology, 13(10), p.605.

Nagata, M. (2016): Lesão por podócitos e suas consequências. Kidney international, 89(6), pp.1221-1230.

Naidu, P.B., Ponmurugan, P., Begum, M.S., Mohan, K., Meriga, B., RavindarNaik, R. e Saravanan, G. (2015): A diosgenina reorganiza a hiperglicemia e o perfil lipídico do tecido distorcido em ratos diabéticos induzidos por dieta rica em gorduras. Journal of the Science of Food and Agriculture, 95(15), pp.3177-3182.

Naidu, P.B., Uddandrao, V.S., Naik, R.R., Pothani, S., Munipally, P.K., Meriga, B., Begum, M.S., Varatharaju, C., Pandiyan, R. e Saravanan, G. (2016): Efeitos da S-allylcysteine nos biomarcadores do caminho do poliol em ratos com diabetes tipo 2. Revista canadiana da diabetes, 40(5), pp.442-448.

Nankar, R.P. e Doble, M. (2015): O ácido elágico potencia a actividade de sensibilização à insulina da pioglitazona em miotrubos L6. Journal of Functional Foods, 15, pp.1-10.

Narres, M., Claessen, H., Droste, S., Kvitkina, T., Koch, M., Kuss, O. e Icks, A. (2016): A incidência de doença renal em fase terminal na população diabética (em comparação com a não diabética): uma revisão sistemática. PloS one, 11(1), p.e0147329.

Nauck, M.A. (2014): Actualização sobre desenvolvimentos com inibidores SGLT2 na gestão da diabetes tipo 2. Concepção, desenvolvimento e terapia de medicamentos, 8, p.1335.

Nauck, M.A. e Meier, J.J. (2018): Aumento das hormonas: o seu papel na saúde e na doença. Diabetes, Obesidade e Metabolismo, 20, pp.5-21.

Nelson, R.W. (2015): Neoplasia de células beta: insulinoma. Em Endocrinologia Canina e Felina: Quarta edição (pp. 348-375). Elsevier Inc. (Elsevier Inc.).

Nishikimi, M., Roa, N.A. e Yogi, K. (1972): Bioquímica Biófica. Res Common, 46, pp.849-854.

Nistala, R. e Savin, V. (2017): Diabetes, hipertensão, e progressão da doença renal crónica: papel do DPP4. American Journal of Physiology-Renal Physiology, 312(4), pp.F661-F670.

Nistala, R., Habibi, J., Aroor, A., Sowers, J.R., Hayden, M.R., Meuth, A., Knight, W., Hancock, T., Klein, T., DeMarco, V.G. e Whaley-Connell, A. (2014): A inibição DPP4 atenua a lesão da barreira de filtração e o stress oxidante no rato obeso do zucker. Obesidade, 22(10), pp.2172-2179.

Oh, S.H., Jorgensen, M.L., Wasserfall, C.H., Gjymishka, A. e Petersen, B.E. (2017): A supressão da proteína homeostase da ilhota impede a progressão da diabetes mellitus. Laboratory Investigation, 97(5), p.577.

Ohkawa, H., Ohishi, N. e Yagi, K. (1979): Ensaio para peróxidos lipídicos em tecidos animais por reacção do ácido tiobarbitúrico. Bioquímica analítica, 95(2), pp.351-358.

Oluba, O.M., Adebiyi, F.D., Dada, A.A., Ajayi, A.A., Adebisi, K.E., Josiah, S.J. e Odutuga, A.A. (2019): Efeitos do extracto flavonóide de folha triangular de Talinum na hiperglicemia induzida por estreptozotocina e complicações associadas em ratos. Food science & nutrition, 7(2), pp.385-394.

Olurishe, C.O., Kwanashie, H.O., Zezi, A.U., Danjuma, N.M. e Mohammed, B. (2017): A coadministração de Sitagliptin-Moringa oleifera não atrasou a progressão nem melhorou as anomalias funcionais e morfológicas na nefropatia diabética induzida por aloxan. Revista indiana de farmacologia, 49(5), p.366.

Omwancha, W.S. e Burlage, R., Merck Sharp e Dohme Corp, (2019): Formas de dosagem mastigáveis contendo sitagliptin e metformina. Pedido de patente nos EUA 16/141,508.

Packer, M. (2018): Papel do permutador de sódio-hidrogénio na mediação dos efeitos renais dos fármacos habitualmente utilizados no tratamento da diabetes tipo 2. Diabetes, Obesidade e Metabolismo, 20(4), pp.800-811.

Palipoch, S., e Punsawad, C. (2013): Estudo bioquímico e histológico das lesões hepáticas e renais de ratos induzidas por Cisplatin. Journal of Toxicologic Pathology 26(3):293-299.

Palma-Duran, S.A., Vlassopoulos, A., Lean, M., Govan, L. e Combet, E. (2017): Intervenção nutricional e impacto do polifenol na glicohemoglobina (HbA1c) em indivíduos não diabéticos e diabéticos de tipo 2: Revisão sistemática e meta-análise. Revisões críticas em ciência alimentar e nutrição, 57(5), pp.975-986.

Patche, J., Girard, D., Catan, A., Boyer, F., Dobi, A., Planesse, C., Diotel, N., Guerin-Dubourg, A., Baret, P., Bravo, S.B. e Paradela-Dobarro, B. (2017): O stress oxidativo hepático induzido pela diabetes: um novo papel patogénico para a albumina glicosilada. Free Radical Biology and Medicine, 102, pp.133-148.

Patel, C., Thompson, C., Copley-Harris, M. e Hattab, Y. (2019): Sitagliptin e Simvastatin Interaction Causing Rhabdomyolysis and AKI. Relatos de casos em medicina, 2019.

Patil, S.D., Somani, R. e Jain, A. (2019): Efeito anti-hiperglicémico, anti-hiperlipidémico e antioxidante do extracto rico em flavonóides de Dikamali em ratos diabéticos de Streptozotocin-Nicotinamida tipo II induzidos por estreptozotocina. Asian journal of pharmacy and pharmacology, 5(3), pp.486-494.

Patil, U.S., Bandawane, D.D., Bibave, K.H. e Chaudhari, P.D. (2013): Actividades anti-hiperglicémicas e antioxidantes in vitro de Punica granatum Linn. Em ratos diabéticos induzidos por aloxan. Ind Drugs, 50(02), pp.39-46.

Patton, C.J. e Crouch, S.R. (1977): Determinação da ureia (reacção de urease modificada de Berthelot). Anal. Chem, 49, pp.464-469.

Paudel, Y.N., Ali, M.R., Bawa, S., Shah, S., Adil, M., Siddiqui, A., Basheer, A.S., Hassan, M.Q. e Sharma, M. (2018): Avaliação do ácido 4-metil-2-[(2-metilbenzil) amino]-1, 3-tiazole-5-carboxílico contra a hiperglicemia, sensibilidade insulínica, e respostas inflamatórias induzidas pelo stress oxidativo e β - danos celulares no pâncreas de ratos diabéticos induzidos por estreptozotocina. Toxicologia humana e experimental, 37(2), pp.163-174.

Pavić, T., Juszczak, A., Pape Medvidović, E., Burrows, C., Sekerija, M., Bennett, A.J., Ćuća Knežević, J., Gloyn, A.L., Lauc, G., McCarthy, M.I. e Gornik, O. (2018): Diabetes de início de maturação dos jovens devido às variantes HNF1A na Croácia. Biochemia medica: Biochemia medica, 28(2), pp.285-295.

Pérez Gutierrez, R.M., García Campoy, A.H., Paredes Carrera, S.P., Muñiz Ramirez, A., Mota Flores, J.M., Valle, F. e Odin, S. (2019): 3'-O-β-d-glucopyranosyl-α, 4, 2', 4', 6'-pentahydroxy-dihydrochalcone, de casca de Eysenhardtia polystachya previne a nefropatia diabética através da inibição da glicação proteica em ratos diabéticos induzidos por STZ-Nicotinamida. Moléculas, 24(7), p.1214.

Perricone, N.V. e Perricone LLC N.V. (2018): Formulações de Mononucleótidos de Niacinamida para o envelhecimento da pele. Pedido de Patente dos EUA 15/739,219.

Persson, F. e Rossing, P. (2018): Diagnóstico da doença renal diabética: estado da arte e perspectiva futura. Kidney international supplements, 8(1), pp.2-7.

Plows, J., Stanley, J., Baker, P., Reynolds, C. e Vickers, M. (2018): A fisiopatologia da diabetes mellitus gestacional. Revista internacional de ciências moleculares, 19(11), p.3342.

Prodam, F., Chiocchetti, A. e Dianzani, U. (2018): Dieta como estratégia para a prevenção da diabetes tipo 1. Imunologia celular e molecular, 15(1), p.1.

Qiu, D.D., Liu, J., Shi, J.S., An, Y., Ge, Y.C., Zhou, M.L. e Jiang, S. (2018): Renoprotecção fornecida por inibidores peptidase-4 dipeptidyl em combinação com bloqueadores dos receptores de angiotensina em doentes com nefropatia diabética de tipo 2. Revista médica chinesa, 131(22), p.2658.

Radi, Z.A. (2019): Patofisiologia renal, toxicologia, e lesões induzidas por drogas no desenvolvimento de drogas. Revista internacional de toxicologia, p.1091581819831701.

Radojčin, D. e Polovina, S.P. (2018): Papel dos incrementos na patogénese da diabetes tipo 2. Medicinski glasnik Specijalne bolnice za bolesti štitaste As páginas seguintes da página Web incluem as informações sobre o metabolismo de bolesti, 23(70), pp.53-65.

Rahimi, R., Karimi, J., Khodadadi, I., Tayebinia, H., Kheiripour, N., Hashemnia, M. e Goli, F. (2018): Silymarin ameliorates expressão da urotensina II (U-II) e do seu receptor (UTR) e atenua o stress oxidativo tóxico no coração de ratos com diabetes tipo 2. Biomedicina & Farmacoterapia, 101, pp.244-250.

Rajendiran, D., Packirisamy, S. e Gunasekaran, K. (2018): Uma revisão sobre o papel dos antioxidantes na diabetes. Asian journal of pharmaceutical and clinical research, 11(2), pp.48-53.

Rakieten, N. (1963): Estudos sobre a acção diabetogénica da STZ (NSC 37917). Rep. sobre quimioterapia do cancro, 29, pp.91-98.

Ramadhani, D.T., Amradani, R.A.R., Ulfia, M., Utami, S.M., Indarto, D. e Wasita, B. (2019): O Efeito Comparativo do Extracto de Casca de Romã e Dapagliflozina no Peso Corporal de Ratos Wistar Albinos Masculinos com Diabetes Mellitus Tipo 2. Na série de conferências do PIO: Ciência e Engenharia de Materiais (Vol. 546, No. 6, p. 062023). Publicação da PIO.

Ramírez, E., Picatoste, B., González-Bris, A., Oteo, M., Cruz, F., Caro-Vadillo, A., Egido, J., Tuñón, J., Morcillo, M.A. e Lorenzo, O. (2018): Sitagliptin melhorou a assimilação da glicose em detrimento da utilização de ácidos gordos na diabetes experimental tipo II: papel das isoformas GLP-1 no tráfico de receptores de Glut4. Diabetologia cardiovascular, 17(1), p.12.

Rathod, N.R., Biswas, D., Chitme, H.R., Ratna, S., Muchandi, I.S. e Chandra, R. (2012): Efeitos anti-urolitíacos do Punica granatum em ratos machos. Journal of ethnopharmacology, 140(2), pp.234-238.

Ravi, P.M., Chinniah, R., Sivanadham, R., Vijayan, M., Pannerselvam, D., Pushkala, S. e Karuppiah, B. (2018): Interacções sinergéticas do gene Angiotensin Converting Enzyme (ACE) e polimorfismos do gene Apolipoproteína E (APOE) com susceptibilidade T1DM no sul da Índia. Meta Gene, 18, pp.39-45.

Rehfeld, J.F. (2018): A origem e a compreensão do conceito de incretino. Frontiers in endocrinology, 9.

Reidy, K., Kang, H.M., Hostetter, T. e Susztak, K. (2014): Mecanismos moleculares da doença renal diabética. The Journal of clinical investigation, 124(6), pp.2333-2340.

Ren, X., Zhu, R., Liu, G., Xue, F., Wang, Y., Xu, J., Zhang, W., Yu, W. e Li, R. (2019): Efeito da sitagliptin em tubulointersticial Wnt/β-catenin de sinalização em nefropatia diabética. Nefrologia.

Rodrigues, P.A. e Samuel, N. (2018): Uma Revisão Sistemática dos Resultados Clínicos dos Inibidores de Dipeptidyl Peptidase-4 em Pacientes com Diabetes Mellitus Tipo 2. Indian Journal of Pharmacy Practice, 11(3), p.141.

Rosol, T.J., DeLellis, R.A., Harvey, P.W. e Sutcliffe, C. (2013): Sistema endócrino. In Haschek and Rousseaux's Handbook of Toxicologic Pathology (pp. 2391-2492). Imprensa académica.

Rossing, P. e Frimodt-Møller, M. (2019): Características clínicas e curso natural da nefropatia diabética. Em Nefropatia Diabética (pp. 21-32). Springer, Cham.

Rotondo, A., Masuy, I., Verbeure, W., Biesiekierski, J.R., Deloose, E. e Tack, J. (2019): Ensaio clínico aleatório: o inibidor DPP-4, vildagliptin, inibe a acomodação gástrica e aumenta os níveis plasmáticos de peptídeo 1 tipo glucagon em voluntários saudáveis. Alimentary pharmacology & therapeutics, 49(8), pp.997-1004.

Saad, E.A., Hassanien, M.M., El-Hagrasy, M.A. e Radwan, K H. (2015): Actividades antidiabéticas, hipolipidémicas e antioxidantes e efeitos protectores das cascas de Punica granatum em pó contra lesões dos tecidos pancreáticos e hepáticos em estreptozotocina induzidas por IDDM em ratos. Int J Pharm Pharm Sci, 7(7), pp.397-402.

Sadi, G., Şahin, G. e Bostanci, A. (2019): Modulação da via de sinalização da insulina renal e enzimas antioxidantes com diabetes induzida por estreptozotocina: efeitos do resveratrol. Medicira, 55(1), p.3.

Safhi, M.M., Alam, M.F., Sivakumar, S.M. e Anwer, T. (2019): Hepatoprotective potential of sargassum muticum against stz-induced diabetic liver damage in wistar rats by inibiting cytokines and the apoptosis pathway. Patologia Celular Analítica, 2019.

Saleem, N., Naeem, M., Rashid, A., Akhter, N., Tahir, I.M. e Khurshid, M. (2018): Nefropatia diabética: Patogénese e gestão terapêutica. Pak J Med Biol Sci, 2(1).

Salles, T., dos Santos, L., Barauna, V. e Girardi, A. (2015): Potencial papel da peptidase dipeptidyl IV na patofisiologia da insuficiência cardíaca. Revista internacional de ciências moleculares, 16(2), pp.4226-4249.

Salwe, K.J., Sachdev, D.O., Bahurupi, Y. e Kumarappan, M. (2015): Avaliação da actividade antidiabética, hipolipedímica e antioxidante do extracto hidroalcoólico de folhas e casca de frutos de Punica granatum em ratos Wistar albinos machos. Journal of natural science, biology, and medicine, 6(1), p.56.

Samaha, M.M., Said, E. e Salem, H.A. (2019): Um estudo comparativo do papel da crocina e da sitagliptin na atenuação da diabetes mellitus induzida por STZ e das alterações inflamatórias e apoptóticas associadas no pancreático β-islets. Toxicologia e Farmacologia Ambiental, p.103238.

Samarghandian, S., Azimi-Nezhad, M. e Samini, F. (2014): Efeito de ameliorativo do extracto aquoso de açafrão na hiperglicemia, hiperlipidemia e stress oxidativo na encefalopatia diabética em estreptozotocina induzido pela diabetes mellitus experimental. BioMed research international, 2014.

Scanlon, V.C. e Sanders, T. (2019): Fundamentos de anatomia e fisiologia. FA Davis.

Scheen, A.J. e Delanaye, P. (2017): Efeitos da redução da pressão arterial nos resultados renais em doentes com diabetes tipo 2: foco nos inibidores SGLT2 e EMPA-REG OUTCOME. Diabetes & metabolismo, 43(2), pp.99-109.

Schiellerup, S.P., Skov-Jeppesen, K., Windeløv, J.A., Svane, M.S., Holst, J.J., Hartmann, B. e Rosenkilde, M.M. (2019): Hormonas intestinais e o seu efeito no metabolismo ósseo. Potenciais terapias medicamentosas no futuro tratamento da osteoporose. Frontiers in endocrinology, 10.

Schiffer, T.A., Gustafsson, H. e Palm, F. (2018): A medula mitocôndria externa do rim é mais eficiente em comparação com a mitocôndria do córtex como estratégia para sustentar a produção de ATP rum ambiente subóptimo. American Journal of Physiology-Renal Physiology, 315(3). pp.F677-F681.

Shah, M.A., Reanmongkol, W., Radenahmad, N., Khalil, R., Ul-Haq Z. e Panichayupakaranant, P. (2019): Efeitos anti-hiperglicémicos e anti-hiperlipidémicos da rinacantina - extracto rico em folhas de Rhinacanthus nasutus em ratos diabéticos induzidos por nicotinamida-estreptozotocina. Biomedicina & Farmacoterapia, 113, p.108702.

Shalaby, M.F., Zaki, A.A., Shabana, S. e Osman, N.M.(2015): Efeitos do extracto de casca de punica granatum sobre a actividade intestinal α-glucosidase e a histopatologia do pâncreas de ratos diabéticos induzidos por aloxar.

Sharma, S., Jaya, D., Jha, .K. e Sharma, S. (2010): Modelos experimentais da diabetes. Int J Res Ayurveda e. Pharm 2010;12(2):292-301.

Shi, S., Koya, D. e Kanasaki, K. (2016): Dipeptidyl peptidase-4 e fibrose renal na diabetes. Fibrogénese e reparação de tecidos, 9(1), p.1.

Shivavedi, N., Tej, G.N.V.C., Neogi, K. e Nayak, P.K. (2019): Terapia do ácido ascórbico: Uma estratégia potencial contra o comportamento comorbitário em ratos diabéticos induzidos por estreptozotocina/nicotinamida. Biomedicina & Farmacoterapia, 109, pp.351-359.

Sifuentes-Franco, S., Padilla-Tejeda, D.E., Carrillo-Ibarra, S. e Miranda-Díaz, A.G. (2018): Stress oxidativo, apoptose e função mitocondrial na nefropatia diabética. Revista Internacional de Endocrinologia, 2018.

Sil, B.C., Moore, D.J. e Lane, M.E. (2018): Utilização da análise LC-MS para elucidar os subprodutos da transformação da niacinamida após estudos in vitro de permeação da pele. Revista internacional de ciência cosmética, 40(5), pp.525-529.

Singh, A., Srivastav, R. e Pandey, A.K. (2018): Efeito das sementes de Terminalia chebula no soro sanguíneo, perfil lipídico e parâmetros de urina em ratos diabéticos induzidos por STZ. Journal of Pharmacognosy and Phytochemistry, 7(2), pp.01-05.

Singh, A.P., Singh, A.J. e Singh, N. (2011): Investigações farmacológicas de Punica granatum em insuficiência renal aguda induzida por glicerol em ratos. Revista indiana de farmacologia, 43(5), p.551.

Singh, B., Singh, J.P., Kaur, A. e Singh, N. (2017): Composição fenólica e potencial antioxidante das sementes de leguminosas de grão: Uma revisão. Food research international, 101, pp.1-16.

Sirigiri, N., Subramanian, N.S., Reddy, G.N.K. e Kumar, N. (2018): Estabilidade indicando desenvolvimento e validação de método para estimativa simultânea de fosfato de sitagliptin e metformina HCl em comprimidos por HPLC. Int. J. Pharm. Sci. Res, 9, pp.4294-4302.

Song, X., Zheng, S., Yang, G., Xiong, G., Cao, Z., Feng, M., Zhang, T. e Zhao, Y. (2018): Glucagonoma e a síndrome do glucagonoma. Cartas de Oncologia, 15(3), pp.2749-2755.

Stopford, R., Winkley, K. e Ismail, K. (2013): Apoio social e controlo glicémico no tipo 2diabetes: uma revisão sistemática dos estudos observacionais. Educação e aconselhamento dos doentes, 93(3), pp.549-558.

Sugimoto, D.H., Dex, T., Stager, W. e Aroda, V.R. (2018): Eficácia do iGlarLixi, uma combinação de proporção fixa de glargina de insulina e lixisenatide, em doentes com diabetes tipo 2 estratificados como de alto ou baixo risco, de acordo com as medições do HEDIS. Diabetes, Obesidade e Metabolismo, 20(11), pp.2680-2684.

Sulaiman, M.K. (2019): Nefropatia diabética: recentes avanços na fisiopatologia e desafios na gestão dietética. Diabetologia e síndrome metabólica, 11(1), p.7.

Sviglerova, J., Kuncova, J. e Stengl, M. (2017): Modelos Cardiovasculares: Coração afectado secundariamente por doença (Diabetes Mellitus, Falha Renal, e Inervação Simpática Disfuncional). In Animal Models for the Study of Human Disease (pp. 175-203). Imprensa Académica.

Swapna, K., Uddandrao, V.S., Parim, B., Ravindarnaik, R., Suresh, P., Ponnusamy, P., Balakrishnan, S., Vadivukkarasi, S., Harishankar, N., Reddy, K.P. e Nivedha, P.R. (2019): Efeitos do ácido asiático, um constituinte activo na Centella asiatica (L.): perspectivas restauradoras das alterações induzidas pela estreptozotocina/nicotinamida no perfil lipídico e enzimas metabólicas lipídicas em ratos diabéticos. Comparative Clinical Pathology, pp.1-9.

Swiatecka-Urban, A. (2017): Tráfico endócito no diafragma maduro da fenda do podócito. Frontiers in pediatrics, 5, p.32.

Szpigel, A., Hainault, I., Carlier, A., Venteclef, N., Batto, A.F., Hajduch, E., Bernard, C., Ktorza, A., Gautier, J.F., Ferré, P. e Bourron, O. (2018): O ambiente lipídico induz stress ER, expressão TXNIP e inflamação nas células imunitárias de indivíduos com diabetes tipo 2.

Ta, S. (2014): Diagnóstico e classificação da diabetes mellitus. Diabetes care, 37, p.S81.

Tauschmann, M. e Hovorka, R. (2018): Tecnologia na gestão da diabetes mellitus tipo 1 - estado actual e perspectivas futuras. Nature Reviews Endocrinology, 14(8), p.464.

Tervaert, T. W.C., Mooyaart, A.L., Amann, K., Cohen, A.H., Cook, H.T., Drachenberg, C.B., Ferrario, F., Fogo, A.B., Haas, M., de Heer, E. e Joh, K. (2014): Classificação patológica da nefropatia diabética. Journal of the American Society of Nephrology, 21(4), pp.556-563.

Thangaraj, P. (2016): Avaliação da propriedade antidiabética em ratos diabéticos induzidos por estreptozotocina. Em ensaios farmacológicos de produtos naturais à base de plantas (pp. 145-149). Springer, Cham.

Thomson, S.C. e Vallon, V. (2018): Efeitos renais das terapias da diabetes por incrementos: previsões pré-clínicas e resultados de ensaios clínicos. Relatórios actuais sobre a diabetes, 18(5), p.28.

Tietz, N.W. (1990): Guia Clínico de Testes Laboratoriais 2ª Ed. Philadelphia. Tovar D, Zambonino-Infante JL, Cahu C, Gatescupe FJ, Lésel R (2002). Efeito da incorporação de leveduras vivas na dieta composta na actividade enzimática digestiva das larvas de robalo. Aquacultura, 204, pp.113-123.

Tietz, N.W. e Ash, K.O. (1995): Guia Clínico de Ensaios Laboratoriais. Clinical Chemistry, 41(10), pp.1548-1548.

Toma, A., Makonnen, E., Mekonnen, Y., Debella, A. e Adisakwattana, S. (2015): Actividades antidiabéticas de etanol aquoso e fração n-butanol de folhas de Moringa stenopetala em ratos diabéticos induzidos por estreptozotocina. BMC medicina complementar e alternativa, 15(1), p.242.

Tomovic, K., Lazarevic, J., Kocic, G., Deljanin-Ilic, M., Anderluh, M. e Smelcerovic, A. (2019): Mecanismos e vias de actividade anti-inflamatória dos inibidores de DPP-4 na protecção cardiovascular e renal. Revisões da investigação médica, 39(1), pp.404-422.

Trinder, P. (1969): Determinação da glucose no sangue utilizando oxidase de glucose com um aceitador alternativo de oxigénio. Annals of clinical Biochemistry, 6(1), pp.24-27.

Trivelli, L.A., Ranney, H.M. e Lai, H.T. (1971): Componentes de hemoglobina em doentes com diabetes mellitus. New England Journal of Medicine, 284(7), pp.353-357.

Tsimihodimos, V. e Elisaf, M. (2018): Efeitos da terapia por incrementos na função renal. Revista europeia de farmacologia, 818, pp.103-109.

Tsurutani, Y., Omura, M., Matsuzawa, Y., Saito, J., Higa, M., Taniyama, M. e Nishikawa, T. (2017): Eficácia e segurança do inibidor dipeptidyl Peptidase-4 Sitagliptin na aterosclerose, β-função celular, e controlo glicémico em doentes japoneses com diabetes mellitus tipo 2 que são tratados Naïve ou pouco sensíveis aos agentes antidiabetes: um estudo multicêntrico, observacional prospectivo, descontrolado. Current Therapeutic Research, 84, pp.26-31.

Tuck, M.K., Chan, D.W., Chia, D., Godwin, A.K., Grizzle, W.E., Krueger, K.E., Rom, W., Sanda, M., Sorbara, L., Stass, S. e Wang, W. (2008): Standard operating procedures for serum and plasma collection: early detection research network consensus statement standard operating procedure integration working group. Journal of proteome research, 8(1), pp.113-117.

Turrini, E., Ferruzzi, L. e Fimognari, C. (2015): Potenciais efeitos dos polifenóis de romãs na prevenção e terapia do cancro. Oxidative medicine and cellular longevity, 2015.

Uddandrao, V.S., Brahmanaidu, P., Ravindarnaik, R., Suresh, P., Vadivukkarasi, S. e Saravanan, G. (2018): Potencial de restauração da S-allylcysteine contra a nefropatia diabética através da atenuação do stress oxidativo e da inflamação em ratos diabéticos induzidos por estreptozotocina e nicotinamida. Revista Europeia de Nutrição, pp.1-13.

Ullah, N., Ali, J., Khan, F.A., Khurram, M., Hussain, A., Rahman, I.U., Rahman, Z.U. e Ullah, S. (2012): Composição aproximada, conteúdo mineral, avaliação da actividade antibacteriana e antifúngica da romã (Punica granatum L.) descasca o pó. Middle-East Journal of Scientific Research, 11(3), pp.396-401.

Ullah, R., Tariq, S.A., Khan, N. e Sharif, N. (2017): Efeito de Rebaixamento Lipídico do Extracto de Metanol de Tamarix-aphylla L. Karst (Saltcedar) em Ratos Diabéticos Induzidos com Estreptozocina-Nicotinamida. Tratamento da Diabetes J.

Umanath, K. e Lewis, J.B. (2018): Actualização sobre a nefropatia diabética: curriculum principal 2018. American Journal of Kidney Diseases, 71(6), pp.884-895.

Valencia, W.M. e Florez, H. (2017): Como prevenir as complicações microvasculares da diabetes tipo 2 para além do controlo da glicose. Bmj, 356, p.i6505.

Varin, E.M., Mulvihill, E.E., Beaudry, J.L., Pujadas, G., Fuchs, S., Tanti, J.F., Fazio, S., Kaur, K., Cao, X., Baggio, L.L. e Matthews, D. (2019): Os níveis circulantes de dipeptidyl peptidase-4 solúvel são dissociados da inflamação e induzidos pela inibição enzimática de dpp4. Metabolismo celular, 29(2), pp.320-334.

Venkatachalam, M.A., Weinberg, J.M., Kriz, W. e Bidani, A.K. (2015): Recuperação de túbulos falhados, transição AKI-CKD, e progressão de doenças renais. Journal of the American Society of Nephrology, 26(8), pp.1765-1776.

Vinod, P.B. (2012): Patofisiologia da nefropatia diabética. Consultas clínicas: Nefrologia, 1(2), pp.121-126.

Vivek, K.S. (2010): Estreptozotocina: uma ferramenta experimental na diabetes e na doença de Alzheimer (A-Review). Int J Pharma Res Dev, 2(1), pp.1-7.

Von Websky, K., Reichetzeder, C. e Hocher, B. (2014): Fisiologia e fisiopatologia do aumento do rim. Opinião actual em nefrologia e hipertensão, 23(1), pp.54-60.

Wang, H., Zhou, Y., Guo, Z., Dong, Y., Xu, J., Huang, H., Liu, H. e Wang, W. (2018): Sitagliptin atenua a disfunção endotelial dos ratos gordos diabéticos Zucker: implicação do antiperoxinitrito e da autofagia. Journal of cardiovascular pharmacology and therapeutics, 23(1), pp.66-78.

Wang, J., Hu, L., Chen, Y., Fu, T., Jiang, T., Jiang, A. e You, X. (2019): Sitagliptin melhora a função renal na nefropatia diabética em ratos Sprague Dawley masculinos através da expressão heme oxygenase-1 upregulating. Endocrina, 63(1), pp.70-78.

Watcharachaisoponsiri, T., Sornchan, P., Charoenkiatkul, S. e Suttisansanee, U. (2016): A α-glucosidase e α-amilase inibitória da actividade de diferentes extractos de pimenta malagueta. International Food Research Journal, 23(4).

Wohlrab, J. e Kreft, D. (2014): Niacinamida-mecanismos de acção e a sua utilização tópica em dermatologia. Farmacologia e fisiologia da pele, 27(6), pp.311-315.

Wu, J. e Yan, L.J. (2015): A diabetes de tipo1 induzida por estreptozotocina em roedores como modelo para o estudo dos mecanismos mitocondriais do diabético β glucotoxicidade celular. Diabetes, síndrome metabólica e obesidade: alvos e terapia, 8, p.181.

Xiang, J., Apea-Bah, F.B., Ndolo, V.U., Katundu, M.C. e Beta, T. (2019): Perfil dos compostos fenólicos e actividade antioxidante das variedades de painço de dedo. Química alimentar, 275, pp.361-368.

Xing, J., Gong, Q., Zhang, R., Sun, S., Zou, R. e Wu, A. (2018): Uma nova sonda hidrolítica não enzimática para reconhecimento e imagem específica da peptidase IV de dipeptidyl. Comunicações químicas, 54(63), pp.8773-8776.

Xu, L. e Ren, Y. (2019): Sitagliptin inibe a apoptose celular e a inflamacão dos tecidos renais em ratos modelo de nefropatia diabética. Revista chinesa de imunologia celular e molecular, 35(3), pp.217-222.

Yang, S., Zhang, J., Feng, C. e Huang, G. (2013): A variante MTHFR 677 T contribui para o risco de nefropatia diabética em indivíduos caucasianos com diabetes tipo 2: uma meta-análise. Metabolismo, 62(4), pp.586-594.

Yang, Z.J., Wang, H.R., Wang, Y.I., Zhai, Z.H., Wang, L.W., Li, L., Zhang, C. e Tang, L. (2019): Myricetin Attenuated Diabetes-Associated Diabetes-Associated Kidney Injuries and Dysfunction via Regulating Nuclear Factor (Erythroid Derived 2)-Like 2 and Nuclear Factor-κB Signaling. Frontiers in Pharmacology, 10.

Yankuzo, H., Ahmed, Q.U., Santosa, R.I., Akter, S.F.U. e Talib, N.A. (2011): Efeito benéfico das folhas de Murraya koenigii (Linn) Spreng (Rutaceae) sobre os danos renais induzidos pela diabetes in vivo. Journal of ethnopharmacology, 135(1), pp.88-94.

Yelumalai, S., Giribabu, N., Karim, K., Omar, S.Z. e Salleh, N.B. (2019): Administração in vivo de quercetina ameliorada de stress oxidativo do esperma, inflamação, preserva a morfologia do esperma e as funções em ratos adultos diabéticos machos induzidos por estreptozotocina/nicotinamida. Arquivos da ciência médica: AMS, 15(1), p.240.

Yoo, S., Yang, E.J. e Koh, G. (2019): Factores relacionados com os níveis incrementais de sangue intacto em doentes com diabetes mellitus tipo 2. Diabetes & metabolismo journal, 43.

Young, D.S. (2001): Efeitos da doença no Laboratório Clínico. Testes, 4ª ed AACC.

Younis, F., Leor, J., Abassi, Z., Landa, N., Rath, L., Hollander, K., Naftali-Shani, N. e Rosenthal, T. (2018): Efeito benéfico da empagliflozina inibidora SGLT2 na homeostase da glucose e nos parâmetros cardiovasculares no rato de coenco rosenthal hipertenso diabético (CRDH). Journal of cardiovascular pharmacology and therapeutics, 23(4), pp.358-371.

Yuzbasioglu, D., Enguzel-Alperen, C. e Unal, F. (2018): Investigação dos efeitos genotóxicos in vitro de uma sitagliptin antidiabética. Toxicologia alimentar e química, 112, pp.235-241.

Zafar, M., Naqvi, S.N.U.H., Ahmed, M. e Kaimkhani, Z.A. (2009): Altered Liver Liver Morphology and Enzymes in Streptozotocin Induced Diabetic Rats (Morfologia Fígada Alterada e Enzimas em Ratos Diabéticos Induzidos por Estreptozotocina). International Journal of Morphology, 27(3).

Zahra, I.F., El, A.S. e Chadli, A. (2018): Diabetes secundária associada a endocrinopatias principais (cerca de 161 casos). No 20º Congresso Europeu de Endocrinologia (Vol. 56). BioScientifica.

Zayed, A.E., Saleh, A., Gomaa, A., Abd-Elkareem, M., Anwar, M.M., Hassanein, K., Elsherbiny, M.M. e Kotb, A.M. (2018): Efeito protector do Ginkgo biloba e da água magnetizada sobre a nefropatia na diabetes induzida do tipo 2 no rato. Medicina oxidativa e longevidade celular, 2018.

Zhang, L., Chen, C.L., Kang, P.T., Jin, Z. e Chen, Y.R. (2017): A acetilação diferencial de proteínas ajuda à importação de SOD2 em excesso nas mitocôndrias e medeia a agregação de SOD2 associada à hipertrofia cardíaca no coração murino de SOD2-tg. Free Radical Biology and Medicine, 108, pp.595-609.

Zhao, L.L., Makinde, E.A., Shah, M.A., Olatunji, O.J. e Panichayupakaranant, P. (2019): Extracto rico em rinacantinas e rinacantina C ameliorato oxidativo e inflamação na nefropatia diabética induzida por estreptozotocina e nicotinamida. Journal of Food Biochemistry, 43(4), p.e12812.

Zhao, X., Yuan, Z., Fang, Y., Y., Yin, Y. e Feng, L. (2013): Caracterização e avaliação das principais antocianinas em romã (Punica granatum L.) casca de diferentes cultivares e suas fases de desenvolvimento. European Food Research and Technology, 236(1), pp.109-117.

Zimmet, P.Z., Magliano, D.J., Herman, W.H. e Shaw, J.E. (2014): Diabetes: um desafio do século XXI. The lancet Diabetes & endocrinology, 2(1), pp.56-64

I want morebooks!

Buy your books fast and straightforward online - at one of world's fastest growing online book stores! Environmentally sound due to Print-on-Demand technologies.

Buy your books online at
www.morebooks.shop

Compre os seus livros mais rápido e diretamente na internet, em uma das livrarias on-line com o maior crescimento no mundo! Produção que protege o meio ambiente através das tecnologias de impressão sob demanda.

Compre os seus livros on-line em
www.morebooks.shop

Printed by Books on Demand GmbH, Norderstedt / Germany